KNAUR

NALINI
SINGH

DIE DUNKLE STILLE DES WALDES

ROMAN

Aus dem amerikanischen Englisch
von Katharina Naumann

KNAUR

Die amerikanische Originalausgabe erschien 2021 unter dem Titel
»Quiet in Her Bones« bei Berkeley, New York.

Besuchen Sie uns im Internet:
www.knaur.de

Originalausgabe August 2021
Knaur HC

Redaktion: Christoph Hardebusch
Covergestaltung: ZERO Werbeagentur, München
unter Verwendung des Cover-Designs von Rita Frangie
Coverabbildung: Ingo Juergens / Getty Images,
Laura La Monaca / Offset.com
Satz: Adobe InDesign im Verlag
Druck und Bindung: CPI books GmbH, Leck
ISBN 978-3-426-22761-9

2 4 6 5 3

Für Rene.
Auf unseren nächsten Roadtrip!

1

Meine Mutter verschwand vor zehn Jahren spurlos. Ebenso wie eine Viertelmillion Dollar in bar aus dem Safe meines Vaters.

Die Polizei kam.

Die Nachbarn flüsterten, sie sei eine Diebin.

Mein Vater nannte sie eine Schlampe.

»Sie taucht schon wieder auf, und dann lasse ich sie in Handschellen legen!«

Das sagte er. Das schrie er.

Er hatte recht.

Es dauerte zehn Jahre, aber sie tauchte wieder auf.

Die Polizei fand ihr Auto im dichten Busch des Waitākere-Ranges-Regional-Parks, der vier Stunden von hier entfernt liegt. Sie lag darin. Na ja, ihre Knochen jedenfalls. Diese Knochen lagen in den Überresten der roten Seidenbluse, die sie in jener Nacht getragen hatte.

In jener Nacht, in der ich sie schreien hörte.

2

Ich hatte gerade zwei Stunden damit verbracht, auf mein unfertiges Manuskript zu starren, als die Polizei vor der Tür des unauffällig edlen, aus Glas und poliertem Holz gebauten Hauses meines Vaters auftauchte. Es war entworfen worden, um deutlich zu machen, dass er kein gewöhnlicher Mann war, aber gleichzeitig auch so dezent, dass es mit der dunkelgrünen Landschaft verschmolz, in der es stand.

Ich war nach der Entlassung aus dem Krankenhaus einen Monat zuvor »nach Hause« gekommen, um dort zu wohnen. Auf ärztlichen Rat.

»Sie dürfen nicht allein bleiben«, hatte Dr. Binchy gesagt. Seine haselnussbraunen Augen hatten starr durch den eckigen schwarzen Rahmen seiner Brille geblickt. »Noch nicht.«

Ich wusste selbst nicht, warum ich nicht einfach eine Pflegerin engagiert hatte, statt an diesen Unglücksort zurückzukehren, der so viele hässliche Erinnerungen barg. Bevor ich tausend sinnlose Worte für mein nächstes Buch nur aufschrieb, um sie wieder zu löschen, hatte ich begonnen, nach Pflegediensten zu suchen. Dann kam die Polizei. Der Mann mittleren Alters in Zivil. Die Frau Anfang zwanzig in voller Uniform, einschließlich Mütze.

In ihrem Blick glomm Erkennen auf, als ich die Tür öffnete.

Der Polizist, untersetzt und schwerfällig, mit einem kantigen Kinn und wässrig blauen Augen, hielt mir seine Dienstmarke vors Gesicht. »Wir würden gern mit Mr. Ishaan Rai sprechen.«

»Klar.« Ich drehte mich auf meinen Krücken um und sah, dass mein Vater schon den Flur entlangkam, ein gut gekleideter CEO auf der Höhe seines Lebens. Sein ergrauendes Haar war perfekt gestylt, er trug ein frisches blaues Hemd.

Er war kein hochgewachsener Mann, aber auch nicht klein. Durchschnittliche Größe, mit durchschnittlichen Gesichtszügen. Fast hätte er gewöhnlich aussehen können, sogar fad, aber mein Vater hat Präsenz, eine natürliche Würde, die ich immer für höchst ironisch hielt.

»Worum geht es?«, verlangte er zu wissen. Denn das tut Ishaan Rai. Er verlangt. Das hat ihm immer genützt, außer, was seinen Sohn anging, der seine größte Enttäuschung war.

»Mr. Rai«, begann der Mann und hob seine Marke. »Wenn wir vielleicht ungestört miteinander reden könnten.«

»Oh, um Himmels willen, spucken Sie es einfach aus. Was ist es nun wieder für eine Beschwerde? Das Werk ist nach den höchsten Sicherheitskriterien gebaut – es erfüllt alle Umweltvorgaben.« Er ist derart daran gewöhnt, Leute herumzukommandieren, dass es ihm gar nicht in den Sinn kommt, dass ein höherer Polizeibeamter niemals um acht Uhr morgens an seine Tür klopfen würde, um eine Beschwerde wegen Schadstoffemissionen oder Chemieabfall zu überbringen.

Der Gesichtsausdruck des Polizisten wurde ganz ruhig, und in diesem Moment erkannte ich darin eine Intelligenz, die ich bis dahin nicht gesehen hatte. Untersetzt und schwerfällig konnte auch hartnäckig und unerbittlich bedeuten. »Ich bin Detective Senior Sergeant Oliver Regan, und das hier ist meine Kollegin Constable Sefina Neri. Wir bedauern es, Ihnen mitteilen zu müssen, dass heute früh die Leiche einer Frau im Waitākere-Ranges-Regional-Park entdeckt wurde. Ihre Identität muss noch offiziell festgestellt werden, und normalerweise würden wir Sie zu diesem Zeitpunkt noch nicht informieren – aber da zu befürchten ist, dass die Öffentlichkeit schnell auf die Sache aufmerksam wird und Mutmaßungen anstellen wird, wurde die Entscheidung getroffen, Sie zu warnen. Bei der Leiche lagen Führerschein und Kreditkarten. Alle auf den Namen Nina Rai.«

Die Zeit blieb stehen, erfüllt von einem scharfen Schmerzensschrei.

Selbst meinem Vater schien es die Sprache verschlagen zu haben, aber das dauert bei ihm nie lange an. »Wo war sie denn die ganze Zeit?«, bellte er. »Vermutlich schön in Saus und Braus gelebt, auf meine Kosten, was?«

Constable Neris Augen waren von einem tiefen, intensiven Braun, und sie hatte ihren Blick unverwandt auf meinen Vater gerichtet. Dabei ließ sie ihren Vorgesetzten reden. Ihr Job, begriff ich, bestand darin, uns und unsere Reaktionen zu beobachten.

Ihre eindringliche Wirkung erinnerte mich an Paige.

»Es gibt Hinweise darauf, dass die Verstorbene bereits eine ganze Weile an ihrem Fundort lag«, erwiderte Regan. Die blasse Haut seines Gesichts war mit alten Aknenarben übersät. »Die gerichtsmedizinischen Untersuchungen werden natürlich einige Zeit in Anspruch nehmen, aber wir haben Grund zu der Annahme, dass sie sich dort bereits seit der Nacht befand, in der sie zuletzt lebend gesehen wurde – unsere Leute haben Überreste der Kleidung gefunden, die Sie in Ihrer Anzeige wegen des Diebstahls erwähnt hatten.«

Rote Seide, ein Oberteil, das die Arme entblößte und gut in den hohen Bund ihrer weiten und maßgeschneiderten schwarzen Hose passte. Ihre hohen Schuhe waren ebenfalls schwarz gewesen, ihre Lippen ein roter Akzent, der zu ihrem Top passte.

Um mich herum herrschte Stille.

Schwer. Kalt. Schneidend.

Wie das Schweigen, das mein Vater als Waffe gegen meine Mutter eingesetzt hatte. Im Gegensatz zu ihm hatte sie es nicht so sehr mit der Stille. Meine Mutter zog es vor, Dinge zu zerschlagen oder zu schreien.

Aber nicht so durchdringend wie beim letzten Schrei.

»Könnte es auch jemand anders sein?«, fragte ich, weil mein Vater die Beamten nur anstarrte – und weil ich nicht wollte, dass ihre Worte wahr waren. »Jemand könnte doch ihre Brieftasche gestohlen haben, und es könnte sein, dass Sie sich bei der Kleidung getäuscht haben. Es ist schließlich sehr lange her.«

Regans Gesichtsausdruck blieb hart, als er sagte: »Die Leiche wurde in einem Fahrzeug gefunden, das auf den Namen Nina Parvati Rai zugelassen ist.«

Meine Hand packte die Kante der Tür fester. Mehr Strohhalme hatte ich nicht, an die ich mich hätte klammern können.

Ein tiefer Schmerz zuckte durch die Knochen in meinem Fuß und von meinem Fußgelenk durch mein Bein. Die Zellen wuchsen eine nach der anderen wieder zusammen.

»Wenn Sie etwas von Mrs. Rai hätten, das ihre DNA enthält«, sagte Detective Rai, »würde das den Prozess beschleunigen. Aber wir wissen, dass das nach all der Zeit wohl unwahrscheinlich ist. Eine weitere Möglichkeit wäre, die DNA der Familienmitglieder mit der der Leiche abzugleichen.«

Mein Mund öffnete sich. »Ich hätte da vielleicht etwas.« Ich hatte keinerlei Absicht, das vor meinem Vater näher zu erklären – welcher normale Sohn ging schon ins Zimmer seiner Mutter, nahm ihre Haarbürste und steckte sie in eine Plastiktüte? Welcher normale Sohn bewahrte sie all die Jahre lang auf?

Ein Sohn, der einen Schrei gehört hatte.

»Erkennt einer von Ihnen das hier wieder?« Regan holte ein transparentes Plastiktütchen aus der Tasche, das mit Polizeiband versiegelt war.

Diamanten glitzerten darin, groß und protzig.

»Diesen Ring habe ich ihr gekauft«, sagte mein Vater düster. »Zu unserem zehnten Hochzeitstag. Aarav war damals erst sieben.«

Im selben Alter wie das kleine Mädchen, das sich in einem anderen Teil des Hauses für die Schule fertig machte. Geboren drei Jahre nach dem letzten Mal, als ich meine Mutter lebend gesehen hatte.

»Glücklichere Tage«, fügte mein Vater hinzu, wobei er den Kopf senkte. »Glücklichere Tage.«

Ich nahm das Tütchen und berührte den Ring darin. »Zwei Tage vor ihrem Verschwinden hatte sie einen der Diamanten verloren.« Ich zeigte auf die Stelle, so winzig in all dem Glitzer, zwischen all den Karat. »Sie war wütend, weil der Ring von einem exklusiven Juwelier stammte, der garantiert hatte, dass die Fassung halten würde.«

Sie hatte die Goldschmiede am Telefon angeschrien, ihnen gedroht, sie fertigzumachen, wenn sie den Ring nicht »sofort« reparierten. Sie war in unserem gepflegten Garten auf und ab gegangen, das Telefon ans Ohr gepresst, während ich auf dem hinteren Balkon des Hauses saß und versuchte, ein Sandwich zu essen. Schließlich hatte ich die Augen verdreht und mein Essen mit in mein Zimmer genommen.

Ich erinnerte mich noch daran, wie sie aussah, wie das Ringelblumengelb ihres Kleides vom Urwald abstach, der sich dunkelgrün und ewig hinter der wackeligen Barriere unseres Zauns erhob. Als schaute der Wald zu. Als wartete er.

Der Polizist nahm das Tütchen mit dem Ring wieder an sich und sagte: »Wir können Ihnen einen Opferschutzbeamten schicken. Vermutlich wird der Fall angesichts Ihrer Position in der Stadt großes Medieninteresse wecken.«

Regans Blick war auf meinen Vater gerichtet, aber Constable Neris Blick glitt zu mir. Sie wusste, worauf und auf wen sich die Medien stürzen würden, was die besten Schlagzeilen und die höchsten Klickzahlen generieren würde.

Die Worte kamen aus meinem Mund, bevor ich wusste, dass ich sie überhaupt gedacht hatte. »War es ein Unfall?«

»Natürlich war es das, Junge«, fuhr mich mein Vater an, als wäre ich immer noch sechzehn und nicht schon sechsundzwanzig. »Du weißt doch, dass deine Mutter gern getrunken hat.« Er sah Regan an. »Das wollen Sie doch sagen, oder? Dass Nina von der Straße abgekommen und in den Wald gefahren ist?«

In den grünen Schlund, in dem ein Auto jahrzehntelang verschwinden konnte. In jener Nacht hatte es geregnet. So viel Regen, ein sintflutartiges Unwetter. Ausreichend, um die Spuren eines von der Straße abgekommenen Autos auszulöschen?

»Wir können es noch nicht genau sagen«, erwiderte Regan, dessen Gesichtsausdruck sich immer noch nicht verändert hatte. Er steckte den Plastikbeutel zurück in seine Jackentasche. »Nach den Untersuchungen der Spurensicherung wissen wir mehr.«

»Ich hätte gern einen Opferschutzbeamten«, sagte ich, bevor mein Vater das Angebot ablehnen konnte. »Ich möchte es wissen, wenn Sie etwas finden, am besten, bevor es in den Zeitungen landet.« Immerhin waren sie deshalb vor der offiziellen DNA-Identifikation hierhergekommen. Jemand ganz weit oben hatte veranlasst, dass Ishaan Rai, CEO eines Imperiums mit Tausenden von Angestellten und bester

Freund des Bürgermeisters, über das plötzliche Wiederauftauchen seiner ersten Ehefrau unterrichtet wird.

Seiner Frau, von der er sich in ihrer Abwesenheit hatte scheiden lassen.

Regan nickte. »Natürlich. Constable Neri erfüllt diese Aufgabe gern.«

Neri sprach zum ersten Mal. Ihre Stimme besaß ein sanftes Timbre, das vermutlich einen beruhigenden Effekt auf verzweifelte Angehörige hatte. »Hier sind meine Kontaktdaten.« Eine Visitenkarte aus der Hosentasche, die hingehalten wurde. »Rufen Sie mich jederzeit an.«

Ich nahm die Karte und steckte sie ein. Mein Vater würde bald aus seiner Erstarrung erwachen und sie einfordern, aber ich würde ihm nicht noch dabei helfen.

»Wir stellen sicher, dass Sie jederzeit auf dem neuesten Stand sind«, beteuerte Regan. »Bitte denken Sie daran, dass die Ermittlungen noch in den Anfängen stecken. Wir untersuchen noch immer den Fundort.«

»Ich komme mit.« Ich humpelte so schnell, wie es mir der orthopädische Moonboot erlaubte – ein Gehverband, in dem meine gebrochenen Knochen steckten. Ich nahm meine Jacke aus dem Schrank im Flur. Regan protestierte, aber ich sagte: »Ich gehe nicht über die Absperrungen oder mache eine Szene. Ich will nur wissen, wo meine Mutter gestorben ist.« Wo sie praktisch zehn Jahre lang begraben war.

Regan wechselte einen Blick mit Constable Neri und nickte dann: »Sie können mit uns fahren.«

»Nein, ich nehme mein eigenes Auto.« Eine gemietete Limousine mit Automatikgetriebe, die ich auch mit einem Bein fahren konnte. Wenn ich im eigenen Fahrzeug fuhr, konnte ich danach weiterfahren und war nicht auf sie angewiesen.

Wegen meiner Verletzung nahm ich die Krücken mit, die ich neben die Tür gestellt hatte, als ich meine Jacke holte; die Chirurgin, die mich versorgt hatte, hatte mir erlaubt, den Fuß zu belasten, aber von Wandern hatte sie nichts gesagt.

»Vorsichtig, Aarav«, hatte Dr. Tawera nach einem Blick auf die neuesten Röntgenaufnahmen gemahnt. »Wir wollen ja nicht den ganzen Heilungsfortschritt zunichtemachen.«

Nein, das wollten *wir* verdammt noch mal nicht.

Schließlich sagte auch mein Vater etwas. »Ich komme auch mit.«

In meiner Brust wurde es eng, mein Solarplexus schien einzufallen, eine Reaktion, von der ich geglaubt hatte, dass ich sie mir schon vor langer Zeit abgewöhnt hätte. »Wir fahren hinter Ihnen her«, schlug ich den Polizisten vor und ging dann hinter ihnen aus der Tür.

Mein Vater folgte mir schweigend. Er dachte selbst in der kalten Winterluft nicht an seinen Mantel. Der Himmel war von einem trüben Grau, das die Welt ganz flach erscheinen ließ. Ich erinnerte ihn nicht daran, als ich auf den Mietwagen zusteuerte, der stumpf blau und völlig unauffällig war. Zu keiner anderen Zeit meines Lebens hätte ich so ein Auto ausgewählt.

Es war nichts gegen den glänzend schwarzen Porsche mit der Extra-Metallic-Lackierung, der in der Garage meiner Stadtwohnung herumstand. Ja, der Porsche war ein angeberisches Stück Schwanzvergleich, aber immerhin wusste ich das. Ich hatte ihn gekauft, als sich *Blutopfer* zu einem Riesenbestseller entwickelt hatte, der wiederum zu einem Blockbuster-Film wurde.

Mord und Blutvergießen.

Die Welt nimmt beides gierig auf.

Die Entdeckung der Leiche meiner Mutter, selbst wenn ihr Tod sich als ein Unfall herausstellen sollte, wäre großartige Publicity. Meine Verleger würden heimlich ein Freudentänzchen aufführen. Und das für den Preis des Todes einer Frau von nur einundvierzig Jahren.

3

Ich packte das Lenkrad fester, als sich mein Vater auf den Beifahrersitz setzte.

Wir sprachen nicht miteinander. Ich hatte den Blick auf das zivil aussehende Polizeifahrzeug vor mir gerichtet. Constable Neri saß am Steuer und führte uns aus der belaubten Umgebung der Sackgasse auf eine lange, gewundene Straße, gesäumt von den dichten Wäldern des Waitākere-Ranges-Regional-Parks, durch nur sehr kleine Siedlungen – und mit atemberaubenden Aussichten dort, wo sich das Laub lichtete.

Die Panoramastraße Scenic Drive trug ihren Namen zu Recht. Aber nur dann, wenn man keine Lieblichkeit oder Sicherheit erwartete.

All das Grün ließ Teile der Straße klaustrophobisch wirken. Es war niemals glühend heiß hier in der kühlen Dunkelheit der Schatten, die die Baumriesen warfen. Dies hier war ein stiller Ort, ein Ort, der davon flüsterte, dass die Menschen Eindringlinge waren, die schnell vergessen sein würden, wenn es sie nicht mehr gab.

Ein unerwartetes weißes Aufblitzen, ein großes Schild am Eingang zu einem Wanderweg, die Warnung, dass diese Gegend wegen des Kauri-Sterbens unter einem *rāhui* stand. Niemand durfte diese Wanderwege nutzen, weil die durch einen Pilz verursachte Wurzelfäule des Kauri-Baums im Urwald durch die Sohlen von Wanderern verbreitet wurde und den Bäumen einen langsamen Tod bescherte. Bäumen, die eigentlich weit älter werden sollten, als meine Mutter es je sein würde.

Ich folgte dem Polizeiauto. Wenn es irgendwo an dieser

Straße anhielt, dann an einem Ort, an dem ich schon Hunderte Male vorbeigefahren war.

Immer und immer wieder vorbei am Grab meiner Mutter.

Der Wagen wurde langsamer, als er in eine Kurve fuhr, und ich sah Blinklichter, Verkehrskegel und einen Polizisten in orangefarbener Weste, der den Verkehr durch die auf eine Fahrbahn verengte Straße lenkte.

In einem der dunkelsten Abschnitte der Straße und des Urwalds.

Das Land fiel zu meiner Rechten jäh ab, aber keineswegs ins Nichts. Sondern in einen Busch, der so dicht war, dass das menschliche Auge ihn nicht durchdringen konnte. Uralte Kauri-Bäume, Nīkau-Palmen, riesige Baumfarne. Diese Landschaft gehörte ihnen.

Constable Neri hielt das Polizeifahrzeug hinter einem Van an, und ich parkte hinter ihr. Alle warteten auf mich, bis ich die Krücken vom Rücksitz geholt hatte. Niemand sagte etwas. Als ich die Krücken unter die Achseln geklemmt hatte, nickte ich, und die Polizisten führten uns zu einem Teil der Straße, die keine Sicherheitsbarriere gegen den tiefen Sturz ins Grün hatte. Ich konnte mich nicht daran erinnern, ob dort jemals eine gewesen war.

»Das Auto wurde am Fuß dieses Abgrunds gefunden«, erläuterte Regan zu uns. »Mit der Nase nach unten.«

Das passte zur Theorie meines Vaters, der davon ausging, dass es von der Straße abgekommen und den tiefen Abhang in den alles verschlingenden Wald gestürzt war. Ich hätte gern laut angezweifelt, dass meine Mutter in einer regnerischen Nacht von der Straße abgekommen war, weil dieses Ende einfach zu nett und sauber gewesen wäre, aber sie *hatte* zu viel getrunken, seit ich denken konnte, und sie neigte *tatsächlich* dazu, unvorsichtig zu fahren.

Wenn ich derjenige wäre, der diese Geschichte schreibt, würde ich natürlich genau diese Dinge dazu benutzen, um einen Mord zu vertuschen. Einen Schrei.

»Warum hat das nie jemand bemerkt?«, wollte mein Vater wissen. Seine Stimme klang geschockt. Vielleicht auch verängstigt. Oder beides. »Es muss doch Spuren geben, umgeknickte Bäume, irgendetwas!« Er sagte das in seinem »Ich bin hier der CEO«-Ton.

So nannte ihn meine Mutter.

»Ja, Mr. CEO-ji. Nein, Mr. CEO-ji.«

Dieses schreckliche -ji am Ende war praktisch die Kirsche auf dem Sarkasmus-Kuchen. Vielleicht hatte es einen liebevollen Ursprung gehabt, war dann aber immer höhnischer geworden. Um ehrlich zu sein, erinnere ich mich eigentlich nicht an liebevolle Gefühle zwischen meinen Eltern. Manchmal waren ihre Stimmen vielleicht weicher, ihre Begegnungen weniger aggressiv, aber selbst dann war der Frieden mürbe und nur einen Streit vom Bruch entfernt gewesen.

Mein Vater ist ein Mann, den man nur sehr schwer lieben kann. Ich war mir nie ganz sicher, ob er überhaupt Liebe will oder ob ihm Gehorsam ausreicht. Und was Zuwendung von seiner Seite angeht: Die gibt es einfach nicht. Für Ishaan Rai ist seine Familie sein Eigentum. Besonders seine Frau. Ich weiß nicht, ob es meine Mutter zu Anfang mochte, besessen zu werden, ob sie ihr Eheleben folgsam und still begonnen hatte, aber die Frau, an die ich mich erinnere, hasste es aus tiefstem Herzen.

»Zu diesem Zeitpunkt«, erklärte Regan, »kann ich Ihnen nur sagen, dass das Auto inzwischen so gut verborgen ist, dass es noch jahrelang niemand gefunden hätte, wenn sich nicht ein Team von der Naturschutzbehörde da unten umgeschaut hätte. Sie haben sich die Kauri-Bäume angesehen – eine Routine-Inspektion, die mit dem *Dieback,* der Kauri-Baumkrankheit zu tun hat.«

Die Haut meines Vaters wurde ganz fleckig. Er hat helle Haut, die Sorte, die fleckig wird, wenn er wütend ist. Alle indischen Brautmütter wollen diese Haut. Man kann es nennen, wie man will – internalisierte Unterdrückung, den langen Schatten, den die britischen Kolonialisten werfen, brutales Klassenbewusstsein –, aber meine Mutter hatte ebenso helle Haut. Sie waren zwei Menschen, die eine perfekte Ehe hätten haben sollen.

Die zweite Frau meines Vaters ist so dunkel wie Teakholz.

»In der Nacht, in der sie verschwand, regnete es«, stellte ich fest, bevor er wieder eine seiner Tiraden beginnen konnte. »Der Regen wurde zu einem Unwetter, der in der ganzen Stadt Zäune und Bäume umwarf.« Die Wassermassen hätten sofort jede Reifenspur fortgespült. Nach einem solchen Unwetter waren Schäden an Laub und Busch nichts Ungewöhnliches.

Und das Auto meiner Mutter war ein dunkelgrüner Jaguar gewesen.

So ein fantastischer Farbton.

Der so leicht im tiefen Grün des Urwalds übersehen werden konnte.

Ich konnte mir zwar vorstellen, dass ein einzelnes Auto vom Urwald verschluckt werden konnte, aber auch, dass dem Wald vielleicht jemand ein wenig dabei geholfen hatte. Es hätte nicht viel dazu gebraucht. Ein paar Äste, auf den Jaguar geworfen, ein paar Ranken. Den Rest hätte die Natur erledigt. Ganz besonders nach all dem nährenden Regen.

»Sie haben ein gutes Gedächtnis.« Regan hatte die Hände in seine Hosentaschen gesteckt und wirkte nur mäßig interessiert.

Ich fragte mich, ob ich wohl zu den Verdächtigen gehörte. Immerhin ist man mit sechzehn kein Kind mehr. »Das war der Tag, an dem meine Mutter verschwand. Jede Minute davon ist in meine Erinnerung eingebrannt, ebenso die darauffolgenden Tage.« Tage, in denen ich immer noch hoffte und wartete.

»Natürlich, natürlich.« Ein Blick zu Neri.

Es war mir egal, was sie von mir dachten, zu welchen Schlussfolgerungen sie im Auto hierher gekommen waren. Ich interessierte mich mehr für das, was dort unten lag. Obwohl ich wusste, dass der Jaguar dort war, konnte ich ihn nicht sehen.

Als die beiden Polizisten beiseitetraten, um sich mit einem weiteren Kollegen zu besprechen, sagte ich: »Warum hat sie in jener Nacht geschrien, Dad?«

Die Frage stand zwischen uns, dunkel und vorwurfsvoll.

»Du weißt, wo dein Platz ist, Junge«, spie er schließlich, um dann zurück zum Mietwagen zu gehen.

Die Schlüssel steckten noch im Zündschloss, und er startete den Motor und warf mir einen herausfordernden Blick durch die Windschutzscheibe zu. Als ich keine Anstalten machte, zu ihm zu rennen, setzte er das Auto zurück und machte einen U-Turn, um in die Cul-de-Sac zurückzufahren.

So ein angeberischer Straßenname. Als gäbe es nur eine einzige Cul-de-Sac, eine einzige Sackgasse auf der Welt, und das ausgerechnet hier in diesem isolierten und grünen Teil Aucklands. Der Name lässt außerdem an Straßenfeste und Nachbarschaftsgrillabende denken, und dabei ist die Cul-de-Sac inzwischen ein ziemlich kalter Ort, an dem die Meinungen unter einer hauchdünnen Schicht Höflichkeit verborgen werden und sich die Nachbarn voneinander fernhalten.

Für mich änderte sich alles in dieser Nacht. Als hätte das Verschwinden meiner Mutter alles Leben aus der Cul-de-Sack entweichen lassen.

Noch lange nachdem das Motorengeräusch des Mietwagens verklungen war, stand ich da und starrte in den Urwald. Ich dachte an den sintflutartigen Regen in jener Nacht, dessen Rauschen das Donnern übertönt hatte. Es war ihr Schrei, der mich geweckt hatte, der den Schleier des Schlafes zerrissen und mich mit pochendem Herzen aufgeschreckt hatte. Ich war nicht ganz sicher gewesen, was ich gehört hatte. Mein Puls hämmerte in meinen Ohren, und ich wartete, ob noch etwas zu hören sein würde.

Ich hatte mir schon beinahe eingeredet, dass ich es mir nur eingebildet hätte, als ich das Pochen an der Haustür hörte.

Einmal. Zweimal.

Ich kletterte aus dem Bett und rannte zur Schiebetür, die auf meinen eigenen Balkon führte. Aber die Tür klemmte wie immer, wenn es regnete. Als ich endlich nackt in den eiskalten Regen trat, als die Tropfen wie Nadeln auf meine Haut prasselten, verschwanden die auffälligen Rücklichter des Jaguar bereits in der regenverhangenen Ferne.

Protokoll

Sitzung #1

»Wie läuft das denn hier? Fragen Sie mich nach meinen Eltern und meiner Kindheit?«
»Möchten Sie darüber sprechen?«
[keine Antwort]
»Dies hier ist ein sicherer Ort für Sie. Nichts, was Sie hier sagen, wird je nach außen dringen, aber wir haben auch keine Eile. Sie können sich Zeit lassen, darüber nachdenken, worüber Sie sprechen wollen.«
[keine Antwort]
»Wollen wir einfach mit der Frage beginnen, warum Sie diesen Termin gemacht haben?«
»Die Träume.«
»Träume?«
»Immer und immer wieder dieselben Träume. Immer von ihr.«

4

Mr. Rai.« Constable Neri stand neben mir, der Blick ihrer Augen in ihrem rundlichen Gesicht war durchdringend. Ihre Haut war von einem mittleren Braun, das ganz stumpf wirkte, weil hierher kein Sonnenlicht drang. »Soll ich Sie nach Hause fahren?«

»Mr. Rai ist mein Vater«, stellte ich fest. »Nennen Sie mich Aarav.« Nicht Ari. Niemals Ari. So rief mich immer meine Mutter, und ich könnte den Namen aus dem Mund eines anderen nicht ertragen. Die letzte Freundin, die es versucht hatte, mich so zu nennen, war so erschrocken über meine Reaktion gewesen, dass sie mich noch am selben Tag verließ.

»Du sahst aus, als hättest du mich am liebsten erwürgt«, hatte sie am nächsten Tag am Telefon gesagt. »So viel Wut, dein Gesicht ganz verzerrt, bis ich dich überhaupt nicht mehr wiedererkannte …« Ihre Stimme war gebrochen. »Aarav, du musst dringend zu einem Psychologen, sonst bringst du noch jemanden um.«

Ich hatte aufgelegt und ihre Nummer aus meinem Handy gelöscht.

Ich hatte noch ein weiteres Jahr und Paiges Sorge um mich gebraucht, um zugeben zu können, dass ich mit jemandem reden musste, und jetzt bin ich einer dieser Menschen, die einen Therapeuten haben. Dr. Wendall Jitrnicka. Er trägt Fliege, und wir reden über den ganzen Scheiß. Und ich gehe alle zwei Wochen zu ihm. Offenbar habe ich eine Menge Scheiß in meinem Kopf.

»Wann bergen Sie sie?«, fragte ich Neri, weil sie nicht antwortete.

»Sobald die Spurensicherung mit dem Fundort fertig ist. Das kann Stunden dauern.« Sie verstummte. Dann sagte sie: »Die Leiche lag sehr lange dort unten.«

»Ich verstehe.« Es gab keinen Grund zur Eile. Besser, sie ließen sich Zeit und fanden so viele Beweise wie möglich. »Dann warte ich.«

»Mister …«

»Aarav.«

»Aarav. Hier wird nicht mehr viel passieren. Wir haben Sie nur informiert, weil es sein kann, dass die Medien bald auftauchen. Wir wollten, dass Sie vorgewarnt sind.«

Ich schaute hinunter in das Meer aus Laub. Uralte Bäume mit ineinander verschlungenen Ästen neben riesigen Baumfarnen, umwachsen von Kletterpflanzen. Das Laubdach schirmte das Auto weit effektiver ab als jede menschengemachte Barriere. »Sie war eine sehr lange Zeit allein. Ich kann sie so nicht zurücklassen.«

Constable Neri nickte knapp und ging, aber ich konnte praktisch sehen, wie sie innerlich notierte: *Affektverflachung, makabre Besessenheit vom Tod, war in der Nacht des Ereignisses zu Hause.*

Wenn sie etwas tiefer graben, werden sie begreifen, dass ich damals nur wenig kleiner und kaum weniger muskulös war als jetzt. Jedenfalls groß genug, um mit einer zarten Frau zurechtzukommen. Nina Rai war als nymphenhafte Einundzwanzigjährige in die Ehe getreten, aber anders als viele ihrer Altersgenossinnen, die der Zeit und dem Glück erlaubt hatten, ihre kantige Gestalt weich werden zu lassen, ihren Körper sanft auszupolstern, hatte sich meine Mutter mit wilder Besessenheit an ihrer jugendlichen Figur festgekrallt.

»Kontrolle, Ari«, hatte sie mehr als einmal zu mir gesagt, wenn sie eine Mahlzeit ausließ oder sie durch schwarzen Kaffee ersetzte. »Es geht immer nur um Kontrolle.«

Ich war für jene, die die Familie nicht kannten, oft eine Überraschung. Fremde machten ihr Komplimente für ihren süßen jüngeren Bruder, und sie überraschte sie, indem sie erwiderte, ich sei ihr Sohn.

»Aber Sie sind so jung!«, riefen sie dann unweigerlich aus. »Und Ihre Taille ist so schmal!«

Sie war so stolz auf diese Taille, so stolz, dass sie noch immer in die Kleider passte, die sie vor all den Jahren aus Indien mitgebracht hatte.

Nicht, dass sie diese Kleider je wieder getragen hätte, nachdem sie entschlossen in ihr neues Leben eingetaucht war. Und doch hatte sie sie aufbewahrt. Als Talisman, der sie an das ärmliche Dorf erinnern sollte, aus dem sie gekommen war?

Vielleicht.

Ich hatte sie einmal auf dem Bett sitzen sehen. Sie hatte ein hellblaues Top in den Händen, ihre Finger strichen über die Nähte. »Amma hat mir das hier gemacht«, hatte sie gesagt, als ich näher getreten war. »Ein ›schick besticktes‹ Top für mein neues schickes Leben. ›So ein Glück, meri Nina. So einen *dhanee*-Mann zu heiraten. Wah! Du wirst Diamanten und Seide tragen. Die Götter lächeln auf dich herab!‹«

Dann hatte sie gelacht, und es hatte wie blutige Glasscherben geklungen.

Mit einer so schlanken, so kleinen Frau fertigzuwerden, wäre für einen athletischen Sechzehnjährigen, der um einiges größer war als sie, ein Leichtes gewesen. Immerhin hatte ich meine Mutter schon oft vom Sofa ins Bett getragen, wenn die Luft im Wohnzimmer wieder vom Geruch der süßen Cocktails geschwängert war.

»Mein Sohn.« Ihre Hand an meiner Wange, die Spitzen ihrer langen Fingernägel, die sich in meine Haut gruben. »Mein ganzer Stolz. Mere dil ka tukda.«

Wieder ein Lachen. Es schmerzte in den Ohren, Fingernägel, die über eine Tafel kratzten, selbst nach all den Jahren.

Denn wenn ich ein Teil ihres Herzens gewesen war, dann einer, den sie abwechselnd vergötterte und hasste. Ich war das Gewicht, mit dem sie an ihre vergiftete Ehe gekettet war. Mein Vater hätte ohne jede Umschweife zugestimmt, wenn sie auf eine Scheidung gedrängt hätte. Aber seinen Sohn und Erben zu verlieren? *Niemals*. Ishaan Rai hätte bis zum bitteren Ende gekämpft, um mich zu behalten.

Etwas grell Weißes vor dem grünen Hintergrund. Ein Spurensicherungsbeamter. Ein zweiter Spurensicherungspolizist tauchte in einer kleinen Lücke zwischen den Bäumen auf. Auch sein Overall war leuchtend weiß, abgesehen von den Stellen, an denen Schmutz und Grün klebten.

Ironie des Schicksals, dass sie jetzt all diese Aufmerksamkeit hatte, meine Mutter, die sich ihr ganzes Leben lang genau danach gesehnt hatte.

»Hier.« Constable Neri kam mit einer leuchtend orangefarbenen Kiste zurück. »Sie sollten vermutlich nicht so lange stehen.«

Früher wäre es mir vielleicht peinlich gewesen, wie ein Invalide behandelt zu werden. Aber inzwischen war es mir egal. »Danke.« Höflichkeit ist eine gute Sache; sie hilft dabei, die Leute bei der Sache zu halten, sie reden zu lassen – und es hilft, sie davon abzuhalten, zu genau hinzusehen. Die Leute erzählen mir alles Mögliche, weil ich höflich und einfühlsam bin.

Dr. Jitrnicka hat mir erklärt, das sei bei mir eine Kontrolltaktik, weil ich es so bewusst tue.

Ich setzte mich erst, als sich Constable Neri bereits abgewandt hatte. Es war ein uneleganter Akt, aber schließlich schaffte ich es, mich auf die Kiste zu manövrieren. Meinen

Moonboot hatte ich vor mir ausgestreckt und die Krücken ordentlich auf die Seite gelegt. Von dem Manöver war mein Gesicht ganz rot geworden, und ich griff in die Taschen meiner Jogginghose – die am Hosenbein aufgeschlitzt war, um Platz für den Gehverband zu schaffen –, um die Tabletten herauszuholen.

»Die sind gegen die Migräneanfälle«, hatte Dr. Binchy gesagt, als er das Rezept ausstellte. »Nehmen Sie sie mit Bedacht, aber wenn Sie spüren, dass eine Migräne im Anmarsch ist, zögern Sie nicht. Sie helfen besser, wenn man sie früh nimmt. Lassen Sie eine auf der Zunge zergehen und schlucken Sie sie dann.«

Das dumpfe Pochen in meiner Schläfe kündigte einen dieser beschissenen Anfälle an, die mich seit dem Unfall verfolgten. Aber ich zögerte dennoch. Die Medikamente halfen, aber in den Stunden danach folgte jedes Mal völlige Erschöpfung. Wenn ich jetzt eine nahm, würde ich nach dem Essen mindestens zwei Stunden im Bett bleiben müssen.

Das Pochen wurde schlimmer, Übelkeit stieg in mir auf.

»Scheiße.« Ich nahm eine der Tabletten aus dem Blister, legte sie auf die Zunge und ließ die Chemie ihre Wunder tun.

»Drogen fressen dein Hirn auf, Ari, sie lassen dir nur ein leeres *khopdi*.« Meine Mutter, die mit einem Kristallglas-Tumbler in der Tür zu meinem Zimmer stand, in einem schwarzen Kleid aus feinster Wolle, das ihre Kurven umschmeichelte. »Versprich mir, dass du dieses Zeug nicht nimmst.«

»Tu ich nicht«, hatte ich erwidert. Ich nahm die Drogen tatsächlich nicht, die wie Bonbons in meiner exklusiven Privatschule herumgereicht wurden. »Ich mag es nicht, high zu sein.«

Das stimmte damals. Und es stimmt heute immer noch.

Aber das Medikament würde mir ein paar Stunden Klarheit verschaffen, bevor ich dann schlafen musste. Besser als ein Schraubstock um den Kopf, der zudrückte, bis vor meinen Augen Lichter aufblitzten und ich nicht mehr klar sehen konnte. Als ich zum ersten Mal eine Migräne hatte, hatte ich geglaubt, blind zu werden, und war in Panik geraten.

Jetzt rann mir der Schweiß den Rücken hinab.

Ich weiß nicht, wie lange ich so dasaß, bis der riesige Lastwagen mit dem Kran darauf auftauchte. Als ich mit der mir am nächsten stehenden Polizistin über den Lastwagen sprach, einer uniformierten Constable auf Probe, sagte sie mir, dass die Polizei die Straße in einiger Entfernung gesperrt und Umleitungen gelegt habe, damit keiner die Zufahrt versperren konnte.

»Das hier wird eine Weile dauern.« Sie war jung und hatte ein frisches Gesicht und schien nicht zu wissen, wer ich war – aber weil ich ganz offenbar die Erlaubnis hatte, hier zu sein, achtete sie nicht auf ihre Worte. »Die Autos, die an solchen Orten gefunden werden, sind immer am schwierigsten zu bergen. Besonders, wenn der Busch schon genügend Zeit hatte, sie zu verschlingen.«

Sie zu verschlingen.

Ja. Das zerklüftete, wunderschöne Land neigte dazu, die Unachtsamen zu verschlucken. Einige, die in den Spalten der Berge verschwanden oder unter der ausufernden Krone eines uralten Waldriesen begraben wurden, würden nie gefunden werden.

Menschen, die für immer verloren waren.

Von der Gerichtsmedizin für tot erklärt.

Meine Mutter war nie für tot erklärt worden. Mein Vater hatte einfach die beiden Jahre abgewartet, die es dazu brauchte, und dann hatte er die Scheidung ohne ihre Einwilligung durchgezogen. Ich wusste nicht, wie. Ich hatte mir nie die Mühe gegeben, es herauszufinden. Es war offensichtlich, dass es irgendein Gesetz geben musste, das den Umgang mit Ehepartnern regelte, die nicht gefunden werden konnten oder wollten.

Theoretisch war meine Mutter zu dem Zeitpunkt noch flüchtig gewesen. Merkwürdigerweise war es die Scheidung, die sie wieder zu einer gesetzestreuen Bürgerin gemacht hatte. Das Gericht hatte ihr die Hälfte des Familienwohnsitzes zugesprochen, trotz aller Versuche meines Vaters, das zu verhindern.

»Ich habe es gebaut! Ich habe es bezahlt!«, hatte er am Abend der Urteilsverkündung gewütet. »Alles, was sie verdammt noch mal getan hat, ist, mein Geld auszugeben!«

Am Ende waren die zweihundertfünfzigtausend Dollar, die sie genommen hatte, mit dem Geld aus der Scheidungsvereinbarung verrechnet worden, und mein Vater hatte das Haus behalten – zum Zeitpunkt der Scheidung war es zwei Millionen Dollar wert gewesen. Eine Million Dollar für jede Partei, genau halb und halb. Wäre meine Mutter vor Gericht erschienen, hätte sie sicher um mehr gekämpft – Anteile, Investitionen, all das Geld, das er auf Schwarzgeldkonten angelegt hatte, aber sie tauchte nie mehr auf und bekam daher nur das Minimum.

Irgendwo im Gerichtssystem gibt es ein Treuhandkonto auf den Namen Nina Parvati Rai, auf dem siebenhundertfünfzigtausend Dollar plus zehn Jahre Zinsen liegen.

Die darauf warten, dass sie zurückkommt.

Jetzt würde es mein Geld sein.

Sie hatte mir einmal ihr Testament gezeigt und angedeutet, dass sie weit mehr Geld zurückgelegt habe, als mein Vater wisse. »Das wird alles deins sein, Ari. Verkauf den

Schmuck und mach mit dem Geld, was du willst. Kümmere dich nur um deine *nani*.«

Das hatte ich getan. Die Mutter meiner Mutter lebt ein angenehmes Leben in dem kleinen indischen Dorf, das sie nie verlassen wollte. Sie steht jeden Morgen auf und betet für ihren vor langer Zeit verstorbenen Mann und ihre geliebte Tochter, und jeden Abend tut sie das Gleiche.

Ich rufe sie einmal die Woche an, um nachzufragen, ob sie etwas braucht.

Sie hat immer dieselbe Bitte: »Ich möchte mit Nina sprechen, *beta*. Kannst du Nina holen?«

Ich werde ihr nicht sagen, dass sie Nina endlich gefunden haben. Sie würde es beim nächsten Anruf wieder vergessen haben, und dann würde ihr Herz jedes Mal erneut brechen. Nein, ich mache es so wie immer und sage, dass Nina irgendwo anders im Haus zu tun hat und später zurückrufen wird.

Nani erinnert sich nicht daran, dass ihre Tochter nie zurückruft.

Zu meiner Linken manövrierte der Fahrer den Lastwagen an den Rand der Straße. Er hielt nur ganz knapp den Sicherheitsabstand ein. Dann begann er, den Kran auszufahren, während sein Partner Kommandos schrie. Weil ich so ein Gefährt noch nie gesehen hatte, schaute ich etwas abwesend zu, wie sich der Kran Stück für Stück ausklappte, wie ein grobes Metall-Origami.

An seinem Ende schwang ein riesiger Haken.

5

Ich fragte mich laut, wie sie wohl den Haken am Auto befestigen wollten, und die junge Probe-Constable sagte: »Oh, sie haben da unten schon eine Schlinge vorbereitet, die für derlei Dinge vorgesehen ist. Superstark, mit Riemen und so.«

»Natürlich.« Meine Mutter hätte es gehasst, wie ein Stück Fleisch beim Metzger hochgezogen zu werden.

Nur … Nein, da waren die Spurensicherer wieder. Sie kletterten den Abhang mit einem jämmerlich kleinen Sack auf einer Trage hinauf. Ich schaute zu, versuchte aber nicht, näher zu kommen. Ich schrie nicht, ich weinte nicht und ließ mich auch nicht schluchzend auf die Knie fallen.

Die nicht vergossenen Tränen in mir waren zu Stein erstarrt.

Und das da waren lediglich Knochen, nur noch Spuren meiner längst verstorbenen Mutter.

Den Geruch des penetrant süßen, durchdringenden Parfüms, von dem mir immer etwas schwindelig wurde, das makellos helle Braun ihrer Haut, das bittere Lachen – all das gab es nicht mehr. Was blieb, waren verlassene, vergessene Gebeine inmitten endloser, dunkelgrüner Stille.

Constable Neri trat auf mich zu. Sie hatte sich inzwischen einen dunkelblauen Schutzanzug angezogen, um den Fundort der Leiche zu besichtigen. Ein einziger, harter Blick, und die junge Polizistin neben mir wurde rot und verschwand.

Neri schob die Kapuze ihres Schutzanzuges zurück und zeigte ihr schweißnasses Haar, das sie zu einem dicken Zopf zusammengeflochten hatte. Um den Mund herum waren schwache Druckstellen zu sehen, wo die Maske gesessen haben musste. »Gibt es irgendwelche kulturellen oder religiösen Praktiken, von denen wir wissen sollten?« Ihre Stimme klang ruhig. »Sie hätten noch Zeit für ein Gebet, denn die *tūpāpaku* kann nicht wegtransportiert werden, solange der Lkw die Straße blockiert.«

Die *tūpāpaku.*

Das war das respektvolle Māori-Wort für eine Leiche. Aber es klang nicht richtig. Das Wort klang zu frisch. Meine Mutter war schon zu lange tot, um noch als Leiche zu gelten.

»Nein«, entgegnete ich und dachte an den kleinen Gebetsschrein, den Shanti hatte, die zweite Frau meines Vaters. Ohne Zweifel würde sie für ihre Vorgängerin beten und sich Sorgen machen, weil die üblichen Rituale nicht durchgeführt werden konnten, aber sie hatte Nina Rai nie kennengelernt. »Meine Mutter war nie besonders traditionell oder religiös. Es wäre scheinheilig, das alles jetzt für sie zu tun.«

Wenn es allerdings nach meinem Vater gegangen wäre, hätte er vermutlich das ganze Paket veranstaltet, allein um das Gesicht zu wahren.

Aber das wollte ich nicht zulassen – er hatte sich von ihr scheiden lassen und keinerlei Recht mehr auf sie. Ich würde verdammt noch mal dafür sorgen, dass er sich daran erinnerte, und ich würde dabei nicht besonders höflich sein. »Gibt es denn noch etwas anderes, was Sie mir sagen können? Haben Sie etwas gefunden, das eindeutig auf einen Unfall hinweist?«

Neri öffnete den Reißverschluss ihres Anzugs, sodass ein weißes T-Shirt sichtbar wurde. »Wir haben eine Flasche Whiskey im Auto gefunden. Leer, der Deckel war abgeschraubt.«

Das Lachen nach den Drinks, der schwankende Gang. Der Sohn, der sie zu Bett bringen musste. Ihr überwältigend süßer Atem – Erinnerungen, die ebenso Teil meiner Kindheit sind wie die Schreie und das Brüllen und die teuren Kuchen, die meine Mutter spontan kaufte, nur weil ich sie so gern mochte.

Es gab da nur ein Problem. »Meine Mutter hat getrunken, oft exzessiv. Aber Whiskey hat sie nie angerührt. Sie sagte immer, lieber würde sie Pferdepisse trinken.«

Constable Neri zuckte nicht mit der Wimper. »Menschen, die trinken, neigen dazu, zu nehmen, was es gerade gibt.«

»In der Bar meines Vaters gab es immer viel Wodka.« Ein Dauerauftrag von meiner Mutter. »Einige der Flaschen von vor zehn Jahren sind vermutlich immer noch da. Er ist derjenige, der Whiskey trinkt. Er kann Wodka nicht leiden.«

Jetzt war sie ganz still, aber voller Aufmerksamkeit. Ich dachte wieder an Paige, wie sie in ihrem Lieblingssessel auf dem Balkon saß und mich ansah, als versuchte sie, durch meine Haut, durch meinen Schädel zu schauen.

»Was genau wollen Sie damit sagen?«, fragte Neri.

Ich zuckte die Achseln. »Nur, dass sie, wenn sie trinken wollte, keinen Whiskey hätte trinken müssen.«

Die Spurensicherer, die die Gebeine meiner Mutter geborgen hatten, erreichten jetzt die Straße. Sie legten die Knochen in ein dunkelgraues Fahrzeug, das ich gar nicht als Leichenwagen erkannt hatte, so diskret und normal wirkte es.

Bald würde ich diese Knochen ins Feuer eines Krematoriums schicken.

»Verstreut meine Asche in den Bergen meiner Heimat«, hatte sie einst zu mir gesagt, als wir vor einem Ferienhaus mit Blick auf die hohen, schneegeküssten neuseeländischen Alpen saßen. Der Himmel glühte im Sonnenuntergang, sie legte ihren Kopf an meine Schulter und die Hand auf meinen Schenkel, und lallte vom Alkohol: »Wenn ich tot bin, bring meine Überreste zurück nach Indien. Wenn ich je glücklich war, dann in meinem wunderbaren Hindustan.«

Vielleicht würde ich das tun. Oder vielleicht würde ich sie auch in einer kleinen Kiste auf dem Dachboden verstecken. Vergessen. Alles, was sie je getan hatte, vom Erdboden tilgen.

Ich wandte mich in dem Moment von den Knochen ab, als der Kran ächzte.

Er hatte sich in Position gebracht. Der Haken hing jetzt so tief zwischen den Bäumen, dass er nicht mehr zu sehen war. Keiner von uns sprach, während wir darauf warteten, dass er wieder auftauchte. Das dauerte eine Zeit. Die Schlinge musste sicher angebracht und dann getestet werden. Die Riemen überprüft werden. Obwohl ich wusste, dass die Überreste meiner Mutter nicht mehr im Jaguar lagen, zeigte mir mein Hirn eine makabre Szene, in der die Schlinge riss und ihre Knochen überall durch den Urwald flogen.

»Sie haben das Auto nicht erst heute gefunden, oder?« Die Spurensicherung würde für menschliche Überreste, die im Busch gefunden wurden, ihre Zeit brauchen.

»Nein«, gab Neri zu. »Wir wurden gestern deswegen angerufen. Es dauerte eine Weile, zum Fundort zu gelangen, weil der sich in unberührtem Urwald befindet und kein Wanderweg in der Nähe ist. Dann mussten wir das Fahrzeug wiederfinden. Es wäre sinnlos gewesen, Ihnen davon zu erzählen, bis wir einigermaßen sicher waren, dass die Überreste wirklich die Ihrer Mutter sind.«

All das mussten sie still und heimlich getan haben, indem sie einen anderen Weg in den Busch genommen hatten. Keine Autos und Leichenwagen und Kräne, um die Öffentlichkeit nicht vorzuwarnen.

»Haben Sie einen kleinen Ring gefunden? Er müsste an ihrem linken kleinen Finger gesteckt haben. Aus schlichtem Silber, mit einem eingeprägten Schmetterling?«

Sie schürzte leicht die Lippen, dann aber schien sie ihre schnelle Verneinung noch einmal zu überdenken und ging zu einem der Techniker der Spurensicherung. Er zog etwas aus der Tasche, was wie ein Tablet aussah, und sie beugten die Köpfe darüber.

Als sie zurückkam, schüttelte sie den Kopf. »Die Autofenster waren nicht ganz geschlossen.«

Tiere.

Das war etwas, was ich für meinen zum Scheitern verurteilten zweiten Roman recherchiert hatte.

Ein kleiner Ring konnte leicht verloren gehen … besonders, wenn sich ein Aasfresser über die langen, schlanken Finger meiner Mutter hergemacht hatte.

Mein Magen zog sich zusammen.

»Die Spurensicherung hat allerdings einen dritten Ring gefunden.«

Ich holte mein Handy heraus und scrollte durch die Fotos, die ich in einem besonderen Ordner aufbewahrte. Ich hatte sie über die Jahre von Handy zu Handy geladen. Fotos von ihr. Für meine Erinnerung. Für die Identifikation. Weil ich in jener Nacht einen Schrei gehört hatte. Weil mein Vater ein Mistkerl ist, der damals seine Sekretärin vögelte.

»So einen?« Ich zoomte ihre Hand heran, die eine Champagnerflöte hielt.

Diamanten glitzerten unter dem Licht einer längst vergangenen Wohltätigkeitsgala. Meine Mutter trug ein hautenges Kleid, einen echten Schocker aus roten Pailletten, der sie mit vollkommener ehefraulicher Anmut einhüllte. Sie trug den tiefen V-Ausschnitt auf dem Rücken, und die Kaskaden ihrer weichen schwarzen Locken glitten über die seidige Oberfläche ihrer Haut, als sie sich vor dem Ausgehen in meinem Zimmer um sich selbst drehte.

»Dein Vater wird durchdrehen«, sagte sie mit einem durchtriebenen Grinsen. Dann beugte sie sich herunter, um mir einen Kuss zu geben. Ich lag auf dem Bett, den Kopfhörer um den Hals gelegt. »Iss dein Abendessen, Ari. Ich habe es extra für dich gemacht – und ich will keine Burger-Verpackungen im Müll sehen, wenn ich zurückkomme. Suna?«

Ihr Duft hing schwer in meinem Zimmer, in meiner Lunge, bis ich endlich aufstand und die Schiebetür zum Balkon öffnete. Manchmal konnte ich in Gegenwart meiner Mutter kaum atmen. Ihre Liebe war wie ein Python, der mich zerdrückte. Aber ich aß das Abendessen, das sie gemacht hatte, und ich lächelte, als sie jemanden bat, dieses Foto zu machen, das sie mir dann schickte.

Siehst du?, hatte sie geschrieben.

Der schwarze Smoking meines Vaters war im Hintergrund der Aufnahme zu sehen, und obwohl nur meine Mutter scharf zu sehen war, konnte man seinen zornigen Gesichtsausdruck dennoch erkennen.

Neri besah sich das Foto genau und nickte dann. Die Bewegung schickte einen Duft zu mir, der nicht nur Wald und Tod war. Ich hatte diesen Duft im Haar eines Mädchens gerochen, mit dem ich auf der Universität ausgegangen war. Kokosöl mit Frangipani.

»Der quadratische Saphir«, stellte Neri fest.

»Geburtstagsgeschenk.« Ich hatte keine Ahnung, wie viele Ringe sie in jener regnerischen Nacht vor zehn Jahren getragen hatte; meine Mutter war eine Frau gewesen, die es mochte, wenn ihre Finger glitzerten. Aber der unmodische Ring am kleinen Finger … den hatte sie niemals abgenommen. Seit dem Tag nicht mehr, an dem ich ihn ihr mit vierzehn Jahren geschenkt hatte.

Zum Muttertag, Mum. Ich hab dich lieb.

Ihr Gesicht wirkte wie zerknautscht, als sie die Karte und den Ring sah. Ich hatte den ganzen Sommer lang Rasen gemäht, um ihn kaufen zu können. Sie hatte den Ring übergestreift – so ein billiges Ding im Vergleich zu den anderen Klunkern an ihren Fingern – und ihn nie wieder abgenommen. Nicht einmal, wenn sie betrunken vor sich hin murmelte, dass sie am liebsten ihr Leben noch einmal von Anfang an leben, neu anfangen würde.

Ohne Kind – und auf jeden Fall ohne Ehemann.

Am Morgen erinnerte sie sich nie an diese Gespräche, sie wusste nicht mehr, dass sie sich gewünscht hatte, es gäbe mich nicht. Ich aber erinnerte mich an jedes einzelne vergiftete Wort, an jeden einzelnen verbalen Tiefschlag. Aber ich erinnerte mich auch an die selbst gekochten Mahlzeiten und den Schmetterlingsring, den sie stolz auf Galas und Politikdinners und Champagner-Brunchs getragen hatte.

Ein Ächzen vom Kran, ein Ruf vom Kranführer.

Die Laubdecke erzitterte.

6

Als Erstes tauchte der massive Metallhaken auf. Gefolgt von einem Bündel Seilen. Und dann die Gurte. Darin lag wie ein Kind in einem Kinderwagen ein Auto, das dreihunderttausend Dollar gekostet hatte, als mein Vater es für meine Mutter kaufte.

»Der erste Eindruck ist wichtig, Sohn. Wir können Mrs. Ishaan Rai nicht in einem billigen japanischen Auto herumfahren lassen.«

In derselben Nacht hatte er sie so hart geschlagen, dass sie zu Boden gefallen war, und sie hatte ein Glas nach ihm geworfen. Es war an der Wand zerborsten. Eine Scherbe war mir ins Gesicht direkt neben das Auge geflogen und hatte dort einen dünnen Schnitt hinterlassen.

Ich hatte keinen Ton von mir gegeben. Ich hätte gar nicht dort sein dürfen.

Später in der Nacht, als ich unter meiner Superhelden-Decke im Bett lag, hörte ich andere Geräusche. Ich war damals sieben und verstand das alles nicht ganz. Erst später begriff ich die Bedeutung dieses Stöhnens und Keuchens und der kleinen, atemlosen Schreie.

»Ganz ruhig jetzt!«

Der Jaguar tauchte leise schaukelnd aus der besitzergreifenden Umklammerung des Urwalds auf.

Das dunkle Grün der Lackierung war matt geworden und in den Jahren zwischen den Bäumen an einigen Stellen gerostet, die Stoßstangen glänzten nicht mehr, die Reifen waren platt und angefressen, aber der größte Schaden war vorn zu sehen. Der gesamte vordere Teil war eingedrückt, die Kühlerhaube stand offen und war verdreht.

Als wäre das Auto kopfüber den steilen Abhang hinuntergefallen und mit voller Wucht aufgeprallt. Als wäre ein schlankes Gewehr in einen kurzläufigen Revolver verwandelt worden.

»Sind die Airbags ausgelöst worden?«, fragte ich.

»Es sieht so aus, als hätten alle Sicherheitssysteme ordnungsgemäß funktioniert.«

Also war es möglich, dass meine Mutter den Aufprall überlebt hatte, nur um dann allein in der Kälte zu sterben, während der Regen auf das metallene Autodach prasselte und Blitze über den tintenschwarzen Himmel zuckten. Wenn sie überhaupt noch am Leben gewesen war, als das Auto den Abhang hinunterglitt. Denn ich hatte die Haustür *zweimal* zuschlagen gehört. Und danach war es im Haus totenstill gewesen.

»Wir werden mehr Einzelheiten erfahren, wenn …« Neri zögerte. »Es wird eine umfassende Untersuchung geben.«

Zehn Jahre waren eine lange Zeit, in der Beweismittel altern und vergehen konnten. In denen Fleisch verschwinden konnte. In denen jeder vergessen konnte, dass Nina Parvati Rai eine lebende, atmende Frau gewesen war, die Musik und Kochen liebte und ein Hirn wie einen Computer hatte.

In einem anderen Leben hätte sie Professorin sein können.

In diesem Leben war sie die Frau eines reichen Mannes gewesen.

Und jetzt war sie nur noch Knochen.

Das Auto bebte, als es den Armen des Urwalds entrissen wurde. Dreck hing in Klumpen am Fahrgestell, und die Türen waren mit Polizeiband gesichert, damit sie sich nicht öffneten. Die Spurensicherer mussten diese Stellen schon untersucht haben.

Ich starrte die Fahrertür an, und plötzlich fiel mir eine Frage ein, an die ich vorher gar nicht gedacht hatte. »Saß sie auf dem Fahrersitz?«

Detective Regan hatte das nie erwähnt.

Neri hatte ein gutes Pokerface, aber diese Frage hatte sie nicht erwartet. Die Antwort lag im Flattern ihrer Wimpern, bis sie die Kontrolle über ihre Gesichtszüge wiedererlangte. »Sie werden umfassend informiert, sobald wir unsere Untersuchungen abgeschlossen haben.«

Meine Mutter hatte nicht auf dem Fahrersitz gesessen.

Noch jemand anders war in jener Nacht in dem Auto gewesen. Und die Polizei wusste es. Die Whiskey-Flasche, der Ring, das, was sie uns gesagt hatten – das waren alles nur Stückchen der Wahrheit, die uns zur Kooperation bewegen sollten, während sie in einem Mordfall ermittelten … in einem Mordfall, der ganz sicher auch Ninas Ehemann und ihren Sohn im Fadenkreuz hatte.

Das Auto begann wild zu schwanken, und einen Augenblick lang glaubte ich, dass der Jaguar auf den Boden des Urwalds krachen würde, ganz genau wie meine Mutter vor all den Jahren.

Constable Neri brachte mich nach Hause, aber ich bat darum, mich ungefähr zwanzig Gehminuten vom Haus abzusetzen. Zehn Gehminuten für jemanden mit funktionierenden Beinen.

Neri warf einen Blick auf mein Bein im Gehverband. »Sind Sie sicher, dass das eine gute Idee ist?«

»Ich brauche Zeit zum Nachdenken, und das kann ich nicht im Haus mit meinem Vater. Sie haben ihn ja kennengelernt.«

Ein scharfer, dunkler Blick. »Keine glückliche Ehe.«

»Verhören Sie mich später, Constable.« Es klang schroff.

»Ich erzähle Ihnen alles, was Sie wissen wollen. Aber lassen Sie mich heute trauern.«

Keine Beschämung in ihrem Gesicht, nichts als absolute Wachsamkeit, die eine Warnung war. Ich würde sowohl bei ihr als auch bei ihrem Chef vorsichtig sein müssen. Sie war nicht der Typ, das begriff ich, der auf oberflächlichen Charme hereinfiel, eingewickelt in den Duft des Geldes. Ebenso wenig würde ich sie oder ihren älteren Kollegen mit meiner »Nur ein Schriftsteller«-Nummer blenden können.

Ich würde genauer nachdenken, klüger sein müssen, um den Überblick über die Ermittlungen zu behalten.

»Sie verstehen, dass das ein komplizierter Prozess sein wird«, erklärte sie. »Wir brauchen Ihre Kooperation.«

»Haben Sie das Geld gefunden?« Eine Viertelmillion, die aus dem Safe meines Vaters verschwunden war. Bündelweise Hundertdollarscheine, die er als Sicherheit für unvorhergesehene Ereignisse aufbewahrt hatte. Er tat es immer noch. Ich hatte schon vor Jahren die Safe-Kombination herausgefunden, obwohl er das gesamte System nach dem Verschwinden meiner Mutter ausgetauscht hatte. Mein Vater hatte nicht besonders viel Fantasie – jedenfalls nicht in dieser Hinsicht.

Constable Neri sah mich ausdruckslos an. »Wie ich schon sagte, wir können Beweismittel nicht preisgeben.«

»Sie haben es nicht gefunden.« Das war nur geraten, und Neris Pokerface zeigte keine Regung, aber wie groß war die Wahrscheinlichkeit, eine Frau zu ermorden und dann ein dickes Geldbündel zurückzulassen, das niemand aufspüren konnte? *Null.* »Sie wissen ja, wo ich bin, wenn Sie reden wollen«, war ihre Antwort.

Ich stieg aus dem Fahrzeug, indem ich mich vorsichtig hochzog, und ging dann zur hinteren Beifahrertür. Neri schwieg. Ich holte meine Krücken heraus und schloss die

Tür wieder. Sie wendete das Fahrzeug erst, als ich ganz am Straßenrand angekommen war.

Das Motorengeräusch verklang bald, und die Stille umhüllte mich.

All diese Bäume, all das Grün waren der Grund dafür, dass die Grundstücke hier so begehrt waren. Immobilien in Titirangi erreichten nicht die schwindelerregenden Preise der Villen in Herne Bay oder der ausufernden Anwesen auf der Südinsel, aber die Reichen, die hier ihre Häuser bauten, legten vor allem Wert auf Privatsphäre.

Nur selten wurden die Straßen, die sich durch den Waitākere-Ranges-Regional-Park schlängelten, in den Artikeln über Neuseelands reichste Straßen erwähnt. Das lag daran, dass der Reichtum hier hinter einem Schild aus Grün verborgen war und sich die Anwesen weit voneinander entfernt befanden. Niemand wusste von den atemberaubenden Designerhäusern, die tief im Urwald lagen, bis sie verkauft wurden. Die meisten Häuser hier waren einsame Funken in der Wildnis. Die Cul-de-Sac mit ihrer Ansammlung stillen Wohlstands wurde durch lange Auffahrten auf Abstand gehalten.

Meine Mutter war das auffälligste Mitglied dieser Enklave gewesen.

Ich schaute über den Scenic Drive. Nicht weit in der Ferne donnerte die Brandung von Piha an die Küste, wo das Wasser keine Gnade kannte und der schwarze Sand in der Sommersonne glühte. Es fühlte sich an, als wäre diese Sonne seit Monaten verblasst, der Himmel heute war düster und verärgert. Genau wie zweifellos auch der Gesichtsausdruck meines Vaters auf seiner Fahrt nach Hause.

Nina, die schon wieder Ishaans perfektes Leben störte.

Als ich in jener Nacht zum ersten Mal aufgewacht war, hatte mich seine Stimme geweckt. Müde von einem ganzen

Tag Laufen als Vorbereitung auf den Halbmarathon, an dem ich in einem Monat teilnehmen wollte, hatte ich gestöhnt und mir ein Kissen über den Kopf gelegt.

»Du bist eine Hure!« Die Stimme meines Vaters, die wie ein Donnerschlag in meinem Kopf dröhnte.

»Oh, das ist ja absurd, dass ausgerechnet du so etwas sagst! Hast du etwa vergessen, dass ich deine Sekretärin mit nackten Brüsten auf deinem Schreibtisch überrascht habe? Du kriegst ihn nur bei albernen Mädchen hoch, die jung genug sind, deine Tochter zu sein, was?« Selbst nach neunzehn Jahren in Neuseeland hatte die Stimme meiner Mutter noch einen Hauch von ihrem dörflichen Akzent behalten, und die hässlichen Worte schienen gar nicht zu ihr zu passen.

Manchmal glaubte ich, dass sie sich absichtlich an ihrem Akzent festhielt. Vielleicht, um meinen Vater zu beschämen – wobei ich nie verstand, wie das hätte funktionieren sollen. Er war ja aus guten Gründen im ländlichen Indien auf Brautschau gegangen. Er hatte eine gebildete Frau weder gewollt noch erwartet.

Nein, Ishaan Rai hatte eine bescheidene, folgsame und wunderschöne Puppe gewollt.

Bei anderen Gelegenheiten war ich mir sicher, dass sich meine Mutter für ihren hartnäckigen Akzent schämte. Sie war in jeder anderen Hinsicht geschliffen und weltgewandt – Designerkleider, makelloses Make-up, das eher sexy war als »anständig« ehefraulich elegant, und besaß eine Schlagfertigkeit voll scharfen Witzes.

»Deine Mum ist echt heiß«, hatte einer meiner Freunde aus der Teenagerzeit einmal gesagt und sie mit seinen Blicken verschlungen, als sie in einem roten Bikini aus kleinen dreieckigen Stoffstückchen, ein wenig Schnur und sonst nicht viel mehr am Pool lag.

Ich hatte ihn geschlagen.

Ihre üppige und kochende Hitze hatte mich abwechselnd verwirrt und verärgert. Warum, dachte ich, konnte sie nicht so sein wie die anderen Mütter? Weich und warm und gemütlich. Und gleichzeitig war ich stolz darauf, eine Mutter zu haben, die andere begehrten.

Abgefuckt war da noch milde ausgedrückt.

»Pass auf, was du sagst, Nina! Ich bin immer noch dein Mann!«

»So wortgewandt, *piva-ji.*« Die rauchige Stimme meiner Mutter, die das liebevolle Wort für Ehemann in kränkender Absicht benutzte. »Wenn ich nur daran denke, wie beeindruckt ich von dir war, als du in unser Dorf kamst. So klug, so gutaussehend, so stinkreich.« Wieder ein Lachen, es klang wie reine Säure. »Immerhin stimmte eins davon.«

»Geh doch zum Teufel, du Schlampe. Diesmal hast du es zu weit getrieben. Ich werde mich von dir scheiden lassen und dich auf die Straße werfen.«

»Ich werde dich bis aufs Hemd schröpfen.« Dieser Hohn. »Ich habe bereits mit einem Rechtsanwalt gesprochen, und rate! Dieser alte Ehevertrag ist nichts mehr wert. Zu einseitig. Zu *gemein.* Erst recht, seit ich dir einen Sohn geschenkt habe. Die Gerichte werden diesen Dreckszettel wegwerfen und mir die Hälfte von allem geben. Hey, sie werden mir sogar *mehr* geben, weil ich nämlich auch unseren Sohn mitnehmen werde.«

»Davor würde ich dich umbringen!«, hatte mein Vater in jener Nacht geschrien, begleitet vom Geräusch zerbrechenden Glases.

Als ich das nächste Mal im Wohnzimmer war, sah ich das Glitzern der Scherben des Kristall-Tumblers vor dem Kamin. Nur ganz winzige Scherben. Der Rest war schon verschwunden. Ebenso verschwunden war der teure Seidenteppich aus Rajasthan, der seit Jahren schon vor dem Kamin gelegen hatte.

Die Stimme meiner Mutter hatte verwaschen geklungen, als sie antwortete. »Drecksack! Du glaubst wohl, dass ich dich nicht durch die Gerichte schleifen und all deine schmutzige Wäsche waschen werde? Dann pass mal schön auf.«

Ich war wieder eingeschlafen, aber ihre bösen Worte hallten in meinem Kopf nach, obwohl ich so etwas schon öfters gehört hatte. Als ich zum letzten Mal auf meinen digitalen Wecker geschaut hatte, hatte er 23:51 gezeigt, und danach hatte ich die Welt ausgeblendet und war in den Schlaf gesunken.

Der Wecker zeigte 00:01, als ich zum zweiten Mal aufwachte – von einem durchdringenden Schrei. Mein Herz hämmerte.

Protokoll

Sitzung #2

»Liegt es daran, dass die Dinge zwischen Ihnen noch nicht geklärt waren? Verfolgt sie Sie deshalb?«
»Wir haben uns in jener Nacht gestritten. Das habe ich noch nie jemandem erzählt.«
»Vergessen Sie nicht, dass Sie hier in Sicherheit sind.«
»Ja.« [tiefes Durchatmen] »Ich wollte nie sagen, was ich gesagt habe, oder tun, was ich getan habe. Ich werde die Zeit nie zurückdrehen und alles wieder in Ordnung bringen können.«
»Standen Sie sich nahe?«
»Ja.«
»Dann wissen Sie, dass sie es Ihnen nicht übel genommen hätte – wir sagen alle in der Hitze des Gefechts mal dumme Dinge. Das hätte sie gewusst.«
»Tun Sie das nicht.«
»Was denn?«
»Über sie in der Vergangenheit zu sprechen.«
»Oh. Ich dachte nur ... das hätte ich nicht tun sollen. Ich bitte um Entschuldigung.«

7

In jener Nacht hatte ich einfach nur so dagelegen, weil ich mir nicht ganz sicher gewesen war, was ich da gehört hatte – oder ob ich überhaupt etwas gehört hatte. Dann war die Haustür ins Schloss gefallen, und ich hörte erneut Glas zerspringen. Dann wurde die Haustür ein zweites Mal zugeschlagen.

Das waren nur meine Eltern, die sich gestritten hatten. Mum war gegangen, und Dad war ihr gefolgt. Vermutlich hatte sie sich ins Auto gesetzt, um sich wieder zu beruhigen, so wie sie es schon viele Male getan hatte.

Zu spät fiel mir ein, dass sie ja getrunken hatte. Also warf ich die Decken von mir, um auf den Balkon zu rennen, von dem aus ich über die Straße schauen konnte. Sie sah immer noch einmal hoch zu mir, bevor sie losfuhr.

Manchmal konnte ich sie am Losfahren hindern, indem ich winkte, damit sie anhielt, und dann die Treppen hinunterlief.

Aber sie hatte ihr Auto an diesem Tag auf der Cul-de-Sac geparkt, weil mein Vater wieder einmal ein Arschloch gewesen war und die Zufahrt zu unserer Doppelgarage blockierte, indem er seinen Mercedes mitten auf der Einfahrt geparkt hatte. Er war so gehässig, dass er sein Auto lieber draußen bei Wind und Wetter ließ, als meiner Mutter das Leben zu erleichtern.

Der Regen hatte sich mit Hagel vermischt, aber ich stand noch lange auf dem Balkon, nachdem ihre Rücklichter von der Schwärze verschluckt worden waren. Ich wartete. Manchmal kam sie nach ein paar Minuten schon wieder zurück, um meinem Vater den Sieg nicht kampflos zu überlassen.

Aber nicht in jener Nacht.

Ich biss die Zähne zusammen, um mich von den Erinnerungen nicht überwältigen zu lassen, und ging los. Ein leichter Schleierregen hatte mein Haar und meine Kleider mit winzigen Wassertröpfchen übersät, als ich in die Cul-de-Sac einbog. Es war eine echte – wenn auch kurze – Straße, bis man die Reihe der Privatanwesen erreichte. Dort ging sie in eine lange private Auffahrt über, die sich in die einzelnen Anwesen verzweigte.

Kauri-Bäume flankierten die Eingangstore, die sich um neun Uhr abends automatisch schlossen und um sechs Uhr morgens wieder öffneten. Die Bewohner besaßen alle Fernbedienungen in ihren Autos und Intercom-Bildschirme in ihren Häusern, mit denen sie die Tore je nach Belieben öffnen konnten, aber allein die Symbolhaftigkeit der Tore beeindruckte mich immer wieder. Ich war mir nie sicher, ob die Tore dazu da waren, die Welt auszuschließen – oder die wenigen Auserwählten einzuschließen. Die Kauri-Bäume waren viel älter als sie Tore; sie waren schon da gewesen, als es die Cul-de-Sac noch gar nicht gegeben hatte, und der Straßenbauer war klug genug gewesen, sie als charakteristisches Merkmal anzusehen und während des Bauprozesses zu bewahren.

Die Häuser selbst hatte er nicht gebaut, sondern nur die Grundstücke verkauft, als die Zuwegung fertiggestellt war.

Der Busch lebte und atmete um mich, als ich auf die Straße trat. Von hier aus sah man kein einziges Anwesen, und genauso hatten es die Bewohner gewollt. Jedes dieser Häuser war einzigartig, von unterschiedlichen Architekten entworfen und über einen Zeitraum von sechs Jahren gebaut.

Das Haus meines Vaters lag ganz hinten.

Wenn ich von meinem Zimmer aus hinaussah, konnte

ich die ganze Cul-de-Sac überschauen. Direkt links vom Haus meines Vaters lag das Anwesen der Fitzpatricks, ein beeindruckendes modernes schwarzes Glaskonstrukt, während Coras und Alice' luxuriöses Haus im Stil einer Blockhütte rechts davon stand. Neben den Fitzpatricks stand Dianas und Calvins Haus.

Ich hatte eine verschwommene Erinnerung daran, wie ich mit dem Fahrrad die Auffahrt zu diesem riesigen Schaukasten aus Quadern und schwarzem Holz hinaufgefahren war, dessen harte Kanten jetzt in den Massen von Laub weicher wirkten. Der Bau passte zu Diana mit ihrem klaren Verstand und ihrer Vorliebe für Routine und Ordnung.

Meine Mutter hatte immer gesagt, ihre beste Freundin habe den aufgeräumtesten Verstand, den sie je kennengelernt hatte. »Diana könnte nicht nur wieder als Ärztin arbeiten, sie könnte sofort ein Krankenhaus *leiten*«, hatte sie einmal behauptet. »Ich frage mich, ob Calvin eigentlich weiß, was er für ein Glück hat, dass sie es vorzieht, all ihre Intelligenz und ihr Herz auf ihr Zuhause und die Familie zu konzentrieren.«

Ich nehme an, dass das Haus auch zu Dianas Ehemann passte. Nach meinen neuesten Erfahrungen war ich der Meinung, dass Chirurgen von Natur aus pedantisch waren – und das war mir mehr als recht. Mein Fuß wäre vollkommen im Arsch gewesen, wenn Dr. Tawera nicht den winzigen Knochensplitter an der falschen Stelle bemerkt und ihn mit etwas entfernt hätte, was ich mir gern als eine chirurgische Pinzette vorstelle.

Gesprächsfetzen waren zu hören, als ich mich dem Corner Café näherte. Direkt vor den Toren der Cul-de-Sac im eigentlichen Sinne gelegen, war das winzige Lokal gerade groß genug für fünf Tische drinnen und ein paar weitere draußen. Das meiste Geld verdiente das Café mit den Einheimischen, die auf dem Weg zur und von der Arbeit noch schnell einen Kaffee tranken. Die meisten Durchreisenden entdeckten es dank der kleinen Schilder, die ungefähr in hundert Metern Entfernung am Scenic Drive darauf hinwiesen.

Aber an diesem Ort würde das Café niemals richtig einträglich werden. Die ursprünglichen Besitzer hatten die Erlaubnis der Cul-de-Sac-Anwohner einholen müssen, bevor sie es eröffnen konnten, und diese Erlaubnis war auf die jetzigen Betreiber übergegangen. Das Erfolgsgeheimnis des Cafés lag darin, dass die Leute, die hier wohnten, ihren Kaffee ebenso sehr mochten wie jeder andere – und darin, dass das Café nicht durchgehend geöffnet war.

Ich ging hinein.

Die Gespräche verstummten, als hätte jemand einen Schalter umgelegt.

Trixi und Lexi standen hinter dem Verkaufstresen. Sie hatten ihr Gespräch mit der Café-Besitzerin mitten im Wort abgebrochen. Das Mutter-Tochter-Duo war wie immer in Spandex-Hosen und neonfarbene Tops gekleidet. Sie trugen im Sommer Sport-BHs, im Winter langärmelige Oberteile.

Die heutigen Farben waren ein blendendes Pink und ein grelles Gelb. Dazu trugen sie passende Schuhe mit dem Logo eines bekannten Designers. Trixi warf mir einen Blick zu, der wohl besorgt sein sollte, aber ihre unbewegliche Stirn schien das Zeigen von Gefühlen zu verhindern. Die ältere der beiden Frauen hatte blond gebleichtes Haar und ein Gesicht, das schön gewirkt hätte, wenn es nicht so hart, so ausgezehrt gewesen wäre.

Trixi und ihre Tochter wohnten nicht an der Cul-de-Sac, aber die Privatstraße gehörte zu ihrer »Walking-Strecke«. Ich bin mir nicht sicher, wie viel Walking zwischen all den

Klatsch und Tratsch passte, den sie mit den Leuten austauschten, die sie auf dem Weg trafen.

»Alles in Ordnung, Aarav, mein Lieber?«, fragte Trixi. »Wir haben gehört, dass man etwas am Scenic Drive gefunden hat, und na ja, dann kam die Polizei und hat dich und deinen Dad geholt …«

Ich hatte sie und Lexi schon als kleiner Junge gekannt und war kein bisschen überrascht gewesen, als ich in die Cul-de-Sac zurückgekehrt war und festgestellt hatte, dass die beiden immer noch ihre Runden machten. Sie hatten mir damals immer Jelly Beans geschenkt, und auch wenn ich wusste, dass Klatsch und Tratsch ihnen am allerwichtigsten waren, waren sie nie unfreundlich zu mir gewesen. Heute hatte ich das Gefühl, dass ihr Mitgefühl ehrlich war.

»Die Polizei hat das Auto meiner Mutter gefunden«, berichtete ich, weil die Neuigkeit sich sowieso bald überall verbreiten würde. »Das Auto aus jener Nacht.«

Jemand keuchte auf. Nicht Trixi, auch nicht ihr jüngerer Schatten.

Nein, das Geräusch war von Lily gekommen.

Die Besitzerin dieses Cafés und meine lang Verflossene. Mit neunzehn hatte sie nur aus schlanken Gliedern, goldbrauner Haut und einer erwachenden Sinnlichkeit bestanden.

Heute war ihre Haut immer noch makellos, ihr Körper schlank, aber sie verbarg ihre Sinnlichkeit unter einem schlichten schwarzen Pulli und Jeans. Ihr glattes braunschwarzes Haar hatte sie zu einem Pferdeschwanz zusammengebunden, die dunklen Augen waren groß.

Lily war in Thailand geboren und hatte einen weißen Kiwi-Vater und eine Thai-Mutter. Sie war mit zwei Jahren nach Neuseeland gekommen. Ein Jahr vor dem Verschwinden meiner Mutter hatte sie begonnen, für meine Familie zu arbeiten, ungefähr achteinhalb Monate danach war sie entlassen worden.

Das Dienstmädchen und der Spross einer reichen Familie.

Es klang so einfach und so schäbig, aber ich war nie derjenige gewesen, der in dieser Beziehung die Kontrolle hatte. Ich war nur ein – gerade eben – sechzehn Jahre alter Junge, der völlig fasziniert von ihrer Sinnlichkeit und viel zu ehrfürchtig war, als dass er es überhaupt gewagt hätte, normal mit ihr zu reden. Dass ich sie eines Tages nackt sehen würde, war etwas, was ich mir in meinen wildesten Träumen nicht hätte vorstellen können.

Ich war allerdings nicht der einzige Rai, dem Lily aufgefallen war.

Mein Vater stand oft in der Tür seines Arbeitszimmers und schaute Lily zu, wie sie fegte und saugte und Staub wischte. Sie trug nie offenherzige Kleider, nicht einmal besonders enge, aber sie war so sinnlich wie ein reifer, saftiger Pfirsich.

Mein Lektor würde diese Metapher sofort herausstreichen, wenn ich sie in einem Buch verwenden würde, und »Klischee« danebenschreiben, aber dieses Klischee passte zu dem, was Lily damals gewesen war. Der Inbegriff einer jungen Frau an der Schwelle erotischer Entdeckungen.

Als meine Eltern also eine Woche nach meinem sechzehnten Geburtstag ausgegangen waren, kam sie in mein Zimmer, schloss die Tür hinter sich, und mir kam gar nicht der Gedanke, Nein zu sagen. Sie zog sich langsam und elegant aus und ließ ihre Kleidungsstücke eins nach dem anderen auf den Boden fallen, während ich wie erstarrt in meinem Bett saß. Nackt trat sie ans Bett, um mir die Hose auszuziehen und meinen Schwanz herauszuholen. Als ihre Finger mein geschwollenes Fleisch berührten, war es das erste Mal, dass jemand anders seit dem Ende meiner Kindheit diesen Teil meines Körpers berührte. Dann nahm sie ihn in den Mund.

Das Ergebnis war unausweichlich. Aber sie hatte nicht gelacht.

Sie hatte mich einfach weiter bearbeitet und mir dann meine Jungfräulichkeit genommen, indem sie mich bis zur Besinnungslosigkeit ritt.

All das in absoluter Stille. Keiner von uns sagte ein Wort. Sie kam fünf weitere Male in mein Zimmer. Meine Mutter feuerte sie kurz vor dem sechsten Mal, und ich hatte sie erst wiedergesehen, als ich vor einem Monat wieder nach Hause zurückgekehrt war.

Wie immer, wenn ich in ihr hübsches ovales Gesicht schaute, erinnerte ich mich sowohl an den Genuss, den sie mir verschafft hatte, und an die Übelkeit, die in mir aufgestiegen war, als ich einen Tag nach ihrer Kündigung einen Streit meiner Eltern mithörte.

»Du hast mit ihr geschlafen! Als Nächstes vögelst du noch Schulmädchen.«

»Ich habe nicht mit unserem Dienstmädchen geschlafen.«

»Also sind ihre Höschen wie von Zauberhand unter deinem Schreibtisch aufgetaucht?«

Seitdem hatte ein Teil von mir gezweifelt. Hatte Lily mit Vater und Sohn Sex gehabt? Vielleicht würde ich sie irgendwann einmal danach fragen. Nicht heute, da Trixi und Lexi jedes Wort mithören konnten – und sich zweifellos merkten, um es später weiterzuerzählen.

Ich mochte sie dennoch. Anders als die meisten Leute verbargen diese beiden Frauen nicht, wer sie waren.

»Kaffee, bitte, Lily«, bat ich. »Wie immer.«

Sie riss sich von meinem Anblick los und trat an die glänzende Maschine, und ich fragte mich nicht zum ersten Mal, wie sie sich dieses Café überhaupt leisten konnte – *und* wie sie es am Laufen hielt. Ja, es gab die Laufkundschaft aus der Umgebung, aber das war kaum als brummendes Geschäft zu bezeichnen. Als Calvin damals das Café eröffnet hatte, hatte es eher ein »Hobby« sein sollen, damit Diana etwas hatte, womit sie sich beschäftigen konnte. Sie hatten es nach der Geburt ihres ersten Kindes an ein Paar verkauft, das in einer ähnlichen Situation steckte wie sie, und dieses Paar hatte es dann später an Lily verkauft.

Lily wirkte aber nicht so, als ginge es ihr schlecht. Ihr schwarzer Pulli und die Jeans stammten nicht aus dem Billigladen, und ihre Ohrstecker waren Diamanten. Nichts Protziges, aber deutlich erkennbar für einen Mann, der mit einer Mutter aufgewachsen war, die Schmuck hortete, und einem Vater, der glaubte, er könne sich alles kaufen, wenn er nur genügend Karat dafür auf den Tisch legte. Ich hatte mich mehr als einmal gefragt, ob Lily wohl einen reichen Liebhaber im Hintergrund hatte, einen, der wollte, dass seine Geliebte in der Nähe blieb.

Die Cul-de-Sac bot in dieser Hinsicht eine Menge Möglichkeiten: meinen Vater, Calvin, und nicht zu vergessen Hemi Henare. Der Schulleiter und Empfänger eines über Generationen angehäuften Vermögens seitens seiner Frau war das Muster eines »hervorragenden« Bürgers, aber genau diese waren schließlich oft die Menschen mit den größten Geheimnissen.

Dann war da Isaac, Besitzer einer Werbeagentur und eingefleischter Gamer. Auch in anderem Sinne war er Spieler – er hatte mit Ende vierzig bereits die vierte Ehefrau. Wenn man Trixi Glauben schenken wollte, war besagte Frau – die mollige und üppige Mellie – seine Gespielin gewesen, während er mit Frau Nummer drei verheiratet gewesen war.

Zu guter Letzt war da Adrian. Er war viel jünger als die anderen, aber besaß ein Fitnessstudio im Zentrum des Ortes – und kam oft in die Cul-de-Sac zu den Einzelstunden mit seiner Kundschaft, die fast ausschließlich aus Frauen bestand.

»Kannst du deinen Kaffee denn tragen?«, fragte Trixi, als Lily um die Kaffeemaschine herumging. »Ich kann ihn für dich tragen.«

Vielleicht war es ein ehrliches Angebot, oder sie wollte noch ein wenig in meiner Seele herumwühlen, aber ich schenkte ihr mein schönstes Soziopathenlächeln, charmant und warm und ohne jedes Gefühl, und sagte: »Lily hat ihn für mich in einen isolierten To-go-Becher gefüllt. Es wird vielleicht nicht ganz einfach, aber ich schaffe es schon, ihn nicht zu verschütten.« Ich sah Lily an. »Danke schön dafür.«

»Kein Problem.« Sie reichte mir den Kaffee mit einem Blick aus ihren braunen Augen, der schwer zu deuten war – aber das war keine Überraschung. Lily, das hatte ich gelernt, neigte dazu, ihr Innerstes sogar dann noch für sich zu behalten, wenn sie sich öffnete.

An dem Tag, an dem sie mir die Jungfräulichkeit genommen hatte, war sie eine sinnliche Sirene gewesen, aber danach war ihr Gesicht ganz hart geworden, so herb auf der Zunge wie die Bittermelone, die die zweite Frau meines Vaters so sehr mochte.

8

Manchmal dachte ich noch an Lilys Gesichtsausdruck nach dem Geschlechtsverkehr zurück. Ich hatte mich oft gefragt, ob ich nicht vielleicht nur der Bauer in einem weit größeren Spiel gewesen war. Vielleicht hatte meine Mutter recht – aber ich verstand einfach nicht, warum Lily mit dem Sohn, der noch ein Schüler war, schlafen sollte, wenn sie etwas mit dem mächtigen CEO-Vater hatte.

Ich beschloss, über diese Frage zu einem anderen Zeitpunkt nachzudenken, und ging aus der Tür – die fitte und gebräunte Lexi hielt sie mir hilfsbereit auf. Ihre aufgespritzten Lippen waren heruntergezogen, das dicke braune Haar zu einem Pferdeschwanz aus dem Gesicht gebunden. »Es tut mir leid, Aarav. Deine Mum war immer nett zu uns, wenn wir sie bei unserer Runde trafen.«

»Sie hat immer gern mit euch gesprochen.« Ich erinnerte mich daran, wie die drei oft miteinander gelacht hatten.

»Sie erinnern mich an die Klatschbasen bei uns zu Hause in Indien«, hatte sie lächelnd zu mir gesagt. »Ich hätte nie gedacht, dass ich diese gackernden Hühner jemals vermissen würde.«

Ich hatte noch das geisterhafte Lachen meiner Mutter im Ohr, da fiel mir plötzlich ein, dass ich besser einen Gehstock mitgenommen hätte. Damit hätte ich einen Arm frei und trotzdem Unterstützung für mein Bein gehabt.

Ich blieb direkt vor dem Tor zur Cul-de-Sac stehen, um einen Schluck Kaffee zu nehmen. Erst als ich ihn hinunterschluckte und das Brennen spürte, merkte ich, dass ich ganz erstarrt war. Taub.

»Aarav!«

Es war Diana mit ihrem dunklen glänzenden Haar, das ihr lockig den Rücken herunterfiel. Sie trug Jeans, die an den Beinen umgeschlagen waren, und einen edlen rosafarbenen Kaschmirpullover. Ob sie nur den Hund ausführte oder die üppig blühenden Blumen in ihrem Garten wässerte – Diana war nie weniger als perfekt gekleidet, und zwar auf eine adrette und elegante Weise, die zur Frau eines der besten Chirurgen des Landes passte.

Sie buk außerdem Kekse mit ihren Kindern und ging zu jeder Schulvorstellung. Immer, wenn ich in jungen Jahren bei ihr zu Hause auftauchte, lächelte sie und bat mich, mich doch zu setzen. Dann servierte sie mir Milch und Kekse. Ich hatte sie seit dem Tag beobachtet, an dem sie und Calvin in die Cul-de-Sac gezogen waren. Sie war eine strahlende junge Braut gewesen und hatte sich in eine hübsche junge Mutter verwandelt.

Mein erster Schwarm.

Heute schlang sie die Arme um ihren Oberkörper. Sie stand auf der anderen Straßenseite der Fahrbahn. Ihre helle Haut war ganz gerötet von der Kälte. Eine kleine Französische Bulldogge saß hechelnd zu ihre Füßen. Charlie hatte glänzend schwarzes Fell und war schon da gewesen, als meine Mutter verschwand.

Neben Diana stand Calvin, hochgewachsen und schlank. Wahrscheinlich hatte er einen seiner seltenen freien Tage. Er war der Sohn chinesischer Einwanderer, die er bei einem traumatischen Ereignis in seiner Jugend verloren hatte. Dr. Calvin Liu war für asiatische Eltern der gepflegte, erfolgreiche Traum von einem Sohn. Ich dagegen war das Gegenteil. Im Gegensatz zu Diana trug Calvin Laufkleidung. Vermutlich wollte er einen der wenigen offenen Wanderwege laufen.

Es war Calvin gewesen, der mein Laufpartner für das

Training des Halbmarathons vor zehn Jahren gewesen war. Ich war ihn letztendlich nicht gelaufen, obwohl Calvin mich immer gedrängt hatte, weiterzumachen. Er hatte gehofft, dass es mir vielleicht dabei helfen würde, an etwas anderes als das plötzliche Verschwinden meiner Mutter aus meinem Leben zu denken.

Obwohl ich nicht in der Stimmung für eine Unterhaltung war, überquerte ich die Straße. Ich hatte Respekt für Calvin, und Diana war einer der wenigen Menschen in der Cul-de-Sac, die ich wirklich mochte. Nicht, weil sie die beste Freundin meiner Mutter gewesen war, sondern weil sie nach ihrem Verschwinden niemals über sie getratscht hatte. Sie hatte sich überdies die Zeit genommen, einen verwirrten Sechzehnjährigen zu besuchen und ihm zu sagen, dass das Einzige, worin Nina niemals geschwankt habe, ihre Liebe zu ihrem Sohn gewesen sei.

»Sie wird für dich wiederkommen«, hatte Diana versprochen. »Ich weiß, dass sie das tun wird.«

Sie hatte unrecht gehabt, aber das hatte ich ihr nie vorgeworfen. Ich hatte meine Mutter auf eine Weise gekannt, auf die sie auch ihre beste Freundin nicht gekannt hatte. Die Liebe meiner Mutter gab es nie ohne Bedingungen. Sie hatte absolute Loyalität und aufrichtige Hingabe gefordert – und nur Wochen bevor sie verschwand, war es zwischen mir und meiner ersten echten Freundin ernster geworden.

»Aarav, warum gehst du mit diesen dummen Mädchen aus?« Ihre Finger, die mein Haar kneteten, ihre Fingernägel, die über meine Kopfhaut kratzten. »Bin ich dir denn nicht genug?«

Sie war betrunken, und der Kuss, den sie mir auf die Lippen drückte, schmeckte nach Wodka.

Davon hatte ich meinem Therapeuten noch gar nichts erzählt; er würde sich vermutlich Sorgen um Kindesmissbrauch machen. Aber das war es nicht gewesen. Meine Mutter hatte mich auf die Lippen geküsst, seit ich ein Kleinkind war, so war sie eben. Aber die Bindung, die sie forderte, die bedingungslose Hingabe, die war nicht wirklich gesund gewesen. Hätte sie es noch erlebt, wäre meine Mutter eine höllische Schwiegermutter geworden.

»Kein Mädchen wird je gut genug für meinen *beta* sein«, hatte sie in jener Nacht gelallt. »Für meinen wunderschönen Jungen, *mera pyara Ari.*«

»Hallo, Diana. Hey, Calvin.« Er war ebenfalls nett zu mir gewesen, auf seine distanzierte Art. In meinem letzten Schuljahr hatte er sich sogar die Zeit genommen, mit mir über meine Pläne zu sprechen. Er hatte mich gefragt, wo ich mich in fünf, in zehn Jahren sehe.

Keiner von uns hätte diese Zukunft vorhersehen können.

Ich schaute nach unten. »Kann dich heute nicht streicheln, Charlie. Habe heute ein echtes Bück-Problem.« Der Hund schnüffelte an meinem Gehverband. Seine auffällig großen Ohren standen jeden Tag weniger spitz nach oben. »Wie geht es Mia und Beau?« Ich hatte auf Diana und Calvins Kinder, die inzwischen im Teenageralter waren, vor ewigen Zeiten aufgepasst. In einem herrlichen Sommer voller vergänglichen Glücks.

Ich hatte Mia geholfen, Bänder an ihr glitzerndes grünes Dreirad zu knüpfen, und Beau gezeigt, wie man ein kaputtes Spielzeug repariert. Der damals sechsjährige Junge war damals noch lange sehr anhänglich mir gegenüber gewesen.

Eine Vaterfigur mit fünfzehn.

Weil Calvin zu viel zu tun hatte, zu wichtig für die flackernden Leben von Fremden war. Herz-Lungen-Chirurgen gab es hier nicht gerade im Überfluss.

»Mia ist gerade für ein Austauschprogramm der Regierung nach Peking ausgewählt worden. Sie fährt nächstes Jahr.

Kannst du dir das vorstellen?« Diana schüttelte den Kopf. »Sie hatte solche Wutanfälle, wenn ich sie zu ihrem Mandarin-Unterricht geschickt habe, und jetzt sieh sie dir an.«

»Du musst wirklich sehr stolz sein.« Ich war nicht überrascht, dass Diana mit einem begeisterten Nicken antwortete. Es war immer die blütenweiße Diana gewesen, die dafür gekämpft hatte, die Verbindung ihrer Kinder zur Kultur ihres Vaters zu erhalten.

Ich war mir nie sicher, ob Calvins mangelndes Engagement in der Erziehung seiner Kinder absichtlich war oder nur ein weiteres Opfer seines Dienstplans.

Schließlich ergriff Calvin das Wort: »Es ist gut, dass beide mit ihren Verwandten in China sprechen können.« Sein Englisch war klar und präzise, ohne die weichen Vokale Neuseelands – er hatte mir einmal erzählt, dass er ein paar Jahre in England studiert hatte. Und dieser Aufenthalt hatte seine Spuren hinterlassen.

»Und Beau. Ist er immer noch so ein Naturwissenschafts-Crack?« Das Kind, das früher so sehr die Musik geliebt hatte, trat jetzt in die medizinischen Fußstapfen seines Vaters.

Wollte noch immer, dass Dr. Calvin Liu ihn bemerkte.

»Er ist der Zweitbeste in Biologie und Chemie«, strahlte Diana, aber Calvin schaute grimmig drein.

Der Zweitbeste, das war nicht gut genug für ihn. Ach Beau. Wieder ein armes, reiches Kind mit einem abwesenden Elternteil, das unmöglich zu erfüllende Erwartungen an ihn hatte. Mich durchfuhr ein scharfer Schmerz. Vielleicht würde ich mich bei dem Kind einmal melden. Ich war vielleicht ein selbst diagnostizierter Soziopath, der für jede Gelegenheit eine andere Maske aufsetzte, aber wenigstens kein Monster.

»Ich habe ein unbekanntes Auto vor eurem Haus gesehen«, sagte Diana. »Und Calvin hing nach seiner Nachtschicht stundenlang vor einer polizeilichen Straßensperre fest, stimmt doch, Schatz?«

»Habe eine ganze Stunde verloren«, murmelte Calvin, die Hände in die Hüften gestemmt. »Und jetzt schaffe ich nur noch meine halbe Laufrunde.«

Nach einer Nachtschicht laufen gehen: Das war der Calvin, den ich kannte.

»Sie haben Mums Auto mit ihr darin gefunden«, informierte ich sie in dem Bewusstsein, dass es Diana und Calvin im Gegensatz zu den Lautsprechern Trixi und Lexi niemandem weitersagen würden.

Calvin stand regungslos da. Dianas Hand flog zu ihrem Mund, sie riss die Augen auf. Charlies Leine fiel ihr aus der Hand. Der alte Hund blieb einfach sitzen. Kein Wegflitzen in den Busch mehr. Diese Tage lagen lange hinter der Bulldogge.

»O mein Gott, Aarav.« Dianas zitternde Finger landeten auf meinem Arm. Calvin löste sich endlich aus seiner Schockstarre und legte seinen Arm um sie. »Alles okay mit dir?«

Ich wusste nicht, was ich daraufhin sagen sollte, also antwortete ich nur: »Ich verarbeite das noch.« Dr. Jitrnicka hatte mir bestimmte Phrasen beigebracht, um mir Zeit für eine Reaktion zu verschaffen, damit ich keine Wutanfälle mehr bekam. Offenbar halfen die auch dabei, mir Lügen auszudenken.

Diana umarmte mich, liebevoll und mütterlich.

Weil ich nicht reagierte, ließ sie mich los, wischte sich eine Träne aus dem Gesicht und kuschelte sich an Calvin. »Sie hat dieses Auto geliebt.«

Eine unausgesprochene Frage lag in den Worten, aber ich war noch nicht bereit dazu, ihr den Rest zu erzählen. Von den Knochen und dem fehlenden Geld. »Du warst die Einzige, bei der sie es hingenommen hat, wenn sie Dreck in den Jaguar getragen hat – ich erinnere mich noch daran, wie wir hinaus zur Rosenfarm gefahren sind, um dir diese besondere Rose zum Geburtstag zu besorgen, und wie vorsichtig sie damit nach Hause gefahren ist, um sie nicht zu knicken.«

Abgesehen von ihrer Familie waren Blumen Dianas Leidenschaft – jeder durfte sie sich ansehen, aber wenn man sie auch nur anrührte, bekam man ihren Zorn zu spüren. »Sie hätte so gern gesehen, wie deine Rosen gedeihen.«

»Ich habe die, die sie mir besorgt hat, immer noch.« Ein zittriges Lächeln. Calvin strich ihr über den Arm.

»Ich weiß. Ich sehe sie von meinem Zimmer aus, wenn sie blüht.« Calvin fing meinen Blick auf, und ich sah, dass er seine Frau allein trösten wollte. Gut. Ich wollte darüber ohnehin nicht länger reden. »Ihr geht besser weiter mit Charlie spazieren, bevor er zu schnarchen anfängt.«

Der Hund legte sich wie aufs Stichwort zu einem Nickerchen hin.

Diana schaute zu ihm hinunter, und Tränen traten ihr in die Augen. »Der liebe Charlie. Er hat mich nie im Stich gelassen. Ich werde ihn so sehr vermissen, wenn es an der Zeit für ihn ist.«

»Aarav.« Calvins Stimme. »Du weißt, dass du immer auf uns zählen kannst, wenn du Unterstützung brauchst. Ob es dabei um Organisationsfragen oder anderes geht.«

Das war auch Calvin. Praktisch bis zur Gefühllosigkeit, aber so war er auch gewesen, als er mir dabei half, Laufschuhe zu kaufen, und das war ein Akt der Freundlichkeit gewesen. »Ja, ich weiß. Danke.«

Ich ging, als Diana sich bückte, um den Hund zu wecken, und Calvin sich neben ihn hockte. Und als ich die gequälten, unterdrückten Schluchzer hörte, schaute ich mich nicht um.

9

Dianas und Calvins Nachbarn, die Dixons, kamen die Auffahrt herunter, geduscht und angezogen und bereit für ihren Kaffee und Kuchen nach dem Mittagessen bei Lily. Sie waren fünfundsiebzig und neunundsiebzig und hatten es nicht eilig, in ein Altersheim umzuziehen. Im Grunde behandelten sie das Alter wie den Versuch einer feindlichen Übernahme.

Adrian kam einmal die Woche bei den beiden vorbei, um eine Stunde Personal Training mit ihnen zu machen – es ist vielleicht ein wenig zynisch von mir, aber ich hatte den Eindruck, dass diese Stunde die einzige war, in der Adrian tatsächlich den Job machte, den er anbot.

»Heyyy, Aarav, alter Kumpel!« Paul Dixon, der ältere der beiden, tippte an seine kecke schwarze Melone. Sein offenes Gesicht war ständig hochrot, eine Folge seines harten Lebens als Rockmusiker. Wenn man nahe genug an ihn herantrat, sah man all die feinen geplatzten Äderchen.

Er hatte zwei Riesenhits gehabt. Dazu noch eine auf finanziellem Gebiet geniale Frau, und zack!, hätte sich der Mann ein Zehn-Millionen-Dollar-Penthouse kaufen können, wenn er das gewollt hätte, aber er hatte stattdessen die grüne Zurückgezogenheit der Cul-de-Sac gewählt. »Wie geht's dem Bein?«, fragte er.

»Bald kann ich vermutlich mit dem Moonboot laufen, ohne Krücken«, sagte ich, aber das war zurzeit nur eine Hoffnung, denn bisher trat es höllisch weh, wenn ich nur daran dachte, das Bein zu belasten.

»Du solltest dir einen Gehstock besorgen, mein Kleiner.« Margaret Dixon drehte sich auf dem flachen Absatz ihres kniehohen Stiefels um, um das frisch gebügelte schwarze Hemd ihres Ehemanns zu richten; das Magenta-Pink ihrer Haare leuchtete sogar noch im trüben Licht. »Viel bequemer als die Krücken.«

»Ja, das habe ich auch schon gedacht. Ich schaue mal, ob ich online welche bestellen kann.«

»Oh, darum mach dir mal keine Gedanken!«, rief Paul. »Warte mal hier.« Er ging die Auffahrt hinauf. Margaret lächelte mich mit ihren roten Lippen an.

Ihr ebenholzfarbenes Gesicht war vollkommen faltenfrei, das Einzige, was auf ihr Alter hinwies, waren die niedrigen Absätze. Ansonsten trug sie Lederhosen und ein Glitzertop.

»Ich mag die Pailletten.«

Sie kicherte. »Verdammt schrecklich, oder? Die schocken den lieben Dr. Liu und diese schnöseligen Fuckpatricks bis ins Mark.«

Ich musste über die Verhohnepipelung von Veda und Brett Fitzpatricks Namen lachen, und einen Moment lang konnte ich mir vormachen, dass dies ein ganz normaler Tag sei, an dem sich Margaret fröhlich danebenbenahm und Paul so unentwegt heiter war, dass ich beschloss, ihn in meinem nächsten Buch als Serienmörder auftreten zu lassen. »Sind Brett und Veda immer noch solche Arschlöcher?« Die beiden Rechtsanwälte waren Nachbarn meines Vaters zur Linken und gleichzeitig die verdrießlichsten Menschen, die ich je kennengelernt hatte.

»Ich finde, dass sie feine Pinkel sind, die sich für zu gut für unsereiner halten. Dabei könnten Paulie und ich sie mit unseren Gewinnen leicht in den Schatten stellen.« Sie tätschelte mir die Wange. »Wo wir grad vom schnöden Mammon sprechen, du tust doch das mit deinem Geld, was ich dir gesagt habe?«

»Jawohl.« Ich war sofort zu Margaret gegangen, als ich merkte, dass ich im Begriff war, meinen neuen Wohlstand zu verprassen. Sie hatte mir ein paar »eisenharte« Tipps gegeben, wie sie sie selbst nannte, und mich dann an ihre und Pauls Finanzmanager vermittelt.

»Die haben alle einen Stock im Arsch«, erklärte sie mir durch den duftenden Rauch einer Kräuterzigarette hindurch, »aber so mag ich sie. Sie sind so ordentlich, dass sie jeden beschissenen Kassenbon an ihre Ausgabenliste heften. Kein Rumgespiele mit unserem Geld, kein Getrödel, das sie uns in Rechnung stellen – aber denk immer dran, du musst trotzdem immer ein Auge auf sie haben.«

»Ich habe nach meinem Unfall nicht mehr so regelmäßig nach den Kontoauszügen geschaut«, gab ich zu, »aber meine Konten scheinen immer noch ganz in Ordnung zu sein.«

»Schick sie mir, und ich riskiere mal einen kurzen Blick.« Wieder tätschelte sie meine Wange. »Du bist ein hübscher Kerl geworden. Hast das Lächeln deiner Mama.« Sie redete weiter, während ich darum kämpfte, meinen entspannten Gesichtsausdruck zu behalten. »Ich erinnere mich noch, als du ein kleiner Junge warst und auf deinem kleinen roten Fahrrad hier rauf- und runtergeflitzt bist. Ein frecher kleiner Kerl warst du – hast mich an unsere Cherry erinnert, als sie klein war, ja.«

»Ich hatte nie ein rotes Fahrrad. Vielleicht denkst du da an Beau.«

»Das ist Blödsinn, Schätzchen.« Sie warf Paul einen Blick zu, der gerade wieder aufgetaucht war. »Paulie, Liebling, hatte Aarav nicht ein rotes Fahrrad damals, als Fifi dich zu diesem irren Gig überredet hat?«

»Die verdammte Fifi. Vermisse die bekloppte Tussi immer noch. Und ja, Aarav, du warst wirklich vollkommen durchgeknallt auf dem roten Ding.« Großväterliches Gelächter, als wäre er niemals bei einer Orgie in seinem Tourbus erwischt worden. »Bitte sehr. Versuch es mal hiermit.« Er reichte mir einen glänzend polierten Gehstock. Das Holz hatte einen satten dunklen Ton.

Er passte genau in meine Hand. »Der ist wirklich gut.«

»Gehörte meinem Pa. Bring ihn zurück, wenn du ihn nicht mehr brauchst, dann sind wir quitt. So, Maggie, mein Liebling, jetzt wäre es an der Zeit, einen von Lilys Kuchen zu verdrücken und die Nachbarn in Angst und Schrecken zu versetzen.«

Die beiden gingen die Auffahrt hinunter und lachten dabei miteinander. Ich blieb mit den Krücken, dem Gehstock und einem Kaffee stehen. Nach einigem Nachdenken hakte ich den Gehstock an eine der Krücken und schaffte es so, mich wieder in Bewegung zu setzen. Immerhin war es nicht mehr weit.

Ich hatte das rote Fahrrad schon vergessen, als ich beim Haus ankam. Mein Kopf fühlte sich schwer an, wie so oft nach dem Unfall. Ich ließ die Krücken im Flur stehen und den Kaffee auf einem Tischchen, auf dem sonst Blumen standen, und nahm den Gehstock, um mich damit die Treppen hinaufzuwuchten. Ich hätte mir wirklich ein Zimmer im Erdgeschoss einrichten sollen, statt mein altes Zimmer zu beziehen, aber ich war noch nie gut darin, das zu tun, was ich tun sollte.

Der Schmerz hinterließ einen metallischen Geschmack im Mund, als ich oben angekommen war, und mein Kopf fühlte sich an wie im Schraubstock. Mit zitternder Hand warf ich einige Tablettenfläschchen auf meinem Nachttisch um, bevor ich *endlich* das richtige fand und den Deckel aufschraubte.

Zwei Minuten später gingen meine Lichter aus.

Ich wachte vom Klingeln meines Handys auf. Stöhnend und mit dem pappigen Geschmack künstlichen Schlafes im Mund, versuchte ich es aus der Hosentasche zu ziehen. Meine Finger fühlten sich dabei dick und ungeschickt an. Als ich das Handy endlich in der Hand hielt, hörte das Klingeln auf. Ich blinzelte, um meine verschlafenen Augen wieder klar zu bekommen, und sah dann den Namen auf dem Display. »Scheiße.«

Ich ließ den Kopf zurück aufs Bett fallen, nahm die Wasserflasche auf meinem Nachttisch und befeuchtete meine Kehle, bevor ich in Dr. Jitrnickas Praxis anrief. »Tut mir sehr leid, dass ich den Termin vergessen habe«, sagte ich der Frau am Empfang höflich, weil es nichts kostete, zu ihr höflich zu sein.

»Sie verstehen schon, dass Sie eine Gebühr bezahlen müssen, wenn Sie nicht mindestens vier Stunden vor dem Termin absagen?«

»Ist in Ordnung.« Geld war kein Problem; der Junge, der Rasen mähen musste, um seiner Mutter einen billigen Silberring kaufen zu können, hätte ihr jetzt Brillanten kaufen können.

»Einen Moment, bitte. Dr. Jitrnicka würde gern mit Ihnen persönlich sprechen.«

Ein Klicken, dann war die Verbindung hergestellt. »Aarav.« Der satte Bariton des Doktors drang durch den Hörer. »Wie geht es Ihnen? Es sieht Ihnen gar nicht ähnlich, dass Sie den Termin schwänzen, jetzt, da wir so gute Fortschritte machen.«

Wenn irgendjemand weiß, wer ich unter all den Masken wirklich bin, ist es Dr. Jitrnicka. Wir »arbeiten« schon seit sechs Monaten zusammen. Er schaut hinter die Fassade und sieht die ganze Scheiße, die ich vor der Welt verstecke. »Die Polizei ist gekommen. Sie haben sie gefunden.« Er wusste, welche »sie« ich meinte; es gab nur eine Frau, über die wir in unseren Sitzungen sprachen.

»Verstehe«, sagte er, eine seiner »Lass mich kurz nachdenken«-Phrasen, für die er Fachmann war. »Sie haben da sicher widerstreitende Gefühle.«

»Nicht lebend. Tot. Sie ist tot seit der Nacht, in der sie verschwand.«

Die Gesprächspause war lang, man hörte nur seinen leisen Atem.

»Es tut mir sehr leid, das zu hören«, erwiderte der Doktor schließlich. »Ich weiß, dass Sie immer noch gehofft hatten, sie könnte wieder nach Hause kommen und mit Ihnen sprechen. Wenn Sie eine telefonische Sitzung möchten, können wir jetzt eine haben.«

»Nein, nicht jetzt.« Ich war noch nicht bereit dazu, in meinen Gefühlen herumzuwühlen. »Ich mache einen neuen Termin aus.«

»Lassen Sie uns das jetzt tun.« Als ich nicht reagierte, fuhr er fort: »Aarav, das könnte ein Auslöser für Ihren Alkoholmissbrauch sein. Haben Sie das Unterstützungsnetzwerk aufgebaut, über das wir gesprochen haben? Sind diese Menschen in Ihrer Nähe und bereit, Ihnen zu helfen?«

Ich hätte am liebsten laut aufgelacht und gesagt, klar, ich habe meinen Vater, diese Stütze in jeder Lebenslage. »Das ist kein Problem«, behauptete ich stattdessen. »Der Unfall hat sich tatsächlich als Glücksfall herausgestellt – ich kann nicht trinken, solange ich diese Medikamente nehmen muss. Da ich keine Absicht habe, wieder ins Krankenhaus zu kommen, halte ich mich an die Regeln. Ich will schließlich irgendwann wieder mal meinen Porsche fahren.«

»Also ist er wieder repariert? Ich hatte den Eindruck, dass der Schaden ziemlich groß war.«

Ich setzte mich im Bett auf und starrte die Wand vor mir an, das Bild, das da noch aus meinen Teenagerjahren hing. Irgendetwas ließ mich sagen: »Ich denke positiv.«

»Das ist gut. Passen Sie auf sich auf – und Sie können mich jederzeit anrufen. Es stört mich nicht, wenn Sie mich bei etwas unterbrechen, und ich rufe sobald wie möglich zurück. Wir haben bisher gute Arbeit geleistet und dürfen nicht zulassen, dass wir unsere Erfolge gefährden.«

»Klar, Doc.«

Als ich aufgelegt hatte, schaute ich wieder die Wand an. Sie war blassgrau gestrichen, eine Farbe, die Shanti offenbar nach der Hochzeit mit meinem Vater ausgewählt hatte. Schwachsinn. Shanti machte nicht einmal Pieps ohne die Erlaubnis meines Vaters. Wenn sie etwas allein entschieden hatte, dann, weil es ihn nicht interessierte.

Aber ich konnte in dem Moment nichts anderes sehen als die schnittige Schönheit meines individuell zusammengestellten Porsche. Eines Porsche, der zurzeit sicher in der Garage meiner Stadtwohnung stand. Dr. Jitrnicka musste etwas falsch verstanden haben. Ich hätte niemals vergessen, dass mein ganzer Stolz generalüberholt werden musste. Das wäre ja, als hätte ich meinen eigenen Kopf vergessen. Selbst hochintelligente Ärzte hatten ihre schlechten Tage, und ich war ja sicher nicht der einzige seiner Patienten, der einen Unfall gehabt hatte.

Er musste mich mit jemandem verwechselt haben, das war alles.

10

Ich rieb mir übers Gesicht, benutzte den Gehstock, um auf die Füße zu kommen, und humpelte dann ins Badezimmer. Es war schon nach vier, als ich wieder herauskam. Ich hatte eine schnelle Dusche zum Aufwachen genommen. Mein Blick wanderte zum schlanken schwarzen Laptop, der auf dem Schreibtisch vor den Balkonschiebetüren lag.

Ein Stapel ausgedruckter Seiten lag daneben.

Das war meine Angewohnheit – ich druckte beim Schreiben die jeweiligen Seiten aus. Ich hatte das einmal in einem Interview nach meinem ersten Bestseller erwähnt und gesagt, es gebe *»der flüchtigen Natur meiner Ideen Gewicht«*, und jetzt glaubte die halbe literarische Welt, dass ich ein Wichser und Angeber sei.

Vielleicht war das auch so, aber ich mochte es einfach, meine Arbeit Seite für Seite auszudrucken. Ich hatte das schon so gemacht, als ich noch ein Teenager gewesen war. Dadurch hatte ich das Gefühl, etwas geleistet zu haben, den Berg stetig emporzuklettern, selbst wenn die Arbeit eines einzelnen Tages zu vernachlässigen war.

Heute war so ein Tag.

Ich trat zum Schreibtisch und nahm die letzte ausgedruckte Seite in die Hand. Wie immer war der letzte Satz darauf unvollendet: *Er konnte eigentlich nichts gegen das Blut tun, ohne …*

Ich war um drei Uhr nachts aufgewacht und hatte die nächsten drei Stunden damit verbracht, den Satz zu vollenden – ohne Erfolg. Deshalb war ich unten gewesen, als die Polizei kam. Ich hatte versucht, in einer Flasche Cola Inspiration zu finden.

Jetzt nahm ich einen Stift und kritzelte: *zwei Dosen Bleichmittel und einen Flammenwerfer.*

Ich lächelte. So, die Kritiker würden diesen Satz lieben. Sie würden ihn einen typischen Satz meines Titelhelden nennen. Meines liebenswerten Psychopathen, der das Gras seiner verwitweten Mutter mähte, mit ihrer miesepetrigen alten Katze Gassi ging und nur diejenigen vergiftete, die es verdient hatten. Der Antiheld, in den sich die Öffentlichkeit unwillkürlich verliebt hatte: Kip Shay, von multiethnischer Herkunft und absichtlich nicht eindeutig. Er hätte jedermanns Bruder oder Mörder sein können.

So wie ich.

Der freundliche Schriftsteller von nebenan, der oft ein charmantes Lächeln vortäuschte, und dessen tote Mutter gerade gefunden worden war. Der Grund genug hatte, selbst einen Mord zu begehen. Ich hatte jetzt nur noch ein einziges echtes Ziel: die Wahrheit über den Schrei in der Nacht ihres Verschwindens herauszufinden.

Schon zehn Jahre lang hatte ich versucht, eine Antwort darauf zu finden, dabei aber immer ein Handicap gehabt: Tief in meinem Inneren hatte ich immer noch geglaubt, dass sie lebte, daher war ich nie in der Lage gewesen, mit voller Kraft zu fahnden, so weit zu gehen, wie es nötig war.

Aber die Zeit der Hoffnungen war vorbei.

Diesmal würde ich alle Hebel in Bewegung setzen, die Leute an ihre Grenzen treiben, mir ohne zu zögern Feinde machen.

Ein nagendes Gefühl in meinen Eingeweiden. Mein Magen meldete sich. Ich schaffte es gerade so eben die Treppe hinunter. Meine Atemlosigkeit lag eher daran, dass meine beschädigten inneren Organe zusammenklebten, als dass sie ein Hinweis auf meine mangelnde Fitness gewesen wäre. Ich brauchte einen Moment, um am Fuß der Treppe wieder zu Atem zu kommen. Ich erinnerte mich kaum an den Unfall, aber ich wusste, dass ein scharfes Stück … irgendwas … in meine Lunge gedrungen war. Es hatte Narbengewebe hinterlassen. Oder so ähnlich.

Vieles von dem, was mir die verschiedenen Ärzte gesagt hatten, war gar nicht in mein vernebeltes Hirn vorgedrungen. Ich wusste nicht, warum sie das taten – den Patienten erst einen Haufen Pharmazeutika zu verabreichen, um sie dann über ihren Zustand ins Bild zu setzen. Nicht, dass es mir wichtig gewesen wäre. Das Einzige, was ich wissen wollte, war, ob ich noch würde gehen können.

»Ihre Wirbelsäule hat keinerlei Schäden davongetragen«, hatte Dr. Tawera mit der Direktheit einer Chirurgin festgestellt. »Sie werden noch ein paar Knochenschmerzen haben, und nach dem, was mein Kollege Dr. Mainwaring sagt, kann es sein, dass Sie Atemprobleme bekommen werden, wenn Sie sich nicht an einen guten Trainingsplan halten. Aber Sie werden aus der Sache nicht viel schlechter herauskommen, als Sie hineingekommen sind.«

Ich mochte Dr. Mila Tawera. Die kleine und äußerlich großmütterliche Frau hatte keinerlei Respekt vor ihren Patienten, und sie waren ihr auch egal. Ich war mir ziemlich sicher, dass sie nur mein Skelett sah, wenn sie mich anschaute. Diese Konzentration auf das Wesentliche machte sie zu einer so außergewöhnlich guten Chirurgin.

Als sich mein Atem wieder beruhigt hatte, drehte ich mich um und machte mich auf den Weg in die Küche.

Die Tür zum kleinen Gebetszimmer, das die zweite Frau meines Vaters eingerichtet hatte, stand offen, und der süße Geruch nach Räucherstäbchen drang heraus. Ich warf einen Blick auf ihre Metallstatuetten, die Götter darstellen sollten, auf die Blumen und Opfergaben, die handgewebte Matte, die sie aus Indien mitgebracht hatte und auf der sie betete, und fühlte gar nichts. Genau diese Götter hatten es zugelassen, dass meine Mutter ganz allein in der Kälte sterben musste.

»Oh.« Shanti zuckte an der Küchenarbeitsfläche zusammen, wo sie gerade dabei gewesen war, das Abendessen zuzubereiten. Ihre Ohrringe aus zweiundzwanzigkarätigem Gold blinkten im Licht auf. Zwischen den Brauen trug sie ein wiederverwendbares Bindi aus Samt.

Ishaan Rais fünfunddreißig Jahre alte Ehefrau war klein und hübsch, mit großen runden Augen, und meistens still wie eine Maus.

»Sorry«, sagte ich lächelnd. »Ich wollte dich nicht erschrecken.« Ich war elegant in ihre Muttersprache übergewechselt.

Dieselbe Sprache hatte meine Mutter gesprochen.

Sie lächelte zurück, schüchtern, aber froh, dass ich da war. Warum auch nicht? Shanti kam aus einer Kultur, in der man Söhne verehrte und die Beziehung zwischen Vater und Sohn als unantastbar galt. Aus ihrer Sicht hatte ich in dieser Familie weit mehr Macht als sie, und dennoch behandelte ich sie freundlich. Ich hatte dabei nicht einmal Hintergedanken. Shanti konnte mir nichts geben. Und sie konnte mir nichts nehmen.

Die Wahrheit war, dass sie mir leidtat. Shanti war nicht meine Mutter und konnte sich nicht gegen Ishaan Rai behaupten. Shanti war genau das, was sich Ishaan immer gewünscht hatte – eine einfache Frau aus dem Dorf, völlig eingeschüchtert von ihm, die ihn wie einen Gott behandelte. Es half, dass sie fünfundzwanzig Jahre jünger war als er. Daher war sie nur neun Jahre älter als ich, aber ich nutzte das nicht aus.

Shanti war in dieser Familie nicht das Problem.

»Ich mache dir etwas zu essen.« Sie lief bereits geschäftig

herum. »Ich wollte schon fragen, ob du in deinem Zimmer essen willst, aber da hast du noch geschlafen.« Sie zog den Kopf ein, und ihr taillenlanger Zopf glitt dabei über die grüne Seide ihres schlichten Kittels. »Tut mir leid – deine Tür stand offen.«

»Kein Problem.« Ich setzte mich an den Frühstückstresen. Der Hocker war so hoch, dass ich meinen Gehverband immer noch auf dem Boden abstellen konnte. »Du musst dich nicht ständig um mich kümmern.« Das sagte ich ihr nicht zum ersten Mal.

»Aber ich tue es gern.« Es lag eine so ehrliche Freundlichkeit in ihrer Stimme, dass ich mich wirklich fragte, wie sie das Leben mit meinem Vater ertrug.

Sie wandte sich zu mir um und berichtete hastig: »Meine Freundin in Indien, Renu, hat einen Monat nach mir geheiratet und hat auch einen erwachsenen Stiefsohn, der bei ihr und seinem Vater wohnt. Er ist ganz anders als du. Er ist jeden Tag gemein zu ihr.« Sie biss sich nach diesem Wortschwall auf die Unterlippe.

»Das tut mir leid für deine Freundin«, sagte ich. »Manche Kinder verwinden die Scheidung ihrer Eltern nie.«

Ihre angespannten Gesichtszüge entspannten sich. Sie nickte und begann, ein Sandwich zu belegen. Ich wusste, dass sie mir auch ein indisches Gourmet-Mahl serviert hätte, wenn ich auch nur andeutungsweise den Wunsch geäußert hätte, aber sie hatte beobachtet, dass ich sonst auch nicht mehr als ein Sandwich zum Mittagessen aß. Natürlich fand sie es grauenvoll, wenn ich es mir selbst machte – für Shanti war die Essenszubereitung die Aufgabe der Frau im Haus.

In dieser speziellen Situation begriff ich ihren Standpunkt. Shanti hatte keinerlei Macht in ihrer Beziehung oder in dieser Familie. Die Küche war der einzige Ort, der unangefochten ihre Domäne war. »Wo ist Pari?« Meine Halbschwester war normalerweise um diese Zeit zu Hause.

Ein frohes Lächeln ließ ihre Augen aufleuchten. »Sie hatte heute einen Schulausflug – sie sind nach Rangitoto Island gefahren! Was die Mädchen heutzutage machen! Deshalb fange ich jetzt schon mit dem Abendessen an – dann kann ich sie später als normalerweise abholen.« Das Sandwich war jetzt fertig. Sie schob mir den Teller zu und holte dann eine Flasche Cola aus dem Kühlschrank.

Ich schwieg, als sie mir ein Glas einschenkte.

»Oh, ich habe die Süßigkeiten gekauft, die du so magst.« Sie holte zwei Tüten, eine mit Erdnuss-Schokoriegeln, die andere mit Dianas selbst gemachten Toffeebonbons. Sie hatte nach dem Verkauf des Cafés ihre kleine Süßigkeitenmanufaktur behalten.

»Du solltest nicht so viel Zucker essen, weißt du«, fügte Shanti hinzu.

Ich grinste und zuckte die Achseln. »Das ist Hirnnahrung. Und Dianas Wunderwerke sind nur aus natürlichen Zutaten gemacht, daher sind sie vermutlich sogar gesund.« Shanti schüttelte den Kopf, und ich fragte: »Wie ging es denn Dad, als er heute Morgen nach Hause kam?«

Ihr Strahlen fiel in sich zusammen, und ihr Blick huschte zur Küchentür. Das Arbeitszimmer meines Vaters lag den Flur hinunter zur Rechten, aber sie senkte dennoch die Stimme, als sie sagte: »Er ist nicht ins Büro gegangen. Ich glaube, er ist sehr traurig. Obwohl er sich von deiner Mutter hat scheiden lassen, denkt er oft an sie.«

»Shanti, sie haben einander gehasst.« Ich biss von meinem Sandwich ab.

»Ja, aber Hass kann die Leute auch aneinanderbinden.« Sanfte, scharfsinnige Worte.

Ich schaute auf, aber sie hielt den Kopf gesenkt und hackte Spinat. Aber der gesenkte Kopf bedeutete nicht, dass sie keine Ohren und kein Hirn hatte. »Manchmal habe ich sie auch gehasst.«

Shanti schaute abrupt auf, die Augen aufgerissen. »Sag das nicht über deine Mutter. Das meinst du nicht so.«

Ich zuckte die Achseln und nahm einen Schluck Cola. »Ich habe sie natürlich auch geliebt«, sagte ich, nachdem ich das Glas wieder abgestellt hatte. »Mehr als ich je irgendjemand anderen geliebt habe. Aber du kanntest meine Mutter nicht. Sie konnte …« Gemein sein. Grob. Gefährlich. »Egal. Ich hatte einfach keinen guten Tag.«

»Natürlich. Natürlich.« Shanti achtete darauf, mir nie zu nahe zu kommen, unsere Beziehung bestand aus Grenzen, die wir niemals übertraten, aber heute lächelte sie mich offen und liebevoll an. »Dein Vater hat erwähnt, dass wir alle entsprechenden Zeremonien durchführen.«

Hatte er das? Tja, der alte Drecksack würde dann wohl eines Besseren belehrt werden müssen. Die Scheidung bedeutete, dass er alle rechtlichen Verbindungen zu meiner Mutter gekappt hatte. Ich war derjenige, der das Recht hatte, zu bestimmen, wie mit ihren Überresten zu verfahren war.

Um sicherzugehen, dass mein Vater mich dabei nicht übergehen würde, ging ich aus der Tür, nachdem ich mein Sandwich aufgegessen hatte, und rief Constable Neri an. »Ich wollte nur sichergehen, dass ich derjenige bin, den Sie anrufen, wenn Sie die Überreste meiner Mutter freigeben.«

»Die Sekretärin Ihres Vaters hat sich bereits wegen der Details zur Beerdigung gemeldet.«

»Er hat sich von ihr scheiden lassen und sie überall in der Stadt schlechtgemacht. Rechtlich bin ich ihr nächster Angehöriger.«

Eine Pause. »Ich muss mit meinem Vorgesetzten sprechen, aber …«

»Tun Sie das. Ich möchte auf keinen Fall, dass er aus der Beerdigung meiner Mutter einen Zirkus macht.«

Ihre Stimme klang deutlich kühler, als sie erwiderte: »Wenn Sie bitte einen Moment warten wollen.«

Es dauerte mindestens fünf Minuten, aber als sie wieder dran war, erklärte sie: »Wir verstehen Ihren Standpunkt. Tatsächlich ist es rechtlich gesehen Ihre Entscheidung. Daher sind Sie jetzt als nächster Angehöriger Ihrer Mutter eingetragen. Aber unter diesen Umständen ist es vielleicht besser, wenn Sie als *whānau* auftreten.«

Whānau.

So ein warmes Wort, ein Wort, das weit mehr als nur die Kernfamilie bezeichnete. Bindungen über Generationen, gewählte Bindungen, feste und unverbrüchliche Bindungen, das bedeutete es, *whānau* zu sein.

Mein Lachen war ein schmerzerfülltes Krächzen – denn ich und mein Vater? *Whānau* waren wir jedenfalls nicht. Nicht im Sinne des Wortes. »Meine Familie hat aufgehört zu existieren, als meine Mutter allein in der Kälte starb.« Ich legte auf, bevor sie etwas erwidern konnte, und tastete in meiner Tasche nach einer Zigarette.

»Scheiße.« Ich hatte seit der Universität nicht mehr geraucht, und selbst damals war ich nur ein Gesellschaftsraucher gewesen und hatte nur auf Partys oder mit Freunden zur Zigarette gegriffen.

Ich lehnte mich an die Wand neben der Haustür, atmete tief durch und schaute auf die Straße. Von hier aus konnte ich nicht viel sehen – nur hier und da etwas, was sich bewegte. Dazwischen standen zu viele Bäume, zu viel Grün. Wenn ich einen ungehinderten Blick haben wollte, musste ich nach oben in mein Zimmer gehen.

Von meinem Schreibtisch aus hatte ich den Blick auf die gesamte Nachbarschaft, konnte sehen, wer kam und wer ging. Vor ein paar Tagen hatte ich die dralle Mellie zu den Dixons hinüberschlendern und zwei Stunden später mit zerzaustem Haar und gerötetem Gesicht wieder gehen sehen. Paul und Margaret hatten ihr zum Abschied von der Haustür aus zugewinkt.

Am Tag davor hatte ich mit meinem Nachtsicht-Fernglas beobachtet, wie die hochgewachsene, rothaarige Veda Fitzpatrick in der Dunkelheit über die Straße gerannt war, um etwas in Mellies und Isaacs Briefkasten zu stecken.

Lustige Dinge sah man, wenn die Leute nicht wussten, dass man sie sehen konnte.

11

Ich regte mich nicht.

Bald würde auch dieser Tag zu Ende und meine beschränkte Sicht Vergangenheit sein. Nur noch eine Nacht. Aber diese Nacht würde die dunkelste meines Lebens sein. Ich konnte das winzige Hoffnungsflämmchen nicht mehr nähren, das in all den Jahren in mir geglommen hatte.

»Du bist mein größter Schatz, Ari *beta.*« Ein Kuss, den sie mir auf die Wange drückte, als sie mich ins Bett brachte, als ich acht Jahre alt war. »Größer als jeder Edelstein, den dein Vater mir je schenken könnte.«

»Ma?«

»Ja, Ari?«

»Du verlässt mich doch nicht, wenn du gehst, oder?«

»*Kabbi nahi.* Ich würde dich nie verlassen.«

Etwas Weißes blitzte durch das Laub auf. Es kam aus der Nähe der Tür des Hauses, das etwas unter unserem und rechts lag.

Ich wusste nicht, warum, aber ich ging die Auffahrt hinunter und stellte mich hinter ein dichtes Gebüsch – von wo aus ich das Haus genau sehen konnte. Die »Luxusblockhütte« mit viel naturbelassenem Holz und riesigen Fenstern gehörte den Savea-Duncans.

Zwei Mums, ein Kind und eine Großmutter.

Die alte Frau sah ich nicht oft draußen, aber Shanti hatte einmal erwähnt, dass sie nicht gut Englisch könne.

»Erinnerst du dich, dass Alice und Cora Alice' Mutter aus Samoa hergeholt haben, damit sie ihnen mit dem Baby helfen kann?«, hatte sie gefragt und dabei eigentümlich hinterhältig gewirkt. »Na ja, jetzt, da Manaia dreizehn und dieses

Jahr als Austauschschülerin in Frankreich ist, hat Elei wohl nicht mehr viel zu tun.«

Ich nahm an, dass Shanti öfters zu Grandma Elei ging, wenn mein Vater arbeitete und meine Halbschwester in der Schule war. Beide kamen aus fernen Ländern, hatten wenig Freiheit und kein soziales Netz hier. Ich würde sie nicht im Stich lassen, schon gar nicht, solange es noch meinen Vater gab, aber auch wenn Shanti mich vielleicht mochte, hatte sie keinerlei Grund, mir zu trauen.

Das nahm ich ihr nicht übel.

Ich würde mir auch nicht trauen.

Adrian trat aus der Tür, wie üblich gekleidet in weiße Shorts und das aquablaue ärmellose T-Shirt, das sowohl für seinen Bizeps als auch für sein Fitnessstudio warb. Sportschuhe und -socken rundeten sein Outfit ab. Er trug eine Sporttasche über der Schulter.

Sein Lächeln wirkte im Kontrast zu seiner weißen, leicht gebräunten Haut wie aus einer Zahnpastawerbung, als er mit der Frau sprach, die gerade auf die Veranda getreten war. Alice Savea-Duncan. Beinahe vierzig und eher größer als der Durchschnitt. Die Notfall-Krankenpflegerin hätte mit ihrer makellosen braunen Haut und ihrem festen Körper als gut ein Jahrzehnt jünger durchgehen können. Nichts wies darauf hin, dass sie ein Kind in ihrem Bauch getragen hatte.

Dieser flache Bauch war zwischen ihrem bunten Spandex-Bustier und den engen schwarzen Leggings gut zu sehen. Sie trug keine Schuhe, und ihr Pferdeschwanz sah frisch gebürstet aus.

Sie schob die Hüfte zur Seite und wickelte sich eine Haarsträhne um den Finger, während sie mit Adrian plauderte. Ich fragte mich, was Alice' Frau wohl davon halten würde, aber anderer Leute Beziehungen gingen mich nichts an, und ich hatte andere Probleme. Dennoch wäre es besser, wenn Alice etwas vorsichtiger wäre. Ich hatte neulich erst beobachtet, dass Cora ihr Auto auf Isaacs steiler Auffahrt geparkt hatte, sodass man es von der Hauptzufahrt aus nicht sehen konnte, um dann nach unten zu gehen und durch das Gebüsch auf ihr Haus zu spähen, das sie mit Alice bewohnte.

Ich hätte ihr sagen können, dass das Zeitverschwendung war. Adrian kam mittwochs nicht in die Cul-de-Sac.

Ich löste mich aus meinem Versteck und ging zur Hauptzufahrt. Alice und Cora waren unsere direkten Nachbarn, aber ich brauchte dennoch eine Weile, um eine Stelle zu finden, von der aus sie mich sehen konnte.

Adrian warf mir einen Blick zu, als er sich zum Gehen wandte. Er nickte mir nur kurz zu.

Ich fragte mich, ob er sich immer noch schämte, weil ich ihn einmal auf der Treppe in unserem Haus getroffen hatte, als er frisch geduscht aus dem Schlafzimmer meiner Mutter kam.

Vielleicht.

Aber es war wahrscheinlicher, dass er einfach einen weiteren Termin hatte.

Ich hob die Hand, um Alice zuzuwinken. Sie wackelte mit den Fingern und schlenderte dann wieder ins Haus. In ungefähr einer Stunde würde sie wieder gehen, wenn sie sich an ihren gewohnten Tagesplan hielt. Sie war Oberschwester und arbeitete im Schichtdienst. In dieser Woche hatte sie Nachtschicht.

Cora war Computerspezialistin und arbeitete in der Luftfahrt. Sie hatte im Moment Frühdienst. Sie ging zur Arbeit, wenn Alice nach Hause kam. Kein Wunder, dass Adrian einen regelmäßigen Termin bei ihr hatte. Abgesehen von den Fitzpatricks – und von Calvin, wie ich annahm – waren

Alice und Cora die Einzigen in der Cul-de-Sac, die »normale« Jobs hatten, aber was ihr Vermögen anging, lagen sie nicht gerade im Durchschnitt.

Das Haus war ein Geschenk von Coras wohlhabender Familie gewesen, und ich war mir sicher, dass diese Familie weiterhin Geld an sie schickte. Das Haus war gepflegt, ihre Tochter besuchte eine exklusive Privatschule, und beide Frauen fuhren Luxusautos.

Ein Vorhang bewegte sich am Fenster im ersten Stock: Grandma Elei. Alice' Mutter und Hüterin ihrer Geheimnisse. Sie winkte nicht zurück, als ich die Hand hob, sondern ließ einfach nur den Vorhang fallen und tat so, als hätte sie mich nicht beobachtet.

Einer spontanen Eingebung folgend, ging ich die Einfahrt zur Haustür hinauf. Alice öffnete gleich nach meinem Klopfen. »Aarav«, sagte sie und lehnte sich mit der Hüfte gegen den Türrahmen. »Willst du dir eine Tasse Zucker leihen?« Es klang wie ein Flirten, aber ihr Blick war träge und befriedigt.

»Ich muss einfach ein bisschen Abstand zu meinem Vater haben«, erläuterte ich mit meinem schönsten Lächeln. »Bittest du mich auf einen Kaffee herein?«

Kehliges Lachen, dann machte sie einen Schritt zur Seite, um mich hereinzulassen. »Ishaan ist wirklich ein ziemliches Arschloch, oder? Weißt du, dass er Cora und mich gezwungen hat, den alten Kirschbaum am Zaun abzusägen? Hat damit gedroht, ihn als Risiko zu melden.«

»Er kann zwei starke, erfolgreiche Frauen in der Nachbarschaft einfach nicht ertragen.«

»Ganz genau. Schaffst du es, auf diesem Boden zu gehen?« Sie nickte in Richtung des glatten Dielenbodens unter meinen Füßen.

»Der Gehstock ist unten mit Gummi beschichtet.«

Ich folgte ihren wiegenden Hüften problemlos durch den Flur. Das Haus war ordentlich, aber nicht protzig – trotz der Tatsache, dass es im Keller ein kleines Theater hatte. Obwohl Manaia schon ein paar Wochen fort war, merkte man sofort, dass hier ein Kind wohnte – ihre Sneakers lagen an der Tür, ihre Softball-Ausrüstung lag vergessen in einer Ecke in der Küche, und am Kühlschrank war mit einem Magnet in Form des Kolosseums ein Stundenplan befestigt.

Manaias Schulklasse war im Rahmen des Erdkundeunterrichts nach Rom gereist.

Außerdem hingen am Kühlschrank Familienschnappschüsse. Alice war eine eher spontane Fotografin und nutzte sowohl eine professionelle Ausrüstung als auch ihre Handykamera. Ich hatte gesehen, wie sie den Kopf aus dem Schlafzimmerfenster ihrer Mutter gestreckt hatte, eine Kamera mit einer riesigen Zoomlinse vor dem Gesicht, aber ich wusste nicht, was oder wen sie da fotografiert hatte.

Vielleicht ja nur den Busch in unterschiedlichen Lichtverhältnissen.

»Also«, begann sie, nachdem sie den Kaffee aufgesetzt hatte. »Du sehnst dich also nicht danach, nach deiner Rückkehr zu deinem lieben alten Dad zurückzuziehen?«

»Oh, auf keinen Fall.«

Ihr Lachen war warm und voll, ihr körperliches Selbstbewusstsein deutlich. Mit ihren ungefähr 1,75 bestand sie nur aus Kurven und schlanken Muskeln, und sie wusste, dass sie gut aussah. Ich verstand, warum Adrian keinerlei Probleme mit diesem Termin hatte. »Hartes Work-out heute?«

Ein geheimnisvolles Lächeln. »Kann man so sagen.«

»Machst du dir gar keine Sorgen?«, fragte ich.

Eine hochgezogene Braue.

»Dass Cora etwas herausfinden könnte?«

Keine offensichtliche Panik in ihrem Gesicht, aber sie wandte sich auch sofort ab, um die Milch aus dem Kühlschrank zu holen. »Du nicht auch noch. Ich dachte, so etwas täten nur unsere freundlichen Waliserinnen, die von Klatsch und Tratsch aufblühen.«

»Hey, das ist mir doch scheißegal.« Ich hatte sie nur aus dem Konzept bringen wollen. »Du bist superheiß, und Cora hat sich – um es freundlich auszudrücken – ziemlich gehen lassen.« Es hatte mit einem Raubüberfall begonnen, der Cora eine verletzte linke Hand beschert hatte. Er hätte ihre Karriere beenden können, wenn sie damals nicht schon Abteilungsleiterin gewesen wäre; offenbar war sie brillant darin, ihr Team zu führen und sicherzustellen, dass die Arbeit ihrer Untergebenen von höchster Qualität war.

Ich wusste das, weil ein Lokalblatt vor einem Jahr ein Profil von ihr geschrieben hatte. »Ich hätte zulassen können, dass meine Verletzung mich stoppt«, hatte sie gesagt. »Stattdessen habe ich sie als Herausforderung genommen, neue Wege des Arbeitens zu finden. Ich arbeite jetzt viel mehr mit Stimmerkennungssystemen, und dieser Bereich interessiert mich inzwischen besonders.«

Beruflicher Erfolg oder nicht, die amazonenhafte Cora meiner Kindheit war jetzt … verändert. Sie hatte immer noch ihre hohen Wangenknochen und ihre Größe, ihr Haar war immer noch so blendend weißblond wie immer, aber die Muskeln und ihre Intensität waren verschwunden. »Und du verbirgst deine Stunden mit Adrian ja auch gar nicht«, fügte ich hinzu.

Alice starrte mich mit durchdringendem Blick an. »Warum sollte ich es verbergen, wenn ich Sport mache?« Sie zog eine Augenbraue hoch. »Du weißt schon, dass er auch deiner Mutter Trainingsstunden gegeben hat, oder?«

Sie war tougher, als sie aussah – aber ich hatte noch einige Trümpfe im Ärmel. »Ich bin einmal auf ihn getroffen, als er aus ihrem Schlafzimmer kam. Frisch geduscht.«

Sie schnaubte vor Lachen, ihre Wangen glühten. »War es dir damals auch schon scheißegal?«

»Du kennst doch meinen Vater. Immerhin lächelte sie, wenn Adrian da war.« Schrägerweise war das keine Lüge. Kein Wunder, dass Dr. Jitrnicka fand, dass Paige recht hatte mit ihrer Feststellung, ich habe »Beziehungsprobleme«; ich hatte tatsächlich keine besonders gesunden Vorbilder.

»Na ja, auf diese Weise macht mich Adrian nicht glücklich – ich bin nach dem Sport nur immer ganz high.« Sie lächelte milde amüsiert und goss den Kaffee in zwei Becher. »Milch? Zucker?«

»Keins von beiden.«

Als sie mir den Becher gereicht hatte, gab sie etwas Milch und einen Teelöffel Süßstoff in ihren Kaffee und lehnte sich dann gegen den Küchentresen mir gegenüber. »Weißt du, es macht mich traurig, dass du in deinem jungen Alter schon so zynisch bist. Cora und ich sind sehr glücklich miteinander.«

Ich dachte daran, wie ich mit meiner Mutter in genau diesem Raum gesessen und Cora und Alice dabei geholfen hatte, Plakate zu basteln, die die Gleichstellung der gleichgeschlechtlichen Ehe forderten. Beide waren in der LGBTQ-Community große Namen. Mit dem zusätzlichen Umstand, dass Alice aus der konservativen Pasifika-Gemeinde stammte. Sie war ebenso sehr ein Symbol wie ein Mensch.

Eine Scheidung würde nicht gut aussehen. Ebenso wenig wie jeder Hinweis auf Ärger im Paradies.

»Sorry«, erwiderte ich und nahm hin, dass Alice an diesem Punkt nicht nachgeben würde. »Ich habe vermutlich auch so meine Probleme.«

Alice pustete auf ihren Kaffee. »Haben wir das nicht alle? Manaia sagt neuerdings immer: Brauchst du ein Taschentuch für deine Problemchen?« Keine Ahnung, wo sie das herhat, aber es wäre doch toll, wenn wir all unsere Wunden mit Taschentüchern heilen könnten.« Ihre Schulter hob sich, ihr Gesicht war hinter dem Kaffeebecher halb verborgen, und man sah ihre Augen hinter den gesenkten Lidern nicht mehr.

Eine Sekunde später stellte sie ihren Becher wieder ab und sprach in fließendem Samoanisch mit jemandem hinter mir. Ich hatte gehört, dass sich da jemand bewegt hatte, ahnte, dass Grandma Elei die Treppe heruntergekommen war. Jetzt sah ich dabei zu, wie sie ihre Tochter umarmte.

Elei Saveas Haar war eine kleine stahlgraue Wolke, die sie zu einem Dutt zurückgebunden hatte. Sie trug ein formloses blaues Kleid, auf dem gelbe Hibiskusblüten zu sehen waren. Es reichte ihr bis zu den Fußgelenken. Diese Sorte Kleid trugen die Frauen auf tropischen Inseln, weit entfernt von diesem Land der Wälder, die so viel kälter und dunkler und nasser waren als die Palmen in ihrer Heimat.

Alice redete mit ihrer Mutter und holte die Kaffeekanne und einen weiteren Becher. Sie schenkte ihn voll und lächelte dabei. »Aarav, kennst du schon meine Mutter Elei?«

Ich hörte meinen Namen erneut, als sie mich in ihrer Muttersprache ihrer Mutter vorstellte.

Die ältere Frau, deren Augen wie schwarze Punkte in dem dunkelbraunen Gesicht wirkten, musterte mich, bevor sie etwas zu Alice sagte und auf mich deutete.

»Sie fragt nach deinem Bein – sie hat gesehen, wie du vor einem Monat ganz angeschlagen nach Hause gekommen warst. Shanti hat erzählt, dass du einen Autounfall hattest.«

Ich fragte mich, was Grandma Elei wohl noch im Laufe

der Jahre gesehen hatte. Sie wohnte schon so lange hier. »Ja«, entgegnete ich und runzelte die Stirn, weil ich mich nicht an das Auto erinnern konnte, das ich gefahren war.

Es war nicht der Porsche gewesen. Ich hätte mich daran erinnert, wenn es der Porsche gewesen wäre.

Protokoll

Sitzung #3

»Wie geht es Ihnen?«
»Gut.«
»Wir haben doch darüber gesprochen.«
[keine Antwort]
»Ich kann auch ganz ohne ein Wort hier sitzen – immerhin bezahlen Sie mir eine ziemlich große Summe dafür. Aber ich kann Ihnen nicht helfen, wenn Sie sich nicht öffnen.«
»Funktioniert dieser Satz oft?«
»Sie wären überrascht.«
»Ich … Heute ist der Jahrestag. Heute ist der Tag, an dem sie …«
»Ah.«
»Es sollte eigentlich egal sein. Sie sollte mir eigentlich inzwischen egal sein.«

12

Ein Unfall ohne Fremdbeteiligung, oder?« Alice' Stimme riss mich aus meinen Gedanken.

Ich nickte. »Bin auf einer nassen Fahrbahn ins Schleudern geraten, direkt in einen riesigen *pohutukawa*-Baum.« Ich hatte keine Erinnerungen an den Unfall selbst, was nicht ungewöhnlich war und mir nicht so große Sorgen machte wie der blinde Fleck, was das Auto betraf. Denn diese Information hätte im Langzeitspeicher des Gedächtnisses abgespeichert sein müssen … es sei denn, ich hätte an dem Tag ein unbekanntes Auto gefahren. »Ich war auf dem Heimweg von einer Verlagsparty. Jedenfalls ist das Bein auf dem Wege der Besserung.«

Alice übersetzte das für ihre Mutter, die eine weitere Frage stellte. Alice beantwortete sie ebenfalls. Grandma Elei lächelte mich an, als sie die Küche verließ, und hinterließ den Duft eines sehr teuren Parfüms. Ich fragte mich, ob Elei wohl Shanti in dem Glauben ließ, ihre Situation zu Hause wäre viel schlechter als in Wirklichkeit, damit sich Shanti besser fühlte. Andererseits machte mein Vater Shanti ebenfalls teure Geschenke. Und zwar nur, damit es nach außen hin gut aussah, nicht, weil er sie schätzte.

»Mum ist beeindruckt, dass du Bücher schreibst«, erklärte Alice. »Sie sagt, dann müsstest du ja sehr klug sein.« Lachfältchen auf ihren Wangenknochen. »Ich mochte *Blutopfer,* aber musstest du unbedingt den Bruder töten? Der war doch heiß, und zwischen ihm und der Ermittlerin sprühten doch die Funken.«

Es war nicht das erste Mal, dass man mir diese Frage stellte. Selbst Mordliebhaber hatten oft einen gut versteckten

Hang zur Romantik. Vermutlich im Keller unter sechzig Zentimetern Beton vergraben. »Man muss der Handlung alles opfern.« Ich trank ungefähr ein Viertel von dem Kaffee. »Also kann deine Mum kein Englisch?«

»Sie kann viel mehr, als sie zeigt. Ich glaube, sie mag es einfach, die Leute ignorieren zu können, wenn sie will.« Ein Grinsen. »Ich bringe sie in einer Stunde zum Schachtreffen der samoanischen Damen.«

»Arbeitest du heute gar nicht?«

»Freier Abend.« Sie warf mir über den Becher hinweg einen Blick zu. »Meine Mutter hat auch gesagt, dass sie heute Morgen eine Polizistin und einen Mann im Anzug vor deiner Haustür gesehen hat. Alles in Ordnung?«

Ich konnte Eleis Zimmer von meinem Balkon aus sehen, hatte aber nicht gewusst, dass sie in unseren Vorgarten schauen konnte. »Sie haben den Jaguar meiner Mutter im Busch gefunden, nicht weit von hier … mit ihr darin.«

Ein lautes Klirren, Scherben und Kaffee überall. Alice starrte mich an und kümmerte sich nicht um die Flecken auf ihrer Designer-Sportkleidung. »Aarav, nein.« Beide Hände flogen zu ihrem Mund. Ihre Fingernägel waren kurz, aber knallpink lackiert.

»Ich wünschte, es wäre nicht so, aber es stimmt.« Ich sah den Kaffee, der von der Arbeitsfläche tropfte, ihre erstarrte Haltung, und war erstaunt. »Ihr wart gut mit meiner Mutter befreundet, oder?« Die Dritte im Bunde. Diana und Nina waren zuerst da gewesen, die jüngere, linkischere Alice hatten sie später aufgenommen. Der jugendliche Gegensatz zu ihren Jahren der Erfahrung. »Ich würde sagen, es war eher so, dass sie mich unter ihre Fittiche genommen hatte.« Sie schaute sich um und stöhnte. »Es wird ewig dauern, bis ich das aufgeräumt habe.« Sie hob die Scherben auf und benutzte Unmengen an Küchenpapier, um den Kaffee aufzuwischen.

Ihr Hintern in Lycra wackelte vor meinen Augen hin und her, und ich war mir sicher, dass sie das absichtlich machte, um mich abzulenken. Anders als Diana hatte Alice mich nicht als Kind gekannt. Ich war bereits ein hochgewachsener und starker Dreizehnjähriger gewesen, als sie und ihre Familie in die Cul-de-Sac zogen.

Aber ich ließ mich nicht ablenken.

Ich war kurz davor gewesen zu fragen, ob ich mit Elei sprechen könnte, um herauszufinden, was sie in jener regnerischen Nacht vor so langer Zeit gesehen hatte, aber ich war mir nicht mehr ganz sicher, ob ich wollte, dass Alice dabei war, wenn ich die Frage stellte. Nicht, dass ich es für wahrscheinlich hielt, dass Elei mir etwas verraten würde, wenn sie so viele Jahre lang geschwiegen hatte, aber ich musste fragen.

Shanti. Ich würde Shanti dazu benutzen, an sie heranzukommen.

Ich würde alles und jeden benutzen, um den Grund dafür herauszufinden, dass meine Mutter nur noch verwesende Knochen war.

Der schwarze BMW meines Vaters stand nicht mehr da, als ich nach Hause zurückkam, aber Shantis weißer Audi parkte in der Auffahrt neben meinem Mietwagen. Sie fuhr ihn nie selbst in die Garage, weil sie Angst hatte, das teure Auto zu beschädigen. Wenn es nach ihr gegangen wäre, hätte sie sich vermutlich einen billigen kleinen Flitzer ausgesucht, aber Ishaan Rai hatte einen Ruf zu verteidigen.

Manche würden sicher sagen, dass er ihr Freiheit geschenkt habe, indem er sie darin unterstützt hatte, ihren Führerschein zu machen, aber diese Leute sahen nicht, wie Shanti die Schultern hochzog, wenn sie im Fahrersitz saß, wie sich ihre Finger um das Lenkrad krampften, bis die

Knöchel ganz weiß wurden. Ich hatte nie gesehen, dass sie woandershin gefahren wäre als in die Geschäfte des Ortes, oder zur Schule, um meine Halbschwester hinzubringen oder abzuholen. Wenn mein Vater wirklich etwas für sie hätte tun wollen, hätte er einen Fahrer angestellt – es war ja nun nicht so, als hätte er sich das nicht leisten können.

»Shanti«, sagte ich, als ich sie in der Küche fand, wo sie den Herd gerade ausschaltete. »Soll ich Pari für dich abholen?«

Ihr Gesicht leuchtete auf, wie immer, wenn ich ihr das Angebot machte. »Oh, Aarav, wenn es dir nichts ausmacht?«

»Natürlich nicht. Soll ich jetzt losfahren?«

»Ja, ihr Bus sollte genau dann vom Ausflug wiederkommen, wenn du dort ankommst.«

»Wahrscheinlich wird es auf der Rückfahrt Staus geben, also erwarte uns nicht zu früh zurück.«

Shanti lächelte mich verschwörerisch an. »Ich verstehe.«

Ich lächelte zurück. Wir wussten beide, dass ich mit meiner Halbschwester auf der Rückfahrt Donuts oder Eiscreme essen würde. Ich wandte mich zum Gehen und sagte über die Schulter hinweg: »Wo ist Dad? Meeting?«

»Er hatte einen Anruf bekommen und ist gegangen. Er klang nicht besonders glücklich.«

Nichts Neues bei meinem Vater, dachte ich, als ich zu meinem Auto ging. Ich setzte mich hinein und fuhr los. Leonid und Anastasia standen am Ende ihrer Einfahrt – die sich direkt vor den Toren der Hauptzufahrt befand – und sprachen mit Leonids Bruder. Mein Vater nannte die Familie immer »die russische Mafia«.

In Anbetracht von Leonids interessanten Tattoos und der Leute, die bei ihm ein und aus gingen, mochte mein Vater sogar recht haben. Oder Leonid war, weil er eindeutig einen australischen Akzent hatte und ich einen seiner Besucher als australischen Finanzmogul identifiziert hatte, einfach nur ein schlauer Businessmann, der Tattootinte mochte und interessante Freunde hatte. Mir persönlich gefiel es, wie der etwa dreißig Jahre alte Mann seine Zwillinge in den Buggy schnallte und mit ihnen spazieren fuhr.

Wichtiger fand ich noch, dass die Familie ihr Anwesen erst vor drei Jahren in der Cul-de-Sac vom alten Mr. Jenks gekauft hatten. Mr. Jenks war siebenundachtzig und bereits hinfällig gewesen, als meine Mutter verschwand.

Heute hob keiner von den dreien grüßend die Hand. Sie waren zu sehr in ihr Gespräch versunken. Vielleicht sollte ich Realismus und Logik einfach beiseiteschieben und eine Short Story über eine Mafiafamilie schreiben, die gezwungen war, in eine Vorstadt in Neuseeland zu ziehen, und die dort den Auftragskiller umbrachte, den man ihr hinterhergeschickt hatte. Die Familie müsste dann seine Leiche verstecken, bevor die Nachbarn zum Grillen kommen würden.

Wenn man das richtig anging, würde das eine großartige schwarze Komödie sein … und *scheiße!* Ich hatte gar nicht gemerkt, dass ich die Luft angehalten hatte, bis ich an der Stelle vorbeikam, wo meine Mutter zehn Jahre lang im Busch gelegen hatte. Nur ein einsames Polizeifahrzeug stand noch da, ansonsten war die Straße wieder für den Verkehr geöffnet.

Ich wurde im Vorbeifahren nicht langsamer.

Ich musste nachdenken. Ich musste mich *erinnern.*

In jener Nacht hatte es geregnet, so ein starker Regen. Blitze zuckten über den Himmel, als sie fortfuhr. Ich hatte ihren Namen geschrien, aber der Wind hatte den Schall mit sich gerissen. Sie war bereits losgefahren, und ich sah nur noch ihre roten Rücklichter in der Dunkelheit.

Kein Zigarrenrauch.

Plötzlich wusste ich das wieder.

Mein Vater ließ gern Dampf ab, indem er eine Zigarre rauchte, und sein Lieblingsplatz dafür war draußen vor dem

Haus. Er setzte sich dann auf seinen Lieblingsverandasessel und schaute auf den kleinen Teil der Cul-de-Sac, den man von dort aus sehen konnte. In jener Nacht hatte ich seine Zigarre nicht gerochen. Obwohl ich die Haustür *zwei Mal* ins Schloss hatte fallen hören.

Vielleicht hatte der Regen den Geruch überdeckt, aber das glaubte ich nicht. Derlei Gerüche waren durchdringend.

Meine Hände packten das Steuerrad so fest, dass meine Knöchel ganz weiß wurden. Der *Teppich*. Ich konnte den verschwundenen Teppich nicht vergessen. Er war so stolz auf den handgeknüpften Teppich gewesen, den er bei seinem ersten Indienbesuch als Erwachsener gekauft hatte. »Reine Seide, Junge. Einzigartig.« Dann, plötzlich, war er fort, und wir sprachen nie wieder darüber.

Ich bog in die Straße ein, in der Paris private Mädchenschule lag. An beiden Straßenseiten parkten Autos. Weil ich wusste, dass es in der Nähe der Schultore noch voller werden würde, parkte ich ein kleines Stück entfernt und stieg dann mit dem Gehstock aus.

Weil ich so lange geschlafen und dann in Alice' Küche gesessen hatte, waren meine Beine ausreichend ausgeruht. Ich hatte keine größeren Probleme, es bis zu den schweren Eisentoren zu schaffen. Es fühlte sich immer noch nicht toll an, den Fuß zu belasten, aber der Arzt hatte gesagt, dass ich damit beginnen müsse, also tat ich es. Auf gar keinen Fall wollte ich für immer im Haus meines Vaters festsitzen. Dr. Binchy hätte mich niemals aus dem Krankenhaus entlassen, wenn ich allein gewohnt hätte.

Ich runzelte die Stirn.

Warum hatte Dr. Binchy darauf bestanden, obwohl ich mich gut selbst hätte versorgen können? Ein gebrochener Fuß war ja nun nicht die Verletzung des Jahrhunderts.

»Bhaiya!« Eine schrille Stimme riss mich aus meinen Gedanken. Ein kleines, dünnes Mädchen rannte auf mich zu. Meine kleine Schwester rief mich immer mit dem Hindi-Wort für Bruder. Sie war außerdem einer der wenigen Menschen auf der Welt, die ich wirklich mochte.

Ich hatte vor, ein wenig Geld für sie anzulegen, damit sie mit achtzehn reisen oder das studieren konnte, was sie wollte. Sie war außerdem die Hauptbegünstigte in dem Testament, das mich mein Rechtsanwalt hatte machen lassen, nachdem ich so viel Geld geerbt hatte.

Das Geld würde dafür sorgen, dass Pari niemals für ihre Freiheit würde bezahlen müssen.

Ich hielt die Hand hoch, damit sie mich abklatschen konnte. Danach, auf der Fahrt zum Donut-Laden, erzählte sie mir von ihrem Tag, an dem sie den unverwechselbar kegelförmigen Krater des Rangitoto bestiegen hatten, des schlafenden Vulkans, der majestätisch und wie eine stille Drohung im Golf von Hauraki lag. Und für eine kurze Zeit vergaß ich die Knochen, den verschwundenen Teppich und die Frage, warum Dr. Binchy mich nicht ohne die Versicherung entlassen wollte, dass ich nicht allein sein würde.

13

Wir aßen die warmen Donuts in einem Park – es dämmerte schon winterlich, obwohl es noch nicht sechs Uhr war, aber noch konnte man draußen sein. Mütter mit kleinen Kindern lächelten uns zu und sammelten ihre Sprösslinge von den Geräten ein, um langsam nach Hause zu gehen. Dass ich Pari bei mir hatte, schützte mich nicht vor misstrauischen Blicken – aber Pari zusammen mit einem lädierten Bein funktionierte in dieser Hinsicht gut. Ein paar der jüngeren Mütter erkannten uns sogar wieder, weil wir schon öfter hier gewesen waren, und winkten uns zu.

Ich winkte mit einem breiten Lächeln zurück.

»Honig ist niemals verschwendet, Ari.« Meine Mutter schürzte die Lippen vor dem Spiegel und trug ihren tiefroten Lippenstift auf, der perfekt zu dem flatterigen roten Kleid passte, das sie für den Brunch mit Diana – und Alice – trug. »Dein Vater knurrt jeden an, und obwohl die Leute ihm gegenüber höflich sind, würden sie ihm am liebsten bei der nächsten Gelegenheit von hinten einen Dolch in den Rücken rammen. Respekt ist das eine. Gemocht *und* respektiert zu werden, das ist wahre Macht. Die Leute tun alles für dich, wenn sie dich mögen.«

Alice war zwölf Jahre jünger als meine Mutter. Diana dagegen war siebenunddreißig gewesen, als meine Mutter mit einundvierzig Jahren verschwand. Sie war ihr vom Alter und der Erfahrung her weit näher. Der einzige große Unterschied war, dass meine Mutter mich mit fünfundzwanzig hatte, während Diana bis dreißig gewartet hatte, bis sie ihre Familie gründete, aber der Unterschied im Alter ihrer Kinder hatte niemals ihrer Freundschaft im Weg gestanden.

Die beiden hatten ein unzerstörbares Band, das sie zusammenhielt, als Alice auf den Plan trat.

Kein Wunder, dass ich beinahe vergessen hatte, dass Alice hin und wieder zu ihren Verabredungen eingeladen wurde. Sie trugen dabei alle hübsche Kleider, fuhren zu einem Champagner-Brunch oder ließen sich die Nägel machen. Alle drei im Jaguar meiner Mutter.

»Was ist los?«

Ich schaute zu meiner Schwester hinunter. Die großen braunen Augen, die sie von ihrer Mutter geerbt hatte, waren beinahe zu groß für ihr schmales Gesicht. Ihre Haut hatte einen warmen, dunkelbraunen Ton, und ihr Haar war tiefschwarz. Shanti hatte es zu zwei ordentlichen Zöpfen geflochten, die zu beiden Seiten herabhingen. Sie hatte sie mit Bändern zusammengebunden, die zu Paris Schuluniform passten.

Meine Schwester war noch klein genug, dass sie vielleicht nicht begreifen würde, was es bedeutete, wenn eine Leiche gefunden wurde, aber andererseits hatte sie mehr Mitgefühl in ihrem kleinen Körper, als ich je entwickeln würde, wer wusste es also so genau. Ich würde es Shanti überlassen. Sie sollte entscheiden, was wir ihr sagen würden. »Mein Bein«, sagte ich. »Es tut manchmal weh, aber die Ärzte sagen, ich muss es langsam wieder belasten.«

Ein zuckerbestäubtes Lächeln. »Dein Kopf ist besser geworden. Dein Bein wird bestimmt auch bald wieder gut.« Dann sprang sie von der Holzbank und fragte, ob sie noch eine Weile schaukeln dürfe, bevor wir nach Hause gingen.

Ich nickte, dachte aber an die Migräne, die ich gerade gehabt hatte. Ein Schleudertrauma konnte gemein sein. Was mich an etwas erinnerte.

Ich holte mein Handy heraus, rief Dr. Binchys Praxis an und hinterließ eine Sprachnachricht, in der ich mehr von dem Migränemedikament erbat. Ich musste klar denken, jetzt, da die Überreste meiner Mutter endlich geborgen waren. Ich konnte es mir nicht leisten, dazu noch rasende Kopfschmerzen zu haben. Ich strich mir das Haar aus der Stirn und spürte, wie meine Finger über eine Narbe glitten.

Ich drückte und tastete.

Sie stammte von damals, als ich vom Motorrad gefallen war, zu der Zeit, als ich noch versuchte, einen Studienabschluss zu bekommen, was ich dann später abbrach, aber sie fühlte sich dicker an und merkwürdig empfindlich. Ich zog die Hand zurück, um sie nicht noch mehr zu reizen. Das mussten wohl all die Medikamente sein, die man mir direkt nach dem Unfall in den Körper gepumpt hatte – und der Mist, den ich jetzt noch nahm. Ich erinnerte mich an nichts aus den ersten Tagen nach dem Unfall, aber ich wusste, dass sie mich in ein künstliches Koma versetzt hatten.

Vermutlich, weil sich ein Ast – das war es, ein Ast – durch meine Brust gebohrt hatte.

Lustigerweise war diese grässliche Wunde schneller geheilt als mein Fuß. Keine Beschädigung des Herzens, obwohl die Lunge nicht mehr ihre volle Kapazität hatte. Aber im Moment war mein wichtigstes Organ mein Hirn.

Zehn Jahre waren eine lange Zeit, aber nicht so lang, als dass die Wahrheit für immer verschwinden könnte.

Als ich wieder nach Hause kam, ließ ich Pari bei ihrer Mum, wo sie ihr in aller Ausführlichkeit erzählte, wie der Ausflug gewesen war, und ging nach oben zu meinen Zimmern. Mit jedem Schritt, den ich machte, wurde mir klarer, dass ich niemals ganz mit meinem Vater würde brechen können, egal, wie tief ich ihn hasste. Ein Teil von mir hatte immer auf den Moment der Offenbarung gewartet, auf eine Erklärung für diesen Schrei, obwohl keiner von uns beiden je davon gesprochen hatte.

Jetzt hatten sich die Regeln geändert, alle Fragen lagen auf dem Tisch.

Ich ging direkt in mein Schlafzimmer und zu meinem Schreibtisch vor den Balkonschiebetüren. Ich setzte mich, fuhr meinen Laptop hoch und tippte das Passwort ein, dann klickte ich auf die verschlüsselte Datei mit dem Titel *Ma*.

Darin befand sich der Bericht eines Privatermittlers, den ich nach meinem ersten großen Honorarscheck engagiert hatte. Der Bericht war nicht lang, aber gründlich. Der Mann hatte keine Angst davor gehabt, einige Grenzen zu überschreiten, und sich in Datenbanken eingehackt, die ihn nichts angingen.

Keine Bankaktivitäten.

Kein Registrierung meiner Mutter im Wählerverzeichnis.

Abgelaufener Führerschein.

Kein Hinweis darauf, dass sie jemals die Kaution für eine Mietwohnung geleistet hätte.

Ein abgelaufener Pass, ohne Hinweise auf Reisen außerhalb des Landes. Ich habe keine Ahnung, wie er diesen speziellen Ausdruck bekommen hatte, aber er hatte ihn an den Bericht geheftet.

Neuseeland ist ein Archipel – man kann das Land nicht ohne Pass verlassen, es sei denn, man befindet sich auf einem Privatschiff und entgeht so den behördlichen Kontrollen. Vielleicht auf einer Jacht. Aber meine Mutter hatte Segeln gehasst. Ich hatte die vage, romantische Hoffnung gehegt, dass sie mit jemandem zu einem einsamen Strand gefahren war, wo sie in Frieden eine Viertelmillion Dollar ausgeben konnte. Das war nicht viel Geld, gemessen am Vermögen meiner Familie, aber wenn sie schlau war, hätte sie davon gut leben können.

Ich erwartete nichts Neues in dem Ordner, suchte aber nach Informationen, die ich den Ermittlern überlassen konnte. Nur weil ich auch selbst nachforschte, hatte ich ja nichts dagegen, dass die Polizei das ebenfalls tat.

Am Ende fügte ich eine entschlüsselte Kopie des Berichts als Anhang an eine E-Mail und holte dann Constable Neris Visitenkarte heraus, um ihre E-Mail-Adresse nachzuschauen. Dann rief ich sie an. Und wieder nahm sie sofort ab. Ich war nicht dumm. Ich wusste, dass sie nicht deshalb so schnell reagierte, weil ich der trauernde Sohn war. Diese Tatsache trug nur sehr wenig zu ihrer Aufmerksamkeit bei.

»Aarav«, meldete sie sich. »Wie kann ich Ihnen helfen?«

»Es ist genau andersherum.« Ich lehnte mich auf dem Bürostuhl zurück, den ich auf einer Büroartikel-Website bestellt hatte. »Vor zwei Jahren, als ich ein bisschen Geld hatte, habe ich einen Privatermittler angeheuert, damit er das Verschwinden meiner Mutter untersucht. Ich habe Ihnen gerade seinen Bericht gemailt, vielleicht hilft er ja.« Damit zeigte ich außerdem, dass ich nichts zu verbergen hatte.

»Danke schön«, sagte sie nach einer kurzen Pause – vermutlich schaute sie gerade in ihren E-Mail-Eingang. »Ich dachte, Ihr Buch sei vor drei Jahren ein Bestseller gewesen?«

»Das Verlagswesen hat merkwürdige Zeitpläne. Keiner in meinem Verlag hatte erwartet, dass *Blutopfer* so groß werden würde. In meinem ursprünglichen Vertrag stand als Startauflage zehntausend Exemplare.« Um die Komplexität des Rechnungswesens in den Verlagen abzukürzen und es ganz schlicht auszudrücken, mein Verlag hatte auf den Millionen gehockt, bis ich endlich bezahlt wurde; und so wurde ich, als das Geld endlich kam, buchstäblich über Nacht zum Millionär. »Das Buch war auch schon zwei Monate raus, bevor es auf die Bestsellerliste kam.«

»Mundpropaganda?«

»Ja.« Die Sorte viraler Verbreitung, von der ein kleiner Debütautor ohne Marketing-Budget und ein Verleger, der kaum von seiner Existenz wusste, nur träumen konnte. Bevor ich michs versah, war mein Buch in Sprachen übersetzt worden wie Litauisch und Hebräisch, und meine Agentin berichtete mir, dass sie eine Filmagentin an Bord geholt habe, damit ich bei den Filmrechten nicht über den Tisch gezogen würde.

Die Filmrechte verwandelten sich in einen echten Film, der vor sechs Monaten in die Kinos gekommen war.

Dank der Filmagentin erhielt ich die Erwähnung als Produzent und noch mehr fette Schecks. Und das Geld kam immer noch aus den verschiedensten Ecken der Welt. Das würde irgendwann aufhören, wenn ich es nicht schaffte, ein zweites Buch zu schreiben, aber wenn ich Margarets Finanztipps befolgte und das Geld, das ich bereits hatte, entsprechend anlegte, würde ich davon leben können, bis ich starb. Vielleicht hätte ich nicht so spontan den Porsche oder die angeberische Stadtwohnung kaufen sollen, aber immerhin hatte ich jetzt ein gewisses Vermögen.

»Ich habe den Bericht überflogen.« Wieder Constable Neris rauchige Stimme. In einem anderen Leben hätte ich vielleicht versucht, mit ihr anzubändeln – oder versucht, sie zu verführen, um an Informationen zu kommen. Aber Neri würde auf so etwas nicht hereinfallen, also hatte ich diese Möglichkeit gleich abgehakt. Ich würde das, was ich brauchte, auch auf andere Weise bekommen. »Ich kenne den Typen. Der ist gut.«

»Der Beste.« Ich hatte recherchiert, bevor ich ihn angeheuert hatte. »Er hat nie direkt gesagt, dass meine Mutter tot sei, aber ich konnte es ihm ansehen.« Und trotzdem hatte ich noch gehofft. »Wenn der Bericht auch sonst nichts nützt, hilft er vielleicht dabei, zu bestätigen, dass sie in der Nacht starb, in der sie verschwand.«

»Hätten Sie etwas dagegen, wenn wir direkt mit dem Ermittler sprächen?«

»Nein. Ich sage ihm, er soll mit Ihnen kooperieren.«

»Danke.«

Ich hätte mit dieser Höflichkeit das Gespräch beenden sollen, stattdessen öffnete ich den Mund und fragte: »Warum hat sich damals niemand länger mit dem Verschwinden meiner Mutter beschäftigt? Lag es an dem Geld?«

Es wurde kurz still in der Leitung, dann erläuterte sie: »Das, und das Fehlen einer Vermisstenanzeige von den nächsten Angehörigen. Dazu ein Kommissar kurz vor dem Ruhestand. Er schrieb einen Bericht, in dem von Diebstahl die Rede war, vermerkte die Sache als nicht gewalttätige häusliche Angelegenheit und archivierte sie.«

Ihr Ton war ganz professionell, aber ich hörte den Ärger darin. Daher ließ ich es dabei bewenden. Denn die Fehler dieses Kommissars waren nicht ihre. Ich fragte sie nach weiteren Informationen zu dem Fall, aber alles, was sie sagte, war: »Es ist noch zu früh.«

Zu dem Zeitpunkt glaubte ich ihr sogar.

Nachdem ich aufgelegt hatte, rief ich den Privatdetektiv an und erzählte ihm davon, dass die Überreste meiner Mutter gefunden worden seien.

»Das tut mir leid.«

»Ich habe der Polizei Ihren Bericht geschickt. Vielleicht rufen die Sie an.«

»Klar. Soll ich ihnen alles erzählen? Auch das, was nicht im Bericht steht?«

Die Welt blieb stehen.

14

Was steht denn nicht in dem Bericht?«

Ein kurzes Schweigen am anderen Ende der Verbindung. »Hey, Sie haben mich gebeten, es nicht hineinzuschreiben.«

Mein Puls wurde zu einem Hämmern, das ich sogar auf der Zunge spürte. »Helfen Sie mir auf die Sprünge.«

»Klar. Ist ja nicht so, dass ich diesen Fall so leicht vergessen könnte. Normalerweise schnüffele ich nur hinter fremdgehenden Ehepartnern her oder verfolge Geld, das in Richtungen abfließt, in die es nicht abfließen soll. Diese Sache hier war etwas anderes.«

Ich biss die Zähne zusammen, um ihn nicht anzuschnauzen, er solle endlich auf den Punkt kommen.

»Am Nachmittag bevor sie verschwand«, sagte er schließlich, »checkte Nina Rai mit einem Mann in ein Hotelzimmer ein. Sie und der Mann kamen lebend wieder aus dem Hotel und wurden von Hotelmitarbeitern gesehen, wie sie sich küssten, bevor sie sich auf dem Parkplatz trennten. Ein hochgewachsener, dunkelhaariger Mann. Ich konnte ihn nie identifizieren. Das gesamte Material der Überwachungskameras ist längst gelöscht.«

Hochgewachsen, dunkelhaarig.

Die Beschreibung passte auf so viele Leute, die sie gekannt hatte. »Ja, teilen Sie diese Information ruhig mit der Polizei.« Dass meine Mutter einen geheimen Geliebten hatte, war jetzt nicht gerade ein Schock.

»Ari, mein Ari, du weißt doch, wie dein Vater ist.« Sie lag neben dem Pool, aber an diesem Tag nicht in ihrem kleinen roten Bikini, sondern in einem schwarzen Halterneck-Einteiler, den sie mit einem weißen Sonnenhut kombiniert hatte, der wiederum ein schwarzes Hutband hatte. Dazu trug sie eine riesige Jackie-O-Sonnenbrille. Die Sonne vergoldete ihre Haut. »Du weißt doch, dass du nicht auf das hören sollst, was er sagt.«

»Stimmt es also nicht?«

Sie hatte einen Schluck von dem Wodka-Martini genommen, den ich ihr gemixt hatte, genauso, wie sie ihn mochte. »Würdest du es mir denn verübeln, wenn es so wäre?« Sie schob die Sonnenbrille hinunter und schaute mich mit ihren dunklen, flüssigen Augen darüber hinweg an. »Wenn ich mein Glück woanders suchen würde?«

»Warum lasst ihr euch nicht einfach scheiden? Die Eltern der meisten Freunde von mir sind geschieden. Keine große Sache.«

»Es ist kompliziert, *mera bachcha.*« Ein Kuss, den sie mir auf die Wange drückte, als sie mich mit so viel Liebe in der Stimme ihr Kind nannte. Ihr Parfüm nahm mir den Atem.

Mit fünfzehn hatte ich noch nicht die Worte gehabt, um meine quälende Verwirrung auszudrücken. Meine Mutter hasste meinen Vater, und andersherum. Und doch wollten sie sich auf keinen Fall trennen. Stattdessen suchten sie immer wieder neue Mittel und Wege, um einander wehzutun.

»War da noch etwas, was Sie nicht in den Bericht geschrieben haben?«, fragte ich den Detektiv. Ich fragte mich, warum ich ihn darum gebeten hatte, die Sache im Hotel auszulassen.

»Nein, das war's. Vermutlich war es das Einzige, was Ihr Vater nicht sehen sollte.«

Ich saß noch lange da, nachdem ich aufgelegt hatte. Die Dunkelheit drängte gegen die Scheiben der Balkontüren. Hatte ich den Ordner an meinen Vater geschickt? Ich konnte mich nicht daran erinnern, und als ich in den archivierten

E-Mails danach fahndete, fand ich nichts, was darauf hindeutete. Vermutlich hatte ich es mir anders überlegt, wollte mich nicht verraten, weil ich nur so wenig in der Hand hatte.

Ich drückte gegen meine hämmernden Schläfen.

Keine Migräne, nur die üblichen Stresskopfschmerzen. Ich behandelte mich dagegen selbst mit Bonbons aus der Schreibtischschublade, in der ich verschiedenste Darreichungsformen von Zucker aufbewahrte. Ein Stück Toffee, eine halbe Tafel dunkle Schokolade, dann fühlte ich mich besser. Aber in meinem Kopf schwirrte es, und ich konnte nicht geradeaus denken. Also beschloss ich natürlich, mich mit meinem Manuskript zu befassen.

Ein paar Stunden später lag ich wach im Bett, starrte an die Decke und dachte an eine wunderschöne Frau, von der nur noch die Gebeine gefunden worden waren, als unten etwas zu Bruch ging. Ich stand auf, gekleidet nur in meine Boxershorts, und nahm den Gehstock, um nach unten zu humpeln.

»Verdammte Hure! Ich wusste es!« Wieder ein Klirren.

Ich entdeckte Shanti. Sie stand im Flur, rang die Hände und schluckte hart. Ich schüttelte den Kopf und ging weiter.

Sie zögerte nicht und ging die Treppe hinauf. Ich wusste, dass sie zuerst zu Pari gehen würde, um sicherzustellen, dass ihre Tochter keine Angst hatte. Ich ging durch die Tür. Mein Vater dünstete Alkohol aus, das Weiße seiner Augen war rot geädert und seine Hemdenknöpfe geöffnet, das Hemd aus der Hose gezogen. Der Whiskey schwappte über, als er sich ein neues Glas einschenkte.

»Ah, Aarav, Sohn.« Schwankend bewegte er sich auf mich zu und lachte. »*Ihr* Sohn. Derselbe vorwurfsvolle Blick.«

Ich sagte nichts, beobachtete nur.

Er kippte den Whiskey und warf das Glas in Richtung

Kamin. Scherben glitzerten im Licht der Deckenlampe, zusammen mit anderen Glasscherben auf dem Teppich, der den aus Rajasthan ersetzt hatte. Lichtblitze in meinem Kopf, die Erinnerung an noch mehr zerbrochenes Glas. »Hast du an jenem Abend ein Glas nach ihr geworfen?«

Mein Vater ließ sich in einen Sessel fallen. »Sie hatte eine Affäre«, stieß er hervor, und sein Gesicht verzog sich. »Sie rieb es mir unter die Nase.«

»Zu der Zeit hast du deine Sekretärin gevögelt.«

Kein Wutanfall, nur ein verzogener Mund. Seine Sinne waren zu sehr betäubt, als dass er vollen Zugriff auf seine Gefühle gehabt hätte. »Und wenn schon? Das war mein *Recht!* Deine Mutter gehörte mir. Ich habe sie *gekauft!*«, knurrte der tugendhafte Bürger, der ein gelbes Gebetsband ums Handgelenk trug.

»Mit wem hatte sie denn eine Affäre?«, fragte ich leise. Ich hatte beschlossen, seine abgeschwächten Verteidigungsmechanismen zu unterlaufen.

»Mit einem der Wichser in der Cul-de-Sac. Das hat sie mir selbst gesagt. Sie hat behauptet, ich tränke mit ihm bei jedem verdammten Grillabend Bier. Vermutlich log sie. Sie hat immer gelogen. Immer.«

Ich lehnte mich gegen den Türrahmen und sprach weiter in einem sanften, nicht aggressiven Tonfall. Immerhin war es meine Spezialität, Masken zu tragen. »Keine anderen Hinweise?«

Er zuckte mit einer Schulter. »Wen zum Teufel sollte das kümmern? Mich sicher nicht.« Er nickte und hob dann plötzlich den Kopf. Seine Augen waren voller geplatzter Äderchen und Hass. »War auch nicht das erste Mal. Wusstest du das? Deine heilige Mutter war eine Hure.«

»Hast du dich je gefragt, warum?«, sagte ich lächelnd. »Ich meine, du bist reich, gutaussehend, und dennoch schaffst du es nicht, deine Frau zu halten. Vermutlich liegt es daran, dass du ein Arschloch bist.«

Er brüllte auf und stürzte sich auf mich, stolperte aber gegen die Wand. Ich überlegte kurz, ihn einfach dort liegen zu lassen, aber dann würde er vermutlich mit dem Gesicht in die Scherben fallen, und ich konnte gerade keine Ablenkungen gebrauchen. Ich brauchte Antworten, die nur Ishaan Rai geben konnte. Ich seufzte und ging zu ihm, wobei sich die Muskeln meines rechten Arms anspannten, wenn ich das Gewicht auf den Stock legte; sogar mit nur einer funktionierenden Hand konnte ich ihn zu seinem Sessel zurückführen.

Es half, dass er jetzt nicht mehr wütend war, sondern nur noch schluchzte. »Schlampe«, entfuhr es ihm, aber das war beinahe ein Schmachten. »So wunderschön. Wie eine Kugel im Bauch«, murmelte er. »Nina. *Nina.*«

Angeekelt von ihm ging ich dennoch in die Küche und kam mit einem kleinen Kehrblech und Besen zurück, die Shanti unter dem Ausguss aufbewahrte. Der Putzservice, der einmal wöchentlich kam, hatte selten etwas zu tun – Shanti sorgte dafür, dass das Haus immer makellos war.

Ich glaubte schon, er sei eingeschlafen, als ich wieder zurückkam, aber er riss den Kopf hoch, als ich fluchte, während ich versuchte, mich hinzuhocken. Ich musste mich praktisch auf den Hintern setzen und so fegen. Sonst hätte ich mit meinem kaputten Fuß mein Gleichgewicht verloren.

Beim Fegen fiel mein Blick auf die Familienfotos, die auf Paris glänzendem Klavier standen. Eins mit uns vieren darauf, auf den anderen waren hauptsächlich Shari und Pari zusammen zu sehen, aber auch ein Selfie von mir und Pari mit Eiscreme war darunter. Und ein verblichenes Foto von meinem Vater auf seinem Motorrad, als er jung war.

Die arme Pari. Sie wartete immer noch auf den weißen Ritter in einem Vater, der eigentlich der Bösewicht in der Geschichte war.

»Dieser Fußboden ist verdammt hart«, murmelte ich. »Bräuchte mal einen ordentlichen Teppich.«

Mein Vater lallte: »Hab ich weggeworfen. Zu fleckig, nachdem du …« Ein Grunzen entfuhr ihm. Ich starrte ihn an, mit trockenem Mund, und suchte nach dem nächsten Wort.

Zu fleckig, nachdem du …

Was zum Teufel sollte das heißen? Ich saß mitten in den Glasscherben und spulte das Band in meinem Kopf zu jener Nacht zurück.

Der Schrei meiner Mutter.

Mein verzweifelter Lauf zum Balkon.

Die roten Rücklichter ihres Autos, das in die Nacht fuhr.

Ich hatte mein Zimmer gar nicht verlassen. Ich hätte sie nicht verletzen können.

Aber mein Vater war sternhagelvoll und hatte jetzt keinerlei Hemmungen mehr. Er war nicht nüchtern genug, um mich absichtlich aufs Glatteis zu führen. *Ich* hatte den Teppich irgendwie beschädigt. Aber wie? Warum konnte ich mich an nichts mehr erinnern?

»Vermutlich, weil es nicht passiert ist«, murmelte ich und machte mich daran, die restlichen Scherben aufzufegen. »Du hörst auf einen Mann, der so besoffen ist, dass er sabbert und wie ein Schwein grunzt.«

Und doch hatte er sehr vernünftig geklungen, als er über den Geliebten meiner Mutter gesprochen hatte. Andererseits … vielleicht hatte er auch keine Ahnung, an wen er seine Worte gerichtet hatte. Vielleicht hatte er geglaubt, mit meiner Mutter zu sprechen. Immerhin habe ich ihre Augen, ihr Lächeln. Wenn das wahr war, hatte er meine *Mutter* bezichtigt, seinen wertvollen Teppich befleckt zu haben.

Das ergab weitaus mehr Sinn als jede andere Erklärung.

Wenn meine Mutter nur nicht ein Haufen Knochen wäre. Dann würden wir vielleicht wissen, ob ihr Tod blutig gewesen war.

Ein Schrei.

Rote Lichter in der Dunkelheit.

Aber wenn meine Mutter so schwer geblutet hatte, dass man den Teppich wegwerfen musste, wie konnte sie dann einfach so wegfahren? Nein, Moment. Ich vergaß immer wieder, dass sie auf dem *Beifahrer*sitz gefunden wurde. Jemand hatte sie gefahren. Aber wenn das nicht mein Vater gewesen war, wie hatte derjenige dann eine blutende und schwer verletzte Frau so einfach ins Auto schaffen können? Selbst wenn sie geschwächt war, hätte sie gekämpft und Krach gemacht. Er konnte sie auf keinen Fall getragen haben – mein Vater jedenfalls war nie muskulös genug gewesen, als dass er das hätte schaffen können, und schon gar nicht in so kurzer Zeit.

Oder erinnerte ich mich falsch? War da ein größerer Zeitraum zwischen dem Schrei und meinem Aufstehen aus dem Bett gewesen?

Ich wusste, wie ich das würde herausfinden können.

Ich legte die Kehrschaufel zur Seite – ich konnte mit ihr in der Hand nicht aufstehen, ohne die Scherben wieder zu Boden fallen zu lassen – und manövrierte mich aufs Knie meines guten Beins. Dann benutzte ich den Gehstock, um mich hochzuwuchten. Es sah nicht besonders elegant aus, klappte aber.

Ich ließ meinen Vater sabbernd im Sessel und ging zuerst in die Küche.

Ich hatte Hunger.

»Ari, ich wusste doch, dass du es bist, der in der Küche rumort.« Der Geist meiner Mutter verfolgte mich. Ihr seidener Morgenmantel klaffte über einem schwarzen Seidennachthemd mit Spaghettiträgern und roten aufgedruckten Blüten auf. »Mein hungriger *beta.*« Sie strich mir übers Haar. »Setz dich hin, ich mache dir ein Sandwich.«

Meine Mutter war kein besonders häuslicher Mensch gewesen, aber sie hatte es geliebt, für mich zu kochen. Meine Augen brannten, als ich Butter auf ein paar Brotscheiben strich. Dann fand ich den Schinken, den Käse und eine Tomate. Sie hätte die Nase gerümpft über mein schlampiges Brot.

»Benutze immer den besten Käse, Ari. Und *thodi si relish.* Lege eine Essiggurke darauf, aber nur mit den richtigen Zutaten.«

Ein paar der schönsten Erinnerungen meines Lebens haben damit zu tun, wie wir beide nachts in der Küche waren. Sie war … sanfter in diesen Nachtstunden, wenn nur wir beide noch wach waren, ohne Masken oder Verstellung. Einmal hatte sie sogar eine ganze Pizza frisch gemacht – mit frischen grünen Chilis und zerdrücktem Knoblauch, weil »sie nach nichts schmeckt« – und sie in den Ofen geschoben. Während sie buk und die Küche sich mit Düften füllte, die meinen Magen knurren ließen, spielten wir ein Spiel, das sie als Kind gelernt hatte. Ich tat so, als wäre ich gelangweilt, aber ich war … glücklich.

Einfach nur glücklich.

»Ich hab dich lieb, Ari.« Sie küsste mich immer auf die Wange, bevor ich ins Bett ging. »*Tu meri zindaggi hai.* Vergiss das nicht.«

Ich hatte einen Kloß in der Kehle, als ich mir das Sandwich in den Mund stopfte. Es war überflüssig, es nach oben zu tragen. Stattdessen aß ich es, ohne irgendetwas davon zu schmecken, und trank dann eine ganze Flasche Cola aus.

»Das ganze *cheenee.*« Meine Mutter, wie sie den Kopf

schüttelte. »Denk immer darüber nach, was du in deinen Körper tust.«

»Soll ich vielleicht lieber Wodka trinken?«

Ich hielt mich für so schlau, so verdammt witzig, aber ich hätte alles getan, um meine Mutter wieder lebendig zu sehen und zu erleben, wie sie wegen meiner Softdrinks- und Süßigkeitenangewohnheiten nörgelte.

Als die Flasche leer war, warf ich sie in die Recyclingtonne und ging dann nach oben, um Antworten zu finden.

15

Mein Vater hatte mein Schlafzimmer nie ausgeräumt. Ich hatte erwartet, dass er alle Spuren meiner Existenz am Tag meines Auszugs vernichten würde, aber das hatte er nie getan, selbst nicht, als er Shanti geheiratet hatte. Ich hatte ihn nie gefragt, warum, aber heute war ich froh darum. Denn ich hatte einen riesigen begehbaren Kleiderschrank, den ich als Kind als Rumpelkammer genutzt hatte.

Ich war kein besonders ordentlicher Teenager gewesen, aber konnte es auch nicht leiden, wenn überall etwas herumlag, also hatte ich alles in den Schrank gestopft und die Tür geschlossen. Es hatte sich herausgestellt, dass ein Schrank voller zusammengewürfelter Habseligkeiten auch ein gutes Versteck war. Ich schaltete das Licht im Schrank ein, nachdem ich meine Schlafzimmertür geschlossen und verriegelt hatte, und ging zu einem Regal ganz hinten – was nicht ganz einfach war.

Ich stieß mir meinen gesunden Zeh an einem alten Spiele-Controller und hätte mich mit dem Gehstock beinahe in einer Angelschnur verfangen. Was zum Teufel hatte ich mit einer Angel gewollt? Vermutlich war sie ein Geschenk meines *aja* gewesen. Der Vater meines Vaters war ein recht netter Kerl gewesen, aber ziemlich schwer einzuschätzen. Soweit ich mich erinnern konnte, war er in seinem ganzen Leben nie angeln gegangen.

Da.

Eine ramponierte Kiste, in der früher einmal Rennautos samt Rennbahn gewesen waren. Mein Vater hatte sie mir an meinem zehnten Geburtstag geschenkt, und ich hatte plötzlich das Bild vor Augen, wie wir gemeinsam lachten, während wir die Bahn auf einem Tisch in meinem Zimmer aufbauten. Wir hatten an dem Tag eine schöne Zeit zusammen, wir alle drei. Meine Mutter hatte uns Snacks und Getränke nach oben gebracht, mein Vater hatte sie geküsst, und einen Augenblick lang waren wir eine normale Familie gewesen.

Deshalb hatte ich die Kiste noch lange aufbewahrt, nachdem die Rennbahn kaputt war und die Autos ihre Räder verloren hatten.

Ich lehnte mich gegen das Regal, damit ich beide Hände benutzen konnte, holte die Kiste herunter und öffnete den Deckel. Ihn legte ich zurück aufs Regal. In der Kiste lag ein Haufen Teenagermist – Fotos von Partys, ein Schlüssel, den ich auf der Straße gefunden und heimlich an jeder Haus- und Seitentür in der Cul-de-Sac ausprobiert hatte, eine Haarklammer, die meinem ersten echten Schwarm gehört hatte.

Alte Konzerttickets, Rugby-Sammelkarten, Münzen aus irgendwelchen fremden Ländern.

Aber unter dem Müll eines längst vergangenen Lebens lag ein Notizbuch. Ich war immer schon jemand gewesen, der schrieb, schon als ich noch ganz klein gewesen war. Ich hatte nicht aus heiterem Himmel damit begonnen, einen Roman zu schreiben. Ich hatte bestimmt schon Zehntausende Worte geschrieben, bevor ich mit dem ersten Kapitel von *Blutopfer* begann.

Einige dieser Worte hatte ich in dieses alte Notizbuch geschrieben.

Hauptsächlich hatte ich es benutzt, um mir Stichworte zu Kurzgeschichten zu notieren oder andere Dinge, die mir in den Kopf kamen, aber in jener Nacht … ich hatte nicht schlafen können. Ich war bis zum Morgengrauen aufgeblieben, um darauf zu warten, dass meine Mutter wieder nach Hause kam – es hatte nicht geholfen, dass mein linkes Bein wie der Teufel schmerzte, weil ich mir eine Verletzung zugezogen hatte, an die ich mich nicht mehr erinnern konnte. Also begann ich zu kritzeln, und die Kritzeleien waren zu Wörtern geworden.

Nachdem ich das Notizbuch herausgeholt hatte, stellte ich die offene Kiste auf ihren Deckel.

Ich zuckte ein wenig zusammen, als ich aus dem Schrank trat. Ich atmete langsam aus und setzte mich auf mein Bett. Mein Bein schmerzte, ebenso wie der Arm, mit dem ich mich auf den Gehstock gestützt hatte. Ich wollte aber nicht noch mehr Medikamente einnehmen. Das Einzige, was ich mir erlaubte, war ein wenig Zucker aus meiner Süßigkeitenschublade. Dann nahm ich das Notizbuch und blätterte zu meinen Notizen aus jener Nacht.

Es ist schon Stunden her. Ich habe versucht, sie zu finden. Die Straße war so nass und rutschig. Er ist noch immer unten und räumt »das Chaos« auf, das ich verursacht habe. Nicht meine Schuld. Ich habe sie ja nicht angeschrien, bis sie gegangen ist.

Das war's. Mehr hatte ich nicht geschrieben.

Mit grummelndem Magen blätterte ich weiter auf der Suche nach mehr. Aber da war nichts Wichtiges mehr. Mir wurde übel, Galle stieg meine Speiseröhre hoch. Ich drückte meinen Unterarm gegen den Mund und kniff die Augen zu. Was hatte ich getan? Welches Chaos hatte ich angerichtet?

Und warum konnte ich mich nicht *erinnern?*

Ich wachte in einer unbequemen Haltung auf der Bettdecke auf. Ich war auf dem Notizbuch eingeschlafen. Es hatte sich in die Haut meiner Brust gedrückt. Ebenso, wie sich die Worte darin in mein Hirn gedrückt hatten.

Das Erste, was ich nach dem Aufwachen tat, war, die belastende Seite herauszureißen. Ich zerknüllte sie, humpelte ins Badezimmer, zerriss sie zu Konfetti und spülte sie die Toilette hinunter. Meine Wangen brannten, als das Wasser in der Schüssel strudelte, aber ich schaute zu, um sicherzugehen, dass die Kanalisation jedes noch so kleine Fetzchen verschluckte. Ich musste mehrfach die Spülung drücken.

Ich hatte meiner Mutter nicht wehgetan.

Was auch immer in jener Nacht passiert war, ich hatte dem einzigen Menschen, der mich liebte, nicht wehgetan. Das Notizbuch war nicht wichtig, nur die dramatische Angst eines Sechzehnjährigen, der die Kunst der Subtilität noch nicht gelernt hatte.

Ping.

Der Benachrichtigungston von meinem Handy ließ mich zurück ins Zimmer gehen. Ich warf einen Blick aufs Display. Darauf stand: *Termin mit Dr. Binchy um 10:00 Uhr.*

Das Letzte, was ich jetzt gebrauchen konnte, war, Zeit beim Arzt zu verschwenden, aber es war noch schlimmer, den Termin verstreichen zu lassen und den Zustand meines Beines noch schlechter werden zu lassen. Ich ließ die Erinnerung auf dem Display stehen und ging ins Badezimmer. Ich schaffte es, mich zu duschen, indem ich mich auf den Hocker setzte, den Shanti dort hingestellt hatte, und den Duschkopf in die Hand nahm. Dann zog ich mich an.

Ich erinnerte mich an etwas anderes, was ich im Notizbuch gesehen hatte, nahm es und blätterte es durch, bis ich den Eintrag fand. Ich verengte die Augen. Ich hatte dieses Ereignis fast vergessen, aber jetzt konnte ich die Stimme – hart und männlich und sehr wütend – lebhaft in meinem Kopf hören.

Und diese Stimme gehörte nicht meinem Vater.

Ich beschloss, das Notizbuch wieder im Schrank zu verstecken, und ging dann nach unten. Meine Schwester saß am Küchentresen und aß still ihre Frühstücksflocken.

Ich setzte mich neben sie und nahm den Kaffee, den mir Shanti lächelnd anbot. Nicht meine Lieblingskoffeinquelle, aber am Morgen war das okay.

»Guten Morgen.« Ich zog an einem von Paris Zöpfen.

Sie hielt den Kopf gesenkt.

Ich sah Shanti an, und sie lächelte angespannt und schenkte dann einen weiteren Becher Kaffee ein. Schwarz, zwei Stücke Zucker. So mochte ihn mein Vater. Sie ging, um ihm den Becher zu bringen, und ich nutzte die Gelegenheit, um meinem Freund Thien ein paar Sprachnachrichten zu schicken. Wir hatten uns an der Universität kennengelernt, wo ich halbherzig versucht hatte, einen Abschluss in Kunst zu bekommen, und er hatte sowieso nicht viel getan – allerdings hatte er seine Fähigkeiten verfeinert, Leute dazu zu bringen, zu tun, was er wollte.

Heute bat ich ihn um einen Gefallen und bot ihm dreihundert Dollar für seine Mühe.

Vier, schrieb er zurück. *Es regnet, verdammt noch mal.*

Thien war ein Freund, aber auch verdammt geschäftstüchtig. Wir kamen hervorragend miteinander klar.

Ich versuchte erst gar nicht, mit Pari zu reden, bis wir im Auto auf dem Weg zur Schule saßen. »Du hast Dad gestern Nacht gehört, oder?«

Ein Nicken, das ich aus dem Augenwinkel sah.

»Er war betrunken, und du weißt ja, dass er besonders gemein wird, wenn er betrunken ist.« Ich würde meine kleine Schwester niemals ungeschützt lassen – selbst wenn dieser Schutz aus meinem Wissen bestand. »Geh ihm aus dem Weg, wenn er so ist.« Er hatte mich nie angerührt, aber ich war auch ein Junge. Ich wusste nicht, ob er seiner Tochter dieselbe Liebenswürdigkeit zukommen lassen würde.

»Wenn ich wieder ausziehe, rufst du mich sofort an, sollte er jemals dir oder deiner Mum wehtun.« Shanti hatte nie durchblicken lassen, dass mein Vater gewalttätig war, aber Shanti glaubte ja auch, dass man einen Ehemann wie einen Gott behandeln sollte.

Ja, mein Vater hatte beim zweiten Mal ganz eindeutig bekommen, was er sich gewünscht hatte.

»Wie kommt es, dass er so gemein ist und du so nett bist?«

Sie stellte die Frage in weinerlichem Ton, und ich hätte am liebsten losgelacht. Vielleicht war meine Mutter doch nicht der einzige Mensch, der mich je geliebt hatte. Ich hielt vor der Schule an und dachte darüber nach, was ich sagen konnte, um ihre Illusionen nicht zu zerstören. Sie hatte schon den richtigen Spitznamen, meine kleine Schwester. Pari, das ungefähr so ausgesprochen wurde wie das französische »Paris«, hatte eine besondere Bedeutung: Fee, Elfe.

Der Spitzname passte weit besser zu ihr als ihr voller Name, Parineeti. Und selbst meine verdorbene Seele konnte es nicht ertragen, die wunderbare Magie zu zerstören, die in ihr glomm. Für Pari würde ich immer ein anderes Ich zeigen, ein Ich, das ein guter, liebevoller Bruder war. »Weil ich beschlossen habe, niemals so zu werden wie er.« Das stimmte sogar; sie musste ja nicht wissen, dass ich das nicht ganz geschafft hatte.

Paiges verängstigtes Gesicht kam mir in den Sinn, blutleer, mit starrem Blick. »Du brauchst Hilfe, Aarav. Der Zorn, den du in dir trägst … er ist vergiftet, und er macht mir Angst.«

»Bist du wie deine Mum?« Die hohe Stimme meiner kleinen Schwester verschmolz mit der Erinnerung an die bebende Stimme von Paige. »Ich will wie meine Mum werden.«

Ich schluckte, um meine trockene Kehle zu befeuchten. »Ja, ich bin wie meine Mum.« Voller Geheimnisse und Lügen und nicht in der Lage zu lieben. »Komm jetzt. Du willst doch nicht zu spät kommen.«

Ich schaute ihr hinterher, bis sie hinter den Schultoren verschwunden war. Dann fuhr ich durch den dunstigen Regen zum Grab meiner Mutter. Aber ich fuhr nicht die Hauptstraße entlang – ich bog auf einen Waldparkplatz ab, auf dem ein Schild stand, das auf den offenen Wanderweg dahinter hinwies. Direkt daneben stand ein Schild, das die Wanderer auf das Kauri-Sterben hinwies und die entsprechenden Regeln auflistete.

Ich setzte die Kapuze des Sweatshirts auf, das ich angezogen hatte, bevor ich das Haus verlassen hatte, und trat mit dem Gehstock in der Hand in die Kälte.

Es dauerte nur Minuten, bis die Welt um mich herum aufhörte zu existieren. Der Wald schloss seine nassen grünen Arme um mich. Moos überwucherte die verschlungenen Äste und Zweige. Dieses Buschwerk wurde zu einem Urwald, der mich in Stücke reißen würde, wenn ich unvorsichtig war. Über mir hingen die Wedel eines riesigen Baumfarns, an dem Wassertröpfchen hingen.

Schwer zu glauben, dass ich immer noch im Herzen der größten Stadt des Landes war.

Je weiter ich ging, desto größer wurden die Bäume. Ihre Kronen schienen den Himmel zu berühren.

Die Menschen verirrten sich in dieser dunklen und kalten Landschaft, trotz der Schilder, die es überall gab. Dann gab es diejenigen, die zu den »Weitaks« kamen, um ihre Geheimnisse zu begraben. Ich war neunzehn, zwanzig gewesen, als eine Gastrednerin an der Universität trocken kommentiert hatte, dass mehr Leichen in den Waitākere Ranges lägen als auf den meisten Friedhöfen.

Dieser Kommentar hatte mich weit mehr fasziniert als die Ermittlungstechniken, die sie innerhalb ihrer offenen Vorlesung beschrieb. Als ich danach Fragen stellte, zog sie eine Braue hoch und witzelte, sie müsse mich wegen verdächtigen Verhaltens der Polizei melden.

Ich schickte ihr ein Exemplar von *Blutopfer,* sobald das Buch herauskam.

Mein erstes Buch begann damit, dass im Stadtwald Leichenteile gefunden wurden.

16

Ich fragte mich, ob die Polizei wohl jedes einzelne Wort analysierte, das ich je geschrieben hatte. Wie hoch war die Wahrscheinlichkeit, dass ich zufällig über eine Mutter geschrieben hatte, die von einem Serienmörder umgebracht wurde, der schließlich ungestraft davonkam?

Es konnte sein, dass ich nur wegen des Verschwindens meiner eigenen Mutter durcheinander war, es konnte aber auch sein, dass ich ein Psychopath war – das hatten sie gesagt. Ich blieb stehen und lehnte die Stirn an die raue Rinde eines Baumes, den ich nicht benennen konnte. Mein Bein pulsierte heiß, und meine Lunge pfiff weit mehr, als sie sollte. Ich würde Dr. Binchy auch davon erzählen müssen.

Ich brauchte drei Minuten, bis ich mich wieder im Griff hatte … aber ich musste ja nicht mehr weit gehen. Dort, versteckt am Rand des Weges, stand ein robustes Quad.

»Thien, du listiger Drecksack.«

Stöhnend benutzte ich den Gehstock, um den Schlüssel auszugraben, der exakt dreißig Zentimeter vom Hinterrad entfernt vergraben und mit einem kleinen herabgefallenen Ast getarnt war.

Ohne meine Verletzung hätte ich weniger als eine Stunde gebraucht, um zu dem Ort zu laufen, aber weil eins meiner Beine außer Betrieb war, würde ich die Regeln brechen und das Fahrzeug benutzen müssen. Selbst damit würde es nicht einfach sein, voranzukommen; der Weg war für Wanderer gemacht, nicht für Quad Bikes.

Regen fiel auf mich herunter, er fühlte sich an wie ein seltsamer feuchter Kuss, als ich vom Pfad hinunterfuhr – etwas, was *niemals* angeraten war, es sei denn, man wusste genau, was man tat. Die Rettungsmannschaften konnten einen im dunklen Grün nicht finden, wenn sie keinerlei Ahnung hatten, wo man sich befand.

Ich hatte keine Angst; ich hatte schon immer einen untrüglichen inneren Kompass besessen, und hier befand ich mich auf meiner Heimaterde, dem Spielplatz meiner Kindheit. Ich fuhr so weit es ging auf dem Vierradfahrzeug – bis der Urwald zu dicht wurde und das Quad nicht mehr hindurchkam. Dort stieg ich ab und nahm meinen Gehstock, den ich an den Lenker gehakt hatte.

Von hier an würde der Boden uneben werden.

Ich watete vorsichtig unter dem grünen Dach durch das herabgefallene Laub. Die Stille war so rein, dass sie beinahe wehtat. Selbst die Vögel und Insekten schwiegen. Weshalb ich scharf den Atem einsog, als ich in der Nähe der Stelle heraustrat und einen Polizeianorak mit aufgesetzter Kapuze sah. Die Person, die ihn trug, drehte sich um, bevor ich wieder zwischen den Bäumen verschwinden konnte.

Constable Neri warf einen Blick auf meinen Gehstock und mein Kapuzensweatshirt und sagte: »Sie sollten nicht hier sein.« Ihr Gesicht sah jetzt nicht mehr so weich aus. Ihre Augen blickten hart und kalt.

»Ihre Leute sind doch schon weg.«

»Aber der Fundort ist immer noch gesperrt.«

Gelbes Absperrband flatterte hinter ihr, die Enden hingen nass und schwer hinab. »Und was soll das? Der Regen wird doch sowieso alles fortwaschen, was unter dem Auto war, wenn Sie das nicht alles schon längst eingesammelt haben.«

Ohne zu antworten, wandte sie sich wieder dem zu, was ihre Aufmerksamkeit gefordert hatte. Ich stellte mich neben sie und sah einen Haufen zerbrochener Zweige, aufgeschürfte Erde und zertretenes Unterholz.

Als wäre der Jaguar in den Urwald eingewachsen, noch ein schlafender Riese – und als blutete die Landschaft jetzt, da man ihn mit den Wurzeln herausgezogen hatte.

Hier konnte man das entfernte Brausen der Autos auf der nassen Straße hoch über uns hören, aber als ich nach oben schaute, sah ich nur dunkles Grün mit einem Hauch Grau. Mein Hirn brauchte ein paar Sekunden, um zu verstehen, dass das Grau die Lücke im Laubdach war, durch die die Polizei das Auto meiner Mutter gezogen hatte.

»Der perfekte Ort für eine Beerdigung«, murmelte ich. »Niemand kann ihn finden, keiner kennt ihn.«

Constable Neri wandte sich nicht um, sah mich nicht an. Wir standen da, der Regen fiel auf uns, wir waren losgelöst von der Welt.

Es raschelte, als Neri ihre Kapuze abnahm. Sofort legten sich winzige Tröpfchen auf ihr Haar. »Sie saß auf dem Beifahrersitz.«

Die Worte waren wie Wassertropfen, die in einen stillen Teich fielen. Obwohl ich das bereits herausgefunden hatte, sagte ich: »Sind Sie sicher?« Diese Erkenntnis war wichtig.

»Ein Teil ihres Körpers war immer noch angeschnallt. Es gibt keinen Zweifel, dass sie das Auto nicht gefahren hat.«

Ich starrte die aufgewühlte Erde an, die mir nichts sagen wollte. »Wie weit war der Fahrersitz zurückgeschoben?«

Neri setzte die Kapuze wieder auf und steckte die Hände in die Taschen. »Das kann man momentan noch nicht eindeutig sagen. Der Aufprall hat den Mechanismus beschädigt. Die Gerichtsmedizin untersucht das Fahrzeug noch.«

»Warum sind Sie plötzlich so offen?«

»Wir untersuchen offiziell einen Mordfall. Bis heute Abend wird diese Tatsache in den Medien sein. Ich war gerade auf dem Weg, es Ihnen und Ihrem Vater mitzuteilen.«

Und doch war sie zunächst hierhergekommen, denn hier

hatte alles angefangen. »Was haben Sie sonst noch gefunden?«

»Wie wäre es, wenn wir zum Haus Ihres Vaters führen, damit wir dort alle miteinander reden?«

»Lieber nicht.«

»In Ihrem Buch erkennt man viel Schmerz, viel Verlust und Wut.«

»Ich bin ein guter Schriftsteller.«

Ich konnte ihr Gesicht nicht erkennen, weil es unter ihrer Kapuze verborgen war. Sie trat vor, bis sie direkt am Absperrband stand.

Ich ging hinter ihr her.

»Das Auto ist diesen Abhang dort hinuntergestürzt.« Sie zeigte nach oben zur Straße. »Damals war er noch nicht so zugewuchert, weshalb das Auto nicht von den Bäumen weiter oben gestoppt wurde.«

»Die Erde war in jener Nacht sicher rutschig und matschig.«

»Die meteorologischen Berichte bestätigen Ihre Erinnerung an die Umstände.«

Die Erinnerung an einen so schweren Regen, dass er auf der Haut wehtat, wie tausend winzige Bienen auf meinem Körper.

»Das Unwetter hat womöglich noch weitere Bäume und Laub heruntergerissen, als das Auto schon unten lag«, fügte Neri hinzu. »Das hätte das Fahrzeug noch weiter versteckt – zumal es Hinweise darauf gibt, dass es in tiefes Unterholz gefallen ist, das es innerhalb einiger Tage überwuchert hätte. Schauen Sie hier.«

Mein Blick folgte ihrem ausgestreckten Arm und sah widerstandsfähigere Urwaldpflanzen, die sich nicht so leicht eindrücken ließen. Der Regen hatte noch tagelang nach dem Unwetter angehalten. Was bedeutete, dass das Metall des Autos kein Sonnenlicht reflektiert hatte, bis es zu spät und der Jaguar begraben war.

»Denken Sie, dass derjenige, der das getan hat, glaubte, dass das Auto zehn Jahre lang verschwunden bleiben würde?«

»Jeder mit auch nur ein wenig Verstand hätte Ihre Mutter nicht auf dem Beifahrersitz gelassen.«

Daran hätte ich denken müssen. Sie einfach auf den Fahrersitz zu schieben, hätte die Ermittlungen sehr erschwert, selbst wenn das Auto schon ein paar Tage nach seinem Verschwinden gefunden worden wäre. Hätte der Mörder außerdem die Fenster ganz heruntergekurbelt, hätte der Regen alle Spuren verwässert oder zerstört. »Ein Verbrechen aus Leidenschaft?«

»Es ist zu früh, um das sicher zu sagen.«

»Und was ist mit dem Geld?«

»Im alten Polizeibericht steht, dass Ihre Mutter eine Ledertasche aus dem Büro Ihres Vaters genommen hat. Offenbar versteckte sie das Geld darin.«

»Dieses alte braune Ding, das mein Großvater ihm geschenkt hatte. Ich glaube, mein Vater war mindestens so sauer, dass er es verloren hatte, wie über den Verlust der Viertelmillion.« Wenn meine Mutter überhaupt etwas gestohlen hatte.

Aber seine Wut … seine Wut war echt gewesen. Vielleicht hatte sie das Geld schon weit vor jener Nacht gestohlen und es irgendwo versteckt, wo niemand es finden konnte. Aber er schaute jeden Tag in seinen Safe. Er hätte es bemerkt. Also musste sie es am Abend ihres Verschwindens genommen haben. Die Wahrscheinlichkeit war groß, dass es noch im Auto gelegen hatte.

»Kann es sein, dass die Leute, die das Auto gefunden haben, das Geld genommen haben?«

»Nein, das Team von der Naturschutzbehörde konnte gar nicht nah genug herankommen, um sich die Überreste genau anzusehen. In ihrem Bericht steht nur etwas von einem verlassenen Auto. Zwei der Beamten sind hier routinemäßig vorbeigekommen – sie sind diejenigen, die auch das Auto fanden.«

»Nett, dass Sie mir das alles erzählen.« Ich tat gar nicht erst so, als meinte ich das ehrlich. Man musste schon hinterm Mond sein, um nicht zu wissen, dass die Polizei dazu neigte, die Angehörigen zu manipulieren, wenn sie vermuteten, dass die Familie etwas mit einem Tod zu tun hatte.

Dieser Schrei.

Die roten Rücklichter.

Kein Zigarrenrauch.

Ein Sohn, der einen teuren Teppich besudelt hatte.

»Das hier ist keine Fernsehsendung, Aarav. Wir wollen, dass Sie mit uns kooperieren. Wir spielen keine Spielchen.«

Ich nahm das mit aller gebotenen Vorsicht auf. Sefina Neri war nicht nur Opferschutzbeamtin, sondern vor allem Polizistin. Ihre Loyalität würde niemals meiner Familie gelten. Aber ich hatte ebenfalls Trümpfe im Ärmel. »Ich kann einige Dinge aufdecken, die Sie niemals finden werden. Seien Sie ganz offen mit mir, dann erzähle ich Ihnen davon.«

»Wenn Sie etwas wissen und es zurückhalten, riskieren Sie, wegen Behinderung der Ermittlungen angeklagt zu werden.«

»Blödsinn.« Ich verlagerte mein Gewicht, um meine Schulter etwas zu entlasten – der Gehstock hielt den größten Teil meines Gewichts. »Wir wissen doch beide, dass es ganz furchtbar aussehen würde für die Abteilung, wenn Sie den Fall nicht vollständig aufklären können. Besonders nach dem Fall neulich, bei dem Sie den Sohn verdächtigt hatten und es sich dann herausstellte, dass er unschuldig war.«

Sie drehte sich in einer abrupten Bewegung auf dem Absatz herum und ging den Weg zurück, den ich gekommen war.

Ich machte gar nicht erst den Versuch, hinter ihr herzugehen – völlig sinnlos mit einem kaputten Bein.

»In dem Moment, in dem du hinter jemandem herläufst, Ari, gibst du ihm Macht«, hatte meine Mutter gesagt. Ihre Lippen an meiner Wange, ihre Finger um den dünnen Stiel eines Cocktailglases geschlossen, ihre Brillanten, die in der Sonne funkelten. »Sei immer derjenige, dem die anderen hinterherlaufen.«

Constable Neri blieb stehen, sodass ich sie erreichen konnte. Sie würde mich nicht allein am Fundort des Autos lassen, obwohl wir beide wussten, dass das ohnehin sinnlos war, weil niemand die Stelle bewachte.

»Die Gemeinschaft der Cul-de-Sac-Bewohner ist inzestuös«, erklärte ich ihr. Ich war nicht außer Atem, weil ich mich nicht beeilt hatte. »Sie werden dichtmachen, wenn Sie sie befragen.« Die neu Zugezogenen wie Leonid und Anastasia würden vielleicht etwas sagen, aber sie wussten nichts.

»Sie sind sich so sicher, dass jemand aus der Nachbarschaft an der Sache beteiligt ist?«

Ich schob meine Kapuze herunter. Der Regen war jetzt nur noch ein Dunst. »Oder sie wissen etwas. Ich habe zum Beispiel als Teenager einmal gehört, wie Paul und Margaret Dixon leise darüber sprachen, dass die Henares kurz vor dem Bankrott stünden.« Sie hatten in ihrem Garten gesessen. Margaret hatte geraucht, und Paul hatte die Drinks gemixt. Ich war nur wenige Meter von ihnen entfernt durch den Wald geschlichen, ohne dass sie mich hätten sehen können.

Lustig, wie viel von der Cul-de-Sac man von hinten erreichen konnte. Niemand schien sich über Eindringlinge Sorgen zu machen, die aus dem Busch kamen. Vermutlich, weil der Weg durch den Urwald zu schwierig war … es sei denn, man wohnte darin.

»Henare?« Auch Neri schob ihre Kapuze zurück und zog eine Augenbraue hoch. »Es würde aber einiges brauchen, damit es dazu käme. Sie haben ziemlich große Geldanlagen.«

»Vielleicht. Aber vor zehn Jahren hatte die Familie ein ernsthaftes finanzielles Problem. Wenn das stimmt, woher hatten sie dann das Geld, um dieses Problem zu bewältigen? Und sich finanziell wieder zu erholen?«

»Mehr haben Sie nicht?«

»Nennen wir das mal ein Zeichen meines Entgegenkommens. Arbeiten Sie mit mir zusammen, dann fällt mir vielleicht noch mehr ein.«

Scharfe Linien erschienen um ihren Mund. Sie bog nach links auf einen Pfad ab, von dem ich wusste, dass er zu einem weiteren winzigen Parkplatz führte. Ich wünschte ihr viel Glück mit meinem Vater. Ich hatte andere Dinge zu tun, andere Sachen in Bewegung zu bringen.

Protokoll

Sitzung #4

»Sie sehen glücklich aus.«
»Es war ein guter Tag, was die Arbeit angeht.«
»Das klingt nachdenklich.«
»Ich habe gerade gedacht, dass es lustig ist.«
»Was denn?«
»Mein Vater hat immer gesagt, dass ich nutzlos sei, dass aus mir nie etwas werden würde. Jetzt behauptet jeden Tag jemand, wie brillant ich sei.«
»Irritiert Sie das?«
»Wenn Sie meinen, ob mich das verwirrt, dann nein. Es ist nur ... es ist merkwürdig. Als wäre das Ich, das die Leute kennen, nur ein Anzug, den ich für den Rest der Welt trage.«

17

Ich schaffte es kaum zurück zu meinem Auto, weil mein Bein schmerzte wie der Teufel. Als ich ankam, leuchtete das Display meines Handys auf. Ich wusste sofort, wer es war. »Ich habe meinen Termin verschwitzt, tut mir leid«, sagte ich, als ich den Anruf annahm.

Honig, immer ordentlich Honig austeilen. Bis sich die Situation änderte und eine etwas berechnendere Manipulationsmethode forderte.

»Dr. Binchy versteht, dass dies eine schwierige Zeit für Sie ist, Mr. Rai, aber er muss Sie wirklich sehen. Das ist ein Teil Ihrer …«

»Klar. Kein Problem. Wann wäre denn der nächste freie Termin?«

»Wir haben um zwölf gerade eine Absage hereinbekommen. Schaffen Sie das?«

»Ja, ich werde da sein.« Um sicherzugehen, fuhr ich direkt vom Fundort des Autos zur exklusiven Vorstadtsiedlung, in der all die Spezialisten ihre Praxen und Untersuchungsräume hatten.

Da ich etwas zu früh war, hielt ich vor einem Café an, um mir etwas Kaltes und Süßes zu kaufen. Ich setzte mich an einen Tisch, während draußen schwere Regentropfen gegen die Scheibe klatschten. Und ich zermarterte mir den Kopf.

Diese Nacht. Der Teppich. Warum konnte ich mich nicht erinnern?

Mein Rückgrat wurde ganz steif, und plötzlich bewegte ich mich wieder. Meine Stadtwohnung lag nicht weit von der Praxis des Arztes, und ich brauchte nur zwanzig Minuten dorthin. Ich fuhr in die unterirdische Garage, nachdem ich meinen Code eingetippt hatte, um das Sicherheitstor zu öffnen. Dann fuhr ich zu meinem Parkplatz.

Er war leer.

Kein schwarzer Porsche, nur eine Parklücke.

Mit heißen Wangen fuhr ich den Mietwagen hinein, stieg dann aus und ging zum Aufzug und zur Rezeption des Hauses.

»Aarav!« Bobby sprang auf und ging um den Empfangstresen herum, um einen Faustcheck mit mir zu machen. »Wie schön, dich hier zu sehen. Und auch noch mit so einem coolen Gehstock.«

Normalerweise hätte ich gelacht. Bobby hatte eine Glatze und war aufgepumpt wie ein Bodybuilder. Er war das ganze Jahr über nahtlos gebräunt, weil er eine Sonnenbank besaß, und nur ein paar Jahre älter als ich. Wir hatten oft miteinander über Rugby gequatscht, und damals, als ich noch trank, hatte ich öfters ein Bier mit ihm gezischt, aber heutzutage hatte ich andere Prioritäten. »Hey, Mann. Ich wollte mit dir über meinen Porsche reden.«

»Oh ja, weißt du schon, wann der Schlitten wieder heil ist?« Er grinste breit und verschwand wieder hinter seinem Empfangstresen, um einen Blick auf den Bildschirm der Überwachungskameras zu haben. »Ich werde ihn persönlich in Empfang nehmen. Ich fahre ihn dann selbst in die Garage. Keine Kratzer, das verspreche ich.«

»Ich vertraue dir da voll.« Ich grinste ihn ebenfalls breit an, aber mein Herz hämmerte. »Bisher weiß ich noch nicht, wann er fertig sein wird, aber ich wollte sichergehen, dass es okay für dich ist, ihn wieder auf seinen Parkplatz zu fahren.«

»Machst du Witze? Wenn ich nicht Jura studieren und versuchen würde, keine Vorstrafen zu bekommen, wäre ich glatt in Versuchung, eine Spritztour mit ihm zu unternehmen.«

»Danke, Bobby.« Meine Kehle fühlte sich an, als wäre sie voller Baumwolle, sodass ich kaum sprechen konnte. Ich hustete, um den Kloß loszuwerden, und sagte: »Ich gehe kurz nach oben, um nachzusehen, ob die Pflanzen noch leben.«

»Denen geht es bestimmt gut. Die Zimmermädchen haben wie immer einmal die Woche geputzt, und ich gehe auch hin und wieder hoch, wie du es wolltest. Warte, ich hole den Lift für dich.«

Ich winkte ihm zu und ging zum Aufzug hinüber. Er öffnete sich prompt und verschluckte mich, sodass ich Bobbys fröhliches Gesicht nicht mehr sehen konnte. Ich achtete darauf, locker zu wirken. Diese Aufzüge wurden vom Sicherheitssystem des Gebäudes überwacht – nicht heimlich, die Kameras waren gut zu sehen.

Erst, als ich in meiner Wohnung war, erlaubte ich mir, schneller zu atmen, und mein Gesichtsausdruck veränderte sich von gut gelaunt zu panisch. *Scheiße! Scheiße! Scheiße!*

Ich achtete nicht auf die grünenden und blühenden Zimmerpflanzen, sondern ging direkt zur Tür meines Arbeitszimmers und hämmerte den Code in die Tastatur ein. Da all meine wichtigen Ordner in der Cloud abgespeichert waren, konnte ich überall arbeiten, solange ich meinen Laptop bei mir hatte, aber ich hasste es, wenn jemand in meinen heiligen Arbeitsraum eindrang.

Darin stand ein großer Computer mit zwei Bildschirmen.

Ich ließ mich auf den schwarzen Lederstuhl fallen, der beinahe so viel gekostet hatte wie der Computer selbst, und fuhr das System hoch. Es summte leise. Die Geräte waren ganz neu. Aber ich hyperventilierte immer noch beinahe, als auf dem Bildschirm das Passwortfeld aufleuchtete.

Ich brauchte drei Anläufe, bis ich den alphanumerischen Code eingetippt hatte.

Endlich.

Ich klickte sofort auf meinen E-Mail-Eingang. Er war über das Internet zu erreichen, also hätte ich diese Suche auch vom Laptop aus starten können, aber darauf wollte ich nicht warten. Ich musste verdammt noch mal wissen, was zum Teufel vor sich ging.

Ich tippte das Wort »Porsche« falsch ein. Meine Finger zitterten.

»Beruhig dich verdammt noch mal.« Ich ballte die Hände zu Fäusten und saß einfach nur da und atmete, bis ich mich wieder gefasst hatte.

Dann tippte ich das Wort »Porsche« in das Suchfenster. Mehrere Treffer, die meisten davon der Newsletter des Porschehändlers, von dem ich meine Karre gekauft hatte. Aber dazwischen fanden sich auch einige andere Dokumente.

Einschließlich derer von meiner Versicherung.

… voller Versicherungsschutz … Reparaturen organisieren … Polizeibericht.

Mein Verstand funktionierte nicht richtig, die Information drang nur stückweise zu mir vor. Ich stand auf, holte mir eine Cola aus dem Kühlschrank und drückte die kalte Flasche ein paar lange Sekunden lang an meine Wange, bevor ich wieder in mein Arbeitszimmer ging.

Diesmal ergaben die Wörter einen Sinn.

Der Polizeireport, den Sie Ihrem Antrag beigefügt haben, bestätigt, dass Sie zum Zeitpunkt des Unfalls nicht unter Einfluss von Alkohol oder Drogen standen. Daher freuen wir uns, Ihnen den vollen Versicherungsschutz gewähren und die Reparaturkosten übernehmen zu können. Wir werden uns direkt mit Ihrer Vertragswerkstatt in Verbindung setzen, um die Rechnungen zu begleichen.

Das waren immerhin gute Nachrichten.

Ich klickte die Mail wieder zu und sah eine, die von meiner Krankenversicherung kam. Wie immer bei einem Notfall war ich gesetzlich und umsonst behandelt worden, daher musste ich sie nach Informationen gebeten haben, für den Fall, dass ich einen Spezialisten konsultieren müsste, der privat behandelte. Die Mail begann mit der üblichen Einladung und dem Hinweis auf die gesetzlichen Grundlagen zu Genehmigungen im Voraus, blablabla, und dann: … *Ihr umfassender Versicherungsschutz bietet Ihnen und Ihrem Beifahrer die volle Erstattung Ihrer Kosten.*

Eis in meinem Hirn, das die Neuronen erstarren ließ.

Ich scrollte den Brief nach unten, um nachzusehen, ob ich einen Namen finden konnte.

Mist, hatte ich Paige verletzt? Lag es daran, dass sie mich trotz des schlimmen Unfalls nicht angerufen hatte?

Mein Blick blieb an einem Namen hängen: *Daisy Pearse.*

Wer war Daisy Pearse?

Ich suchte in meinen E-Mails nach ihrem Namen, fand aber nichts. Die Cola erweckte meine erstarrten Neuronen wieder zum Leben.

Ich holte mein Handy heraus und durchsuchte meine Adressliste. Ein Eintrag für »Daisy – Marco's«. Aber es sah nicht so aus, als hätten wir irgendwelche Nachrichten ausgetauscht. Oder ich hatte sie bereits gelöscht.

Marco's war ein teures Restaurant. Und ich hatte es mir zur Gewohnheit gemacht, die Telefonnummern von den Frauen mit der Information darüber zu versehen, wo ich sie aufgerissen hatte.

Im Marco's hatte auch die Verlagsparty stattgefunden.

Vermutlich hatte ich sie in den Stunden vor dem Unfall abgeschleppt und danach alles wieder vergessen.

Dr. Binchy hatte darauf hingewiesen, dass ein gewisser

Erinnerungsverlust für die Zeit direkt vor oder nach einem traumatischen Ereignis ganz normal war. Aber das erklärte nicht, warum ich vollkommen vergessen hatte, dass ich in dem Porsche zur Party gefahren war.

Oder dass der Wagen repariert wurde.

Diese E-Mails waren in *meinem* Postfach. Entweder hatte ich selbst den Versicherungsschutz beantragt oder jemand anderen damit beauftragt, es zu tun.

Ich starrte auf mein Handy und berührte das Profilbild, das mich mit Daisy Pearse verband.

»Aarav! Hallo!« Eine fröhliche Frauenstimme. »Ich dachte schon, du hättest mich abserviert!«

»Knochenbrüche«, brachte ich heraus. »Gehe immer noch an Krücken.«

»Oh, du Armer. Aber ich bin froh, dass es dir sonst gut geht. Sie wollten mich dich im Krankenhaus nicht besuchen lassen. Sagten, ich gehöre nicht zur Familie.«

»Danke, dass du es versucht hast.«

»Ich bin ja so froh, dass es dir gut geht!«

»Daisy, könntest du mir vielleicht erzählen, was in der Nacht passiert ist?«, fragte ich und bemühte mich dabei, meinen Tonfall locker und entspannt klingen zu lassen. »Diese ganzen Medikamente, die sie mir im Krankenhaus gegeben haben … ich möchte nur sichergehen, dass ich nichts durcheinanderbekomme oder so. Ich will auf keinen Fall, dass mich meine Autoversicherung aufs Kreuz legt und sich irgendeinen Grund ausdenkt, aus dem sie mir die Zahlungen verweigert.«

»Oh, na klar!« Daisy sprudelte beinahe über. »Also, wir haben uns im Marco's kennengelernt. Ich kam mit einer Freundin, die in deinem Verlag arbeitet. Ich hatte ein supersüßes silbernes Kleid an, und du bist gekommen, um mir Komplimente dafür zu machen, und dann hast du den Barkeeper gebeten, mir einen Cocktail zu mixen, und …«

Ich schaltete ab, als sie lang und breit über die Party schwadronierte, und wurde wieder aufmerksam, als sie zu dem Teil kam, als sie in mein Auto stieg. »Ich habe dich gefahren?«

»Klar! Um mit mir das Meer bei Nacht anzuschauen. Superromantisch.« Sie kicherte, und ich musste trotz meiner miesen Laune lächeln; kein Wunder, dass ich sie angebaggert hatte. Ich stand auf fröhliche, kichernde Mädchen. Ich war ein Scheißkerl, aber ich war ein großzügiger Scheißkerl und trennte mich immer mit Brillanten oder mit Rubinen.

Außer von Paige.

Sie war diejenige, die beschlossen hatte zu gehen.

Sie war diejenige, die mich nicht mehr ertragen konnte.

Sie war diejenige, die gelogen hatte.

18

Und was ist mit dem Unfall?«

»Das war total irre. Um die Zeit – drei Uhr morgens – hatte es gefroren, und dann kam völlig ohne Vorwarnung der Regen, und dann war da dieses Auto vor uns, das ganz plötzlich hart abbremste. Du hast total schnell reagiert, aber da muss etwas Rutschiges auf der Straße gewesen sein. Später sagten die Polizisten, dass ein Lastwagen dort Öl verloren hatte, das nicht richtig weggeputzt wurde. Du bist dann ins Schleudern geraten und gegen einen Baum geprallt.«

Ich ballte die Hand zur Faust und streckte sie dann wieder. »Geht es dir denn gut?«

»Ich habe nur die Airbags ins Gesicht und in die Seiten bekommen. Zwei Veilchen, ein paar Kratzer, aber nichts gebrochen.« Selbst jetzt klang sie noch fröhlich. »Es war absolut nicht deine Schuld. Du warst noch nicht einmal besonders schnell unterwegs, weil wir ja auf einer romantischen Spritztour waren.«

»Danke.« Ich meinte es ehrlich.

»Du hattest schon mal einen Unfall, oder? Hoffentlich holt dieser nicht zu viele schlimme Erinnerungen hoch.«

Der Nachgeschmack der Cola war plötzlich ekelhaft süß auf meiner Zunge. »Warum sagst du das?«

»Oh, nach dem Unfall, als ich versucht habe, dich bei Bewusstsein zu halten, sagtest du die ganze Zeit, dass die Rücklichter beim letzten Mal rund gewesen seien. Immer und immer wieder. Dann hörte ich dich murmeln, dass dein Bein damals schlimmer wehgetan habe und du nicht wolltest, dass …«

Ich hielt den Atem an.

»Das war's. Mehr hast du nicht gesagt, bis der Krankenwagen kam, und Mann, war ich froh, ihn zu sehen.«

Mein Rücken war schweißnass. »Ich bin nur froh, dass es dir gut geht.«

Ich schaffte es, sie damit abzulenken. Sie kicherte erfreut und erzählte mir von ihrer Rückkehr zur Arbeit, dass alle so nett gewesen seien und dass sie »absolut hoffe«, dass wir unser »Date beenden könnten«, wenn ich wieder »richtig gesund« sei.

»Ich ruf dich an.« Verdammt, vielleicht würde ich das sogar tun.

Es war ja nicht so, dass Paige mir die Tür eintrat, um sich mit mir zu versöhnen.

Nachdem ich aufgelegt hatte, schrieb ich auf, was Daisy mir gesagt hatte. *Runde Rücklichter.* Ich unterstrich die beiden Worte immer wieder, bis ich ein Loch ins Papier gedrückt hatte.

Das Ping einer neuen E-Mail riss mich vom Notizbuch los. Ich warf einen Blick auf meine Uhr. »Mist.«

Ich setzte mich in Bewegung und schaffte es fünf Minuten vor dem Termin zu Dr. Binchys Praxis. Ich wippte mit dem gesunden Fuß, als ich in dem großen Würfel aus Glas und Chrom wartete, der mit einem Plüschteppich ausgelegt war. Eine adrette Frau mittleren Alters saß hinter dem Empfangstresen.

Ich hatte gar nicht auf die Schrift an der Tür geachtet, als ich hereingekommen war, aber jetzt stand ich auf und humpelte hinüber, um mir eine der Visitenkarten auf dem Tresen zu holen. Die Frau mittleren Alters lächelte mich an. Ich lächelte zurück, es war ein Reflex.

Ich sah mir die Karte erst an, als ich wieder saß.

Dr. Marcell Binchy, Neurochirurg

Darunter war ein Gewirr von Buchstaben gelistet, die alle

offenbar irgendwelche wissenschaftlichen Titel bedeuteten, die mir nichts sagten:

BHB (h.c.), MBChB, FRACS, F…

»Mr. Rai?« Die Frau am Empfang lächelte. »Gehen Sie bitte durch.«

Ich steckte die Karte in meine Jeanstasche, stand auf und machte mich auf den Weg ins Behandlungszimmer. Die Affen in meinem Hirn kreischten. Dr. Binchy war genauso, wie ich mich an ihn erinnerte – Gott sei Dank –, ein hochgewachsener Mann in den Fünfzigern mit einem kleinen Bierbauch, aber ansonsten schlank. Er hatte dickes braunes Haar mit silbernen Strähnen und trug keinen Bart. Seine haselnussbraunen Augen schauten klar durch seine schwarze Brille. Seine Haut war winterlich blass.

Und wer war dann die großmütterliche Frau mit brauner Haut und keinerlei Respekt vor den Patienten?

»Aarav«, begrüßte er mich und stand auf, um mir die Hand zu schütteln. »Jetzt also mit Gehstock. Das ist ein gutes Zeichen. Dr. Tawera freut sich bestimmt darüber.«

Dr. Tawera. Natürlich war sie das. Meine orthopädische Chirurgin mit den überraschend starken Händen. »Ich weiß gar nicht, wann ich wieder einen Termin bei ihr habe«, sagte ich über das Gekreisch der Affen in meinem Kopf hinweg. »Vermutlich habe ich es in meinem Handykalender notiert.«

Wann zum Teufel ich all die Daten eingetragen hatte, war im schwarzen Loch meines Hirns verloren gegangen.

»Ich habe den Termin hier auch«, stellte Dr. Binchy fest und setzte sich. »Gehört alles zu Ihrer Therapie. Schauen wir mal … ah, Sie sehen sie in einer Woche.«

Er schaute von seinem Computer hoch. »Also, wie geht es Ihnen?«

»Ganz gut, glaube ich.« Die Worte kamen einfach so aus meinem Mund.

»Das sagen Sie jede Woche.«

Ich erinnerte mich gar nicht daran, dass ich jede verdammte Woche in dieser Praxis war. »Doc, was zum Teufel ist eigentlich mit mir passiert?«

»Diese Frage stellen Sie jetzt zum ersten Mal.« Ein schwaches Lächeln. »Also glaube ich, dass es Ihnen wirklich langsam besser geht.« Er drehte sich zur Seite und nahm eine Akte heraus, aber das schien er mehr aus Gewohnheit zu tun, denn er sprach weiter, ohne hineinzusehen.

»Also, grundsätzlich haben Sie beim Unfall einen schweren Schlag gegen den Kopf bekommen. Eine schwere Metall-Kartenhülle – offenbar ein Werbegeschenk, das man Ihnen in jener Nacht geschenkt hatte. Jedenfalls flog es beim Unfall von Ihrem Armaturenbrett und drang teilweise in Ihr Hirn.«

Ich hob die Hand und betastete die Narbe an meinem Haaransatz.

»Ja, genau dort.« Dr. Binchy nickte. »Ein absolut außergewöhnlicher Fall, dass die Metallhülle genau im richtigen Winkel und mit der richtigen Wucht auf Ihren Kopf traf und so viel Schaden anrichten konnte. Die junge Dame, die bei Ihnen war, hat sehr gefasst reagiert und Sie daran gehindert, sie herauszuziehen, ebenso wie den Ast, der in Ihre Brust gerammt worden war. Sie hatten Glück, eine Tierpflegerin im Auto zu haben. Sie gehören zwar nicht zu ihren üblichen Patienten, aber sie hat ganz genau das Richtige getan.«

Natürlich arbeitete die quirlige, kichernde Daisy mit Tieren. Diese Information hätte mein kaltes, gemeines Herz magisch angezogen.

»Ja«, brachte ich krächzend hervor. »Wie lange war ich denn im Krankenhaus?«

»Fünf Wochen. Einen Teil davon im künstlichen Koma. Sie sind seit einem Monat wieder zu Hause.«

Das passte zumindest zu meinen Erinnerungen. Außerdem musste mein Fuß ernsthaft zertrümmert worden sein.

»Gibt es langfristige Folgen?«

»Kann man schlecht vorhersagen. Ich arbeite weiterhin mit Dr. Varma an Ihrem Fall, und zu diesem Zeitpunkt sehen wir Anzeichen für geringfügige Kognitionsdefizite – aber bevor Sie jetzt in Panik geraten, es ist immer noch zu früh für eine abschließende Diagnose. Ihr Hirn repariert sich noch selbst.«

Ich hatte keinen blassen Schimmer, wer Dr. Varma war, aber das war jetzt auch nicht meine Hauptsorge. »Und Sie haben gesagt, dass es auch mein Erinnerungsvermögen beeinträchtigen kann«, hakte ich nach, weil ich sichergehen wollte, dass er das wirklich gesagt und ich es mir nicht nur eingebildet hatte.

»Ja.« Der Arzt sah mich scharf an. »Haben Sie irgendeine Verbesserung oder Verschlechterung Ihres Erinnerungsvermögens bemerkt?«

Ich saß steif da und schüttelte den Kopf.

Geringfügige Kognitionsdefizite.

»Ich hatte Migräne.«

»Nur einmal?« Ich nickte, und er erwiderte: »Das ist eine Verbesserung. Haben Sie wieder geschrieben?«

»Ja. Aber nur Mist.«

»Darf ich ein, zwei Seiten davon sehen?«

»Klar.« Ich klickte die neueste Datei in der Cloud auf meinem Handy an und reichte ihm das Gerät. »Das wird niemals an die Öffentlichkeit kommen.«

Er las die Wörter auf dem Bildschirm, und ich fürchtete plötzlich, dass sie womöglich nur Kauderwelsch waren, dass ich ohne Sinn und Verstand getippt hatte. Dann fragte ich mich, ob ich gestehen sollte, dass die Verletzung meine Kindheitserinnerungen beeinträchtigt hatte.

Aber was hätte das für einen Sinn? Er konnte ja nicht einfach meine Neuronen neu verknüpfen. Und dieses Geständnis würde mir vermutlich nur neue Tests und Arzttermine bescheren, und dafür hatte ich keine Zeit. Ich musste einfach nur vorsichtig sein. Ein Tagebuch führen wie früher als Teenager. *Alles* aufschreiben.

»Das ist unglaublich, Aarav. Ihr Schreibstil ist genauso scharfsinnig und leicht sarkastisch wie in Ihrem ersten Roman.«

Meine Muskeln zitterten so stark, dass ich Schwierigkeiten hatte, mich aufrecht zu halten. »Sie haben *Blutopfer* gelesen?«

»Ja, Dr. Varma und ich haben es beide gelesen. Unser Patient ist Autor, wir brauchten eine Grundlage.« Er hab mir das Handy zurück. »Sie glauben vielleicht, dass das hier Mist ist, aber ich als Leser finde, dass es genauso gut ist wie sonst.«

Ich atmete plötzlich entspannter. »Ja, na ja, schöne Worte sind das eine, aber ich brauche noch Fleisch an der Geschichte.« Ich redete deutlich lieber über die blinden Flecke in meiner Handlung als über meine Erinnerungslücken. »Wie lange wird das noch dauern?«, fragte ich und zeigte auf meinen Kopf.

»Das kann man nicht so genau wissen«, sagte er. »Aber angesichts Ihres Fortschrittes bisher bin ich vorsichtig optimistisch.« Er nahm eines dieser kleinen Lämpchen, mit denen Ärzte einem in die Augen leuchten. »Lassen Sie uns ein paar grundlegende Tests machen.«

Es stellte sich heraus, dass meine Reflexe ganz in Ordnung waren. Nur mein Hirn war durcheinandergeraten.

»Deshalb habe ich Ihnen letzte Woche die Erlaubnis gegeben, Auto zu fahren«, erklärte mir Dr. Binchy. »Ihre kognitiven Probleme haben mit Ihrer Erinnerungsfähigkeit zu tun – aber nicht mit der Erinnerung an Dinge, die mit Auto fahren oder gehen oder Essen kochen zu tun haben.«

»Das ist aber eine schöne Horrorgeschichte, Doc.« Ich hatte nicht einmal darüber nachgedacht, wie viel schlimmer es hätte sein können.

Ein leichtes Lächeln. »Ruhen Sie sich aus. Versuchen Sie, sich trotz der Umstände nicht unter Druck zu setzen, und lassen Sie Ihr Gehirn heilen.«

Erst als ich wieder auf dem Parkplatz der Praxis stand, bemerkte ich das große Schild über dem Eingang. Darauf stand NEUROLOGISCHE GEMEINSCHAFTSPRAXIS in Großbuchstaben, darunter vier Namen. Einer davon war Dr. Deepa Varma, Neurologin.

Nichts. Absolut keine Erinnerung.

19

Nach dem Termin fuhr ich direkt zu einem Buchladen und kaufte ein paar Notizbücher, die schmal und klein genug waren, dass sie in jede Jackentasche und sogar in die Tasche meiner Jeans passten.

Dann setzte ich mich in ein Café, trank Cola und notierte mir die Einzelheiten meines Termins bei Dr. Binchy. Ich schrieb außerdem auf, was ich von Constable Neri erfahren hatte, außerdem schilderte ich das merkwürdige Zusammentreffen mit Alice gestern.

Dazu schrieb ich in Großbuchstaben: GRANDMA ELEI FRAGEN, WAS SIE IN JENER NACHT GESEHEN HAT. Aber ich schrieb nichts über das betrunkene Geschrei meines Vaters oder darüber, was ich in meinem Tagebuch in der Cloud gelesen hatte. Ich durfte nicht riskieren, dass die Informationen in die falschen Hände fielen.

Aber was, wenn ich das alles vergaß?

Nein, Dr. Binchy hatte gesagt, dass es mir stetig besser ging. Und all die verlorenen Erinnerungen bezogen sich auf Ereignisse in der Vergangenheit.

Als ich endlich den Kopf vom Notizbuch hob, warf ich einen Blick auf die Uhr und rief Shanti an, um ihr zu sagen, dass ich Pari auf dem Weg nach Hause abholen würde.

Erst als ich wieder im Auto saß, merkte ich, dass ich seit dem Frühstück nichts mehr gegessen hatte. Das war wahrscheinlich auch nicht gut für meine Genesung; aber das würde ich beim Abendessen wieder ausgleichen.

Meine kleine Schwester freute sich, mich zu sehen, und sie war viel besserer Stimmung als am Morgen. Sie erzählte von ihrem Tag, und als sie einmal Atem holen musste, warf ich ein: »Pari, kann ich dich etwas fragen?«

»Klar.«

»War ich … anders, als ich aus dem Krankenhaus zurückkam?«

»Klar. Völlig verpeilt.« Sie schielte spielerisch und lachte dabei. »Meine Mum hat gesagt, dass das von den Medikamenten kommt. Sie haben dich schläfrig gemacht, und zuerst wusstest du nicht mal, wer ich bin. Aber dann bist du aufgewacht und wusstest es wieder.«

»Habe ich etwas Merkwürdiges gesagt?«

Sie verzog den Mund. »Was denn zum Beispiel?«

Ich zuckte die Achseln, und das schien ihr den Mut zu geben, ihre Gedanken dazu mit mir zu teilen. »Du hast mir erzählt, du hättest ein schwarzes Fahrrad mit blauen Streifen, und es sei kaputtgegangen, als du im Regen auf der Straße hingefallen seist, aber Dad war im Zimmer und sagte, du hättest nie so ein Fahrrad besessen. Dein Fahrrad war rot und ist nicht im Regen kaputtgegangen. Es war einfach nur alt, sodass Dad es wegwarf. Meist du solche Sachen?«

»Genau.« Es klang rau. Ich erinnerte mich plötzlich lebhaft an ein *Motorrad* mit blauen Streifen, an den Glanz von Chrom und Macht.

»Einmal, als Dad nicht wusste, dass ich da war, habe ich gehört, wie er mit seiner gemeinen Stimme mit dir sprach.« Sie redete jetzt ganz leise und ließ die Schultern sinken.

»Ich erzähle es nicht weiter«, flüsterte ich. »Indianerehrenwort.« Ich hakte den kleinen Finger in ihren, wie ich es mit meiner Mutter früher getan hatte, als ich noch ein kleiner Junge war.

»Er hat gesagt: ›Sei nicht albern, Aarav. Du bist derjenige, der den Teppich versaut hat. Die Reinigung war fassungslos, als sie ihn sah.‹«

Für ein kleines Mädchen ist meine Schwester eine sehr gute Imitatorin mit einem hervorragenden Gedächtnis.

»Ich finde dich nicht dumm«, fügte sie hinzu, loyal, wie sie eben war. »Du hast ein ganzes Buch *ohne* Bilder geschrieben.«

Ich zwang mich zu einem Lächeln.

Ich wusste, dass ich meiner Mutter nicht wehgetan hatte. Ich hätte ihr *niemals* wehtun können.

Als ich wieder zu Hause war, nahm ich Shantis Angebot an, eine Kleinigkeit zu essen, dann – nach einem kleinen Abstecher in Paris Zimmer – beschloss ich, ein paar Stunden an meinem Buch zu arbeiten. Schreiben beruhigte mich, half mir beim Denken, und ich musste beides tun, wenn ich dem auf den Grund gehen wollte, was mit meiner Mutter geschehen war.

Dr. Binchys Bemerkungen halfen mir, was das Manuskript anging – in meinem sonstigen Leben brauchte ich die Bestätigung nicht, aber was die Bewunderung oder Anerkennung für meine Arbeit anging, so konnte ich davon nicht genug bekommen. Schlechte Rezensionen druckte ich gern aus und verbrannte sie einzeln in der Feuerschale, die auf dem Balkon der Wohnung stand.

»Ich fand das früher süß«, hatte Paige eines Abends gesagt, ungefähr eine Woche bevor sie mich verließ. Sie saß in einem der Sessel, ein Glas Rotwein in der Hand und die dünne Gestalt eingehüllt in ihre gemütliche blaue Strickjacke.

»Was?« Ich steckte eine weitere Kritik ins Feuer.

»Dass du die schlechten Rezensionen verbrennst.« Ein Schluck Wein, ihr kurzes blondes Haar, das im Licht des Spätnachmittags glänzte. »Findest du es nicht seltsam besessen, dass du diese Rezensionen aufspürst? Ich meine, du verbrennst Rezensionen von Bloggern mit zehn Followern.«

»Alle Schriftsteller sind ein wenig irre«, behauptete ich grinsend, ein Satz, den ich mehr als einmal angebracht und der jedes Mal seine Wirkung gezeigt hatte.

Aber Paige hatte ein halbes Jahr mit mir zusammengelebt – die längste Zeit, die ich je mit einer Frau verbracht hatte –, und sie kannte den Schwachsinn, den ich verzapfte. »Ernsthaft, Aarav, du brauchst Hilfe, sonst wirst du zu einem dieser durchgeknallten Schriftsteller, die ihre Kritiker verfolgen.«

»Nein, das werde ich nie.« Das war keine Lüge gewesen. »Ich brauche nur das hier.« Einen Moment wilder Freude, dann Asche, und dann dachte ich nicht mehr an die schlechte Kritik. Ich fragte mich, was Dr. Jitrnicka wohl darüber sagen würde. Würde er dieses Verhalten für verstörend halten, für einen weiteren Hinweis auf meine »leichten antisozialen« Tendenzen?

Er war zu nett, als dass er mich in eine Schublade gesteckt hätte, und offenbar gab es das Wort »Soziopath« nicht mehr im Diagnosehandbuch, aber ich mochte es lieber als seinen umständlichen Ersatz. Ich fragte mich, was Paige wohl sagen würde, wenn sie von meiner Vorliebe für ein verstörendes Etikett wüsste. Ich konnte immer noch nicht glauben, dass sie mich ohne weitere Umstände fallen gelassen hatte. Frauen neigten zum Klammern. Aber Paige … sie war einfach verschwunden.

Sechs Monate Zusammenleben, dann nichts mehr. Ich hatte mich vermutlich wie ein Arschloch benommen. Aber daran erinnerte ich mich nicht mehr.

Ich stand wieder auf, als ich dreitausend gute Worte geschrieben hatte. Ein Haufen Bonbonpapier lag auf meinem Schreibtisch. Toffeebonbons. Sahnebonbons. Schokolade.

Ich hatte mich beim Arbeiten durch ein ganzes Büfett von Köstlichkeiten gearbeitet. Kahu nannte mich immer einen »Kotz und Scheiß«-Autor.

»Wenn du einmal dabei bist, kotzt du die Worte nur so aus. Ansonsten tust du einen Scheiß.«

Ich hatte gelacht, bis ich hatte weinen müssen, weil es so sehr stimmte. Ich brauchte vielleicht ein Jahr, um ein Buch zu schreiben, aber wenn man die Stunden zusammenzählte, die ich am Computer saß, wunderte man sich, wann zum Teufel ich je über hundert Worte schrieb. Kahu dagegen war ein »Nabelschauer«, wie er selbst sagte, der drei Stunden brauchte, um hundert Worte zu schreiben.

Die Literaturmedien konnten von unserer Freundschaft gar nicht genug bekommen. Eine der aktuellen Schlagzeilen hatte uns als das *Literarische Wunderkind* und den *Blutrünstigen Bestsellerautor* beschrieben. Wären wir auch Freunde gewesen, wenn wir im selben Genre gewetteifert hätten? Ich glaubte nicht. Kahus Arroganz spiegelte die meine – wir konnten befreundet sein, weil er glaubte, Literaturpreise seien der Gipfel des Erfolgs, während ich die Millionen an verkauften Exemplaren zählte.

Paige hatte Kahu immer für einen Arsch gehalten. »All die zweifelhaften Komplimente, die er dir in den Interviews macht? Ich glaube, du musst über diese kranke Beziehung dringend noch einmal nachdenken.«

Das war eins der Dinge, über die wir uns nie einig wurden. Ich fand Kahu nicht krank. Ja, er konnte ein Arsch sein, und er war derjenige, der mich immer wieder zum Trinken anstiftete, aber er war auch einer der wenigen Menschen, die zumindest einen kleinen Teil von mir verstanden.

Ich starrte hinaus in die Dunkelheit, die sich langsam über das Land legte, und fragte mich vage, warum er mir keine Nachricht hatte zukommen lassen, als ein glänzender schwarzer Mercedes in die Auffahrt des Anwesens neben Alice' und Coras fuhr.

Hemi Henare war wieder zu Hause.

Gelbes Licht leuchtete in den Fenstern des modernen, dreistöckigen Holz-und-Glas-Baus, das sein Zuhause war. Entweder war Tia Henare oder eins ihrer drei erwachsenen Kinder schon zu Hause. Das Haus wirkte nicht so hoch, wie es war, weil es in eine sanfte Mulde gebaut worden war – auf diese Weise hatte die Familie sogar noch mehr Privatsphäre als der Rest der Bewohner der Cul-de-Sac.

Aber das Haus meines Vaters stand auf einer kleinen Anhöhe am Ende der Straße. Nicht hoch genug, als dass jemand es kommentierte – aber ausreichend hoch, dass ich von meinem hinter Bäumen versteckten Horst aus so gut wie jede Bewegung in der Straße im Blick hatte – einschließlich der verborgeneren Bereiche.

So wie die Ecke der Dreifachgarage der Familie Henare.

Hemi ließ das elektrisch betriebene Garagentor nicht wieder herunter, nachdem er sein Auto neben den eleganten roten Sportwagen seiner Frau manövriert hatte. Ich sah auch nicht das Leuchten der Sensoren hinter den unteren Fenstern, das bedeutete, dass er ins Haus gegangen war. Er saß immer noch im Auto. Vermutlich telefonierte er oder – ich warf einen Blick auf meine Armbanduhr – hörte sich die Nachrichten im Radio an.

Ich setzte mich in Bewegung, bevor ich die Entscheidung dazu bewusst getroffen hatte. Mit dem Gehstock in der Hand humpelte ich so schnell wie möglich die Treppe hinunter und aus der Tür hinaus. Mein Atem ging stoßweise, und die feuchte Kälte der Luft erinnerte mich daran, dass ich meine Jacke vergessen hatte, aber als ich endlich beim Haus der Henares angekommen war, sah ich, dass ich Glück gehabt hatte.

Die Garagentür stand immer noch offen.

Ich trat genau in dem Moment auf die von Bäumen beschattete Auffahrt, als sich die Straßenlaternen in der Dämmerung anschalteten, ging in die Garage und zur Beifahrertür des Mercedes. In der Garage war sogar mit zwei Autos darin noch genügend Platz, und da Hemi sich nicht die Mühe gemacht hatte, sein Auto abzuschließen, öffnete ich die Beifahrertür und kletterte hinein.

20

Im Radio lief Musik, ein alter Song, der Hemi zum Lächeln gebracht hatte, bevor ich ihn erschreckte.

Er runzelte die Brauen und fragte: »Was hat das zu bedeuten, Aarav?«

Als wäre ich immer noch ein Schüler, der zum Direktor gerufen wurde.

Ich hielt seinem ärgerlichen Blick stand. Seine Iriden waren nur zwei oder drei Nuancen heller als das glatte Braun seiner Haut. Sein dichtes und leicht welliges Haar war im Gegensatz dazu ein tiefes Ebenholz. Hemi war stolz auf seine Māori-Herkunft und auf das Management der hiesigen *iwi,* der Māori-Gesellschaft der Stadt, und seine Kinder waren leuchtende Beispiele für die Leistungen der Māori hierzulande.

Ariki war in der Armee und kletterte schnell die Hierarchie hinauf.

Mihirangi hatte gerade sein Jurastudium abgeschlossen.

Rima studierte Medizin.

Beide Frauen wohnten noch bei ihren Eltern.

Die wunderschöne und kurvige Tia war eine hingebungsvolle Hausfrau, die einige Wohltätigkeitsorganisationen unterstützte. Meine Mutter und sie hassten einander aus Gründen, die ich nie verstanden hatte – obwohl ich da so meine Vermutungen hegte. Was das Vermögen der Familie anging, so verdiente kein Highschool-Direktor so viel, dass er sich ein Haus in der Cul-de-Sac leisten konnte.

Das Geld kam aus einem Multimillionen-Baustoffhandel, den Tias Großvater gegründet hatte und der sich immer noch im Besitz der Familie befand. Tia war eine von drei Geschwistern, und – nach den Angaben der Eltern in Interviews – jeder von den dreien hatte zehn Prozent der Anteile des Unternehmens zum fünfundzwanzigsten Geburtstag bekommen.

»Wir wollen sehen, was unsere *tamariki* mit ihrem Vermögen anstellen«, hatte ihr Vater gesagt. »Sie sind dazu erzogen worden, zu dienen und ihre *mahi* zu tun.«

Ja, Tia tat allerdings ihre Arbeit. Trotz ihrer ausgesprochenen Hingabe an die Familie war Tias Arbeit für die Wohltätigkeitsorganisationen nicht das Geplänkel einer reichen Frau. Sie war die treibende Kraft hinter mindestens zwei Kinder-Wohltätigkeitsorganisationen und spendete ein Viertel ihrer Anteilseinkünfte pro Jahr.

Das waren Fakten, die – wiederum – stolz von ihren Eltern weitererzählt wurden. Aber Tias Geld bedeutete außerdem europäische Luxusautos, ein Haus, das direkt aus einem Designer-Magazin zu stammen schien, und vor allem keinerlei Veranlassung, eine mickrige Viertelmillion Dollar zu stehlen.

Es sei denn, natürlich, dass Paul und Margaret recht hatten und jemand in der Familie so viel Geld verschleudert hatte, dass sie sich tatsächlich irgendwann einmal am Rande des Bankrotts befunden hatten.

»Beeil dich, Aarav.« Hemis Tonfall war deutlich gereizt. »Ich bin gerade von einer Pädagogik-Konferenz in Sydney zurück. Ich bin müde.«

Meine Haut kribbelte. Wenn er in Australien gewesen war, kannte er die neuesten Entwicklungen vielleicht noch nicht. »Die Polizei hat meine Mutter gefunden.«

Wieder diese angespannten Falten um seine Augen. Er schürzte die Lippen. Hemi war ein gutaussehender Mann mit breiten Schultern und einem kantigen Kiefer, außerdem strahlte er Kompetenz aus. Ich verstand, warum sich meine Mutter zu ihm hingezogen gefühlt hatte.

Er schaltete das Radio abrupt aus und fragte: »Wo war Nina die ganze Zeit?«

»In einem verrosteten grünen Jaguar ein paar Minuten Autofahrt von hier aus.«

Hemis Kopf ruckte herum. Er sah mich an, das Weiße seiner Augen ein heller Kontrast zu seinen dunklen Iriden. »Ist das irgendein kranker Scherz?«

Er wirkte ehrlich erschrocken, aber er galt auch als Favorit für die nächste Stadtratswahl. Er hatte die Fähigkeit eines Politikers, das eine zu denken und das andere zu zeigen.

»Alles deutet darauf hin, dass sie seit der Nacht ihres Verschwindens tot ist.«

Sie hatte ein ärmelloses rotes Seidentop und eine fließende schwarze Hose getragen. Und als sie mich geküsst hatte, bevor sie mit meinem Vater ausging, hatte sie nach teurem Moschus gerochen. Ich hatte zugesehen, wie sie die Stufen zum Erdgeschoss hinunterging. Ihre Hose hatte ihre Beine umschmeichelt. Ihr Haar war eine glänzende Masse gewesen.

Unten angekommen, hatte sie sich umgedreht und gelächelt.

»Scheiße.« Ich hörte Hemi zum allerersten Mal fluchen. *»Scheiße!«*

Das war es. Meine einzige Chance. »Warum haben Sie gedroht, sie umzubringen?«

Seine Muskeln spannten sich an, seine Kiefermuskeln zuckten. »Ich glaube, du verlässt jetzt besser mein Auto.«

»Ich habe ein Tagebuch geführt. Darin habe ich Ihre genauen Worte notiert. Ich bin mir sicher, dass die Polizei das sehr gern sehen würde.« Kein Zucken, kein Zögern, ich redete weiter. »›Ich bring dich um, du Schlampe.‹« Ich machte seinen hässlichen Tonfall nach. »›Gib mir nur einen einzigen Vorwand.‹«

Der Blick, den er mir zuwarf, war vergiftet. »Du bist wirklich ihr Sohn.«

»Ja. Ich werde nicht aufgeben, bis ich die Wahrheit herausgefunden habe.«

»Was für eine Wahrheit? Dass sie betrunken einen Autounfall hatte?«

»Es sind verdammt viele Polizisten unterwegs für einen Unfall.« Ich legte die Hand auf den Türgriff, stieg aber nicht aus.

Hemi sah mich lange an. »Bist du sicher, dass du die Wahrheit wissen willst?«

Ich rührte mich nicht.

Sein Lachen klang grausam. »Deine Mutter war eine eiskalte Schlampe. Sie tat alles, was sie konnte, um mich in ihr Bett zu locken, und als ich dann nachgab und mir nahm, was mir angeboten wurde, drohte sie, es Tia zu erzählen. Ich hätte sie wirklich umgebracht, wenn sie das getan hätte, aber Nina war klug genug, den Mund zu halten.«

»Vielleicht war sie eine eiskalte Schlampe, aber sie hat Sie ja wohl nicht gezwungen.« Auf keinen Fall würde ich es erlauben, dass die Männer meiner Mutter die Schuld für ihre eigenen Fehler zuschoben. »Sie hatten eine Wahl.«

Sein wutverzerrtes Gesicht wurde plötzlich vom Licht erhellt, das durch die Innentür fiel. Ariki – Riki für diejenigen, die ihn schon von Kindesbeinen an kannten – stand als schwarzer Umriss in der Tür. Urlaub vom Armeedienst. Ich hatte seine muskelbepackte Gestalt schon vor ein paar Tagen gesehen, als er mit der Tarnflecktasche über der Schulter die Auffahrt hinaufgegangen war.

Ich stieg aus dem Auto und schloss die Tür hinter mir. Riki trat im gleichen Augenblick in die Garage. »Aarav, was machst du denn hier?« Zusammengezogene Brauen, finsterer Blick – aber so hatte Riki schon seit seinen Teenagerjahren ausgesehen.

»Ich wollte mit deinem Vater über meine Mutter sprechen. Er hat sich in der Schule immer Zeit für mich genommen.« Hauptsächlich, um mich für kleine Vergehen zu bestrafen. Das hatte ungefähr begonnen, als ich fünfzehn wurde; vermutlich hatte meine Mutter da gerade mit ihm Schluss gemacht. Entweder war es ein Machtspiel, um sie daran zu erinnern, dass er die Kontrolle über ihren Sohn hatte, damit sie ihre Drohung nicht wahr machte – oder die Reaktion eines zurückgewiesenen Mannes, der verbittert war, dass eine charismatische und wunderschöne Frau ihn nicht mehr wollte.

Rikis Gesicht blieb ausdruckslos; er hatte die rundlichen Züge seiner Mutter geerbt, aber nicht ihre emotionale Lebhaftigkeit. »Ja?«

Mehr sagte er nicht, bis sein Vater statt einer Begrüßung mit den Worten »Komm nicht zu spät zum Abendessen, Riki« im Haus verschwunden war.

»Wo war sie denn die ganze Zeit?« Riki hob eine Augenbraue. »In irgendeinem Inselparadies, was? Hat sie sich einen neuen reichen Fisch geangelt?«

Die beiläufige Grausamkeit seiner Worte kam unerwartet. Riki war zwei Jahre älter als ich und ein beliebter Highschool-Sportler gewesen, aber niemals das gemeine Kind in der Nachbarschaft. »Weißt du das nicht?«

»Weiß ich was nicht?« Er fuhr sich mit der Hand über seine raspelkurz geschnittenen Haare. »Ich bin gerade erst von einem Jagdausflug zurück. Bin vor zwei Tagen losgefahren.«

Ich fragte mich, ob er ernsthaft erwartete, dass ich diesen Blödsinn glaubte; das Wiederauftauchen meiner Mutter war immerhin die größte Neuigkeit in der Cul-de-Sac. »Sie ist tot.«

Er versuchte gar nicht erst, Trauer oder Kummer vorzuschützen. »Sorry, Mann.« Ein Klaps auf meinen Oberarm. »Ich weiß, dass du sie geliebt hast. Was ist passiert?«

Er pfiff leise, als ich antwortete. »Die ganze Zeit lag sie da unten, und wir sind oben daran vorbeigefahren. Unglaublich.«

Alles an seiner Reaktion war seltsam. Der Tonfall, die Schnelligkeit, mit der die Worte aus seinem Mund kamen, die Art, wie er mit leerem Blick über meine Schulter schaute.

Es ging das Gerücht, dass Riki in der SAS Dienst tat, der Eliteeinheit der Armee. Die Soldaten der SAS gingen hinter die Feindlinien, um dort tödliche und gefährliche Dinge zu tun. Das musste Auswirkungen auf die Persönlichkeit haben. Vielleicht war Riki jetzt immer so – ich hatte als Erwachsener nicht mehr genug Kontakt zu ihm gehabt, um das einschätzen zu können.

Ein Ruf aus dem Inneren des Hauses.

»Ich geh dann wohl besser. Mum hat extra für mich einen Braten gemacht.«

»Sie freut sich, dass du wieder zu Hause bist.«

»Ja. So sind Mums nun mal, was?« Offenbar merkte er gar nicht, wie unsensibel seine Bemerkung war. Er begleitete mich hinunter zur Haupteinfahrt.

Die Straßenlaternen, die die gesamte Cul-de-Sac säumten, waren von dem Bauunternehmer aufgestellt worden, der die Grundstücke verkauft hatte. Sie sollten sich mit ihrem sanften Licht an die Umgebung anpassen. An einem warmen Sommerabend ließen sie die Gegend hübsch erglühen. An einem dunklen Winterabend, an dem der Wind eiskalt war, betonten die kleinen Lichtseen nur die alles überwältigende Dunkelheit des Urwalds, der um uns herum flüsterte.

»Tut mir echt leid, Mann.« Diesmal gab mir Riki einen Klaps auf die Schulter. »Es ist hart, seine Mum zu verlieren.«

Erst als ich wieder zurück auf dem Weg zum Haus meines Vaters war, drangen seine Worte zu mir durch ... und mein verletztes Hirn spuckte eine wichtige Information aus. Das Problem war, dass ich die Zeitabfolge nicht kannte. Aber woran ich mich mit Sicherheit erinnerte, war, dass Riki genau zu der Zeit einen wichtigen Sportwettkampf gewonnen hatte.

Auf seinem Gesicht hatten die Tränen geglitzert, als er auf dem Siegertreppchen stand. Er hatte seine Medaille hochgehalten und mit den Lippen die Worte »Das ist für dich, Mum« geformt.

Aber Tia, die stolze Glucke und entschiedene Unterstützern der Aktivitäten ihrer Kinder, hatte nicht im Publikum gesessen.

Protokoll

Sitzung #5

»Was ich in der letzten Sitzung gesagt habe – das mit dem Anzug, den ich für die Außenwelt trage –, das hat Sie ein wenig verstört, oder?«
»Wenn Sie das gespürt haben, tut es mir leid.«
»Ich komme nicht hierher, um mir Lügen erzählen zu lassen. Sagen Sie es mir einfach.«
»Ja, ich war einen Hauch bestürzt, aber es war unprofessionell von mir, das zu zeigen, und ich entschuldige mich dafür. Ich hoffe, das wird unsere Arbeitsbeziehung nicht belasten.«
»Ich würde viel lieber mit einer echten Person reden – eigentlich fühle ich mich mit Ihnen jetzt viel wohler.«
»Das ist gut zu wissen. Wollen Sie über die Sache mit dem Anzug sprechen?«
»Finden Sie, dass wir das sollten?«
»Es ist ja eine ziemlich brutale Art, eine gespaltene Persönlichkeit zu beschreiben. Fühlen Sie sich so? Als müssten Sie die eine Persönlichkeit von sich herunterreißen, damit die andere zum Vorschein kommt?«
»Es ist weniger ein Herunterreißen ... sondern eher so, wie wenn sich eine Schlange häutet. Es ist ganz normal für mich.«

21

Aarav.« Shantis bebende Stimme begrüßte mich in dem Moment, in dem ich das Haus betrat. »Ich habe den Tisch fürs Abendessen gedeckt. Dein Vater wartet auf dich.«

Ich hatte vorgehabt, so schnell wie möglich nach oben zu rennen und dem Erinnerungsfragment nachzuspüren, bevor es verblasste oder verschwand. Aber angesichts ihres hoffnungsvollen Gesichts und der hängenden Schultern nickte ich. »Wir sollten ohnehin als Familie miteinander sprechen.«

Sie atmete so abrupt aus, dass sich der hauchdünne, rosafarbene Schal hob, den sie zu ihrem blassgelben Salwar Kamiz trug. Die traditionelle Tunika über der Hose war das, was sie zu Hause stets trug. Sie schien davon eine riesige Sammlung zu besitzen.

Die Enden des Schals hoben sich ein wenig, als sie ging, und sie führte mich in das leere Esszimmer. Der Tisch bestand aus schwerer Eiche und war auf Hochglanz poliert. Ich erinnerte mich klar daran, wie meine Mutter mit den Fingern über die glänzende Oberfläche strich, dass ihre Fingernägel in einem leuchtenden Rot lackiert waren und sie ein gelbes Sommerkleid trug, das mit ihren Schenkeln flirtete.

»Was wir alles auf diesem Tisch anstellen könnten«, hatte sie meinem Vater zugeraunt, während ich in der Nähe spielte.

Ich war noch ganz klein gewesen, wahrscheinlich fünf oder sechs, aber die Erinnerung war so lebhaft, dass sie mir in den Augen wehtat. Als wäre der Kontrast verstärkt, als wäre jede einzelne Farbe extra schrill gemacht worden. Das

Rot auf ihren Zehennägeln, das Glitzern ihres dünnen goldenen Fußkettchens, das Scharlachrot ihrer Lippen.

Ich hatte mich oft gefragt, ob Shanti wohl wusste – neuer Anstrich hin oder her –, dass sie in einem Haus lebte, das vom Geschmack und von den Launen einer anderen Frau geprägt worden war, und eines Mannes, der immer versucht hatte, meine Mutter zu besitzen, und darin gescheitert war. Selbst damals, als sie immer noch als Paar funktioniert hatten, waren immer wieder Spitzen zwischen ihnen gefallen, überlagerte eine böse Schärfe jedes ihrer Gespräche.

»Das sieht aber köstlich aus«, stellte ich mit einem Blick auf die Gerichte auf dem Tisch fest.

»Ich habe dein Lieblingsgemüse eingelegt.«

»Mama.« Pari schlitterte herein und stoppte, als sie den Mann im Zimmer sah. Dann lächelte sie, als sie begriff, dass ich es war und nicht unser Vater.

Sie setzte sich schnell auf den Platz neben mich, damit ich sie mit meinem Körper verdeckte. Ich zog an einem ihrer Zöpfe, als unser Vater das Zimmer betrat. Unser Lächeln verschwand, die Luft wurde kühl.

Er setzte sich an den Kopf des Tisches, Shanti zu seiner Rechten und mich zu seiner Linken.

»Wie hast du heute in der Schule abgeschnitten?«, wollte er von Pari wissen.

Meine Schwester schien auf ihrem Stuhl zusammenzusacken und starrte auf ihre Hände. »Die Lehrerin hat gesagt, gut.«

»Alles ist besser als dein letztes Zeugnis. In dieser Familie bekommen wir keine Zweien.«

»Ist das heute das Wichtigste für dich?«, mischte ich mich geschickt ein und nahm einen Schluck von dem Wasser, das Shanti immer statt des Weins neben meinen Teller stellte.

»Wir werden wohl kaum Erwachsenenangelegenheiten mit einem Kind am Tisch besprechen.«

»Dann lass uns warten, bis das Kind gegessen hat, und es dann ins Bett bringen, damit wir reden können.« Ich unterstrich meine Worte, indem ich mir selbst auftat.

Mein Vater presste die Lippen aufeinander, aber ich hatte es geschafft, ihn abzulenken. Shanti war damit beschäftigt, meinem Vater aufzulegen. Sie tat das schon, solange ich denken konnte.

Ich war achtzehn gewesen, als mein Vater erneut heiratete – fast genau eine Woche nachdem die Scheidung durch gewesen war –, und bei meiner ersten Begegnung mit ihnen als Paar hatte Shanti ihm eine Tasse Kaffee gebracht, während er am Tisch gesessen und die Zeitung gelesen hatte.

Heute nickte er kurz, um ihr zu bedeuten, dass sie ihm genug von diesem speziellen Gericht aufgetan hatte.

Shanti ging um den Tisch, um die nächste Platte mit einem anderen Gericht zu holen. Mein Vater befahl, sie müsse mehr Masala-Chili-Pickles machen, weil er schon bei seiner letzten Schote sei.

Ich fing Paris Blick auf und zwinkerte ihr zu, weil er gerade abgelenkt war. Ihr Lächeln verschwand sofort wieder, kam aber zurück, als ich mich an der Nase kratzte. Ich hatte ihr dieses Zeichen schon vor langer Zeit beigebracht – es bedeutete, dass ich eine Süßigkeit in ihrem Zimmer versteckt hatte.

Das hatte ich getan, als sie nach der Schule in der Küche saß, weil ich wusste, dass dieser Abend schlimm werden würde und es gut sein konnte, dass sie in die Schusslinie kam. So machte es mein Vater immer. Er zerriss mich jedes Mal in Fetzen, wenn er und meine Mutter sich gestritten hatten, aber ich hatte den Vorteil, furchtbar schlau zu sein, ohne mich darum kümmern zu müssen. Ich brachte immer nur Einsen nach Hause, ohne mich zu bemühen.

Wenn er mich zu sehr unter Druck setzte, achtete ich darauf, diese glänzenden Einsen in rote Fünfen zu verwandeln.

Er lernte bald, mich in Ruhe zu lassen, wenn er nicht die Schmach ertragen wollte, dass sein Sohn sitzen blieb. Pari war ebenfalls schlau, aber nicht furchtbar schlau. Nein, meine jüngere Schwester war extrem empathisch, die Sorte Mensch, die jeden Käfer nach draußen trug und sich Sorgen darum machte, ob die Vögel im Sommer wohl auch genügend zu trinken hatten.

Wir aßen in eiskalter Stille. Shanti versuchte mit der harmlosen Bemerkung eine Unterhaltung zu starten, dass Paul und Margaret darüber nachdachten, einen neuen Hund zu kaufen, jetzt, da ihr alter schon ein Jahr lang tot war, aber mein Vater bemerkte spitz: »Immerhin haben sie hinter ihrem verdammten inkontinenten Pudel hinterhergeputzt. Nicht wie die Fitzpatricks mit ihrem sabbernden Viech.«

Obwohl ich nicht gern mit meinem Vater einer Meinung war, hatte er hier recht. Das Powerpaar, die beide Partner in einer großen Anwaltskanzlei waren, neigte dazu, ihrem Deutschen Schäferhund zu erlauben, nicht nur die Hecken, sondern auch die Gartenflächen ihrer Nachbarn als Toilette zu benutzen. Ich hatte gesehen, wie die arme Diana die Nase rümpfte und eine Plastiktüte holte, um die Hinterlassenschaft in ihrem preisgekrönten Rosengarten zu beseitigen.

Es gab so viel Buschland um uns herum, in dem sich der Hund ein Loch graben konnte, um sein Geschäft zu erledigen, wenn seine Besitzer schon keine Lust hatten, hinter ihm zu säubern, dass es wirklich keine Entschuldigung dafür gab, die Nachbargrundstücke zu beschmutzen. Es half auch nicht, dass der Hund ein ausgesprochen schlecht erzogenes Exemplar und eine echte Bedrohung war. All das zusammen mit dem sonstigen Verhalten seiner Besitzer hatte dazu geführt, dass Brett und Veda von niemandem in der Cul-de-Sac gemocht wurden. Außer vielleicht von Mellie.

Isaacs derzeitige Ehefrau war eine wahre Freude mit Grübchen, die die Welt offenbar für einen Ort des Glücks hielt. Natürlich war ich der Ansicht, dass Mellies »heimliche Zigaretten« nichts mit Tabak zu tun hatten. Meiner Meinung nach konnte sich nur jemand, der komplett high war, mitten im Winter nackt ausziehen und dann im Garten tanzen.

»Hat Calvin sie wegen des Köters denn nicht gemeldet?« Ich legte meine Gabel ab.

»Ein Polizist kam, hat ihnen eine Geldstrafe aufgebrummt, und ihnen war es scheißegal. Ich überlege, sie der Anwaltskammer zu melden.«

»Ich bin mir nicht sicher, ob es die Anwaltskammer interessiert, dass sie ihren Hund überall sein Geschäft erledigen lassen.«

Mein Vater lächelte seltsam. »Du würdest dich wundern. Die Fitzpatricks veranstalten nicht mehr jedes Wochenende heiße Partys, oder?«

Das hatte ich vergessen. Anders als Mellies amüsante Verrücktheiten hatten mich »alte« Leute, die sich bekifften, als Teenager nicht interessiert. Aber mein Vater hatte recht – die wöchentlichen Ausschweifungen hatten ein paar Monate vor dem Verschwinden meiner Mutter ein abruptes Ende gefunden.

Ihr Verschwinden war der Wendepunkt in meinem Leben gewesen. Ich erinnerte mich ganz klar an die Zeit davor und danach. Aber ich wusste nicht genau, wann die Partys aufgehört hatten, weil ich ohnehin nicht auf sie geachtet hatte.

Aber das erinnerte mich an etwas anderes. »Ist ihr alter Hund nicht …« Ich ließ den Satz unvollendet, obwohl Pari ihre ganze Aufmerksamkeit der Haut ihres Hühnchens widmete.

Mein Vater nickte. Er erinnerte sich daran, dass der Hund tot und von einem Auto überfahren auf der Straße gefunden worden war. »Er war da ohnehin schon altersschwach.«

Wir sprachen nicht mehr darüber, bis Shanti Pari vom Tisch gescheucht hatte.

Mein Vater lehnte sich auf seinem Stuhl zurück. Er hatte ein Cognacglas in der Hand. »Hat dir die Polizei sonst noch etwas erzählt? Ich hatte einen Anruf von der Polizistin, aber ich konnte noch nicht zurückrufen.«

Ich erzählte ihm, dass meine Mutter nicht hinter dem Steuer gesessen hatte, und beobachtete ihn dabei aufmerksam.

Seine Finger hielten das Glas fester. »Niemand konnte wissen, dass sie das Geld genommen hat. Selbst *ich* wusste es nicht, ich bemerkte es erst zwölf Stunden nachdem sie gegangen war. Und ich habe das ganze Haus durchsucht. Es konnte nur in dem Auto gewesen sein.«

Ich erinnerte mich undeutlich daran, wie er geflucht hatte, als er das Haus auf den Kopf gestellt hatte. Ich hatte ihm nicht dabei geholfen, weil mein Bein nach der Verletzung noch geschmerzt hatte – aber ich hatte ihn auch nicht daran gehindert, mein Zimmer zu durchforsten. Ich wünschte mir verzweifelt einen Beweis dafür, dass meine Mutter mich nicht verlassen hatte, daher wollte ich, dass er das Geld fand. »Du hast auch ihren Safe durchsucht.«

»Immerhin habe ich ein paar Diamanten zurückbekommen. Woanders hätte sie das Geld nicht aufbewahren können.«

»Sie hat Diana vertraut.«

»Daran habe ich auch gedacht – aber Diana hätte sich gemeldet, als ich die Anzeige wegen Diebstahls erstattet hatte. Sie hätte niemals zugelassen, dass Ninas Name beschmutzt würde.«

Er hatte recht; Diana war nicht jemand, der so etwas unwidersprochen hingenommen hätte. Und wenn meine Mutter ihr tatsächlich das Geld zur Verwahrung gegeben und sich dann nicht wie geplant gemeldet hätte, hätte sie garantiert Stunk gemacht.

»Wer hätte denn einen Grund gehabt, das Geld zu nehmen? Rein hypothetisch gesehen?«

»Deine Mutter war eine Schlampe.« Pistolenkugeln in Form von Wörtern. »Du wusstest es auch. Bringt ja nichts, um den heißen Brei herumzureden.«

Ich sagte nichts, sondern wartete, worauf mein Vater hinauswollte.

»Sie hat sich vermutlich mit dem Falschen eingelassen, und der hat sie für das gestohlene Geld umgebracht.« Er zuckte mit den Achseln. »Frag nicht mich, Junge.«

Junge.

Das Signal, dass das Gespräch beendet war und ich mich auf meinen Platz in der Welt zurückzuziehen hatte. Auf meinen Platz weit unter meinem Vater. Ich dachte kurz darüber nach, ihn wegen des Schreis in jener Nacht zu konfrontieren, schob es aber auf für den Moment, in dem ich ein Druckmittel hatte.

Ishaan Rai war kein erfolgreicher Unternehmer geworden, indem er vor Herausforderungen zurückzuckte. Er würde, ohne mit der Wimper zu zucken, lügen, mir sagen, ich hätte mir das nur eingebildet – denn welchen Beweis hatte ich schon, abgesehen von einer zehn Jahre alten Erinnerung?

Einer zerrissenen, verwirrten Erinnerung.

»Gute Nacht, Dad«, sagte ich, und wenn die Anrede einen Hauch ironisch war, so war er zu sehr auf seinen Cognac konzentriert, um sich darum zu kümmern.

Als ich auf der Treppe Shanti traf, warnte ich sie: »Geh ihm heute Abend aus dem Weg.«

Ihr Gesicht wurde ganz blass. »Dann wird er wütend.«

»Er ist ohnehin wieder dabei, sich zu betrinken – er wird sich nicht daran erinnern.« Sie würde trotzdem den Großteil der unangenehmen Folgen abbekommen, aber daran war sie gewöhnt und schien es als das Recht meines Vaters als Ehemann anzusehen.

Arme Shanti. Niemand hatte ihr gesagt, dass die Märchenhochzeit mit einem reichen Mann aus dem Ausland aus den ursprünglichen dunklen Legenden und nicht aus den modernen hygienischen Kitschmärchen stammte.

Ich sah ihr von den Stufen aus hinterher, wie sie nach unten ging. Obwohl sie kurz vor der Tür zum Esszimmer zögerte, drehte sie sich um und wollte in die andere Richtung gehen – genau in dem Moment, in dem ein Glas an einer der Wände des Esszimmers zerbarst.

Es war, als müsste mein Vater immer und immer wieder seine letzte Nacht mit meiner Mutter nachspielen.

Ich ging in mein Zimmer und verschloss dann die Tür hinter mir, um dann in meinen begehbaren Kleiderschrank zu gehen. Das richtige Jahrbuch stand in der Mitte des Regals, in dem sich die Überbleibsel meines Highschool-Lebens befanden.

Ich trug sie zusammen mit meinem alten Notizbuch zu meinem Schreibtisch, setzte mich und aß eine Handvoll Süßigkeiten aus meiner Schublade. Ja, diese kleine Angewohnheit würde ich Dr. Jitrnicka nicht gestehen, zumal er nur »vorsichtig optimistisch« war, dass meine Alkoholabhängigkeit eine Sache der Vergangenheit war. Aber anders als Alkohol konnte ich nur eine bestimmte Menge Zucker zu mir nehmen, bis mir übel wurde – bei Alkohol kannte ich gar keine Grenze.

Ich schloss die Schublade und blätterte zu dem Teil, in dem ich über Sportveranstaltungen geschrieben hatte.

Da war es: Rikis böses Gesicht, seine Hand, die die Medaille umklammerte, als er sie hoch über den Kopf hielt.

22

Die Bildunterschrift beinhaltete mehr Informationen, als ich mich erinnerte: *Ariki Henare nach seiner Goldmedaillen-würdigen Leistung im Diskuswerfen in der Meisterschaft der Leichtathletik-Gesellschaft der weiterführenden Schulen Neuseelands. Ariki widmete seinen Sieg seiner Mutter, die gegen den Krebs kämpft: »Ich hoffe, er macht sie stolz.«*

Ich fuhr mit dem Finger die Worte entlang und glich das Datum mit dem Eintrag in meinem Notizbuch ab. Die Daten stimmten überein. Hemi hatte mit meiner Mutter geschlafen, während seine Frau gegen den Krebs kämpfte.

Riki hatte das gewusst.

Daran hatte ich keinerlei Zweifel – nicht nach dem Gespräch in der Garage. Er war vor zehn Jahren noch nicht in der Armee gewesen, aber als Diskuswerfer war er groß und stark gewesen. Meine Mutter hätte nichts dagegen tun können, wenn er beschlossen hätte, sie zu schlagen.

Und er hatte damals ein Motorrad besessen. Es wäre ein Leichtes für ihn gewesen, dem Auto meiner Mutter aus der Cul-de-Sac zu folgen und sie dann auf der einsamen Straße anzuhalten, auf der es im dichten Urwald dunkel war und kein Entrinnen gab, um sie dann auf den Beifahrersitz zu zwingen.

Es war ein Fehler anzunehmen, dass sie schon in der Cul-de-Sac überwältigt worden war. Sie hatte vermutlich überlebt, was sie hatte schreien und aus dem Haus fliehen lassen, nur um dann etwas später angegriffen worden zu sein, weit entfernt von jedem, der helfen konnte.

Weit entfernt von mir.

Der Regen prasselte laut gegen die Scheiben und verwandelte sich in Hagel. Die winzigen Eisperlen sammelten sich auf dem Balkon, bis sie verschwanden, genau wie meine Mutter in jener dunklen Nacht.

Ich wachte etwas angeschlagen und düsterer Stimmung auf und wusste, dass ich die ganze Zeit geträumt haben musste, immer kurz vorm Einschlafen, aber nie ganz im Tiefschlaf. Zusätzlich schmerzte mein Fuß, als hätte jemand mit dem Hammer daraufgeschlagen. Ich saß einige lange Minuten stöhnend im Bett, bis ich mich dazu überwinden konnte, aufzustehen.

Ich schob die dünne Decke weg, die ich irgendwann in der Nacht über mich gelegt hatte, und schwang mein gutes Bein aus dem Bett. »Was zum Teufel?« Meine Fußsohle fühlte sich irgendwie steif und merkwürdig an. Ich hob sie an, sah, dass sie schmutzig war, und runzelte die Stirn.

Das war nicht der Schmutz, der an der Fußsohle klebte, wenn man barfuß über Holzdielen lief, auch nicht der Schmutz, der hängen blieb, wenn man ohne Schuhe die Auffahrt hinunterrannte. Das hier war Schmutz, den man hereintrug, wenn man barfuß auf Erde und Gras ging. Ein Halm klebte am Fußballen unter meinem großen Zeh. Das Grün verwandelte sich bereits in ein bräunliches Oliv.

Mit brennenden Wangen schaute ich mir meinen Moonboot an … nur um Grashalme und Schmutz an den Seiten kleben zu sehen. Endlich schaffte ich es, aufzustehen und mit dem Gehstock ins Badezimmer zu humpeln. Der mannshohe Spiegel hatte eine weitere unangenehme Überraschung für mich: Die Sohle des Gehverbands war schmutzig. Aber besonders an einer Seite.

Als hätte ich mein Bein über den Boden hinterhergezogen, statt den Gehstock zu benutzen.

Dieser Stock war sauber, wie ich feststellte, als ich ihn mir ansah. Ich legte ihn vorsichtig zur Seite und riss eine Mülltüte von der Rolle, die ich im Badezimmer aufbewahrte. Dr. Binchy – nein, Dr. *Tawera* – hatte erklärt, dass ich dringend die Tüte über dem Verband tragen müsse, wenn ich duschte.

Ich hatte herausgefunden, dass es am besten war, wenn ich das Bein im Moonboot in eine Mülltüte steckte und diese dann oben festklebte. Das war nicht ganz wasserdicht, aber wenn ich nur kurz duschte, blieb der Verband trocken. Heute hatte ich beim Duschen die meiste Zeit auf dem Hocker gesessen, den Shanti still dorthin gestellt hatte.

Wenn mich die Medien jetzt sehen könnten.

Mein Herz hämmerte, als ich mich wusch. Danach wickelte ich mir ein Handtuch um die Taille und setzte mich auf den heruntergeklappten Toilettendeckel. Ich benutzte Desinfektionstücher, um meinen anderen Fuß und den Gehverband zu reinigen. Das war nicht einfach. Am Ende warf ich die Tücher auf den Boden und rieb die Moonboot-Sohle darüber.

Ich brauchte insgesamt fünf Tücher, weil sie sich immer wieder aufrollten und verklumpten, aber ich schaffte es, das Scheißding sauber zu bekommen. Ich warf die Tücher in den Müll, ging ins Schlafzimmer und zog die Decke vom Bett, um mir das Laken anzusehen. Ein paar Schmutzstreifen, aber nichts Schlimmes. Ich dachte kurz nach und zog das Laken ab.

Davon geriet ich ins Schwitzen.

Normalerweise tat das das Reinigungspersonal. Als das Bettzeug abgezogen war, brauchte ich ein wenig, bis der schmutzige Teil des Spannbettlakens ganz von der Bettdecke bedeckt war. Dann fand ich einen alten Füllfederhalter, der leckte. Ich leerte seinen Inhalt über die Flecken. Die schwarze Tinte verdeckte jeden Beweis.

Beweis, wofür? Das wusste ich nicht.

Ich wusste nur, dass das Reinigungspersonal keinen Grund haben würde, sich zu fragen, warum Tinte auf meinem Laken war. Ich hatte schon öfter mit meinen Füllfederhaltern gekleckert, als ich frisch aus dem Krankenhaus gekommen war und im Bett gearbeitet hatte. Sie würden die Laken einfach bleichen, und dann würde alles wieder gut sein.

Ein neues Laken ordentlich aufzuziehen überstieg allerdings fast meine begrenzten körperlichen Fähigkeiten, aber ich schaffte es immerhin einigermaßen. Das schmutzige Bettzeug stopfte ich in den Wäschekorb. Ich schrieb außerdem der Inhaberin des Reinigungsdienstes eine Textnachricht: *Tut mir leid, Mary. Hab schon wieder Tinte auf das Bettzeug gekleckert. Habe alles in den Wäschekorb getan.*

Die Antwort kam, als ich mich gerade anzog. Mein Mund war ganz trocken, trotz des Wassers, das ich inzwischen getrunken hatte: *Das bedeutet mehr Geld für mich.*

Normalerweise hätte ich über die schlagfertige Antwort gegrinst. Ich mochte die missmutige alte Mary. Bei Shanti war ich mir da nicht so sicher – bestimmt machte Mary der Frau meines Vaters Angst, aber das hinderte Shanti nicht daran, ein Auge darauf zu haben, dass Mary und ihre Angestellten ihre Jobs erstklassig erledigten.

»Ich war früher mal Dienstmädchen«, hatte Shanti mir einmal zugeflüstert, als wäre dieses Geständnis ein schmutziges kleines Geheimnis in der Welt der Reichen. »Im Haus eines reichen Sahib, der ein großes weißes Auto fuhr. Ich weiß, wie man ein Haus sauber machen muss.«

»Wie alt warst du damals?«

»Vierzehn, als ich anfing. Mein Vater sagte damals, ich sei genug zur Schule gegangen.« Es klangen keine Trauer und auch keine Wut aus diesen Worten, nur Akzeptanz. »Ich wollte ohnehin arbeiten.«

Erst da verstand ich, welche Mühe mein Vater darauf verwandt hatte, eine Frau zu finden, die ihn niemals herausfordern würde. Meine Mutter hatte eine abgeschlossene Highschool-Ausbildung – und sie hatte mehr gewollt. In all den Presseberichten bisher wurde nicht einmal erwähnt, dass sie es in den Jahren nach ihrem Umzug nach Neuseeland geschafft hatte, einen Abschluss im Fach Finanzen zu machen.

Ich fragte mich, ob mein Vater ihr erst nachgegeben hatte, weil es ihn gut aussehen ließ, eine elegante und wunderschöne Frau zu haben, die seine Mitarbeiter auch mit ihrem Geist beeindrucken konnte. Als er begriffen hatte, dass er keine gebildete Frau haben wollte, die ihre eigenen Ziele verfolgte, war es schon viel zu spät. Er konnte den Geist nicht mehr in die Flasche sperren.

Jetzt hatte er eine Frau, die zu Firmenveranstaltungen bescheidene Saris trug und schüchtern den Mund hielt. Meine Mutter hatte ebenfalls hin und wieder Saris getragen – aber ihre waren glitzernde Kreationen gewesen, so gerafft und arrangiert, dass ihre Taille und ihre runden Hüften betont wurden. Sie hatte darin wie eine Stummfilm-Sirene ausgesehen.

Bis jemand ihre Flamme gelöscht hatte.

Ich zog einen edlen schwarzen Wollpullover und Jeans an, deren Bein über dem Moonboot aufgeschnitten war, dann eine Socke und einen Schuh und ging nach unten. An meinen nackten Zehen fühlte ich die Kälte, obwohl das Haus geheizt war. Mein Magen knurrte, als ich in die Küche trat.

Alles wirkte ganz normal.

Mein Puls beruhigte sich wieder. Was auch immer ich in der letzten Nacht getan hatte, es hatte niemanden beunruhigt. Vermutlich hatte ich draußen nur geschlafwandelt. Das musste wohl eine Nebenwirkung der Schmerzmittel gewesen sein, die ich genommen hatte, bevor ich eingeschlafen war.

Ich wollte gerade nach den Frühstücksflocken greifen, als ich einen abgedeckten Teller auf dem Küchentresen sah. Darauf lag ein Zettel mit meinem Namen. Ich hob den Deckel ab und fand French Toast darunter. Er war schon kalt, aber ich stellte den Teller in die Mikrowelle, ertränkte den Toast in Sirup und aß ihn. Danach griff ich nach einer großen Banane.

Ich zog sorgsam den Aufkleber ab, auf dem stand, dass die Banane ein Erzeugnis Ecuadors sei, und klebte ihn unter die Obstschale, wo Pari ihn finden würde. Sie sammelte Obstaufkleber in einem kleinen Buch, das sie auf ihrem Nachttisch aufbewahrte. Weil unser Vater nie in ihr Zimmer kam, konnte ihre eigenwillige Sammlung offen herumliegen. Das Letzte, was ich noch in mich hineingoss, war fast eine ganze Flasche Cola.

Mein Fuß pochte, als hätte jemand einen glühenden Schürhaken hineingerammt.

Ich knirschte mit den Zähnen und dachte an die Schmerztabletten, die ich oben hatte liegen lassen, aber ich konnte mich nicht dazu aufraffen, mich die Treppe wieder hinaufzuquälen, um sie zu holen. Mein schlafwandelndes Ich hatte den Fuß eindeutig zu sehr belastet.

Ich hatte mein Handy bei mir, also ging ich damit online, um mir die Beipackzettel meiner Medikamente anzusehen. Schlafwandeln oder Schlafstörungen waren nicht unter den Nebenwirkungen aufgelistet, aber andererseits hatte ich auch eine Kopfverletzung.

Wer konnte da die Wechselwirkungen zwischen beidem vorhersehen?

Ich schloss den Browser wieder und fragte mich, wie ich es zurück ins Bett geschafft hatte, ohne Spuren zu hinterlassen.

Auf den Stufen hatte ich nichts gesehen. Aber Shanti ging morgens immer mit dem Staubsauger durch die Zimmer, und der Teppich war dunkelgrau, sodass man vermutlich ohnehin keinen Schmutz darauf gesehen hätte, es sei denn, ich hätte Dreckklumpen hineingetragen. Ich würde abwarten müssen, ob sie etwas davon erwähnte.

Weil ich mich fragte, ob es vielleicht noch andere Hinweise auf meinen nächtlichen Spaziergang gab, ging ich aus der Hintertür nach draußen. Der Tag war grau, die Sonne bestenfalls kraftlos. Shantis Gemüsegarten lag unberührt zu meiner Linken. Dahinter sah ich etwas königsblau aufblitzen – der Pool und seine Winterabdeckung, die fast vollständig vom dichten Grün um den vorgeschriebenen Poolzaun verdeckt war. Massen einheimischen Grüns, durchsetzt mit Tupfen in subtropischen Farben.

Ein paar Hibiskuspflanzen blühten immer noch. Purpurrot und orangefarben.

Weil ich nass aufgewacht war, musste ich nach rechts gegangen sein. Ich drehte mich dorthin um … und hörte aufgeregte Stimmen von der Hauptzufahrt der Cul-de-Sac. Ich humpelte um die Hausecke in diese Richtung und entdeckte ein paar Fußspuren, die vom Rasen auf den betonierten Weg führten.

Meine Wangen begannen erneut zu glühen.

Ich trat mit meinem guten Fuß darauf, und die Spuren verschwanden. Was die Aufzeichnungen der Sicherheitskameras anging, so wusste ich, wie ich sie löschen konnte.

Da.

»… Ishaan Rai!«

Ich erreichte den vorderen Teil unseres Grundstücks genau in dem Moment, in dem eine wütende Frauenstimme den Namen meines Vaters schrie. Diejenige, die auf diese Stimme reagierte, tat das weit ruhiger, denn ich konnte nichts mehr hören, bis ich zwischen den Farnen, *nīkau*-Palmen und *kōwhai*-Bäumen hervortrat, die unsere Einfahrt säumten.

Lily war die Erste, die ich sah.

Sie trug ihre schwarze Arbeitskleidung und stand mit verschränkten Armen ungefähr zwei Meter vor mir. Ich sah außerdem Margaret, die am Ende ihrer eigenen Einfahrt stand und rauchte. Sie trug einen violetten Minirock. Ihr Top war bunt, ihre Handgelenke schwer von Armbändern. Grandma Elei schaute unterdessen aus dem Fenster ihres Schlafzimmers im ersten Stock, aber die Unruhe selbst fand vor dem Anwesen der Fitzpatricks statt.

Beide Anwälte – für die Arbeit in schicke Anzüge gekleidet – waren aus irgendeinem Grund noch zu Hause. Beide gestikulierten wild in Richtung des Hauses meines Vaters. Vor ihnen und mit dem Rücken zu mir stand Constable Sefina Neri, aber ich konnte ihr Profil erkennen. Ein Polizeiauto stand in der Einfahrt. Ein weiterer Polizist in Uniform beugte sich durch das Fenster und sprach in ein Funkgerät.

Lily kam zu mir, als sie mich entdeckte.

Ich hob eine Augenbraue. »Was ist denn hier los?«

»Brett und Veda sagen, dass jemand ihren Hund vergiftet habe. Sie verlangen, dass dem vollständig nachgegangen wird.«

23

Meine Hand verkrampfte sich um den Griff meines Gehstocks. »Woher wissen sie denn, dass ihr Hund nicht einfach tot umgefallen ist?«, brachte ich durch den Kloß in meinem Hals hervor.

»Einer von ihnen hat etwas von Schaum ums Maul geschrien.« Lily warf einen Blick zu dem Paar. Ihre Lippen waren an den Mundwinkeln nach oben gebogen. »Ich nehme an, man muss Beziehungen haben, damit die Polizei wegen einer solchen Sache ausrückt. Bei mir ist mal jemand eingebrochen, und niemand kam. Sie schicken zwei Polizisten für einen Hund, der vermutlich einen giftigen Pilz gefressen hat – man weiß ja, dass diese beiden nicht zu den Hundebesitzern gehören, die ihr Grundstück nach so etwas absuchen oder ihre Gärtner anweisen, alles Gefährliche zu beseitigen.«

Ja. Nein.

Die Anwesenheit der Polizei hatte nichts mit Beziehungen zu tun. Neri war vielleicht ein sehr junges Mitglied des Mordermittlungsteams, aber immer noch ein Teil davon. Niemand würde sie losschicken, damit sie einen Bericht über einen toten Hund anfertigte, wenn die Polizei nicht annähme, dass das irgendetwas mit dem Mord an meiner Mutter zu tun hätte.

»Hast du gehört, wie Veda schrie, dass dein Vater das getan haben müsse?«

Ich dachte an unsere Unterhaltung beim Abendessen, an das hinterhältige Lächeln meines Vaters. Und ich dachte an meine schmutzigen Sohlen und den schmerzenden, pochenden Fuß. »Das müsste sie doch besser wissen. Er wird sie wegen Verleumdung verklagen.«

»Die Spielchen der Reichen.« Lily warf mit diesen verächtlichen Worten einen Blick auf ihre Armbanduhr. Leonid tauchte am Ende der Straße mit den Zwillingen in der Karre auf. In seiner Begleitung war ein sehr großer Mann im schwarzen Anzug, der eine Fliegerbrille trug.

»Ich geh dann mal lieber wieder rein«, sagte Lily. »Ich musste nach der Morgenhektik den Kopf frei bekommen und wollte gerade ein bisschen die Cul-de-Sac auf und ab gehen, als das Polizeiauto kam und Veda anfing durchzudrehen.«

»Ich gehe mit und hole mir Kaffee.«

Brett sah aus seinen hellblauen Augen zu mir herüber, als ich ging, und deutete mit dem Finger in meine Richtung. Seine Glatze glänzte im schwachen Sonnenlicht. »Warum fragen Sie nicht den da? Es ist immerhin *sein* beschissener Vater, der hier der Psychopath ist.«

Ich schenkte ihm mein charmantestes Lächeln.

Er zuckte zusammen, als hätte ich ihn geschlagen. Seine Frau legte ihm die Hand auf den Arm. Die klassisch schöne und hinreißende Veda mit ihren langen roten Locken war mehrere Nummern zu groß für Brett, wenn man nur vom Aussehen ausging. Aber obwohl sie zu allen anderen nicht nett waren, schienen sie eine sehr gute Ehe zu führen.

Meine Mutter hatte sich nie so mit der jungen Veda angefreundet wie mit Alice. Vielleicht hatte das schlicht daran gelegen, dass ihre Persönlichkeiten zu unterschiedlich waren, aber rückblickend glaube ich, dass auch Neid mit im Spiel war. Eines Abends, als ich noch ein Teenager war, hatte ich sie dabei erwischt, wie sie das Paar von meinem Zimmerfenster aus beobachtete. Dabei sah sie merkwürdig … sehnsüchtig aus, und als ich neben sie trat, legte sie mir den Arm um die Schultern und sagte: »Sieh mal.«

Ich folgte ihrem Blick und sah Bretts Umriss im großen

Küchenfenster ihres Hauses. Er hatte gekocht, und wir sahen, dass Veda von hinten ihre Arme um ihn schlang und ihm einen Kuss auf den Hals drückte. Er lächelte und sagte etwas, das sie zum Lachen brachte.

»Manchmal«, hatte meine Mutter gemurmelt, »sehe ich Schönheit und will sie zerstören.« Dann hatte sie gelächelt, mir einen Kuss auf die Wange gegeben und mich gefragt, ob sie mir meine Lieblingskekse backen solle. Wir sprachen nie wieder von Brett und Veda, außer, wenn wir uns über unsere nervigen Nachbarn beschwerten.

Ich hatte den teigigen, antrainierten Brett sofort aus der Reihe der möglichen Kandidaten für den »hochgewachsenen und dunkelhaarigen« Liebhaber meiner Mutter aussortiert, aber jetzt hatte ich doch Zweifel. Denn Brett war nicht immer kahl gewesen. Hatte sie es tatsächlich getan? Hatte sie die unerwartete Schönheit der Ehe der Fitzpatricks beschädigt, nur weil es ihr wehtat zu sehen, dass sie etwas hatten, was ihr selbst nicht vergönnt war?

Wenn sie es getan hatte … Na ja, Veda war eine kluge, starke Frau, die sich nichts gefallen ließ.

»Mr. Fitzpatrick.« Constable Neris knapper Ton. »Ich muss Sie daran erinnern, keinerlei haltlose Anschuldigungen zu äußern, die die Situation verschärfen könnten.«

Bretts Wangen wurden rotfleckig.

Veda schaute sich inzwischen um, sah, dass die Nachbarn zuschauten, und zog plötzlich den Kopf ein. Ich konnte nicht hören, was sie als Nächstes sagte, aber Neri nickte, und die vier – einschließlich des anderen Polizisten – gingen ihre Auffahrt hinauf und zwischen den Farnbäumen hindurch zum Eingang. Schatten flackerten über ihre Körper, und dann waren sie verschwunden.

Lily sah mich nicht an, als sie sagte: »Ärgert dich das?«

»Nein. Mein Vater *ist* ein Arsch.«

»Meinst du, dass er so was hätte tun können? Einen Hund vergiften?«

»Klar. Aber glaube ich im Ernst, dass mein Vater in der Nacht herumschleichen würde, um einen Hund anzulocken?« Ich schüttelte den Kopf. »Wenn, dann würde er warten, bis die Fitzpatricks fort wären, und dann ein vergiftetes Stück Fleisch über den Zaun werfen.«

»Es ist ein bisschen beängstigend, dass du das sagst, als wäre es keine große Sache.«

»Es ist ja nur eine Theorie. Ich stelle ständig Theorien auf – das ist mein Job. Schriftsteller sind professionelle Lügner.«

Einen Moment lang hielt sie inne und starrte mich an. Dann verzogen sich ihre glänzend angemalten Lippen. »Du hast mich ein bisschen erschreckt, Aarav.«

Ich grinste und ließ es dabei bewenden … und versuchte, nicht an meine schmutzigen Füße zu denken. Ich hätte dem Hund auf keinen Fall etwas antun können. Erstens hatte ich einen verdammten gebrochenen *Fuß*. Ich hätte dem riesigen Vieh kaum hinterherlaufen können – oder vor dem bösartigen Ding davonlaufen. Und wo hätte ich mitten in der Nacht Gift herbekommen sollen? Es war ja nicht so, dass ich welches gekauft und aufbewahrt hätte, bis ich bereit für den mörderischen Drang gewesen wäre.

Ich hatte geschlafwandelt. Merkwürdig, aber das war's.

»Aarav.«

Diese unverwechselbare Stimme. Anders als Leonid hatte Anastasia einen deutlichen russischen Akzent. Sie trat gerade aus dem Café, als wir dort ankamen, und – nachdem sie Lily, die sofort hineinging, kurz zugewinkt hatte – beugte sich vor, um mich auf beide Wangen zu küssen, wie sie es immer tat. Einen kurzen Moment lang bemerkte ich ihr Parfüm, dann blies ein Windstoß den Duft fort.

Der Wind spielte auch mit Anastasias langen und fachmännisch geschnittenen goldbraunen Strähnen. Dieses Haar umrahmte ein spitzes Gesicht mit schrägen grünen Augen und scharfen Wangenknochen. Sie hätte ein Model sein können, wenn sie nicht winzige 1,55 Meter groß gewesen wäre.

»Ich habe die Neuigkeiten gehört«, sagte sie mit heruntergezogenen Mundwinkeln. »Über deine Mutter. Es tut mir leid, das zu hören. Es geht dir aber gut, oder?«

Ihre ehrliche Anteilnahme überraschte mich. »Ein Teil von mir wusste immer, dass sie mich niemals verlassen hätte, wenn sie eine Wahl gehabt hätte.«

Sie nickte entschlossen und schlug sich mit ihrer kleinen Faust gegen die Brust »Da. So ist Mutterliebe.« Ein Blick in die Richtung, in der Leonid mit dem Fremden und den Zwillingen verschwunden war. »Ich höre diese schrecklichen Neuigkeiten und denke – wie sollen meine Babys aufwachsen, wenn ich tot bin? Leonid ist guter Papa, aber nicht Mama.«

Ich wusste nicht recht, ob sie darauf eine Antwort erwartete, daher lächelte ich sie nur still an.

Ihr Blick wurde weich. »Ich weiß, dass du traurig bist, Aarav, aber es ist nicht gut, mit so wenig Kleidung in der Kälte herumzulaufen.«

»Was?«

»Letzte Nacht.« Sie wedelte mit der Hand in Richtung des Hauses meines Vaters … aber es hätte auch das der Fitzpatricks sein können. »Ich aufgewacht, weil ich nach den Babys schauen wollte. Ich sehe dich da stehen. Kein Hemd. Keine Schuhe.« Sie schnalzte mit der Zunge. »Deine Mama wollte das bestimmt nicht.«

Obwohl sie meine Mutter nie kennengelernt hatte, hatte sie seltsamerweise recht. Ich erinnerte mich noch gut daran, wie mir meine Mum meine Jacke anzog, als ich noch kleiner war, wie sie mich daran erinnerte, ein Sweatshirt einzupacken, wenn ich nach der Schule noch eine Verabredung hatte und später kommen würde.

Die Erinnerungen kamen jetzt unfassbar schnell in mein Hirn, das ansonsten so langsam war, als bestünde es aus Kleister, und das die Bedeutung von Anastasias Worten nur sehr langsam begriff. Als es das endlich tat, wurden mir sofort die möglichen Konsequenzen bewusst. »Wenn Veda herausfindet, dass ich in der Nacht draußen war«, bemerkte ich in einem trockenen Tonfall, der mein Herzklopfen verbergen sollte, »wird sie vermutlich behaupten, dass ich ihren Hund vergiftet hätte.«

Anastasia schnaubte. »Leonid, er hat mir schon alles gesagt über diese dumme Frau.« Sie hielt ihr Handy hoch. »Keine Sorge.« Sie wedelte mit der Hand. »Ich sage nicht, dass du spät rausgegangen bist. Niemand mag die beiden – sie versuchen sogar, von unserer Nanny Sachen über Leonid herauszufinden!« Sie war so wütend, dass beinahe Dampf aus ihren Ohren gekommen wäre. »Aber Khristina? Sie ist Leonids Cousine – wir haben ihr Job gegeben, damit sie die Krankenpflegeschule bezahlen kann. Sie tut vor Veda dumm und berichtet uns dann.«

Ihr scharfes Gesicht schaute jetzt finster drein. »Sie kümmern sich nicht um Hund. Lassen Hund immer graben, komische Sachen essen. Jetzt geben sie allen anderen die Schuld.« Sie beugte sich vor und küsste mich erneut auf die Wange, und einen Moment lang war ich in eine Parfümwolke gehüllt, die so vertraut war, dass es wehtat. »Keine Sorge. Ich sage nichts zu niemandem. Aber nächstes Mal, wenn du in der Nacht spazieren willst, zieh mehr Sachen an.«

24

Als ich mir bei Lily einen Kaffee geholt hatte, ging ich zurück zum Haus, konnte mich aber nicht überwinden, hineinzugehen. Ich musste ein wenig recherchieren, aber das konnte ich ebenso gut tun, wenn ich auf dem schwarzen Sand von Piha Beach saß. Vielleicht würde die salzige Luft den Duft fortwehen, den ich seit zehn Jahren nicht mehr gerochen hatte.

Ich stieg in meinen Mietwagen.

Es war unwirklich, wie schnell der Glanz und das Glas der Cul-de-Sac hinter dem Urwaldgrün des Regional-Parks verschwanden. Die Bäumen und Farne zu beiden Seiten der Straße hingen düster und still herab, ihre Zweige versuchten stets, über die Fahrbahn zu wachsen. Stürbe die Menschheit morgen aus, würde das dunkle Grün schon am nächsten Tag die Herrschaft übernehmen.

Wir waren belanglos für den Busch, wie die Einheimischen ihn beiläufig nannten. Dicht und zugewuchert würde er uns lebend verschlingen und es nicht einmal bemerken. Genau wie meine Mutter. Zehn Jahre hatte er sie in seinen Klauen gehalten. Zehn Jahre, in denen ihr Blut zu Staub wurde und ihr Fleisch von den Knochen schmolz. Zehn Jahre, in denen ihr Mörder glaubte, er sei damit davongekommen.

Der Wind war heute ziemlich stark, aber der Busch bewegte sich nicht. Er hatte schon weit mehr überlebt als einen starken Wind. Ich konnte mir leicht vorstellen, wie Dinosaurier zwischen den Bäumen herumspazierten. Sie würden hier vollkommen hineinpassen. Früher, als junger Teenager, war ich oft nur mit einem kleinen Tagesrucksack in den Nationalpark gegangen, um mich nach einem Streit mit meinem Vater wieder abzukühlen.

Das Wetter hatte sich in fünf tödlichen Minuten geändert. Schwarze Wolken bedeckten den Himmel, und winzige Eisstückchen fielen wie Regen herunter. Die Desorientierung kam so plötzlich, dass ich mich bewusst gegen den Drang zu rennen wehren musste, den Drang, etwas zu *tun*. Es war Instinkt zu glauben, Bewegung sei besser als Stillstand.

Aber im Busch konnte eine unbedachte Bewegung tödlich sein.

Das Wetter klarte so schnell wieder auf, wie es sich verschlechtert hatte, und bald entdeckte ich die Wegmarkierung, die ich in meiner Panik übersehen hatte. Ich hätte leicht als ein weiteres Häufchen Knochen im Grün enden können.

»Ari, *beta,* bitte geh nicht in die Bäume.« Die Finger meiner Mutter, wie sie über meinen Arm strichen, als ich, noch ganz klein, neben ihr auf dem Rasen hinter dem Haus saß, den Blick auf den Urwald gerichtet, der vor uns aufragte. Wir hatten damals noch keinen Zaun, und die Verführung des Waldes lag ganz nah.

»Das hier ist kein freundlicher Wald wie in deinen Büchern«, hatte sie gesagt. Ihre dunklen Augen waren vom Flüstern der Bäume ganz hypnotisiert. »Es ist ein Wald, der dich stiehlt und behält. Und du weißt, dass ich sterben würde, wenn du nicht mehr bei mir wärst.«

Kilometer um Kilometer Grün und Wald, riesige Farne mit ihren dunklen Stämmen, die verschlungenen Zweige von Bäumen, die ich nicht benennen konnte. Plötzliches Flattern in den Baumkronen, wenn Vögel aufflogen. Dann sah ich die erste Möwe.

Ich hatte das Gefühl, kaum einen Atemzug getan zu haben, bis ich hinter einer schwarzen Sanddüne hielt, die von kargem Gras zusammengehalten wurde, das sich im Wind wiegte. Hinter mir erhob sich ein Berg, der mit Buschland bewachsen war. Das einsame Haus darauf wirkte wie ein Spielzeug vor dem Hintergrund all des Grüns.

Ich zog meinen einen Schuh und die Socke aus, ließ beides im Auto und nahm meinen Gehstock.

Der Sand auf dem Pfad zum Strand war fest, aber nicht für einen Gehstock geeignet, und meinem Fuß gefiel der unebene Untergrund gar nicht. Ich ging nicht weit – nur zur nächsten Düne, damit ich das Meer sehen konnte. Ich atmete lange und tief durch und lehnte mich mit dem Rücken an die sanfte Steigung der Düne. Das sanfte Ebenholz des Sandes glitzerte sogar im schwachen Sonnenlicht mineralisch, aber ich brauchte einen Moment, bis ich es bewundern konnte.

Schon diese kleine Anstrengung hatte mich außer Atem geraten lassen. Mein Fuß pochte heiß und dumpf.

Aber das war nicht von Bedeutung. Nicht nach einem weiteren Atemzug. Nicht an diesem wilden, magischen Ort.

Winzige spiralförmige, weiß ausgeblichene Muscheln lagen neben mir auf dem Sand, der vom Wind in perfekte Wellen geweht worden war. Ich nahm eine in die Hand und schaute mir ihre Windungen an, ganz hingerissen von der Zartheit ihrer Form.

»Sieh mal, Ari. Diese Muschel hier.« Das Haar wehte wild um ihr Gesicht. Meine Mutter trug diesen gelben Badeanzug, als sie mit breitem Lächeln am Strand hockte und gegen die Sonne blinzelte.

Ich legte die Muschel vorsichtig wieder in den Sand und holte mein Handy hervor. Die Verbindung zum Netz war abgebrochen, und ich fragte mich, ob ich den Strand schon wieder verlassen musste, obwohl ich so gern noch in der

Nähe seines urtümlichen Pulses geblieben wäre. Die Wellen krachten ans Ufer, schaumig weiße Brecher vor dem Hintergrund des glitzernden Stahls, und immer wieder unvorsichtige Surfer, die herausgekommen waren, um gegen die Wellen anzukämpfen.

»Komm, Ari! Wir spielen in den Wellen! Nimm meine Hand!«

Ich steckte mein Handy wieder weg, krempelte das Hosenbein meines gesunden Beins hoch und kämpfte mich zu den Brechern. Ich ließ den Gehstock liegen – er würde mir im weichen Sand in der Nähe des Wassers ohnehin nicht helfen. Die Surfer waren nur noch weit entfernte schwarze Punkte am Horizont, glitschig wie Seehunde, und die wenigen Menschen, die an diesem stürmischen, wolkigen Tag spazieren gingen, waren weit genug entfernt, dass sie mich nicht störten, und zum Glück bot mir niemand seine Hilfe an. Ich wollte keine.

Ich wollte mich an ihrer Hand festhalten. An der Erinnerung an sie.

In Gedanken schob ich meine Hand in ihre und stolperte trotz des Schmerzes in meinem Fuß weiter, der jetzt bis ins Bein hochzog. Das Wasser berührte erst meine Zehen. Meine Füße sanken in den weichen Sand, Schaum bedeckte meine entblößte Haut. Die Kälte erschreckte mich, und dann setzte meine Vernunft wieder ein.

»Ah, Scheiße!« Der Moonboot war nass.

Nicht völlig durchnässt, aber das würde er bald sein, wenn ich nicht zurückging.

Es stellte sich heraus, dass es schwieriger war, rückwärts im Sand zu gehen, als sich einfach umzudrehen und den Strand hochzugehen. Trotzdem musste ich mich zwingen, den klatschenden Wellen den Rücken zuzudrehen. Zwei Surfer in der Ferne glitten eine riesige Welle hinauf, als ich es endlich geschafft hatte. Ihre Gestalten in Neoprenanzügen waren wie Striche am Rand meines Blickfelds. Der warme Sand fühlte sich auf dem Weg zurück körnig und abweisend an, und mein Bein pulsierte vor Schmerz.

Trotz der Kälte war mein Rücken nass vor Schweiß, als ich endlich neben meinem Gehstock zusammensackte. Ich saß lange da und versuchte, ruhig zu atmen. Der Geist meiner Mutter tanzte in den Wellen und lockte mich zu sich. Neben mir lagen die zerbrechlichen Überreste der Spiralmuschel.

Feuchter Atem an meinem Ohr, eine raue Zunge, die mein Gesicht ableckte.

»Rocco! Stopp!« Eine zierliche brünette Frau packte den fröhlichen Golden Retriever beim Halsband, der mich abgeleckt hatte. »Tut mir furchtbar leid! Er liebt Menschen.«

Ich tätschelte dem aufgeregten Hund den Kopf. Ich mochte Tiere. Ich lief nicht herum und vergiftete sie. »Ist ja nichts passiert. Der ist aber hübsch.«

Ihre Wangen waren rundlich, ihre braunen Augen blickten warm. »Ja, nicht wahr? Mein bester Freund.«

Obwohl Rocco an der Leine zerrte, weil er weiterwollte, blieb seine Besitzerin stehen. »Bist du allein hier?« Ein Blick auf mein Bein.

»Ja, ich brauchte mal eine Pause von meinem Herrchen.« Ich ließ es wie einen Witz klingen, und sie lachte. Ihr Haar glänzte in der Sonne. »Ist Rocco dein fester Freund?«

Sie schob sich eine Haarsträhne hinters Ohr. »Ich bin Single.«

Zwei Minuten später hatte ich ihre Telefonnummer, und sie ging mit ihrem ungeduldigen Hund weiter – und winkte mir über die Schulter hinweg zu. Vielleicht würde ich sie anrufen. Sie war hübsch und süß, und ich konnte ein wenig Süße gebrauchen.

Paige war … kompliziert gewesen, und man hatte ja gesehen, wie das endete. Es hatte so gründlich geendet, dass sie sich nicht einmal die Mühe gemacht hatte, mich anzurufen, nachdem ich ins Krankenhaus gekommen war. Manchmal wollte ich sie fragen, ob ich wirklich so schlimm gewesen war. Ob ich sie so lange gequält hatte, bis sie kein Mitleid mehr mit mir hatte.

Heute aber hatte ich wichtigere Dinge zu tun – und ein starkes Netzsignal.

Ich wandte mich von dem Geist ab, der in den Wellen tanzte.

Als Erstes suchte ich nach dem Handelsregister. Darin stand, dass Lily Chairat die einzige Firmeninhaberin – und Teilhaberin – des Cafés war.

Ihre Wohnadresse war dieselbe wie die des Cafés, was gegen die Vorschriften war – aber ich kannte einige Firmeninhaber, die »vergaßen«, ihre Angaben zu aktualisieren. Ich konnte es verstehen. Einmal tauchte ein wütender Mann vor dem Haus meines Vaters auf, als ich noch ein Teenager war – ein unzufriedener Ex-Mitarbeiter, der beschlossen hatte, seine Beschwerde direkt ganz oben vorzutragen.

Als Nächstes suchte ich nach Anzeichen irgendwelcher Bankrottverfahren gegen die Familie Henare.

Nichts. Nicht einmal ansatzweise Gerüchte über finanzielle Schwierigkeiten.

Ich schaute ein letztes Mal hinaus auf die lockenden Wellen und beschloss dann, wieder zurückzugehen. Die Zeit war schnell vergangen, sobald ich mit meinen Recherchen begonnen hatte, und jetzt war es schon ein Uhr nachmittags. Gerade noch genügend Zeit, dass ich mir schnell noch etwas zu essen holen konnte, bevor ich meinen nächsten Schachzug plante. Lily schloss das Café normalerweise gegen zwei und machte dann von sechs bis neun Uhr noch einmal drei Stunden auf, um »schnelle Happen« für Zwischendurch anzubieten, und ich hatte bemerkt, dass sie nach ihrer Tagschicht immer irgendwohin fuhr.

Die Wolken teilten sich und legten einen dunstigen Regen über die Welt, als ich nach Hause fuhr.

Ich fuhr nicht in die Cul-de-Sac hinein, sondern wartete in der von Bäumen beschatteten Einfahrt eines Hauses, das allein am Scenic Drive stand. Es war eines der älteren Anwesen in dieser Gegend, und seine Lage war längst nicht so exklusiv wie die Cul-de-Sac. Der Wald war immer näher an das Haus herumgekrochen, bis die steile Einfahrt kaum mehr zu befahren war. Das wenige, was ich von dem Haus am Ende der Einfahrt erkennen konnte, war ein mit einer dichten Laubschicht bedecktes Dach.

Die über den Zaun hängenden Büsche schufen Schatten, in denen ich mein nichtssagendes Auto parken konnte.

Es dauerte nicht lange, bis Lilys silberner Kompaktwagen an mir vorbeifuhr. Ich ließ mir viel Zeit, bevor ich hinter ihr auf die Straße fuhr, der Regen war mein Komplize. Mit meinem langweiligen Klotz von einem Auto würde ich mit dem Hintergrund verschmelzen, es sei denn, sie achtete darauf, wer hinter ihr fuhr. Halb erwartete ich, dass sie an der Stelle anhielt, wo meine Mutter gestorben war, aber obwohl sie etwas langsamer wurde, fuhr sie doch weiter … ungefähr fünf Minuten lang, bis sie in die Einfahrt eines aus Zedernholz und Glas gebauten Hauses bog, das sich vor dem Grün des Urwalds erhob.

Ich parkte mein Auto hinter einem zufällig dort stehenden Van einer Telefongesellschaft und beobachtete, wie sie ausstieg. Die Haustür öffnete sich, und eine hinreißende Blondine in einem hautengen roten Kleid erschien. Sie führte eine Zigarette an die Lippen und nahm einen Zug.

Aber obwohl sie ziemlich schamlos wirkte, tat sie einen Schritt zurück, als Lily auf sie zuging.

Die beiden Frauen verschwanden im Haus, die Tür schloss sich hinter ihnen.

Ich wusste nicht recht, was das bedeutete, aber weil ich Zeit hatte, beschloss ich zu warten. Knapp zehn Minuten später bewegte sich erneut etwas in der Einfahrt. Noch eine wunderschöne Frau, diesmal eine Brünette mit brauner Haut, die in einem alten, klapprigen Mini Cooper angefahren kam.

Zwanzig Minuten später kamen zwei weitere Autos an, beide in weitaus besserem Zustand.

Ein glänzender schwarzer Lexus und ein weißer Audi. Der Lexus kam zuerst. Er parkte neben Lilys Auto, und der schwarz gekleidete Mann, der ausstieg, schaute sich verstohlen in der stillen grünen Umgebung um, bevor er auf die Haustür zuging.

Die Blonde begrüßte ihn mit einem Kuss.

Der Fahrer des Audi war ein dicklicher Managertyp, der ging, als gehörte ihm die Welt. Die Brünette begrüßte ihn.

Aber obwohl ich wartete und wartete, kam niemand für Lily. Inzwischen hatten die Blonde und die Brünette jene drei Männer begrüßt, die im Zeitraum von drei Stunden angekommen waren.

Gegen halb sechs ging Lily schließlich. Ich folgte ihr nicht, weil ich wusste, wohin sie wollte. Stattdessen wartete ich auf die Brünette mit dem kaputten Auto.

In meiner Wartezeit beschloss ich, das Risiko einzugehen und trotz meines schmerzenden Beins auszusteigen.

Protokoll

Sitzung #6

»Ich hatte das Gefühl, wir hätten in der letzten Sitzung einen Durchbruch erzielt. Aber heute erzählen Sie mir gar nichts.«
»Hatten Sie nicht gesagt, ich könne hier auch die ganze Stunde nur sitzen, ohne etwas zu sagen, wenn ich will? Ich bezahle das alles doch.«
»Wenn Sie möchten.«
»Passiv-aggressiv passt gar nicht zu Ihnen.«
»So sehen Sie das?«
»*So sehen Sie das?* Was zum Teufel ist das hier? Eine Amateurstunde?«
»Sie haben viel Wut in sich.«
»Oh, großartig. Jetzt flüchtet sich mein teuer bezahlter Therapeut in Klischees. Ich muss Sie mit dem, was ich Ihnen letztes Mal erzählt habe, ja ziemlich fertiggemacht haben.«

25

Ich saß wieder in meinem Wagen, als die Leute von der Telefongesellschaft aus dem Busch traten. Sie trugen orangefarbene Westen und Sicherheitshelme. Ich wusste nicht, was sie im Busch getan hatten, aber sie kamen gerade rechtzeitig – es wurde jetzt schnell dunkel.

»Hey, Kumpel. Hast du eine Panne? Brauchst du Starthilfe?« Einer von ihnen beugte sich herunter, um durch das geöffnete Beifahrerfenster zu schauen; ein Tattoo schlängelte sich an seinem Hals hinauf, und auf seinen Fingerknöcheln standen die Buchstaben LOVE.

Ich deutete auf mein Bein. »Ich musste nur kurz Pause machen. Ich kann ganz gut Auto fahren, aber nach einer Weile fängt es an wehzutun, dann muss ich raus und ein wenig dehnen.« Feuchtes Hemd und Haar waren damit erklärt.

»So ein Pech, was. Hab mir auch mal das Bein gebrochen – echt schwierig, sich damit zu bewegen.« Das kleine Blättchen, das in seinem kurzen schwarzen Bart steckte, bewegte sich beim Reden. »Hoffentlich heilt das Ding schnell wieder.«

»Dein Wort in Gottes Ohr.«

Er stieß seine Faust gegen meine und ging dann zurück zu seinem Kollegen.

Ich schaute zu, wie sie ihre Geräte in den Van luden. Ich musste für heute wohl aufgeben – ich konnte auf keinen Fall ohne den Schutz des Vans hier an der Straße stehen bleiben. Hier parkte sonst niemand – die Straßenränder waren, so weit ich schaute, absolut leer.

Dann trat die Brünette aus dem Haus.

Ich startete den Wagen und fuhr in dem Moment los, nachdem sie losgefahren war. Die Telefonleute zeigten mir den gereckten Daumen und fuhren ebenfalls los. Ich winkte.

Das Auto der Brünetten blieb fünf Minuten später wie aufs Stichwort stehen. Das kleine Teil ihres Wagens hatte ich sicher im Handschuhfach verstaut. Ich blieb neben ihr stehen, öffnete das Fenster und setze mein charmantestes Lächeln auf. »Hey, brauchen Sie Hilfe?«

»Ich habe ein Handy«, erklärte sie durch den Spalt, den sie ihr Fenster geöffnet hatte. Ihr Gesicht wirkte ein wenig mürrisch, bestimmt fanden das viele Männer attraktiv. »Es wäre besser, wenn Sie wüssten, wie man Autos repariert.« Ihre Worte trieften vor Sarkasmus.

»Kann ich nicht. Aber ich kann Sie mitnehmen – oder bei Ihnen warten, wenn Sie Hilfe rufen.« Es wurde schon dunkel, und die Pannenhilfe würde einige Zeit brauchen, bis sie hier war. »Ich heiße Aarav Rai. Sie können mich im Internet finden. Ich verspreche, ich bin kein Serienmörder.«

»Klar, Mr. Zampano«, sagte sie, tippte aber meinen Namen ein.

Ich wusste es sofort, als sie es sah: *»Der Millionen-Dollar-Mann – wie ein junger Schriftsteller zum Prinzen der Literaturszene wurde«.*

Durch irgendeine Laune des Algorithmus oder der Internetgötter kam dieser Artikel immer an erster Stelle, wenn man meinen Namen eingab. Ich hatte dank eines Filmdeals mehr als eine Million Einträge, aber dieser Artikel half dabei, Aufmerksamkeit zu wecken – und Vertrauen. Mein Gesicht erschien ebenfalls sofort, sowohl meine offiziellen Fotos als auch Schnappschüsse von Fans.

Ein schneller Blick unter ihren Wimpern, um nachzusehen, ob mein Gesicht zu dem auf dem Display passte.

Ich lächelte.

Ihr mürrischer Gesichtsausdruck veränderte sich in Richtung sexy, und die Brünette lockerte ihr Haar auf. »Ich lasse das Auto hier stehen. Das blöde Ding muss sicher abgeschleppt werden.«

Sie setzte sich auf meinen Beifahrersitz. »Wissen Sie, obwohl Sie berühmt sind, wäre ich nie in Ihr Auto gestiegen, wenn ich nicht Ihr Bein gesehen hätte.«

Ganz offenbar hatte sie noch nie von Ted Bundy gehört. »Sie wollen den Abschleppdienst anrufen? Dann kann ich Sie nach Hause bringen.«

Sie rief an und setzte sich dann in ihrem Sitz zurecht. »Ich heiße Ginger. Ist vielleicht noch ein bisschen zu früh, um nach Hause zu fahren.«

»Ich kenne da eine Bar.«

Ich wählte extra eine schickere Bar in der City, und sie schaute sich mit großen Augen um, als ich auf den Parkplatz fuhr. »Bist du dir sicher, dass wir da reinkommen?«, flüsterte sie und glättete den Stoff ihres kleinen Schwarzen. »Ich habe gehört, dass die da nur VIPs einlassen.«

»Ich kenne ein paar Leute.« Die anderen Schriftsteller, die ich kannte, glotzten immer ganz ungläubig, wenn ich so etwas tat. Die meisten Menschen würden einen Schriftsteller nicht erkennen, wenn er mit einem Neonschild mit seinem Namen darauf neben ihnen stünde.

Aber der Journalist des »Literaturszenen-Prinz«-Artikels hatte eine Menge über meine geheimnisvolle und tragische Vergangenheit geschrieben. Das Foto dazu zeigte mich auf dem Motorrad, das ich verkauft hatte, nachdem ich den Porsche gekauft hatte. Das war nicht geplant gewesen, aber die Fotografin war durchgedreht, als ich auf meinem Motorrad gekommen war.

Der einzige Grund, aus dem ich dem Shooting zugestimmt hatte, war, dass ich wusste, dass es meinen Vater furchtbar ärgern würde, wenn sein Sohn in einer so großen Zeitung auftauchte – und zwar im Feuilleton und nicht im Wirtschaftsteil. Ja, das war vielleicht nicht besonders reif gewesen, aber ich nehme eben, was ich kriegen kann.

Die Fotos hatten sich viral verbreitet.

Und in der Folge war eine unerwartete Welle der Bekanntheit über mich hinweggerollt. Dann kam der Film, der ein Hit wurde; er hatte meine Prominenz auf eine ganz neue Ebene gehoben. Ich war jetzt kein B-Promi mehr. Nein, ich stand jetzt fest auf der Liste der A-Promis, ein »düsteres Genie«, mit dem – wie Kahu es ausdrückte – die Frauen gleichzeitig ins Bett gehen und es bemuttern wollten.

All das würde sofort wieder vorbei sein, wenn ich es nicht schaffte, ein zweites Buch zu schreiben, das den Erfolg des ersten wiederholte – oder ich würde einfach nur ein D-Promi werden. Bisher hatte ich die Vorschusslorbeeren eines A-Promis mit Superstar-»Freuden«, die mir auf den sozialen Medienplattformen folgten, und bekam Zutritt zu Klubs, die von sich behaupteten, sie seien exklusiv.

Ich trank in diesen Bars und Klubs nicht, obwohl ich mir sehr gut den Anschein geben konnte. Selbst wenn ich Probleme hatte, betrank ich mich nur in der Abgeschlossenheit meines Zuhauses bis zur Besinnungslosigkeit.

»Und du glaubst, dass das bedeutet, dass du die Kontrolle darüber hättest?« Paiges grüne Augen, wie sie im Spa auf mich herunterschauten. Ich saß mit einem Wodka on the Rocks da. »Wach auf, Aarav, sonst ist deine Leber gepökelt, wenn du dreißig bist.«

Ich sollte ihr eine Nachricht schreiben, ihr sagen, dass meine Leber jetzt in Sicherheit war, sie fragen … Was? Was war es, das ich Paige so verzweifelt fragen *musste?*

Der Gedanke entglitt mir, genau wie die Frau, die ihn angeregt hatte.

Als wir in der Bar waren, holte ich Ginger einen Cocktail und mir ein Mineralwasser, das als Wodka durchgehen würde, weil sie so etwas von mir erwartete. Dann begann ich, sie einzuwickeln. Darin war ich sehr gut – manche würden sicher sagen, so gut wie ein Psychopath. Bald hatte sie zwei starke Cocktails intus und kicherte. Ich lenkte die Unterhaltung auf ihre Arbeit.

Wieder ein Kichern. »Ich arbeite mit Gästen.«

»Ach so? In einem Hotel?«

»Nein, privat.« Sie biss sich auf die Unterlippe und strich mit den Fingern über mein Revers. »Aber für dich werde ich umsonst arbeiten.«

Ich legte sanft meine Hand auf ihre. »Hast du Freundinnen, die mitmachen könnten?«

Wieder ein Schmollen. »Magst du so was?«

»Warum nicht? Wir sind jung, sexy und frei.«

Sie beugte sich nah zu mir, und ihr Atem roch süß nach Pfirsichlikör. »Ich könnte es dir so gut machen, dass du gar nicht merkst, dass ich allein bin.«

Ich schob ihr eine Strähne hinters Ohr. »Das glaube ich. Du bist gar nicht mein Typ.« Sanfte Worte. »Normalerweise stehe ich auf asiatische Frauen. Chinesinnen, Vietnamesinnen, Thailänderinnen.«

Sie verzog den Mund. »Uh, ernsthaft? Warum mögen Männer so etwas? Das ist gruselig, weißt du. Die asiatischen Mädchen, die mit mir arbeiten, stößt das auch total ab.«

Zum ersten Mal in dieser Unterhaltung sagte ich die Wahrheit. »Mein erstes Mädchen war zur Hälfte Thailänderin. Vielleicht liegt es daran.« Dann bestellte ich ihr noch einen Cocktail.

So gut geölt sprach sie von anderen Dingen, bis sie ihren

Ärger wiederfand und zum vorhergehenden Thema zurückkehrte. »Du würdest Lily vermutlich mögen. Sie tut so, als wäre sie total sexy, aber eigentlich ist sie eine frigide Schlampe.«

Ich streichele ihr übers Haar. »Wer ist denn Lily?«

Sie hatte die Augen geschlossen. »Hm? Lily ist für das Buchungssystem zuständig.« Wieder ein Kichern.

Ich streichelte weiter und dachte darüber nach. »Na komm, ich bringe dich nach Hause.«

Statt sie selbst zu fahren, rief ich ein Taxi. Vielleicht würde ich Hilfe dabei brauchen, sie in die Wohnung zu verfrachten. Ich fuhr den ganzen Weg bis zu ihrer Adresse – die ich kannte, weil sie einen kleinen Anhänger an ihrem Schlüsselbund hatte, und ja, das überraschte mich bei einer Frau, die ich für schlau gehalten hatte.

»Warten Sie«, bat ich den Taxifahrer, als wir vor ihrer Erdgeschosswohnung ankamen. »Lassen Sie die Uhr laufen. Hier ist meine Kreditkarte, damit Sie wissen, dass ich nicht abhaue.«

»Ne, ist schon okay. Ich kenne Ihr Gesicht. Ich warte.«

Wiedererkannt zu werden, konnte problematisch sein, aber in diesem Fall war es ein Plus. Sollte Ginger auf die Idee kommen, den Boulevardmedien eine Geschichte von unserer »wilden Nacht« zusammen zu verkaufen, hatte ich einen Zeugen, der wusste, dass das eine Lüge war. Wenn ich mich andererseits gehen ließ, würde das meinen Ruf nur noch verschlechtern und meinen Vater verärgern.

Ginger war nicht so betrunken, dass sie nicht gehen konnte, stützte sich aber ein bisschen zu sehr auf mich, sodass mein Fuß stark belastet wurde. Sie schlüpfte mit einem verführerischen Lächeln ins Bett, aber als ich die Tür zu ihrer Wohnung von außen schloss, schnarchte sie bereits. Ich schob ihren Schlüssel unter der Tür zurück.

Der Taxifahrer nickte, als ich wieder einstieg – diesmal setzte ich mich auf den Beifahrersitz. »Respekt, Mann. Ich sehe dauernd junge Männer, die besoffene Mädchen nach Hause bringen – und die haben alle diesen hungrigen Blick.«

Oh, ich hatte Ginger allerdings ausgenutzt. Nur nicht auf sexueller Ebene. »Ich steh nicht auf komatöse Frauen.«

»Nicht so wie der durchgeknallte Hausmann in Ihrem Buch, was?«, sagte der Fahrer, als er losfuhr. »Ich habe mir das Hörbuch angehört, während ich auf Aufträge wartete. Superspannender Scheiß. Wie fällt Ihnen so ein Zeug bloß ein?«

Wir redeten über das Buch und den Film, bis wir wieder bei der Bar angekommen waren. Von dort aus fuhr ich als Erstes zu Gingers Mini, um das Teil wieder einzubauen, das ich gestohlen hatte; sie hatte netterweise erwähnt, dass der Abschleppdienst erst am Morgen kommen würde.

Als Nächstes fuhr ich am Corner Café vorbei – das sich am Abend in Lily's Bites verwandelt hatte. Darin herrschte eine friedliche Geschäftigkeit. Das Licht war gedimmt, und auf den wenigen Tischen standen Kerzen. Das Gemurmel verstummte, als ich eintrat, aber dann kam Lily auf mich zu, und ihre Gäste schienen das als Zeichen zu verstehen, weiter zu essen und zu trinken.

Zwei anmutige Kellnerinnen gingen herum, hatten ein Auge auf die Wünsche ihrer Gäste und plauderten mit ihnen. Zusammen mit Lily waren das drei Servicepersonen für ein Café mit nur fünf Tischen. Und darin war das Küchenpersonal noch nicht einmal mit eingerechnet.

»Aarav.« Lilys Blick war fragend, aber nicht irritiert. »Wir sind ausgebucht, aber ich kann dir etwas zum Mitnehmen machen – oder du setzt dich einfach in die Küche.«

»Um ehrlich zu sein, könnte ich den Rat einer Freundin gebrauchen. Hast du ein paar Minuten?«

Lilys Augen wurden schmal, aber dann sah sie sich im Restaurant um und nickte. »Komm mit nach hinten. Wir können ein paar Minuten im Garten reden.«

Sie hätte mir glauben sollen, als ich ihr erklärt hatte, dass ich ein professioneller Lügner war.

Vor den Beeten mit den heimischen Pflanzen lag eine kleine Terrasse, auf der das Personal heimlich Zigaretten rauchte. Der Aschenbecher war ein Terrakottatopf, der hinter einer Kamelie stand, die zartrosa blühte. Zwischen den Pflastersteinen, aus denen die Terrasse bestand, wucherte Gras.

»Tut mir wirklich leid mit deiner Mum«, sagte sie. Ihr Atem war eine weiße Wolke in der kalten Dunkelheit. »Sie war jetzt nicht mein Lieblingsmensch, aber das wünsche ich meinem schlimmsten Feind nicht.«

Ich beugte mich vor, um ihr direkt ins Gesicht zu schauen. Das Licht, das aus dem hinteren Fenster des Cafés drang, reichte aus, um ihren Gesichtsausdruck zu erkennen. Sie schien es ehrlich zu meinen. »Warum hast du meinen Vater gevögelt, Lily?«

26

Lily zuckte zusammen. »Hab ich nicht.«

»Lügnerin.« Ich hatte es leise gemurmelt. »Es ist mir übrigens auch egal – du hast mir ja nicht gehört und konntest mit jedem zusammen sein, mit dem du wolltest, aber warum ausgerechnet den Sohn und den Vater?«

Sie drehte sich um und wollte zurück ins Café gehen. Ich schlug die Handfläche auf die Tür, um sie daran zu hindern. »Wusste meine Mutter davon?«

Sie wurde blass. Sie wirbelte herum, ihr glatter Pferdeschwanz flog, und sie fragte: »Was zum Teufel meinst du damit? Glaubst du etwa, dass ich deine Mutter von der Straße hinuntergestürzt habe?«

Ich zuckte die Achseln.

»Weißt du was? Scheiß drauf. Ich habe dich gevögelt und deinen Vater, weil ich es dieser Schlampe von deiner Mutter heimzahlen wollte.« Sie presste die Lippen zusammen. »Sie hat mich wie eine Sklavin behandelt. Ich habe es genossen, zu wissen, dass ich ihren geliebten Sohn entjungfert und dieses Arschloch von ihrem Ehemann gefickt hatte. Ich habe es außerdem genossen, zu wissen, dass *sie* es nicht wusste.«

Ich erinnerte mich daran, wie meine Mutter mit Lily umgegangen war, ganz trunken von ihrer Macht über diese junge Frau und deren Hoffnungen und Träume. Über eine junge Frau, die sie selbst nie wieder sein würde. »Sie war wohl nicht sehr nett zu dir.«

Lilys Gesicht … erzitterte, bis sie sich wieder im Griff hatte. »Scheiße. *Scheiße.* Ich hätte das nicht sagen sollen, nicht, nachdem …« Sie schlang die Arme um ihren Oberkörper. »Es war nicht richtig, was ich mit dir gemacht habe. Du warst noch ein Kind. Die Schuldgefühle nagen an mir.«

»Du warst doch nur drei Jahre älter.«

»Drei sehr lange Jahre.« Sie schüttelte den Kopf. »Ich gehe mal besser wieder rein, aber bitte sag mir, dass ich dich auf sexuellem Gebiet nicht vollkommen verdorben habe.«

Ich dachte an die gefühllosen Affären mit all den Frauen, die nicht Paige waren.

Lag das an Lily?

Oder war ich immer schon so gewesen und würde auch so bleiben?

Ich zog eine Zigarette aus einem Päckchen, das ich mir offenbar in die Jackentasche gesteckt hatte, ohne dass ich mich daran erinnern konnte. Ich sagte: »Mach dir keine Sorgen deswegen.«

Meine Antwort schien sie nicht zufriedenzustellen, aber als eine ihrer Mitarbeiterinnen den Kopf herausstreckte, weil sie auf der Suche nach ihr war, verschwand sie. Ich stand in der Dunkelheit, eine nicht angezündete Zigarette im Mund, und dachte darüber nach, was ich gelernt hatte. Lily leitete ein Bordell. Was nicht illegal war, wenn sie die richtigen Formulare ausgefüllt hatte, ihre Steuern bezahlte und das Haus in einer Zone lag, in der Prostitution erlaubt war.

Auch nur ein Unternehmen wie jedes andere.

Wenn sie das Bordell schon einigermaßen lange führte, erklärte das auch die Tatsache, dass sie das Café hatte kaufen können. Vielleicht diente das Café auch dazu, es eventuellen Kunden zu ermöglichen, die Ware vorab zu prüfen – zweifellos gegen eine Gebühr –, und ja, das war sicher nicht mehr ganz legal, aber ich war ja auch nicht die Moralpolizei. Und auch nicht die Nachbarschaftspetze.

Das Einzige, was ich wissen wollte, war, ob Lily etwas mit

dem Tod meiner Mutter zu tun hatte, aber ich konnte kein Motiv erkennen. Selbst wenn Lily schon sehr jung in ihrer Branche zu arbeiten begonnen und meine Mutter ihr Geheimnis aufgedeckt hatte, war es ja nicht so, als hätte sie ihr schaden können – die beiden verkehrten in ganz unterschiedlichen Kreisen.

Ich holte ein Feuerzeug aus meiner Tasche, legte die Hand schützend vor die Zigarette und zündete sie an. Ein Aufflammen in der Dunkelheit, dann begann die Spitze zu glühen. Ich sog das Nikotin ein und spürte, wie meine Lunge mit jedem Atemzug brannte.

Als ich das Gift bis zum Filter heruntergeraucht hatte, zertrat ich die Kippe mit dem Absatz.

Dann machte ich mich zu Fuß auf den Weg nach Hause, im Schutze der Dunkelheit. Es wäre dumm gewesen, das Auto zu nehmen, das ich nicht allzu weit vom Haus meines Vaters geparkt hatte. An einer Stelle blieb mein Blick an einem erleuchteten Fenster hängen, das durch das Laub der Bäume zu erkennen war. Jemand bewegte sich in Alice' und Coras Wäscheraum. Ich kannte den Schnitt des Erdgeschosses ihres Hauses ganz genau. Ich hatte mich als Kind oft nur so aus Spaß hineingeschlichen.

Aber ich hatte nur eine Banane aus der Obstschale mitgenommen, um meinem wartenden Klassenkameraden zu beweisen, dass ich wirklich im Haus herumgegangen war.

Damals hatte es noch keine Grandma Elei gegeben, die beobachtete. Immer alles beobachtete.

Ich musste mit ihr sprechen, aber sie würde ganz sicher »Kein Englisch« sagen und mir die Tür vor der Nase zuschlagen, wenn ich es versuchte. Aber sie mochte Shanti. Ich würde Shanti vorschicken.

»Genau wie dein Vater. Wenn ich doch nur ein Mädchen bekommen hätte.«

Mein Bauch zog sich bei dieser Stimme aus der Erinnerung zusammen. Wie alt war ich gewesen, als meine Mutter diese Worte ganz leise gesagt hatte, als die Alkoholdünste sich mit dem reichen Duft ihres Parfüms vermischten? Zwölf? Dreizehn? Ich hatte sie an jenem Tag geschubst und mich an ihr vorbeigedrängt, sodass sie gegen die Wand stolperte.

»Ganz der Vater.«

Diese Worte des Bedauerns hatten mich aus der Tür und den ganzen Weg die Straße entlang begleitet, als ich in halsbrecherischer Geschwindigkeit in die Pedale meines Fahrrads trat. Ich hatte ihr wehtun wollen. Ich hatte gewollt, dass es ihr leidtun würde. Ich hatte gesagt, dass ich sie *hasse*.

Ich hatte erwidert, dass ich wünschte, sie wäre tot.

War es normal, dass Söhne so etwas dachten oder gar aussprachen? Ich wusste es nicht. Ich wusste nur, dass ich die meiste Zeit meines Lebens gehört hatte, wie mein Vater meiner Mutter den Tod wünschte. Das war meine Normalität. Aber ich hatte nie wirklich gewollt, dass das wahr werden würde. Ich hatte nie gewollt, dass sie aus meinem Leben verschwand.

Als ich vor dem Haus meines Vaters ankam, klingelte das Handy in meiner Hand. Ich sah Kahus Namen auf dem Bildschirm und spürte, wie sich meine Mundwinkel nach oben bewegten.

»Hey«, begrüßte ich ihn und lehnte mich gegen einen *kōwhai*-Baum, um meinen Fuß ein wenig zu entlasten.

»Hey.« Seine Stimme klang einen Hauch seltsam. »Ich habe in den Nachrichten die Sache mit deiner Mutter gesehen. Das ist echt starker Tobak. Tut mir leid.«

»Danke schön.«

Vom anderen Ende der Verbindung kam nichts.

»Tja, also, deshalb habe ich angerufen. Bis später, Mann.«

»Warum klingst du, als hättest du einen Stock im Arsch?«

»Fick dich, du Arschloch.« Er legte auf.

Und da wusste ich, dass ich etwas Wichtiges vergessen hatte.

Ich scrollte durch unsere Textnachrichten und sah eine ganze Menge von Kahu aus der Nacht des Unfalls. Ich hatte auf keine von ihnen geantwortet.

Was soll der Scheiß, Aarav. Das war meine.

Fick dich, Mann.

Sie hing verdammt noch mal an meinem Arm, bis du aufgetaucht bist.

Mit deinem Geld und deinem Auto angegeben hast.

Talentloser Aasgeier.

Also ging es um eine Frau. Vermutlich um Daisy, weil sie im Porsche gesessen hatte, als wir verunglückten. Was bedeutete, dass Kahu in jener Nacht auf derselben Verlagsparty gewesen sein musste. Keine große Überraschung. Neuseeland hatte nur eine sehr kleine Verlagsszene, und wenn die Gastgeber wollten, dass die Presse reagierte, erhöhte es die Chancen deutlich, wenn sowohl Kahu und ich kamen.

Ich musste wirklich mies drauf gewesen sein, wenn ich eine Frau angemacht hatte, an der Kahu interessiert war, und so meine einzige echte Freundschaft beschädigt hatte.

Ich hatte einfach nicht gemerkt, dass sie dir so wichtig war, schrieb ich zurück. *Tut mir echt leid, dass ich so ein Arsch war.* Eine Entschuldigung, das waren nur Worte. Leicht gesagt, wenn das bedeutete, dass Kahu dann wieder mit mir reden würde.

»Schütze die Verbindungen zu den Menschen, denen du vertrauen kannst«, hatte meine Mutter geraten, als wir eines Nachmittags gerade auf dem Weg zu Dianas Haus gewesen waren. »Solche Verbindungen sind selten. Ein Mensch, der einem nicht den Dolch in den Rücken rammt, sobald man sich umdreht, ist ein Geschenk.«

Paiges amüsierte Stimme mischte sich in diese Erinnerung. »Kahu würde dir in dem Augenblick einen Dolch in den Rücken rammen, in dem du einen Literaturpreis gewinnst. Er ist nur mit dir befreundet, weil er sich für etwas Besseres hält als dich.« Augen, so grün wie der Busch, die mich ansahen. »Du umgibst dich mit miesen Leuten, die dir wehtun.«

Aber am Ende hatte Paige mir das bisschen Herz gebrochen, das ich hatte, und Kahu war für mich da gewesen. *Er* war derjenige gewesen, der angerufen hatte, obwohl er sauer auf mich gewesen war, während sie nur geschwiegen hatte. Paige konnte wirklich sehr gut Groll hegen.

Ich wollte schon durch die Tür des Hauses meines Vaters gehen, als mein Handy erneut vibrierte. Ich setzte mich auf einen der gemütlichen Outdoor-Sessel auf die Veranda und sagte: »Hey.«

»Du bist echt ein Arsch. Manche Grenzen überschreitet man nun mal nicht.«

»Immerhin weißt du jetzt, dass du deine Zeit nicht mit ihr verschwenden solltest.«

»Ich zeig dir hiermit den Mittelfinger.« Kein Zorn mehr in seiner Stimme.

»Du hast mich nicht im Krankenhaus besucht.« Jetzt, da es klar geworden war, dass ich mich nicht genau an meinen Krankenhausaufenthalt erinnern konnte, war ich mir da nicht ganz sicher, aber es klang nach etwas, das Kahu täte, wenn er wütend war.

»Ich habe dir einen beschissenen Obstkorb geschickt. Ich wusste ja, dass du nicht sterben würdest.«

Ich brach in Lachen aus. »Herrje. Du warst echt sauer, oder? Einen beschissenen Obstkorb?«

Er kicherte. »Ich hatte tatsächlich darüber nachgedacht, das volle passiv-aggressive Programm durchzuziehen und eines dieser abgewichsten ›Wellness‹-Sets zu kaufen, aber du warst gerade erst aus dem künstlichen Koma erwacht, daher …«

Wir lachten beide, und der Zorn zwischen uns verrauchte. Das hatte Paige an meiner Freundschaft zu Kahu nie verstanden. Wir verhielten uns vielleicht manchmal wie Arschlöcher, und Kahu machte vielleicht hin und wieder zweifelhafte Komplimente, aber am Ende wussten wir, dass sonst niemand unseren Mist aushalten würde, daher passten wir auf, dass unser Arschlochverhalten ein bestimmtes Maß nicht überschritt.

Deshalb war er so sauer gewesen wegen Daisy.

Wir unterhielten uns eine Weile, über seine neue Freundin, über das Schreiben und alles Mögliche, nur nicht über die Gebeine meiner Mutter. Kahu und ich, wir hatten es nicht so mit tiefschürfenden und bedeutungsvollen Gesprächen. Am bedeutungsvollsten war noch gewesen: »Paige, die mag dich wirklich. Du hast Glück. Halt sie fest.«

Dass ich das nicht geschafft hatte, war ein Thema, über das wir nie sprachen.

Während ich Kahu zuhörte und antwortete, beobachtete ich die ganze Zeit das goldene Rechteck von Grandma Eleis Fenster.

27

Als ich aufgelegt hatte, machte ich mich auf die Suche nach Shanti. Sie war in der Küche und beaufsichtigte das Dienstmädchen, das dreimal die Woche kam, um beim Kochen und Putzen zu helfen. Wir hatten kein Personal, das im Haus wohnte, weil mein Vater nicht protzig und superreich wirken wollte, denn das hätte womöglich dem Bürgermeister geschadet.

Die Freundschaft meines Vaters mit dem politischen Oberhaupt der Stadt hatte eine Menge Unwegsamkeiten für sein Unternehmen ausgebügelt, und er schützte diese Freundschaft auf berechnende Art und Weise. Aber er wollte auch nicht, dass seine reichen Freunde auf ihn herabsahen, weil er seine Ehefrau kurzhielt. Also nutzten wir ein Haushaltsdienstleistungsunternehmen, das einmal die Woche jemanden zum Putzen und drei Abende eine Küchenhilfe schickte.

Shanti brauchte eigentlich keine Hilfe in der Küche, aber sie fand sich damit ab, weil mein Vater es so wollte.

»Ich habe dir einen Teller beiseitegestellt«, sagte sie jetzt mit strahlendem Lächeln.

Weil ich merkte, dass ich tatsächlich Hunger hatte – und weil Essen der Weg zu Shantis Herzen war –, setzte ich mich und aß. Das Dienstmädchen, Lovey, war eine kleine, schmale Filipina mit einem schüchternen Lächeln, die für Marys Firma arbeitete. Lovey, Mary und zwei weitere Frauen waren die Einzigen, die die Berechtigung hatten, in unserem Haus zu arbeiten.

Mein Vater erlaubte keine anderen, es sei denn, sie blieben, und Mary untersuchte gründlich die Vorgeschichte dieser Personen. Ich fand, da hatte er recht. Diese Leute waren oft im Haus und in Paris Nähe. Wir mussten sichergehen, dass sie keine kriminellen Absichten hegten.

Lovey war ungefähr zwanzig Jahre älter als ich und gehörte schon zum Haushaltsteam, seit Shanti die Braut meines Vaters wurde. Sie lächelte mich mütterlich an. Als Shanti kurz aus der Küche ging und ich um eine Cola bat, holte Lovey sie mir und sagte: »Das ist eine schlechte Angewohnheit, Aarav.« Sie hatte immer noch einen schwachen Akzent, und obwohl er anders war als der meiner Mutter, fühlte ich mich deswegen immer wohl in ihrer Nähe.

»Ich weiß«, entgegnete ich, und wir lächelten einander verschwörerisch an.

Sie schüttelte den Kopf. »Ich habe deine Süßigkeitenschublade aufgefüllt.«

»Danke.« Anders als in meiner Wohnung schloss ich hier nichts ab, wenn ich ausging. Es erregte mehr Misstrauen, wenn ich es täte. Wenn ich etwas verstecken wollte, tat ich es in den Schrank – keiner wagte sich an das Chaos darin. »Ich muss Diana um mehr Toffees bitten.« Irgendetwas hatten diese Süßigkeiten, vielleicht war es der Geschmack der Kindheit.

Ich hatte die Tüte, die mir Shanti vor ein paar Tagen gegeben hatte, bereits geleert.

Vielleicht sollte ich mit Dr. Jitrnicka über meine Süßigkeitensucht sprechen. Es war sinnlos, meine Leber zu retten, wenn ich mein Blut andererseits ständig in Zucker verwandelte. Ich musste an meine Mutter denken. Nicht nur wegen des Trinkens, sondern auch wegen all der Diamanten, die sie gehortet hatte, wie ein Drache seinen Schatz.

Konnte man eine Suchtpersönlichkeit vererben?

»Calvin hat heute eine Jumbo-Packung vorbeigebracht, kurz bevor du kamst.« Loveys Stimme ließ die Diamanten verblassen. »Er wollte laufen gehen, sagte aber, dass Diana wisse, wie sehr du diese Süßigkeiten magst, und dass sie dir deshalb welche zukommen lassen wolle. Mrs. Rai weiß nicht, dass ich sie schon in dein Zimmer gelegt habe.«

»Du bist die Beste, Lovey.« Ich musste daran denken, mich auch bei Diana zu bedanken – es war vielleicht eine Kleinigkeit, aber es war schön, dass es ihr wichtig genug war, für meinen Süßigkeitennachschub zu sorgen.

Lovey sah, dass ich meinen Teller leer gegessen hatte, und riet: »Iss lieber Obst als immer nur Süßigkeiten.«

In dem Moment, in dem Shanti wieder in die Küche trat, wandte sie sich wieder ihrer Arbeit zu. Die beiden plauderten nicht miteinander. Die Frau meines Vaters achtete sehr auf Klassengrenzen. Als würde sie ihre eigene Vergangenheit als Dienstmädchen einholen, wenn sie zu freundlich zu dem Personal war.

Erst als Lovey fertig und gegangen war, fragte ich: »Shanti, du redest doch mit Alice' Mutter, oder?«

Shantis Wimpern flatterten, ihr Lächeln fiel in sich zusammen, aber sie nickte. »Warum?«

»Ich wollte sie nur fragen, ob sie in der Nacht, in der meine Mutter verschwand, irgendetwas gesehen hat.« Es gab keinen Grund, an dieser Stelle zu lügen. Die Leute hatte im Moment Mitleid mit mir, und ich war absolut in der Lage, das auszunutzen.

Shanti sah mich mit großen Augen an. »Soll ich sie fragen?«

»Darf ich mitkommen?« Ich hatte den Rest der prickelnden Cola auf der Zunge. »Ich weiß erst genau, welche Fragen ich stellen will, wenn wir mit ihr reden.«

»Meinst du wirklich, dass Elei irgendetwas gesehen hat?«

»Du weißt doch, dass sie nachts lange aufbleibt.« Dieses goldene Fenster, hinter dessen Scheibe Licht und Schatten flackerten, ich war mir sicher, dass ich es in jener Nacht von meinem Balkon aus gesehen hatte.

»Sie schaut dann immer ihre Serien.« Shanti rückte ein Küchentuch einen Zentimeter nach rechts. »Ich habe schon versucht, mit ihr zu schauen, aber die englischen Untertitel sind zu schnell für sie.«

»Fängt deine nicht gerade an?«

Sie winkte ab. »Ich verstehe auch später noch, worum es geht. Ich frage Elei, ob sie Zeit hat.« Sie holte ihr Handy heraus und tippte eine Textnachricht ein.

Aus irgendeinem Grund hätte ich nicht gedacht, dass Alice' Mutter ein Handy hatte. Ein blinder Fleck. Musste aufpassen, nicht zu viele davon zu bekommen.

»Sie antwortet mir, wenn sie die Nachricht sieht.« Shanti ließ ihr Handy zurück in ihre Tasche gleiten. »Hast du das von Bretts und Vedas Hund gehört?«

»Ja. Hat Dad mit dir geschimpft?«

»Nein, er hat gelacht.« Shanti biss sich auf die Unterlippe. »Er sagte, der, der das gemacht hat, habe uns allen einen Gefallen getan.« Kein Blick in Richtung des Teils des Hauses, in dem sich sein Büro befand. Ah, mein Vater musste weg sein. Das erklärte auch, dass sie sich so frei mit mir unterhielt.

»Die Fitzpatricks haben geschrien, dass er es gewesen sein müsse«, berichtete ich, um sie bei der Stange zu halten.

»Ja, die Polizei hat ihn dazu befragt, und danach hat er einen Brief an die Partner der Kanzlei der Fitzpatricks geschrieben, um denen zu sagen, dass ihre Angestellten ihre Nachbarn grundlos verleumden – ist das das richtige Wort?«

Senior-Mitarbeiter waren nun nicht gerade durchschnittliche Angestellte. Aber sie waren auch keine Partner. Und keine Kanzlei, kein Rechtsanwalt mit Ehrgeiz wollte in Zusammenhang mit Nachbarschaftsstreitigkeiten genannt werden. Mein Vater war ein sehr kluger Stratege.

Die Fußspuren, die ich draußen flach getreten hatte, erschienen vor meinem inneren Auge.

Gebrochener Fuß, wiederholte ich. Kein Zugang zu Gift. Eine Menge merkwürdiger Pilze in der Gegend. Selbst Anastasia, die mich in der Nacht draußen gesehen hatte, sagte, dass der Hund etwas Schlechtes gegessen haben musste.

Shanti holte das Handy wieder heraus. »Na komm, Elei hat jetzt Zeit.«

Wir standen zusammen auf. Mein Bein fühlte sich beschissen an. Wenn es so blieb, würde ich zum Arzt müssen. Aber jetzt sagte ich: »Shanti, tut mir leid, aber meinst du, du könntest mir ein paar von meinen Schmerztabletten holen?«

»Natürlich.« Sie tätschelte mir sanft den Arm. »Du hast Schmerzen. Ich gehe sofort. Sind sie auf dem Nachttisch neben deinem Bett wie sonst auch?«

Ich nickte. Es beunruhigte mich nicht, dass sie herumschnüffeln würde. Tatsächlich kam sie so schnell wieder zurück, dass sie ein wenig außer Atem war. Ihr Blick war vor Sorge ganz dunkel. »Ich habe gleich das ganze Fläschchen mitgebracht.« Sie öffnete es vor mir.

Ich warf mir zwei der Tabletten in den Mund und spülte sie mit dem Wasser hinunter, das Shanti mir reichte. Dann stellte ich das Tablettenfläschchen auf den Kühlschrank, wo ich es sehen würde, wenn ich wieder nach Hause kam.

»Ich habe etwas auf dem Kühlschrank getastet«, bemerkte ich, als wir zur Hintertür gingen. »Ich glaube, ich habe es etwas zurückgeschoben, als ich das Tablettenfläschchen dorthin gestellt habe. Scheint in einer Plastiktüte zu sein.«

»Oh, ich bin ja so dumm.« Sie klatschte sich mit der

Handfläche auf die Stirn. »Das ist das Rattengift, das ich besorgt habe, als du eine im Haus gesehen hattest. Ich wollte die unbenutzte Packung in den Schuppen im Garten legen. Das mache ich dann morgen.«

Meine Eingeweide zogen sich zusammen. Das Essen, das ich gerade zu mir genommen hatte, wollte wieder aus mir heraus. »Ja. Wann war das eigentlich?« *Lass es beiläufig klingen, Aarav, dreh jetzt verdammt noch mal nicht durch.* »Die Dinge verschwimmen ein bisschen, seit ich krank war.«

»Hm, vor drei Wochen?« Sie öffnete die Hintertür.

Kurz nach meiner Entlassung aus dem Krankenhaus, als mein Hirn noch von dem Unfall angeschlagen war. Hätte ich damals planen können, den Hund zu vergiften? Wäre das im Rahmen meiner Möglichkeiten gewesen? Oder hatte ich wirklich ein Nagetier gesehen? Das war so nah am Busch absolut im Bereich des Möglichen. Selbst wenn das stimmte … ich hatte immer noch irgendwann das Gift entdecken können, als ich schon mobiler war, und mir die Information unbewusst merken können.

Draußen war es kühl, aber weil mein Bein ganz heiß pochte und meine Gedanken ganz wirr waren, tat mir die Kälte gut. Shanti dagegen wickelte sich fester in ihre dicke marineblaue Strickjacke und ging am Pool vorbei voran und dann in den hinteren Teil des Gartens.

Ich hatte das Tor im Zaun ganz hinten beinahe vergessen. Sie verband das Grundstück meines Vaters mit dem von Alice und Cora. Ich erinnerte mich vage daran, wie mein Vater einmal gesagt hatte, dass der Landschaftsarchitekt das nett gefunden hatte für den Fall, dass die Nachbarn eine Familie mit Kindern wären, die mit mir spielen wollten.

So war es aber nicht gekommen.

Aber als Shanti das Tor öffnete, schwang es flüssig und leicht auf.

Nur noch ein paar Schritte, bis ich mit Grandma Elei sprechen konnte – nein, nur Elei. Elei, die mit Shanti befreundet war, die ein teures Parfüm trug und gern so tat, als spräche sie kaum Englisch. Eine dreidimensionale Person, nicht die gütige Großmutter, als die ich sie immer gesehen hatte.

Sie saß bereits auf einer kleinen Holzbank unter einem wuchernden *pōhutukawa*-Baum, den jemand mit blinkenden Lichterketten geschmückt hatte. Es sah aus, als wären Sterne in den Baum gefallen, ein Anblick, den ich mehr als einmal von meinem Balkon aus genossen hatte. Kein Rot war heute im Grün zu sehen. Die Blumen ruhten im Winter. Es war Alice' Mutter, die Rot trug – eine große, bauschige Jacke, die sie beinahe verschluckte.

»Elei«, schalt Shanti ihre Freundin lachend. »So kalt ist es nun auch wieder nicht!« Sie eilte zur Bank, um sich neben die andere Frau zu setzen.

Zu Eleis Füßen saß ein blütenweißer Pudel. Princess, Alice' verwöhnter Köter. Die Hündin war vermutlich sauberer und gepflegter als die meisten Menschen, die man kennenlernte, und hatte ein freundliches Naturell. Ein Wachhund war Princess nicht. Sie bellte auch nicht viel.

An dem Tag, an dem ich zu Alice' Haus hinübergegangen war, musste sie wohl in der Tagesbetreuung gewesen sein.

Der Hund kam zu mir und beschnupperte mich, als ich mich auf einen Holzsessel den beiden Frauen gegenübergesetzt hatte. Er war alt und verwittert, hatte aber kein Moos angesetzt. Ein kleines Tischchen in ähnlichem Zustand stand neben der Bank, auf der Elei und Shanti saßen; darauf stand ein Becher mit einem Getränk. Vielleicht Kaffee. Ich meinte, schwach einen reichen Duft wahrnehmen zu können.

»Hallo, Princess.« Ich streichelte den neugierigen Pudel, der jetzt meinen Gehverband untersuchte. Alice' Hund mochte mich – ich hatte ihn öfters getroffen, als Cora mit ihm abends Gassi gegangen war, weil Alice Spätschicht hatte.

Princess mochte Cora *nicht,* aber man musste schon ein Hundeliebhaber sein, um das zu erkennen. Ich hatte als Kind nie einen Hund haben dürfen, aber ich würde mir einen kaufen, wenn das hier vorbei war. Dann wollte ich die Wohnung verkaufen, mir eine Bleibe mit Rasen anschaffen und ein ganz normaler Typ mit Hund sein.

Princess legte sich warm auf meine Füße, und ich rutschte tiefer in meinem Sessel.

Der Baum war ein dunkler Blätternebel mit Glitzerlichtern über mir, aber ich konnte zu seiner Linken immer noch die Sterne am Himmel sehen, Diamantensplitter auf blauschwarzem Hintergrund. Cora, hochgewachsen und dünn, ging in der Küche des Hauses umher, aber hier war es ganz friedlich. Keine Autogeräusche, nichts als hin und wieder das Zirpen einer Zikade, die die Jahreszeiten verwechselt hatte.

Mit meiner Mutter hatte ich auch einmal an einem Abend wie diesem in unserem Garten gesessen. Sie hatte uns Kakao aus reinem Kakaopulver, Trockenmilch und Zucker gemacht. »Schmeckt besser, wenn man ihn selbst macht«, hatte sie gesagt. »Ist es nicht viel leckerer als die Fertigmischungen?«

»Ja.« Weil sie ihn gekocht hatte, und weil wir nebeneinander im Garten saßen und die Sterne anschauten. Ich zeigte auf die Sternbilder, die ich in der Schule gelernt hatte, und sie lächelte und stellte mir Fragen.

Es war eine perfekte, ruhige Nacht gewesen.

»Elei.« Shantis Stimme, die leise in der Nacht erklang. »Aarav möchte dir ein paar Fragen stellen.«

Die alte Frau sah mich aus dunklen und wissenden Augen an. Sie hatte sich das stahlfarbene Haar mit einem schwarzen Haarband zurückgebunden. Die Dunkelheit legte Schatten auf ihre Wangen, eine geflüsterte Illusion der jungen Frau, die sie einst gewesen war. »Über *sie.*« Sie deutete in Richtung der Cul-de-Sac-Auffahrt … wo der Jaguar meiner Mutter in jener Nacht gestanden hatte.

28

»Meine Mutter. Ja.«

Elei nahm einen Schluck von ihrem Kaffee, griff dann in ihre Tasche und beförderte eine Tüte Süßigkeiten hervor, die sie erst Shanti, dann mir anbot. Ich nahm ein Stück gezuckertes Gelee und ließ den Limettengeschmack auf meiner Zunge explodieren.

»Was willst du wissen?«, fragte Elei schließlich. Ihr gebrochenes Englisch hatte einen starken Akzent, war aber gut verständlich.

»Haben Sie meine Mutter in der Nacht gesehen, in der sie verschwand?«

Die Linien auf ihrer Stirn vertieften sich. »Weg Nacht?«

»Ja. Die Nacht, in der sie ging.«

»Großer Regen«, erwiderte sie. »Licht.« Sie deutete nach oben.

Blitze waren in jener Nacht über den Himmel gezuckt, hatten mich geblendet und das Wasser auf der Straße vor mir aufglänzen lassen. Der Regen war in harten, bissigen Tropfen auf mich heruntergeprasselt, die meine Haut in Eis verwandelt hatten, und die Straße war so glitschig gewesen, so schwierig zu …

»Aarav.«

Ich riss mich von meiner Erinnerung los und konzentrierte mich auf Elei. Ich wusste, dass ich etwas verpasst hatte. »Tut mir leid.«

Ihr Gesicht wurde weicher, und sie beugte sich vor, um mir das Knie zu tätscheln. »Du lieben schöne Mama.«

Meine Hand krallte sich am Griff meines Gehstocks fest. »Haben Sie sie in jener Nacht losfahren sehen?«

»Grünes Auto.« Sie zeigte auf die Straße und runzelte dann die Stirn. »Ich nicht sehen. Ich …« Sie tippte auf ihr Ohr.

»Sie haben etwas gehört?«

»Tür von Auto.« Sie hielt zwei Finger hoch.

Ich vergaß den pochenden Schmerz in meinem Fuß, ignorierte das Chaos der Erinnerungen, das mein Hirn produzierte. »Sie haben gehört, wie sich zwei Autotüren schlossen.«

Ein bestimmtes Nicken. »Zwei. Ja. Schnell, schnell. Zu, und dann wieder zu.«

Das entkräftete die Theorie, dass meine Mutter auf dem Weg jemanden ins Auto gelassen hatte; sie hatte die Cul-de-Sac mit demjenigen verlassen, der sie umgebracht hatte. Es war weit im Bereich des Unwahrscheinlichen, dass sie mit dem einen losgefahren und dann von einem anderen ermordet wurde. Nein, es musste dieselbe Person gewesen sein.

Mein Vater? Der Liebhaber, mit dem sie meinen Vater verhöhnte? Hemi? Brett? Ein Unbekannter?

»Sie haben überhaupt *nichts* gesehen?«

Ein winziges Aufblitzen in ihren Augen, dann schüttelte sie den Kopf. »Nein. Regen schlimm.«

Entweder log sie, oder es gab da etwas in jener Nacht, was sie nervös machte. Wollte sie Alice decken? Aber Alice hatte keinen Grund, meiner Mutter wehzutun. Sie war mit dem Nina-Diana-Duo befreundet.

Ich hatte außerdem nie gesehen, dass meine Mutter gemein zu Alice gewesen wäre.

»Ich trete keine Welpen und Kätzchen, Schätzchen.« Ein rauchiges Lachen, das unter meinem Balkon zu mir hochwehte.

Ich hatte in der Sonne gelegen und einem Schulfreund eine Nachricht geschrieben. Alice und meine Mutter hatten unten gesessen, Tee getrunken und miteinander geplaudert.

»Du musst dich nicht vor mir verstecken, kleine Alice.«

»Du bist eine Nummer zu groß für mich.« Alice' Sopran. »Ich fühle mich jedes Mal, als spielte ich mit einem Hai, wenn wir etwas zusammen trinken.«

Meine Mutter hatte daraufhin gelacht, ganz frei und voller Freude, und ich hatte gelächelt und war dann zurück in mein Zimmer gegangen. Mit fünfzehn hatte ich keine Lust, meine Mutter zu belauschen, wie sie mit ihrer Freundin aus der Nachbarschaft sprach. Aber ich hatte sie gut genug gekannt, um zu wissen, dass die Zuneigung in ihrer Stimme echt gewesen war; sie hatte ihre »kleine Alice« gemocht und gut behandelt.

Aber da war noch etwas.

Der Gedanke ging mir im Kopf herum, als ich wieder nach Hause ging. Shanti unterhielt sich noch mit Elei. Ich nahm meine Schmerztabletten vom Kühlschrank, achtete darauf, das Rattengift zu ignorieren, und wollte in mein Zimmer gehen.

Das Letzte, was ich erwartete, war, meinen Vater im Flur zu sehen.

»Wo ist Shanti?«, fragte er, verdrehte dann aber die Augen. »Tratscht mit der alten Dame, nehme ich an.«

Jetzt, da ich darüber nachdachte, war es nicht verwunderlich, dass ihn die Elei-Shanti-Freundschaft nicht störte; keine der beiden Frauen hatte irgendeine erkennbare Macht. Was meinen Vater anging, so glaubte er nicht, dass Elei, die beschützt und offenbar auch eingesperrt war durch den Mangel an Verbindungen in diesem Land, Shanti aufwiegeln würde. Ich war mir da nicht so sicher. »Sehe ich aus wie ihre Betreuerin?«

Statt auf meinen ärgerlichen Tonfall zu reagieren, sagte mein Vater: »Hast du das von dem Hund gehört?« Er lachte. »Die Arschlöcher haben das verdient.«

»Warst du das?«

Seine Nasenlöcher blähten sich. »Wie zum Teufel kann es sein, dass du mein Sohn bist, ich weiß es wirklich nicht.« Er machte auf dem Absatz kehrt und ging zurück zu seinem Büro.

Aber meine Frage hatte er nicht verneint.

Es kostete mich ernsthafte und schmerzhafte Mühen, die Treppe hinaufzukommen. Aber immerhin war ich dann endlich in meinem Zimmer und konnte die Tür fest hinter mir schließen. Ich stellte das Tablettenfläschchen zu den anderen auf dem Nachttisch und setzte mich aufs Bett. In der nächsten Zeit würde ich mich nirgendwohin bewegen.

Ich zog mir das Hemd aus und schleuderte es zu Boden. Dann schaffte ich es irgendwie mit zusammengebissenen Zähnen, mich aus meiner Jeans zu pellen. Als ich den Gehverband löste, um nachzusehen, was mit meinem Fuß los war, sah ich, dass er rot und geschwollen und insgesamt schlimm aussah. Ich vergrub das Gesicht in den Händen und saß einen langen Moment nur so da, bis die Erschöpfung kam.

Obwohl ich sehr versucht war, den Gehverband wegzulassen, schnallte ich ihn wieder um.

Dann setzte ich mich an den Computer und klickte mich ins Sicherheitssystem des Hauses. Ich löschte die entsprechenden Aufnahmen, ohne sie mir anzusehen. Ich wusste, dass ich nichts Falsches getan hatte. Diese Aufnahmen würden die Sache nur noch verworrener machen, wenn sie irgendwie auftauchten.

Danach schickte ich Dr. Tawera eine Mail und bat um einen kurzfristigen Termin. Die Erschöpfung lag schwer auf mir, aber ich würde auf keinen Fall schlafen können, solange der Schmerz wie ein zweiter Herzschlag in meinem Fuß hämmerte. Ich öffnete das Fläschchen, aus dem ich bereits zwei Tabletten genommen hatte, und nahm zwei weitere.

Ich war nicht dumm. Vier Tabletten waren die Höchstdosis, aber auf dem Fläschchen stand, dass man das nicht zur Gewohnheit machen sollte. Ich spülte die Tabletten mit einem Schluck Wasser aus einer Flasche hinunter, die bestimmt Shanti auf den Nachttisch gestellt hatte. Ich schaltete das Licht aus und legte mich schlafen.

In meinem Traum sprach meine Mutter mit Paiges Stimme. »Ari, mein Ari. Versprich mir, dass du mich nicht vergisst.«

Protokoll

Sitzung #7

»Ich möchte mich für die letzte Sitzung entschuldigen. Ich habe mich danebenbenommen.«
»Danke für Ihre Entschuldigung, aber ich möchte, dass Sie sich in diesem Raum frei fühlen, Sie selbst zu sein.«
»Auch, wenn mein wahres Ich vermutlich ein manipulativer Psychopath ist.«
»Das ist ein starkes Wort. Es wird in den Medien oft benutzt, aber ich würde an Ihrer Stelle vorsichtig sein, sich selbst grundlos mit einem Etikett zu versehen. Selbst wenn Sie das nur mit sich selbst tun, hat es Auswirkungen auf Ihre geistige Gesundheit.«
»Wow, das klingt ja, als läge Ihnen wirklich etwas an mir.«
»Das stimmt auch. Sie sind ein ganz außergewöhnliches Individuum.«
»Oh ... Sie überraschen mich.«
»Trotz all dessen, was Sie erreicht haben, haben Sie eine sehr schlechte Meinung von sich selbst. Sie haben mir ein paar der Dinge gesagt, die Ihnen Ihr Vater in Ihrer Kindheit an den Kopf geworfen hat. Ich glaube, dass es an der Zeit ist, das Thema etwas tiefer gehend zu diskutieren – vielleicht könnten Sie damit anfangen, mir etwas mehr über die Beziehung Ihrer Eltern zu erzählen.«
»Was wollen Sie denn wissen?«
»Erstens, hatten Ihre Eltern jemals schwere Meinungsverschiedenheiten?«
[ausgiebiges Gelächter]

29

Dr. Tawera konnte mich am nächsten Tag gegen zehn Uhr einschieben.

Mein Herz pochte nach der schlaflosen Nacht. Im Mund hatte ich den pelzigen Nachgeschmack von Medikamenten. Ich war nicht in der Stimmung für schlechte Nachrichten, aber genau die sagte sie mir. »Wenn Sie so weitermachen, muss ich Ihnen den Fuß wieder eingipsen.« Sie schürzte die vollen Lippen, ihre dunkelbraunen Augen nagelten mich an Ort und Stelle fest.

»Ich hatte ein paar außergewöhnliche Tage.« Es klang hart und kalt.

»Wie dem auch sei, Aarav«, entgegnete sie so frisch wie immer, »wenn Sie Ihre Heilung nicht gefährden oder bald weniger mobil sein wollen als jetzt, müssen Sie sich weit mehr schonen als bisher.« Als sie sich umdrehte, sah ich die dicken silbernen Strähnen in dem schwarzen Haar, das sie zu einem Dutt zusammengesteckt hatte. »Ruhen Sie sich zwei Tage aus, bevor Sie sich wieder ernsthaft bewegen.«

Ich kaute an der Innenseite meiner Wange herum, nickte aber. Sie hatte recht. Sie hatte die Abschlüsse und die Erfahrung, und sie hatte mich immerhin so weit gebracht. Ich hatte vielleicht soziopathische Tendenzen, aber ich glaubte nicht, alles besser zu wissen. »Danke.« Ich nahm das Rezept, das sie mir entgegenstreckte.

»Seien Sie vorsichtig mit diesen Schmerztabletten. Weil Sie gebeten haben, dass ich Ihnen nichts verschreibe, was süchtig machen kann, sind das keine Opioide, aber Sie können Ihre Magenschleimhaut schädigen.«

»Okay.«

»Und werfen Sie diesen Gehstock weg, so schick er auch aussieht. Sie müssen wieder die Krücken benutzen.«

Scheiße.

Ich war immer noch in derselben schlechten Stimmung, als ich in der Cul-de-Sac aus meinem Auto stiegt – auf meinen Krücken, die ich in den Kofferraum geworfen hatte, weil ich dieses Ergebnis schon befürchtet hatte. Ich hatte das Rezept eingelöst und wollte mich ins Auto beugen, um die Medikamente zu holen, als ich eine bekannte weibliche Stimme hörte, die meinen Namen sagte.

Diana winkte mir von ihrem Grundstück aus zu, wo sie gerade Unkraut aus den großen Töpfen zupfte, die sie unten an ihrer sanft ansteigenden Einfahrt stehen hatte. Junge *nīkau*-Palmen gediehen in diesen Töpfen, aber einheimische Pflanzen oder nicht, Dianas Gartengestaltung war immer etwas zu »clean« gewesen für diese Umgebung.

Hier gab es nicht das viele Grün, das auf den anderen Grundstücken wucherte. Ihre Farnbäume und subtropischen Pflanzen waren alle zurechtgestutzt und gepflegt – und durften auf keinen Fall in dem großen Bereich wachsen, der jetzt ihr winterlicher Rosengarten war. Die Rosen waren schon von der Straße aus zu sehen und ihr ganzer Stolz, und sie freute sich, wenn die Leute aus der Nachbarschaft kamen und die blühenden Rosen bewunderten.

»Kaffee?«, rief sie mir zu.

Ich ließ die Tabletten im Auto und ging über die Straße. Brachte meinen Schmerz zu einer mitfühlenden Zuhörerin.

»Paul wird aber enttäuscht sein, dass du seinen Gehstock nicht mehr verwenden willst«, stellte sie fest, nachdem sie mich auf die Wange geküsst hatte. »Er war ganz begeistert, dich damit zu sehen. Hat gerade erst gestern mit mir darüber gesprochen.«

»Offensichtlich habe ich versucht, gleich zu rennen, statt erst wieder gehen zu lernen«, erwiderte ich und machte dabei Dr. Tawera mit ihrem strengen Tonfall und unerbittlichen Verhalten nach.

»Oh, autsch.« Sie umarmte mich sanft. Ihr Parfüm duftete weich und blumig. »Na komm. Ich habe genau das Richtige gegen deine schlechte Laune.«

Ich stöhnte. »Ich dachte, ich hätte sie gut verborgen.«

Sie lachte und berührte meine Hand. »Ich habe Kinder, weißt du? Und ich kenne dich schon ewig.« Sie führte mich die Einfahrt hinauf und zur Rückseite des Hauses, wobei sie darauf aufpasste, dass sie nicht zu schnell für mich ging. Als wir in ihrer riesigen Küche waren, zeigte sie auf ein gemütliches Sofa, das in einer Ecke stand, vor dem an der Wand angebrachten Fernseher.

Als Kind hatte ich viele Stunden dort verbracht, ferngesehen oder an der Spielkonsole gespielt, während meine Mutter mit Diana plauderte. Obwohl ich mich immer beschwerte, dass ich mitkommen sollte, genoss ich es. Dianas Zuhause war wie aus dem Bilderbuch, abgesehen von dieser einen Ecke, die sie für Mia und Beau eingerichtet hatte – dort war alles ein bisschen schäbig, nicht ganz perfekt.

Ich ließ mich seufzend aufs Sofa sinken, während Diana den Kaffee machte. Aber als Erstes stellte sie einen großen Teller Toffees vor mich. »Habe ich gerade gemacht.« Ein breites Grinsen.

»Liebe geht bei mir durch den Magen.«

Sie lachte und überließ mich meiner Sucht.

»Danke schön«, sagte ich nach einem Stück von dem köstlichen Konfekt, »für die große Tüte, die du geschickt hast.«

»Oh, Aarav, du musst dich nie bei mir bedanken.« Ein

sanftes Lächeln. »Du wirst für mich immer Ninas kleiner Junge sein, und ich bin glücklich, wenn ich dir auf diese bescheidene Weise Freude bereiten kann.« Sie löffelte den gemahlenen Kaffee in die French Press und fragte: »Hattest du schon Mittagessen? Es ist schon nach zwölf.«

»Nein, aber ich habe spät gefrühstückt.«

Als das Wasser kochte, kam ein Kurier an die Haustür, und sie ging, um das Paket anzunehmen. Ihr Blick war nach innen gekehrt, ihre Haltung angespannt. »Diana?«

Sie hatte die ansonsten weichen Lippen fest zusammengepresst und stellte das Paket auf die Küchenarbeitsfläche. »Es ist von Sarah. Für Mias Geburtstag nächste Woche.« Mehr sagte sie nicht, bis sie den Kaffee und einen Teller mit Kuchen brachte. Sarah schreibt den Kindern immer noch regelmäßig E-Mails und schickt ihnen Geschenke, aber sie antwortet auf keine einzige Nachricht, die ich ihr schicke.«

»Es ist lange her.« Ich kannte den Grund für die Entfremdung der beiden Schwestern nicht, aber ich wusste, dass es passiert sein musste, als ich noch ein junger Teenager gewesen war. Sarah hatte damals schon ein paar Jahre bei Diana und Calvin gewohnt.

»Ich dachte, sie würde mir nach einer Weile vergeben, aber …« Sie nahm die French Press und schenkte mir einen schwarzen Kaffee ein. Ich beugte mich vor, um mir selbst Zucker dazuzutun. »Schon als kleines Kind konnte sie so lange grollen wie sonst niemand. Ich wünsche ihr immer noch jedes Jahr alles Gute zum Geburtstag und fröhliche Weihnachten, aber sie ignoriert mich jedes Mal.«

»Das tut mir leid.« In meiner Erinnerung war Sarah viel jünger als Diana, mehr wie ein Kind als wie eine Schwester.

»Danke, Schätzchen. Ich freue mich nur, dass sie wirklich ein schönes Leben zu haben scheint. Mia hält mich auf dem Laufenden und sagt, dass Sarah einen Job in einer Versicherung habe. Sie überlegt, ihren langjährigen Freund zu heiraten, und sie wohnt in einem netten Städtchen auf der Südinsel. Sie lebt das Leben, das ich mir immer für sie gewünscht habe.«

Sie nahm einen Schluck Kaffee. »Früher hatte ich immer die Sorge, dass die Kinder vielleicht versuchen würden, uns wieder zu versöhnen, und sich dabei eine blutige Nase holen könnten. Mia und Beau können furchtbar lieb sein, wenn sie nicht gerade Teenager sind. Aber zum Glück ist Sarah für sie nach all der Zeit eher wie eine entfernte Verwandte geworden. Sie haben sie lieb, aber sie kennen sie nicht wirklich.«

Sie schüttelte den Kopf und bat: »Genug davon. Nimm doch ein Stück von diesem Zitronen-Kokos-Kuchen – ich probiere ein neues Rezept für den Vertrag mit einem hiesigen Restaurant aus.«

»Du weitest dein Business aus?« Es war ihr immer sehr wichtig gewesen, alles allein zu machen.

»Jetzt, da die Kinder selbstständiger sind, habe ich ein bisschen mehr Zeit.« Sie schob mir ein Stück Kuchen zu. »Anastasia findet, ich solle mich entspannen und zur Kosmetikerin oder shoppen gehen, aber kannst du dich mir in einem solchen Leben vorstellen?« Ein fröhliches Lachen, und ihre wunderschönen dunkelblauen Augen glitzerten. »Nimm einen Happen. Sag mir, wie du ihn findest.«

»Er ist großartig«, stellte ich fest, nachdem ich ungefähr das halbe Stück hinuntergeschlungen hatte.

»Du musst ein bisschen mehr essen, Aarav. Was hast du dir bloß angetan?« Damit legte sie mir noch ein Stück auf den Teller.«

»Hart gelebt und Whiskey getrunken. Oh, und eine Tüte von deinen Toffees jede Woche.«

Sie sah mich finster an, aber ihre Mundwinkel zuckten. »Du warst schon immer charmant. So hat dich Nina immer genannt, als du noch ein Kleinkind warst: ›Mein kleiner Charmeur‹.« Ihr Gesichtsausdruck wurde weicher und dann traurig. »Ich kann kaum glauben, dass sie die ganze Zeit da war. So nah bei uns und so allein.«

Der Kuchen wurde plötzlich zu Blei in meinem Magen, und ich trank ein paar Schlucke Kaffee. »Hast du in jener Nacht etwas gesehen? In der Nacht, in der sie verschwand?«

Diana legte die Hände um ihren Becher und dachte nach. »Ich habe darüber nachgedacht, seit du uns erzählt hast, dass die Polizei Nina gefunden hat – Calvin und ich haben später darüber gesprochen. Es gab damals ein Unwetter, daran erinnern wir uns beide. Calvin war noch im Krankenhaus, und ich machte mir Sorgen, dass einer der Bäume auf unser Haus fallen könnte. Ich war krank und in meinem Hauskleid und hatte Angst, dass mich ein gutaussehender Feuerwehrmann retten müsste, während ich aussah wie seine halb tote, unverheiratete Großtante.«

Die Vorstellung, dass die respektable, mütterliche Diana Fantasien hatte, in denen Feuerwehrmänner vorkamen, hätte ich zu einem anderen Zeitpunkt vielleicht lustig gefunden. »Du hattest die Grippe, oder?« Als ich am nächsten Tag an ihre Tür geklopft hatte, um zu fragen, ob sie etwas von meiner Mutter gehört habe, trug sie einen schäbigen Morgenmantel und hatte eine Schüssel im Arm, weil sie Angst hatte, sich übergeben zu müssen. Ihr Gesicht war ganz grau gewesen, ihre Augen rot.

»Magen-Darm.« Diana schauderte. »Reden wir nicht davon. Es war schon schlimm genug, das einmal zu erleben. Aber die Nacht hatte ich in meinem Schlafzimmer verbracht, und von da aus kann man nicht auf die Straße schauen. Ich habe mir schon das Hirn zermartert, ob ich vielleicht trotzdem irgendetwas bemerkt haben könnte, was vielleicht hilft, aber das Einzige, was ich noch weiß, stammt von etwas früher an dem Tag.«

Sie zögerte, und ich beugte mich vor. »Diana, meine Mutter ist tot. Nur wir können uns noch um sie kümmern.«

30

Diana seufzte. »Es war Alice. Ich sah sie und Nina vom vorderen Fenster im ersten Stock aus, und ich hätte schwören können, dass sie sich stritten – sie schrien sich nicht an, aber … Ihre Gesichter sahen nicht so aus wie sonst, sie wirkten ganz angespannt und gestresst. Ich wollte schon rausgehen, um nachzusehen, was da los war, aber mir war da schon übel, und ich wollte mich nicht auf der Straße übergeben. Ich wollte eigentlich später Nina anrufen und fragen.«

Ihre Finger hielten den Becher fester, und ihre Augen wurden feucht. »Ich hatte mir wohl schon eingeredet, dass sie da draußen irgendwo ist und das Leben genießt, bis du mir sagtest, dass sie sie gefunden hätten. Die ganze Zeit hatte ich auf diesen Anruf gewartet, auf eine Postkarte, auf irgendetwas, das mir sagen würde, dass es ihr gut ging.«

»Ich auch«, gab ich zu.

»Oh, Aarav.« Sie drückte meine Hand. »Wir haben sie geliebt, oder? Sie war so hell und leuchtend, und sie hat ihre Lieben nie losgelassen.«

»Ja.« Mehr brachte ich nicht heraus.

Ich zog meine Hand zurück und nahm ganz bewusst noch einen Happen Kuchen, um mir dann die Fotos an der Wand um den Fernseher herum anzuschauen. Fotos hingen dort schon, seit ich mich erinnern konnte, aber die Personen darauf hatten sich verändert. Jetzt sah man keine Bilder von einem dunkeläugigen, dunkelhaarigen Kleinkind und ihrem Vorschulbruder mehr, der so überraschend haselnussbraune Augen hatte, sondern Fotos von Mia und Beau als Teenager. Fotos über- und nebeneinander.

Die auf dramatische Weise hinreißende Sarah mit ihren tanzenden braunen Augen und dem dicken, gewellten langen Haar war einst mit auf den Bildern von den Kindern zu sehen gewesen, aber jetzt war ihre schlanke Gestalt von neueren Fotos der Familie verdeckt worden. Das machte mich traurig.

Das einzige Foto, das sich nicht verändert hatte, war das ganz links oben – ein verblasster Schnappschuss eines jungen Calvin mit seinen Eltern und älteren Schwestern, die er alle mit erst vierzehn Jahren verloren hatte. »Ich verstehe, Aarav«, hatte er mir ein paar Monate nach dem Verschwinden meiner Mutter gesagt. »Ich kenne das Loch, das in einem entsteht, wenn die Menschen, die man liebt, ohne Vorwarnung einfach verschwinden.«

Ich hatte nie nach den Einzelheiten des schrecklichen Autounfalls gefragt, der ihm seine Verwandten genommen hatte. Die musste ich nicht kennen, um zu wissen, dass er es *wirklich* verstand. Als einer von nur sehr wenigen Menschen. Deshalb hatte ich immer hinter Calvins nach außen so stoische Fassade schauen können. Er hatte eine Mauer aus kaltem Pragmatismus um sich herum gebaut, um irgendwie zu überleben. Und es war ihm gelungen.

Ich hätte es ihm nachmachen sollen. Stattdessen hatte ich mich dem Alkohol ergeben.

»Kinder werden so schnell erwachsen«, seufzte Diana und riss mich aus meiner alkoholgeschwängerten Vergangenheit. Ich sah sie an, sie lächelte sanft. »Nina wäre so stolz auf den Mann, der du geworden bist.«

Ich zögerte, plötzlich war mein Herz ganz schwer. Ihr Gesicht hellte sich auf. »Warte mal kurz.« Sie stellte ihren Kaffeebecher ab und ging aus dem Zimmer.

Ich starrte immer noch in meinen inzwischen kalt gewordenen Kaffee, als sie beinahe zehn Minuten später wieder zurückkam. »Tut mir leid, dass es so lange gedauert hat, aber ich wusste doch, dass das irgendwo sein musste.« Sie reichte mir ein paar Fotokopien, die zusammengeheftet worden waren.

Ich musste lachen, als ich den Titel las: *Energy Vacuum.* »Woher hast du das denn?«

»Nina hat es mir geschenkt, nachdem du diesen Literaturpreis gewonnen hattest. Sie war so stolz, dass sie die Geschichte für all ihre Freunde kopierte.«

Das hatte ich nicht gewusst, aber ich erinnerte mich noch gut an das strahlende Gesicht meiner Mutter bei der feierlichen Preisvergabe im Old Government House. Das kunstvoll verzierte Gebäude lag inmitten üppigen Grüns in der Nähe von Aucklands Stadtmitte und hatte beeindruckend und etwas muffig auf den Vierzehnjährigen gewirkt, der ich damals gewesen war, aber meine Mutter hatte mir den Staub von den Schultern gewischt, meine Krawatte zurechtgerückt und gesagt: »Lasse es niemals zu, dass irgendwer oder irgendetwas dich kleinmacht, Aarav. Du verdienst es, hier zu sein. Du verdienst es, überall dort zu sein, wo du sein willst.«

Ich hatte mich immer noch wie ein kleiner Streber gefühlt, als ich den Preis entgegennahm, aber immerhin wie ein stolzer kleiner Streber.

Hinterher hatte mich meine Mutter gefragt, wo ich zur Feier des Tages essen gehen wollte, und ich hatte mich für Fish and Chips am Karekare Beach mit seinem glitzernden schwarzen Sand der Westküste und den erbarmungslosen Wellen entschieden, die keine Gnade für die Menschen kannten, die es wagten, in ihrer Raserei zu tanzen. Der Strand lag weit weg von der Stadt.

»Sie ging in einen Schuhladen und kaufte sich Sandalen, um den Pfad hinunter zum Strand gehen zu können, weil ich meinen Preis mit einem Picknick feiern wollte.« Karekare gehörte nicht zu den leicht erreichbaren Stränden der Stadt; das Meer war hier ein donnerndes Geheimnis, nur sichtbar für diejenigen, die sich bemühten, es zu finden. Wir mussten auf Pfaden über Sanddünen klettern, die im Licht der Sonne glühend heiß wurden. Der Weg dorthin war doppelt so mühsam, als wären wir auf der Straße gegangen.

Ich spürte noch jetzt beinahe die Anspannung in meinen Waden, die Hitze, die der glitzernde Sand abstrahlte. »Fish and Chips waren noch warm, als wir am Strand ankamen.« Ich würde es nie vergessen, wie ich dort in meinen schicken Anzughosen saß, barfuß und mit hochgekrempelten Hemdsärmeln, weil ich Jacke und Krawatte im Auto gelassen hatte, wie meine Mutter neben mir lachte und ihr frisch frisiertes Haar im Meereswind flattern ließ. »Sie trug ein rotes Kleid.« Ihre Lieblingsfarbe. Ihr Lippenstift hatte denselben kräftigen Ton.

»Ich war mit ihr zusammen, als sie dieses Kleid fand.« Dianas Stimme war leise und klang wie von Ferne in meinen Erinnerungen.

»Sie war etwas besorgt, dass es die Aufmerksamkeit von dir ablenken könnte, und wollte schon ein schlichtes kleines Schwarzes wählen, aber dann sagte sie: ›Nein, ich möchte meinen Jungen feiern. Rot ist lebendig. Rot ist stolz. Rot sagt, dass seine Ma in diesem verdammten Saal sitzt und überglücklich ist.‹«

Meine Brust zog sich zusammen. »Das freut mich.« Es klang rau.

Meine Mutter war nie die Sorte Frau, die ein kleines Schwarzes trug.

Diana und ich saßen noch eine Viertelstunde beieinander. Ich zeigte auf ein Foto. »Das hat sich nicht verändert.

Dein Rosengarten. Der war immer der schönste in dieser Nachbarschaft.«

»Ich muss zugeben, dass ich mich schon ein bisschen gefreut habe, Vedas und Bretts Gartenfirma in den Schatten zu stellen. Sie scheinen nicht zu verstehen, dass Rosen nicht gedeihen, wenn man sie nicht ständig pflegt. Ich weiß gar nicht, warum sie überhaupt welche neben ihre Haustür gepflanzt haben, obwohl auf dem Rest ihres Grundstücks nur pflegeleichte einheimische Pflanzen wachsen.«

Eine Pause, dann verzog sie das Gesicht. »Sie tun mir schon etwas leid, mit ihrem Hund und so. Aber sie können so unangenehm sein, dass ich mich nicht einmal traue, ihnen einen Kuchen zu backen, wie ich es für jeden anderen in der Cul-de-Sac täte.«

Zu dem Hund konnte ich nichts sagen, daher lenkte ich das Gespräch auf ein viel netteres Thema. »Ich erinnere mich, dass meine Mum einmal neben dir im Garten auf Knien gehockt hat. Ich war völlig erschüttert.«

Verwundertes Gelächter. »Ja, Nina war schrecklich in solchen Dingen. Aber ich glaube, sie wusste, dass ich an jenem Tag eine Freundin brauchte, also machte sie mit. Oh, erinnerst du dich an den Tag, als sie im Regen tanzte und Paul und Margaret herauskamen, um mitzumachen? Sie liebten ihren Mut, diese beiden.«

Erst als mein Blick auf das Paket von Sarah fiel, erinnerte ich mich daran, warum Diana damals Hilfe im Rosengarten gebraucht hatte. Sarah hatte einen großen Teil der Rosen zerstört, als sie ging. Sie hatte sie herausgerissen, als hätte sie die Wurzeln ihrer Beziehung zu Diana herausreißen wollen.

Immerhin gab es für Diana noch immer die Möglichkeit, ihre Verbindung zu Sarah zu kitten. Ich würde diese Chance niemals bekommen. Aber vielleicht konnte ich Diana helfen.

Als ich wieder auf der Straße stand, holte ich mein Notizbuch heraus und schrieb: *Versuchen, Sarah zu erreichen.*

Immerhin war es möglich, dass sie mit mir sprechen würde, wenn sie es schon nicht mit ihrer Schwester tat. Bei meinem Therapeuten hatte ich gelernt, dass es manchmal einfacher war, den emotionalen Mist mit jemandem zu besprechen, der einem fremd war. Ich würde mich auf den berühmten Aarav-Rai-Charme verlassen und versuchen, ein Gespräch in Gang zu setzen, um endlich mal eine gute Tat zu tun.

»Hallo.« Das kam von einer der Gärtnerinnen, über die Diana gerade fröhlich gelästert hatte.

Diese trug braune Shorts und eine braune Fleecejacke mit dem Logo der Gartenfirma darauf. Ein Strohhut schützte sie vor der Wintersonne, und sie hielt ihre Gartenhandschuhe in der Hand. Die Füße steckten in groben Stiefeln und Socken. Mit ihrem sonnengebleichten, braunen Haar und der gebräunten Haut sah sie aus wie für die Hauptrolle des »sportlichen Naturmädchens«.

»Hallo«, antwortete ich. »Bist du hier, um den Rasen zu mähen?«

»Jawohl. Und ich räume ein bisschen auf.« Sie zeigte auf ihren Kollegen, einen bärtigen Mann, der den Rasenmäher schon herausgeholt hatte.

Neongelbe Ohrenschützer hingen um seinen Hals.

»Sie wissen wohl nicht, ob der Hund der Fitzpatricks auf dem Grundstück ist?«, fragte sie. »Normalerweise bringen sie ihn an den Tagen, an denen wir hier sind, zur Betreuung, aber wir haben heute noch nichts von ihnen gehört.«

»Der Hund ist gestorben, fürchte ich.« Ich versuchte, nicht an meine schmutzigen Füße und den nächtlichen Spaziergang zu denken, und schon gar nicht an die Schachtel mit dem Rattengift oben auf dem Kühlschrank.

Ein kleines Aufatmen, das sie nicht schnell genug verbergen konnte. »Oh, das tut mir ja leid.«

»Er war bösartig, oder?«

Sie war zu geübt darin, mit reichen Leuten umzugehen, als dass sie sich eine Blöße gegeben hätte, daher warf sie mir nur einen unverbindlichen Blick zu. »Ich mach mich dann mal lieber wieder an die Arbeit. Schönen Tag noch.«

»Warten Sie. Wissen Sie, ob es giftige Pilze auf dem Grundstück gab?«

Falten erschienen auf ihrer Stirn. »Keine, die mir aufgefallen wären, aber wir sind hier nahe an den Weitaks, und da weiß man nie, was so auftaucht.«

Sie ging zurück zu ihrem Kollegen, und ich musste an all die Menschen denken, die jeden Tag durch die Cul-de-Sac kamen. Nicht nur die Anwohner, sondern auch Leute wie die Gärtner und Adrian. Er war nicht der einzige Personal Trainer, der hierherkam. Dann waren da das Reinigungspersonal und die Dienstmädchen und Leute, die die Pools instand hielten. Sogar jetzt parkte der Van einer Reinigungsfirma in der Nähe des Hauses meines Vaters. Marys Firma, wie ich sah. Sie arbeiteten wohl gerade im Haus.

Einige hier hatten auch Dienstpersonal, das mit ihnen im Haus wohnte, so wie Anastasia und ihre Nanny und Isaac mit dem Pfleger, der sich um seinen Vater kümmerte.

In meiner Auflistung der Bewohner hier hatte ich den alten Phil vergessen. Vermutlich deshalb, weil den nie jemand sah – das Letzte, was ich von ihm gehört hatte, war, dass er nach einem Schlaganfall ans Bett gefesselt war. Sein Pfleger wohnte bei Isaac und Mellie … wenn ich darüber nachdachte, hatte ich den schlaksigen Krankenpfleger ebenfalls schon lange nicht mehr gesehen.

Ich schüttelte den unwichtigen Gedanken ab und schaute mich erneut um.

31

Abgesehen von Paul und Margaret waren die Reichen aus der Cul-de-Sac von der Sorte, die nicht gern mit ihrem Reichtum protzten, aber vermutlich viel mehr Millionen im Hintergrund hatten als die Reichen, die so oft in den Klatschspalten der Boulevardpresse und der Social Media auftauchten. Von den Menschen, die hier wohnten, war ich vermutlich Außenstehenden am ehesten bekannt, jetzt, da Paul nicht mehr auf Tour ging.

Weshalb ich kein bisschen überrascht war, als ein TV-Van vor dem Haus meines Vaters auftauchte, als ich gerade dort ankam. Statt zu fluchen, lächelte ich. Das hatte ja länger gedauert, als ich gedacht hatte – ich hatte schon am Tag, an dem das Auto meiner Mutter gefunden worden war, die volle Medienhysterie erwartet. Vielleicht waren sie verwirrt, weil ich wieder in die Cul-de-Sac zurückgezogen war.

Ich erinnerte mich nicht daran, ob ich das Haus meiner Kindheit je in einem Interview erwähnt hatte.

»Aarav!« Eine Reporterin, die mich interviewt hatte, nachdem der Film *Blutopfer* ein so großer Erfolg geworden war – Vivienne Sowieso. Sie war eine hochgewachsene Brünette mit glänzendem Haar und grünen Augen und rammte mir das Mikrofon beinahe ins Gesicht, während ihr Kameramann herumlief, um alles aufzunehmen. »Die Entdeckung der Überreste Ihrer Mutter muss ja ein richtiger Schock gewesen sein. Wie kommen Sie damit zurecht?«

»Wenn Sie nicht mehr wissen als ich«, antwortete ich betont ruhig, »dann sind die Überreste noch nicht offiziell identifiziert worden.« Die Information war natürlich durchgesickert, aber die Polizei hatte die Annahme noch nicht bestätigt, dass die Gebeine das waren, was von Nina Parvati Rai übrig geblieben war.

Sie zögerte keinen Augenblick. »Die Knochen wurden in ihrem Auto gefunden. Haben Sie noch Hoffnung, dass es sich doch nicht um die Überreste Ihrer Mutter handelt?«

»Würden Sie es überraschend finden, wenn ich diese Hoffnung noch hätte?« Ich sah sie mit einem gequälten Blick an. Das fiel mir nicht leicht; die meiste Zeit war ich wütend, aber Wut brachte die Menschen nicht auf meine Seite. Wut brachte die Leute nicht dazu, einem zu vertrauen und etwas zu geben. »Ich bin traurig, Vivienne.«

Ihre Lippen öffneten sich ein wenig – sie hatte nicht erwartet, dass ich mich an ihren Namen erinnerte. Ich nutzte diesen Vorteil aus und fuhr fort: »Aber ich habe schon vor langer Zeit getrauert. Egal, was die anderen glaubten, ich wusste immer, dass meine Mutter mich niemals freiwillig verlassen hätte.«

»Die Polizei hat nicht die Viertelmillion Dollar gefunden, die sie angeblich mitgenommen haben soll. Was sagt Ihnen das?«

Vivienne hatte offenbar gute Quellen.

»Vermutlich dasselbe wie Ihnen.« Ich schauderte absichtlich ein wenig und setzte einen verschlossenen Gesichtsausdruck auf. »Wenn Sie mich bitte entschuldigen wollen, ich muss mein Bein hochlegen. Sie haben sicherlich meine Nummer.« Eine schamlose Lüge, die ich mit einem Lächeln aussprach – ich hatte meine Nummer geändert, nachdem irgendwann zu viele Leute in der Medienszene sie besaßen. »Rufen Sie mich an, dann können wir ein richtiges Interview führen, bei dem ich nicht auf Krücken auf der Straße stehe.«

Eine zarte Röte überzog ihre makellose, elfenbeinfarbene Haut, als sie einen Blick auf mein Bein warf. Sie winkte dem Kameramann, er solle sich entfernen. »Tut mir leid. Wie läuft es denn mit Ihrer Genesung?«

Glaubte sie wirklich, dass ich auf einen mitleidigen Blick und einen weichen Tonfall hereinfiel? Die Kamera lief weiter, und das Mikrofon war immer noch nahe genug, um alles aufzunehmen, was ich sagte. »Sehen Sie selbst.« Damit drehte ich mich um und ging unsere Einfahrt hinauf zur Tür.

Bei manchen Leuten musste man hart bleiben.

Als ich ins Haus trat, klingelte mein Handy. Ich ließ die Voicemail anspringen. Ich brauchte eine Cola. Aber als ich in die Küche kam, sah ich, dass Shanti mir einen Teller mit Sandwiches und einen mit Keksen hingestellt hatte. Ich war nach den Toffees und dem Kuchen bei Diana nicht hungrig, wusste aber, dass ich bald etwas Richtiges essen musste.

Und ich sehnte mich noch immer nach dieser Cola. Ich nahm sie aus dem Kühlschrank und stellte sie neben das Essen.

Ich wollte damit nach oben gehen und mir meine Notizen ansehen – das Zusammentreffen mit der Gärtnerin ließ mich über meine Möglichkeiten nachdenken. Wer war in jener Nacht noch in der Cul-de-Sac gewesen? Wer sonst hätte meiner Mutter ein Messer an den Hals halten und sie im Auto entführen können? Das Personal hörte immer alles Mögliche mit – vielleicht einschließlich Geflüster darüber, dass eine große Summe Geldes genommen wurde. Es musste nur einer von ihnen meine Mutter belauscht haben – wie sie womöglich am Telefon mit ihrem Geliebten sprach.

Ich wollte nicht in der Küche sitzen, und ich wollte nicht mit jemandem sprechen müssen.

Aber wie zum Teufel sollte ich das Essen mit nach oben bekommen?

Das Geräusch eines Staubsaugers in einem anderen Teil des Hauses gab mir die Antwort.

Ich ging dem Geräusch nach und kam dabei an einem der Bäder im Erdgeschoss vorbei. Eine Putzfrau stand dort gebückt und putzte. Jeans, kariertes Hemd, Socken, aber keine Schuhe – Shanti erlaubte keine Straßenschuhe im Haus, obwohl ich zurzeit eine Sondererlaubnis hatte, weil es immer eine große Operation war, mir meinen einen Schuh an- und wieder auszuziehen.

Ich hüstelte, um die Frau auf meine Gegenwart aufmerksam zu machen. Sie zuckte quiekend zusammen und legte sich die Hand aufs Herz. »Oh, Gott, Sie haben mich vielleicht erschreckt.« Ihre Augen waren riesig, ihre blassbraune Haut hatte Sommersprossen um die Nase, und sie hatte sich das pinkfarbene Haar zu zwei Zöpfchen gebunden.

Überdies war sie sehr zart, sodass sie aussah wie eine Comicfigur.

Obwohl ich mich nicht an ihren Namen erinnern konnte, wusste ich, dass ich sie schon einmal gesehen hatte. Sie hatte eine ältere Reinigungskraft ersetzt, die weggezogen war.

»Tut mir leid«, sagte ich mit einem ehrlichen Lächeln. »Ich wollte fragen, ob Sie mir einen Gefallen tun könnten.«

Ihr Gesichtsausdruck wurde kühl, sie tat einen kleinen Schritt zurück. Ich verstand das. Bestimmt gab es Männer in anderen Häusern, die glaubten, sie könnten Frauen belästigen, die einfach nur ihrer Arbeit nachgehen wollten.

Bevor sie antworten konnte, fuhr ich fort: »Oder vielleicht könnte es auch Ihre Kollegin tun? Arbeiten Sie heute mit Mary oder Lovey?« Ich wusste, dass das letzte Mitglied des Teams in Japan zum Wandern war. »Ich wollte mein Essen nach oben in meine Zimmer bringen, aber …« Ich hob leicht die Ellbogen, um meine Krücken sichtbar zu machen.

Plötzlich ein warmes Lächeln. »Oh, klar, das ist kein Problem.«

Ich war überrascht, dass sie einfach mit mir kam. Sie hätte ihrer Kollegin Bescheid sagen sollen. Wenn ich jemals etwas Schändliches vorhaben sollte, musste ich unbedingt die Krücken einbeziehen. »Wo ist Shanti?« Die Frau meines Vaters ließ die Reinigungskräfte niemals allein im Haus.

Sie sah mich ausdruckslos an, dann schnipste sie mit den Fingern. »Oh, Sie meinen Mrs. Rai?«

Mrs. Rai.

Ja, das war Shantis Name. Aber in meinem Kopf war sie niemals Mrs. Rai gewesen. Diese Stellung war für immer von einer Frau namens Nina belegt. »Ja.«

»Sie musste weg, um ihre Tochter von der Schule abzuholen. Es geht ihr nicht gut, armes Ding.«

Ich runzelte die Stirn. Pari verpasste fast nie den Unterricht. Das letzte Mal hatte sie eine schwere Bronchitis gehabt. Hoffentlich war es diesmal nichts ganz so Schlimmes.

»Das da?«

Der pinkhaarige Kobold deutete auf den Teller und die Colaflasche, an der Kondenstropfen herabrannen.

»Ja, danke.« Ich ging zur Treppe voran.

Sie hielt höflich mit mir Schritt, statt einfach hinaufzulaufen.

»Sie können das auf dem Tisch im Wohnzimmer abstellen.« Ich wollte sie nicht in mein Schlafzimmer einladen und achtete darauf, im Flur zu bleiben, als sie die Sachen abstellte.

Als sie wieder hinausging, bedankte ich mich erneut.

»Kein Problem.« Sie ging auf Socken zurück zur Treppe. Ich schaute ihr hinterher, wie sie mit hüpfenden Zöpfchen hinunterging, und musste an Lily denken. Sie war ungefähr genauso alt gewesen, als sie in dieses Haus gekommen war, aber sie war nie so … unverletzt gewesen. Das Leben hatte seine Spuren schon auf Lily hinterlassen, lange bevor sie die

Rai-Familie kennengelernt hatte – aber wir hatten ihr auch nicht wirklich geholfen.

Ich beschloss, mich ins Wohnzimmer zu setzen.

Erst nahm ich einen Schluck Cola. Dann begann ich, mir Notizen zu machen.

Wo ist das Geld?

Ich umkringelte diese Frage mehrfach. Zweihundertfünfzigtausend Dollar waren viel Geld. Und obwohl ich jetzt eine Vorstellung davon hatte, wie sich Lily das Café hatte leisten können, hatte ich noch lange keinen Beweis. Und dann war da Adrian, der sich plötzlich ein Fitnessstudio gekauft hatte. Woher hatte der Personal Trainer von gelangweilten reichen Frauen so viel Geld? Und den wundersamen finanziellen Wiederaufstieg der Familie Henare hatte ich auch nicht vergessen.

Es gab vielleicht auf Papier keine Beweise für ihre finanziellen Nöte, aber die wären dann ja auch nicht da, oder? Nicht, wenn sie zufällig zu einer Viertelmillion Dollar gekommen wären.

Paul und Margaret brauchten kein Geld, aber hatte ich da nicht Gerüchte über Probleme mit Isaacs Grundstück gehört? Das war nach seiner zweiten Scheidung gewesen – diese Frau, da war ich mir ziemlich sicher, hatte ihn ausgenommen wie eine Weihnachtsgans.

Isaacs Finanzen zu der Zeit überprüfen.

Ich blätterte zu den Notizen des vorigen Tages.

Mia und Beau fragen, ob sie in jener Nacht etwas gesehen haben.

Die Notiz war von meiner Hand geschrieben. Aber ich konnte mich nicht daran erinnern.

Es pochte hinter meinen Schläfen.

Ich legte das Notizbuch zur Seite und saß einfach nur da und versuchte zu atmen. Welche Tabletten hatte ich gestern genommen? Irgendetwas, das mich nicht mehr richtig geradeaus denken ließ? Ja, vermutlich. Ich musste wirklich vorsichtiger damit sein. Aber fürs Erste musste ich das Migränemittel nehmen. Ich spürte, wie die schwarzen Schmerzwellen anrollten, obwohl sie noch nicht zu spüren waren.

Ich stand auf, nahm das Notizbuch und schaffte es in mein Zimmer und auf mein Bett.

Als ich die Migränetabletten gefunden hatte, ließ ich eine auf der Zunge zergehen und meine Gedanken schweifen. Ich erinnerte mich nicht mehr daran, wie ich die Augen schloss und mich der Dunkelheit hingab. Ich träumte von einem Motorrad, das auf einer nassen Straße ins Schleudern geriet, von Regen, der gegen das Helmvisier klatschte, von kalten Händen, die sich an den Griffen festklammerten, vom Brüllen des Motors, das vom Sturm beinahe verschluckt wurde.

Meine Kehle war wund vom Schreien, mein ganzer Körper nass bis auf die Knochen. Das Licht des Motorrads fiel auf ein geparktes Auto, und ich sah durch den dichten Regen runde Scheinwerfer, die näher kamen. Das Motorrad drohte zu rutschen … und dann rutschte ich *tatsächlich,* direkt vor ein näher kommendes Auto.

32

Ich riss die Augen auf. Mein Herz hämmerte so hart wie der Regen auf den Asphalt.

Die gesamte Rückseite meines Hemdes war nass geschwitzt.

Ich setzte mich auf, nahm die Wasserflasche auf meinem Nachttisch und leerte sie.

Diese beschissenen Pillen.

Ich ließ die Flasche beinahe fallen, als ich sie zurückstellen wollte, so sehr zitterte meine Hand. Endlich schaffte ich es. Ich saß nur da und starrte das Bild an der gegenüberliegenden Wand an. Es war eines dieser abstrakten Werke mit einer Menge Ecken und Linien. Meine Mutter hatte es mir zum Geburtstag geschenkt.

»Du kannst deinen Reichtum nicht in Diamanten mit dir herumtragen, daher schenke ich dir lieber Kunst. Dieses Bild hier ist zehntausend Dollar wert.«

Ich war von dem Geschenk nicht besonders beeindruckt gewesen, zumal ich mir eigentlich ein brandneues Computersystem gewünscht hatte, aber ich hatte das Gemälde zwischen die Poster gehängt, die ich an meine Wand gepinnt hatte. Später verbrachte ich Stunden damit, es anzustarren und herauszufinden, warum es zehn Riesen wert war.

Ich nahm mein Handy, weil ich Constable Neri anrufen wollte, und sah, dass der verpasste Anruf von meiner Agentin kam. Gigi wohnte in New York und war durch und durch eine Einwohnerin Manhattans, komplett mit der schwarzen Garderobe und der schnellen Sprechweise.

Ich schaute nach, wie viel Uhr es in ihrer Stadt war. Viel

zu spät für die meisten Menschen, aber Gigi war eine Nachteule.

»Aarav, wie geht es dir?«, fragte Gigi mit ihrer kehligen Kettenraucherstimme – und das, obwohl sie Gesundheitsfanatikerin war. Ihre Stimme war nun mal so. »Die Nachricht ist gerade herausgekommen – nicht nur in den Medien, die etwas mit der Buchbranche zu tun haben, sondern auch auf den allgemeinen Unterhaltungs-Websites.«

»Hab ich mir gedacht.« Es war klar, dass Vivienne mit der Veröffentlichung ihres Exklusivmaterials nicht warten würde. »Wie übel ist es?« Da *Blutopfer* mein Bestsellertitel – und mein *einziger* Titel – war, konnte ich mir die Schlagzeilen auf den Klatschseiten ungefähr vorstellen.

»Das willst du nicht wissen, Junge. Hör mal, wir müssen über dein nächstes Buch sprechen.«

»Danke für dein Mitgefühl, Gigi.«

Eine Pause. »Willst du welches?«

Die Anspannung löste sich, ich lachte. »Nein, es wäre nicht in Ordnung, wenn von dir welches käme.« Gigi war ein Hai; sie gab niemals nach und verhandelte höllische Verträge für ihre Klienten. Aber sie war überhaupt kein geselliger Mensch. Wir kamen großartig miteinander aus.

»Wie weit bist du denn mit deinem Buch?«, wollte sie wissen. »Finch hat mich angerufen und gesagt, du seist nicht auffindbar. Hast du eigentlich deine E-Mails gelesen?«

»Ich hatte einen Autounfall, Gigi. Mein beschissenes Bein steckt in einem Moonboot.«

»Warum nennt ihr Kiwis das eigentlich einen gottverdammten Moonboot? Und dein Hirn funktioniert doch noch, oder? Deine Hände auch. Und die Überreste sind erst vor ein paar Tagen gefunden worden? Was hast du denn bloß gemacht, seit du aus dem Krankenhaus entlassen wurdest?«

Ganz genau. Gigi hatte es nicht so mit Mitgefühl. »Ich werde Finch die ersten paar Kapitel schicken.«

»Wann?« Gigi ließ nicht locker. »Ich weiß, dass du für den ersten Zwei-Buch-Vertrag einen beschissenen Vorschuss bekommen hast, aber jetzt bist du der hübsche Goldjunge mit Talent, der nichts gegen öffentliche Aufmerksamkeit hat – das geht nicht besser. Erfülle einfach den Vertrag, indem du noch ein Buch abgibst, das nicht absoluter Scheiß ist, dann hole ich eine *achtstellige* Summe für dein nächstes Buch raus.«

Ich fuhr mir mit der Hand durchs Haar. »Ich mache das sofort.«

»Setz mich auf cc.« Gigi war keine Anfängerin. »Es ist so, Aarav – du bist noch für ungefähr fünf Sekunden der neueste Star. Entweder verwandelst du das in eine Riesenkarriere, oder du stürzt ab und verbrennst und wirst dieses ehemalige One-Hit-Wonder. Glaube nicht, dass dir das steht.« Damit legte sie auf.

Gigi kannte mich gut. Ich war viel zu arrogant, um mich als One-Hit-Wonder etikettieren zu lassen.

Ich rappelte mich auf und probierte meinen Fuß aus, indem ich ihn ein wenig belastete. Er schmerzte noch, aber nicht so schlimm wie gestern. Erst ging ich ins Badezimmer, dann setzte ich mich an meinen Laptop. Ich klickte die Datei mit meinem nächsten Buch an und sah, dass ich schon ungefähr achtzig Seiten hatte. Ich wollte sie schon meinem Lektor schicken, als ich plötzlich einen Moment der Klarheit hatte und mir bewusst wurde, dass ich womöglich gerade meine eigene Karriere torpedierte.

Stattdessen schickte ich den Teil an Gigi und schrieb dazu: *Lies das bitte und sag mir, ob es scheiße ist.*

Dann nahm ich mein Notizbuch zur Hand, überflog meine letzten Notizen und rief Constable Neri an.

Nach dreimal Klingeln ging sie ran. »Aarav.«

»Constable Neri, ich habe über das Geld nachgedacht.« Da gab es eine Information, an die ich ohne offizielle Hilfe nicht herankam. Klar, ich hätte meinen Vater bitten können, seine Beziehungen spielen zu lassen, aber den Schrei hatte ich noch nicht vergessen. Auf der Liste der Menschen, die meiner Mutter etwas hätten antun können, stand mein Vater immer noch ganz weit oben.

»Ja?«, hakte sie nach, als ich zögerte.

»Zwei neue Geschäfte wurden in dem Jahr gegründet, nachdem meine Mutter verschwand.«

»Flex Gym und das Corner Café.«

»Ganz genau. Wissen Sie, woher die Leute das Geld hatten?«

»Diese Information kann ich nicht weitergeben.«

Ich überging ihren brüsken Tonfall. »Wie viel Glück hatten Sie denn bisher mit den Anwohnern der Cul-de-Sac?«

»Wir haben unsere Methoden. Ich rate Ihnen davon ab, auf eigene Faust zu ermitteln. Sie haben vielleicht etwas nachgeforscht, aber Sie sind ein Laie.«

Oh. Autsch. »Ich bin vielleicht ein Schreiberling«, sagte ich gedehnt, »aber ich bin auch Ninas Sohn. Sie gab niemals auf, und ich werde das auch nicht tun.«

»Sie wissen aber schon, dass Sie die Ermittlungen behindern könnten?«

»Ich werde mir alle Mühe geben, niemandem auf die Zehen zu treten.« Die Gerichtsverhandlung war mir egal – mir ging es um Gerechtigkeit. Auge um Auge. Ein Tod für einen Tod. Derjenige, der meine Mutter in Knochen im stillen Grün verwandelt hatte, verdiente dasselbe Schicksal.

»Tun Sie das, Aarav. Wir würden außerdem gern noch einmal mit Ihnen reden.«

»Soll ich dazu ins Polizeirevier kommen?« Das würde ein gefundenes Fressen für die Medien sein.

»Nein, wir können zu Ihnen kommen. Hätten Sie morgen früh Zeit?«

»Klar.« Ich dachte über meine Möglichkeiten nach. »Aber nicht hier.« Ich wusste nicht sicher, wer zu der Zeit zu Hause sein würde. »Treffen wir uns in meiner Stadtwohnung.«

»Um zehn Uhr?«

Mir entging nicht, dass sie nicht nach der Adresse gefragt hatte. Ich erwiderte: »Klar. Bis dann.« Als ich aufgelegt hatte, überlegte ich, ob sie wohl schon mit meinem Vater gesprochen hatten und was er ihnen erzählt hatte. Hatte er dieselbe Geschichte erzählt, die er mir hatte verkaufen wollen? Dass ich der Grund gewesen sei, dass der Seidenteppich in jener Nacht verschwand?

Regen prasselte gegen die Scheiben, und ich zuckte zusammen.

Ich stand auf, trat zu den Balkontüren und öffnete sie. Ich stand da auf meine Krücken gestützt, schaute in den dunkler werdenden Himmel hinauf und hörte plötzlich das Brummen eines Motorrads. Es tauchte nur Sekunden später aus dem Regen auf, ein elegantes schwarzes Teil mit roten Verzierungen. Der Fahrer vorn trug eine schwarze Ledermontur, sein Helm war tiefschwarz. Jemand, der etwas kleiner war, saß hinter ihm.

Als das Motorrad auf das Grundstück der Familie Henare fuhr, wusste ich, dass das Riki sein musste. Dafür musste er gar nicht seinen Helm abnehmen. Aber ich nahm dennoch mein Fernglas und schaute hinüber. Genau wie damals als Teenager, als ich so fasziniert vom Leben des älteren Jungen gewesen war. Er öffnete das Garagentor nicht, sondern parkte in der Einfahrt und nahm jetzt seinen Helm ab. Er saß einige Momente lang einfach so da und hob sein Gesicht in den Regen.

Seine Mitfahrerin dagegen rannte ins Trockene vor dem Haus und nahm ebenfalls den Helm ab. Wilde schwarze Locken fielen ihren Rücken bis zu ihrem Po hinunter. Sie lachte und streckte die Arme aus. Ihr Gesicht war goldbraun mit fein geschnittenen Zügen. Ein katzenhaftes Gesicht, aber eher von der süßen als von der verführerischen Sorte.

Schließlich ging Riki zu ihr, um sie in die Arme zu nehmen und zu küssen.

Die Szene war heiß und schwerblütig und hätte in einen Liebesfilm gepasst.

Es war außerdem der reinste Kitsch.

Ich ging zurück zu meinem Schreibtisch. Ich musste darüber nachdenken. Und am besten konnte ich an meinem Computer nachdenken. Gerade, als ich mich setzen wollte, klingelte mein Handy.

»Das ist nicht gut«, sagte Gigi. »Sondern verdammt noch mal großartig! Du wirst mich reich machen. Ich habe es Finch geschickt.« Sie legte wieder auf.

Das gab mir Auftrieb, und ich machte mich wieder ans Schreiben, aber immer wieder musste ich an das andere Problem denken. Als Shanti klopfte, um mich zu fragen, ob ich mit allen zusammen zu Abend essen wolle, war ich ganz ins Buch vertieft, aber ich nickte dennoch.

Mein Magen erinnerte mich daran, dass ich – abgesehen davon, dass das Kobold-Mädchen mir die Sandwiches nach oben getragen hatte – den ganzen Tag nur Kuchen, Toffees und noch mehr Süßigkeiten gegessen hatte, die ich aus meiner Schublade gefischt hatte. Ich wollte außerdem mit meinem Vater sprechen. Aber als ich runterging, war er eindeutig nicht in der Stimmung dazu.

»Diese Polizistin und ihr Handlanger sind in *mein* Unternehmen gekommen, um mich zu verhören«, knurrte er, als ich das Esszimmer betrat – er saß dort allein, weil Shanti noch etwas in der Küche zu tun hatte. »Was glauben die eigentlich, wer sie sind? Ich lasse denen die Dienstmarken abnehmen.«

»Sie tun nur ihre Arbeit.« Ich setzte mich. »Willst du nicht auch, dass sie Mums Mörder finden?«

»Das war doch irgendwer, mit dem sie gevögelt hat.« Bösartige Worte. »Sie hat mit ihm auch ihre Spielchen gespielt, und dann ist er eben durchgedreht.«

Ich wusste, dass mir nur wenig Zeit blieb, bis Pari am Tisch sitzen würde, also ignorierte ich seine Bitterkeit und wechselte das Thema: »Ich habe gerade Riki mit seiner neuen Freundin gesehen. Hinreißende Frau.«

Mein Vater gackerte. »Freundin? Wohl eher nicht. Er ist ein …« Er unterbrach sich, um ein zweifellos hässliches Wort hinunterzuschlucken, weil er leise Schritte näher kommen hörte. »Jetzt sag nicht, dass er dich hinters Licht geführt hat?«

»Willst du mir sagen, dass er schwul ist?« Pari war in die Küche statt ins Esszimmer gegangen.

»Deine tolle Mutter war die Erste, die es herausgefunden hat. Sie hat ihn dabei beobachtet, wie er einen Jungen küsste.« Mein Vater zuckte die Achseln und nahm einen Schluck von seinem Whiskey. »Ich sagte ihr, sie solle es vergessen. Hemi ist ein guter Mann, der es nicht gebrauchen kann, dass dieser Scheiß seine Runde macht.«

»Wir leben im einundzwanzigsten Jahrhundert. Riki ginge sicher offen damit um, wenn er schwul wäre. Oder er ist vielleicht bi.«

»Hast du heute einen Clown gefrühstückt, Junge? Diese Familie geht jeden Sonntag in die Kirche, und das ist keine von diesen modernen Kirchen, in denen derlei Verhalten akzeptabel wäre.«

Ich kannte die Ansichten meines Vaters zum Thema Sexualität und dazu, was »akzeptabel« war und was nicht. Ich machte mir nicht mehr die Mühe, mit ihm zu diskutieren; das war verschwendete Zeit und Energie. Aber er hatte mir die Information gegeben, die ich brauchte: die Bestätigung meiner eigenen Erinnerung.

33

Als ich achtzehn war, war ich eines Nachts im Wald und wanderte die Wege im Mondlicht entlang. Es war gefährlich, in der Beinahedunkelheit in den Busch zu gehen, aber ich musste aus dem Haus raus, und diese Gegend hinter unserem Anwesen war mir vertraut.

Ich hatte mich nicht an Riki und seinen Freund anschleichen wollen.

Er hatte mich nicht gesehen. Ich drehte mich sofort still um, als ich merkte, was da im Gange war, und sagte kein einziges Wort darüber – es ging mich nichts an. Aber jetzt hatten sich die Dinge geändert. Meine Mutter war tot, war schon zehn lange Jahre tot, und Riki hatte ein starkes Motiv. *Und* er hatte so wenig Mitgefühl gezeigt, dass es schon verstörend gewirkt hatte.

Ich kannte inzwischen keine Grenzen mehr. Was immer nötig war, würde ich tun.

Aber ich war nicht Arschloch genug, um es vor seiner Freundin zu tun. Stattdessen schickte ich ihm nach dem Abendessen an die alte Nummer, die ich noch in meinen Kontakten hatte, eine Textnachricht. Wenn er inzwischen eine neue Nummer hatte, würde die Nachricht ins Nichts gehen und keinen Schaden anrichten. Darin stand nur: *Wir treffen uns an dem Baum, in den du R x S geritzt hast. Um Mitternacht.*

Da ich meine eigene Nummer seit unserer Teenagerzeit geändert hatte, würde er nicht wissen, wer ihm die Nachricht geschickt hatte.

Ich bekam keine Antwort, hatte aber auch keine erwartet. Entweder würde er dort sein oder nicht. Jetzt musste ich nur noch lange genug wach bleiben, um ihn dort zu treffen. Der Unfall hatte mir wirklich alles abverlangt; früher hatte ich problemlos bis drei Uhr früh wach bleiben und dann um acht Uhr aufstehen können.

»Ari, warum bist du so spät noch wach?« Eine Parfümwolke, als sich meine Mutter herunterbeugte, um mich auf den Scheitel zu küssen. Ihr Atem roch nach Champagner.

»Warum bist *du* so spät noch wach, Mum?«

Ihr Lachen, als sie sich in ihrem umwerfenden blauen Cocktailkleid drehte, barfuß, die High Heels an die Finger gehakt. »Ich habe getanzt, *mera pyara beta.* Auf der spießigen Veranstaltung deines Vaters gab es großartige Musik. Sie spielten zwar keinen Bhangra, aber Not kennt kein Gebot.«

Ich schaute zur Tür, durch die sie verschwunden war, singend und glücklich. Sie war kapriziös und liebevoll und oft zickig gewesen, aber sie hatte es nicht verdient, im Wald zu verrotten. Ermordet und vergessen zu werden.

»Bhaiya.« Eine kleinere Gestalt stand in der Tür. Pari hatte ihre Kuscheldecke aus Kindertagen im Arm.

»Hallo, Twinkles.« Ich schaute ihr ins Gesicht, als ich den Spitznamen sagte, den sie so mochte. Sie war beim Abendessen etwas blass gewesen, aber wir hatten keine echte Gelegenheit gehabt, miteinander zu reden. »Geht es dir immer noch schlecht?«

Ein leichtes Nicken, dann kam sie zu mir und lehnte sich an mich. Ich schaute auf ihren Kopf hinunter und fragte mich, was sie wohl in mir sah. Ich war ein selbstsüchtiges, arrogantes Arschloch, ganz der Vater. »Soll ich dir eine Geschichte erzählen?«

Ein Lächeln breitete sich auf ihrem Gesicht aus, und sie rannte zu meinem Bett und sprang darauf.

Ich ging viel langsamer zum Bett und setzte mich auf die

Kante, während sie sich unter ihre Decke kuschelte. »Ich bin bereit.«

Und so setzte sich die Geschichte von Pari, der Kriegerkönigin fort. Die Geschichte hatte nichts mit Blut und Eingeweiden, aber alles mit dem zu tun, was ein ganz besonderes kleines Mädchen glücklich machte – denn Pari war zu zart für Schwerter und Ruhm. Und daher kämpfte diese Kriegerkönigin mit Freundlichkeit und Einfühlungsvermögen, von dem ich selbst nur so wenig besaß.

Sie schlief mit einem Lächeln auf dem Gesicht ein, und ich legte meine eigene Decke über ihre abgeschabte und löchrige Kuscheldecke. Normalerweise trug ich sie in ihr Bett, wenn sie in meinem einschlief, aber heute ging das nicht. Also würde ich auf dem breiten Sofa in meinem Wohnzimmer pennen – wenn ich überhaupt schlafen würde. Fürs Erste machte ich mich wieder an mein Manuskript.

Im neuen Kapitel musste eine Kehle aufgeschlitzt werden. Blut musste in einem warmen Strahl meinen Protagonisten treffen.

Um elf Uhr war es im Haus ganz still, und ich machte mich auf den Weg ins Badezimmer, das über dem Waschbecken ein großes Fenster hatte. Aus diesem Fenster konnte ich direkt auf den einzigen Zugang zu dem Wanderweg schauen, der zu der Stelle führte, wo ich mich mit Riki treffen wollte.

»Glaubst du wirklich, dass das eine gute Idee ist, Ari?« Der Geist meiner Mutter saß auf dem Badewannenrand. Sie trug ein schimmerndes silbernes Kleid, das wie glitzerndes Wasser an ihr herunterfiel. »*Remis beta* ist inzwischen ein ausgebildeter Mörder.«

Ich starrte die Erscheinung an, die so lebendig wirkte. »Na toll, jetzt halluziniere ich auch noch.« Immerhin wusste ich noch, dass es sich um eine Halluzination handelte. »Ja, ich habe über meine Optionen nachgedacht.« Riki konnte mir das Genick brechen und meine Leiche irgendwo im Wald verstecken, und danach würde niemand schlauer sein als zuvor. Noch ein Rai, der im Busch verweste. »Aber ich muss es wissen.«

Keine Antwort. Die silbrige Erscheinung war ebenso plötzlich verschwunden, wie sie aufgetaucht war.

Ich wartete bis Mitternacht, dann verließ ich das Haus. Wenn Riki kommen würde, dann sicher etwas früher, um die Lage auszubaldowern. Er würde dann sicher schon an dem Baum warten. Ich ging durch die Hintertür und um das Haus herum, mein Ziel war die Hintertür des Hauses der Familie Henare. Die Tür, durch die Riki beinahe sicher zurück ins Haus kommen würde.

Ein Arm packte mich am Hals und drückte mir die Kehle zu. Ich wurde gegen etwas Hartes geschleudert. Meine Krücken fielen leise ins Gras.

»Hast im Ernst geglaubt, du könntest mich wie einen Hund an der Leine herumkommandieren, du Scheißkerl?«, zischte mir Riki ins Ohr. »Wie die Mutter, so der Sohn. Immer müsst ihr hinter allen herspionieren.«

Meine Lunge drohte zu platzen, und ich sah nach oben.

Er drückte noch fester zu. Weiße Lichter zuckten vor meinen Augen. Ich dachte schon, dass es das gewesen wäre, der eine falsche Zug auf dem Schachbrett. Dann war der Druck plötzlich weg, und ich fiel. Kalte Luft drang in meine Lunge.

»Scheiße.« Riki fing mich auf, bevor ich aufs Gesicht fiel, und ich schaffte es, mich mit einer Hand an der Hauswand abzustützen. Er nahm meine Krücken. Über uns blinkte das rote Licht der Sicherheitskamera.

Mein Vater war neuerdings ziemlich paranoid. Bisher hatte ich das nie als Vorteil gesehen.

Ich versuchte, nur leise zu husten, als ich die Luft einsog und versuchte, mich auf den Krücken aufrecht zu halten. Rikis Gesicht war wutverzerrt, aber allein die Tatsache, dass er mir dieses Gesicht zeigte, war ein gutes Zeichen. Wenn er mich hätte umbringen wollen, hätte er sich doch sicher maskiert? Vielleicht war der Tod meiner Mutter auch keine kalt berechnete Tat gewesen, sondern ein Verbrechen aus Leidenschaft.

Es konnte sein, dass es sein Zorn war, der Riki leitete.

Ich stellte mich so hin, dass ich mich an die Hauswand lehnen konnte, und sagte: »Woher wusstest du, dass ich dir die Textnachricht geschrieben habe?« Meine Stimme klang ganz rau.

Riki hatte die Hände zu Fäusten geballt und spuckte ins Gras. »Hast du vergessen, wer dir die Wanderwege gezeigt hat, du Volltrottel? Niemand sonst aus diesem beschissenen Ort hier latscht dort herum.«

Ich nutzte meinen Husten, um mein Erschrecken zu verbergen. Jetzt, da er es ausgesprochen hatte, stand die Erinnerung wieder ganz klar vor mir. Ein jüngerer Riki, der mir den Weg zeigte, der zu einem Wasserfall und einem kleinen, sicheren See führte.

»Erzähl das aber niemandem.« Er streckte seine Hand aus. »Das ist unser Geheimnis.«

Wir hatten einander die Hand geschüttelt, und ich hatte das Versprechen nie gebrochen.

All die schlauen Pläne, und dann versagte mein verdammtes Hirn. »Ich habe dich heute gesehen. Mit dem schönen Mädchen mit den schwarzen Locken.«

Seine Kiefermuskeln mahlten. »Was zum Teufel willst du eigentlich?«

»Dasselbe, was meine Mutter wollte«, antwortete ich dank einer gefährlichen Eingebung.

Einen erstarrten Augenblick lang glaubte ich, er würde sich auf mich stürzen und seine Hände um meinen Hals schließen, völlig egal, ob die Kamera alles aufnahm oder nicht. Dann schien er in sich zusammenzusacken, seine Augen wurden ganz heiß und feucht. »Ich mochte Nina, kannst du das glauben? Diese Schlampe. Sie hat meiner Mutter das Herz gebrochen.«

»Dazu gehören immer zwei, Riki.« Ich würde nicht zulassen, dass er so tat, als sei sein Vater ein leuchtendes Vorbild an Reinheit, was die Moral anging. »Hemi war ja schließlich auch dabei.«

Riki hob die Hände über den Kopf und ging von mir weg, dann kam er wieder zurück, dabei öffnete sich seine Lederjacke. Darunter trug er ein schwarzes T-Shirt. »Ich wollte ihn eigentlich noch mehr töten als sie. Sie verachtete ich, aber ihn *hasste* ich. Das tue ich immer noch.« Seine Stimme bebte. »Aber meine Mutter liebt dieses Stück betrügerische Scheiße nun mal, daher tue ich so, als wäre alles in Ordnung, weil sie wirklich nicht noch mehr Schmerz in ihrem Leben gebrauchen kann. Sie hat *niemals* irgendwem etwas Böses angetan. Sie hat allen Menschen immer nur helfen wollen.«

»Hast du dir deshalb die Freundin zugelegt?« Mrs. Henare war das frömmste Mitglied der Familie, eine Matriarchin, die von der gesamten Kirchengemeinde respektiert wurde. »Lügen machen dich auch nicht glücklich.«

Riki versuchte es gar nicht erst, mir vorzumachen, er sei bisexuell und habe sich diesmal zufällig in eine Frau verliebt. Selbst wenn ich das geglaubt hätte – die schlichte Wahrheit allein, dass er sich von Männern angezogen fühlte, hätte seine Beziehung zu seiner Mutter zerstört.

Tias Liebe war eben auch an Bedingungen geknüpft.

»Was zum Teufel interessiert dich das? Es ist doch mein

Leben.« Er stieß sich den Finger gegen die Brust. »Was für einen schmutzigen kleinen Job soll ich für dich tun? In den Zeitungen heißt es, du wärst Millionär – du könntest dir Kleinkriminelle für deine miesen Machenschaften leisten. Oder hast du etwa alles verspielt wie mein Vater, der Scheißkerl?«

Ich merkte mir die Information, die er mir versehentlich gegeben hatte. »Worum hat dich meine Mutter gebeten?«

»Gebeten?« Ein Lachen, das so kantig war wie eine zersplitterte Flasche. »Du bist Schriftsteller – benutze gefälligst den richtigen Ausdruck. Sie hat mich erpresst.«

»Um was zu tun?«

Ein Blick aus seinen dunklen Augen, ein leichtes Lächeln erhellte sein Gesicht. »Wenn du das wissen willst, hörst du auf mit den Erpressungen.«

»So läuft das nicht. Und diese Kamera hat auch eine Tonspur. Die Tatsachen werden nicht einfach wie von Zauberhand verschwinden, wenn ich das tue.«

Die Wut, die sein Gesicht verzerrte, war mörderisch, und ich wusste, dass er kurz vor der Explosion stand. »Du wirst nicht immer in der Nähe von Sicherheitskameras sein.« Eine stille Drohung. Er trat aus dem Bereich, den das Sicherheitssystem abdeckte.

Aber es war zu spät. »Ich werde immer diese Aufnahmen haben, außerdem die Fotos, die ich als Teenager aufgenommen habe. Wenn ich verschwinde, wird die Polizei meinen Banksafe untersuchen, und die Fotos werden publik. Ende.«

Er ließ die Schultern hängen, und ich fühlte mich wie der allerletzte Abschaum. Mitgefühl war nun kaum meine starke Seite, aber so tief war ich bisher noch nie gesunken. Knochen, redete ich mir ein. Meine Mutter ist nur noch Knochen. Und Riki hatte sie mit jeder Faser seines Seins gehasst.

»Sie wollte, dass ich Cora zusammenschlage«, flüsterte Riki so leise, dass ich einen Schritt auf ihn zumachen musste, um ihn zu verstehen. »Für die *erste* Sache.« Er senkte den Kopf. »Sie sagte, sie würde es mir sagen, wenn es noch andere Probleme gebe.« Seine Augen waren feucht, als er wieder aufschaute. »Was zum Teufel, Aarav? Ich *mochte* sie, und sie hat das aus mir gemacht, mich zu ihrem kleinen Verbrecher gemacht.«

Übelkeit zog mir den Magen zusammen. Ich konnte das nicht wegdiskutieren, so tun, als wäre meine Mutter ein besserer Mensch gewesen. »Warum? Warum wollte sie, dass du Cora zusammenschlägst?«

»Ich habe absolut keine Ahnung. Sie sagte: ›Zerbrich dir darüber nicht dein hübsches Köpfchen. Tu ihr einfach weh, ohne dass du große Spuren hinterlässt. Nur ihre linke Hand solltest du brechen. Und lass dich nicht erwischen.‹ Also zog ich mir dunkle Klamotten und eine Sturmhaube an und überschritt alle moralischen Grenzen.«

Coras Hand war danach nie richtig verheilt.

»Meine Mutter hat ihr im Namen unserer Familie Blumen geschickt«, flüsterte Riki. »Sie war vollkommen aufgebracht – was für ein Mann schlägt eine wehrlose Frau zusammen, sagte sie die ganze Zeit.« Er setzte sich ins Gras und schlang die Arme um die Knie. Seine Stimme klang, als weinte er. »Wem soll ich wehtun?«

»Du hattest massenweise Motive, meine Mutter zu töten.«

Ein gebelltes Lachen. Als er den Kopf hob, waren seine Wangen nass. »Weißt du, warum das hier ein beschissener Albtraum in Dauerschleife ist? Sie hatte auch eine Kamera und drohte, dass etwas rauskommen würde, wenn ihr etwas passierte.« Er machte die Augen ganz schmal. »Es kam aber nichts raus, vielleicht sollte ich dich daher umbringen und es einfach riskieren.«

Ich dachte hastig nach. »Sie hat es bei meinen Sachen versteckt. Ich wusste bereits, dass du schwul bist, und du warst mein Freund, daher fand ich es sinnlos, etwas mit der Information anzustellen.«

»Vermutlich sind wir jetzt keine Freunde mehr.« Sein Gesicht war ausdruckslos. »Fühlt es sich gut an, einen anderen Mann bei den Eiern zu haben, sie ganz nach Belieben drehen und ziehen zu können?«

»Ich will nur herausfinden, wer meine Mutter umgebracht hat.« Ich konnte nicht mehr stehen, ging also zur Klimaanlage und setzte mich darauf, in der Hoffnung, dass sie mein Gewicht tragen würde. Das tat sie. »Wo war dein Vater in der Nacht, in der meine Mutter verschwand?«

»Ich hasse ihn vielleicht, aber ich würde niemals zulassen, dass du ihn zerstörst, weil du auf irgendeinem beschissenen Rachefeldzug bist.«

»Ich will keinen Sündenbock. Ich will denjenigen, der sie umgebracht hat.«

»Dann schau dich woanders um. Dad war auf einer Veranstaltung im SkyCity, zusammen mit Mum. Hatte was mit dem Mahi-Preis zu tun.«

Dieser Preis wurde feierlich für die Leistungen der Māori vergeben und erhielt stets viel Aufmerksamkeit der Medien. Kahu war mehr als einmal nominiert worden, daher wusste ich, dass es für die Preisverleihung auch eine Website gab, zusammen mit einem öffentlichen Fotoarchiv, das die Bilder vorangegangener Verleihungen zeigte. Hemis Alibi würde leicht zu überprüfen sein.

Ich saß in der Kälte und fragte mich, ob die Information, die ich bekommen hatte, es wert gewesen war, mir Riki zum Feind gemacht zu haben.

Ja.

Fühlte ich mich wie Scheiße?

Überraschenderweise, ja. Vielleicht, weil er nett zu dem einsamen Kind war, das ich früher gewesen war.

Oder vielleicht war ich innerlich auch nur nicht so tot, wie ich geglaubt hatte.

Egal. Meine Mutter war immer noch tot.

Protokoll

Sitzung #8

»Lassen Sie uns bitte nicht schon wieder über die Familie sprechen. Es reicht langsam.«
»Wie Sie wollen, aber ich glaube tatsächlich, dass wir uns an einem wichtigen Punkt befinden.«
»Ich habe das Gefühl, dass die Wände näher kommen und mich erdrücken, bis ich nicht mehr atmen kann.«
»Liegt das an Ihren Erinnerungen? Sie haben erwähnt, dass einige tief im Unterbewusstsein begrabene wieder auftauchen.«
[keine Antwort]
»Ich weiß, dass es beängstigend und schmerzhaft ist, aber Sie sind so nah dran. Wenn Sie jetzt einen Schritt zurück machen, wird es uns Monate kosten, wieder hierhin zu kommen.«
»Verstehen Sie das verdammt noch mal nicht? Ich will es nicht sehen! Ich will es nicht wissen!«

34

Am nächsten Morgen sah ich Isaac, als ich auf der Hauptzufahrt »spazieren« ging. Entweder sah der schlaksige Mann meine erhobene Hand nicht, oder er ignorierte mich absichtlich. Er schlug seine Autotür hart zu, nachdem er in seinen weißen SUV gestiegen war, wendete mit quietschenden Reifen und raste dann aus der Cul-de-Sac heraus.

Jemand in der Nähe pfiff. »Ehefrau Nummer fünf steht schon in den Startlöchern, meinst du nicht?«

Ich drehte mich um und sah, dass Veda zu mir herangetreten war. Obwohl es noch dunkel war, trug sie schon einen schwarzen Nadelstreifenanzug und schicke, nietenbesetzte High Heels, in denen sie mich ein paar Zentimeter überragte. Sie hatte ihr Haar zu einem strengen Dutt am Hinterkopf zusammengesteckt, aber ihr Make-up noch nicht aufgelegt. »Warum trägst du überhaupt Make-up, Veda? Deine Haut ist makellos.«

Sie blinzelte, dann überzog eine sanfte Röte ihre Wangen. »Du bist ein Charmeur geworden, was?« Aber da sich ihre Mundwinkel hoben, wusste ich, dass sie sich über das Kompliment freute. »Hör mal, Aarav, ich bin gekommen, um mich bei dir zu entschuldigen.« Sie sah mich mit ihren leuchtend blauen Augen an. »Brett hätte dich nicht so anfahren dürfen – wir haben Streit mit deinem Vater, nicht mit dir, und das weiß er. Er war nur so überreizt. Er hat Rex geliebt.«

Mein Fuß fühlte sich plötzlich ganz nass und schmutzig an. »Verstehe.« Ich lächelte sanft und sagte: »Ich dachte, mein Vater und ihr hättet inzwischen so etwas wie einen Waffenstillstand.«

»Wenn Ishaan uns in Ruhe ließe, würden wir den Gefallen erwidern.« Ihr Tonfall war jetzt eiskalt. »Weißt du, dass er sich über uns bei der Anwaltskammer beschwert hat?«

»Ich versuche, den Aktivitäten meines Vaters nicht allzu viel Aufmerksamkeit zu schenken.«

Ihr Gesichtsausdruck wurde jetzt weicher, und sie sagte: »Kluger Schachzug.« Dann biss sie sich auf die Unterlippe. »Tut mir leid, das mit Nina. Wir waren uns nie sehr nahe, aber ich glaube, das lag daran, dass wir uns zu ähnlich waren – nie damit zufrieden, den patriarchalischen Status quo zu akzeptieren.«

»Habt ihr in der Nacht, in der sie verschwand, irgendetwas gesehen oder gehört?«

»Ich war damals in Queenstown, um einen Klienten zu vertreten – ich weiß noch genau, wie ich in meinem Hotelzimmer stand und auf den See hinausschaute, als Brett mich anrief und mir erzählte, was passiert war. Das muss ein paar Tage danach gewesen sein, als Ishaan den Diebstahl anzeigte.«

»Du warst die ganze Zeit in Queenstown?«

»Bin dorthin gefahren, zwei Tage bevor Nina wegfuhr. Aber Brett war zu Hause – er sagte, es sei so stürmisch gewesen in jener Nacht, dass er nicht einmal daran gedacht habe, hinauszugehen. Er hat sich einen schönen Teller Pasta gemacht, den Kamin angezündet und den Abend zu Hause verbracht. Er hat nichts gesehen oder gehört.« Sie warf einen Blick auf ihre Uhr. »Ich muss mich noch ein wenig auf die Arbeit vorbereiten. Wir reden später, okay?«

Ich schaute ihr hinterher, wie sie ins neblige Grau zwischen den Farnbäumen trat, und dachte über ihre schnelle, oberflächliche Antwort nach. Lag das einfach daran, dass ihr Hirn so funktionierte … oder war das die Leichtigkeit einer Strafanwältin, die daran gewöhnt war, Spielchen zu spielen? Brett war dagegen eine ganz andere Sorte Anwalt. Er stand nicht vor Gericht, um seine Klienten zu vertreten. Und er war auch nicht aufgetaucht, um sich zu entschuldigen.

Nein, es war seine Strafanwaltsehefrau, die das für ihn übernommen hatte.

Brett, der früher einmal dunkles Haar gehabt hatte und in jener Nacht allein gewesen war.

Ich dachte immer noch über Veda und Brett nach, als ich Pari auf dem Weg zu meiner Wohnung in die Schule brachte. Mein Kopf schmerzte nach der schlechten Nacht und den vielen Albträumen, aber immerhin ging es meinem Bein besser. Ich hatte befürchtet, dass mein kleines Gerangel mit Riki einen Rückfall bedeuten würde, aber ich hatte es geschafft, unverletzt dabei herauszukommen, abgesehen von einem Kratzen im Hals.

»Bhaiya, kommst du zu meiner Aufführung nächsten Freitag?«, fragte Pari, als ich in der Nähe des Schultors hielt.

»Würde sie niemals verpassen.« Ich holte mein Handy heraus. »Willst du den Termin in meinen Kalender tippen, um ganz sicherzugehen?«

Sie lächelte breit und tippte ihn ein. »Du hast gesagt, dass du einen Smoking tragen willst.«

»Du kannst mir ja helfen, das Hosenbein an der Naht aufzutrennen, damit ich die Hose über meinen Moonboot ziehen kann.« Sie hatte mir freudig bei meinen Jeans und meiner Jogginghose geholfen.

»Ja!« Sie lächelte immer noch, als sie sich vor dem Tor umdrehte und mir zuwinkte.

Ich winkte zurück und schaute ihr hinterher, bis sie sicher im Schulgebäude war. Dann fuhr ich zur Wohnung, die mein erster großer Kauf gewesen war, als die Honorare für meinen Bestseller auf meinem Konto gelandet waren.

Der Porsche war der zweite Kauf gewesen, aber der Parkplatz in der Garage war leer, als ich das letzte Mal nachgesehen hatte. Der Mietwagen wirkte gegen die eleganten Linien des Porsche wie ein riesiger schwarzer Block, aber er passte gut in die Lücke.

Heute ging ich nicht an der Rezeption vorbei, sondern direkt in meine Wohnung.

Der letzte Mensch, den ich im Flur vor meiner Wohnungstür mit zum Klopfen erhobener Hand erwartet hatte, war die langbeinige Schönheit mit den ausgeprägten Wangenknochen, in die ich mich so sehr verliebt hatte, dass mein Herz bei ihrem Anblick immer noch einen Schlag aussetzte – trotz ihrer Abwesenheit, als ich sie am meisten gebraucht hatte. »Paige.«

»Aarav, hallo.« Ein ängstliches Lächeln. »Du siehst viel besser aus als auf den Fotos, die die Paparazzi von dir geschossen haben, als du aus dem Krankenhaus kamst.«

Als ich meinen Schlüsselcode eintippte, sog sie scharf die Luft ein. »Du hast den Code gar nicht geändert, seit ich gegangen bin?«

»Ich hatte nicht angenommen, dass du sehr erpicht darauf wärst, bei mir einzubrechen.« Ich schubste die Tür mit dem Hintern auf und neigte den Kopf zur Seite. »Willst du reinkommen?«

Das tat sie, schweigend, und zog sich den großen schwarzen Mantel aus, als ich die Tür hinter uns schloss. Wie immer war die Verwandlung erstaunlich – von formlos zu hinreißend kurvig, dabei aber dünn. Diese Figur machte sie zum Lieblingsmodel der Designer, die offenbar weibliche Formen ohne Fleisch auf den Knochen wollten.

Der Look passte zu Paige.

Anders als die meisten Models tat sie nicht so, als äße sie wie ein Pferd und wäre von Natur aus dünn. Nein, sie aß kontrolliert und gesund und machte jeden Tag intensiv Sport. Das bedeutete, dass sie zwar dünn, aber sehr stark war. Aber wenn sie durch den Raum ging, war sie die reine Eleganz. Früher hatte sie einmal Ballerina werden wollen, und das sah man ihren Bewegungen an.

»Willst du eine Cola?«, fragte sie lächelnd. »Diese Angewohnheit hast du vermutlich noch nicht abgelegt?«

»Ich werde mit einer Cola in der Hand ins Grab steigen.« Ich ging zum Sofa. Sie lächelte und holte die Getränke.

Eine Cola für mich und einen Kombucha für sie. Offenbar hatte ich noch ein paar Flaschen ihrer Lieblingsmarke ganz hinten im Kühlschrank gehabt.

Sie setzte sich, aber nicht neben mich, sondern mir gegenüber auf das andere Sofa. »Ich wollte schauen, wie es dir geht.« Sie biss sich auf die Unterlippe. »Ich habe das von deiner Mum gehört. Tut mir sehr leid.«

Sie war so wunderschön, Paige, einer dieser Menschen, die von den anderen angestarrt wurden, weil sie es einfach nicht fassen konnten, dass ein Mensch so perfekt sein konnte. Grüne Augen, brutal kurz und fedrig geschnittenes blondes Haar, das ihr außergewöhnliches Gesicht mit den hervortretenden Wangenknochen umrahmte.

Ich hatte sie oft angesehen, wenn sie schlief und in ihrem Frieden sogar noch hinreißender aussah.

»Danke, dass du das sagst.« Ich ließ die Cola stehen; so kurz nach meinem Morgenkaffee brauchte ich nicht noch mehr Koffein. »Wie geht es dir?«

»Gut. Habe viele Buchungen für Shows.« Ein blendendes Lächeln, das dann wieder verschwand. »Ich fühle mich so schuldig wegen unserer letzten Unterhaltung. Ich hätte diese Dinge nicht sagen sollen.«

»Du hattest recht. Ich bin verkorkst im Kopf und ich brauchte Hilfe. Ich gehe jetzt zu einem Therapeuten.«

»Wirklich?« Das Grün glühte jetzt, ein Sankt-Elms-Feuer in menschlichen Augen. »Oh, das ist ja wunderbar.«

Plötzlich wusste ich, dass ich sie haben konnte, wenn ich das wollte. So, wie sie mich ansah, hatte sie vergessen, dass sie Angst vor dem Zorn gehabt hatte, der kalt und tief in mir brannte, wie sie es ausgedrückt hatte.

Paige dachte, sie habe mich gerettet, dass ich jetzt ein besserer Mensch sei.

»Aarav.« Ihr weiche Stimme, ihre weichen Lippen. »Ich vermisse dich. Ich vermisse uns.«

Ich musste *sie* retten. Sie war der einzige Mensch, abgesehen von Pari, dem ich etwas bedeutete. Sie verdiente es nicht, dass meine Kaputtheit ihr Leben versaute. »Wir waren leer, Paige. Zwischen uns gab es keine Substanz.«

Sie zuckte zusammen und schlang die Arme um ihren Oberkörper. Ihre Schultern wirkten eckig. »Sag das nicht. Wir haben gesprochen – über echte Dinge, über Gefühle.«

»Ja. Du warst mir vermutlich näher als sonst jemand, aber das bedeutet trotzdem nicht, dass du mir wirklich nah warst. Ich habe diese Fähigkeit einfach nicht. Ich glaube, sie starb, als meine Mutter verschwand.« Dr. Jitrnicka hatte dieses Thema in den letzten paar Monaten immer wieder behandelt.

»Ihre emotionalen Reaktionen liegen ein wenig außerhalb der Norm«, so hatte er es ausgedrückt, während er mich aus seinen blassblauen Augen über den Rand seiner Gleitsichtbrille unverwandt angestarrt hatte.

Ich würde es deutlicher ausdrücken: Irgendetwas Unwiderrufliches war in der Nacht geschehen, in der meine Mutter verschwand. Eine Art Bruch, der nie wieder gekittet werden konnte.

»Sag das nicht.« Paige stand auf und setzte sich neben mich. Sie legte die Hände zart an meine Wangen. »Du könntest niemals mit so viel Leidenschaft und instinktivem Gefühl schreiben, wenn du nicht fühlen würdest.«

Sie hatte immer frisch und wild geduftet, und auch jetzt sog ich den Duft mit jedem Atemzug ein. Ich klammerte mich verzweifelt an diesen kleinen Teil von ihr. Ich hatte ihren Duft beinahe vergessen. Ich hatte beinahe die Tiefe und Schönheit ihrer Augen vergessen.

»Einige große Kritiker behaupten, meine Figuren seien wie Scherenschnitte, und das Einzige, was mein erstes Buch gerettet habe, sei die verrückte Wendung in der Handlung.« Paige hatte gesehen, wie ich diese Kritiken in Fetzen gerissen und verbrannt hatte.

»Hunderte andere Kritiker nennen dich ein Licht in der Populärliteratur.«

Ich nahm Paiges Hände von meinem Gesicht. »Wenn ich schreibe, befinde ich mich im Kopf eines anderen. Meine Figuren sind wie Puppen, die ich manipulieren kann. Genauso, wie ich im wahren Leben Menschen manipuliere.«

Dr. Jitrnicka in meinem Kopf nickte bestätigend. »Seien Sie ehrlich, Aarav. Zeigen Sie Ihr wahres Selbst.«

Ich berührte ihre Wange und lächelte, verdammt traurig. »Hüte dich vor mir, Paige. Ich werde dich sonst auffressen und ausspucken, und du wirst nur Schmerz und Narben davontragen.« Ihre Augen füllten sich mit Tränen, und ich küsste ihre pinkfarbenen Lippen. »Du kannst mich nicht retten. Darüber bin ich längst hinaus.«

So weit hinaus, dass ich fähig war, jemanden umzubringen. Derjenige, der meine Mutter getötet hatte, war so gut wie tot. Ich brauchte nur noch den Namen.

Die Sprechanlage summte.

Ich nahm die Fernbedienung vom Couchtisch und sagte: »Ja?«

»Aarav, hier sind ein Detective Regan und ein Constable Neri für Sie.«

»Schicken Sie sie herauf. Danke, Bobby.« Ich legte auf und küsste Paige ein letztes Mal, dann stand ich mit den Krücken unter den Achseln auf.

Sie wischte sich die Tränen aus dem Gesicht und erhob sich ebenfalls. Ich sah zu, wie sie den formlosen schwarzen Mantel anzog. Ihre Augen waren rot gerändert, als sie mich ansah. »Du bist ein viel besserer Mensch, als du denkst, Aarav. Und egal, was ist, du kannst mich immer anrufen.«

»Ich weiß.« Ich wusste auch, dass ich das niemals tun würde. Ich würde zumindest Paige retten, wenn ich mich selbst schon nicht retten konnte.

Die Polizei ging auf meine Tür zu, als Paige hinaustrat. Sie warf mir einen letzten, flehenden Blick zu und ging dann zum Aufzug. Ich musste mich mit aller Kraft zusammenreißen, um ihr nicht hinterherzuschreien, sie solle bleiben, bei mir sein, obwohl ich so verdammt kaputt war.

Die Polizisten würdigten sie keines Blickes, ihre ganze Aufmerksamkeit galt mir.

»Detective, Constable«, sagte ich, als sich die Türen des Aufzugs hinter Paige schlossen. »Kommen Sie doch rein.«

35

Als sie in meiner Wohnung waren, nickte ich in Richtung der Sofas. »Ich kann Ihnen keinen Kaffee anbieten, aber ich habe andere Getränke.«

»Nein, danke«, antwortete der Senior Officer.

Neri hatte sich inzwischen hingesetzt, musterte jedoch alles um sie herum, ohne dass es so wirkte, als täte sie etwas. Dieses Zimmer würde ihr nichts sagen – es war von einer Inneneinrichterin gestaltet worden, damit es zu einem erfolgreichen jungen Autor passte. Mein wahres Ich wohnte im Schlafzimmer und im Arbeitszimmer – hauptsächlich im Arbeitszimmer. Nicht einmal Paige hatte viel Zeit darin verbracht … aber ich hatte es ihr erlaubt, dort zu sein. Die einzige Geliebte, die ich in diesen Raum gelassen hatte.

»Ich hasse es, wenn jemand anders in meinem Schreibraum ist«, hatte ich in jenem berühmten Interview gesagt, für das ich auf meinem Motorrad fotografiert worden war. »Es fühlt sich an, als saugten andere Menschen meine kreative Energie aus mir heraus, indem sie stumm um Aufmerksamkeit bitten.«

Schnell wurde ich deswegen »Primadonna« genannt, aber das Zitat hatte auch einige andere Kreative zum Nachdenken gebracht. Einer hatte geschrieben: »Es nagt an meiner kreativen Seele, dieses Bedürfnis, das mir von allen Seiten entgegenschlägt. Ich sehne mich nach der wunderbaren Isolation von Thoreaus Walden-Teich und fühle mich selbstsüchtig, dass ich mich von denen abwende, die mir nur Liebe zuteilwerden lassen wollen.«

Jawohl, einer meiner misanthropischen Brüder. Außerdem einer, der seine Hausaufgaben nicht gemacht hatte.

Thoreaus Hütte lag keinesfalls im Nirgendwo, er hatte eine Menge Gesellschaft, und oh, vermutlich bat er auch seine Mum darum, ihm Mahlzeiten zukommen zu lassen, zumal sie ja ganz in der Nähe lebte.

Niemand hatte je die Eier, zu fragen, warum ich meine Arbeiten veröffentlichte, wenn ich doch so erpicht auf kreative Einsamkeit war. Wenn sie mich gefragt hätten, hätte ich ihnen gesagt, dass das zwei unterschiedliche Dinge seien. Zwei unterschiedliche Aaravs. Der eine wollte die Welt ausschließen. Der andere wollte sich in der gellenden Aufmerksamkeit derselben Welt sonnen.

»Was kann ich für Sie tun, Detective Senior Sergeant, Constable?« Höflich und konfliktscheu war das Gebot der Stunde, bis ich wusste, was sie wollten.

»Könnten Sie uns noch einmal die Ereignisse jener Nacht schildern, so, wie Sie sich daran erinnern?«, sagte Regan.

Ich fragte mich, ob ich ihnen von der Kopfverletzung erzählen sollte, die ich nach dem Unfall davongetragen hatte, und davon, dass sie einiges in meinem Hirn in Unordnung gebracht hatte, aber dann beschloss ich, dass das nichts zur Sache tat. Sie würden mich nicht mehr ernst nehmen, wenn sie wüssten, dass ich unter strenger Beobachtung durch eine Neurochirurgin und einen Nervenarzt stand.

»Ich schlief ein, als sich meine Eltern stritten«, fing ich an.

»War daran irgendetwas ungewöhnlich?«

Also hatte die Polizei erfahren, dass meine Eltern eine schlimme Ehe führten. Ich frage mich, wer dieses kleine Geheimnis wohl verraten hatte. Wenn ich raten müsste, würde ich sagen: Diana. Sie war immer absolut loyal zu meiner Mutter, aber ertrug meinen Vater nicht. »Nein«, erklärte ich. »Wenn sie stritten, war das für mich praktisch wie ein Schlaflied.«

Keiner von beiden lachte.

»Wie spät in der Nacht war das?«

»Ich weiß es nicht genau, aber es war schon ziemlich spät. Sie waren von einem Abendessen oder so zurückgekommen, daher nehme ich an, dass es nach elf war. Normalerweise kamen sie sogar noch später, aber da das Wetter so schlecht war, wollten sie wohl lieber nach Hause fahren.«

Ich runzelte die Stirn und dachte zurück an die Nacht, in der meine Welt aus den Angeln gehoben worden war. »Ich war am Abend zuvor auf einer Party.« Mit sechzehn hatte ich mich von einem Nerd in einen Hottie verwandelt – so hatte es einer meiner Klassenkameraden im selben Artikel beschrieben.

»Aarav war früher dieser dünne, stille Nerd. Niemand mobbte ihn, weil er immer auf diese Weise schlau war, die Respekt verdient, aber er war auch nicht beliebt. Dann gingen wir in die Sommerferien. Er kam ganz muskelbepackt zurück und war plötzlich so tiefsinnig still. Er hatte sich von einem Nerd in einen Hottie verwandelt.«

Ich war noch genau derselbe Junge gewesen, nur in meinen Körper hineingewachsen. »Es war meine erste große Party.« Ein Gewühl aus schlanken jungen Leibern um ein Lagerfeuer am Strand herum, mein erster Kuss, ein Brei aus Mündern hinter einer Sanddüne. »Um ehrlich zu sein, hatte ich am nächsten Tag einen höllischen Kater. Ich fühlte mich an dem Abend immer noch nicht so richtig gut, und deshalb ging ich für meine Verhältnisse früh zu Bett.«

»Sind Sie irgendwann aufgewacht?«

»Ich hörte eine Frau schreien – meine Mutter –, und das weckte mich auf.«

Regan beugte sich vor. »Wie können Sie sich so sicher sein, was Sie da gehört haben, wenn Sie aus dem Tiefschlaf aufgewacht sind?«

»Dieser Schrei verfolgt mich seit zehn Jahren.« Ich hielt seinem spülwasserblauen Blick stand. »Ich wäre beinahe wieder ins Bett gegangen, aber dann hörte ich, wie die Haustür zweimal zuschlug.«

»Woher wissen Sie, dass es die Haustür war?«

»Mein Zimmer lag genau darüber – ich kenne das Geräusch.«

»Und Sie sind sich sicher, dass es zweimal war?«

»Ja. Mit einer Pause von ein paar Sekunden dazwischen. Ich rannte auf den Balkon, von dem aus man die Straße überblicken kann – ich wusste, dass meine Eltern beide getrunken hatten, und ich wollte nicht, dass sie Auto fuhren.« Es war egal, ob sie jetzt die Wahrheit erfuhren; hier ging es nicht mehr um Alkohol am Steuer ... oder doch? War mein Vater betrunken von der Fahrbahn abgekommen und hatte meine Mutter einfach dort unten gelassen? Mord aus Unfähigkeit? »Ich rief den Namen meiner Mutter, aber ich hatte ein verletztes Bein, und ...«

Mein Blick fiel auf mein Bein, auf meinen Gehverband.

»Ein gebrochenes Bein?«

Ich riss mich aus der seltsamen Zeitschleife heraus und schüttelte den Kopf. Die Erinnerung tauchte wieder in meinem beschädigten Hirn auf. »Nein, ich hatte mich geschnitten, weil ich auf der Party auf Scherben gefallen war. Es musste an der ganzen Wade genäht werden.« Die zarten Linien waren immer noch zu sehen, eine Narbe, die die Todesnacht meiner Mutter markierte. »Dadurch war ich langsam, und dann klemmte die Balkontür. Das tat sie immer, wenn es regnete.«

Ich spürte die Anstrengung in meinem Bizeps, so stark hatte ich ziehen und mit dem Schloss kämpfen müssen. »Als ich endlich draußen war und meiner Mutter hinterherschrie, sie solle stehen bleiben, war es zu spät. Ich sah durch das Unwetter nur noch die Rücklichter ihres Autos, und dann fuhr der Jaguar die Cul-de-Sac hinunter und in die Nacht hinein.«

Neri, die bisher geschwiegen hatte, fragte: »Sind Sie sicher, dass das ihr Wagen war, den Sie damals gesehen haben?«

»Die Rücklichter waren unverwechselbar. Niemand sonst in der Straße besaß einen Jaguar. Außerdem hatte ich gesehen, dass sie an jenem Tag ihr Auto in der Einfahrt geparkt hatte – mein Vater hatte unsere Garage mit seinem Wagen blockiert.«

So viele Einzelheiten, die alle zu ihrem Tod geführt hatten. Ich wäre schnell genug gewesen, wenn sie ihren Jaguar in der Garage geparkt hätte. Ich hätte sie vielleicht aufhalten können. Das hatte ich vorher auch immer gekonnt.

»Und was passierte danach?«, fragte Detective Regan. Seine Stimme war ruhig und wohltuend.

Als wäre ich ein wildes Tier, das man streicheln musste, damit es tat, was man wollte. Ich fragte mich, ob diese Art der Zähmung bei Verdächtigen wirklich funktionierte. Vermutlich tat sie das, wenn sie sie immer noch anwandten. »Ich blieb eine Weile auf dem Balkon stehen und hoffte, sie würde zurückkommen, aber ich hörte nichts. Da ich ohnehin schon wach war, ging ich hinunter, um nachzusehen, ob mein Vater irgendwo zu finden war.«

Ich war eigentlich hinuntergegangen, um zu fragen, was er ihr jetzt wieder Schlimmes gesagt hatte. Sechzehn war auch das Alter gewesen, in dem ich aufgehört hatte, ein Blatt vor den Mund zu nehmen, was meinen Vater anging. »Niemand war im Haus. Das Wohnzimmer war leer, aber ich sah Glasscherben vor dem Kamin.«

»Glasscherben?«

»Meine Eltern warfen gern mal große Kristallgläser gegen jede mögliche Wand, wenn sie stritten.« Ich zuckte die Achseln. »Ich ließ die Scherben liegen und beschloss, wieder ins Bett zu gehen.« Ein Gefühl nagte an mir, etwas war falsch, aber das war nichts Besonderes; alles in jener Nacht war schlimm gewesen. »Ich dachte, dass meine Mutter wieder da sein würde, wenn ich aufwachte. Sie kam immer wieder, wenn sie sich etwas beruhigt hatte.«

Die beiden Polizisten wechselten einen Blick. Dann hakte Neri nach: »Also war das nichts Unübliches? Dass sie wegfuhr?«

»Nein, sie gönnte ihm die Befriedigung nicht, sie verschreckt zu haben. Sie kämpfte und liebte es, ihm zu sagen, er solle es wie ein Mann nehmen.«

»Aarav, ich weiß, dass es schwer vorstellbar ist, aber können Sie sich vorstellen, dass Ihr Vater Ihrer Mutter etwas angetan haben könnte?«

Ich antwortete, noch bevor Regan den Satz vollendet hatte. »Das ist überhaupt nicht schwer vorstellbar. Sie hassten einander, aber sie spürten auch eine schräge Anziehungskraft. Die Beziehung war toxisch.« Die Sorte toxisch, die für jeden schädlich war. »Ich kann mir vorstellen, dass er hinter ihr herrannte, um weiter zu streiten, dann etwas tat, das sich nicht rückgängig machen ließ, und ihre Leiche dann loswerden musste.«

Plötzlich fiel mir auf, dass das nicht das Verschwinden des Teppichs erklärte. Ich hatte in jener Nacht Scherben darauf gesehen, aber kein Blut oder etwas anderes, was auf etwas Schlimmeres hingewiesen hätte. War es möglich, dass meine Mutter in jener Nacht doch noch einmal zurückgekommen war, nur um dann im Wohnzimmer umgebracht zu werden?

»Wir haben keinerlei Berichte über häusliche Gewalt in diesem Haus gefunden.« Regan blätterte ostentativ in seinem Notizbuch.

»Reiche Inder melden häusliche Gewalt nicht, Detective. Das schadet dem Ruf – und der Ruf ist alles. Die Schande, die Schande, was werden die Leute sagen?« Ich öffnete zu meiner spöttischen Bemerkung die Cola und hörte, wie die Kohlensäure zischend entwich. »Und die Häuser in der Cul-de-Sac sind weit genug voneinander entfernt, damit die Nachbarn nichts hören können. Selbst wenn sie es könnten, würden sie sich auf keinen Fall einmischen. Es geht sie nichts an.«

»Wollen Sie damit sagen, dass es tatsächlich häusliche Gewalt gab?«

Ich nahm mir Zeit, einen langen Schluck von dem süßen, zuckrigen Getränk zu nehmen. Er war berauschend. »Nicht, wie Sie sich das vielleicht vorstellen. Mein Vater schlug meine Mutter nicht. Meistens waren sie mit Worten gewalttätig – abgesehen von geworfenen Gläsern oder anderen Gegenständen. Es gab eine Menge böses Geschrei, unterbrochen vom Zerbrechen von Dingen.«

»Erinnern Sie sich an den Wortlaut?«, fragte Neri. Ihre dunklen Augen blickten wachsam wie immer.

»Er nannte sie eine Hure, und sie lachte und sagte, er sei doch derjenige, der seine Sekretärin wie einen billigen Pornostar auf dem Sitzungssaaltisch vögele.« Meine Mundwinkel hoben sich, weil ich Neri bei einem schnellen Blinzeln ertappte, das sie nicht rechtzeitig verbergen konnte.

Ja, Neri, hinter all dem Protz und dem Reichtum versteckt sich immer tonnenweise Müll.

»Ich weiß, dass Sie damals jung waren«, erklärte Regan, »aber wussten Sie von der Untreue Ihres Vaters? Oder waren das nur wütende Worte?«

»Oh, er bumste seine Sekretärin auf jeden Fall. Sie kam ein paar Wochen, nachdem Mum verschwunden war, in unser Haus, und ich hörte sie in seinem Arbeitszimmer weinen. Sie sagte, sie fühle sich benutzt. Das arme Mädchen hatte geglaubt, sie würde die nächste Mrs. Rai werden.«

Mein Verstand rührte sich. Ich hatte die Affäre meines Vaters beinahe vergessen, sie war so lächerlich klischeehaft gewesen. Aber jetzt …

Was würde eine hoffnungsvolle Frau wohl alles tun, um eine unliebsame Nebenbuhlerin zu beseitigen?

36

Verstehe. Und ich entschuldige mich dafür, aber ich muss es fragen – was war mit dem Geliebten Ihrer Mutter, der von dem Privatdetektiv entdeckt wurde? Haben Sie irgendeine Ahnung, wer das gewesen sein könnte?«

Ich dachte darüber nach, was ich sagen sollte. Hemi hatte zugegeben, dass sie eine Affäre gehabt hatten, aber er schien auch ein bombensicheres Alibi zu haben, und ich wollte die Polizei nicht mit überflüssigen Theorien in Sackgassen leiten. Andererseits, so, wie Hemi über meine Mutter gesprochen hatte, verdiente er ein wenig Schmerz. »Hemi Henare.«

Detective Regan saugte scharf den Atem ein. »Das ist eine schwere Anschuldigung gegen einen Mann, der in der Gemeinde für alles, was er tut, sehr geliebt wird.«

Ich fragte mich, wie viel von seiner Lobeshymne ehrlich gemeint war, oder ob er nur so tat, um mich weiter anzustacheln. »Ich habe gehört, wie sie miteinander sprachen – meine Mutter und Hemi.«

»Sie hören offenbar eine ganze Menge«, stellte Neri tonlos fest.

»Ja, ich war damals ein neugieriger kleiner Scheißer, falls Sie das meinen.« Ich grinste. »In meinen frühen Teenagerjahren habe ich eine Menge Zeit zu Hause verbracht. Ich hatte nicht so viele Freunde.« Riki war damals mein engster Freund gewesen.

Ich verdrängte das eklige Gefühl in der Magengegend, das in mir aufstieg, wenn ich daran dachte, was ich ihm angetan hatte, und sagte: »Außerdem war mein Zuhause eine beschissene Seifenoper. Ich hielt die Ohren offen.« Ich zögerte und dachte dann: zur Hölle damit. Und dann stieß ich Hemi ganz in den Abgrund.

»Hemi hatte außerdem damals ein Problem mit seiner Spielsucht. Er saß in einem finanziellen Loch.«

Regan war Meister darin, seine Reaktionen nicht zu zeigen, aber ich bemerkte, dass sein Stift beim Mitschreiben kurz innehielt. »Wenn ich Sie bitten dürfte, noch einmal zu den Ereignissen jener Nacht zurückzugehen«, überspielte er es glatt. »War da noch jemand anders im Haus? Hatten Sie zu jener Zeit Personal, das bei Ihnen wohnte?«

»Lily, ja.« Wissende Hände auf meiner Haut, ein Kuss, der sich auf meinen Nacken drückte. »Aber sie war zwei Wochen vor jener Nacht entlassen worden.«

»Entlassen?« Neri nahm das Wort sofort auf. »Von Ihrer Mutter?«

Ich wusste nicht, warum, aber ich konnte Lily einfach nicht den Haien zum Fraß vorwerfen. »Wie Ihr Kollege schon sagte, ich war noch ein Kind. Ich weiß nur, dass sie an dem einen Tag noch da war und am nächsten schon fort.«

Neris Gesichtsausdruck zeigte mir, dass sie mir nicht glaubte, aber sie bohrte auch nicht weiter.

»Abgesehen von der Sekretärin Ihres Vaters zu jener Zeit und Mr. Henare«, sagte Regan, »gab es sonst noch andere, die vielleicht das Gefühl hätten haben können, einen Anspruch auf Ihre Mutter oder Ihren Vater erheben zu dürfen?«

»Adrian Black.« Den hatte ich nicht vergessen. »Er war eine Weile der Liebling meiner Mutter. Wer weiß, was er sich davon versprochen hatte.« Nina Rai hätte ihr Schicksal niemals mit dem eines hübschen jungen Fitnesstrainers verbunden.

Nicht, nachdem sie sich an Reichtum und Macht und Privilegien gewöhnt hatte.

»Ich war früher einmal arm, Ari. Arm sein ist scheußlich.« Ein Kuss auf meine Wange. »Wenn man arm ist, können die Leute einen kaufen und verkaufen, als wäre man ein Gegenstand. Oh, wir nennen das natürlich anders. Shaadi ist einer davon, aber letztlich ist es eine geschäftliche Transaktion. Und heute mache *ich* diese Transaktionen.«

»Ein anderes Thema.« Detective Regan schaute in sein Notizbuch. »Haben Sie einen Motorradführerschein?«

»Ja. Habe ihn jetzt aber schon eine Weile nicht mehr gebraucht.«

»Kennen Sie Shane Kent?«

Ein Schauder, der meinen Rücken hinablief, eine plötzliche Kälte auf meiner Haut. »Shane? Das ist ein Name aus der Vergangenheit. Ja, ich kenne ihn – oder kannte ihn. Er ist der Sohn eines Freundes meines Vaters. Ein paar – nein, drei Jahre älter als ich.« Und zufällig jener junge Mann, den ich mit Riki erwischt hatte. »Wir haben eigentlich keinen Kontakt mehr. Warum fragen Sie nach ihm?«

Detective Regan sah mich jetzt direkt an. »Mr. Kent sagte, seine Familie habe Ihre Familie gebeten, sich um einige wertvolle Gegenstände zu kümmern, die sie vor ihrer Rückkehr nach Neuseeland vorausgeschickt hätten. Darunter war wohl auch ein Ducati-Motorrad.«

Etwas, das über meinen oberen Rücken schabte, schweres Metall, das auf Fleisch drückte.

Ich schüttelte das unheimliche Gefühl ab und dachte an die glänzende schwarze Maschine mit den blauen Streifen, die mich in meinen Träumen verfolgte. »Ja, das Motorrad parkte immer in der Garage neben dem Jaguar meiner Mutter.«

»Sie haben uns gesagt, dass Sie in jener Nacht nicht draußen waren.«

Regen, der in kalten Bächen meinen Nacken hinunterrann, gegen mein Helmvisier prasselte, bis ich kaum noch sehen konnte, bis die Straße nur noch ein silbriges Band war.

»Ja.«

»Sind Sie sich da sicher?«

»Wenn Sie damit sagen wollen, ob ich losgefahren bin und meine Mutter für Geld umgebracht habe, dann lautet die Antwort nein. Meine Mutter hat ein Konto für mich eröffnet, als ich noch ein Baby war, und sie hat meinen Vater dazu überredet, fünfzigtausend Dollar darauf zu überweisen. Und dann fand es mein Vater einfacher, mir zum Geburtstag und zu Weihnachten einfach Geld zu schicken, und meine Mutter überwies auch immer wieder etwas.« So hatte sie hinter dem Rücken meines Vaters Geld abzweigen können. »Ich hatte hundertfünfzigtausend Riesen, als sie verschwand.«

Neri erstarrte plötzlich, und das zeigte mir, dass sie das nicht gewusst hatten. Sie war jung, Sefina Neri, sie kannte die Masken noch nicht, die ich wie die Unterhemden wechselte. Regan dagegen … ja, der hatte seine eigenen Masken.

»Außerdem«, sagte ich gedehnt und lächelte frech, »wenn ich ein Elternteil hätte umbringen wollen, wäre es wohl eher dieses Arschloch von meinem Vater gewesen als meine Mutter.«

Neri lächelte beinahe, und ich musste mir Mühe geben, nicht die Hand zur Faust zu ballen.

Konnte sie hinter meiner Arroganz die Angst sehen?

Ich kanalisierte meine Unruhe in Bewegung und schob die Ärmel meines waldgrünen Pullovers hoch.

»Wir werfen Ihnen gar nichts vor, Aarav.« In Regans Blick lag jetzt die reine Freundlichkeit. »Wir würden nur gern wissen, wie es kam, dass die Ducati so sehr beschädigt wurde, dass Ihr Vater Mr. Kent eine neue kaufen musste.«

Meine Gedanken rasten, mein Puls drohte, sich ebenfalls zu beschleunigen, aber mein Hirn war immer schon mein größter Trumpf gewesen. »Ich war damals sechzehn«, erklärte ich. »Ich hatte noch keinen Führerschein.«

»Aber Sie konnten fahren. Hatte Ihnen das nicht Ariki Henare im Sommer zuvor beigebracht?«

»Lassen Sie sich nicht vom Medienhype beeinflussen, Detective. Ich bin kein James Bond. Ich hätte mich nie getraut, in einem Unwetter auf die Maschine zu steigen.« Ich zwang mich dazu, etwas gelangweilt und einen Hauch amüsiert zu wirken. »Das Einzige, was ich mit Rikis Motorrad je gemacht habe, war, bei schönem Wetter die Cul-de-Sac auf und ab zu fahren.«

»Hätte Ihr Vater das Motorrad fahren können?«

Das, begriff ich in diesem Moment, war die Frage, auf die sie eine Antwort wollten. »Mein Vater?« Ich hatte nie darüber nachgedacht, aber das hätte ich tun sollen. »Ja. Er fuhr als Student Motorrad.«

»Sie haben gesagt, Ihre Erinnerungen an die Zeit um das Verschwinden Ihrer Mutter herum seien sehr deutlich«, begann Neri.

»So etwas ist ja auch schwer zu vergessen.«

»Können Sie mit uns noch einmal durchgehen, was Sie in den Tagen danach gemacht haben?«

»Nicht viel. Ich war mit den genähten Wunden an meinem Bein nicht besonders mobil – zumal die Wunden sich dann auch noch entzündet hatten. Also fragte ich Diana, ob sie etwas von meiner Mum gehört habe, und blieb die meiste Zeit im Haus und wartete, dass sie wiederkommen würde.«

Die beiden Polizisten wechselten einen Blick. Offenbar dachte sie, sie hätten etwas gefunden, aber was, das konnte ich nur raten. Was zum Teufel war verdächtig daran, wenn ein Teenager im Bett lag, weil sein Bein schmerzte? Ich hatte dem Regen gelauscht und gehofft, das Brummen eines Jaguar-Motors zu hören.

Regan schloss sein Notizbuch. »Gibt es noch etwas, das Sie Ihrer Aussage hinzufügen wollen?«

»Ich habe Ihnen alles gesagt, woran ich mich erinnern kann.« Bei genauer Betrachtung war das nicht viel. »Wie groß sind die Chancen, denjenigen zu finden, der sie im Wald hat verwesen lassen?«

»Es ist ein Cold Case, und Sie werden verstehen, dass der Zeitraum seit dem Mord unsere Ermittlungen beeinflusst, aber die forensische Technik hat sich im letzten Jahrzehnt sehr entwickelt. Möglicherweise sind wir heute besser als damals in der Lage, diesen Mordfall aufzuklären.«

»Gesetzt den Fall, dass es überhaupt forensisch analysierbare Spuren gibt.« Die Zeit konnte eine Menge Schaden anrichten, vieles zerstören.

»Ganz genau. Bitte glauben Sie uns, dass wir alles in unserer Macht Stehende unternehmen – jeder Quadratzentimeter des Autos wird untersucht, und wir haben einen forensischen Anthropologen an Bord geholt, um sicherzustellen, dass wir alles hören, was uns Ihre Mutter sagen will.« Er sah mich an, als erwartete er, dass ich – erschreckt? überrascht? verängstigt? – von dieser Eröffnung sein würde, aber in mir gab es nur noch eiserne Entschlossenheit.

»Sie haben ja unsere Nummern«, fuhr Regan fort. »Zögern Sie nicht, uns anzurufen, wenn Sie uns noch etwas sagen wollen.«

Ich bemerkte, wie Neris Blick auf meine Narbe fiel, als ich sie aus der Tür geleitete. Hinterher erwischte ich mich dabei, wie ich die Stelle rieb. Ich war irgendwann in meiner Teenagerzeit vom Fahrrad gefallen und hatte eine klaffende Fleischwunde davongetragen. Das musste *hinterher* gewesen sein. Denn ich hatte keinerlei Erinnerung an einen mütterlichen Kuss auf die Stirn oder an die Parfümwolke.

»Ari, was hast du da nur angestellt? Aao, lass mich mal sehen.«

Meine Mutter war eine schreckliche Mutter gewesen, wenn man sie nach traditionellen Werten maß. Aber sie wusste, wie sie ihren Sohn lieben musste.

Mit einem Kloß im Hals ging ich auf den Balkon, der vom Wohnzimmer abging. Die Stadt Auckland breitete sich unter mir aus, ein Gewirr von Metall und Verkehr mit hellgrünen Flecken Wintergrün. Das Wasser im Hautaki-Golf glitzerte und funkelte in der Ferne, ein Hubschrauber flog von einer der äußeren Inseln herein. Der kalte Winterwind peitschte gegen meine Wangen und erinnerte mich an eine andere Nacht, in der ich hier im Wind gestanden hatte.

Paige hatte damals neben mir gestanden. Ihre Hand hatte an meinem Oberarm und ihr Kopf an meiner Schulter gelegen. »Wie fühlt sich das an? Zu wissen, dass heute Zehntausende Menschen auf der ganzen Welt in ein Kino gehen und das Innerste deiner Psyche sehen werden?«

Ich hatte gekichert. »Ich schreibe Romane, Liebling.«

»Ja, aber auch die müssen ja von irgendwoher kommen.« Feurig grüne Augen, die im Kontrast zum trüben Licht leuchteten. »Du schreibst ja nicht über Welpen und Regenbogen. Du schreibst über ermordete Mütter und verlorene Kinder.«

Protokoll

Sitzung #9

»Danke, dass Sie mich nach meinem Ausbruch neulich wieder empfangen. Ich hätte Sie niemals angerührt.«
»Ich muss zugeben, dass ich tatsächlich überlegt habe, ob ich diesen Termin wahrnehmen soll oder nicht. Die Wut, die ich in Ihnen gesehen habe ... Sie wissen schon, dass die nicht normal ist? Sie haben tief liegende Probleme, und ich kann Ihnen nur helfen, wenn Sie ehrlich damit umgehen.«
»Ja, das bin ich. Bereit, ehrlich zu sein, meine ich ... ich habe es sehr vermisst, mit jemandem darüber zu reden, seit Sie den Kontakt abgebrochen hatten. Ich hatte nicht gewusst, wie sehr mir die Gespräche helfen, mit meinen Problemen zurechtzukommen.«
»Gut. Aber noch so ein Ausbruch wie der letzte, dann war es das.«
»Verstanden.«
»Ihre Wut schien ihren Auslöser in meinem Versuch gehabt zu haben, weiter über Ihre Beziehung zu Ihrer Mutter zu sprechen. Sind Sie heute bereit, über sie zu sprechen?«
»Ja.«
[Pause]
»Meine Mutter ... sie war wunderschön und sinnlich. Nein, das stimmt nicht. Ich soll ja ehrlich sein. Sie war nicht sinnlich – sie war ein ausgesprochen sexuelles Wesen. Manchmal glaube ich, dass ich ebenso von ihr fasziniert war wie mein Vater.«

37

E*rmordete Mütter und verlorene Kinder.*
Ein riesige Verallgemeinerung auf der Grundlage eines einzigen Buches.

Aber rückblickend akzeptierte ich, dass Paige recht gehabt hatte. Ein und dasselbe Thema zog sich auch durch die drei unveröffentlichten Manuskripte in meiner Schublade, nur in meinem gegenwärtigen Projekt konnte ich es nicht sehen. Vielleicht konnte ich die Geister der Vergangenheit jetzt, da die Überreste meiner Mutter gefunden worden waren, ruhen lassen.

Ich verließ den Balkon und dachte darüber nach, was ich bisher wusste. Dann beschloss ich zu recherchieren, was ich über Alice' Frau herausfinden konnte. Cora hatte es nicht so mit den sozialen Medien und hatte keine echten Spuren im Internet hinterlassen, abgesehen von dem, was Alice geteilt hatte, und dem, was in den Lokalzeitungen stand. Keine weiteren Erwähnungen des »Überfalls«, bei dem Coras Hand zerschmettert worden war.

Hätte ich der Polizei diese Information geben sollen? Vermutlich.

Aber dann hätte ich ihnen auch sagen müssen, woher ich diese Information hatte. Ich hätte Riki erwähnen müssen. Oder … ich runzelte die Stirn und dachte darüber nach. Ich könnte die Polizei nur auf eine Spur bringen.

Und wenn diese Spur zu Riki führte?

Wieder hatte ich Gewissensbisse, viel stärkere als erwartet. Ein Urteil wegen Körperverletzung würde Rikis Armeekarriere zerstören – er konnte schließlich nicht beweisen, dass man ihn erpresst hatte, die Gewalttat zu begehen.

Aber wie hätte Cora wissen können, dass er es gewesen war?

Riki hatte eine Sturmhaube getragen – und da die Polizei ihn nie verhört hatte, lag es nahe, anzunehmen, dass Cora nicht gewusst hatte, wer sie da angegriffen hatte. Und noch weniger konnte sie gewusst haben, dass meine Mutter dahintersteckte.

Dann erinnerte ich mich an etwas, was Diana gesagt hatte. Dass Alice mit meiner Mutter gesprochen habe.

Ich sah sie und Nina vom vorderen Fenster im ersten Stock aus, und ich hätte schwören können, dass sie sich stritten …

Wenn Alice es gewusst hatte, konnte sie es Cora erzählt haben … aber zu dem Zeitpunkt hatte Cora noch eine eingegipste Hand. Der Jaguar hatte eine Gangschaltung, kein Automatikgetriebe – sie konnte ihn nicht gefahren haben, nicht mit der Hand. Aber das galt nicht für Alice.

War es das, was Elei in jener Nacht gesehen hatte? Dass ihre Tochter etwas getan hatte?

Ich würde Eleis Schweigen auf keinen Fall brechen können, nicht, wenn es um ihr Kind ging. Also mussten es Alice oder Cora sein.

Alice, beschloss ich.

Obwohl sie sich so selbstsicher gab, hatte Alice etwas Verletzliches an sich. Etwas Weiches.

Mein Handy machte ping.

Eine Erinnerung: Sitzung mit Dr. Jitrnicka, 12 Uhr.

Gut, dass ich all diese Termine irgendwann mal eingetragen hatte, weil ich absolut keine Ahnung hatte, dass der Termin anstand. Ich war kurz davor, abzusagen, dachte dann aber an Paiges gerötete Augen und daran, wie sich ihre Gestalt entfernt hatte, und beschloss, den Termin wahrzunehmen.

Ich stand auf und warf meine leere Colaflasche in die

Recyclingtonne, um dann mein Arbeitszimmer abzuschließen. Es war irgendwie ironisch: Niemand durfte in mein Arbeitszimmer kommen, aber dann ging ich zu einem Mann, dessen Job es war, in mein Hirn einzudringen.

Ich blieb einen Moment an der Wohnungstür stehen. Mein Blick fiel auf den Couchtisch, und ich hatte das Gefühl, irgendwas zu vergessen, aber ich konnte es nicht greifen. Schon wieder ein Geist in meiner Erinnerung.

Dr. Jitrnickas Praxis war in beruhigenden Grautönen gehalten.

Seine Rezeptionistin war mittleren Alters, begrüßte mich und bot mir eine Tasse Kaffee an. Ich nahm an und füllte noch mehr Koffein in meinen Metabolismus. Der Doktor hatte einen weiteren Eingang zu seinem Sitzungszimmer, damit sich seine Patienten nicht über den Weg liefen, daher war ich nicht überrascht, als sich seine Tür zehn Minuten später öffnete und sein freundliches Gesicht auftauchte.

Runde Brille, weiße Haut ohne Sonnenbräune, warme, hellbraune Augen, und ein so hochgewachsener Körperbau, dass er etwas vornübergebeugt ging, wie es sehr große Menschen manchmal tun. Als müssten sie sich so oft hinunterneigen, dass die Bewegung in ihr Knochengerüst überging.

Sein Haar war struppig und rötlich blond mit einer Neigung zur Lockenbildung. Es erinnerte mich an die Felder reifen Weizens, die mir meine Mutter als Kind beschrieben hatte.

»Ich ging damals durch diese Felder und strich mit den Fingern über die Halme. Die Sonne ging über den Bergen auf, und die *dupatta* meines *slawar kameez* verfing sich an den Halmen.« In ihrer Stimme hatte ein Schmerz gelegen, den ich beinahe berühren konnte. »So viel Schönheit, Ari. So viel Frieden. Seitdem hatte ich beides nicht mehr.«

Dr. Jitrnickas Stimme war herzlicher und offener. »Aarav. Schön, Sie zu sehen.«

»Doc.«

»Kommen Sie rein. Ich nehme Ihnen den Kaffee ab.«

Als wir uns gesetzt hatten, schnitt er natürlich das Thema der gerade gefundenen Überreste meiner Mutter an. »Sind Sie bereit, darüber zu sprechen?«

»Klar.«

»Wirklich darüber zu sprechen, oder werden Sie mir nur vorgefertigte Antworten geben, um nicht wirklich mit mir reden zu müssen?«

»Sie kennen mich viel zu gut.« Aber ich mochte den Mann und war bereit zu reden. »Meine Gefühle sind … kompliziert.«

Dr. Jitrnicka beugte sich vor, nickte ermutigend, und wir redeten. Es war beruhigend, das mit jemandem tun zu können, der nicht beteiligt war.

Die Zeit verging schnell.

»Wie geht es Ihnen denn mit den neuen Medikamenten?«, fragte er gegen Ende der Sitzung. Zwischen seinen Brauen hatten sich Falten gebildet. »Ich finde es nicht gut, die Verschreibung zu ändern, aber Ihr Neurologe hat darauf bestanden, dass es nötig sei, um Wechselwirkungen mit Ihren Schmerzmitteln auszuschließen.«

Die vielen Tablettenfläschchen auf meinem Nachttisch, die Fläschchen, die ich gesehen hatte, ohne sie zu sehen.

Was genau sollte ich einnehmen?

Alice fuhr gerade aus der Cul-de-Sac, als ich hineinfuhr. Sie winkte, lächelte dabei aber nicht.

Das Erste, was ich tat, als ich in mein Zimmer getreten war, war, mir die Tablettenfläschchen anzusehen, die ich nicht genommen hatte, weil ich Schmerzmittel geschluckt hatte. Auf den Fläschchen standen lange Namen, aber nach einer intensiven Internetrecherche wusste ich, dass sie die chemischen Prozesse in meinem Hirn ausbalancieren und eine Depression lindern sollten.

Ich runzelte die Stirn und teilte die Tabletten in zwei Gruppen ein: in die, die mir vor dem Unfall, und die, die mir nach dem Unfall verschrieben worden waren. Letztere breitete ich auf meinem Bett aus und begann, sie zu zählen. Wie ich schon geahnt hatte, hatte ich nicht eine einzige von ihnen genommen.

Dann tat ich die Tabletten zurück in ihre Fläschchen und tat dasselbe mit den von Dr. Jitrnicka verschriebenen Tabletten. Ich musste eine Weile herumrechnen, aber selbst wenn ich eine Pufferzone von einer Woche einrechnete, für den Fall, dass ich die Verschreibung früh erneuert hätte, lag es auf der Hand, dass ich bereits weit *vor* dem Unfall keine Medikamente mehr genommen hatte.

An meinen Computerdateien konnte ich erkennen, dass ich die ersten sechzig Seiten meines zweiten Buches in der Woche vor dem Unfall geschrieben hatte. Hatte ich festgestellt, dass die Tabletten meine Kreativität beeinträchtigten? Klang ganz nach meiner Art der Selbstzerstörung.

Ich tat die Tabletten zurück in ihre Fläschchen.

Schlechte Entscheidung oder nicht, ich konnte es mir nicht leisten, das Fieber zu verlieren, das mich dazu antrieb, die Wahrheit aufzudecken.

Da ich in Bezug auf Alice im Moment nichts tun konnte, arbeitete ich weiter an meinem Buch. Die Süßigkeiten versorgten meine Adern mit Zucker, und die Worte flossen aus mir heraus wie der Regen, der die Welt draußen in einen nebligen grauen Dunst hüllte.

»Ich hole Pari ab«, sagte ich zu Shanti, als ich aus meinem Arbeitszimmer trat, um kurz durchzuatmen; ich erinnerte mich vage daran, dass sie gefragt hatte, ob ich etwas zum Mittagessen wollte, aber obwohl ich die Mahlzeit ausgelassen hatte, war ich nicht hungrig. Schokolade und Toffees, das Essen der Champions. »Ich brauche sowieso eine Pause.«

Der unablässige Regen verwandelte meine Windschutzscheibe in einen Wasserfall, als ich aus der Cul-de-Sac hinausfuhr. Ich fragte mich, was Gigi wohl sagen würde, wenn ich ihr erzählte, dass ich gerade wie im Rausch fünftausend Wörter geschrieben hatte … nur dass keins davon irgendetwas mit dem Buch zu tun hatte, das ich laut Vertrag abzugeben hatte. Ich hatte etwas geschrieben, was ich für eine Kurzgeschichte über eine junge Frau hielt, die eines Tages zu einem Spaziergang aufbricht und nie wiederkommt.

Irgendwie war die Figur im Waitākere-Ranges-Regional-Park gelandet und schlug sich durch das Unterholz. Panik hatte sie erfasst, ihre Haut blutete, ihr Atem schmerzte. Sie kämpfte um ihr Leben, und ihr Teenagersohn hatte sich auf das Motorrad eines Nachbarn gesetzt und raste ihr hinterher.

Es gab keine Logik in all dem verworrenen Chaos.

Noch schlimmer war, dass ich gar nicht gewusst hatte, was ich tat, bis ich hinterher das las, was ich geschrieben hatte:

Die Straße war rutschig unter dem Vorderrad der Maschine, Wasser spritzte auf, als er durch die kleinen Seen raste, die der Regen geboren hatte. Er musste vorsichtig sein, sonst würde er auf der Straße enden, mit gebrochenen Knochen und zerschlagen und nutzlos für seine Mutter.

Eine Schildkröte ohne Panzer, ein Stück Fleisch ohne Knochen.

Sie brauchte ihn. Er konnte hören, wie sie nach ihm rief.

Was zum Teufel war das? War das mein Unterbewusstes, das sich durch den Dschungel arbeitete, den die Polizei in mein Hirn gesät hatte? So war ich immer mit emotional schwierigen Themen umgegangen. Indem ich sie niederschrieb. Aber normalerweise wusste ich, was ich tat.

Aber dies war keine normale Zeit. Ich konnte meinem Hirn keinen Vorwurf machen, dass es meine Pläne durchkreuzte. Aber eins wusste ich – ich war meiner Mutter in jener Nacht nicht hinterhergefahren. Wenn ich das getan hätte, würden meine Knochen nicht von dem schrecklichen Gefühl der Hilflosigkeit brennen, das ich gefühlt hatte, als ihr Auto im Unwetter verschwand.

Der Bereich um die Schule herum war vollgeparkt mit Autos. Alle versuchten, so nah wie möglich heranzukommen. Aber weil der Regen langsam etwas nachließ, parkte ich einen halben Block weiter und ging dann zum Tor.

Ich sah Mia, bevor ich Pari sah.

Dianas fünfzehn Jahre alte Tochter stand mit Pari zusammen. Sie unterhielten sich. Meine Schwester schaute mit strahlenden Augen bewundernd unter ihrem pinkfarbenen Schirm mit weißen Tupfen hervor, während Mia unbekümmerter wirkte. Ihr seidig schwarzes Haar war mit Regentröpfchen übersät, und der Blick ihrer nach oben gewandten Augen ließ erahnen, dass sie sich ihrer Schönheit bereits bewusst war. Und doch ignorierte sie Pari niemals – und das sagte etwas über Dianas Tochter aus.

Mia straffte sich, als sie mich entdeckte. Das begeisterte Lächeln, das sich auf ihrem Gesicht ausbreitete, schwächte den Eindruck ab, dass sie schon an der Schwelle des Erwachsenseins stand. »Hallo, Aarav.«

Scheiße.

Ich kannte diesen Blick, aber Mia war *viel* zu jung dafür.

38

Hallo«, sagte ich, als Pari ihren Schirm schloss und mich von der Seite umarmte, indem sie den Arm unter meine Krücken legte. »Wartest du auf Diana?«

»Ah-ha.« Mia steckte sich eine Strähne ihres schulterlangen Haars hinters Ohr. Ihre Lippen wirkten üppig in ihrem Gesicht, das eine hinreißende Knochenstruktur besaß, von der Diana behauptete, sie habe sie von Calvins Mutter geerbt.

Ich fragte mich, wie es wohl für Calvin war, wenn er ins Gesicht seiner Tochter sah und seine tote Mutter darin entdeckte. Und zum ersten Mal fragte ich mich, was wohl passieren würde, wenn ich mich jemals entschied, meine Gene weiterzugeben.

Würde mich meine eigene Mutter aus dem Gesicht eines Kindes anschauen?

»Meine Freunde werden *ausflippen.*« Mia wurde rot. »Wir lieben alle dein Buch, und Mum ist sogar mit uns ins Kino gegangen. Ich musste sie total lange bitten, weil der Film erst ab sechzehn ist, aber er war so *tooooll.*«

Ich kannte den Grund für diese Bewunderung – es war das Autorenfoto in meinen Büchern. Keine Lederjacke, nur ein schlichtes weißes Hemd mit aufgekrempelten Ärmeln, zusammen mit meinen Lieblingsjeans. Die Kamera hatte mein Gesicht erfasst, als ich es gerade mit einem halben Lächeln hob.

»Oh, alle, die Männer mögen, werden das hier zum Fressen gernhaben«, hatte Gigi bemerkt, als ich ihr die Fotos geschickt hatte. »Und du brauchst jede Hilfe, die du bekommen kannst. Mit einem Vorschuss in Höhe von fünftausend Dollar pro Buch wird sich keiner die Mühe machen, deine Werke durchzusetzen. Das sind praktisch Spontankäufe gewesen.«

Wie es sich herausstellte, *hatte* sich jemand die Mühe gemacht, mein Buch durchzusetzen. Ein Schauspieler, der als Vielleser bekannt war, hatte es zufällig am Flughafen gekauft. Dann musste er in seinem Hotelzimmer bleiben, weil draußen in den Straßen ein Aufruhr entstand. Beim Lesen hatte er jedes Kapitel von *Blutopfer* auseinandergenommen, und seine Millionen Fans waren ihm dabei gefolgt.

Gigi hatte mir damals eine Textnachricht geschrieben: *Wappne dich für ein öffentliches Massaker, und um alles in der Welt bleib offline und halte deine Lippen versiegelt.*

Der Grund für diese Warnung? Der Schauspieler hatte eindeutig vorgehabt, das Buch in Grund und Boden zu kritisieren. Er habe »das grellste Cover in dem miesen Flughafenshop« gewählt – er hatte zu Beginn sogar ein kleines Video gedreht, in dem er das Gesicht verzogen und gesagt hatte: »Was zum Teufel soll ich denn machen? Ich sitze hier in diesem beschissenen Zimmer am Arsch der Welt fest, und alles, was ich zur Unterhaltung dabeihabe, ist dieser potthässliche Mist.«

Das war natürlich Blödsinn, denn er hatte natürlich auch sein Handy dabei und hätte sich jederzeit etwas anderes zu lesen herunterladen können, aber das Ganze war eine Show zur Unterhaltung seiner selbst und seiner Zuschauer gewesen.

Und genau wegen seiner anfänglichen Verachtung war der Post viral gegangen. Denn gegen Ende des Buches postete er nur noch sehr knapp.

Scheiße.

Mist.

Oh verdammt, nein.

Lauf, du Scheißkerl!
Du Vollpfosten!
Sie werden alle sterben.
NEIN.

In seinem letzten Post im Thread hatte er geschrieben: *Kauft dieses Buch, Jungs und Mädels. Wir werden es alle gemeinsam lesen – ich muss unbedingt über diesen irren Plottwist sprechen. Und jeder, der die Handlung spoilert, ist ein absolutes Arschloch. Unser Junge Aarav kann wirklich schreiben.*

Dann war er meinem Account gefolgt. Er hatte zu diesem Zeitpunkt fünfundzwanzig Millionen Follower und folgte selbst nur zweihundert Accounts.

Meine Followerzahl schoss von respektablen fünfhundert auf fünfzigtausend hinauf, und zwar innerhalb einiger Stunden. Inzwischen waren es beinahe eine Million, und vielleicht folgten mir einige nur wegen des Autorenfotos und dieser Motorradbilder in der Zeitschrift, aber ich hatte keins dieser Fotos für meine Karriere wirklich gebraucht.

Meine Worte hatten das für mich getan.

Mia schaute sich um und winkte ihren Freunden auffällig zu, damit sie sahen, dass sie mit mir sprach. Da ich keine Lust hatte, Selfies mit kleinen Mädchen zu machen, wollte ich mit Pari schon aufbrechen, als Mias Handy klingelte.

»Das ist Mum«, erklärte sie, runzelte die Stirn und ging ran. »Uh. Wie lange?« Eine Pause, dann sah sie mich an. »Aarav ist hier, um Pari abzuholen. Kann ich mit ihm nach Hause fahren?«

Ich gab ihr ein Zeichen, damit sie mir das mit Glitzersteinen beklebte Handy gab. »Diana«, sagte ich. »Was ist los?«

»Nur eine Reifenpanne.« Sie seufzte. »Ich konnte noch gerade auf eine Tankstelle fahren und warte hier auf den Reparaturdienst. Könntest du Mia vielleicht mitnehmen? Beau hat heute Hockeytraining, wenn Shanti also ein Auge auf sie haben könnte, bis ich wieder da bin, wäre ich dir sehr dankbar.«

»Klar, kein Problem.« Ich glaubte nicht, dass die Fünfzehnjährige gern einen Babysitter wollte, aber es gab ja Mittel und Wege, dem auszuweichen. Nicht, dass ich Dianas übermäßige Sorge um ihre Tochter nicht verstand – ich hatte gerade bemerkt, wie zwei erwachsene Männer, Väter, die ihre Kinder abholten, Mia interessierte Blicke zugeworfen hatten.

Herrgott noch mal. Sie war doch nur ein Kind.

Ich gab Mia das Handy zurück und befand: »Du bleibst bei uns, bis deine Mum nach Hause kommt.«

Sie sträubte sich etwas. »Ich habe einen Schlüssel.«

»Willst du denn keine Zeit mit uns verbringen?«, grinste ich.

Sie kicherte und wurde rot. »Ähm, nein. Ich meine, doch, ja, ich will bei euch bleiben.«

Die begeisterte Pari überließ ihr freiwillig den Beifahrersitz und kletterte auf den Rücksitz. Sie plauderte mit Mia über ihr Haar, als ich losfuhr. Ich hörte kaum zu, aber ich bekam trotzdem mit, wie sie Mias neue Armbanduhr erwähnte. Ich hatte sie schon bemerkt, als wir miteinander gesprochen hatten, es war eine von diesen großen, bunten, die ich auf großen Werbetafeln in der Stadt gesehen hatte.

»Tante Sarah hat sie mir zum Geburtstag geschickt.« Mia zeigte sie. »Ich habe Mum gefragt, ob ich das Geschenk schon aufmachen darf, und sie hat gesagt, das sei meine Sache.«

»Feierst du eine Party?« Paris Stimme klang hoffnungsvoll.

»Eine Übernachtungsparty«, antwortete Mia, bevor ich das Thema wechseln konnte. »Nur für Freunde in meinem Alter.«

Pari sagte: »Oh«, und ich fühlte mit ihr, aber ich verstand natürlich auch, dass Mia kein viel jüngeres Kind auf der Feier ihres sechzehnten Geburtstags haben wollte.

»Aber ich bewahre dir ein Stück Kuchen auf und komme vor der Party bei dir vorbei, dann können wir ein Selfie von uns machen. Zieh dein Partykleid an.« Mias großzügiges Angebot ließ meine Schwester wieder lächeln.

Ja, Diana hatte gute Kinder, Kinder, die mit Liebe aufgezogen worden waren und wussten, was Freundlichkeit war.

»Mum nimmt mich zum Shoppen mit«, fuhr Mia begeistert fort, »und Dad hat gesagt, dass ich mir ein Auto aussuchen darf, wenn ich meinen vorläufigen Führerschein habe. Es darf natürlich nicht allzu viel kosten, also wird es kein Neuwagen sein oder so, und er ist total streng, weil er will, dass das Auto alle Sicherheitssysteme hat, die es gibt, aber ich habe schon ein paar supersüße Gebrauchte online gefunden. Beau hat gesagt, dass er diese lustigen Sitzbezüge bezahlen will, die ich mir ausgesucht habe. Das wird der *tollste* Geburtstag überhaupt!«

»Wolltest du gar keine große Party?«, fragte ich.

»Uh, nein.« Sie verzog das Gesicht. »Die Leute können so was von *fake* sein, weißt du? Ich habe lieber eine super Nacht mit meinen echten Freundinnen.«

»So jung, und schon so weise.«

Fröhliches Gelächter.

»Das ist ein ziemlich schönes Geschenk.« Ich nickte in Richtung ihrer Armbanduhr. »Tante Sarah hat offensichtlich genau deinen Geschmack getroffen.«

»Ja, sie macht gute Geschenke.« Mia bewunderte erneut ihre Uhr. »Außerdem sind sie aus aller Welt! Letztes Jahr war sie mit ein paar Freundinnen auf einer Kreuzfahrt nach Venedig, und von dort hat sie mir die tollste Glasskulptur überhaupt mitgebracht – und Beau hat sie eine alte Partitur geschickt. Der ist total ausgeflippt. Nerd.« Sie sagte es lachend, aber liebevoll.

»Ich meine, wenn Mum und sie miteinander redeten, dann würde ich denken, dass Mum ihr gesagt hätte, was sie mir kaufen soll, aber sie sprechen ja gar nicht miteinander. Tante Sarah hört einfach immer nur sehr gut zu, weißt du?«

»Redet ihr beide denn oft miteinander?« Ich wurde langsamer, um einen älteren Mann die Straße überqueren zu lassen.

»Na ja, wir schicken uns ungefähr einmal im Monat E-Mails. Sie ist so nett, sie verurteilt mich nie.«

»Ihr telefoniert nie?«

Mia schüttelte den Kopf. »Vielleicht ab nächstes Jahr? Dann bekomme ich mein eigenes Handy.«

»Aber du hast doch schon eins«, mischte sich Pari von hinten ein.

»Ja, aber das ist mit Mums verbunden, sodass sie all meine Nachrichten sehen kann.« Sie verdrehte die Augen, ich konnte es an ihrem Tonfall hören. »Aber Beau hat sein eigenes Handy mit siebzehn bekommen, und Mum sagt, ich darf das auch. Sie hat dauernd Schiss, dass ich belästigt werde von einem Kinderschän…« Sie warf einen Blick zur ausgesprochen interessierten Passagierin auf dem Rücksitz. »Du weißt schon, von bösen Leuten.«

Pari war völlig ungerührt. »Wir haben in der Schule viel über Sicherheit im Internet gelernt.«

»Glaubst du, dass Sarah dich nicht anruft, damit deine Mutter nicht weiß, wo sie sich aufhält?«

»Das ist so schräg«, stellte Mia fest. »Ich meine, Beau kann echt ein Arschgesicht sein, aber ich würde nie mehr mit ihm reden. Ich glaube, was auch immer da passiert ist, muss eine *supergroße* Sache gewesen sein. Keine von beiden will darüber reden.«

»Ruft sie denn Beau an?«

»Nein, aber der telefoniert auch nicht gern. Er nimmt die Anrufe einfach nicht an.«

Ich fragte mich erneut, was wohl zum irreparablen Bruch zwischen den Schwestern geführt haben mochte. Diana schien bereit zu sein, das Kriegsbeil zu begraben, aber Sarah sah das offenbar ganz anders. Wenn Sarah also nicht einfach eine blöde Kuh war, musste Diana diejenige sein, die das Unverzeihliche getan hatte.

Es ging mich nichts an, aber ich dachte die ganze Zeit: Was, wenn eine von ihnen starb? Was, wenn sie es vorher nicht schafften, ihre Beziehung zu heilen? Die Sache würde sie für immer verfolgen. Genau, wie meine letzten Augenblicke mit meiner Mutter mich verfolgten.

Wir hatten uns nicht gestritten. Nichts dergleichen.

»Ari, *beta,* wir gehen jetzt los.« Ein schnelles Küsschen auf die Wange. Ich saß am Computer.

Ich löste kaum den Blick vom Spiel auf dem Bildschirm und sagte: »Lasst es krachen.«

Das Letzte, was ich von meiner Mutter sah, war vermutlich ein flüchtiger Blick auf sie in der Tür meines Zimmers, wie sie lachte – aber irgendetwas brachte mich dazu, aufzustehen und an den Treppenabsatz zu gehen, um ihr hinterherzuschauen, wie sie die Stufen hinabging. Sie schaute noch einmal zu mir hoch, und dann war sie fort … für immer.

Wir drei wurden ganz still, als ich tief ins schattige, verregnete Grün des Scenic Drive fuhr, an dem Abhang vorbei, den das Auto meiner Mutter hinuntergestürzt war. Es war Mia, die das Schweigen schließlich brach. »Das muss dich ziemlich traurig machen.«

»Ja.« Sie war zu jung, um zu verstehen, dass es ebenso Wut wie Trauer war, was ich fühlte. Es war, als könnte das eine ohne das andere nicht existieren. »Aber ich freue mich, dass wir sie nach all der Zeit gefunden haben.«

»Wird sie jetzt bald ihre Beerdigung bekommen? Mum hat geweint und gesagt, wie schrecklich sie es findet, ihre beste Freundin begraben zu müssen, aber sie will auch für sie kämpfen. Sie sagt, sie will das Kleid tragen, das deine Mum ihr gegeben hat, obwohl es knallrot ist.«

»Ich muss warten, bis die Polizei den Leichnam freigibt.« In Wahrheit hatte ich seit dem Tag, an dem die Gebeine gefunden worden waren, noch gar nicht darüber nachgedacht, sie zu begraben.

Meine Mutter war tot; mehr als diese Knochen gab es nicht mehr von ihr. Aber vielleicht würde eine Beerdigung ein paar Steine umdrehen, mehr dunkle Geheimnisse ans Licht bringen. Zu diesem Zeitpunkt war es ein Ding der Unmöglichkeit, die Alibis all der Leute zu überprüfen – nach zehn Jahren war eine ungenaue Erinnerung nicht gerade verdächtig.

Ein Motorradreifen auf nassem Asphalt. Regen, der gegen das Schutzvisier meines Helms prasselt.

Protokoll

Sitzung #10

»Sie hatte einen großen Einfluss auf Ihr Leben.«
»Ja. An manchen Tagen muss ich mich zwingen, nicht an sie zu denken – es ist fast, als verspottete sie mich.«
»Und doch hatten Sie beide, nach dem, was Sie gesagt haben, keine streitbare Beziehung.«
»Wir hatten ... eine andere Art von Beziehung. Es ging um Macht und darum, wer sie hatte, und es war nicht ... gesund, so wie es in einer Beziehung sein sollte.«
»Wie meinen Sie das?«
»Sie war wunderschön, sie besaß die Sorte Schönheit, die einem Menschen extreme Macht verleiht. Ich konnte sehen, wie sie Männer um den Finger wickelte, indem sie einfach nur lächelte und ihnen einen speziellen Blick zuwarf. Frauen reagierten nicht immer auf sie, aber wenn sie sich bemühte, schon. Und sie bemühte sich hin und wieder – sie hatte Freundinnen, sogar eine beste Freundin.«
»Und wie hat diese Schönheit die Beziehung beeinflusst?«
»Sie ... lassen Sie mich darüber nachdenken.«
[Pause]
»Leute wie sie denken nicht immer genau über die Konsequenzen ihrer Handlungen nach. Sie hat Dinge getan, die ... denen wehtaten, die sie liebten.«

39

Constable Neri rief eine Stunde später an, als Reaktion auf meine Nachricht. »Danke für Ihre Geduld«, sagte sie. »Ich habe mit meinen Vorgesetzten gesprochen, und die Überreste werden innerhalb der nächsten fünf Tage freigegeben.«

Die Überreste.

So ein anschaulicher Begriff, wenn man mal darüber nachdachte. Eine Kiste voller Knochen war alles, was von einem Menschen übrig blieb, der einst im Regen gelacht und getanzt und seinem Sohn einen Gutenachtkuss gegeben hatte. »Danke.«

»Haben Sie schon überlegt, was Sie damit anfangen wollen?«

»Eine schlichte Einäscherung.«

»Wir würden gern daran teilnehmen.«

»So wie im Fernsehen?« Ich schaute durch die Balkontüren zu, wie Hemis Mercedes-SUV in seine Einfahrt bog. Zur gleichen Zeit tauchte Isaacs Auto in der Ferne auf. »Für den Fall, dass der Täter auftaucht?«

»Man weiß nie. Manchmal ist es so lange leicht, mit der Schuld zu leben, bis man mit der Nase auf die Beweise für die eigenen Taten gestoßen wird.«

Hemi fuhr sein Auto in seine Garage, und ich dachte an die bitteren Worte meines Vaters. Abgesehen von den Streiten, war es möglich, dass Hemi zum Zeitpunkt des Todes meiner Mutter immer noch ihr Geliebter gewesen war? Oder hatte ich recht, was Brett anging? Oder Isaac?

Es gab zu viele Möglichkeiten, und mir schmerzte der Kopf davon, es drehte sich alles.

Vielleicht hatten die Worte, die meine Mutter meinem Vater an den Kopf geworfen hatte, verletzen sollen, und ihr Geliebter war ein unbekannter Dritter … vielleicht ein Fremder, der auf der Beerdigung auftauchen würde. »Ich schicke Ihnen die Daten, sobald ich sie habe.«

»Das wissen wir zu schätzen.«

Nachdem ich aufgelegt hatte, galt mein erster Anruf Paul und Margaret. »Mags«, begrüßte ich sie, als sie sich mit rauchiger und träger Stimme meldete, »Isaac geht gerade zu eurem Haus, als führte er etwas im Schilde.«

»Verdammter Mist. Danke, Süßer.«

Eine Minute später sah ich durchs Fernglas, wie Mellie durch die Hintertür der Dixons hinausging und auf Zehenspitzen um die Hausecke schlich. Gleichzeitig hämmerte Isaac gegen die Haustür der Dixons. Sie öffnete sich, und Margarets Pailletten des Tages glitzerten im Licht, als sie ihn hereinbat.

Mellie ging schnurstracks durch die Cul-de-Sac zum Haus, das sie mit Isaac teilte. Sie hielt die Schuhe in der Hand, ihr Haar fiel ihr über die Schulter. Auf halbem Weg blieb sie stehen und winkte in meine Richtung. Ich lachte. Diese kleine komödiantische Szene war eine hochwillkommene Auflockerung.

Der arme Isaac. Er sollte wirklich aufhören, zwanzig Jahre jüngere Frauen zu heiraten. Andererseits waren Paul und Margaret alt genug, um Mellies Großeltern zu sein, also ging es hierbei anscheinend nicht um das Alter. Was mich wieder an etwas erinnerte.

Ich wollte gerade recherchieren, ob irgendetwas über Isaacs frühere Scheidungen im Internet zu finden war, als ich eine Eingebung hatte und bei ihm zu Hause anrief.

Mellie antwortete mit einem atemlosen: »Hallo?«

»Mellie, ich bin's, Aarav.«

»Oh! Tausend Dank für die Warnung! Isaac wäre durchgedreht, wenn er mich mit Paulie und Mags erwischt hätte.« Sie kicherte, und es klang ein wenig *zu* fröhlich. »Ich mache mich mal wieder gesellschaftsfähig. Ich stelle dich mal eben auf laut.«

Ja, ich würde die Tatsache ausnutzen, dass sie ganz eindeutig high war. »Mellie, ich hätte da eine merkwürdige Frage.«

»Ja?«

»Weißt du, ob eine von Isaacs Ehefrauen ihn bei der Scheidung über den Tisch gezogen hat?«

»Oh ja. Nummer zwei.« Ein Kichern. »Bei Ehefrau Nummer eins hatte er noch nicht viel, aber bei Nummer zwei war er schon reich. Er hat mich dazu gezwungen, einen Ehevertrag zu unterschreiben. Buh.« Es klang, als schmolle sie.

»Oh, dann war er wohl nach der Scheidung finanziell in einer schlechten Lage?«

»Nach welcher?« Mellie begann, verträumt vor sich hin zu summen.

»Nach der zweiten.«

»Nein.« Noch ein Kichern. »Er versteckt Geld.« Das war geflüstert. »Er denkt, ich wisse das nicht, aber ich habe Kontoauszüge gefunden, und Margaret hat die Dinge dann recherchiert. Sie sagt, er habe schon seit *Ewigkeiten* jede Menge davon. An Orten wie den Kaimaninseln.«

»Wie viel ist das denn so?«

»Millionen.« Ein leises Klappern. »Upsi, habe den Lippenstift fallen lassen.« Sie summte weiter. »Die arme Frau Nummer zwei wusste das nicht. Sie dachte, sie habe die Schlacht gewonnen, weil er sie aus diesem Haus herauskaufen und ihr ein paar Hunderttausend geben musste.«

Ich strich Isaacs Namen von der Liste meiner Verdächtigen; ja, da war eine winzige Chance, dass auch er der

Geliebte meiner Mutter gewesen war, aber eigentlich glaubte ich das nicht. Isaac stand eher auf üppige Blondinen – jede seiner Ehefrauen hatte diesem Muster entsprochen. »Viel Glück mit Isaac.«

»Ah-ha.«

Als ich aufgelegt hatte, fragte ich mich, warum mich Mellies Untreue – wenn es überhaupt Untreue war und sie nicht einfach nur mit den beiden Gras rauchte – so gar nicht störte. Vielleicht lag es daran, dass mir ihre Beziehung zu Isaac immer oberflächlich vorgekommen war. Nur Glanz ohne etwas darunter.

Jetzt, da die Frage zu Isaac beantwortet war, machte ich mich an eine weit schwierigere Aufgabe und rief das Beerdigungsinstitut der Stadt an. Die Stimme, die sich meldete, klang warm und beruhigend und gehörte einer Frau mit langjähriger Erfahrung mit trauernden Angehörigen. Als ich mich vorstellte, entstand eine winzige, aber spürbare Pause.

Offenbar waren selbst erfahrende Beerdigungsinstitute nicht auf Beerdigungen von Frauen eingerichtet, deren Namen zurzeit in allen Medien kursierte.

»Natürlich, das ist gar kein Problem«, sagte sie, als sie sich gefasst hatte. »Wenn Sie wünschen, können wir es arrangieren, die Überreste direkt von der Polizei abzuholen. Wann möchten Sie denn die Trauerfeier abhalten?«

Als wir uns auf ein Datum geeinigt hatten, fragte die Frau, wann ich denn Zeit hätte, mit ihr die Einzelheiten der Feier zu besprechen.

Einzelheiten.

Zum Beispiel ihren Lieblingssong oder Fotos von ihr als Diacollage. Normale Dinge, die Kinder so taten. Ich musste mich zusammenreißen, um nicht zu lachen, um zumindest normal zu *tun*.

Da ich noch nicht wusste, was ich tun sollte, um den Mörder meiner Mutter zu finden, setzte ich mich nach dem Anruf hin und suchte Fotos für die Collage zusammen. Nach dem Verschwinden meiner Mutter hatte mir mein Vater gesagt, er werde all die Fotoalben wegwerfen und alle digitalen Fotos löschen, auf denen sie zu sehen sei – wenn ich etwas davon wolle, müsse ich es mir holen.

Ich hatte alles mitgenommen und dann die physischen Fotos digitalisiert und in die Cloud geladen. Jetzt füllte wieder ihr Gesicht den Bildschirm. Meine Mutter in einem Cocktailkleid. In einem Alltagskleid, mit Diana neben sich. In diesem gelben Halterneck-Badeanzug. Sie hockte neben mir am Strand, unser Haar war nass, und unsere Haut leuchtete.

Sie hatte den Kopf lachend erhoben, keine Schärfe, keine Wut lag in ihrem Blick.

So hätte sie immer sein können, wenn Ishaan Rai ein anderer Mensch wäre.

»Denk dir keine Geschichten über mich aus, Ari.«

Boshaftes Gelächter in meinem Ohr. »Du weißt, dass ich ein Sehnen in mir hatte, das nichts hätte lindern können. Vielleicht lag es daran, dass ich früher nie genug hatte – aber ich wollte *alles*.«

Sie hatte diese Worte nie zu mir gesagt, aber sie klangen so klar in meinem Kopf, als säße sie direkt neben mir.

Ich umklammerte mit der Hand die externe Maus meines Laptops, klickte auf das Bild von uns beiden am Strand und speicherte es für das Beerdigungsinstitut. Das war die Mutter, die ich liebte, die Mutter, an die ich mich erinnern wollte.

Ich scrollte weiter.

Als ich älter wurde, wurde sie glamouröser und erstaunlicherweise immer schöner. Ihr Lächeln war nicht mehr so offen. Ein Geheimnis schien sie zu umwehen. Ihr Körper wurde schlanker, ihre Wangenknochen traten stärker hervor.

Ich schaute mir ein Bild von ihr in einem blauen Kleid an, auf dem sie ein Champagnerglas in der Hand hielt. Sie sah direkt in die Kamera – direkt in meine Augen. Ich hatte dieses Bild unten gemacht, als meine Eltern Freunde zu Drinks und Kanapees eingeladen hatten. Ich hatte nicht lange bleiben dürfen und in der kurzen Zeit Schnappschüsse von der Feier gemacht.

»Möchtest du einmal Champagner probieren, Ari?« Ein Flüstern, ein Glitzern in den Augen, dann sagte sie auf Hindi: »Ich lass dich probieren.«

»Nein.«

»Nein?« Sie lachte. »Was habe ich nur für einen guten *beta*.«

Sie hatte vor allem einen Sohn, der sie mehr als einmal betrunken erlebt hatte. Der Geruch nach Alkohol hatte auf meiner Lunge und meiner Zunge gelegen, bis ich glaubte, ihn nie wieder loswerden zu können. Dann war ich ihm schließlich doch noch in die Arme gefallen, noch ein Opfer des Bedürfnisses, sich zu betäuben, zu vergessen.

Ich speicherte das Foto.

40

Ich speicherte auch die Fotos meiner Mutter mit ihren Eltern.

Es waren hauptsächlich sepiagetönte Schnappschüsse, die sie in ihre neue Heimat mitgenommen hatte, aber sie ist noch zweimal zurück nach Indien gefahren. Als ich ungefähr fünf Jahre alt gewesen war, war ich mitgekommen; meine stärkste Erinnerung an diese Zeit war, wie ich mit meiner Großmutter an einem Feuer draußen saß, während eine Kuh in der Nähe muhte und die letzten Sterne am Himmel verblassten. Auf den Feldern stand das Getreide, man hörte das Rascheln der Halme.

»Warum kommen uns Nana und Nani nie besuchen?«, hatte ich sie einmal gefragt.

»Oh, *mer pyara beta*«, hatte sie geantwortet und mit den Fingern über meine Wange gestrichen.

Das war die einzige Antwort, die ich je darauf bekommen hatte. *Oh, mein süßer Junge.*

Aber je älter ich wurde, desto weniger war ich darauf angewiesen, dass sie die Wahrheit in Worte kleidete. In ihrem hübschen kleinen Häuschen auf dem Land in Indien, das einen glänzenden neuen Fernseher hatte, für den meine Mutter das Geld geschickt hatte, neu geflieste Böden und hübsche Vorhänge, konnten sich meine Großeltern das prächtige Leben ihrer Tochter »im Ausland« mit einem wunderbaren, großzügigen Ehemann ausmalen.

Mein Vater war tatsächlich in einer Hinsicht großzügig gewesen – er hatte ihr Kredit in allen Designerboutiquen in der Stadt eingerichtet. Meine Mutter konnte ihm immer die Rechnungen für Kleidung und Schmuck geben. Dinge, die sie an seinem Arm gut aussehen ließen. Sie hatte außerdem eine Kreditkarte für die Treffen zum Mittagessen mit den Mädchen, solche Sachen.

Alle Rechnungen waren an meinen Vater gegangen, sodass er sie bei jedem ungewöhnlichen Kauf befragen konnte.

Und das Geld, das sie ihren Eltern geschickt oder auf mein Konto überwiesen hatte? Das hatte sie sich verschafft, indem sie in den Boutiquen Designerkleider gekauft und sie dann nach einer Weile wieder verkauft hatte.

Mein Vater hatte meine Mutter an der finanziellen Leine gehalten. Ich hatte immer geglaubt, dass es ihr Plan sei, genügend zu sparen, um ihn dann vor Gericht auszunehmen, aber dann verschwand sie, und er verlor nur die Hälfte des Wertes des Hauses.

Ich schickte ein ZIP-Dokument mit den Fotos an das Bestattungsinstitut.

Erledigt. Wieder alles normal.

Ich konnte beinahe den Atem meiner Mutter im Nacken spüren. Ich stand auf und machte mich auf den Weg nach unten, wobei meine Krücken bei jedem Schritt aufschlugen. Ich schaffte es zu meinem Auto, ohne jemand anderen zu sehen – Mia war schon lange wieder zu Hause, und Pari machte vermutlich in ihrem Zimmer Hausaufgaben.

Das Notizbuch in meiner hinteren Hosentasche bohrte sich in meinen Hintern, daher holte ich es heraus und warf es ins Handschuhfach. Ich fuhr gerade am Café vorbei, als ich Lily sah. Der Anblick schien einen Schalter irgendwo in meinem Hirn umzulegen, und ich wusste plötzlich, dass heute einer der wenigen Abende war, an denen sie nicht geöffnet hatte. Sie war vermutlich so lange geblieben, um Papierkram zu erledigen oder Inventur zu machen.

Ich hielt an und ließ das Fenster herunter. »Willst du mitfahren?«

Ihre Augen wurden ganz schmal, dann schaute sie auf die braune Papiertüte in ihrer Hand hinunter und zuckte die Achseln. »Ja, okay.«

Sie brachte den Geruch nach Zucker und Kaffee mit. »Übrig gebliebene Kuchen«, stellte sie fest und reckte sich nach hinten, um die Tüte auf die Rückbank zu legen. Dann zog sie ihre schwarze Fleecejacke umständlich aus. »Wohin fahren wir denn?«

Darüber hatte ich gar nicht nachgedacht. »Zum Huia-Aussichtspunkt?« Dort war es zu dieser Zeit sicher ganz leer, zumal es jetzt auch wieder windig war.

»Gut.« Sie lehnte sich zurück, schlank und adrett in ihrer schwarzen Uniform.

Die ganze Fahrt zum Aussichtspunkt über sprachen wir kein Wort, und als wir ankamen, dämmerte es bereits, aber es war noch nicht ganz stockdunkel. Die Welt befand sich zwischen Tag und Nacht. Es standen keine anderen Autos auf dem kleinen Parkplatz, der von Grün umgeben war, und der Picknicktisch war leer.

Wir gingen zusammen durch den Wind und zum Aussichtspunkt. Das Land fiel um uns herum schwindelerregend steil ab. Die Berge in der Ferne wirkten wie Riesen, das Meer vor uns war so dunkel wie der Horizont.

Unter uns sahen die kaum erkennbaren Farnbäume trügerisch weich und einladend aus.

Einen Sturz aus dieser Höhe würde nichts abfangen, man würde schreiend durch die Farne und Baumkronen fallen. Vielleicht würde sich einer der Äste in den Kleidern oder Gliedmaßen verfangen und den Körper wie eine kaputte Puppe in der Luft hängen lassen, aber man wäre dann nicht mehr am Leben, um das blutige Kunstwerk schätzen zu können.

»Ich könnte hier jemanden umbringen.«

Lily zuckte zusammen und tat einen Schritt zurück.

»In meinen Büchern.« Ich grinste. »Tut mir leid, das ist die Gefahr mit einem Schriftstellerhirn.«

Dunkle Augen musterten mein Gesicht, dann zuckten Lilys Mundwinkel. »Du warst schon immer ein wenig schräg. Ich habe mal dein Zimmer geputzt und dabei dieses Heft gefunden, voller Notizen über Gerichtsmedizin und Methoden, wie man Leichen versteckt.«

»Recherche ist wichtig.«

Lily rieb sich die Arme, den Blick auf die dunklen Wellen der Tasmanischen See gerichtet. »Gott, das ist so atemberaubend, oder? Hier draußen kann man völlig vergessen, dass eine ganze Stadt weniger als eine Stunde entfernt lebt und atmet.«

Ich wandte mich von ihr ab und schaute nach rechts. Ich sah die Lichter einiger Häuser wie kleine Sterne in der Dunkelheit. Man konnte sich diese Landschaft wie eine uralte Bucht vorstellen, bevölkert nur von einzelnen Fischern. »Fragst du dich auch manchmal, wie viele Menschen wohl tot im Busch liegen? Leute, die niemand je gefunden hat?«

Ich hatte einmal ein paar Folgen einer Serie geschaut, in der es um Hellseher ging, die die Ermittler in den Urwald führten, weil sie sicher waren, dass das jeweilige Opfer im gefräßigen Grün lag. Sie hatten nie eine Leiche gefunden, aber in einem Fall hatte der Hellseher immer tiefer gegraben, weil er sich so sicher gewesen war. Ich fand, dass das der realistischste Teil der Sendung war – wenn ich eine Leiche vergraben müsste, würde ich das auch im Busch tun, wo die Überreste meines Opfers ungestört ein Leben lang und länger liegen würden.

Lily legte die Hand auf meinen Oberarm. »Es tut mir so leid, Aarav.« Sanfte Worte. »Was auch immer sie war, Nina war vor allem eine gute Mutter. Ich erinnere mich an all die

Male, wenn sie von ihren Mittagessen mit Freundinnen mit einer Tüte deines Lieblingsessens wiederkam, und wie sie dich immer von der Schule abholte. Sie hat das hier nicht verdient.«

Zum ersten Mal, seit die Überreste meiner Mutter gefunden worden waren, drohten sich meine Augen zu röten. Ich starrte in den Wind und schluckte hart. Instinktiv wollte ich zuschlagen, Lily dafür verletzen, dass sie unter meine Haut geschaut hatte, aber die Worte kamen einfach nicht. Ich drehte mich um und ging zurück zum Auto. Der Wind wurde jetzt stärker, und ich musste aufpassen, mit meinen verdammten Krücken nicht umgeweht zu werden.

Als ich im Auto saß, nahm ich die Kuchentüte und holte einen mit Schlagsahne gefüllten Donut heraus. Lily nahm sich ein Eclair, und so saßen wir da und aßen Fett und Zucker, während sich tintenschwarze Dunkelheit auf die Welt draußen senkte. Im Busch unter dem Aussichtspunkt war die Nacht noch dunkler, stockfinster und undurchdringlich. Meine Mutter hatte ihre letzten Atemzüge in einsamer Schwärze getan, in einer Dunkelheit ohne Hoffnung.

»Woher hast du eigentlich das Geld für das Café gehabt?« Ich wandte mich zu ihr um. »Sag's mir einfach. Ich muss ständig darüber nachdenken, und ich hätte gern wenigstens einen Menschen, dem ich trauen kann.«

Sie sah mich unbewegt an. In ihrem Blick lag eine Härte, die weit schlimmer war als alles, was ich bisher an ihr gesehen hatte. »Du bist so privilegiert, Aarav. Ist dir das eigentlich bewusst?« Sie machte eine abwehrende Handbewegung. »Ja, deine Mutter wurde umgebracht, aber ich habe *meine* Mutter nicht mehr gesehen, seit ich zwölf war und mein Vater beschloss, mich zu kidnappen und in dieses Land zu bringen. Sie starb, während sie noch miteinander um das Sorgerecht stritten – und es war ein schrecklich ungleicher

Kampf, weil sie nicht einmal ein Zehntel seiner Mittel hatte.«

»Tut mir leid. Das wusste ich nicht.«

»Woher solltest du auch?« Sie verzog den Mund. »Ich war ja nur das Dienstmädchen.«

»Jetzt gib mir nicht dafür die Schuld.« Ja, ich war manchmal wirklich ein Scheißkerl gewesen, aber nicht zu Lily. »Du hattest die Macht in der Beziehung, nicht ich.«

Sie sog scharf die Luft ein und atmete dann zittrig wieder aus. »Weißt du, ich hatte keine Gewissensbisse deswegen, erst später, erst, als ich schon Sex mit dir gehabt hatte – ich war die ganze Zeit so wütend.« Ein schneller Blick zu mir. »Warum hast du deinen Eltern nicht gesagt, dass ich dein Geld gestohlen hatte?«

»Ich wollte nicht, dass sie dir kündigen, und dachte, dass du es vermutlich wirklich brauchtest.« Zweihundert Dollar, die mir mein Vater anstelle von Zuneigung oder Aufmerksamkeit geschenkt hatte. Lily war mir wichtiger gewesen.

»Manchmal bist du beinahe menschlich.« Sie nahm sich ein Plunderteilchen aus der Tüte, blätterte sorgsam die Zuckerglasur ab und aß sie. »An dem Tag, an dem ich achtzehn wurde, verließ ich das Haus meines Vaters. Er hatte mir meine Mutter gestohlen – all die Jahre, die ich mit ihr hätte haben können.«

Sie bröckelte mehr ab und aß. »Deshalb hätte ich Nina niemals wehtun können, egal, wie zickig sie zu mir war. Du hast deine Mutter geliebt, und ich mochte dich.« Winzige Glasurbröckchen fielen in ihren Schoß. »Immerhin hatte ich bei den alten Herren mehr Glück – meiner hatte anscheinend solche Gewissensbisse, dass er mir alles vererbt hat. Ich bekam die Dreiviertelmillion Dollar, als ich noch für deine Eltern arbeitete.« Ein sardonisches Lächeln. »Ich hätte das deiner Mutter so gern ins Gesicht geschleudert.

Aber all diese giftige Wut in mir … Ich saß einfach monatelang auf dem Geld und wusste nicht, was ich davon halten sollte. Aber auf gar keinen Fall musste ich eine Viertelmillion stehlen.«

»Das Café hat sicher nicht annähernd so viel gekostet wie dein Erbe.« Es war zu klein, mit zu wenig Stammkundschaft, und das Grundstück, auf dem es stand, war zu klein, als dass man etwas anderes daraus hätte machen können.

»Nein, ich habe immer noch eine Menge Geld. Ich habe es in ein Rentenkonto investiert.« Sie nahm einen Bissen vom Plunder, kaute bewusst und schluckte. »Ich fand, dass sein Geld das Mindeste war, was er mir schuldig war. Ein schwacher Trost dafür, dass er meine Mutter umgebracht hatte – sie starb an einem gebrochenen Herzen, und niemand wird mich je davon überzeugen können, dass es anders war.«

Ich starrte hinaus in die Dunkelheit, die so schwarz war, dass ich den Aussichtspunkt nicht mehr erkennen konnte, geschweige denn das, was dahinter lag. Ich überlegte, das Thema ihres zweiten Geschäfts anzuschneiden … aber das wäre sinnlos und nur grausam gewesen. Um dieses kleine Nebenunternehmen aufzuziehen, hatte sie sicher nicht viel Geld gebraucht – und soweit ich das wusste, war das Haus selbst gemietet. Das konnte ich leicht mit ein wenig Internetrecherche überprüfen.

»Wusste meine Mutter von deinen Lebensumständen?«

Ein Lachen vom Beifahrersitz, das tatsächlich ehrlich klang. Ich sah sie an, ihr Gesicht leuchtete, ihre Augen glitzerten. »Aarav, deine Mutter hielt mich für wenig mehr als Dreck unter ihren Schuhen. Sie hat sich einen Scheißdreck um mein Leben gekümmert.«

Dazu konnte ich nichts sagen – ich hatte mit eigenen Augen gesehen, wie meine Mutter Lily behandelt hatte. »Ich habe das nie verstanden.« Selbst das zu sagen, kam mir schon illoyal vor. »Lag es daran, dass du jung und wunderschön warst? Die anderen Angestellten behandelte sie nie so schlecht.«

Ich sah, wie sich Lilys Schultern unter dem Schwarz ihres langärmeligen T-Shirts bewegten. »Vielleicht habe ich sie daran erinnert, wie sie selbst einmal war, und das konnte sie nicht ertragen.«

Ich wünschte, ich könnte die Zeit zurückdrehen. Ich wünschte, ich könnte das Leben diesmal richtig leben.

Bitteres Gelächter. Alkoholgeschwängerte Worte.

Ich wandte den Blick vom scharfen Pfeil der Wahrheit ab. »Gibt es noch Kuchen?«

»Einen Blaubeer-Muffin.«

Ich nahm ihn aus der Tüte, aß ihn, und irgendwie blieben wir einfach in der Dunkelheit sitzen, während sich die Sterne durch die Wolken arbeiteten. Als Lily sagte: »Willst du mit mir kommen?«, dachte ich an das Vergessen, das ich in den Armen einer willigen Frau finden konnte.

»Nein«, erwiderte ich schließlich. »Wir sind beide schon genug verkorkst.«

Wieder ein Lachen, diesmal leiser. »Und schon wieder bist du menschlich. Du wirkst gar nicht wie jemand aus der Familie Rai.«

Protokoll

Sitzung #11

»Tut mir leid, dass ich die letzte Sitzung verpasst habe. Haben Sie meine Absage erhalten?«
»Ja, und ich verstehe das natürlich. Wie lief es?«
»So gut, wie man es eben erwarten konnte. Aber wir sind ja nicht hier, um darüber zu sprechen.«
»Wo wollen Sie denn anfangen?«
»Bei ihr. Immer bei ihr.«

41

Und dennoch landete ich schließlich in Lilys Wohnung – sie wohnte nicht in dem Haus in Titirangi, wo ich sie und Ginger und die andere Frau gesehen hatte. Ihr Zuhause war eine Zweizimmerwohnung am Stadtrand, hinter der der Regional-Park lag. Sie hatte einen kleinen Garten, der jetzt im Winterschlaf schlummerte.

Als ich sie zu ihrem Auto in der Cul-de-Sac gefahren hatte und sie mich einlud, noch einen Kaffee bei ihr zu trinken, ging ich mit, weil ich mich in Lilys Gesellschaft entspannter fühlte als mit jedem anderen. Sie sah die Risse in meiner Persönlichkeit, die mich nicht normal sein ließen, und es war ihr egal. Vielleicht lag das daran, dass Lily dieselben übertünchten Makel hatte.

Wir tranken Kaffee, schauten Schund-Reality-Fernsehen, und sie erzählte mir, dass Dienstmädchen alles Mögliche wahrnahmen, weil sie »für die meisten reichen Leute unsichtbar« waren. »Willst du ein paar Sachen erfahren, auch wenn sie dein Bild von deiner Mutter beschädigen?«

»Ich trage keine rosafarbene Bille. Sie hatte Fehler, sogar eine ganze Menge davon.«

»Sie hatte eine Affäre mit Hemi. Eine *ernste* Affäre. Die beiden waren wie kleine Welpen miteinander, als entdeckten sie zum ersten Mal in ihrem Leben die Liebe.«

»Bist du dir sicher?«

»Ich habe die Briefe gesehen, die er ihr geschrieben hat – voller kitschiger romantischer Sachen. ›Liebe meines Lebens‹. ›Der Grund, warum ich morgens aufstehe‹. Solche Dinge.«

»Hat sie die Gefühle erwidert?«

»Ich weiß es nicht – aber wenn nicht, oder wenn sie beschlossen hatte, mit ihm Schluss zu machen – na ja, ein Mann, der so starke Gefühle für eine Frau hat, kann leicht mal gewalttätig werden.«

»Hemi war bei der Mahi-Preisverleihung in der Nacht, in der sie verschwand. Ich habe heute Nachmittag das Beweisfoto online gefunden.«

Lily verzog das Gesicht. »Im SkyCity, oder? Ich gehörte zum Kellnerteam.«

»Was für ein Zufall.«

»Gar kein Zufall.« Sie nahm einen Schluck vom grünen Tee, den sie nach dem Kaffee gekocht hatte. »Tia wusste, dass ich für eine Agentur arbeite, und einen Monat bevor Nina mich rauswarf und ich vor dem Haus deiner Eltern stand, fragte mich Tia, ob die Agentur auch größere Veranstaltungen organisierte.«

Plötzlich schwieg sie. Dann sagte sie: »Sie war so zerbrechlich, und ich war mir ziemlich sicher, dass sie eine Perücke trug. Aber sie hatte eine solche *Präsenz*.«

»Krebs.« Es klang hart.

»Dachte ich mir. Jedenfalls gab ich ihr die Visitenkarte und bat sie, sie solle sagen, ich habe sie empfohlen – wir bekamen damals einen Bonus für Weiterempfehlungen, und ich tat damals immer noch so, als gäbe es das Blutgeld meines Vaters nicht. Sie fragte damals offenbar, ob ich als Personalleiterin eingestellt werden könnte, weil sie gern mit mir zusammenarbeiten wollte.«

»Hast du damals Hemi gesehen?«

»Klar – und ich sah auch Tia, die ungefähr nach einer Stunde ganz wackelig wurde. Das ergibt ja auch Sinn, wenn sie noch eine Chemo bekam. Ziemlich zähe Frau, dass sie überhaupt so lange blieb. Sie gab mir noch ein paar letzte Anweisungen, und dann fuhren sie früh wieder nach Hause.«

Ich erstarrte. »Bist du sicher?«

»Ja. Sie tat mir leid, weil sie so viel Arbeit in die Veranstaltung gesteckt hatte.«

Also hatte Riki gelogen, was das Alibi seines Vaters anging – oder er hatte einfach nicht gewusst, wann seine Eltern wirklich nach Hause gekommen waren. Jene Nacht war für ihn längst nicht so wichtig gewesen wie für mich; man konnte nicht von ihm erwarten, dass er sich an alle Einzelheiten erinnerte. Aber hätte meine Mutter Hemi in dem kurzen Zeitraum in ihr Auto einsteigen lassen können, nachdem sie das Haus verlassen und bevor sie losgefahren war? Und hätte er Tia allein gelassen, obwohl sie sich nicht gut fühlte?

Der Mann hatte sie betrogen, während sie gegen den Krebs kämpfte.

Ja, er war absolut in der Lage, sie allein zu lassen und mit meiner Mutter wegzufahren.

Ein Pochen in meiner linken Schläfe. Mist. »Ich fahre wohl besser nach Hause.«

Lily hielt mich nicht auf, berührte aber an der Tür wieder meinen Arm und sagte: »Komm bald mal wieder vorbei.« Ihre Finger waren ganz warm. »Es ist schön, mit jemandem zusammen zu sein, der genauso verkorkst ist wie man selbst.«

Das Hämmern in meiner Schläfe wurde schlimmer, als ich in meinem Auto saß. Ich durfte die Migränetabletten nicht nehmen, wenn ich noch fahren wollte, also biss ich die Zähne zusammen und startete den Motor. Aber als vor meinen Augen Blitze zuckten, wusste ich, dass ich es nicht mehr nach Hause schaffen würde.

Ich bog in eine kleine Haltebucht an der Straße. An der Seite fiel der Busch in die Dunkelheit ab. Ich öffnete das Handschuhfach und nahm die Tablettenschachtel heraus, die ich hineingeworfen hatte.

Sie war leer.

Scheiße.

Ich erinnerte mich überhaupt nicht daran, sie genommen zu haben, aber es musste so gewesen sein. Galle stieg meine Speiseröhre hinauf, und ich wühlte darin herum, suchte nach einer Tablette, die vielleicht herausgefallen war, oder nach einer anderen Schachtel, die ich vielleicht hineingeworfen und wieder vergessen hatte.

Nichts.

Die Lichter wurden zu Hämmern, die Hämmer zu einem Schraubstock. Und dann … süßes Vergessen.

Protokoll

Sitzung #12

»Das ist das letzte Mal, dass ich hierherkomme.«
»Warum?«
»Ich erzähle Ihnen viel zu viel. Dinge, die sonst niemand weiß. Ich rede über sie, und alles kommt heraus.«
»Haben Sie denn eine bessere Kontrolle über Ihren Zorn, seit Sie zu unseren Sitzungen kommen?«
»Wollen Sie damit sagen, dass ich ohne Ihre jämmerliche Hilfe nicht zurechtkäme?«
»Ich sage nur, dass Sie nicht aufgeben sollten. Sie stehen kurz davor, sich selbst und Ihren Schmerz, Ihre Wunden besser zu verstehen.«
»Oh, Herrgott noch mal, verschonen Sie mich mit diesem rührseligen Blödsinn.«

42

Ich wachte von dem Geruch nach Desinfektionsmittel und dieser merkwürdigen Mischung aus gedämpften Stimmen und Murmeln auf, das mir vor gar nicht langer Zeit so vertraut geworden war. Das Licht schmerzte in meinen Augen, aber es war nicht der durchdringende Schmerz einer Migräne. Ich atmete einige Male ein und aus und wandte dann den Kopf zur Seite – Diana saß auf einem Stuhl neben dem Bett, vornübergebeugt und den Kopf in die Hände gestützt.

»Diana.« Es war nur ein Krächzen.

Sie riss den Kopf hoch, und ich sah, dass ihre Augen gerötet waren. »Oh, mein Gott, Aarav. Du bist wach!« Ihre Stimme bebte, und sie wollte aufstehen. »Ich muss die Ärzte rufen.«

»Warte.« Ich versuchte, mich aufzusetzen. Sie kam sofort, um mir das Kissen zurechtzulegen. »Was ist passiert?« Ich trug ein Krankenhaushemdchen statt meiner Straßenkleidung. Jemand hatte meinen Gehverband auf ein Kissen hochgelegt.

»Ich habe Calvin zum Krankenhaus gefahren, weil er eine Notoperation machen musste – wusstest du, dass sein Auto in der Werkstatt ist? Nein, natürlich nicht …«

»Diana.«

Sie atmete tief ein, hielt den Atem an und atmete dann wieder aus. »Entschuldige. Na ja, wir sahen dein Auto am Straßenrand. Wir waren uns erst nicht ganz sicher, ob es deins war, aber dann sah ich den gelben, achteckigen Aufkleber der Mietwagenfirma auf dem Heckfenster.« Ihre Worte purzelten jetzt wieder übereinander. »Die Straße war ganz leer, also wendete ich und hielt neben dir. Calvin versuchte, durch das Fahrerfenster zu spähen. Wir dachten erst, dass es nur eine Panne sei – aber an so einer gefährlichen Stelle. Dann entdeckte Calvin dich – du warst über dem Lenkrad zusammengesackt.« Sie legte die Hand aufs Herz. »Gott sei Dank war die Tür nicht abgeschlossen. Calvin konnte deine Vitalfunktionen überprüfen, und ich rief dann einen Krankenwagen. Calvin blieb bei dir, bis der Krankenwagen kam, weil sein Patient noch für die OP vorbereitet wurde. Dann bin ich mit dir im Krankenwagen gefahren, und er nahm das Auto. Du warst mindestens zwei Stunden lang bewusstlos.«

Sie ging, und ich musste erst begreifen, dass ich von einer Migräne bewusstlos geworden war. Als sie wieder zurückkam, hatte sie einen Pfleger im Schlepptau. Sofort kam ein zweiter hinzu. Sie begannen, meinen Puls und meinen Blutdruck zu überprüfen, und ich wehrte mich nicht.

Dann tauchte Dr. Binchy auf. Ich brauchte einen Augenblick, um ihn zu erkennen, weil er seinen typischen Anzug nicht trug. Unrasiert und in seinen Jeans und dem alten Sweatshirt mit dem Aufdruck »University of Otago« hätte er irgendein Typ an der Bar sein können. »Was zum Teufel machen Sie hier, Doc?«

Er warf den Pflegern einen Blick zu, und die beiden Männer zogen sich zurück. »Mrs. Liu«, sagte er, »wenn ich bitte ein paar Minuten mit Aarav sprechen könnte.«

»Oh, natürlich«, antwortete Diana und tätschelte meine Hand. Ihre Berührung war weich und warm. »Ich bin gleich da draußen, Schätzchen.«

Erst als Dr. Binchy die Tür hinter ihr schloss, ging es mir auf: Obwohl ich in einem öffentlichen Krankenhaus lag, hatte ich ein Zimmer für mich allein. »Was ist los mit mir, dass ich mir ein Einzelzimmer verdient habe?«

Dr. Binchys Mundwinkel hoben sich kurz. »Kein schlimmer Grund – Sie haben einfach Glück gehabt.« Er setzte sich auf den Stuhl, von dem Diana gerade aufgestanden war. »Wir müssen reden.«

Mein Rückgrat versteifte sich. »Sagen Sie es mir geradeheraus.«

»Das Krankenhaus hat ein volles Blutbild von Ihnen gemacht, als Sie eingeliefert wurden, und um es ganz deutlich zu sagen: Die Menge und Mischung der Medikamente in Ihrem Blut ist wirklich der Horror.« Er sah mich grimmig an. »Einige sind hoffnungslos überdosiert, andere scheinen Sie gar nicht zu nehmen, und Ihr Körper kommt damit nicht zurecht.«

Dazu hatte ich nichts zu sagen. Ich wusste recht gut, dass ich meine Medikamente nicht ordentlich genommen hatte. Ich hatte zwar nicht gedacht, dass ich zu hohe Dosen genommen hatte … aber diese Migränetabletten waren ja schließlich nicht von allein verschwunden. »Es war eine merkwürdige Woche«, sagte ich schließlich.

Dr. Binchy nahm seine schwarz gerahmte Brille ab und kniff sich in die Nasenwurzel. »Wir sind über derlei Oberflächlichkeiten nun wirklich hinaus, Aarav. Mrs. Liu ist sehr loyal, aber ich habe es geschafft, ihr klarzumachen, dass ich mir ein umfassendes Bild von Ihrer geistigen Gesundheit machen muss.«

Mein Unterleib wurde ganz hart.

»Sie hat mir schließlich erzählt, dass sie Sie gestern zum Kaffee eingeladen hat« – ein Blick auf seine Armbanduhr – »nein, das ist jetzt schon zwei Tage her. Sie wissen, dass es schon nach Mitternacht ist?«

»Das hatte ich angenommen. Diana hat gesagt, dass ich ein paar Stunden bewusstlos war.« Ich leckte mir über die trockenen Lippen. »Was hat sie Ihnen denn gesagt?«

Er setzte die Brille wieder auf, der Blick aus seinen haselnussfarbenen Augen war durchdringend. »Dass Sie ihr ständig dieselbe Frage gestellt und offenbar jedes Mal die Antwort vergessen hätten.«

Meine Hände krallten sich in die Laken.

Ich erinnerte mich daran, Kaffee und Kuchen mit Diana gehabt zu haben, erinnerte mich daran, dass ich die Fotos angeschaut hatte, aber daran erinnerte ich mich nicht. »Welche Frage denn?«

»Verzeihung?«

»Welche Frage habe ich ihr immer wieder gestellt?«

»Oh.« Er kratzte sich den Kiefer und lehnte sich zurück. »Sie haben sie ständig nach einer Nachbarin namens Alice gefragt, und ob Diana es wisse – aber sie verstand einfach nicht, worauf sich das beziehen sollte.«

Nein. *NEIN*. So hätte ich niemals geredet.

Das war Blödsinn.

»Diese Frage habe ich niemals gestellt.«

Mit ausgestreckten Beinen und anscheinend völlig entspannt sah Dr. Binchy mich unverwandt an. »Wann haben Sie mir zum letzten Mal eine E-Mail geschickt?«

»Keine Ahnung. Vor ein paar Wochen.«

»Sie haben mir in den letzten achtundvierzig Stunden einen ganzen Haufen E-Mails geschickt.« Er griff in die Mappe, die er mitgenommen hatte, und holte ein Stück Papier heraus, das er mir gab. Als Absender stand dort Aarav Rai, aber der war mit einer E-Mail-Adresse verbunden, die ich noch nie verwendet hatte.

In der Betreffzeile stand: *Ermittlung*.

Der Text selbst war nur ganz kurz: *Ich glaube, dass mein Vater meine Mutter umgebracht hat. Er hat sie gehasst und ist ein Dreckskerl. Ich muss es nur noch beweisen.*

Darunter stand eine weitere Nachricht mit demselben

Betreff, aber darin ging es um Hemi: *Er hat es getan. Ich weiß es. Ein selbstgefälliger, aufgeblasener Arsch, der so tut, als wäre er praktisch heilig, obwohl er seine Frau ständig betrügt. Er war es.*

Die dritte Nachricht war abgeschnitten, aber offenbar wurde darin Elei für alles verantwortlich gemacht.

Mit rotem Kopf gab ich den Ausdruck zurück. »Das ist nicht meine E-Mail-Adresse.« Ich entdeckte mein Handy auf einem Tisch in der Nähe, nahm es und tippte auf meine Mailbox. »*Das* hier ist meine E-Mail-Adresse.«

Dr. Binchy presste die Lippen zusammen. »Sie wissen schon, dass Sie, wenn Sie eine ganze Unterhaltung mit jemandem vergessen haben, absolut auch in der Lage sein können, zu vergessen, einen neuen E-Mail-Account eingerichtet zu haben, oder?«

Mein Gesicht schien jetzt zu brennen, und ich legte das Handy wieder hin. »Haben Sie mit jemand anderem gesprochen?«

»Mrs. Liu hat Ihre Stiefmutter darüber informiert, dass Sie im Krankenhaus sind, und ich habe ihr versichert, dass es Ihnen wieder gut geht.«

Ja, Shanti war rein theoretisch wohl meine Stiefmutter. »Was hat sie gesagt?«

»Sie hat sich bedankt und macht sich offenbar Sorgen um Sie. Sie waren wohl nicht ganz Sie selbst.«

»Man hat gerade die Überreste meiner Mutter im Busch gefunden.«

»Und Sie haben nicht viel gegessen. Shanti sagt, Sie lebten von Cola und Süßigkeiten.«

»Na und? Eine schlechte Angewohnheit, wenn ein Abgabetermin droht.«

»Passiert es öfter, dass Sie im Schlaf zum Zimmer Ihrer Schwester gehen und dort herumstehen?« Ich hatte vorher noch nie bemerkt, wie buschig seine Augenbrauen waren, als er sie jetzt hob. »Zum Glück hatte Ihre Schwester keine Angst. Sie wusste wohl recht schnell, was mit Ihnen los war, weil sie so etwas schon einmal in einer Fernsehsendung gesehen hatte, und führte Sie einfach zurück in Ihr Zimmer. Kluges Kind.«

Pari log nicht. Und sie dachte sich auch keine Geschichten aus.

Ich war der Geschichtenerzähler in der Familie. Der professionelle Lügner.

Mein Fuß ziepte und erinnerte mich so an einen weiteren nächtlichen Spaziergang, an eine weitere Gedächtnislücke.

»Ihre Stiefmutter hat nach einigem Zögern noch etwas gestanden, als sie wusste, wer ich bin.« Dr. Binchy schloss die Aktenmappe und ließ sie in seinen Schoß fallen. »Offenbar hat Sie eine Nachbarin halb nackt durch die Nacht laufen sehen.«

Anastasia hätte das nicht weitererzählt. Es musste Elei gewesen sein. Immer wachsam.

»Wollen Sie sagen, dass ich jede Nacht schlafwandele?«

»Es klang so, als käme das regelmäßig vor.« Dr. Binchy nahm erneut seine Brille ab und begann, die Gläser mit dem Saum seines Sweatshirts zu reinigen. »Das liegt vermutlich daran, dass Sie mit der Einnahme Ihrer Medikamente Schindluder treiben.«

Ich biss die Zähne zusammen, nahm das Handy wieder in die Hand und leitete ihm die Datei weiter, die ich Gigi geschickt hatte. »Lesen Sie, was ich geschrieben habe – das kann niemand, dessen Hirn nicht richtig funktioniert.«

»Das Hirn ist ein interessantes Organ. Es kann sein, dass einige Teile von ihm brillante Leistungen erbringen, während andere vollkommen ausfallen.« Er hielt seine Brille am Bügel. »Sie müssen unter ständiger neurologischer Kontrolle bleiben, bis wir Ihre Medikation stabilisiert haben. Außerdem müssen wir Ihren Hirnschaden näher untersuchen.«

»Keine Chance, Doc.« Niemand würde mich daran hindern, das zu beenden, was ich begonnen hatte.

»Ich dachte mir schon, dass Sie das sagen würden. Und da Sie – zurzeit – noch im Besitz Ihrer geistigen Kräfte zu sein scheinen, würde ich eine Reihe von Untersuchungen anordnen, um Sie nicht stationär behandeln lassen zu müssen. Zweimal die Woche, in meiner Praxis. Keine Diskussion.« Sein Gesichtsausdruck wurde nicht weicher, aber seine Stimme war leiser, als er hinzufügte: »Ich will Sie nicht mit erzwungener medizinischer Intervention erschrecken, aber wenn Sie so weitermachen wie bisher, werden Sie sich selbst unwiederbringlich Schaden zufügen.«

Meinen Führerschein hatte er nicht erwähnt, und ich beschloss, ihn nicht darauf hinzuweisen. Wenn ich wieder eine Migräne beim Autofahren bekam, konnte ich immer noch anhalten, bevor ich jemanden gefährdete. Denn jetzt brauchte ich mein Auto sogar noch dringender als zuvor.

Wenn mein Hirn immer unzuverlässiger wurde, musste ich das hier beenden, bevor es nicht mehr ging.

Protokoll

Sitzung #13

»Es kommt mir vor, als entschuldigte ich mich ständig bei Ihnen.«
»Letztes Mal haben Sie nicht gewalttätig reagiert. Das ist ein Fortschritt.«
»Finden Sie?«
»Ja, und Sie wissen, dass ich ehrlich zu Ihnen bin.«
»Obwohl ich Sie bezahle, sind Sie einer der wenigen ehrlichen Menschen in meinem Leben. Alle anderen tragen eine Maske, praktisch ihre eigenen Ganzkörperanzüge.«
»Wie kommen Sie darauf?«
»Die Leute verbergen ständig irgendetwas. Und wenn man dann unter die Steine schaut, findet man darunter ein Gewimmel von giftigen Insekten.«

43

Eine Stunde später fuhr Diana mich nach Hause, nachdem ich mich auf Dr. Binchys Bedingungen eingelassen und ihn davon überzeugt hatte, dass ich zu Hause deutlich besser als im Krankenhaus schlafen würde, wo ein ständiges Hintergrundsummen herrschte.

»Es tut mir so leid.« Ihre Hände klammerten sich am Lenkrad fest. »Ich wollte nichts sagen, aber er ist Neurochirurg und hat immer wieder nachgefragt …«

»Ist schon in Ordnung, Diana. Ich muss dich mit meinen ständigen Fragen wirklich erschreckt haben.«

»Nein, ich dachte, es liege nur am Stress, weißt du? Weil sie doch Nina gefunden hatten.« Ein zittriges Lächeln. »Du bist wirklich nicht wütend?«

Ich schüttelte den Kopf; es war nicht ihre Schuld, dass ich eine Hirnverletzung und meine Medikamente falsch genommen hatte. »Mia hat mir gesagt, dass Beau seine Klavierprüfung hatte. Wie lief es denn?«

»Oh, er hat mit Glanz und Gloria bestanden.« Ihre Stimme klang jetzt voller Freude. »Man sieht sich diesen Jungen an – so schlaff und miesepetrig – und denkt, dass der die ganze Zeit nur Videospiele spielt, aber dann geht er los und macht so etwas. Ich schwöre, ich muss ihn immer wieder anflehen, doch bitte auf dem Flügel zu üben, den wir ihm gekauft haben, aber offenbar tut er es tatsächlich.«

»Ich habe ihn öfters gehört«, sagte ich ihr, amüsiert, dass sich Beau so große Mühe gab, seinen Fleiß zu verbergen. »Hauptsächlich dienstags und donnerstags nach der Schule.«

»Da schaue ich immer Mia beim Korbball- und Hockeytraining zu. Der kleine Heimlichtuer!« Aber sie lächelte. »Er hat gesagt, dass er zu meinem Geburtstag spielen will.« Sie griff nach meiner Hand und drückte sie. »Kommst du auch? Das ist erst nächsten Monat.«

»Ja, natürlich.«

Erst als sie in die Cul-de-Sac einbog, fiel mir plötzlich wieder etwas ein. »Mein Auto.« Ich hätte es auf dem Weg nach Hause sehen müssen.

»Oh, das ist schon in Ordnung.« Sie benutzte ihre Fernbedienung, um das Tor zu öffnen. »Shanti hat es nach Hause gebracht, nachdem Anastasia sie hingefahren hat. Sie ist wirklich wunderbar, weißt du. Liebt ihre Zwillinge – sieht nur so anspruchsvoll aus mit ihren Haaren und Nägeln.« Eine Pause. »So wie Nina. An sie erinnert sie mich immer, und vielleicht weiche ich deshalb immer ihren Versuchen aus, sich mit mir zu befreunden. Weil sie eben nicht Nina ist. Sie ist nicht der Mensch, den ich vermisse.«

Den Rest der Fahrt zum Haus meines Vaters verbrachten wir schweigend. Der Mietwagen parkte auf dem Hauptweg, nicht auf unserem Grundstück. Es war nicht überraschend, dass Shanti das getan hatte – sie hasste jede Art von Einparken.

»Danke, Diana – und bitte richte Calvin meinen Dank aus.«

»Ich bin so froh, dass wir da waren.«

Ich schaute ihr hinterher, wie sie um die Kurve der Cul-de-Sac zu ihrem Zuhause ging. Jemand hatte die Lampen im Haus angemacht. Goldenes Licht drang aus jedem Fenster. Sogar Dianas winterkahle Rosenbüsche sahen in diesem Licht weicher aus.

Bald nachdem Diana ihre Auffahrt hinaufgegangen war, bewegten sich Schatten hinter der Scheibe neben der Haustür. Dann vereinigten sich zwei Silhouetten zu einem Kuss.

Offenbar war Calvin mit seiner Operation früher fertig geworden und schneller nach Hause gekommen. Vermutlich hatte er sich ein Taxi genommen, damit sie das Auto nehmen konnte.

Ich umklammerte die Griffe der Krücken fest und wandte mich schließlich ab, um ins Haus zu gehen. Es war zwei Uhr am Morgen, aber ein Lichtstrahl fiel aus der Tür von Shantis Gebetsraum, ein Stück Wärme in der kalten Dunkelheit.

Shanti erschien in dem Licht, als ich gerade die Tür geschlossen hatte. »Aarav, geht es dir gut.« Mit tränennassen Augen ging sie schnell auf mich zu, und als sie mich umarmte, indem sie die Arme unter meinen Krücken um mich schlang, wusste ich nicht, was ich tun sollte.

Also blieb ich bewegungslos stehen.

Das schien zu reichen.

Ihre Haut roch nach Räucherstäbchen. Ich musste nicht fragen, ob sie für mich gebetet hatte.

Nach einigen Sekunden löste sie sich von mir, wischte sich die Tränen aus den Augen und sprach dann hastig auf Hindi. »Ich habe mir solche Sorgen gemacht, als Diana aus dem Krankenhaus anrief. Dein Vater auch. Du bist sein einziger Sohn, weißt du.« Sie tätschelte meine Hand. »Komm, ich mach dir was zu essen.«

»Ich habe keinen Hunger«, unterbrach ich sie, ohne auf den Rest, den sie gesagt hatte, einzugehen. »Aber könntest du mir eine Cola nach oben bringen, bitte?«

Sie seufzte. »Du musst besser essen.« Aber sie wandte sich schon in Richtung Küche. »Geh du nur nach oben.«

Als sie nach ein paar Minuten in mein Zimmer kam, brachte sie nicht nur eine Cola, sondern auch einen kleinen Teller mit Crackern und Käse, dazu ein paar eingelegte Gurken und Weintrauben.

»Danke«, sagte ich, als sie alles auf meinen Schreibtisch gestellt hatte. »Tut mir leid, dass ich dir solche Sorgen gemacht habe.«

Sie sah mich mit diesem durchsichtigen, sanften Blick an. »Ist alles in Ordnung?«

»Ja«, log ich, ohne zu zögern. »Ich hatte nur eine schlimme Migräne und bin davon ohnmächtig geworden, das ist alles. Habe meine Tabletten einfach nicht rechtzeitig genommen.«

»Oh.« Ein erleichtertes Lächeln. »Freut mich, dass es nichts Ernsteres ist.«

Sie zog die Tür hinter sich zu, als sie ging.

Als ich wieder allein war, öffnete ich die Balkontüren, um ein bisschen frische Luft in meine Zimmer zu lassen, dann humpelte ich zum Bett und setzte mich. Meinem Fuß ging es besser als in den letzten paar Tagen. Vielleicht konnte ich diesen verdammten Gehverband doch bald loswerden.

Aber mein Fuß war nicht das wahre Problem.

Mein Hirn und seine nicht funktionierenden Neuronen waren es. Ich warf einen Blick auf die vielen Tablettenfläschchen auf dem Nachttisch. Hatte ich die nicht gezählt? Ich dachte, ich hätte es getan, und nichts hatte auf eine Überdosis hingewiesen. Dennoch war es wohl besser, wenn ich in mein Notizbuch schaute; bei meinen derzeitigen Gedächtnislücken konnte ich nichts trauen, was nicht schwarz auf weiß niedergeschrieben war.

Mist. Das Notizbuch lag im Mietwagen.

In der Nähe bellte ein Hund. Princess. Alice musste den Pudel nachts noch einmal hinausgelassen haben, und irgendwas hatte ihn erschreckt. Princess bellte nicht oft. Aber jetzt bellte und bellte sie. Und bellte. Ich runzelte die Stirn, holte meine Krücken und ging nach unten und aus der Haustür.

Nichts sah merkwürdig oder anders aus in der Cul-de-Sac. In Alice' Haus war es dunkel, nur hinter dem Fenster ihrer Mutter brannte Licht, aber Elei war öfters so lange wach.

Das Bellen setzte sich unvermindert fort.

Und doch war ich der Einzige hier draußen. Die meisten Nachbarn schliefen vermutlich und hörten es nicht – die Häuser standen weit voneinander entfernt und waren alle gut isoliert. Meine offenen Balkontüren waren wahrscheinlich der einzige Grund, dass ich das Bellen gehört hatte.

War es wirklich normal, das absolut *niemand* reagierte? Oder hörte ich schon Dinge, die ich mir nur einbildete? Shanti konnte doch nicht so schnell eingeschlafen sein? Und was war mit Elei? Princess bellte ganz nah an ihrem Haus.

Schweiß sammelte sich an meinem Rückgrat, und ich schaute die Straße hinauf, konnte aber von dieser Stelle aus Isaacs Fenster nicht sehen. Er blieb oft lange auf und spielte am Computer. Aber dann trug er seine Kopfhörer, daher konnte es gut sein, dass er den Lärm nicht hörte.

Eine Bewegung in meinem Augenwinkel. Als ich mich umdrehte, sah ich, wie Calvin über die Straße ging. Er trug karierte Pyjamahosen und ein weißes T-Shirt und war in ausgezeichneter Form für einen Mann seines Alters.

»Was zum Teufel ist mit diesem Hund los?«, fragte er, als er bei mir war. »Diana und ich waren gerade ins Bett gegangen, als es anfing.«

»Elei hört vielleicht nicht mehr so gut, aber ich weiß wirklich nicht, wie Alice und Cora bei diesem Lärm nicht aufwachen können.«

Wir beide gingen den Pfad am Haus entlang und in den hinteren Garten, von wo aus das Gebell zu kommen schien. Die riesige laubbedachte *pōhutukawa,* in der ich mit Elei und Shanti gesessen hatte, war nur noch ein gähnend schwarzer Schatten in der Dunkelheit, jetzt, da die Lichterketten erloschen waren, aber der Bewegungsmelder hatte die Lampe über den hinteren Stufen angeschaltet, die einen großen Bogen grellweißen Lichts verströmte.

Princess stand direkt vor der Tür und scharrte daran herum, wenn sie nicht bellte.

»Ha.« Calvin runzelte die Stirn. »Alice behandelt diesen Hund wie ein Kind und würde ihn nie nachts allein draußen lassen.«

Er hatte recht. Aber es war noch etwas anderes merkwürdig. Princess' Fell – Haar? Was auch immer diese Pudel hatten, normalerweise war es von makellosem Weiß, aber heute schien es schmutzig und fleckig.

»Princess, mein Mädchen«, murmelte ich mit der tiefen, beruhigenden Stimme, die Hunde mochten. »Was ist los?«

Sie warf mir einen Blick zu, winselte und schaute wieder zum Haus. Aber sie hatte aufgehört zu bellen und hob jetzt nur die Pfote, um an der Tür zu kratzen. Diese Pfoten hatten Streifen auf dem glänzend weißen Lack hinterlassen.

Calvin wirkte besorgt. »Ist der Hund aggressiv?«

»Absolut harmlos.« Ich trat näher. »Princess, was ist los?« Ich stützte mich auf eine Krücke und ließ die andere ins Gras fallen. So griff ich durch das schmiedeeiserne Geländer und tätschelte dem Hund den Kopf. »Was ist los?«

Princess kratzte wieder an der Tür und winselte.

Ich schaute zum Ziel ihrer Aufmerksamkeit und sog scharf den Atem ein. »Calvin, sieh dir mal die Tür an.«

44

Das muss ich gar nicht. Ich habe gerade gesehen, was da am Fell des Hundes klebt.« Calvins Tonfall war beinahe unheimlich ruhig, vermutlich klang er so im OP-Saal. »Könntest du den Hund festhalten, damit ich sehen kann, ob die Tür offen ist?«

Ich drückte mich gegen die Treppe. Das eiserne Geländer hatte große, offene Schnörkel, sodass ich keinerlei Probleme hatte, einen Arm hindurchzustrecken und Princess beim Halsband zu packen. »Ich habe sie.«

Sie winselte und zuckte vor, als Calvin vor sie trat, machte aber keinen Versuch zu beißen.

»Die Tür ist abgeschlossen.« Calvin legte die Hände zu beiden Seiten seines Gesichts an die Glasscheibe und versuchte, durch die Milchglasscheibe in der Tür zu schauen. »Kann nichts sehen.«

»Warte, ich habe eine Idee.« Ich holte mein Handy aus der Tasche und rief Pari an. Sie durfte ihr Handy nachts nicht angeschaltet haben, weil sie es nur für Notfälle bekommen hatte, aber sie war auch ein siebenjähriges Mädchen.

»Bhaiya?« Eine verschlafene Stimme. »Warum rufst du mich an?«

»Weißt du, ob deine Mum einen Schlüssel zu Alice' Haus hat?«

Sie zögerte, dann flüsterte sie: »Das ist ein Geheimnis.«

Deshalb hatte ich Shanti nicht direkt angerufen; mein Vater hatte vielleicht im Moment nichts gegen ihre Freundschaft mit Elei, aber wer wusste schon, wann er es sich anders überlegen würde. »Ich weiß, aber es ist ein Notfall.

Weißt du, wo sie den Schlüssel aufbewahrt?« Wenn er im ehelichen Schlafzimmer lag, würden wir Shanti holen müssen.

»In meiner Schublade.« Ich hörte ein Rascheln am anderen Ende der Verbindung. »Willst du ihn haben?«

»Ja. Ich bin draußen, hinter Alice' Haus, mit Calvin und Princess.«

»Princess darf nachts nicht draußen sein.« Ein paar kleine Schnaufer, als wäre sie bereits in Bewegung. »Ich komme.«

Ich blieb am Handy mit ihr, obwohl sie nur durch den hinteren Garten und durch das Gartentor auf dieser Seite kam. Es war spät, sie war ein Kind, und der Busch ragte als undurchdringliche Masse auf der anderen Seite eines schwachen Zauns auf.

Sie tauchte bald danach in der Dunkelheit auf, gekleidet in einen pinkfarbenen Pyjama, das Haar zu Zöpfen geflochten. Sie trug ihre flauschigen Hausschuhe, keine Straßenschuhe, und rannte direkt auf mich zu. »Hier.« Kaltes Metall in meiner Handfläche. »Warum weint Princess so?«

»Ich weiß es nicht, Pari. Aber könntest du hier draußen mit ihr bleiben, wenn Calvin und ich hineingehen, um nachzusehen, ob alles in Ordnung ist?« Ich hatte gesehen, wie meine Schwester mit Princess gespielt hatte. Sie wusste, dass der Pudel ihr nichts tun würde.

Die verzweifelte Princess schmiegte sich an Paris Hände und versuchte, ihr so nah wie möglich zu kommen. Ich hoffte, dass Pari das Blut auf dem Fell des Hundes nicht bemerken würde. Ich lockte Princess von der Treppe und ein bisschen weiter in die Schatten, damit Pari auf einem der Sessel draußen sitzen konnte.

Dann hatte Calvin die Tür geöffnet.

Er ging leise hinein und lauschte. »Kein Alarm.« Er hatte es geflüstert.

Zu meiner Überraschung wartete er, bis ich zu ihm kam – aber andererseits war Calvin auch bekannt. Er wollte vielleicht sichergehen, dass er einen Zeugen hatte, damit das, was er im Begriff war zu entdecken, nicht auf ihn zurückfallen konnte.

Blutstreifen auf dem Küchenfußboden. Zwei dünne Linien von der Größe von Princess' Pfoten. »Jemand hat Princess hinausgezerrt.«

»Ich rufe die Polizei.« Calvin streckte die Hand nach meinem Handy aus. »So viel Blut bedeutet, dass es ernst ist.«

Ich gab ihm das Handy und drang weiter ins Haus vor, obwohl er mir ein Handzeichen gab, zu bleiben, wo ich war. »Was, wenn jemand verletzt ist?«, fragte ich.

Ich hätte vermutlich Angst haben sollen, aber mein Angstreflex war noch nie stark gewesen. Hinter mir meldete Calvin der Frau in der Notrufzentrale die Adresse und das wenige, was wir wussten.

Ich trat aus der Küche und fand mich am Fuße einer Treppe wieder, die zu den Schlafzimmern im oberen Stockwerk führte. Ich würde lange brauchen, um die Stufen hinaufzusteigen. Also entschloss ich mich, zuerst im Wohnbereich nachzusehen, bevor ich mich dann an die Treppe machte.

Das erwies sich als richtig.

Alice trug eine Fleece-Pyjamahose und ein schlichtes schwarzes Top. Ihr Haar war locker hochgebunden. So wie es manche Frauen taten, wenn sie noch nicht im Bett waren, aber auf dem Weg dorthin. Vielleicht, um sich die Zähne zu putzen oder um sich abzuschminken.

Ich konnte aber nicht erkennen, ob Alice Make-up trug, weil ihr geschwollenes Gesicht ganz blutverschmiert war. Ich konnte auch nicht erkennen, ob sie atmete, und ich würde ganz sicher nicht mehr aufstehen können, wenn ich mich zu ihr hinunterhockte, weil sie nicht in der Nähe eines Sofas oder eines anderen Möbels lag, an dem ich mich hätte abstützen können.

»Calvin!«

Laute Laufschritte. »Oh, Scheiße.« Er rannte zu Alice und drückte seine Finger an ihren Hals.

Eine lange Sekunde lang.

Dann noch eine.

»Sie hat einen Puls.«

Eine dünne Stimme aus dem Handy sagte mir, dass er immer noch die Frau aus der Notrufzentrale in der Leitung hatte.

»Sag ihnen, dass wir einen Krankenwagen brauchen«, bat ich. »Vielleicht sogar mehr als einen.«

»Hier.« Er hielt das Handy hoch, und ich nahm es. »Ich erkenne keinen Hinweis auf eine Rückenverletzung, daher werde ich Alice jetzt in die sichere Seitenlage bewegen, für den Fall, dass sie Blut im Mund hat.«

Damit sie daran nicht erstickte.

Nachdem wir das, was wir herausgefunden hatten, an die Frau in der Notrufzentrale weitergegeben hatten, sagte ich: »Ich sehe nach, was mit den anderen im Haus ist.« Ich wartete nicht ab, dass mir jemand riet, ich solle es lieber nicht tun. Ich ließ das Handy bei Calvin, während er für Alice tat, was er konnte, und ging die Treppe hinauf.

Der Aufstieg war nicht so schlimm, wie ich befürchtet hatte. Mein Fuß heilte langsam.

Nicht, dass ich in nächster Zukunft Marathons würde laufen können.

Mit zusammengebissenen Zähnen überwand ich eine Stufe nach der anderen. Darauf zu bestehen, im Haus meines Vaters meine alten Zimmer zu beziehen, war offenbar ein gutes Training gewesen.

Mein Instinkt sagte mir, sofort in Eleis Zimmer am Ende des Flurs zu gehen, aber mein Hirn – das endlos Krimis im Fernsehen abgespeichert hatte – bestand darauf, erst in den anderen Zimmern nachzusehen.

Diese beschissenen Krimis.

Ich ging zu Eleis Zimmer, folgte dem Licht, das aus der offenen Tür herausdrang. Meine Krücken hinterließen Abdrücke im dicken Teppich, die sich hinter mir wieder füllten.

Ein leeres Bett. Niemand auf dem Boden.

Ich zog mich zurück und öffnete die anderen Türen.

Boyband-Poster an den Wänden, Fotos, die hinter einen weiß gerahmten Schminkspiegel gesteckt worden waren, geblümte Bettwäsche auf einem breiten Einzelbett.

Manaias Zimmer. Hier konnte sich niemand verstecken.

Hinter der nächsten Tür fand ich eine Garnitur geschmackvoller Samtsessel vor einem großen Fenster und ein breites Bett mit weiß bestickten Laken. Musste wohl das Hauptschlafzimmer sein.

Ich ging hinein und sah sofort, dass es leer war.

Ich schaute im begehbaren Kleiderschrank nach, außerdem im angeschlossenen Badezimmer und in der Toilette, für alle Fälle, aber alle Räume waren leer. Ich fand Elei oder Cora auch nicht in dem Zimmer, das aussah wie ein Büro, oder im Gästeschlafzimmer neben der Treppe.

Schweiß trat mir auf die Stirn. Ich wollte die Tür zu etwas öffnen, was ein weiteres Badezimmer oder eine Toilette sein musste. Aber sie rührte sich nicht. Ich versuchte es erneut, erfolglos. Es war nicht so, dass irgendetwas auf der anderen Seite die Tür blockierte – sie schien einfach abgeschlossen zu sein. Ich hämmerte darauf und lauschte.

Bildete ich mir das nur ein, oder hörte ich dahinter ein Stöhnen?

Ich bückte mich so tief, wie ich konnte, untersuchte den Türknauf und sah, dass er eines dieser winzigen Dinger zum Drehen hatte, mit denen man die Tür von außen öffnen konnte, für den Fall, dass sich aus Versehen ein Kind in der Toilette einschloss und nicht wieder herauskonnte. Das Ding konnte nicht benutzt werden, um einen Erwachsenen einzuschließen – es sei denn, man zerstörte den Öffnungsmechanismus auf der anderen Seite … oder jemand schloss sich selbst absichtlich ein.

Ich wühlte in meinen Taschen. Ich brauchte etwas, das klein und dünn genug war, um in die winzige Öffnung zu passen, damit ich es aufdrehen konnte.

Keine Münzen in meinen Taschen, nicht einmal eine vergessene Büroklammer.

Also ging ich zurück zum Hauptschlafzimmer und trat an den Schminktisch, wo ich glitzernden Schmuck und auch Geld gesehen hatte. Alle Münzen erwiesen sich als zu groß für die Öffnung. Dann entdeckte ich ein Armband mit kleinen Plättchen daran.

Die Plättchen waren vielleicht *gerade* dünn genug.

Ich ging so schnell ich konnte zur verschlossenen Tür zurück, was nicht gerade blitzschnell war. Das kleine goldene Plättchen passte hinein. Ich drehte nach links, nach dem Reim, den mir meine Mutter beigebracht hatte: *Wie die Uhr geht's zu.*

Ein deutliches Klicken.

Erfolg!

Erst als ich die Tür aufdrückte, kam mir der Gedanke, dass ich jetzt womöglich den Täter sehen würde. Aber nein, das war unwahrscheinlich. Alice konnte niemanden hier eingeschlossen haben, und wenn Cora oder Elei den Eindringling hier eingeschlossen hätten, wären sie unten gewesen, um die Polizei zu rufen.

»Oh, verdammt.«

Elei mit völlig wirren Haaren saß zusammengesunken gegen eine riesige Badewanne mit Krallenfüßen gelehnt. Ihre Finger waren scharlachrot, als sie sie senkte und benommen aufsah. Ich konnte keine weiteren Verletzungen erkennen. Es sah so aus, als hätte sie jemand heftig hineingestoßen, sodass sie gefallen und ihren Kopf am Badewannenrand aufgeschlagen hatte. Vermutlich war sie bewusstlos geworden.

»Elei«, sagte ich sanft. »Ich bin's, Aarav von nebenan.«

Sie starrte mich mit leerem Blick an, dann glomm Angst in ihren dunklen Augen auf. »Alice!« Sie rappelte sich auf und drängte sich so grob an mir vorbei, dass sie mich beinahe umgeworfen hätte.

Als ich es endlich die Treppe hinuntergeschafft hatte, saß sie neben ihrer Tochter und weinte. Ihre weichen, faltigen Hände streichelten Alice an den wenigen Stellen, an denen sie keine Wunden oder blauen Flecke zu haben schien.

»Ohne Ausrüstung kann ich nicht mehr viel tun.« Calvins Stimme klang angespannt, er hatte die Zähne zusammengebissen. Ich sah ihn zum ersten Mal so offen verzweifelt. Aber der Mann war ja auch aus gutem Grund Arzt geworden.

»Ich könnte rausgehen und den Krankenwagen herbeiwinken?«, bot ich an. »Elei, möchten Sie mit mir kommen? Sie sind beweglicher und könnten hinlaufen, wenn sie zu weit unten an der Straße anhalten.«

Es war hektisch hervorgesprudelter Blödsinn, aber ich hatte nicht viel Zeit.

Elei blinzelte, rappelte sich dann aber auf. »Ja, wir machen sicher.« Sie beugte sich vor und küsste das Gesicht ihrer zusammengeschlagenen Tochter, um dann vor mir das Haus zu verlassen.

Protokoll

Sitzung #14

»Ich bin müde. Manchmal will ich alles erzählen.«
»Erzählen?«
»Was ich getan habe. Ich weiß, dass ich im Recht war, aber ich will, dass die Welt mir sagt, dass ich im Recht war. Ist das nicht dumm?«
»Sie sind mit sehr viel Wertschätzung von außen aufgewachsen. Es ist nicht ungewöhnlich, dass Sie das Bedürfnis danach verspüren – aber ich fürchte, ich verstehe Ihre Bezugnahme auf Ihre Taten nicht. Was haben Sie getan?«
»Etwas Schlimmes.«

45

Nach einer kurzen Verzögerung, in der ich die Gegensprechanlage in der Küche benutzte, um die Tore der Cul-de-Sac zu öffnen, fand ich Elei auf der Hauptauffahrt stehend, bereit, den Krankenwagen herbeizuwinken. Das Geräusch der Sirenen war in der Ferne gerade so eben zu hören. Elei nahm mein Gesicht zwischen beide Hände, die vom angetrockneten Blut ganz rau waren, und bat mich: »Du Alice helfen. Wie schöne Mama Alice helfen.«

Die Puzzleteile setzten sich zu einer dünnen Schicht Wissen zusammen. »Cora hat das getan?« Als Elei nickte, fragte ich: »Hat meine Mutter Cora zusammenschlagen lassen? Als Warnung, Alice nicht mehr anzurühren?«

Wieder ein Nicken. »Schlagen Alice. Cora schlagen.« Sie hob ihre linke Hand und hielt sie wie eine Kralle, so wie Coras Hand nach dem Angriff ausgesehen hatte. »Das. Cora erinnern. Lange.«

»Warum heute Nacht?«

»Cora geschlagen.« Sie deutete einen Schlag mit dem Handrücken an. »Nicht jetzt. Davor.«

»Cora hat Alice vor heute Nacht geschlagen?«

»Ja, ja. Dreimal.«

Und niemand hatte sich deswegen gerächt, sodass sie mutiger wurde.

»Heute benutzen …« Sie warf die Hände in die Luft, der eiskalte Wind ließ ihr blau-weißes Hauskleid flattern. »Manaia, meine Manaia.« Es war ein Schluchzen.

Die Softball-Ausrüstung lag vergessen in einer Ecke in der Küche, komplett mit einem Schläger in der schweren Profiausführung.

Coras linke Hand war verkrüppelt, aber sie konnte immer noch hart mit ihrer rechten schlagen – Alice war vermutlich schon unter dem ersten Schlag zu Boden gegangen, wenn Cora sie unvorbereitet getroffen hatte. »Cora muss wissen, dass sie dafür lange ins Gefängnis gehen wird.«

Elei senkte den Kopf und schluchzte auf. »Wir nicht sagen.« Es klang tränenerstickt. »Alice nie sagen. Schande. Schande.«

Das war eine hässliche Sache, aber ich verstand die kulturellen Umstände. Meine Eltern hatten auch nie die Polizei gerufen – was innerhalb der vier Wände passierte, war Privatsache. Schmutzige Wäsche wurde nicht vor den glotzenden Blicken von Fremden gewaschen.

»Aber diesmal werden Sie reden, oder?« Es würde nichts nützen, nicht bei den schlimmen Verletzungen, die Alice zugefügt worden waren, und den Spuren, die die Polizei zweifellos sichern würde, aber Elei nickte heftig.

»Gefängnis. In Gefängnis.« Sie trat auf die Straße, als die Sirene so laut heulte, als befände sie sich schon in der Cul-de-Sac.

»War Alice wütend auf meine Mutter, weil sie Cora hat zusammenschlagen lassen?« Ich musste wissen, ob meine Mutter gestorben war, weil sie einer Freundin hatte helfen wollen. Selbst wenn es eine gewalttätige Hilfe gewesen war, die einen weiteren Menschen zerstört hatte.

»Nicht wütend.« Sie stellte sich auf die Zehenspitzen, als wollte sie über die Baumwipfel schauen. »Drinnen. Sorge. Sorge, Cora weiß.«

»Panik?«

»Ja, ja. Panik. Aber Nina sagen, sie nicht wissen. Niemals. Alice schon denken, vielleicht in Ordnung. Dann Nina weg.«

Wenn irgendein Teil von Alice geglaubt hatte, ihre Frau

könnte aus Rache meine Mutter umgebracht haben, würde das ihr merkwürdiges Verhalten neulich in ihrer Küche erklären.

Rot und blau und weiß, grelles Licht zerriss den Schleier der Nacht.

Ein Polizeiwagen fuhr im selben Moment vor wie der Krankenwagen, und die Polizisten rannten zuerst hinein, um sicherzustellen, dass der Täter nicht im Haus versteckt wartete. Ein gerufenes »Alles klar!« nicht lange danach ließ die Sanitäter hineinrennen, gemeinsam mit Elei.

Ein Zivilfahrzeug, hinter dessen Kühlergrill es blau und rot blinkte, parkte hinter dem Krankenwagen. Ich war kein bisschen überrascht, Detective Senior Sergeant Oliver Regan und Constable Sefina Neri heraussteigen zu sehen.

Als ein weiteres Polizeiauto ankam, sagte Regan etwas zu den Beamten in Uniform. Einer stellte sich an Alice' und Coras Haustür, während der andere auf der Hauptzufahrt stehen blieb.

Regan und Neri kamen zu mir.

»Aarav«, begrüßte mich Regan. »Haben Sie den Notruf gewählt?«

»Calvin war das.« Ich nickte in Richtung des Hauses gegenüber, das jetzt, da alle Fenster erleuchtet waren, wie eine Flamme vor dem dunklen Schatten des Urwalds wirkte. Während ich das berichtete, öffnete sich die Haustür, und Diana trat heraus und auf den Pfad.

Neri ging los, um sie abzufangen. Der Polizist, der auf der Hauptzufahrt stand, begann, die Straße abzusperren, woraufhin die anderen Nachbarn herauskamen, die von den Sirenen aufgewacht waren. Veda war in einen dicken Morgenmantel gehüllt, während Brett eine Daunenjacke übergeworfen hatte. Seine Beine waren nackt und kalkweiß unter seinen Boxershorts.

Paul dagegen trug einen Seidenpyjama, während Margaret sich in eine Decke gewickelt hatte. Tia und Hemi standen mit einer ihrer Töchter neben den Dixons, alle in hastig übergezogenen Mänteln. Riki erschien in diesem Moment aus der Dunkelheit, und ich schaute weg, bevor sich unsere Blicke treffen konnten.

Selbst Isaac hatte begriffen, dass etwas geschehen war – vermutlich durch die blinkenden Lichter –, und wanderte die Zufahrt mit seinen Kopfhörern um den Hals hinunter.

»Können Sie mir beschreiben, was heute Nacht geschehen ist?«, fragte Regan.

Ich begann damit, wie ich Princess hatte bellen hören, und endete damit, wie ich Elei aus dem Badezimmer befreit hatte.

»So ein Glück, dass Ihre Stiefmutter einen Schlüssel hatte.«

Ich fragte mich, ob er wohl glaubte, dass ich mit der Sache etwas zu tun hatte. Wenn er Alice' Zustand sah, würde er das nicht mehr glauben. Sie hätte nur mein verletztes Bein treten müssen, dann wäre ich keine Bedrohung mehr für sie gewesen. »Ich würde es vorziehen, wenn Sie das in Gegenwart meines Vaters nicht erwähnen würden. Er ist sehr kontrollsüchtig, und Shanti hat nicht genügend Freundinnen, als dass sie es riskieren könnte, noch eine zu verlieren.«

In diesem Moment sah ich, wie mein Vater und Shanti oben auf der Zufahrt auftauchten, und sagte: »Hören Sie, wenn Sie noch mehr Fragen haben, könnten wir dann später sprechen? Ich muss meine kleine Schwester schnell zurück ins Haus schmuggeln, damit sie keinen Ärger bekommt.«

Regan warf einen Blick über seine Schulter, sah meinen Vater mit verschränkten Armen dastehen, Shanti neben ihm in ihrem Lieblings-Patchwork-Morgenmantel in Hellgrau. Mein Vater trug eine Pyjamahose und einen schwarzen Pullover.

Der Detective wandte sich wieder an mich und erklärte: »Wir brauchen Ihre Kleider für die Spurensicherung, da Sie Kontakt mit den Opfern hatten.«

»Klar, egal. Lassen Sie mich Pari nur schnell sagen, dass sie durch die Hintertür zurückschleichen soll, während Shanti und unser Vater noch hier draußen sind.«

»Ich muss mit Ihnen gehen.«

»Kein Problem.« Damit ging ich um das Haus herum. Zum Glück schirmten mich die Bäume und Büsche vom Blick meines Vaters ab, sobald ich den vorderen Teil des Grundstücks verlassen hatte. Pari saß immer noch mit Princess auf den Stufen, die zur Hintertür führten. Ihre Augen waren ganz groß. »Aarav, sind Alice oder Cora verletzt?«

»Ja, aber der Krankenwagen ist schon da und kümmert sich um sie. Jetzt möchte ich, dass du zurück nach Hause rennst – du kannst Princess bei diesem Detective hier lassen. Dad und deine Mum sind vorne, daher wird es keiner merken.«

Sie biss sich auf die Unterlippe und streichelte Princess. »Aber sie kennt den Polizisten ja gar nicht.«

»Es ist ja nur für eine kurze Zeit. Na komm, Twinkles, wir bringen dich nach Hause, bevor du Ärger bekommst.«

Widerwillig überließ sie Princess Regans Obhut und ging neben mir her. Ihre kleine Hand ergriff mein Handgelenk und hielt sich daran fest. Ich brachte sie zum Gartentor und schaute ihr hinterher, wie sie durch die Hintertür ging, dann schloss ich das Tor wieder.

Aber noch rührte ich mich nicht. Nicht, bis das Licht in ihrem Schlafzimmer anging und ihr Gesicht hinter dem Fenster auftauchte: Sie winkte. Ich hob eine Hand und lächelte. Jetzt war sie sicher vor der Wut meines Vaters – selbst Ishaan Rai konnte sie nicht anschreien, weil sie von dem Lärm nebenan wach geworden war.

Regan hatte Princess einem anderen Polizisten weitergegeben. Ich fragte: »Kann ich Shanti bitten, ein paar Kleider aus meinem Zimmer mitzubringen, oder muss ich ins Kommissariat kommen, um mich dort auszuziehen?«

Regan erlaubte es mir, mich im Wohnzimmer meines Vaters umzuziehen. Er selbst blieb dabei. Er wandte den Blick ab, aber wenn ich schuldig gewesen wäre, hätte ich keine Chance gehabt, irgendetwas zu verbergen. Hinterher holte ich mein Notizbuch aus dem Mietwagen, ging nach oben und strich Alice' Namen durch.

Elei hatte die Wahrheit gesagt; alles passte zusammen.

Was Cora anging … wenn sie gewusst hätte, dass meine Mutter es veranlasst hatte, sie zusammenschlagen zu lassen, wäre sie viel früher wieder gewalttätig geworden.

Ich strich ihren Namen ebenfalls durch.

Bei all dem Chaos nebenan würde ich ohnehin nicht einschlafen können, also setzte ich mich an meinen Schreibtisch und schrieb, wenn ich nicht gerade nach draußen sah und die Polizei beobachtete. Mein Magen knurrte schon seit einer Weile, aber ich hatte keine Lust, nach unten zu gehen, also holte ich mir etwas aus meiner Zuckerschublade.

Die Morgendämmerung war ein sanftes Versprechen über den Bäumen, als ich endlich einschlief.

Ich träumte von Paige, elfenhaft und mit langen Gliedern, wie sie war. Sie stand auf unserem Balkon und lachte, während der Wind ihr fließendes weißes Kleid gegen ihren Körper drückte. In jenem Sommer hatte sie den Boho-Look gemocht, bloße Füße und von der Sonne gebräunte Glieder in lockerer Kleidung. Obwohl die großen Designer immer ein Ohr für sie hatten, zog sie durch die Secondhandshops, um »Vintage«-Sachen zu finden.

»Du weißt schon, dass ›Vintage‹ nur ein anderes Wort für ›alt‹ ist, oder?«

Sie lachte über meinen trockenen Kommentar und drehte sich erneut um die eigene Achse. Ihr Kleid flatterte um sie herum.

Der Traum änderte sich. Paige lehnte jetzt an der Glasbarriere, die das Einzige war, was sie vom Nichts trennte. Sie schaute auf das Glitzern der Stadt. Die Sonnenstrahlen spielten auf ihrem Haar, so zart und golden.

Ich streichelte sie weiter. Sie zog einen Balkonstuhl zur Glaswand und stieg darauf. Sie lachte, schaffte es, die Kante der Barriere zu fassen zu bekommen, sich hochzuziehen und auf die Kante zu setzen.

Dann drehte sie sich um, warf mir einen Luftkuss zu … und sprang.

46

Ich schreckte mit hämmerndem Herzen hoch. Sofort wusste ich, dass der Traum nicht stimmen konnte. »Ich war an jenem Tag nicht zu Hause.« An dem Tag, an dem Paige gesprungen war.

Meine Zunge war viel zu dick im trockenen Mund, mein Herz schlug heftig. Nein, das war mein Puls.

Ich wischte mir mit dem Handrücken über den Mund, setzte mich auf und griff nach der Wasserflasche, die immer auf meinem Nachttisch stand. Mist, ich hatte sie gestern leer getrunken. Ich zwang mich aus dem Bett und war versucht, schnell ins Badezimmer zu humpeln, hatte aber keinerlei Absicht, mein Bein schon wieder zu versauen.

Ich nahm meine Krücken und ging dann zu den kühlen schwarzen Fliesen.

Ich fing das Wasser aus dem Hahn mit den Händen auf und trank, dann warf ich mir das Wasser ins Gesicht. Es war wie Eis und wie ein Schock auf der Haut. Ich starrte mich im Spiegel an, wie das Wasser auf meine Brust tropfte. Starrte den Kopf mit dem nicht richtig funktionierenden Hirn darin an.

Ich hatte eine *beschissene Unterhaltung mit Paige*. Ich hatte sie perfekt und ganz klar halluziniert.

Andererseits – was, wenn das, an das ich mich jetzt ›erinnerte‹, die Halluzination war?

Meine Haut war jetzt ganz kalt, ich wischte mir das Gesicht ab und ging zum Computer. Die Uhr unten rechts auf dem Bildschirm zeigte, dass es erst halb neun war. Ich hatte ungefähr zweieinhalb Stunden lang geschlafen. Ich blinzelte mit meinen verschlafenen Augen und zwang mich, den

Browser aufzurufen und ihren Namen einzutippen: *Paige Jani Moses.*

Ihr hinreißendes Gesicht erschien auf der rechten Seite des Bildschirms, mit ausgeprägter Knochenstruktur und perfekt ausgeleuchtet. Einer dieser Biografieschnipsel, die die Suchmaschine über berühmte Menschen automatisch generierte. Aber die anderen Suchergebnisse waren Nachrichtenschlagzeilen.

»Catwalk-Model Paige Jani bei Sturz lebensgefährlich verletzt«

»Ist Paige Jani gesprungen?«

»Exklusiv: Paige Jani hatte womöglich getrunken!«

»Blödsinn«, murmelte ich vor mich hin. Die Polizei hatte mir gesagt, dass keinerlei Rauschmittel oder Drogen in ihrem Blut gewesen waren, als sie auf unsere Balkonglaswand geklettert und gesprungen war. Kein einfacher Sturz, aber zu überleben.

Aber das hatte sie nicht getan.

Mein Blick wanderte zur obersten Schlagzeile: *»Paige Janis letzter Abschied in der Kirche ihrer Kindheit«.*

Paige war in ein parkendes Auto weit, weit, *weit* unter unserer Wohnung gekracht. Dass sie überhaupt überlebt hatte, war ein Wunder – aber ein grausames – gewesen. Drei Stunden später war sie gestorben.

Unten gab es Wodka, endlose Mengen.

Whiskey auch.

Rum.

Jedes Gift, das ich wollte.

Mit trockenem Mund und zitternder Hand nahm ich das Telefon und rief in Dr. Jitrnickas Praxis an. »Kann er mich noch hineinquetschen?«

Es stellte sich heraus, dass er es konnte, obwohl er an dem Tag nur bis mittags arbeitete. »Gerade hat ein Patient angerufen, der den Termin verschieben musste, weil der Babysitter abgesagt hat«, sagte die Frau an der Anmeldung. »Ich setze Ihren Namen in die Lücke um zehn Uhr.«

In der Zwischenzeit arbeitete ich mich methodisch durch eine Familientafel Schokolade. Ich musste Shanti unbedingt dafür danken, dass sie die Schublade immer nachfüllte. Niemand anders kannte meine spezielle Zuckersucht so wie sie.

Es war kurz nach halb zehn, als ich zum Auto ging. Ich war mir nicht ganz sicher, was ich tat, aber ich wusste, dass ich dringend mit jemandem sprechen musste. Vielleicht würde der Therapeut die Schweizer-Käse-Löcher in meinem Hirn, in meinen Erinnerungen füllen können.

Paige war tot. Paige war TOT!

Ich schlug einmal auf das Lenkrad, dann bog ich aus der Zufahrt und auf die Hauptstraße, drückte aber nicht aufs Gas.

Polizeifahrzeuge standen vor Alice' und Coras Haus. Trixi und Lexi, gekleidet in giftiges Grün und Augenkrebs verursachendes Pink, standen auf der anderen Seite der Absperrung und reckten die Hälse. Sie waren nicht die Einzigen. Die Dixons, Margaret von Kopf bis Fuß in schwarzem Leder und Paul mit seinem Filzhut, gingen gerade zu ihnen hinüber.

Ihre Gesichter sahen angespannt … und merkwürdig gefräßig aus.

Da fiel mir auf, dass ich nie darüber nachgedacht hatte, ob sie vielleicht etwas mit dem Mord an meiner Mutter zu tun gehabt hatten, nur weil sie so alt waren. Körperlich waren sie fit, und damals waren sie sogar noch fitter gewesen – und sie hatten ganz offenbar keinerlei Schwierigkeiten, jüngere Frauen anzuziehen. Und meine Mutter hatte sie gemocht.

»Mags und Paulie sind wild, Ari. Die Art von wild, die

ich auch sein will, wenn ich eine böse, weißhaarige *budiya* bin.«

Wilde Menschen hungerten oft nach Höhepunkten, brauchten ständig Adrenalin. Sie hatten Drogenorgien in ihrer Jugend gefeiert. War ihre Droge jetzt Mord?

Ich beobachtete ihre Bewegungen, mein Hirn hellwach … bis ich plötzlich auf die Erinnerung an jene manischen E-Mails an Dr. Binchy stieß. Mein Verstand glitt von diesem zu jenem zu dem Nächsten und verteilte die Schuld. Und niemals zog ich mich selbst in Betracht … nie dachte ich über die Erinnerung an eine Motorradfahrt in einer regnerischen Nacht nach.

Ich drückte aufs Gaspedal.

Trixi und Lexi hoben grüßend die Hand, als ich vorbeifuhr, aber ich hielt nicht inne; ich hatte keinerlei Bedürfnis, all das, was in der letzten Nacht passiert war, noch einmal zu durchleben.

Zum ersten Mal zuckte ich kaum zusammen, als ich an der Stelle vorbeifuhr, an der meine Mutter gestorben war. Ich hielt das Lenkrad so fest, dass mir die Hände wehtaten. Ich kam zwei Minuten zu spät zu meiner Sitzung mit Dr. Jitrnicka und ging direkt hinein.

»Warum reden wir eigentlich nie über Paige?«, fragte ich, kaum dass ich mich hingesetzt hatte.

Der Doktor nahm seine runde Brille ab und putzte sie an seinem dunkelblauen Pullover. »Weil Sie, als Sie zum ersten Mal hierherkamen, deutlich gemacht haben, dass wir das Thema nicht anschneiden dürfen.« Er betrachtete mich mit diesen sanften, emphatischen Augen. »Ich bin sehr froh, dass Sie jetzt dazu bereit sind – wie ich schon sagte, als wir anfingen: Sie ist der Schlüssel zu dem Menschen, der Sie heute sind. Ihre Abwärtsspirale begann mit ihrem Selbstmord.«

»Sie hat nicht versucht, Selbstmord zu begehen. Sie hat nur …«

Keine Verurteilung in diesem Gesicht, das einen Hauch zu lang war, um perfekt symmetrisch zu sein. »Nach dem, was ich in der Presse gelesen habe, hatte Paige Jani psychische Probleme.«

»Sie ging zu einem Therapeuten. Sie hat *mich* dazu gebracht, zu einem zu gehen.«

»Wir sind keine Wunderheiler, Aarav. Das ist eine Wahrheit, die ich schon sehr früh in meiner Karriere erkennen musste.«

Ich stand auf und durchschritt den Raum mit steifen Schritten. Meine Krücken versanken im dicken Teppich. »Ich habe sie nur um eine einzige Sache gebeten. Nur um *eine*.«

»Möchten Sie mir sagen, was das war?«

Die Worte brannten in meinem Hirn. »Tu, was du willst, aber wenn du mich jemals verlassen willst, sag es mir vorher. Geh nicht einfach.«

»Ah.«

Ja, man braucht keinen Therapeuten, um zu wissen, warum ich diese Forderung gestellt hatte. Das Lustige daran war, dass ich nicht glaube, dieses Versprechen jemals einer anderen Frau abgenommen zu haben. Zumindest erinnerte ich mich nicht daran. Aber inzwischen waren meine Erinnerungen sowieso nur noch einen Scheiß wert.

Der Schrei, den ich in jener Nacht gehört hatte, hallte immer noch in meinem Schädel wider.

Hatte ich ihn wirklich gehört? Oder war er aus meinem Hass auf meinen Vater geboren?

»Das erklärt, warum Sie nicht an Paiges Beerdigung teilgenommen haben.«

Hatte ich nicht? Nein, hatte ich nicht.

Mein Magen wurde von dem Übelkeit erregenden Gewicht meines sensorischen Gedächtnisses ganz schwer: eine Mischung aus Wodka, Kotze, meinem eigenen Körpergeruch.

»Scheiße, Kumpel, du kannst so was doch nicht machen.« Kahu, der mich vom Sofa und unter die Dusche zerrte. Er hatte ein Omelett aus den wenigen Zutaten gemacht, die er im Kühlschrank fand, und mich dazu gezwungen, es zu essen.

Dann hatte er dagesessen, mir direkt in die Augen geschaut und gesagt: »Ich habe sonst keine echten Freunde, du Arschgesicht. Du bist im Moment *whānau* für mich. Ich kann dich nicht verlieren. Daher werden wir jetzt hier sitzen bleiben, bis du aufhörst zu zittern und dieses Gift zu wollen, und dann bringen wir dich in eine Entzugsklinik, in eine Therapie, egal, was nötig ist.«

Kahu hatte mich gerettet. Und dann hatte ich ihm sein Mädchen abspenstig gemacht. Kein Wunder, dass er sauer gewesen war.

»Sie hat Sie ohne Vorwarnung verlassen«, stellte Dr. Jitrnicka fest, als läge das nicht auf der Hand. »Obwohl sie nach den Berichten der Presse einen Abschiedsbrief geschrieben hatte.«

Ich konnte mich an den Brief nicht erinnern, aber wenn die Polizei ihn mir zurückgegeben hat, habe ich ihn ganz sicher behalten. Vermutlich lag er in meinem Safe. »Saß deshalb zufällig eine Frau in meinem Auto, als ich den Unfall hatte?«

»Sie erinnern sich doch sicher, dass die seit Paiges Tod nur die letzte in einer langen Reihe war.« Er tippte leicht mit dem Stift auf sein Notizbuch. »Deshalb mache ich mir solche Sorgen, seit die Überreste Ihrer Mutter gefunden wurden. Es geht mir um die emotionalen Auswirkungen dieses

Ereignisses. So etwas ist praktisch ein weiteres Trauma, das auf ein Trauma folgt.«

Kein Wunder, dass mein Verstand ein vollkommen zersplittertes Chaos war.

Endlich setzte ich mich, mein linkes Bein fühlte sich unglaublich schwer an. »Paige war … freundlich. Sie versuchte, sich um mich zu kümmern, mir zu helfen. Natürlich habe ich es wieder vergeigt und für sie nicht dasselbe getan.«

»Sie wissen, nichts ist jemals so einfach. Ich kannte Paige nicht, aber es scheint, als habe sie mit ihren eigenen Dämonen zu kämpfen gehabt.«

Diese geisterhafte Kombucha-Flasche, die nicht angerührt war, so, wie sie so oft ihr Essen nicht anrührte. Die Geräusche, die ich regelmäßig aus dem Badezimmer gehört hatte. Dass sie sich weigerte, Bilder von sich selbst anzusehen, obwohl es ihr Job war, auf diesen Bildern zu sehen zu sein.

Das kleine Bündel mit der Spritze darin, das ich nach ihrem Tod gefunden hatte.

Äußere Hinweise auf eine innere Qual, die sie im Schlaf wimmern ließ.

Ich hatte Bündel und Spritze entsorgt, ohne der Polizei von dem Fund zu erzählen. Ich hatte nicht gewollt, dass die Boulevardpresse diese Information benutzen würde, um ihr Andenken zu beflecken. Selbst wenn ich wütend auf sie war, hatte ich ihr nicht wehgetan … weil ich sie geliebt hatte.

»Ich wünschte, sie hätte an jenem Tag eine andere Entscheidung getroffen«, sagte ich, und einen Moment lang wusste ich nicht, auf welchen Tag ich mich mit diesem Satz bezog.

Auf den Tag, an dem ich meine Mutter verlor, oder auf jenen, an dem ich Paige verlor.

47

Das Erste, was ich nach meinem Termin tat, war, in meine Wohnung zu fahren und den Safe in meinem Arbeitszimmer zu öffnen. Ich hatte den Brief ganz unten in dem Haufen der Dinge versteckt, die ich darin lagerte; er lag immer noch in einem Spurensicherungstütchen.

Ich öffnete es und zog ein geblümtes Briefpapier heraus.

Ich hatte ihr das Papier gekauft, als ich begriffen hatte, dass meine anspruchsvolle Modelfreundin ein ausgesprochenes Faible für alles Mädchenhafte, Süße und Weiche hatte. Sie sprühte jedes Blatt mit ihrem Parfüm ein, bevor sie darauf schrieb.

Er war geblieben und hinterließ einen muffigen Verwesungsgeschmack auf meiner Zunge.

Hallo Aarav,

tut mir leid. Ich kann einfach nicht mehr. Alles ist Schmerz. Hoffentlich hast du nach dem Verschwinden deiner Mutter nicht auch noch meinetwegen Schuldgefühle. Damals konntest du nichts tun, und jetzt ebenso wenig. Das hier ist meine Entscheidung, und ich fälle sie ganz bewusst, während du auf deinem Buchfestival bist, damit du weißt, dass das hier kein Hilferuf war. Ich will nicht gerettet werden. Ich bin bereit zu gehen.
Aber ich hoffe, für dich kommt es besser. Ich hoffe, du findest Frieden.

Für immer in Liebe,
Paige

Ihre Worte hallten immer und immer wieder in meinem Kopf wider, als ich anderthalb Stunden später an der Piha Beach saß. Paige hatte den schwarzen Sand hier geliebt. Das krachende Brausen der Wellen war für sie ein Sirenenlied gewesen, das sie nicht überhören konnte.

»Lass uns eine Wohnung über dem Piha Beach kaufen.« Ihre grünen Augen hatten klar und hell geblickt, ihr kurzes Haar hatte in alle Richtungen abgestanden, als sie sich im Bett zu mir umwandte. »Mit einem großen Balkon, damit ich darauf sitzen und dem Meer lauschen kann.«

Drei Tage später war sie gesprungen.

Und in den Wellen tanzten jetzt zwei Geister.

Ich wusste nicht, wie lange ich ihnen zugeschaut hatte, wie sie lachten und sich drehten und nach mir riefen, aber die Sonne hatte längst ihren Zenit überschritten, als ich zu meinem Auto zurückging und den Motor startete.

Ich hatte auf einem mit Gras bewachsenen Seitenstreifen geparkt. Hie und da standen noch andere Autos. Drei Surfer, geschmeidig wie Seehunde in ihren Neoprenanzügen, luden gerade ihre Surfbretter in das Fahrzeug, das am nächsten stand. Ihr Haar war noch nass, und sie lachten so begeistert, wie man nur sein kann, wenn im Körper die Endorphine rauschen – oder das Adrenalin.

So hatte ich nicht mehr gelacht, seit ich ein Kind war.

Ich legte den Rückwärtsgang ein, parkte aus und fuhr dann zum Haus meines Vaters. In meinem Kopf herrschte Chaos. Paige war tot. Ich hatte mir eingebildet, dass sie da war.

Der Gedanke erinnerte mich daran, dass ich alles aufschreiben musste, dessen ich sicher war, bevor mein Wissen sich verwirrte und ich es vergaß. Ich fuhr in der Nähe eines geschlossenen Wanderweges in den Regional-Park an den Straßenrand, nahm mein Notizbuch heraus und las mir all meine Notizen bis heute durch.

Mein Herzschlag beruhigte sich, je mehr ich las. Ich erinnerte mich an alles, obwohl ich zugeben musste, dass einige Erinnerungen ein wenig verschwommen waren.

Dann fiel mir etwa zwei Seiten vor dem Ende etwas auf. Die Schrift war krakelig, als hätte ich in großer Eile geschrieben. Da stand: *Dads Sekretärin. In der Cul-de-Sac in jener Nacht. Wollte die nächste Mrs. Rai werden.*

Mein Atem ging jetzt stoßweise. Ich konnte mich nicht erinnern, diesen Satz auf der zweiten Hälfte der Seite geschrieben zu haben.

Konnte noch jemand anders Zugang zu meinem Notizbuch haben?

Ja, aber das war keine sehr vernünftige Annahme. Die logischste Erklärung war, dass ich diese Sätze in verwirrtem Zustand geschrieben hatte. Die Frage war, waren diese Worte wahr? All die Jahre, und ich hatte nie einen Gedanken an die Frau verschwendet, die mein Vater damals gevögelt hatte.

Nein, Moment. Ich *hatte* an sie gedacht. Und zwar während meines Gesprächs mit Neri und Regan. Ich musste diese Notiz danach geschrieben haben. Da ich am selben Tag Paige halluziniert hatte, war die Tatsache, dass ich es völlig vergessen hatte, keine echte Überraschung.

Das Problem war, dass ich mich nicht an alle Einzelheiten des Gesprächs mit der Polizei erinnern konnte. Ich befeuchtete meine Lippen, dachte angestrengt nach, aber die Erinnerung war undeutlich. Mein Atem kam jetzt in kleinen Stößen, der Schweiß brach mir aus. Was auch immer mit meinem Gehirn passierte, es wurde schlimmer. Es musste mir wieder einfallen, bevor ich gar nicht mehr klar denken konnte.

»Denk nach, Aarav«, murmelte ich. »Die Sekretärin.«

Ich hatte nie auf sie geachtet, weil ich wusste, wie mein

Vater sie sah – als flüchtige kleine Schwäche, nichts Ernstes. Aber offenbar hatte irgendetwas noch nach zehn Jahren ein Warnsignal gegeben. Ich musste diesen Faden aufnehmen und der Spur folgen, die mein früheres Ich für mich hinterlassen hatte.

Nach der Schrift zu schließen – ich hatte so heftig aufgedrückt, dass der Stift an einigen Stellen durch das Papier gedrungen war –, musste ich in einem manischen oder vollkommen aufgeregten Zustand gewesen sein. Ich trank eine Flasche Wasser aus, die ich bei meinem Tankstopp auf dem Weg zum Piha Beach gekauft hatte, und verdrängte das Flüstern in meinem Kopf, dass ich die Kontrolle verlor und ernsthaft verrückt wurde.

Statt zurück in die Cul-de-Sac zu fahren, fuhr ich den ganzen Weg in meine Stadtwohnung.

Dort ging ich erneut zum Safe in meinem Arbeitszimmer. Darin lagen Fotoalben, die wertvollen Originale all der Bilder, die meine Mutter gescannt hatte. Sie in der Hand zu halten und zu betrachten, war viel einfacher, viel *realer,* als mir die Scans anzusehen.

Ein kleiner Teil von mir hoffte, dass ich mich vielleicht besser würde erinnern können, weil ich sie anfassen konnte.

Glückliche Kindheitserinnerungen tauchten Seite für Seite wieder auf.

Der Ausflug zum Strand, als meine Mutter jenen gelben Badeanzug und eine riesige Sonnenbrille getragen hatte, ein Bild des Glamours. Ich hatte nie darüber nachgedacht, wie es wohl für sie gewesen sein musste, als sie aus ihrem konservativen kleinen Dorf in Indien in dieses Land kam. Hatte sie schon immer gegen die Beschränkungen angekämpft und sich danach gesehnt, ihre Fesseln abzuwerfen? Oder hatte mein Vater sie davon überzeugen müssen, ihren ersten Badeanzug anzuziehen?

Letzteres konnte ich mir nicht recht vorstellen, aber ich erinnerte mich daran, wie sie sagte: »Wenn er das Arschloch geblieben wäre, das ich geheiratet hatte, wären wir vielleicht glücklich geworden. Unglücklicherweise beschloss er, noch einmal einen draufzulegen.« Sie war damals betrunken gewesen, eine dramatische Nymphe in einem roten Paillettenkleid, hingegossen auf einer Chaiselongue, während ich auf einem Bürostuhl saß, den ich mir aus dem Arbeitszimmer meines Vaters hergeschoben hatte.

Er war einen Monat fort gewesen, auf Dienstreise nach Europa.

Rückblickend begriff ich, dass sie über derlei Dinge nicht mit ihrem Sohn hätte reden sollen, aber jener Monat war der glücklichste meiner Kindheit gewesen. Ich hatte an dem Abend einen Smoking getragen – sie hatte mich zu irgendeiner schicken Veranstaltung als ihren Begleiter mitgenommen –, aber den Rest des Monats unternahmen wir Dinge, wie drei Stunden lang nach Rotorua zu fahren, nur um ein wenig auf der Sommerrodelbahn zu rodeln.

Wir machten beide ein Selfie, bevor wir uns in die kleinen Einpersonenwagen quetschten und die kurvige Bahn hinuntersausten.

»Das hat solchen Spaß gemacht!«, hatte sie unten gesagt. Sie hatte den Helm auf dem Kopf und war ungeschminkt. »Komm, wir machen das noch einmal.«

Wir rodelten fünfmal hinunter, dann gingen wir Eis essen.

Ich strich mit dem Finger über das viel zu teure Foto, das sie unten an der Kasse gekauft hatte. Damals hatte ich die Augen verdreht und gesagt, dass sie übers Ohr gehauen werde, aber dieses Foto von uns, wie wir selig grinsend den Abhang hinunterrasten, meine Mutter hinter mir, war eins meiner Lieblingsbilder.

Doch danach suchte ich nicht, also zwang ich mich, weiterzumachen.

Wo zum Teufel war es? Ich wusste, dass ich es mir nicht eingebildet hatte. Andererseits, vielleicht dachte das jeder, der halluzinierte. Hätte Dr. Jitrnicka fragen sollen. Hey, Doc, wenn ich nicht weiß, dass ich verrückt bin, bin ich es dann?

Da.

Mein Blick fiel auf das Bild, das bei einem Unternehmenspicknick aufgenommen worden war. Ich war nicht auf dem Foto, weil ich es gemacht hatte. Mein Vater, meine Mutter, drei seiner Angestellten. Einschließlich seiner Sekretärin. Eine klischeehaft vollbusige Blondine, die so taufrisch wirkte, als wäre sie frisch vom Baum gepflückt worden.

Ich betrachtete die Landschaft um sie herum: überall Autos.

Aus irgendeinem Grund waren wir auf dem Parkplatz gelandet, und ich hatte das Bild gemacht. Angesichts der lächelnden Gesichter war es wohl ein guter Tag gewesen, und alle hatten noch eine Erinnerung gewollt. Selbst meine Mutter sah zufrieden aus. Sie hatte die Hand auf die Brust meines Vaters gelegt und umarmte ihn mit dem anderen Arm von der Seite.

Die Sekretärin, klein und kurvig, stand am anderen Ende der Reihe.

Hinter ihr stand ihr Auto.

Daran erinnerte ich mich. An das pastellmauve lackierte Auto.

»Kannst du dir vorstellen, dass sie viel Geld dafür ausgegeben hat, um ihr Auto umlackieren zu lassen, und dann hat sie *diese* Farbe ausgewählt?«, hatte meine Mutter lachend gesagt. »Das wird schneller altern als sie.«

Es war ein zickiger Kommentar gewesen. Vielleicht hatte

meine Mutter längst gewusst, dass mein Vater seine Sekretärin vögelte. Oder sie fand die Farbe wirklich scheußlich. Ich konnte es ihr nicht verdenken. Das Auto war scheußlich. Wie ein blauer Fleck, der langsam verblasste.

Sein Kennzeichen war deutlich zu erkennen.

Ich schrieb es auf, schloss die Fotoalben und legte sie dann zurück in den Safe. Weil meine Erinnerung so unzuverlässig war, wollte ich auf keinen Fall die Dinge verlieren, die mir wichtig waren. Danach holte ich den Bericht des Privatermittlers hervor. Er war nicht auf die mauvefarbene Monstrosität in jener Nacht in der Nähe der Cul-de-Sac gestoßen – eigentlich keine besondere Erkenntnis, denn sonst hätte ich die Sekretärin längst überprüft.

Warum zum Teufel hatte ich mir dann diese Notiz gemacht?

Hatte ich damals etwas gesehen, woran ich mich nicht mehr erinnern konnte?

Ich fuhr mir mit der Hand durchs Haar und schrie.

48

Der Schrei verstörte mich nur noch mehr, obwohl sich mein Verstand in dem Moment kristallklar anfühlte. Ich zwang mich, mich zu konzentrieren, holte mir eine eiskalte Cola aus dem Kühlschrank, trank sie bis auf den letzten Tropfen aus und begann dann, online nach der Sekretärin zu fahnden.

Mein Hirn sammelte gern Namen, um sie in zukünftigen Buchprojekten zu benutzen, und erstaunlicherweise funktionierte dieser Teil sehr gut. Den Namen der Sekretärin meines Vaters hatte ich nie vergessen: Aurelie Nissum.

Das war kein Allerweltsname, und es stellte sich heraus, dass Aurelie die sozialen Medien mochte.

Nicht nur das: Sie schien sich für ihre Privatsphäreeinstellungen kein bisschen zu interessieren. Es war sogar gleichgültig, dass sie einen neuen Nachnamen hatte. Innerhalb von zehn Minuten wusste ich, dass sie am Rand von Mt. Eden wohnte und zwei Kinder mit ihrem »umwerfenden« Ehemann Vikram hatte.

»Vikram, was? Na, du hast ja wohl einen ganz speziellen Typ, auf den du stehst.« Das war kein Vorwurf; ich hatte auch einen Typ – nur dass meiner weniger körperlich als psychisch war. Verletzte Frauen, die ein wenig verloren waren. Nicht nur Paige, sondern all die Mädchen und Frauen, die vor ihr gekommen waren, bis hin zu meiner allerersten Freundin. Sapna hatte Eltern, die sie vernachlässigten, und gehofft, dass ich sie retten würde, ohne jedoch die Probleme in ihrem Familienleben zuzugeben. Ja, Dr. Jitrnicka und ich hatten viel Spaß beim Besprechen meiner selbstzerstörerischen Mechanismen.

Der umwerfende Vikram stellte sich als Dr. Vikram Reddy, Augenarzt, heraus.

Zweifellos wussten seine Eltern die Tatsache, dass er Arzt war, in alle möglichen Unterhaltungen einzuflechten. »Oh, Sie mögen dieses Biryani-Rezept? Ja, das ist das Lieblingsessen unseres Vikram. Ich habe es ihm immer gebracht, als er noch Medizin studierte. Sogar jetzt, da er ein erfolgreicher Arzt ist und eine eigene Familie hat, liebt er meine Küche immer noch.«

Es brauchte keinerlei Können, um Dr. Reddys Praxis zu finden, aber ich wusste, dass ich warten musste, bis sein Arbeitstag zu Ende war, um ihm zu seinem Haus folgen zu können. Moment, welcher Tag war heute? *Samstag.* Ich schaute noch einmal auf der Website der Praxis nach – keine Öffnungszeiten, aber ich erinnerte mich daran, dass ich seinen Namen bei meiner Suche in einem anderen Link gesehen hatte. Da war er: Dr. Reddy sprach heute auf einer Medizinkonferenz. Er würde nicht bis sechs Uhr abends fertig sein.

Es würde ein Leichtes sein, vor dem Veranstaltungsort zu warten und ihn zu finden.

Ich merkte mir das als Möglichkeit und befasste mich wieder mit Aurelies Fotogalerie. Sie postet oft, und viele der Bilder zeigten ihre Kinder – mehrfach in Schuluniformen. Ich lächelte, weil ich das grüne Schottenkaro einer exklusiven Privatschule wiedererkannte. Es kam noch besser: Sie hatte sogar heute ein Foto von ihnen gepostet – diesmal ohne Uniform – mit der folgenden Unterschrift: *Schick! Meine Kleinen gehen heute auf einen Ausflug zu den Hamilton Gardens, um eine Show anzusehen!*

Im Ernst, Pari und Mia mussten Aurelie Reddy dringend eine Lektion in Internetsicherheit geben. Die Frau postete ja alles. Sie hatte sogar einen Link zu der Show gesetzt, die

die Kinder sehen würden – eine Matinee –, und daher wusste ich, dass ich sie leicht entdecken würde, wenn sie sie wieder abholte.

Ich schaute auf meine Uhr, um nachzusehen, ob es schon vier Uhr war.

Hamilton lag nur ein paar Stunden entfernt – vielleicht dauerte es länger, wenn man in einem Schulbus mit einer Ladung Kinder fuhr. Ich dachte an Paris Ausflug nach Rangitoto. Möglicherweise waren die Kinder noch nicht zurück. Ich konnte genauso gut auch versuchen, Aurelie abzupassen, bevor ich ihren Ehemann zu stalken versuchte.

Ich schob mich vom Schreibtisch weg, stand auf, schloss mein Arbeitszimmer ab und holte mir noch eine Cola aus dem Kühlschrank. Die eisige Kälte fühlte sich in meiner Handfläche großartig an, und ich brauchte den Zuckerrausch zu sehr, als dass ich mir darüber Gedanken gemacht hätte, dass ich seit dem Frühstück nichts gegessen hatte.

Ich trank die Flasche aus, während ich auf dem Balkon stand, von dem Paige gesprungen war. Ich hatte nie darum gebeten, mir die Fotos vom Tatort ansehen zu dürfen, aber dennoch zeigte mir mein Kopf Bilder von ihr, wie sie wie eine zerstörte Puppe auf dem eingedrückten Dach des Autos lag, auf dem sie gelandet war, wie ihr scharlachrotes Blut das Metall bespritzt hatte.

Ich war an dem Tag, an dem sie gesprungen war, auf einem Krimifestival in Perth in Australien gewesen – mehr als sieben Stunden Flugzeit entfernt. Als die Polizei mich anrief, war sie bereits tot; sie hatten gesagt, ich solle mir einen Freund suchen, mit dem ich zusammen trauern konnte. Aber ich hatte die Vorstellung nicht ertragen können, mit irgendwem zu reden, denn dann hätte ich akzeptieren müssen, dass Paige tot war. Stattdessen hatte ich meinen Laptop geöffnet und zehn Stunden hintereinander geschrieben, ohne zu schlafen, ohne zu essen. Ich hatte nur getrunken und getippt.

Das Resultat war ein kurzer Roman gewesen, den ich mir nie wieder angesehen hatte.

Heute holte ich ihn mir aufs Handy: *Im Tod war sie ein Picasso, bestand nur noch aus langen Gliedern und Blässe.*

Ein toller erster Satz, der mich sofort zu einem Verdächtigen gemacht hätte, wenn ich nicht ein so wasserdichtes Alibi gehabt hätte. Aber als ich weiterlas und die Schreibfehler ignorierte, die ich mir nie die Mühe gemacht hatte zu korrigieren, wusste ich, dass es gut war. Sehr gut. Mit einer tiefen Wut, die aus jeder Seite sprach. Dies war die Art Geschichte, die Preise gewann und Diskussionen anstieß. Sie war außerdem auch krankhaft, denn sie enthüllte durch die Ich-Erzählperspektive die tiefsten Ängste in mir.

Habe ich sie getötet?

Hat sie meine unsichtbare Hand an ihrem Rücken in dem Augenblick gefühlt, bevor sie flog?

Meine kaputte Muse. Meine wunderschöne Kreation.

Herrgott, was zum Teufel hatte ich mir dabei nur gedacht? Hatte ich unbedingt ein Verdächtiger sein wollen, und das mehr als fünftausend Kilometer entfernt? Meine Hand schwebte über dem Löschbutton, aber ich konnte es einfach nicht, konnte nicht eines der besten Werke löschen, die ich womöglich jemals hervorbringen würde. Selbst wenn es mich bis auf die Knochen bloßstellte.

Ich schloss die Datei und ließ das Handy zurück in meine Tasche gleiten.

Es war Zeit, Aurelie Reddy zu finden.

49

Der Schulbus war noch nicht angekommen, als ich eine Parklücke hinter ein paar anderen Autos fand. Ich wusste das, weil gegenüber ein Mercedes in einem widerlichen Pastellmauveton stand.

Ich musste beinahe lachen.

Die Frau, die darin saß, hatte einen glatt geföhnten Bob und konzentrierte sich auf ihr Handy. Sie zuckte zusammen, als ich gegen ihr Fenster klopfte. Ich hatte die skeptische Vorsicht erwartet, die Frauen oft an den Tag legen, wenn sie von unbekannten Männern erschreckt werden, aber in ihrem Blick flackerte Erkennen auf. Sie schluckte, bevor sie das Fenster herunterfahren ließ.

Sie trug einen Merinopulli mit V-Ausschnitt in Puderrosa. Ein herzförmiger pinkfarbener Saphiranhänger lag auf ihrem Brustbein. »Was willst du?«, bellte sie beinahe, und dabei wandte sie den Kopf, um zu sehen, wer von den anderen Eltern schon da war. »Das war mein früheres Leben. Jetzt bin ich glücklich. Bitte lass mich in Ruhe.« Was als selbstgerechte Verärgerung begonnen hatte, endete als Verzweiflung.

»Ich will nur reden.«

Sie atmete jetzt hastig und abgehackt. Das Schwarze ihrer Pupillen schluckte beinahe das Blau ihrer Augen. »Wir können uns später treffen. Ich versprechs.«

Ich hätte sie in Ruhe lassen können, aber ich wusste, dass ich jetzt, da sie so panisch war, einen Vorteil hatte. »Oder ich könnte mich für zehn Minuten auf den Beifahrersitz setzen. Ich wäre wieder weg, bevor jemand neugierig wird und nachfragt. Ich tue einfach so, als wäre ich ein Verwandter deines Mannes.«

Bei der Erwähnung ihres Ehemanns wurde sie blass und schaute sich noch einmal auf der Straße um. »Okay, gut.« Das Autoschloss öffnete sich.

Mein Bein kommentierte sie nicht, als ich einstieg. Sie konzentrierte sich zweifellos darauf, mich verdammt noch mal so schnell wie möglich loszuwerden. *»Bitte.«* Ihre Stimme bebte, ihr perfektes Make-up drohte zu bröckeln. »Ich habe endlich ein gutes Leben. Zerstör es nicht.«

»Ich will nur wissen, ob du in der Nacht, in der meine Mutter verschwand, in der Cul-de-Sac warst.«

Das letzte Blut wich aus ihrem Gesicht. »Oh, Gott, oh, Gott.« Die blauen Augen schimmerten. »Ich hätte nie dorthin gehen sollen. Ich war so jung und so *dumm.*« Sie nahm sich ungeschickt ein Tuch aus der kleinen Schachtel, die sie im Becherhalter aufbewahrte, und betupfte sich die Augen. »Ich darf nicht weinen. Die Kinder.«

»Antworte einfach auf die Frage, dann bin ich gleich wieder weg.«

Sie atmete so hastig, dass ich schon befürchtete, sie würde in Ohnmacht fallen, aber dann atmete sie ein paarmal tief durch und fasste sich wieder. »Ich wollte eigentlich an eure Tür klopfen und mit deiner Mutter sprechen. Ich wollte ihr sagen, dass Ishaan und ich verliebt seien und dass es nicht fair von ihr sei, an der Ehe festzuhalten.«

Ihr Lachen klang abgehackt und brüchig. »Er hat mit mir gespielt, und er hat das sehr gut gemacht. Ich glaubte wirklich, unsere Liebe stehe unter einem schlechten Stern, weil wir von einer rachsüchtigen Ehefrau auseinandergebracht würden, die seinen Sohn gegen ihn ausspielte.«

»Aber du bist nie an unserer Haustür aufgetaucht.«

»Ich wusste von der Firmenfeier, auf die sie gegangen waren, und dass die Tore zum Grundstück zu einer bestimmten Zeit geschlossen wurden – ich richtete es also so ein, dass ich vorher ankam. Dieser Teil des Planes klappte anstandslos.« Ihre Brust hob und senkte sich schnell. »Hinterher saß ich im Auto und machte mir selbst Mut. Dann kamen sie nach Hause.«

Sie packte das Lenkrad fester. »Deine Mutter stieg aus und knallte die Beifahrertür hinter sich zu, um dann durch den Regen zum Haus zu marschieren. Gott, sie war so hinreißend – und höllisch selbstbewusst. Ich wusste, dass sie mir ins Gesicht lachen würde … und ich begriff in diesem Moment auch, dass sich Ishaan niemals mit einer normalen Frau wie mir zusammentun würde. Er hatte ja eine Frau mit so viel Feuer.«

»Nette Geschichte.«

»Das ist die Wahrheit!« Schweißtröpfchen bildeten sich auf ihrer Stirn. Ihr Blick zuckte zum Rückspiegel, als der Bus in die Straße einbog. »Bitte zieh mich da nicht hinein. Ich sage dir alles, was du wissen willst.«

»Warum hast du solche Angst?«

»Mein Mann und seine Familie sind ultrakonservativ«, erklärte sie. »Es war für ihn eine große Sache, jemanden außerhalb seiner Kultur zu heiraten. Er glaubt, ich sei noch Jungfrau gewesen, als wir zusammenkamen. Bitte, bitte, zerstör das nicht.«

»Mir ist deine Ehe völlig egal, ich will nur wissen, was in jener Nacht geschah.«

»Ich saß im Auto und weinte, okay? Das habe ich gemacht. Ich begriff, wie dumm ich gewesen war, zu glauben, dass ein Mann wie Ishaan jemanden wie mich für mehr haben wollte als für ein bisschen Spaß.« Ihre Finger zitterten, als sie die Sonnenblende herunterklappte, um in den Spiegel zu sehen. »Oh, Gott, mein Gesicht. Ich muss mich beruhigen.«

»Also willst du mir erzählen, dass du einfach gewendet hast und weggefahren bist? Na klar.«

»Ich bin nicht weggefahren. Ich war wie erstarrt.« Sie puderte sich mit zitternder Hand die Schweißperlen weg. »Dann wurde das Unwetter stärker, und ich bekam Angst, bei einem solchen Wetter zu fahren.« Eine Pause. »Ich habe etwas gesehen. Das habe ich noch nie jemandem erzählt.«

Mein Pulsschlag beschleunigte sich. »Was?«

»Der Regen war schlimm – du erinnerst dich, oder? –, und ich hatte ein Stück weiter unten in der Cul-de-Sac geparkt, wo mich niemand sehen konnte – ich hatte für diese Nacht extra ein dunkles Auto von einer Freundin geliehen.«

Eindeutig Vorsatz, aber sie wirkte so eindeutig panisch, dass ich nicht glaubte, dass sie log.

»Ich konnte nicht alles klar sehen, das musst du mir glauben.«

Ich nickte; der Regen war schlimm gewesen in jener Nacht und war sintflutartig niedergegangen. »Weiter.«

»Ich sah, wie sich die Haustür öffnete …«

»Die kann man von der Straße aus nicht sehen.«

»Was?« Falten erschienen auf ihrer Stirn. »Doch, das konnte man, ich schwöre. Da war eine große Lücke zwischen den Bäumen.«

Ich folgte meiner Erinnerung bis zu dem kranken Baum, für den mein Vater einen Monat vor dem Verschwinden meiner Mutter einen Gärtner angeheuert hatte, der ihn entfernte. »Ja, stimmt. Weiter.«

Sie sah so dankbar aus, dass ich beinahe ein schlechtes Gewissen bekam. »Die Tür war offen, und ich sah die Silhouette deiner Mutter. Sie stolperte heraus. Ihr Gang war seltsam, sie bewegte sich nicht so, wie sie sollte.«

Mein Magen zog sich zusammen.

»Dann flackerten die Scheinwerfer des Jaguar auf der Straße auf, als wäre der Alarm deaktiviert worden. Ich hatte das Auto auf der Straße gesehen und war mir fast sicher gewesen, dass es ihres war.« Röte überzog ihre Wangen, und ich wusste, dass sie darüber nachgedacht hatte, das Auto zu beschädigen.

Aber das gestand sie mir nicht. »Ich dachte, sie sei vielleicht betrunken. Das machte mir wieder Hoffnung, weil ich dachte, sie sei vielleicht doch nicht so toll, wie sie aussah. Ich plante, die Polizei anzurufen und sie wegen Alkohol am Steuer anzuzeigen.«

Flache, scharfe Atemzüge. »Dann war da plötzlich jemand anders neben ihr. Ich konnte ihn nicht richtig erkennen. Sie waren nur Schatten im Regen und in der Dunkelheit, aber ich bin mir sicher, dass er auf den Fahrersitz kletterte, während sie sich auf den Beifahrersitz setzte.«

»War das mein Vater?«

»Ich weiß es nicht. Ich habe nicht gesehen, dass er das Haus verließ, aber ich hatte auch die ganze Zeit nur sie beobachtet, und als ich wieder zur Haustür schaute, war sie wieder geschlossen. Zumindest sah ich kein Licht mehr – es konnte auch sein, dass jemand einfach alle Lampen ausgeschaltet hatte.«

»War derjenige, der mit ihr ins Auto stieg, groß oder klein? Dick? Dünn?«

Eine lange Pause. »Nicht groß oder breit genug, als dass es mir aufgefallen wäre. Ehrlich, ich habe eigentlich nur einen vage menschlichen Schatten gesehen … aber ich habe einen Fehler gemacht und aus Versehen mein Handy berührt. Das Display beleuchtete mein Gesicht … ich war mir sicher, dass derjenige, wer auch immer er war, mich gesehen hatte.«

Der Bus fuhr durchs Schultor.

»Erinnerst du dich an *irgendetwas* anderes, was diese Person angeht?«

»Nein, tut mir leid. Ich war so aufgewühlt, seit sie gefunden wurde, und lebte in ständiger Angst, dass die Polizei mich finden könnte. Ich musste mir ständig sagen, dass das nicht passieren wird. Wie hast du herausgefunden, dass ich in jener Nacht dort war?«

»Dein Auto wurde von den Sicherheitskameras eines Nachbarn aufgenommen«, log ich. »Die Polizei schrieb es in den Bericht, aber ich ging dem nicht nach, weil sie davon ausgingen, dass meine Mutter durchgebrannt sei.« Die Lüge ergab nicht viel – oder überhaupt keinen – logischen Sinn, aber sie war zu durcheinander, um die Löcher in meiner Argumentation zu erkennen.

Ich dagegen sah sie, und ich hatte immer noch keine Ahnung, wie ich von ihrem Auto erfahren hatte. Hatte ich ihr Auto in jener Nacht tatsächlich gesehen, selbst durch den starken Regen hindurch? Aber sie behauptete ja, nicht ihren eigenen Wagen genommen zu haben. Das ergab alles keinen Sinn.

»Ist die Polizei jetzt hinter mir her?«

»Wenn du die Wahrheit sagst, werde ich sie nicht auf den alten Bericht hinweisen.«

Sie drehte sich in ihrem Sitz um und faltete die Hände vor der Brust. »Bitte, *bitte,* glaub mir. Ich habe deiner Mutter nichts getan. Mehr ist in jener Nacht nicht passiert.«

»Erzähl noch mal alles von vorn.«

Das tat sie, und ihre Geschichte war immer noch dieselbe, wenn auch in anderen Worten erzählt. Sie hatte sie nicht immer und immer wieder eingeübt wie eine Rede. Es war sogar schlüssig, dass die Tore offen gewesen waren, als sie wegfuhr – die Cul-de-Sac hatte inzwischen ein neues System, und die Tore schlossen sich automatisch, zwei Minuten nachdem sie geöffnet worden waren. Aber damals mussten wir noch unsere Fernbedienungen benutzen, wenn wir hinausfuhren, sonst blieben sie offen.

Derjenige, der den Jaguar fuhr, musste das vergessen haben.

»War denn sonst noch jemand in der Cul-de-Sac wach?«

»Euer nächster Nachbar. Ein Fenster im ersten Stock war erleuchtet – das fiel mir auf, weil ich sichergehen wollte, von niemandem gesehen zu werden. Und ein paar Sicherheitslichter gingen an und aus, aber ich glaube, dass das Unwetter sie auslöste. Ansonsten war es dunkel.«

Ihre Erinnerung passte zu meiner. Hin und wieder ein Aufblitzen von Licht in meinen Augenwinkeln, während ich … während ich was? Mein Puls erhöhte sich, ich musste mich zwingen, nicht die Fäuste zu ballen. »Ich brauche deine Adresse und Telefonnummer für den Fall, dass ich noch weitere Fragen habe. Versuch gar nicht erst zu lügen – du bist nicht schwer zu finden.«

Sie schrieb beides nieder. »Bitte komm nicht zu meinem Haus. Wir können uns überall sonst treffen.«

Ich tippte die Nummer in mein Handy und rief die Nummer sogleich an.

Das roségoldene Handy, das sie aufs Armaturenbrett gelegt hatte, begann zu klingeln.

Zufrieden beendete ich den Anruf und öffnete die Beifahrertür.

Ich hatte etwas Wichtiges vergessen, ein Stück Information, das mein verwirrtes Hirn nicht mehr finden konnte. Ich drehte mich mit kaltem und ausdruckslosem Gesicht wieder zu ihr um und drohte: »Wenn ich herausfinde, dass du gelogen hast, dass du irgendetwas mit dem Tod meiner Mutter zu tun hattest, dann werde ich alles tun, um dein perfektes Leben zu zerstören.«

Sie sah mich schreckensstarr an und ließ den Lippenstift fallen, den sie aus ihrer Handtasche geholt hatte. »Ich habe nicht gelogen. Ich war eine dumme Einundzwanzigjährige, die sich in einer Situation wiederfand, in der sie nie hätte sein sollen.«

Einundzwanzig.

Mein Vater war ein noch viel schlimmerer Drecksack, als ich gedacht hatte.

Ich schloss die Tür endgültig und ging so schnell zu meinem Auto, wie es meine Krücken erlaubten. Ich hatte ihr Diskretion versprochen, wenn sie mir die Wahrheit sagte, daher wartete ich, bis die Kinder aus den Toren kamen, bevor ich wegfuhr.

Obwohl ich an ihre Ehrlichkeit glaubte, dachte ich darüber nach, wie es Aurelie hätte schaffen können, den Mord zu begehen, falls sie doch eine Art psychopathische Meisterverbrecherin wäre. Sie hätte das Auto meiner Mutter zu der Stelle fahren müssen, wo es von der Straße abgekommen war, dann hätte sie zu Fuß zur Cul-de-Sac zurückgehen müssen, bevor jemand aufwachte und begann, Fragen zu stellen. Schwierig, wenn nicht unmöglich unter den gegebenen Umständen jener Nacht.

Es sei denn, sie wäre die *Komplizin* gewesen.

50

Mein Vater konnte all das geplant haben, mit Aurelie als williger Helferin.

Der Haken war nur, dass er sie, soweit ich wusste, nach dem Verschwinden meiner Mutter wie eine heiße Kartoffel hatte fallen lassen. Hätte er es riskiert, sie loszulassen, wenn sie etwas so Zerstörerisches über ihn gewusst hätte?

Auf der anderen Seite wäre ein einundzwanzigjähriges Mädchen gegen einen Halsabschneider von einem CEO angetreten. Es wäre nicht schwierig gewesen, sie davon zu überzeugen, dass sie diejenige war, die den Kampf verlieren würde. Die verschmähte Geliebte gegen den trauernden Witwer.

Ich konnte mir gut vorstellen, dass mein Vater seine Karten auf diese Weise ausgespielt hatte.

Also ja, es war machbar, aber Aurelie wirkte einfach nicht so, als wäre sie cool genug, um eine so enorm große Lüge über Jahre für sich zu behalten. »Der Ehemann der Frau glaubt, eine Jungfrau geheiratet zu haben, Aarav«, murmelte ich vor mich hin.

Die süße Aurelie war durchaus in der Lage, mit einer Lüge zu leben. Aber nichts in ihrem Verhalten hatte auf Schuld hingewiesen. Nur auf Panik. Fürs Erste schob ich sie ans Ende meiner Liste. Das Einzige, was sie tatsächlich getan hatte, war, den Ablauf der Ereignisse zu bestätigen: Derjenige, der meine Mutter zu Tode gefahren hatte, war in der Cul-de-Sac in den Jaguar gestiegen.

Sie stolperte hinaus.

Ich fuhr unter dem verträumten Schatten einer riesigen Magnolie in voller Blüte an den Straßenrand, holte mein

Notizbuch hervor und kritzelte die Einzelheiten unserer Unterhaltung nieder.

Ich unterstrich das Wort »stolperte« immer und immer wieder.

Was war im Haus meines Vaters geschehen, das meine Mutter stolpern ließ?

Ich blätterte in meinen Notizen und sah, dass mein Vater zugegeben hatte, ein schweres Glas nach ihr geworfen zu haben. Ich ignorierte die Tatsache, dass ich mich an dieses Eingeständnis nicht erinnern konnte, um mich auf die neueste Information zu konzentrieren. Hatte sie das Glas voll erwischt und sie viel stärker verletzt, als er zugab?

Oder war sie einfach betrunken gewesen? Diese Möglichkeit war so wahrscheinlich wie jede andere, aber bei Veranstaltungen trank sie normalerweise nicht exzessiv. Nein, das tat sie lieber zu Hause. Dann legte sie die traurigen alten *ghazals* auf und tanzte zu den melancholischen Melodien.

Ich konnte sie vor mir sehen, wie sie sich zur Musik wiegte, einen Drink in der Hand, das Haar offen und sinnlich den Rücken hinabfallend. Sie trug einen roten Satinmorgenmantel, der nur locker an der Taille zusammengebunden war und bei jeder Bewegung nackte Haut zeigte. Ich war damals noch jung gewesen, verwirrt von den Gefühlen, die in mir wüteten. Diese Verwirrung war nie vergangen: Ich war immer gleichzeitig stolz und sehr wütend auf meine Mutter gewesen.

Als ich alles notiert hatte, fuhr ich wieder auf die ruhige Straße.

Je mehr ich darüber erfuhr, was in jener Nacht passiert war, desto mehr hatte ich das Gefühl, überhaupt nichts zu wissen. Es gab einfach zu viele Geheimnisse, zu viele Dinge, an die ich mich nicht erinnerte … und zu viele Stimmen in meinem Kopf flüsterten, ich sei ein Irrer, der sich in seinen Wahnvorstellungen verlor.

Shanti sah mich besorgt an, als ich nach Hause kam.

»Wie geht es Pari?«, fragte ich.

»Sie hat es mir erzählt«, platzte Shanti heraus. »Das mit dem Schlüssel zu Eleis Haus. Es ist gut, was du getan hast. Danke.«

»Kommt Pari denn damit klar?«

»Ja, sie hatte viele Fragen. Ich habe ihr die Wahrheit gesagt, dass Cora Alice geschlagen hat und es richtig war, dass du die Polizei gerufen hast.« Sie wrang das Küchenhandtuch in den Händen. »Es ist vielleicht zu modern, aber ich will niemals mit ansehen müssen, dass meine Tochter so geschlagen wird. Nicht einmal, wenn ich damit die Familienehre retten könnte.«

Ich hatte meiner Schwester bereits deutlich gemacht, dass sie sofort zu mir kommen müsse, wenn ihr jemals irgendwer wehtun sollte. Ich würde ihr *immer* glauben und helfen. Aber für Shanti war das ein großer Schritt. »Sie hat sich gestern großartig verhalten – du kannst stolz auf sie sein.«

Shanti lächelte strahlend. »Das bin ich auch.«

»Ich schaue gleich mal in ihrem Zimmer vorbei und sage Hallo.«

»Willst du eine Cola? Etwas Kleines zu essen?« Sie machte sich bereits wieder in der Küche zu schaffen. »Ich könnte ein paar Samosas braten. Ich habe neulich welche frisch gemacht und sie eingefroren, die könnte ich aus der Kühltruhe holen.«

»Ja, danke.« Ich war völlig ausgehungert, als wäre der Hunger zurückgekommen, sobald sich der Nebel in meinem Hirn gelichtet hatte.

Sei vorsichtig, Aarav. Du bist vielleicht am stärksten gefährdet, wenn du glaubst, klar zu denken.

»Shanti?«

Sie schaute von der Kühltruhe auf. »Ja?«

»Wirke ich so, als ginge es mir besser? Als wäre ich geistig präsenter?« Shanti hatte von all den Erwachsenen in der Cul-de-Sac keinen Grund dazu, mich anzulügen – abgesehen natürlich von ihrer Loyalität zu meinem Vater. Aber da Ishaan Rai seine Frau in keiner Weise als Partnerin behandelte, wusste sie aller Wahrscheinlichkeit nach nicht genug, um einen Grund zur Lüge zu haben.

»Ja.« Ihr Lächeln ließ ihr ganzes Gesicht erstrahlen. »Du bist hier, *nicht* … weit weg.«

Ich entspannte mich etwas. »Danke.«

»Geh ruhig zu Pari. Ich bringe dir dein Essen hoch.« Ein eindringlicher Blick. »Du bist ein guter Bruder, Aarav. Danke, dass du ihr nie das Gefühl gibst, weniger wert zu sein, obwohl du der älteste Sohn bist.«

Ich wusste nie, was ich auf diesen patriarchalischen Scheiß antworten sollte, daher lächelte ich nur und ging die Treppe hinauf in die Ecke des Hauses, die meinen Zimmern gegenüberlag. Meine Schwester hatte nur ein Zimmer, weil Shanti es nicht richtig fand, ein kleines Kind mit einer ganzen Zimmerflucht zu verwöhnen. Aber dieses Zimmer war ganz in Weiß und Pink gehalten, mit einzelnen Farbflecken in Paris Lieblingsfarbe Gelb. Auf ihrem Bett saß eine Sammlung Kuscheltiere ordentlich in einer Reihe. Sie malte an ihrem Schreibtisch, als ich eintrat.

»Bhaiya, du gehst ja viel besser!«

Erst da merkte ich, dass ich den verletzten Fuß stärker belastete. »Vielleicht kann ich ja diesen Gehverband loswerden und tatsächlich mal mein Bein waschen.«

»Igitt.« Sie rümpfte die Nase, lächelte aber, als ich mich

auf die Bettkante setzte; ihr gerüschter Bettüberwurf war pinkfarben und mit Waldtieren bedruckt.

»Willst du über gestern Nacht sprechen?«, fragte ich. »Das war ja alles ziemlich erschreckend.«

Shanti unterbrach unsere Unterhaltung mit der Cola für mich und einem heißen Kakao für Pari, außerdem brachte sie die Samosas. Dann ließ sie uns allein. Als ich bei meiner zweiten Samosa war, sprachen wir über andere Themen.

Schule. Paris Lieblingsband. Mias Geburtstag.

»Ich bin gar nicht traurig«, versicherte mir Pari. »Was diese Übernachtungsparty angeht. Ich weiß schon, dass sie für große Mädchen ist. Mia will aber zum Kuchenessen zu mir kommen. Mum hat mir geholfen, ein Geschenk für sie auszusuchen.« Sie nahm einen Schluck Kakao und schaute mich dann hoffnungsvoll an. »Meinst du, ich darf auf eine Übernachtungsparty, wenn ich sechzehn bin?«

»Ich wüsste nicht, warum nicht.«

Zwanzig Minuten später war ich auf meinem Weg in mein Zimmer, als Shanti zu mir hinaufrief.

»Aarav! Die Polizei ist gekommen.«

Ich ging die Treppe hinunter und fand Regan und Neri im Flur, wo sie auf mich warteten, während Shanti dabeistand.

»Wenn Sie uns ein wenig Ihrer Zeit schenken könnten«, fing Regan an. Die pockigen Narben in seinem Gesicht wurden von dem kleinen Lüster ausgeleuchtet, der hier hing.

»Sicher. Wollen Sie sich setzen?«

»Um ehrlich zu sein, wir würden es vorziehen, wenn Sie uns ins Kommissariat begleiteten.«

51

Ich achtete nicht auf Shantis erschrecktes Keuchen. »Im Ernst?«

»Es wäre gut, wenn wir Ihre Aussage aufnehmen könnten.«

Verdammte Scheiße. Die Polizei glaubte, etwas zu haben, und wollte auf ihrem eigenen Territorium auf mich losgehen. Aber ich wollte natürlich wissen, was sie herausgefunden hatten. »Ich fahre Ihnen in meinem Auto hinterher.«

Keinerlei sichtbare Reaktion, aber ich fragte mich, ob sie wohl extra persönlich gekommen waren, um meine Reaktion auf ihre Einladung ins Kommissariat zu sehen. Als ich in meinem Mietwagen saß, rief ich die Anwältin an, die ich für Verkehrsdelikte und ähnliche Sachen hatte.

Ich hatte Wendys Privatnummer, weil ich ein millionenschwerer Kunde war.

Nachdem ich sie schnell ins Bild gesetzt hatte, erklärte ich: »Ich brauche einen guten Strafanwalt, der zu mir ins Kommissariat kommen soll.«

Ich wollte zwar Informationen, aber mich nicht ans Messer liefern.

Jedenfalls nicht mit einem unzuverlässigen Gedächtnis.

»Veda Fitzpatrick ist eine der besten«, sagte Wendy.

Mein Blick glitt zu Bretts und Vedas Haus, obwohl ich von hier aus nichts sehen konnte. »Nein, die nicht. Finden Sie mir jemand anderen.«

Regan und Neri warteten noch, als ich endlich das Auto anließ und aus der Auffahrt fuhr. Ich fädelte mich hinter ihnen ein und fuhr exakt die gesetzlich vorgeschriebene

Höchstgeschwindigkeit – oder ein paar Stundenkilometer weniger. Ich wollte der Anwältin viel Zeit geben, damit sie vor mir da sein konnte.

Sie wartete an der Rezeption, eine zierliche Frau, die einen feinen Wollmantel über einem kleinen Schwarzen trug, zu dem sie eine Perlenkette kombiniert hatte. »Mr. Rai.« Sie streckte mir die Hand hin. »Ich bin Justina Cheung. Wendy Michaels lässt herzlich grüßen.«

»Tut mir leid, dass ich Ihren Abend verdorben habe.«

Als sie erwiderte: »Daran bin ich gewöhnt«, fragte ich mich, wen sie wohl normalerweise vertrat.

»Detective Regan, Constable Neri, Ms. Cheung ist meine Anwältin.«

»Wir sind gut miteinander bekannt.« Regan nickte kurz in ihre Richtung, um seine Aufmerksamkeit dann wieder mir zuzuwenden. »Sie sind nicht verhaftet.« Seine blassen Augen flackerten. »Das hier ist nur eine freundliche Unterhaltung.«

Ich setzte mein charmantestes Lächeln auf. »Schieben Sie es ruhig auf eine gewisse Paranoia. Ich habe einfach zu viele Krimis gesehen, in denen irgendein armer Teufel lebenslänglich bekommt, nur weil er ein Trottel ist. Können wir uns irgendwo hinsetzen?«

»Folgen Sie mir.«

Wir landeten in einem Raum, der eindeutig für Verhöre eingerichtet war. Er hatte nackte Betonwände und einen Einwegspiegel. Als er das Aufnahmegerät angeschaltet hatte, sagte Regan der Vollständigkeit halber all unsere Namen auf und bat mich dann, ihm zu erzählen, an was ich mich erinnerte aus der Nacht von vor zehn Jahren, die mein Leben für immer verändert hatte.

Ich begann damit, wie meine Eltern nach Hause kamen, und erzählte dann weiter.

»Mehr gibt es da nicht hinzuzufügen?«, fragte Regan, als ich schließlich verstummte.

»Das ist das, woran ich mich erinnere.« Ich achtete darauf, die richtigen Worte zu verwenden, damit mir daraus kein Strick gedreht werden konnte.

»Ich würde Ihnen gern etwas zeigen.« Er nahm etwas aus einem Aktenordner, den Neri in den Raum gebracht hatte, nachdem sie für eine Minute verschwunden war. »Wissen Sie, was das ist?«

Ich runzelte die Stirn. »Ein Röntgenbild.«

»Um es deutlicher zu sagen, das hier ist ein Röntgenbild Ihres linken Schienbeins.«

»Nach meinem Autounfall?«

»Nein, dieses hier wurde aufgenommen, als Sie noch minderjährig waren.« Er zeigte auf einen Punkt auf dem Bild. »Hier sieht man einen glatten Bruch, der Ihnen für Monate ein Gipsbein beschert hätte.«

Schwere in meinem Bein. Es hinter mir herziehen, als wäre es nicht mit mir verbunden.

»Woher haben Sie die Krankenakte meines Klienten?«, mischte sich Justina Cheung ein. Ihre Stimme klang klar und ruhig. »Das ist ein schwerer Eingriff in die Privatsphäre.«

»Wir hatten eine gerichtliche Anordnung, Ms. Cheung.« Er schob ihr ein Stück Papier zu.

Nachdem sie es überflogen hatte, sagte Justina: »Ich kann in der jetzigen Lage die Relevanz einer Kindheitsverletzung nicht erkennen.«

»Bitte lassen Sie Ihren Klienten das Datum der Röntgenaufnahme und den beiliegenden Krankenbericht lesen.«

Ich musste zweimal blinzeln, um den Nebel zu vertreiben und klar sehen zu können. Und dann ergab nichts mehr einen Sinn.

Das Röntgenbild war vor zehn Jahren aufgenommen worden … am Tag nach dem Verschwinden meiner Mutter. Um fünf Uhr morgens. Der Medizinjargon ließ sich auf eine einzige, eklatante Tatsache herunterbrechen – dass mein Vater mich mit einem gebrochenen Bein und »mehrfachen Abschürfungen und Verletzungen« in die Notaufnahme gebracht hatte.

»Nein«, murmelte ich. »Das stimmt nicht. Ich bin in der Nacht genäht worden, *bevor* meine Mutter verschwand. Hatte mir auf einer Party wehgetan.«

»Das stimmt«, bestätigte Regan, der einen weiteren Krankenbericht aus der Akte zog. »Aber Sie sind am nächsten Abend mit Ihrem Vater erneut in der Notaufnahme erschienen – und zwar mit weit schwereren Verletzungen.« Abwaschwasserblaue Augen, die meinen Blick hielten. »Können Sie diese neuerlichen Verletzungen erklären?«

»Aarav, Sie müssen kein einziges Wort sagen«, erklärte Justina. »Der Detective versucht hier nur, auf den Busch zu klopfen.«

Das war ein guter Ratschlag, aber was würde sein, wenn ich einfach ging? Dann würden Sie sich ausschließlich auf mich konzentrieren und in eine Sackgasse nach der anderen geraten.

Ich rieb mir über das Gesicht und beschloss dann, dass es jetzt auch egal war. Ich schaute Regan direkt in die Augen und erklärte: »Ich habe keinerlei Erinnerungen an diesen Vorfall.« Abgesehen von der Schwere in meinem Bein und dem merkwürdigen Gefühl, ein Déjà-vu erlebt zu haben.

Neri sagte jetzt zum ersten Mal etwas, es klang gezwungen fröhlich. »Das hier wird sehr lange dauern, wenn Sie nicht kooperieren – es gibt Bilder von Ihnen als Sechzehnjährigem mit Gipsverband.«

Justina Cheung fing meinen Blick auf, in ihrem lag eine

ganz klare Warnung: Halten Sie den Mund und geben Sie nichts zu.

Ich dachte über meine Möglichkeiten nach. Wenn ich gestand, dass mein Gedächtnis nicht so funktionierte, wie es sollte, würden sie alles anzweifeln, was ich je gesagt hatte – auch die Aussage über den Schrei, den ich in jener Nacht gehört hatte, den Schrei, der mich so lange verfolgt hatte, dass er sich in jede Zelle meines Körpers eingeprägt hatte. Aber wenn ich es nicht zugab, würden sie mich als Lügner abstempeln und sowieso nicht mehr ernst nehmen, was ich zu sagen hatte.

In jeder Hinsicht am Arsch. Da konnte ich mich auch nicht verhaften lassen, um wenigstens die Ermittlungen auf meine Weise zu beeinflussen.

Ich holte mein Handy heraus und tippte auf Dr. Binchys Nummer. »Hier.« Ich zeigte ihnen das Display. »Sprechen Sie mit dem Neurochirurgen, der zurzeit für mein Hirn zuständig ist.«

Die beiden Polizisten wechselten einen schnellen Blick; von dem neurologischen Schaden hatten sie nichts gewusst. Offenbar zählte das Arztgeheimnis noch etwas.

»Wollen Sie damit sagen, dass Sie einen Hirnschaden haben?« Der schiere Unglauben in Neris Stimme.

»Ich will damit sagen, dass ich einen Autounfall hatte und einen Schlag auf den Kopf erlitten habe.«

»Erlauben Sie Dr. Binchy, mit uns zu sprechen?«, fragte Regan, bevor Neri antworten konnte.

»Er hat mir eine Privatnummer für den Notfall gegeben. Ich versuche mal, ihm eine Textnachricht zu schicken, um zu sehen, ob er sein Wochenende unterbrechen will – ansonsten müssten Sie bis Montagmorgen warten.«

Ich schickte die Nachricht: *Hey, Doc. Stehe kurz vor der Verhaftung. Könnten Sie mit der Polizei sprechen und denen sagen, dass ich nicht lüge, was meine eingeschränkte Erinnerungsfähigkeit angeht?*

Dr. Binchy rief nur Sekunden später zurück.

Justina bat demonstrativ um eine kurze Zeit unter vier Augen, bevor Regan und Neri aus dem Raum gingen, um den Anruf anzunehmen. Ich nahm an, dass sie ihnen damit bedeutete, die Aufnahmegeräte besser abzuschalten.

Weil ich nicht viel zu sagen hatte, da ich nicht wusste, was zum Teufel los war, zog ich die Unterlagen von meiner früheren Verletzung zu mir.

Justina beugte sich zu mir und murmelte: »Regan ist ein gerissener Drecksack.« Ihr Atem war weich und roch nach Minze. »Er hat das vermutlich absichtlich hier liegen lassen, um Sie aus der Fassung zu bringen.«

»Verstanden.«

Letztlich stand nicht viel in dem Bericht – man hatte bei mir ein gebrochenes Schienbein diagnostiziert, es gerichtet und mich dann wieder nach Hause geschickt. Der Arzt hatte keinerlei Hinweise auf Kindesmissbrauch gesehen und die Erzählung meines Vaters bestätigt, dass ich vom Rad gefallen sei.

Ich starrte das Wort »Rad« an. Es konnte sowohl Motorrad als auch Fahrrad bedeuten.

Jedenfalls hatte ich *tatsächlich* ein Mountainbike gehabt und war häufig in dem Busch um die Cul-de-Sac herumgefahren, obwohl man dort nicht Rad fahren durfte. Es war zu leicht möglich, dass man in hoher Geschwindigkeit vom Pfad abkam und sich die Knochen brach.

Bilder vom dunklen Grün, das bei meiner Geschwindigkeit verschwamm, von Wasser, das am Helmvisier hinunterrann.

Mein Fahrradhelm hatte kein Visier.

Mein Magen grummelte, als Regan und Neri wieder in den Raum traten.

»Wir werden die Befragung an diesem Punkt abbrechen«, stellte Detective Regan fest, nachdem er die Aufnahme erneut gestartet hatte. »Aber wir werden wieder auf Sie zurückkommen, also bleiben Sie bitte in der Nähe.«

»Ich habe absolut nicht die Absicht, irgendwohin zu fahren, bis Sie herausgefunden haben, wer das meiner Mutter angetan hat.« Was auch immer in jener Nacht passiert war, ich konnte nicht glauben, dass ich etwas damit zu tun hatte. Trotz all ihrer Fehler war sie meine Mutter, und ich hatte sie geliebt.

Keiner der beiden sagte etwas, und Justina Cheung schwieg ebenfalls, bis wir wieder aus dem Kommissariat hinaustraten. Sie begleitete mich zu meinem Auto und riet: »Von jetzt an schweigen Sie. Was die haben, sind allerhöchstens Indizien.« Sie blieb vor meinem Mietwagen stehen. »Ich muss wissen, ob das mit den Gedächtnisstörungen stimmt.«

»Leider, ja.« Ich öffnete das Auto mit einer zur Schau gestellten Unbekümmertheit, die ich nicht spürte. Mein verletztes Bein fühlte sich plötzlich schwerer und unbeweglicher an. »Ich wünschte, nur so zu tun, aber mein Erinnerungsvermögen ist zurzeit … ein Problem.«

»Das könnte für Sie von Vorteil sein.« Die Anwältin warf einen Blick auf ihre schmale goldene Uhr. »Rufen Sie mich sofort an, wenn die Polizei wieder Kontakt zu Ihnen aufnimmt. Ich kenne diesen Blick – Regan ist eine Bulldogge, und er hat es auf Sie abgesehen.«

Ich wartete, bis ich wieder in meinem Auto saß und ein paar Hundert Meter vom Kommissariat entfernt war. Dann ließ ich meine Maske unbekümmerter Gleichgültigkeit fallen. »Scheiße, Scheiße, Scheiße!«

Ich hatte ihr nicht wehgetan.

Auf keinen Fall.

52

Meine Haut war ganz heiß, und in meinem Hinterkopf pochte es. Ich benutzte die Freisprechanlage des Autos, um Shanti anzurufen. »Ist mein Vater zu Hause?« Er arbeitete regelmäßig sechs Tage die Woche, hin und wieder auch mal sonntags.

»Nein, er ist immer noch in der Firma.«

»Ich fahre zu ihm«, sagte ich und legte auf, bevor Shanti Fragen stellen konnte.

Ishaan Rais ganzer Stolz lag auf einem riesigen Stück Land am Rande der Vorstadt von South Auckland, ein glänzender Bau aus Glas und Stahl, das die Hightechproduktion darin widerspiegelte. Sanfte grüne Rasenflächen hinter hohen Zäunen trennten das Fabrikzentrum von der Öffentlichkeit, ohne das Auge zu beleidigen.

Das geringste Gehalt im Unternehmen war nicht am Mindestlohn, sondern an den Lebenshaltungskosten ausgerichtet.

Mein Vater, der große humanitäre Geschäftsmann.

Der Sicherheitsmann in dem Häuschen am Tor winkte mir lächelnd zu, als ich vor dem Tor stehen blieb. Aber er nahm dennoch den Telefonhörer zur Hand und ließ sich zunächst versichern, dass ich aufs Gelände fahren durfte, bevor er mich durchließ. Wenn man für ein Unternehmen arbeitete, das für innovativen Fortschritt in der Medizinfabrikation stand, traute man niemandem.

Paranoia galt hier als Vorteil.

Ich parkte auf einem Besucherparkplatz.

»Du könntest all das haben«, hatte mein Vater zu mir gesagt, als ich achtzehn wurde. »Du könntest einen Multimillionen-Dollar-Konzern leiten. In deiner Freizeit könntest du dann ja immer noch deine Geschichten schreiben.«

Manchmal fragte ich mich, wie es sein konnte, dass mein Vater völlig vergessen zu haben schien, dass ich keinen einzigen Kurs in Naturwissenschaften in meinen Oberstufenjahren in der Highschool belegt hatte. Ich war ebenso gut qualifiziert, dieses Unternehmen zu leiten, wie jemanden am Hirn zu operieren. Pari war diejenige, die den wissenschaftlichen Verstand meines Vaters geerbt hatte, wobei ich nicht wusste, ob er das bei seinen patriarchalischen Scheuklappen überhaupt sehen konnte.

Der Sicherheitsmann an der Rezeption ließ mich zum Büro meines Vaters im zweiten Stock des verzweigten Netzes untereinander verbundener Gebäude hinauf. Mein Vater hatte den Telefonhörer am Ohr, als ich sein Büro betrat, legte aber mit einem schnellen »Ich rufe zurück« auf, als er mich erblickte.

Eine kleine goldene Statue von einem Hindu-Gott stand in einer Nische zu seiner Rechten. Davor lagen Blumen und ein kleines Gefäß mit Räucherstäbchen. Shantis Hand. Sie betete für ihren Ehemann. Für meinen Vater war all das nichts als Show. So konnte er still seine Frömmigkeit und Güte zur Schau stellen.

»Hast du diesen Polizisten irgendetwas gesagt?«, fragte er, kaum dass ich im Besucherstuhl saß und das Bein ausgestreckt hatte. »Du hättest vorher mit mir reden sollen.«

Shanti musste ihn sofort angerufen haben, nachdem mich die Polizei ins Kommissariat gebeten hatte. »Warum? Ist ja nicht so, als hätte ich etwas zu verbergen.« Wenn es eines gab, dessen ich sicher war, dann, dass mein Vater es liebte, Macht über andere zu haben. Unter keinen Umständen durfte er von meinen Erinnerungslücken wissen.

»Bist du dumm, Junge?« Das war eine Beleidigung.

»Nichts zu verbergen? Du folgst deiner Mutter in jener Nacht, fährst dabei Shanes Motorrad zu Schrott und brichst dir das Bein ganz in der Nähe von der Stelle, wo sie von der Straße abkam, und *du meinst, das sei alles kein Problem?*«

Er ballte die Hände auf dem Schreibtisch, die Ader an seiner Schläfe pulsierte. »Ich weiß nicht, warum ich überhaupt meine Zeit darauf verschwendet habe, dir hinterherzufahren. Ich hätte dich in der Kälte verrecken lassen sollen.«

Galle brannte in meiner Kehle, das wenige, was ich im Magen hatte, drohte wieder herauszukommen, aber ich zwang mich zu einem Lächeln. »Ich bin nicht derjenige, der einen blutbefleckten Teppich entsorgen musste.« Ich stocherte wild im Dunkeln herum.

»Diese Schlampe war doch diejenige, die damit angefangen hat, Gläser zu werfen«, sagte mein Vater mit einem höhnischen Grinsen. »Nur weil ich besser zielen kann, ist sie plötzlich eine Heilige?« Ein Schnauben. »Es war noch nicht einmal eine große Wunde. Der Teppich hätte gerettet werden können, wenn du dich nicht darauf übergeben hättest, nachdem du aus dem Krankenhaus wiedergekommen warst. Musste den Ärzten den Arsch aufreißen, damit sie dir andere Schmerzmittel verschrieben.«

Meine Hand krallte sich an der Armlehne fest. »Du hast sie in jener Nacht verletzt, das gibst du also zu.«

»Es war gar nichts, eine Fleischwunde, weil eine Scherbe vom Kaminsims abgesprungen ist.« Mein Vater zuckte die Achseln. »So, wie sie schrie, hätte man glauben können, dass ich sie erstochen hätte, aber die Schlampe blutete kaum noch, als sie ging. Die ist vermutlich selbst in den Busch gerast, ganz egal, was die Bullen denken – die war doch sternhagelvoll mit Wodka. *Und* sie hatte noch die Frechheit, meinen teuersten Whiskey mitzunehmen, nur um mich zu ärgern.«

Ein Erinnerungsfragment drang durch die Blockade, die mein kaputtes Hirn aufgebaut hatte.

»Du kannst nicht fahren! Du bist stockbesoffen, du Hure!«

»Dann versuch doch, mich aufzuhalten, du Schlappschwanz!«

»Stell den verdammten Whiskey wieder hin, Nina. Du weißt, wie viel der wert ist!«

»Oh, *bechara Ishi*. Du kannst ihn ja von der Straße ablecken, wenn ich ihn ausgegossen habe!«

Echos von Worten, die Geister gesprochen hatten und die in meinen Schädel zurücksprangen. Waren es echte Erinnerungen? Oder nur welche, die sich mein Verstand auf der Grundlage der Worte meines Vaters zusammenreimte?

»Du sagst also, du hättest Mum in jener Nacht nicht verletzt?«

Mein Vater hielt meinem Blick stand. »Ich blieb zu Hause und vögelte meine Sekretärin.« Er lächelte, hart und strahlend. »Das wusstest du nicht, was? Aurelie hatte die Dreistigkeit, an meine Tür zu klopfen, nachdem sie gesehen hatte, wie Nina wegfuhr. Und da sie sich mir anbot, nahm ich ihr Angebot an. Dann schmiss ich sie raus, als du mir die Nachricht schriebst, dass du von der Straße abgekommen seist.«

Also hatte Aurelie doch gelogen. Mein Vater sah zu selbstzufrieden aus. Er log nicht. Aber warum hatte sie gelogen? Weil sie damit zu einer kritischen Zeit im Haus gewesen wäre? Was hatte ich eigentlich gesehen? Rote Rücklichter, die in der Ferne verschwanden. Meine Mutter konnte da schon tot gewesen sein, Aurelie hinter dem Steuer, und mein Vater konnte ihr gefolgt sein, um sicherzugehen, dass sie nicht die Nerven verlor.

Mein Vater sagte womöglich die Wahrheit … log aber, was die Abfolge der Ereignisse anging.

»Das ist ja bequem«, erwiderte ich. »Wird sie das bestätigen, wenn ich sie frage?«

»Wenn sie auch nur eine Gehirnzelle besitzt, wird sie den Mund halten.« Mein Vater lehnte sich in seinem Ledersessel zurück. »Sie hat Nina gestalkt, wusstest du das? Nina hat sie gesehen – und schrieb Aurelie eine Mail deswegen. Ich habe die Mail, in der sie es zugab, immer noch.«

Sein Lächeln war böse. »Sie kam, zwei Wochen nachdem Nina verschwunden war, zurück zu mir, aber da langweilte sie mich schon, und das zeigte ich ihr auch – ich war mir ziemlich sicher, dass du mitgehört hast, wie sie in meinem Arbeitszimmer heulte, aber du hast es nie erwähnt.«

Ich schwieg, weil ich mich an absolut nichts davon erinnern konnte. Mein Vater war ein meisterhafter Spieler, und im Augenblick hatte ich keine Ahnung, welches Spiel er spielte. »Und jetzt gerade hast du gesagt, dass sie bei dir gewesen sei, als Mum wegfuhr.«

Er zuckte die Achseln. »Sie ist schlauer, als sie wirkt. Soweit ich weiß, hatte sie jemanden bezahlt, um Nina kaltzumachen.« Seine Haut spannte sich ein wenig über den Knochen. »Wenn sie das getan hat und ich es damals gewusst hätte, hätte ich meine Hände um ihren Hals gelegt und das Leben aus ihr gequetscht. Nina gehörte *mir.*«

»Schon lustig, dass du bisher nie erwähnt hast, dass Aurelie in jener Nacht bei dir war.«

»Ich habe sie vergessen. Sie war nichts, nur ein bisschen Spaß.« Er winkte ab. »Aber sie war so entgegenkommend, dass sie sogar für Fotos Modell saß, mehr als einmal. Ich muss sagen, dass ich sie immer noch hin und wieder hervorhole. Shanti ist eine gute Ehefrau, aber Aurelie hatte gewisse … Talente.«

Also hatte er die Fotos und die E-Mails benutzt, um Aurelie zum Schweigen zu bringen. Kein Wunder, dass sich

Aurelie beinahe vor Schreck übergab, als ich sie überraschte. Mein Vater hatte sie schon vor mir in die Mangel genommen.

Die Frage war nur, warum. Immerhin konnte sie sein Alibi bestätigen.

Vielleicht lag es daran, dass es ihm große Freude bereitet hatte, meine Mutter als diejenige hinzustellen, die Schuld am Scheitern ihrer Beziehung hatte. Sein Heiligenschein würde spektakulär zerbrechen, wenn die Sexbombe von einer Sekretärin die schlüpfrigen Details ihrer Affäre öffentlich machte.

Andererseits konnte er auch einfach lügen.

Ich rieb mir die Stirn. Alles war so neblig und verwirrt in meinem Kopf, dass ich seine nächsten Worte beinahe nicht gehört hätte.

»In der Kaffeeküche des Kommissariats wird gemunkelt, dass Ninas Rippen versehrt waren, als hätte jemand mehrfach auf sie eingestochen.«

»Woher weißt du das?«

Mein Vater rieb Zeigefinger und Daumen aneinander. »Finde den Richtigen, übe nicht zu viel Druck aus und sei nett, und alle möglichen Informationen fließen dir zu.« Er griff nach dem Wasserglas auf seinem Schreibtisch und nahm einen Schluck, um es dann wieder vorsichtig abzusetzen. »Du hattest in jener Nacht Wunden an den Händen, Sohn. Der Arzt hat es in seinem Bericht erwähnt.«

Ich starrte ihn an.

»Ich sage ja nur« – damit beugte er sich über den Schreibtisch –, »dass du besser deinen Mund hältst. Du bist nicht Aurelie. *Tu hai mera beta. Khon ka rishta hai ye.*«

Wie ich doch nur wünschte, dass diese Worte nicht wahr wären. Dass ich nicht sein Sohn wäre. Dass wir keine Blutsbande hätten.

»Wenn du deine Mutter umgebracht hast«, fuhr er fort, »dann regeln wir das hier zu Hause.« In seinen Augen glitzerte eine gierige Freude; er glaubte, mich jetzt zu haben, mich jetzt kontrollieren zu können.

Der Drang, gewalttätig zu werden, brüllte in meinem Blut.

Ich riss mich mit eiskalter Berechnung zusammen – ich brauchte die Antworten dringender als meine Faust in seinem Gesicht – und sagte: »Ich habe sie nicht angerührt.« Ich musste das glauben; meine Liebe zu meiner Mutter war die Basis meiner Persönlichkeit, das, was mich davon abhielt, die Grenze zum Psychopathen zu überschreiten. Wenn sich herausstellte, dass das eine Lüge war …

»Gut.« Mein Vater lächelte. »Und jetzt wiederholst du das, bis es alle glauben.«

53

In jener Nacht träumte ich von Rädern auf nassem Asphalt, davon, wie die Welt vorbeiraste.

54

Ich biss von dem Sandwich ab, das Shanti mir am nächsten Tag zum Mittagessen gemacht hatte, und starrte in meinem Computer. Den Morgen hatte ich mit Schreiben verbracht, um Ruhe zu finden, und mich dazu gezwungen, etwas Richtiges zu essen, statt nur wieder Zucker und Koffein wie sonst. Ich hatte mir die Social-Media-Accounts meiner Mitschüler auf der Highschool angesehen. Ich war mit keinem von ihnen mehr wirklich befreundet, aber wir standen noch online in vagem Kontakt, wie es Leute tun, die einmal Freunde und jetzt immerhin keine Feinde waren.

Ich begann, mit klinischer Präzision ihre Fotoarchive zu durchstöbern. Ein paar von ihnen – ein Mädchen, ein Junge – waren damals bekannt dafür gewesen, absolut *alles* zu fotografieren und online zu stellen. Mir war das völlig egal gewesen und war der Kamera daher auch nie ausgewichen. Aber ich hatte auch nicht posiert, was bedeutete, dass ich hauptsächlich im Hintergrund zu sehen war.

Daher hatte vermutlich auch noch niemand versucht, diese Fotos zu versilbern, nachdem ich mich in einen Promi verwandelt hatte. Ich entdeckte das erste relevante Foto, ungefähr eine Stunde nachdem ich die Suche begonnen hatte. Bis dahin hatte ich zwei Colas getrunken. Mein Körper gierte zu sehr nach Zucker, als dass ich mich an meinen Beschluss, mich gesund zu ernähren, hätte halten können. Immerhin hatte ich die Süßigkeitenschublade noch nicht geöffnet.

Ich war auf dem Foto nur teilweise zu sehen, aber durch das Gipsbein eindeutig zu identifizieren.

Ich suchte dennoch weiter. Ich suchte nach Fotos von

meinen Händen, um einen Beweis für die Verletzungen zu finden, von denen mein Vater gesprochen hatte. Es stimmte nicht, dass sie im Krankenbericht erwähnt worden waren. Ich hatte diesen Bericht von vorn bis hinten gelesen und dann Fotos mit meinem Handy davon gemacht, um ihn mir später noch einmal anzusehen, ohne darauf zu achten, ob mich die Polizisten dabei sahen oder nicht. Immerhin waren es meine Berichte – ich konnte sie mir leicht auch selbst beschaffen, nur dass das Zeit brauchen würde.

In dem Bericht stand nur »Kratzer und Abschürfungen, die von einem Sturz von einem schnell fahrenden Rad stammen könnten«. Nichts Verdächtiges, nur ein Kind, das aus der Bahn geriet, weil seine Eltern eine beschissene Beziehung hatten.

Ich scrollte weiter.

Nichts. Nur dieser Gipsverband, den man selbst auf den körnigsten Bildern noch erkennen konnte. Aber ich wusste, dass es noch mehr Fotos geben musste. Wen sonst kannte ich, der ständig knipste und postete?

Alice.

Ich hätte mich am liebsten getreten. Ich hatte mehr als einmal Bemerkungen über ihre Besessenheit vom Fotografieren gemacht, seit ich wieder ins Haus meines Vaters gezogen war. Und wie Alice nun einmal war, war auch ihr Profil weit offen. Sie wollte die Likes, wollte die schale Bewunderung, die man bekam, wenn man eine der reichen »Hausfrauen« in der Stadt war. Es war eine derart kleine soziale Nische – als ich einmal Langeweile hatte und mich nach dem Unfall einsam fühlte, war ich dieses Kaninchenloch hinuntergestiegen.

Alice, das hatte ich herausgefunden, war mit einer ganzen Reihe anderer »Hausfrauen« vernetzt – ich stellte mir das Wort immer in Anführungsstrichen vor, weil die Hälfte dieser Frauen wie Alice durchaus Jobs hatte, einige von ihnen sogar sehr hochkarätige. Die andere Hälfte hatte so viel Personal, dass sie vermutlich nur noch Menüabfolgen abzeichneten oder das Dienstmädchen davon in Kenntnis setzten, wie viele Leute zur spätnachmittäglichen Cocktailstunde erwartet wurden.

Plötzlich ging mein Atem schneller, mein Herz pochte. Scheiße. Scheiße. Ich hatte vergessen, mir Notizen zu den Fotos zu machen. Was, wenn ich sie wieder vergaß? Was, wenn ich sie bereits vergessen hatte?

Ich schnappte mir mit zitternden Fingern das Notizbuch und blätterte hindurch bis zur letzten beschriebenen Seite. Ich erinnerte mich daran, diese Zeilen über das Treffen mit meinem Vater geschrieben zu haben. Sonst gab es keine rätselhaften Notizen mehr. Ich zwang mich, ruhig gegen die Panik anzuatmen, und machte mir kurze, klare Notizen über meine Recherche.

Hinterher war meine Hand ganz verkrampft und meine Handschrift so chaotisch, dass sie vermutlich aussah, als wäre ich auf Speed, aber ich hatte alles notiert.

Alles, woran ich mich erinnerte.

Ich öffnete die Süßigkeitenschublade, holte ein eingewickeltes Stück Toffee heraus und steckte es in den Mund. Ich genoss den Geschmack, schaffte es aber, nicht sofort nach einem zweiten Stück zu greifen. Zweifellos würde ich bald einen zweiten Zuckerschock brauchen. Da konnte ich zumindest ein wenig langsamer essen, zumal die Kein-Zucker-Strategie überhaupt nicht klappte. Nachdem sich das Knurren in meinem Magen beruhigt hatte, begann ich, mir die Bilder auf Alice' Profil anzusehen.

Und landete einen Volltreffer.

Wir feierten damals Cul-de-Sac-Partys, die Diana eingeführt hatte. Irgendwann hatte sie damit aufgehört, Partys auszurichten, vielleicht, weil sie es satthatte, als Einzige hier lustige Dinge zu organisieren, aber vermutlich vor allem deshalb, weil sie zu viel mit den Aktivitäten ihrer Kinder zu tun hatte. Aber während meiner Teenagerzeit gab es diese Partys regelmäßig. Das Fest, von dem ich die Fotos entdeckte, hatte ungefähr einen Monat nach dem Verschwinden meiner Mutter stattgefunden – und *Alice* hatte es organisiert.

Es wäre sehr geschmacklos gewesen, wenn wir gewusst hätten, dass sie tot war, aber so war es nur ein wenig merkwürdig, weil alle annahmen, dass sie ihre Familie verlassen und mit einer Viertelmillion Dollar abgehauen war. Hauptsächlich erinnerte ich mich an diese Party, weil ich so sauer auf meinen Vater gewesen war. Ich war überzeugt, er habe sie weggeekelt. Damals hörte ich auf, über den Schrei nachzudenken, weil ich mir sagte, dass es ihr gut gegangen sein musste, wenn sie noch in der Lage gewesen war, mit dem Jaguar zurechtzukommen. Ich war sogar zu der Party gegangen, ein mürrischer Teenager unter den anderen.

Schmerz durchzuckte mein Bein.

Ich fuhr zusammen und rieb mir den Oberschenkel, obwohl er beim Unfall nicht verletzt worden war. Und ich fragte mich, wie meine Erinnerung so sorgfältig jede Erwähnung meines Gipsverbands aus jener Zeit gelöscht hatte. Dr. Jitrnicka würde dazu zweifellos etwas zu sagen haben – vermutlich gab es eine psychologische Erklärung dafür, dass meine Erinnerungslücken sich auf diese eine bahnbrechende Veranstaltung in meinem Leben konzentrierten.

Da.

Eine jüngere Version von mir, die auf dem Liegestuhl von irgendjemandem draußen auf der Hauptzufahrt saß, mit

Beau neben mir. Mein Gipsverband war ein Meisterwerk aus Unterschriften und Zeichnungen. Ich sah nicht finster oder wütend aus, obwohl ich voller Zorn gewesen war. Ich lächelte halb und hielt eine Flasche Cola in der Hand. Beau hatte sich mir zugewandt, sein Mund war leicht geöffnet, weil er gerade mit mir sprach. Noch ein offenes, fröhliches Kind, das sich in einen verschlossenen Teenager verwandelt hatte.

Mein Gesicht sah schmaler aus als sonst, aber ich konnte keine blauen Flecken oder Kratzer entdecken. Auch meine Hände waren unversehrt. Aber ein Monat war eine lange Zeit, was oberflächliche Verletzungen anging.

Ich brauchte mehr Fotos.

Ich war entschlossen, die Wahrheit herauszufinden, also scrollte ich zu weit herunter … und da war sie: meine Mutter, strahlend in einem leuchtend aquamarinfarbenen Kleid, die Sonnenbrille auf den Kopf geschoben. Sie prostete dem Fotografen mit einer Champagnerflöte zu. Der Tisch, an dem sie saß, stand im Sonnenschein. Besteck glänzte darauf, eine einzige Orchideenblüte schmückte die Tafel.

Darunter stand: *Geburtstagsbrunch mit meiner Glamourmieze Nina. DD, wir haben dich vermisst!*

DD? Noch ein wenig mehr scrollen, dann fand ich ein Foto von Alice, Diana und meiner Mutter. Darunter stand: *Shopping mit Nina und DD.*

Ich hatte nie gehört, dass Alice Diana mit diesem Spitznamen angesprochen hätte, aber ihre Freundschaft hatte das Verschwinden meiner Mutter auch nicht überlebt. Meine Mutter war der Klebstoff gewesen, der sie zusammengehalten hatte.

Ich scrollte weiter, rieb mir Salz in meine Wunden. Noch ein Einzelfoto von meiner Mutter in einem glitzernden schwarzen Kleid. Darauf hatte sie lachend den Kopf zurückgeworfen: *Nina bei mir auf meiner ersten Cocktailparty.*

Danach kam ein Schnappschuss von meiner Mutter, die neben einem lachenden Calvin saß. Beide hatten Spielkarten in der Hand, während Diana amüsiert zusah. Alice hatte darunter geschrieben: *Quartettspielen extrem!*

Coras Hand wirkte auf einem Bild derselben Nacht normal. Auf einem der Fotos war auch Lily im Hintergrund in der schwarzen Uniform des Servicepersonals zu sehen. Wieder eine Party, für die sie angeheuert worden war. Wie viele Häuser in der Cul-de-Sac hatte sie wohl betreten, wie viele Tabletts hatte sie getragen, wie viele umgekippte Drinks hatte sie aufgewischt?

Da war Diana in einem kleinen schwarzen Kleid mit nicht allzu tiefem Ausschnitt. Dazu hatte sie diskreten Schmuck kombiniert. Sie strahlte Calvin an, der mit einem anderen Mann sprach, dessen Gesicht nicht zu sehen war. Neben ihnen standen Paul und Margaret. Die beiden Ex-Rocker plauderten mit meinem Vater. Diesmal stand meine Mutter neben ihm, die Hand in seinen Ellbogen gelegt.

Beide spielten die Rolle, die von ihnen erwartet wurde.

Ich konnte gar nicht aufhören, mir die Bilder anzusehen. Vielleicht gab es irgendwo einen Hinweis in der Vergangenheit, wenn ich ihn nur finden würde. Es war zu dumm, dass Diana kein eigenes Online-Profil hatte; sie hatte zweifellos eine Menge interessanter Fotos geschossen. Aber sie hatte nur eine kleine Business-Site, auf der sie wunderschöne Fotos von ihren Süßigkeiten postete oder Bilder ihrer treuen Kunden repostete.

Vielleicht sollte ich ihre Toffees zusammen mit meinen Büchern fotografieren, dachte ich grinsend, und sie so ein bisschen fördern. Aber mein Lächeln verging, als ich weiter in Alice' Feed herumstöberte, in dem meine Mutter rückwärts alterte. Ohne Vorwarnung hörten die Bilder plötzlich auf, und ich verstand das erst nicht … bis ich begriff, dass Alice in die Cul-de-Sac gezogen war, als ich dreizehn gewesen war. Vorher hatte sie Nina Rai nicht gekannt.

In meinem Kopf herrschte Nebel, meine Augen waren trocken vom Starren auf den Bildschirm, und ich hatte nichts gefunden außer der Bestätigung, dass ich damals ein gebrochenes Bein gehabt hatte.

Ich stand auf und sah, dass es draußen dunkel wurde. Ein Haufen Toffee-Papierchen lag neben meinem Computer. Wieder einmal hatte ich Stunden meiner Zeit verloren, aber immerhin war dieser Verlust zu erklären. Ich hatte mich im Leben des Jungen verloren, der ich damals gewesen war, und in dem der wunderschönen, gebrochenen Frau, die meine Mutter gewesen war.

Hemi fuhr in seine Einfahrt. Die Scheinwerfer seines Autos schnitten durch das Dämmerlicht.

Ich konnte nicht aufhören, an die Wut in seinem Gesicht zu denken, als er von meiner Mutter sprach. Hemi Henare, vorbildlicher Bürger und hingebungsvoller Ehemann, war absolut in der Lage, jemanden umzubringen. Und wenn meine Mutter unter Drogen gestanden und verletzt gewesen wäre – weil ich meinem Vater nicht ganz glaubte, dass es nur eine Fleischwunde gewesen war –, dann wäre sie ein leichtes Opfer gewesen.

Man hätte sie ganz einfach auf den Beifahrersitz schubsen, sich selbst hinters Steuer setzen und losfahren können.

Noch eine Bewegung. Adrian, der aus dem Haus der Dixons trat, einen Behälter mit etwas darin in der Hand. Er grinste, als er mit Paul sprach, der in der Tür stand. Der Ex-Rocker liebte es zu backen und hatte Adrian vermutlich

Kekse mitgegeben. Ich fragte mich, ob der Fitnessfanatiker sie wohl essen oder weiterverschenken würde. Bei all dem anderen, was noch geschehen war, hatte ich ihn beinahe vergessen.

Aber ich wusste immer noch nicht, wie er sich sein Fitnessstudio hatte leisten können.

Ich hätte meinen Vater nach seinen Kontaktdaten fragen können, um es herauszufinden, aber ich hatte keinerlei Bedürfnis, bei Ishaan Rai in irgendeiner Weise, Form oder Gestalt in der Schuld zu stehen.

Adrian bewegte sich mit der athletischen, flüssigen Eleganz eines Mannes, der schon immer fit gewesen war. Er hätte keinerlei Probleme gehabt, zurückzulaufen und seinen Wagen zu holen, wenn er der Mörder meiner Mutter gewesen war – und selbst wenn die Tore geschlossen gewesen wären – Adrian besaß bestimmt eine Fernbedienung; der Mann hatte zu viele Kontakte in der Cul-de-Sac, als dass er das nicht hätte regeln können. Heute fuhr sein sportlicher SUV auf dem Weg nach draußen an Isaacs Auto vorbei.

Mein Hirn sprang schon wieder von Bild zu Bild und erinnerte mich daran, dass ich Phil noch nicht gesehen hatte.

Wo war Isaacs Vater? Hatte er in jener Nacht etwas gesehen? Hielt Isaac ihn deshalb gefangen?

Ein Klopfen gegen die geöffnete Tür meines Zimmers. »Aarav? Kommst du zum Abendessen nach unten?«

Ich wollte schon Ja zu Shanti sagen, als ich das Pochen in meinem Hinterkopf zusammen mit dem Metallgeschmack in meinem Mund spürte. »Ich lege mich vielleicht ein bisschen hin. Kopfschmerzen.«

Sie biss sich auf die Unterlippe und rieb sich die Hände. »Soll ich den Arzt holen?«

»Nein. Nach einem Schläfchen geht es mir bestimmt besser.«

Der Schmerz drückte auf den Hinterkopf, die Welt begann zu flimmern. Ich hörte kaum noch, was Shanti mit ihrer sanften Stimme sagte, bevor sie die Tür zuzog. Ich stolperte zu meinem Bett, legte mich hin … und die Lichter gingen aus.

55

Ich wachte mit einer schmerzenden Schulter und einem unangenehmen Gefühl auf.

Stöhnend öffnete ich die Augen. Mein Mund fühlte sich fusselig und trocken an, meine Augen waren verkrustet. Ich nahm die Wasserflasche vom Nachttisch und kippte die Hälfte davon hinunter, bevor ich versuchte, das Display auf meinem Handy zu erkennen. Ich hatte vier Stunden lang durchgeschlafen. Das war nicht normal.

Aber die flackernden Lichter vor meinen Augen waren fort, und mein Kopf fühlte sich glasklar an. Ich stand auf, ging auf die Toilette und schaltete dann das Licht an, ließ aber die Vorhänge offen.

Als Erstes ging ich auf die Suche nach Essen. Ich war halb verhungert. Ich hörte den Fernseher in dem kleinen Wohnzimmer, in dem Shanti ihre Seifenopern schaute, und versuchte, so leise wie möglich daran vorbeizugehen, um sie nicht zu stören. Ein abgedeckter Teller stand auf dem Küchentresen, außerdem Essen, das Shanti noch nicht im Kühlschrank verstaut hatte.

Sie hatte Tandoori-Hühnchen gemacht, dazu Kartoffeln und gedünstetes Gemüse. Weil sie Shanti war, hatte sie noch Paprika und wer weiß was zum Gemüse gemacht, und die Kartoffeln waren gebraten, mit Zwiebeln und Chili.

Mit wässrigem Mund häufte ich das Essen auf meinen Teller und wärmte es auf.

Um nicht den Aufstieg in meine Zimmer riskieren zu müssen, setzte ich mich an den Küchentresen und begann zu essen. Ich hörte leichte Schritte hinter mir und lächelte. »Erwischt.«

Meine kleine Schwester grinste und flüsterte: »Wo ist Mum?«

»In ihrem kleinen Wohnzimmer.«

Pari ging auf Zehenspitzen zum Keksglas und nahm zwei Chocolate-Chip-Rosinen-Kekse heraus.

»Kannst du nicht schlafen?«

»Ich lese gerade ein *echt* gutes Buch.«

Es war zwar schmerzhaft, es zuzugeben, aber die Liebe zum Lesen schien über die Seite der Rais in die Familie gekommen zu sein.

»Ja? Worum geht es denn da?«

Sie erzählte mir davon und goss sich einen Becher Milch ein, den sie in der Mikrowelle warm machte. »Sag Mum nicht, dass du mich gesehen hast«, bat sie und machte sich auf den Weg zu ihrem Zimmer.

»Wen gesehen?« Ich schaute mich in der Küche um. »Ich sehe nur eine leere Küche.«

Wir hörten, wie die Garagentür hochgefahren wurde.

»Los«, sagte ich zu meiner Schwester, deren Lächeln bereits in sich zusammenfiel. »Sieh zu, dass du deine Taschenlampe unter der Bettdecke versteckst.« Es war höchst unwahrscheinlich, dass unser Vater sie kontrollieren würde, aber immer noch kein Grund zu riskieren, dass er ihr den Abend verdarb. »Erzähl mir morgen, wie das Buch ausgegangen ist.«

Sie lächelte noch einmal und verschwand.

Ich senkte den Kopf und konzentrierte mich auf das Essen. Ein Zusammentreffen mit meinem Vater war das Letzte, was ich brauchte, jetzt, da die Dinge in meinem Kopf noch so verwirrt waren. Aber das Schicksal meinte es gut mit mir. Er ging direkt in sein Schlafzimmer, vermutlich, um sich umzuziehen.

Gut, das bedeutete, dass ich in Ruhe den Nachtisch essen

konnte. Ich hatte *kheer* in einer der Schüsseln entdeckt. Shanti hatte dicke Rosinen und Mandeln in den Reispudding getan, und ich leerte die Schüssel, bevor ich nach oben ging.

Erst da bemerkte ich, dass ich vergessen hatte, eine Cola mitzunehmen. Da musste ich jetzt durch.

Ich hätte mir einen Kühlschrank in mein privates Wohnzimmer stellen lassen sollen, aber dafür war es jetzt zu spät – ich würde hier nicht viel länger bleiben. Wenn es sein musste, würde ich eine Pflegerin anheuern, sie dazu zwingen, eine Vertraulichkeitsvereinbarung zu unterschreiben, und sie mich beobachten lassen, damit ich nichts Dummes tat, wie zum Beispiel, meine Wohnung in Brand zu setzen.

Heute fühlte sich mein Verstand allerdings messerscharf an.

Aber ich wusste nicht, wie ich weitermachen sollte, es gab keine Spuren mehr. Vielleicht sollte ich ein bisschen auf Isaacs Grundstück herumschnüffeln. Es war merkwürdig, dass sein Vater verschwunden war. Aber Isaac blieb die halbe Nacht wach, daher würde mein kleiner Ausflug warten müssen.

Wenn ich es mir recht überlegte, hatte ich Mellie eigentlich seit dem Tag gesehen, als sie aus dem Haus der Dixons geschlichen war?

Ich runzelte die Stirn und beschloss, nachzuprüfen, in welchem Verhältnis sie zu Paul und Margaret stand. Aber ich konnte den Gesichtsausdruck des Rocker-Paares nicht vergessen, als sie vor Alice' Haus standen, diesen Hunger in Gegenwart von Gewalt.

»Bin mir nicht sicher, ob man denen trauen kann«, murmelte ich leise.

Ich konnte Neri anrufen, aber die würde mir nichts verraten. Vielleicht, wenn ich sie früher etwas bearbeitet hätte … nein, sie war ein harter Brocken und würde niemals so leicht zu manipulieren sein.

Das Haus der Henares lag jetzt in Dunkelheit, aber Veda und Brett waren noch wach, ihre Fenster waren hell erleuchtet. Irgendetwas war mit diesen beiden los. Warum sonst hätte Veda mir extra erzählen sollen, dass sie in der fraglichen Nacht nicht in der Stadt gewesen sei?

Eine versteckte Botschaft?

Hm. Darüber würde ich nachdenken müssen.

Letztlich schaltete ich die meisten Lichter aus, setzte mich an den Schreibtisch und begann, an meinem Buch zu arbeiten. Aber mein Hirn wollte sich nicht mit ausgedachten Mordfällen beschäftigen, es wollte Antworten zu dem Mordfall, der mich verfolgte. Ich gab nach, schloss die Datei und öffnete den Browser. Weil ich nirgends anders nachforschen konnte, begann ich, die Social-Media-Kanäle zu durchforsten, die ich mir bisher noch nicht angesehen hatte. Rikis Accounts waren privat, und Dianas Kinder waren zu jung, als dass sie irgendetwas Interessantes gepostet hätten.

Ich runzelte die Stirn und erinnerte mich an meine Idee, Sarah aufzuspüren und eine Brücke zwischen ihr und Diana zu bauen. Da ich nichts Besseres zu tun hatte, bis die Cul-de-Sac schlafen ging, und dieses Projekt sich lohnte, tippte ich ihren Namen in die Suchmaschine: *Sarah Teague*.

Ich kannte Dianas Mädchennamen, weil ich ihre Zeugnisse von der Medizinfakultät gesehen hatte, und mein Namensgedächtnis war hundertprozentig verlässlich. Die Zeugnisse hingen bei den Fotos neben dem Fernseher. Ich fragte mich, ob sie wohl immer noch dort waren, begraben unter einem völlig anderen Leben – oder ob sie sie in ihr Arbeitszimmer gehängt hatte.

Unglücklicherweise landete »Sarah Teague« massenweise

Treffer, aber ich hatte oft Dinge für meine Texte recherchiert, also krempelte ich die Ärmel meines Sweatshirts hoch und machte mich daran, die Suche einzugrenzen. Als Erstes begrenzte ich die Suche auf Neuseeland, da Diana bereits bestätigt hatte, dass Sarah immer noch hier lebte.

Dann schloss ich alle unter und über einer bestimmten Altersspanne aus, ohne jedoch zu rigoros dabei vorzugehen, weil die Angaben im Netz nicht immer präzise waren.

Besser, aber immer noch chaotisch.

»Du bist ein Idiot, Aarav.« Ich hätte mich am liebsten geohrfeigt. Stattdessen ging ich direkt zu Mias Social-Media-Seite und begann mich durch ihre gewaltige Freundesliste zu klicken. Ihre Seite war halb privat, aber sie hatte mir schon vor einer Weile eine Freundschaftsanfrage geschickt. Ich hatte sie akzeptiert, weil ich kaum je etwas auf meinem Privatprofil postete; sie konnte dort auf keinen Fall irgendetwas Unangemessenes finden.

Ich fand eine »Sarah« unter ihren Freunden, aber das war ein Mädchen im selben Alter wie Mia.

Ich war nicht wirklich überrascht darüber, weil Sarah alles tat, um unter Dianas Radar zu fliegen, also wechselte ich zu Beaus Seite über. Er hatte sich ein Jahr vor seiner Schwester mit mir verlinkt. Viele Posts über Musik, aber keine Sarah Teague unter seinen Kontakten, auch keine Frau, die so aussah, als könnte sie Dianas Schwester sein.

Ich ging zurück zu meinen Suchergebnissen. Diana hatte gesagt, dass Sarah noch nicht verheiratet sei, also musste ich nicht darüber nachdenken, ob sie vielleicht ihren Namen geändert hatte – es sei denn, dass Sarah ihren Namen deshalb geändert hatte, weil sie sich noch mehr von Diana distanzieren wollte. In diesem Fall war ich verloren. Aber wenn ich mal den schlimmsten Fall beiseiteließ, was wusste ich noch?

Sie wohnte in einer Kleinstadt auf der Südinsel. Sie hatte eine gehobene Position in einer Versicherungsgesellschaft. Sie war älter als ich – in meinen Augen schon erwachsen, als sie ging, aber immerhin eine sehr heiße junge Erwachsene. Sie konnte nicht älter als neunzehn, zwanzig gewesen sein, weshalb sie jetzt ungefähr zweiunddreißig sein musste. Sie war außerdem letztes Jahr auf einer Kreuzfahrt nach Venedig gewesen – und sie hatte die Reise nicht allein unternommen.

Bingo.

Selbst wenn sie einer dieser Menschen war, die die sozialen Medien mieden, würde vermutlich jemand anderes ihren Namen auf einem Foto erwähnt haben. Ich jagte weiter. Die Aufgabe war eine willkommene Übung für mein Hirn und außerdem eine Pause vom Mord an meiner Mutter. Ich schloss weiter Namen aus. In diesem Moment erinnerte ich mich an einen Namen auf Mias Freundesliste: *Olivia Romero.*

Die dunkeläugige, dunkelhaarige Olivia war Sarahs engste Freundin und das Ziel meiner Teenagerträume gewesen. Die beiden Mädchen waren praktisch an der Hüfte zusammengewachsen gewesen. Sogar, als Sarah beim Ladendiebstahl erwischt wurde, stand Olivia daneben. Sie hatten alles zusammen gemacht. Wenn irgendwer wusste, wo Sarah jetzt war und wie man mit ihr in Kontakt treten konnte, dann war es Olivia.

Ich klickte auf ihr Profil und schickte ihr eine Freundschaftsanfrage. Weil es schon spät war, erwartete ich keine Reaktion, aber meine Anfrage wurde innerhalb von Sekunden akzeptiert. In der nächsten Sekunde poppte eine Nachricht auf.

Aarav! Wie schön, dass du dich an alte Freunde erinnerst, jetzt, da du berühmt bist!

Berühmt bin ich nur in meinem eigenen Kopf.

Ha! Du bist ja bescheiden. Ich habe den Film gesehen. Er war großartig.

Danke. Hey, ich hatte gehofft, Kontakt zu Sarah aufnehmen zu können. Hast du in letzter Zeit von ihr gehört?

Die drei Pünktchen zeigten, dass die Person am anderen Ende länger für eine Antwort brauchte als sonst, also begann ich, ihre Freundesliste zu durchstöbern, für den unwahrscheinlichen Fall, dass sich Sarah darin versteckte. Ich war schon halb durch, als ihre Antwort aufpoppte.

Wow, das ist ja vielleicht eine seltsame Begegnung mit der Vergangenheit. Mann, wir haben zusammen so viel Mist gebaut. Kannst du dir vorstellen, dass ich jetzt eine Vorstadtmutti mit drei Kindern, einem Golden Retriever und einem Ehemann bin, der es für den Höhepunkt seines Lebens hält, wenn eine seiner Zucchini größer wächst als die anderen?

Auf keinen Fall, aber nach den Bildern auf deiner Seite zu schließen, bist du sehr glücklich mit deinem Leben.

Bin ich auch. Hoffentlich ist Sarah auch glücklich.

Weißt du das nicht?

Nein, das ist es eben – sie hat mich schon vor Jahren geghostet, als sie diesen Riesenkrach mit Diana hatte. Sie hat mir damals nicht einmal gesagt, dass sie weggeht. Ich habe dann irgendwann Diana angerufen, um sie zu fragen, warum Sarah nicht auf meine Nachrichten oder Anrufe reagiert. Sie war diejenige, die mir sagte, dass Sarah abgehauen ist. Kannst du das glauben? Neun Jahre Freundschaft, sie war doch beinahe meine Schwester, und dann reagiert sie einfach nicht mehr?

Nein, tippte ich, weil es dafür keine andere Antwort gab.

Ich war echt stinksauer, aber jetzt, da ich eine Mum bin, nehme ich an, dass es extrem traumatisch gewesen sein muss, was passiert ist. Wenn sie je Kontakt zu mir aufnehmen sollte, werde ich auf jeden Fall mit ihr reden. Ich würde gern wieder ihre Freundin sein – ich meine, es muss schon echt SCHLIMM gewesen sein. Besonders, da Diana sie ja praktisch aufgezogen hat. Weißt du, ich gehe zweimal die Woche in die Kirche und lese jeden Morgen in der Bibel, aber Sarahs und Dianas Eltern waren wirklich auf die falsche Art religiös – sie nahmen den alten Spruch »Wer sein Kind liebt, züchtigt es« als Ausrede, ihnen wehzutun.

Diese Kleinigkeit hatte ich nicht gewusst, aber es erhärtete nur meinen Eindruck, dass die beiden Schwestern eine enge Einheit bildeten. *Hast du irgendeine Vorstellung, wo sie hingegangen sein könnte? Ich wollte sie eigentlich wieder zusammenbringen und versuchen, den Bruch zu kitten.*

Das ist ja so lieb von dir, Aarav. Aber nein, ich weiß gar nichts. Sarah hat all ihre Freunde fallen gelassen, als sie wegging, sogar diesen kaputten Drogenfreund, der immer für Streit zwischen Diana und ihr gesorgt hatte. Ich habe letztes Jahr mal versucht, sie online aufzuspüren, als ich mein zweites Kind bekommen hatte – ich war damals ein wenig wehmütig, weil ich immer müde war –, aber ich habe nichts herausgefunden. Mein Mann ist praktisch ein Online-Ninja, und sogar er sagt, dass sie ein buchstäblicher Geist ist. Sarah will wirklich nicht gefunden werden.

Ich lehnte mich zurück. *Trotzdem vielen Dank. Was macht denn dein Ninja-Mann im wahren Leben?*

Die Unterhaltung, die darauf folgte, war ganz üblich für Leute, die sich eine Weile nicht gesehen haben, und ich schaffte es tatsächlich, das Spiel ein paar Minuten lang aufrechtzuhalten. Ich dachte gerade darüber nach, wie ich aus der Sache wieder herauskommen könnte, als Olivia sagte, ihr einen Monat altes Baby müsse gefüttert werden, und sich ausloggte.

Ich saß im Halbdunkel und schaute hinaus in die Nacht.

Sie ist buchstäblich ein Geist.

Die Worte wirbelten in meinem Kopf herum. Was zum Teufel hatte ich eigentlich gedacht?

Dass Sarah überhaupt nicht gegangen war?

56

Herrje, meine Paranoia wurde immer schlimmer. Es war ja nun nicht so, dass Menschen einfach so verschwinden konnten, wenn ihnen danach war. Und ich suchte nur online. Wenn Sarah die Online-Welt mied, dann hatte sie vielleicht einfach keinen digitalen Fußabdruck.

Ich würde mir morgen das Wählerverzeichnis in der Bibliothek ansehen. Wenn sie sich hatte als Wählerin registrieren lassen. Warum sollte eine Frau ihr ganzes Leben hinter sich lassen und verschwinden? Je länger ich darüber nachdachte, desto weniger schlüssig erschien es mir. Es sei denn … was hatte Olivia gesagt?

Dieser kaputte Drogenfreund.

Ich erinnerte mich vage an diesen Typen. Hauptsächlich, weil ich eifersüchtig war, dass er mit Sarah ging; als Junge im Teenageralter hatte mich meine Schwärmerei für Olivia nicht daran gehindert, Sarah ebenfalls zu bewundern. Der Freund war ungefähr ein Jahr nach Sarahs Verschwinden ins Gefängnis gekommen, und das hatte einen kleinen Skandal in der Cul-de-Sac verursacht, zumal er früher immer vorbeigekommen war, um Sarah in seiner klapprigen Todesfalle von einem Auto abzuholen. Margaret hatte gesagt, dass sie ihn dabei erwischt habe, wie er vor ihrem und Pauls Haus herumlungerte.

»Vermutlich checkt er die Lage, weil er denkt, wir seien tattrige alte Leute.« Sie hatte geschnaubt. »Ich würde gern mal sehen, wie dieser fettige kleine Sack es versucht.«

Ich beugte mich über die Tastatur und begann die Jagd. Es dauerte eine Weile, bis ich ihn mit den kargen Informationen, die ich hatte, aufspüren konnte, aber da war er schließlich, erwähnt in einer kurzen Meldung, älter, das blonde Haar leicht ergraut und die blasse Haut tätowierter, aber immer noch mit dieser Ausstrahlung eines harten Hundes, an die ich mich erinnerte.

… verurteilt wegen schwerer Körperverletzung gegen seine Lebensgefährtin.

Ein Mann, der seine Frau schlug, war auch in der Lage, andere Dinge zu tun. Er konnte sich in einen gefährlichen Stalker verwandelt haben, der eine junge Frau so in Angst und Schrecken versetzt hatte, dass sie alle Verbindungen zu ihrem vorherigen Leben abbrach. Es konnte sein, dass Diana Sarah die ganze Zeit beschützt, ihrer geliebten Schwester geholfen hatte, unter dem Radar zu fliegen, damit sie niemand finden konnte. Wenn das so war, dann würde meine Einmischung sie ihrem Jäger ans Messer liefern.

»Scheiße.«

Ich griff nach mehr Süßigkeiten, steckte mir jeden neuen Bissen hastig in den Mund, während ich über meine nächsten Schritte nachdachte. Ich ließ Sarah fürs Erste zufrieden und suchte nach mehr Informationen über ihren gewalttätigen Freund, jetzt, da ich seinen Namen kannte. Er hatte einer Freundin den Kiefer gebrochen, eine andere mit einer Waffe bedroht und eine dritte ins Koma geschlagen. Aber nichts davon war so schlimm gewesen wie sein größtes Verbrechen: Daniel »Big Man« Johnson war vor fünf Jahren für einen grausamen Doppelmord ins Gefängnis gesperrt worden.

Ich erinnerte mich an den Fall – in den Medien war überall davon zu lesen gewesen –, hatte damals aber keine Verbindung zu Sarah gesehen, weil der Mann ganz anders aussah als damals, als sie noch mit ihm ausgegangen war. Das lange Haar war fort, stattdessen trug er die Haare millimeterkurz rasiert, und er hatte inzwischen viel mehr Tattoos als damals, als er noch in der Cul-de-Sac vorbeigekommen war.

Johnson war nicht nur ins Gefängnis gesperrt worden, man hatte ihn zu einer lebenslänglichen Haftstrafe mit einer Mindesthaftzeit von zweiunddreißig Jahren verurteilt. Rein technisch gesehen konnte er nach dieser langen Zeit auf Bewährung freikommen, aber nach dem, was der Prozessrichter über die Gefahr gesagt hatte, die er für die Gesellschaft darstelle, war das keine besonders realistische Möglichkeit.

Wenn Sarah tatsächlich aus Angst verschwunden war, warum war sie dann nicht zurückgekehrt, nachdem das Justizsystem wie gewünscht funktioniert und ihn für immer weggesperrt hatte? Es gab noch ein paar andere Merkwürdigkeiten in der ganzen Situation. Selbst wenn ich annahm, dass sie Angst hatte vor Johnson, erklärte das noch nicht, warum sie nicht mit Mia telefonieren wollte.

All diese Geschenke, die sie von allen möglichen Orten der Erde geschickt hatte.

Ich kaute auf meiner Unterlippe herum und suchte nach venezianischem Glas. Zahlreiche Treffer, all die Online-Verkaufsseiten von Glasboutiquen in Venedig. Die meisten lieferten weltweit. Mia hatte gesagt, Sarah habe ihr das Geschenk mitgebracht, aber es konnte auch sein, dass ich mich falsch erinnerte und die Glasskulptur aus Venedig geliefert worden war.

Wenn Sie eins unserer edlen Stücke als Geschenk kaufen wollen, zwitscherte es auf einer der Seiten, *seien Sie versichert, dass wir jeden Kauf mit absoluter Diskretion behandeln. Wir werden Ihnen die Quittung zusenden. Der Empfänger wird nur Ihre persönliche Mitteilung bekommen – gedruckt auf unseren Gratiskarten.*

Viele Online-Shops boten das an, besonders, wenn man die teureren wählte. Man musste nirgends mehr hinreisen. Man musste nicht einmal mehr den eigenen Namen benutzen, zumal man jeden beliebigen Namen auf jede beigelegte Karte drucken lassen konnte.

»Langsam drehst du durch, Aarav.« Ich drückte mich vom Schreibtisch ab und beschloss, einen Spaziergang zu machen, bevor ich mich in eine Paranoia hineinmanövrierte. Vorher aber schickte ich eine Nachricht an Mias Account und bat sie um Sarahs E-Mail-Adresse.

Vielleicht würde ich danach leise an Isaacs Tür klopfen, wenn ich ihn hinter seinem Fenster sah. Sein Zimmer lag direkt an der Seite des Hauses, und ich würde ja sehen, ob er seine Kopfhörer trug. Wenn Mellie an die Tür kam, würde ich zumindest wissen, dass es ihr gut ging – und ich konnte sie nach dem alten Phil fragen.

Die Letzte, die ich in der Dunkelheit der Cul-de-Sac zu sehen erwartet hatte, war Diana. Sie hatte Charlie an der Leine. »Seine Blase ist wirklich furchtbar inzwischen«, sagte sie flüsternd, als wollte sie die Gefühle ihres Haustiers nicht verletzen. »Aber ich leide auch unter Schlaflosigkeit.«

»Stört das Calvin nicht? Dass du aufstehst, meine ich.«

»Er ist noch nicht zu Hause – deshalb kann ich auch nicht schlafen. Ich vermisse ihn, aber ich wusste ja, worauf ich mich einließ, als ich ihn heiratete. Er wollte immer schon ein Topchirurg werden.«

Der Hund verrichtete sein Geschäft und tappte weiter. Er ging so langsam, dass ich im Vergleich praktisch ein Rennpferd war.

»Du wirkst ein bisschen sorgenvoll, Schätzchen.« Diana berührte sanft meinen Arm.

Meine merkwürdigen Ideen zersprangen wie Glas.

Diese Frau war immer nur freundlich zu mir gewesen, und ich dachte mir hässliche Theorien über ihre entfremdete Schwester aus, die in der Realität jeder Grundlage entbehrten. »Nur die Sache mit meiner Mutter.«

»Ich vermisse Nina so sehr.« Dianas Stimme war so weich wie die glänzende Wolke ihres Haares. »Erst hat mich Sarah verlassen, dann Nina.« Schmerz in jeder Silbe. »Es ist so selbstsüchtig von mir, aber ich habe mich immer gefragt, was eigentlich falsch an mir ist. Warum haben sie mir nicht genug vertraut, um weiter in Kontakt mit mir zu bleiben?«

Ich fühlte mich wie ein Arschloch. »Ja.« So viele Male hatte ich mich gefragt, wie mich meine Mutter so einfach verlassen konnte.

Sie legte die Hand in meine Armbeuge und drückte sie. »Nina zu verlieren, tat sogar noch mehr weh, als Sarah zu verlieren. Sarah war immer ein wenig kantig und launisch. Sie liebte mich, aber sie hatte so viel Wut in sich, und die ließ sie an jedem in ihrer Nähe aus – bei ihr fühlte ich mich immer ein wenig wie ihre Betreuerin. Aber bei Nina konnte ich einfach *sein*. Und manchmal passte sie sogar auf mich auf.«

Diana schaute Charlie liebevoll dabei zu, wie er einen Busch in der Nähe des Grundstücks der Dixons beschnüffete, und sagte: »Du bist noch zu jung, als dass du dich daran erinnern könntest, aber als ich zum ersten Mal schwanger war und Calvin und ich beschlossen hatten, dass ich ganz zu Hause bleiben sollte, fühlte ich mich immer so einsam, wenn er Nachtschicht hatte. Nina brachte dich dann zu Bett und kam zu mir herüber. Wir schauten dann Filme oder unterhielten uns, bis ich müde genug war, um einschlafen zu können. Wenn Ishaan nicht zu Hause war, ging ich zu ihr, denn sie hätte dich niemals allein gelassen, als du noch klein warst. Sie war die beste Freundin, die ich je hatte.«

Um mich ein wenig reinzuwaschen von meinen bösen Gedanken, fragte ich: »Warst du denn nie in Versuchung, deinen Medizinabschluss zu nutzen?« Wenn ich mich recht erinnerte, hatte sie Calvin direkt nach dem Studium geheiratet und nie wirklich praktiziert.

»Heutzutage gilt das als altmodisch, aber ich wollte eigentlich immer nur eine Familie gründen. Familie ist Calvin auch sehr wichtig – wusstest du, dass er all seine Verwandten verloren hat, als er knapp vierzehn war?«

»Ich wusste nicht, dass er da noch so jung war.« Das ließ seine Leistungen nur noch außergewöhnlicher erscheinen.

»Deshalb beschützt er uns immer. Beau und Mia reiben sich manchmal an ihm und seinen strikten Regeln, aber ich verstehe ihn. Ich wünschte, ich hätte Sarah ebenso beschützen können, aber sie hatte bereits diesen unglaublichen Schmerz in sich, als ich endlich in der Lage war, mich um sie zu kümmern – sie hatte so ein Vertrauen in mich, und ich habe sie im Stich gelassen.«

»Darf ich fragen, was zwischen euch passiert ist? Du musst es mir aber nicht sagen.«

Eine lange Weile schwieg sie, und wir erreichten den Eingang zur Cul-de-Sac, der verschlossen war. Wir drehten um, um zurückzugehen, und schließlich sagte sie: »Lieber nicht, Aarav.« Wieder drückte sie meinen Arm. »Das ist eine Sache zwischen Schwestern, und ich will dieses Vertrauen nicht missbrauchen.«

Eine derartige Loyalität war nicht mit Geld aufzuwiegen. »Verstehe.«

Wir gingen entspannt schweigend zu ihrem Haus. Charlie trottete müde mit, es war klar, dass er dringend ein Nickerchen machen wollte. Dann gab mir Diana ein Küsschen auf die Wange und drehte sich um, um die Einfahrt hochzugehen, an den Rosenbüschen vorbei, die jetzt im Winter ganz kahl waren. An den Büschen, die Sarah in der Nacht, in der sie ging, in ihrer Wut zerstört hatte.

Ich konnte mir kaum vorstellen, was Diana getan haben

konnte, um einen so wilden, tiefen Zorn heraufzubeschwören, aber angesichts ihrer Kindheit wusste ich natürlich nicht, was alles diese Wut auslösen konnte. Vielleicht hatte Diana Sarah geschlagen?

Ich war gerade an unserer Einfahrt angekommen, als ich hörte, wie das Tor aufglitt. Ich schaute mich um und sah, wie ein weißer Van mit ausgeschalteten Scheinwerfern hineinrollte. Er wendete so, dass das Heck in Richtung Leonids und Anastasias Grundstück zeigte.

Ich ging, so schnell ich konnte, nach oben in mein Zimmer, von wo aus ich einen weit besseren Blick hatte. Halb erwartete ich, dass der Van längst fort sein würde, wenn ich dort ankam. Aber er stand noch da, mit geöffneten Hecktüren.

Ich hielt mir das Fernglas an die Augen und beobachtete.

Zwei große Männer kamen aus dem Haus. Sie flankierten eine kleinere Frau. Ich konnte keine Einzelheiten erkennen, aber die Haare der Frau waren nicht lang genug, sie konnte nicht Anastasia sein. Also musste sie wohl das Kindermädchen sein, Khristina. Sie blieb ruckartig stehen, schaute sich um … aber die beiden Männer verfrachteten sie in den Van. Der eine stieg mit ihr ein, während der andere vorn um den Wagen herumging, um auf den Fahrersitz zu klettern.

Ich schaute nach links zum Haus. Leonid hielt Anastasia im Arm, die sich wehrte.

Der Van fuhr los.

Als ich das Fernglas zur Veranda bewegte, waren Leonid und Anastasia weg.

Ich senkte das Fernglas, als der Van aus der Cul-de-Sac fuhr, und nahm dann mein Handy. Ich musste die Polizei anrufen … aber was hatte ich da eigentlich wirklich gesehen? Einen weißen Van. Schatten?

Mein Kopf begann wieder zu hämmern. Ich schmeckte Metall in meinem Mund.

Nein, ich konnte nicht schlafen gehen, ohne etwas zu unternehmen. Ich benutzte eine Online-Anruf-App, um anonym bei der Polizei anzurufen. Als ich auflegte, konnte ich nur noch verschwommen sehen. Mein Schädel fühlte sich an, als würde er zwischen zwei Metallplatten gequetscht.

Ich schaffte es kaum ins Bett. Meine Hand zitterte so sehr, als ich das Pillenfläschchen öffnete, dass ich die Hälfte der Tabletten auf dem Tisch und dem Boden verschüttete.

Mein letzter bewusster Gedanke war, dass ich eine Migräne nach der anderen bekam … es war schlimm. Ich hatte ein ernsthaftes Problem mit meinem Hirn.

57

Ich wachte um elf Uhr morgens auf. Ich hatte mich nur kurz hingelegt, um die Migräne vorbeigehen zu lassen, und war dann bewusstlos geworden.

Ich rief Dr. Binchy an, und er sagte, er könne mich innerhalb der nächsten Stunden dazwischenquetschen. »Ich wollte Sie ohnehin anrufen«, eröffnete er mir. Es klang unheilvoll. »Kommen Sie um drei – ich sehe zu, dass wir Ihren Kopf scannen können.«

Mein Kopf war wieder ganz klar, und ich beschloss, dass er auch so bleiben sollte. Ich nahm keine der Tabletten, die man mir verschrieben hatte, und aß ein riesiges Omelett mit ein wenig Toast.

Keine beschissene Cola mehr.

Als ich aufgegessen, geduscht und die E-Mails von meiner Agentin und dem Lektor gelesen hatte, war es an der Zeit loszufahren. Da Mia mir die E-Mail-Adresse ihrer Tante geschickt hatte, schrieb ich Sarah eine kurze Nachricht. Ich zögerte eine Sekunde, bevor ich in mein Auto stieg, aber ich glaubte nicht, dass ich mitten auf der Fahrt ohnmächtig werden würde. Ich merkte es immer genau, wenn eine Migräne im Anzug war.

Ich stieg ein und ließ den Motor an.

Trixi und Lexi traten genau in dem Moment an mein Fenster, als ich aus unserer Ausfahrt fahren wollte. »Aarav, Schätzchen!«

Ich ließ das Fenster herunter. »Arzttermin. Darf nicht zu spät kommen.«

»Oh, natürlich. Hoffentlich geht es deinem Bein besser«, entgegnete die Ältere der beiden. Sie trug heute ein Top in schreiendem Orange, in ihrem Blick lag lebhafte Begeisterung. »Hast du etwas von dem Tumult gestern Nacht mitbekommen?«

»Ich war vollkommen ausgeknockt.«

Trixi senkte die Stimme. »Die Polizei war drüben bei diesen Leuten. Isaac hat das Auto gesehen, aber er sagte, dass es ziemlich schnell wieder weg war, daher war es wohl nicht so schlimm.« Sie klang so, als wäre sie deswegen enttäuscht.

»Ihr meint Anastasia und Leonid?« Ich hatte das merkwürdige Gefühl, irgendetwas zu vergessen, aber ich wusste nicht mehr, was.

»Genau.« Trixi nickte. »Und was ist mit Cora! Margaret sagt, dass sie versucht hat, ein Flugzeug nach Kanada zu nehmen, aber als sie ihren Pass gescannt haben, hat er wohl den Alarm in allen Computern des Flughafens ausgelöst! Die Polizei muss sie wohl auf eine Flugverbotsliste gesetzt haben oder so.«

Kein Wunder, dass die Frauen hier herumrannten. So viele Gerüchte, die verbreitet werden mussten.

»Das ist vermutlich der Preis, den diese Frauen zahlen müssen, um in so schicken Häusern leben zu können«, kommentierte Lexi. »Die arme Alice wird verhauen, Diana muss damit zurechtkommen, dass Calvin ständig fremd …«

»Juhu!«, trällerte Trixi. »Komm, Lexi, da hinten ist Veda. Sie hat heute wohl einen freien Tag. Viel Glück für deinen Termin, Aarav.«

Ich runzelte die Stirn, als ich weiterfuhr. Was hatte sie sagen wollen?

»Fremd …« war zwar ein recht übliches Wort. Aber im Kontext der gehässigen Lästerei über »den Preis«, den Frauen »zahlen mussten«, um in der Cul-de-Sac leben zu dürfen, fiel mir nur eine Bedeutung ein: »fremdgehen«.

Nur dass ich das nicht verstand.

Wann zum Teufel sollte Calvin die Zeit dazu haben? Es sei denn, er hatte eine Affäre mit einer Kollegin aus der Klinik. Das Problem war nur, dass ich mir den biederen und steifen Calvin nicht wild und ungehemmt mit jemandem vorstellen konnte – ich nahm an, dass er es kaum je mit Diana tat.

Trixi und Lexi waren außerdem nicht gerade zuverlässige Quellen.

Ein Bild tauchte vor meinem inneren Auge auf. Das Foto, das Alice von meiner Mutter gemacht hatte, auf dem sie mit Calvin auf dem Sofa saß. Sie schaute zu ihm hoch, er auf sie nieder, beide lachten. Diana stand im Hintergrund, ein schwaches Lächeln im Gesicht.

Mir fiel plötzlich auf, dass ich Calvin noch nie hatte so lachen sehen.

Was ich als lustigen Moment zwischen zwei guten Freunden gesehen hatte, bekam plötzlich eine andere Bedeutung. »Auf gar keinen Fall.« Meine Mutter hätte *das* Diana niemals angetan.

»Loyalität ist ein Geschenk, Ari *beta.*« Ihre Fingernägel, wie sie über meinen Kiefer strichen. Ihr Lächeln. »Verspiele sie nicht. *Ek sachcha dost to heere se bhi keemti hai.*«

Ein wahrer Freund ist mehr wert als Diamanten.

Diana war die loyalste Freundin, die Nina Rai je gehabt hatte. Meine Mutter hätte sich eher die Finger abgehackt, ehe sie damit Calvin angefasst hätte.

Aber das Foto verfolgte mich noch, als ich in die neurologische Klinik ging.

Kaum dass ich jedoch die Schwelle übertreten hatte, hatte ich keine Zeit mehr nachzudenken. Das gut geölte System sprang an. Bald schaute eine Maschine in meinen Schädel.

Hinterher führte man mich in Dr. Binchys Büro. »Haben Sie schon die Resultate?«, fragte ich, nachdem ich mich gesetzt hatte.

»Nein, eine Spezialistin sieht sich die Bilder an.« Er legte die Hände auf den Schreibtisch. »Ich mache mir eher Sorgen wegen der Bluttests, die ich außer der Reihe erbeten hatte, bevor Sie das Krankenhaus verlassen haben. Gestern hatte ich einige persönliche Dinge zu erledigen und war daher nicht im Krankenhaus, daher konnte ich mir den Bericht erst heute Morgen anschauen.«

Ich dachte an jene Stiche in meiner linken Armbeuge, den leichten Wundschmerz, den ich nur ungefähr eine Stunde gespürt hatte. »Warum haben Sie denn diese Bluttests überhaupt angeordnet?«

»Weil ich bei den ersten Tests nur nach den verschriebenen Medikamenten in Ihrem Blut gesucht hatte. Erst nach unserem Gespräch ging mir auf, dass wir es vielleicht mit mehr als nur Ihrer Sorglosigkeit bei der Medikamenteneinnahme zu tun haben.«

»Was wollen Sie damit sagen?«

»Aarav, ich habe extra darauf geachtet, Ihnen keine Opioide zu verschreiben. Sie können nicht nur süchtig machen. Ich gehöre außerdem zu dem Medizinerlager, das der Meinung ist, dass sie eine Migräne schlimmer machen oder sie sogar auslösen können.«

»Ich nehme keine Drogen, Doc.«

Er schob mir ein Blatt mit Testresultaten zu. »Ihr Blut sagt da aber etwas anderes. Die Werte sind hoch genug, dass es mich nicht überrascht, dass Sie vom Migräneschmerz ohnmächtig werden. Wenn man dann noch Ihre anderen Medikamente dazurechnet, wird die Wirkung völlig unvorhersehbar – und inzwischen bin ich mir nicht einmal mehr sicher, ob ich wirklich alles überprüft habe, was Sie womöglich nehmen. Jedenfalls kommt Ihr Körper mit diesem Cocktail nicht zurecht.«

Die Ergebnisse ergaben überhaupt keinen Sinn. Ich war früher Alkoholiker gewesen, aber inzwischen war eine Flasche Cola mit einer Handvoll Süßigkeiten das Einzige, was ich an Drogen nahm. »Kann es sein, dass jemand mir aus Versehen die falschen Medikamente gegeben hat? Ich habe sie einfach genommen, ohne sie mir davor genau anzusehen.«

Dr. Binchys Gesichtsausdruck war ausdruckslos. »Kein Apotheker würde einen solchen Fehler machen.«

Er nannte mich einen Lügner.

Aber statt wütend zu werden, spürte ich ein merkwürdiges Kribbeln in meinem Nacken. Wenn es kein Fehler war, dann musste mir jemand diese Drogen *gegeben* haben. »Ich werde vergiftet.«

Dr. Binchys Pupillen weiteten sich. »Aarav, wie lange leiden Sie schon unter Paranoia?«

Meine Haut wurde ganz heiß. »Wenn es wahr ist, ist es keine Paranoia.« Ich schob ihm die Laborergebnisse über den Schreibtisch zurück und sagte: »Sie sehen das doch an den Werten!«

»Okay.« Er rieb sich das Kinn. »Warten Sie doch bitte hier, ich spreche mit dem Laborarzt.«

In dem Moment, in dem er den Raum verlassen hatte, begann ich, über seinen Blick nachzudenken. Er würde nicht mit dem Laborarzt sprechen. Er würde jemanden anrufen, der mich einweisen lassen würde. Ich stand auf, öffnete die Tür und ging so schnell, wie es mir die Krücken erlaubten, über den dicken Teppich des Flurs.

Die Rezeptionistin lächelte mich an. »Sind Sie schon fertig, Mr. Rai?«

»Ja. Könnten Sie mir die Rechnung per E-Mail schicken?«

»Oh, Sie bekommen keine Rechnung. Das ist immer noch durch die Krankenkasse abgedeckt.«

Ich wollte so schnell wie möglich verschwinden, lächelte ihr aber noch einmal zu, bevor ich hinausging. Mein Handy klingelte, fünf Minuten nachdem ich losgefahren war. Dr. Binchys Name blinkte auf dem Display. Ich benutzte die Freisprechanlage, um den Anruf anzunehmen. »Tut mir leid, Doc. Familiennotfall.«

»Aarav, wir müssen wirklich reden.«

»Damit Sie mir sagen können, dass ich heimlich Drogen nehme und langsam den Verstand verliere?«

»Hören Sie sich selbst eigentlich zu? Das ist keine rationale Aussage.«

»Doc, Sie kennen mich erst, seit ich mir den Kopf verletzt hatte. Ich bin normalerweise ein Arschloch.«

»Das hier ist ernst – Sie dürfen nicht fahren bei dem, was wir in Ihrem Blut gefunden haben. Wenn Sie nicht zuhören, werde ich die Autoritäten alarmieren müssen.«

»Wenn Sie das tun, verletzen Sie das Arztgeheimnis.« Ich wusste eigentlich nicht, ob das auch auf eine Situation wie diese zutraf, aber ich wusste, dass Dr. Binchy darüber lieber noch einmal nachdenken würde. »Wenn es Ihnen damit besser geht: Ich habe einen Fahrer.« Auf keinen Fall konnte er wissen, dass das eine Lüge war. Ich hatte den Parkplatz längst hinter mir gelassen.

»Ich weiß, dass Sie jetzt streitlustig sind«, erwiderte er, »aber der Drogencocktail in Ihrem Blut ist ausgesprochen problematisch. Sie könnten Ihrem Körper schweren Schaden zufügen. Ich bin wirklich der Meinung, dass Sie Hilfe be…«

»Wenn Sie auch nur einen Pieps davon erzählen, werde ich Sie bis Sonntag dreimal verklagen.« Das Justizsystem Neuseelands war auf derlei Klagen nicht ausgerichtet, aber es gab Mittel und Wege, eine solche Drohung wahr zu machen. »Ich bekomme diesen Fall vielleicht nicht vor Gericht, aber ich werde einen solchen Zirkus veranstalten, dass keiner Ihrer reichen Patienten oder Freunde je wieder mit Ihnen gesehen werden will.«

Diesmal war die Pause länger. »Ich mache mir größte Sorgen um Ihren mentalen und körperlichen Zustand. Gehen Sie nach Hause und überdenken Sie Ihr Verhalten, auch Ihre Drohung.« Seine Stimme blieb ruhig, es war diese Ruhe, die man an den Tag legte, wenn jemand völlig aus dem Lot geraten war. »Wenn wir Sie jetzt in eine Entzugsklinik bringen können, könnten wir die Sache noch stoppen, bevor die Schäden zu groß werden.«

Ich legte auf.

Entzugsklinik?

Mit wem zum Teufel glaubte er eigentlich zu reden? Ich war nicht einer von diesen reichen Vorstadtjunkies, die herumliefen und sich ihre Drogen von irgendeinem schmierigen Dealer in einem Tausend-Dollar-Anzug besorgten. Ich war Aarav Rai, der einen Nummer-eins-Bestseller in zwanzig Sprachen und mehr geschrieben hatte. Ich hatte Millionen Exemplare meines Buches verkauft. Hunderte Millionen Dollar mit dem Film dazu gemacht.

Ich war kein Drogensüchtiger.

Meine Hände zitterten.

58

Voller Not fuhr ich zum Eingang desselben Wanderwegs, den ich das letzte Mal benutzt hatte, um zu der Stelle zu kommen, an der meine Mutter gestorben war. Diesmal war es einfacher, dorthin zu kommen – mein Fuß fühlte sich viel besser an, und ich hatte zwei Krücken.

Stille lag über dem Grün, vom Polizeiband war keine Spur mehr zu sehen. Die Medien waren gekommen und wieder gegangen, und die Schaulustigen hatten keine Lust, so weit in den Busch zu gehen, wenn von dem Jaguar ohnehin nichts mehr zu sehen war. Und so war es in der Gegend friedvoll, ein dunkelgrüner Zufluchtsort, an dem ich keine Maske tragen musste.

Ich sah einen großen Stamm, der schon vor so langer Zeit auf die Erde gefallen war, dass er bereits mit Moos bedeckt war. Kleine Farne wuchsen darauf. Ich schaffte es, mich hinzusetzen. Der Wald um mich herum war kalt, das Laub rührte sich nicht, es war beinahe wie ein Vorwurf. Das Moos dagegen fühlte sich weich unter meinen Fingerspitzen an, das Laubstreu federte unter meinen Stiefeln.

Die Sonne kam selten hier unten an, die Feuchtigkeit blieb.

Ich spürte überdeutlich das Pochen meines Herzens.

Bum-bum. Bum-bum. Bum-bum.

Wie in der alten Kurzgeschichte von Edgar Allan Poe.

Ich spürte das Pochen in meinem Mund, meiner Haut, meinen Knochen.

Der blutige Geist meiner Mutter saß in einem ebenfalls geisterhaften Jaguar und lächelte mich an. »Hätte nie gedacht, dass du es bist, Ari.«

Ich legte den Kopf in den Nacken und schrie.

Der Schrei hallte nicht wider, die Laubkronen waren so dicht, dass sie jedes Geräusch absorbierten, die Baumstämme formierten eine endlose Wand. Ich fuhr mit den Händen durch mein Haar, schluchzte und dachte an den anderen Geist, an den, mit dem ich *etwas zusammen getrunken hatte*.

Hatte Dr. Binchy recht? Verlor ich den Verstand? War ich heimlich süchtig?

Ja, mein Verstand war vielleicht ein wenig wackelig, und ja, ich erinnerte mich nur lückenhaft, aber wie konnte ich süchtig sein, ohne es zu wissen? Woher sollte ich überhaupt meine Drogen beziehen?

Thien.

Es war ein sinnliches Flüstern in meinem Blut, der Name meines Freundes, der absolut alles besorgen konnte, was das Herz begehrte – für einen bestimmten Preis. Aber wenn ich das getan hatte, dann bedeutete das, dass ich jedes einzelne Treffen mit ihm vergessen hatte, jeden einzelnen Austausch von Geld gegen Ware.

All diese Stunden, die ich an die Migräne verloren hatte – war es möglich, dass ich ohne bewusste Erinnerung daran herumgelaufen war? Ich hatte den Beweis dafür, dass ich Schlafwandler war, aber das … wenn ich diese dissoziativen Zustände hatte, hatte ich wahrlich ein größeres Problem als Drogen.

In meinem Hirn herrschte Chaos. Ich setzte mich hin und starrte den Ort an, an dem meine Mutter gestorben war. War sie noch bei Bewusstsein gewesen, als das Auto den Abhang hinunterkrachte? Hatte sie versucht, die Tür zu öffnen? Ich hoffte nicht. Ich hoffte, sie war in den Tod geglitten, ohne zu wissen, dass sie in der einsamen Dunkelheit begraben war. Aber das war ein schwacher Trost – denn sie hatte denjenigen gekannt und ihm vertraut, der mit ihr in jener Nacht im Auto gesessen hatte. Sie hatte sich nicht zur Wehr gesetzt. Denn selbst in betrunkenem Zustand konnte sich Nina Rai zur Wehr setzen.

Sie hatte gewusst, dass sie umgebracht wurde, und sie hatte dabei in ein Gesicht gesehen, dem sie vertraute.

Ich konnte es nicht gewesen sein. Ich hatte die Ducati zu Schrott gefahren. Ich hatte nicht im Jaguar gesessen.

Wer hat dir gesagt, dass zwei Menschen im Jaguar saßen, als sie fortfuhr?

Aurelie, das war Aurelie gewesen.

Aurelie, die alles tun würde, was mein Vater von ihr wollte.

Aurelie, die eine Lügnerin war.

Du weißt doch, was passiert ist. Du bist ihr gefolgt, hast sie eingeholt, sie dann davon überzeugt, sich auf den Beifahrersitz zu setzen, weil sie betrunken war. Und dann hast du dem Zorn in dir nachgegeben. Schnitte an deinen Händen, Aarav. Schnitte an deinen Händen. Du hast deine Mutter umgebracht.

»Nein, nein, nein.« Meine Augen brannten. In meinem Kopf erklang wieder dieses heimtückische Flüstern. Der Damm in mir brach mit einem Krachen, das meinen ganzen Körper erschütterte. Ich konnte es nicht kontrollieren, ich konnte es nicht einmal versuchen. Roh, hässlich, wütend – meine Schluchzer wurden vom Wald absorbiert, meine Tränen von der Erde. Bis ich ganz ausgelaugt war, meine Kehle wund und meine Augen geschwollen.

Und doch saß ich immer noch da. Ich wusste nicht, wie lange. Hier herrschte ein merkwürdiger Frieden, an diesem stillen Ort, an dem meine Mutter so lange gelegen hatte. Ich starrte die Stelle an, an der sie gelegen hatte, und fragte mich, ob ihr Geist wohl noch hier war, verloren und allein. Sie war nicht nur Knochen. Sie war eine lebendige, atmende

Frau gewesen, wütend und manchmal gemein, aber sie hatte auch leidenschaftlich geliebt und alles getan, was sie konnte, um ihre Freunde zu beschützen.

»Ich vermisse dich«, sagte ich zu ihrem Geist. »Ich vermisse es, jemanden auf dieser Welt zu haben, der mich bedingungslos liebt.« Ich hätte auf tausend unterschiedliche Arten Mist bauen können, sie hätte mich immer noch ihren Ari genannt. »Wenn ein Arzt mich in eine psychiatrische Anstalt eingewiesen hätte, als du noch am Leben warst, wäre ich sicher gewesen, dass du Himmel und Hölle in Bewegung gesetzt hättest, um mich wieder herauszubekommen.«

Ich war allein gewesen, seit sie verschwunden war. Paige war noch am ehesten in der Lage gewesen, die Mauern um mein Herz einzureißen, aber sie hatte es niemals ganz geschafft. Nicht ihre Schuld. Die Frage, warum meine Mutter mich verlassen hatte, hatte mich noch immer verfolgt und meine ohnehin schon schwache Fähigkeit zu vertrauen weiter unterhöhlt.

Ich hatte mir eingeredet, dass sie nie freiwillig gegangen wäre, aber ein Teil von mir hatte sich doch gefragt, ob sie nicht das Geld genommen hatte und geflohen war, ob sie nicht einfach ihrem Traum gefolgt war und einen Neuanfang gewagt hatte. Ohne den Sohn, der wie ein Mühlstein um ihren Hals war und sie an ein Leben kettete, das sie hasste.

Ein Fächerschwanz mit schwarzen Knopfaugen hüpfte über mir von Zweig zu Zweig, die Schwanzfedern zum charakteristischen Fächer gespreizt, die ihm den Namen gaben. Ein großer, glänzender *wētā* mit dunkelbrauner Rückenplatte, vielen Beinchen, aber harmlos, krabbelte über den Stamm, auf dem ich saß, und dann – mit zuckenden Fühlern – über das Moos.

Ich hatte schon so lange regungslos dagesessen, dass mich der Wald als zu sich gehörig akzeptiert hatte.

Vielleicht würde ich einfach dort sitzen bleiben, bis die Welt untergehen und ich meinen Frieden finden würde. Aber kaum, dass mir dieser Gedanke durch den Kopf gegangen war, schüttelte ich den Kopf. Jemand hatte meine Mutter umgebracht, der wütenden Brillanz von Nina Rai ein Ende gesetzt, und ich würde denjenigen niemals in Frieden lassen. Er würde nicht damit davonkommen. Nicht damit davonkommen, mich in den Wahnsinn zu treiben.

Ich blinzelte.

Ja, das war ein eindeutig verstörter Gedanke.

Meine Haut wurde ganz kalt, der Atem blieb in der Lunge stecken, und ich konnte nur noch denken, dass ich es vielleicht *doch* gewesen war. Vielleicht war das der Grund dafür, dass ich in den Abgrund trudelte – weil ich es gewesen war. Ich selbst war das Monster, das ich jagte … das Monster, das ich töten musste.

Mein Herz pochte voller Angst, und das Erste, was ich tat, als ich es endlich nach Hause geschafft hatte, war, nach oben in mein Zimmer zu gehen und mich in mein Bankkonto einzuloggen. Wenn ich *tatsächlich* Drogen nahm, dann musste ich sie ja irgendwie bezahlen. Aber ich konnte mich an jede meiner Überweisungen erinnern, und jede hatte einen nachvollziehbaren Zweck gehabt. Einschließlich der nicht unbeträchtlichen Überweisung, die ich jede Woche an Shanti schickte.

Mein Vater hatte mein Angebot, für die Unterkunft und die Mahlzeiten zu zahlen, mit einem Lachen abgelehnt, daher hatte ich sie überredet, das Geld zu nehmen.

Damit sie ein wenig Geld auf der Seite hatte.

Als mir der Magen zu knurren begann, öffnete ich meine heimliche Süßigkeitenschublade. Ich griff nach der neuen Tüte mit Erdnuss-Schokoriegeln, die Shanti hineingelegt haben musste. Ich lachte grimmig und holte ein paar davon aus der Tüte. Die Toffees ließ ich liegen.

Ich hatte immerhin Diana verdächtigt, ihrer Schwester etwas angetan zu haben, um Himmels willen.

Dr. Binchy hatte schon recht, was die Paranoia anging.

Aber eins war sicher – wenn ich *tatsächlich* Drogen nahm, dann bezahlte ich nicht für sie. Ich hatte seit Monaten kein Geld mehr abgehoben, also nur mit der Karte bezahlt und damit immer Spuren hinterlassen. Und Thien, der einzige Mensch aus meinem Bekanntenkreis, der Drogen besorgen konnte, arbeitete niemals umsonst.

Auf der anderen Seite sprachen meine Bluttests eine eindeutige Sprache.

Ich ging zu meinem Bett, setzte mich auf die Kante und begann, mir die Medikamente auf meinem Nachttisch anzusehen. Ich hatte die Tabletten, die ich aus Versehen verstreut hatte, wieder eingesammelt. Jetzt nahm ich aus jedem Fläschchen eine heraus und benutzte mein Smartphone, um online nach Bildern von ihnen zu suchen.

Jede einzelne passte zu den Bildern des Herstellers.

Ich starrte das kleine bunte Häufchen an und überlegte, wann ich zum letzten Mal alle genommen hatte. Das war schon … eine Weile her. Hatte ich vor meiner ersten Ohnmacht welche genommen? Ich konnte mich nicht daran erinnern. Auf keinen Fall hatte ich vor meiner Migräne gestern Tabletten geschluckt.

Aber da ich meiner Erinnerung nicht trauen konnte, schüttelte ich alle Tabletten aus den Fläschchen und zählte sie gewissenhaft nach. Ein merkwürdiges Déjà-vu überkam mich. Ich schüttelte es ab und setzte meine Inventur fort, wobei ich mich besonders auf die Schmerztabletten konzentrierte.

Davon waren ganz eindeutig einige überzählig – was bedeutete, dass ich sie *nicht* genommen hatte.

Was sonst hatte ich zu mir genommen, das nicht aus unserem Haushalt stammte?

Die Gebäckteile von Lily. Aber Lily hatte sie ebenfalls gegessen. Außerdem war ich derjenige gewesen, der sie gefragt hatte, ob sie mitfahren wolle.

Ich hatte Kuchen bei Diana gegessen. Aber auch sie hatte vom selben Kuchen gegessen.

Shanti gab mir immer viel zu essen, aber Shanti hatte keinerlei Grund dafür, mich so krank zu machen, dass ich an mir zweifelte. Ich war nett zu ihr, und ich hatte versprochen, dafür zu sorgen, dass es meiner Schwester immer gut ginge. Aber … Shanti war auch diejenige, die behauptet hatte, ich habe sie gebeten, Rattengift zu besorgen. Ich hatte das als Tatsache verbucht, aber was, wenn …

Ich ließ ihren Namen auf meiner gedanklichen Liste.

Vergaß ich etwas oder jemanden?

Ich holte mein Notizbuch heraus und ging noch mal alles von Anfang an durch. Am Ende schrieb ich noch etwas hinzu, einschließlich der Anzahl der Pillen, die ich noch besaß. Das Einzige, was ich nicht aufschrieb, war Lexis zickiger Kommentar. Diana verdiente es nicht, dass ich derart dumme Lügen für die Nachwelt notierte.

Ein Klopfen an der Tür. »Aarav.«

»Shanti, komm rein.«

Gewissensbisse ließen meinen Magen grummeln.

Sie streckte den Kopf herein. »Ich habe gerade mit Elei gesprochen. Sie sagt, dass Alice jetzt Besuch haben kann. Möchtest du hingehen?«

»Was ist mit Pari?«

»Oh, die ist bei einer Freundin – sie arbeiten zusammen an einem Projekt.« Shanti strahlte. »Wir holen sie auf dem Rückweg ab.«

»Ja, dann gehe ich gern.« Ich wollte wieder mit Alice sprechen, herausfinden, ob sie mir etwas Neues erzählen konnte.

Aber als wir die Treppe hinuntergegangen waren und hinaustraten, zögerte ich. Selbst zu fahren, war das eine, aber jemanden als Beifahrer zu haben … »Hättest du etwas dagegen zu fahren?«, fragte ich, ohne die Bitte zu erklären.

»Oh, sicher, das kann ich tun.« Shanti lächelte, aber ich merkte, dass sie nervös war. Sie fuhr nur selten, außer zur Schule und zu den Läden in der Nähe.

»Ich erkläre dir, wie man zum Krankenhaus kommt. Wir nehmen die Nebenstraßen, da ist es nicht so voll.«

Wir sprachen nicht viel auf der Fahrt – Shanti konzentrierte sich voll auf den Verkehr, um keinen Fehler zu machen, und ich wollte sie nicht ablenken. Ich gab ihr weit vor jedem Abbiegen einfache Anweisungen, hielt aber ansonsten den Mund. Als sie das Auto auf dem Krankenhausparkplatz abgestellt hatte, war ihr Lächeln erleichtert und stolz.

»Gut gemacht. Ich wusste doch, dass du das kannst.«

Ihre Augen glitzerten vor Freude. »Du hast mich absichtlich dazu gebracht, meine Grenzen zu überschreiten, Aarav! Aber danke schön.«

Ich überging ihre Annahme, aber gleichzeitig hätte ich mich für mein dummes Misstrauen ohrfeigen können. Shanti war so unschuldig und arglos, wie eine erwachsene Frau nur sein konnte. Dass ich sie so verdächtigt hatte … mit jeder Stunde, die verging, konnte ich Dr. Binchys Sorge besser verstehen.

Mein Magen zog sich zusammen.

Ich war froh, dass Shanti weiter so fröhlich plapperte, als wir aufs Krankenhaus zugingen. Da Elei ihr schon die Nummer der Station und des Krankenzimmers gegeben hatte, gingen wir direkt zu den Aufzügen.

59

Vom Geruch nach Desinfektionsmitteln in Krankenhäusern, vermischt mit dem Dunst weich gekochten Essens und alter Medikamente, verzog ich das Gesicht. Ich hatte mich so verdammt hilflos gefühlt, als ich innerhalb dieser Wände aufwachte und mich nicht daran erinnern konnte, wie ich dorthin geraten war.

»Das ist es.« Shanti zeigte auf die verschlossene Tür eines Privatzimmers mit der Nummer 7 über der Tür. Kein Name an der Tür, vermutlich eine Sicherheitsmaßnahme, während Cora auf freiem Fuß war.

Eine Pflegerin ging vorbei, ihr Kittel war zerknittert, und sie ging mit schweren Schritten, schaffte es aber dennoch zu lächeln. »Ich habe Alice gerade gesehen. Sie ist wach.«

»Danke.« Shanti klopfte und öffnete die Tür dann einen Spalt. »Alice?«, flüsterte sie.

Elei trat hinter dem Vorhang hervor, der das Bett abschirmte. »Shanti!«

Ich ging um die beiden Frauen herum, die sich umarmten und miteinander flüsterten. Alice' Gesicht war schlimm verletzt und ganz geschwollen, aber sie brachte dennoch ein halbes Lächeln zustande, als ich den Vorhang öffnete. »Aarav.« Ihre Stimme war klarer, als ich angesichts ihrer vielen Wunden erwartet hatte.

Ich sah, dass der bequemere Sessel schon von Elei belegt war, also setzte ich mich auf einen der harten Besucherstühle. »Schön, dass du wieder bei Bewusstsein bist. Was sagen denn die Ärzte?«

»Dieser gebrochene Arm« – sie hob ihren linken Arm so hoch, wie es ging – »schwere Gesichts- und Oberkörperverletzungen, außerdem drei gebrochene Rippen, das ist so gut wie alles. Ich hatte Glück.« Ihr Lächeln verschwand. »Es ist komisch, das zu sagen, während ich mit Blutergüssen im Gesicht im Krankenhaus liege. Aber so fühle ich mich. Als wäre das meine Chance, für mich und mein kleines Mädchen noch einmal alles richtig zu machen.«

Der Vorhang bewegte sich, bevor ich nach Manaia fragen konnte, Shanti und Elei traten ebenfalls ans Bett.

Mehr Lächeln, eine kurze Unterhaltung, dann bat Alice: »Mum, geh doch mit Shanti einen Kaffee trinken, dann könnt Ihr euch unterhalten?«

Elei zögerte, und Alice fügte etwas auf Samoanisch hinzu. Ich hörte meinen Namen heraus.

Elei tätschelte kurz meine Schulter, hakte sich bei Shanti ein und ging.

Alice sah mich an. »Ich hätte es schon lange tun sollen, als deine Mutter mir die Gelegenheit gab. Ich hätte Cora verlassen und irgendwohin gehen sollen, wo sie uns nicht verletzen konnte.«

»Der Streit, den du mit meiner Mutter hattest, bevor sie verschwand – hatte der etwas mit Cora zu tun?«

»Nina hatte mir gesagt, dass sie dafür gesorgt habe, dass Cora zusammengeschlagen wurde.« Alice schluckte. »Ich hatte solche Angst, dass Cora es herausfinden und sich dann an mir rächen würde. Und als Nina dann verschwand …« Sie wich meinem Blick nicht aus. »Ich hätte es dir sagen sollen, aber ich hatte mir eingeredet, dass Cora nichts damit zu tun hätte. Und sie hatte damit aufgehört, mich zu schlagen. Ich hoffte, dass es ihr die Augen geöffnet habe, einmal selbst das Opfer zu sein.«

»Elei sagte, dass Cora aber wieder gewalttätig wurde, bevor sie meine Mutter fanden.« Ich musste ganz sicher sein.

»Ja. Sie glaubt, ich habe eine Affäre mit Adrian.«

Ich war ganz offenbar nicht in der Lage, meinen Gesichtsausdruck unter Kontrolle zu behalten, denn sie fragte: »Du etwa auch?« Sie stieß eine Art schluchzendes Lachen aus. »Ja, ich flirte mit ihm, aber abgesehen davon ist es nur harte Arbeit. Ich liebe Cora. Deshalb habe ich sie nicht verlassen, als sie mich das erste Mal geschlagen hatte – sie war so niedergeschlagen danach und hatte mir versprochen, sich zu bessern. Ich liebte sie so sehr, dass ich ihr glaubte.«

Sie atmete zittrig ein. »Ich dachte, es liefe wieder gut zwischen uns. Wir gingen sogar zur Paartherapie, und danach ging sie weiter allein dorthin. Aber es stellte sich heraus, dass sie ihre Wut die ganze Zeit über nur unterdrückt hatte.«

»Gibt es noch etwas, was du über das Verschwinden meiner Mutter weißt?«

Alice schüttelte den Kopf. »Sie war mir eine so gute Freundin, und ich habe es immer bereut, dass die letzten Worte, die ich zu ihr sagte, so voller Zorn waren. Nina half mir. Sie hätte Diana auch geholfen, wenn sie die Gelegenheit dazu gehabt hätte.«

Die ganze Welt um mich herum schien stillzustehen. »Indem sie Sarah kontaktierte? Dianas Schwester?«

»Was? Oh nein.« Alice zeigte auf die Wasserflasche auf dem Nachttisch. Ein Strohhalm ragte daraus hervor.

Sie nahm ein paar tiefe Züge daraus, als ich ihn ihr an die Lippen hielt. »Danke.«

»Du sprachst gerade über Diana.«

»Du weißt doch, dass ich im selben Privatkrankenhaus arbeitete wie Calvin, oder? Damals, am Anfang meiner Karriere, bevor ich mich auf Notfallmedizin spezialisierte, oder?«

»Nein, das wusste ich nicht.«

»Ich war in einer anderen Abteilung, aber Tratsch verbreitet sich ja immer schnell. Jedenfalls hörte ich, dass er etwas mit einer anderen Ärztin laufen hatte. Ich achtete nicht darauf, weil so etwas ständig herumgeht, und Calvin ist so ein geradliniger Typ – aber dann sah ich, wie sie sich küssten.«

Also hatten Trixi und Lexi mir keinen Unsinn erzählt. »Hast du es Diana gesagt?«

»Ich fühlte mich zerrissen. Ich meine, sie liebt Calvin so sehr, und die andere Ärztin war auch verheiratet und hatte kleine Kinder. Ich wollte Dianas Ehe nicht wegen einer kurzen Affäre zerstören.« Sie hob ihren gesunden Arm, um sich Tränen aus dem Gesicht zu wischen. »Ich fragte Nina, was ich tun solle.«

Ich hätte nicht gewusst, wie meine Mutter geantwortet hätte. Sie hatte gewusst, dass ihr eigener Ehemann sie betrog, und war dennoch in ihrer Ehe geblieben, aus einer Mischung aus Trotz und wer weiß welchem anderen kranken Gefühl. »Was hat sie denn gesagt?«

»Sie wurde erst ganz still und meinte dann: ›Diana ist glücklich. Lass uns keine Handgranate in ihre Ehe werfen, wenn das nur eine Affäre ist.‹ Ich hatte aber das Gefühl, dass sie sehr traurig war, denn wir zogen Diana immer damit auf, dass sie den perfekten Ehemann habe.«

»Also hast du es Diana nie gesagt?«

»Nein, aber Nina sagte, ich solle ein Auge auf Calvin und die andere Ärztin haben, für den Fall, dass sich die Beziehung vertiefte. Die andere Ärztin starb nicht lange danach plötzlich an einem Herzanfall, daher war ich froh, dass ich die Sache nie erwähnt hatte.« Alice hielt meinen Blick. »Ich habe das Geheimnis die ganze Zeit bewahrt. Diana ist der freundlichste Mensch, den ich kenne, und sie hatte schon genug mit ihrer schrecklichen Schwester zu tun.«

»Hat sie mal erzählt, wie es zu dem Bruch zwischen ihnen kam?«

Alice schaute erst weg, mich dann aber wieder an. »Nein, aber ich war eine junge Frau, die unsterblich verliebt war, als ich damals in die Cul-de-Sac kam, und Calvin schaute Sarah … ganz genau so an, wie Cora mich damals ansah.«

Die Stille wurde ohrenbetäubend. »Du glaubst, Sarah hatte eine Affäre mit Calvin?«

»Das hätte Sarah niemals getan.« Alice' Stimme wurde laut. »Sie war Diana *vollkommen* ergeben. Aber so, wie Diana gestrickt ist, hat sie vielleicht ihrer Schwester dafür die Schuld gegeben. Das hätte Sarah das Herz gebrochen.«

Ich nickte. Ich konnte Dianas schuldbewusste Stimme in meinem Kopf hören, die von Vertrauen und gebrochenen Versprechen sprach. »Ich kann es mir vorstellen.« Ein grundloser Vorwurf, der die Bindung zwischen zwei Schwestern zerrissen hatte.

Die Tür öffnete sich, und Eleis und Shantis Stimmen waren schon zu hören, bevor die beiden Frauen eintraten. Ich lehnte mich zurück und ließ sie die Unterhaltung übernehmen. Ich musste über einiges nachdenken.

Als mein Handy gegen acht Uhr piepte, eine Stunde nachdem wir wieder im Haus meines Vaters waren, warf ich einen Blick darauf. Ich hatte eine Nachricht von jemandem, den ich auf meine VIP-Liste gesetzt hatte. Nur sehr wenige Leute waren darauf. Sarah hatte ich hinzugefügt, nachdem Mia mir ihre Kontaktdaten gegeben hatte.

Ich rappelte mich auf, um die Mail zu öffnen. Sie war gerade erst geschickt worden:

Aarav, was für eine Überraschung. Ist ja schon lange her. Wie geht es dir? Habe die Neuigkeiten von deiner Mutter gehört. Es tut mir sehr leid.

Danke, antwortete ich schnell, in der Hoffnung, dass sie noch online war. *Kann ich dich anrufen?*

Die Antwort kam nur Sekunden später. *Gerade passt es nicht, aber wir können uns ja auf diese Weise unterhalten. Hattest du einen besonderen Grund dafür, dich bei mir zu melden?*

Ich habe neulich mit Mia gesprochen und dachte, es wäre vielleicht schön, wenn ich ein Treffen zwischen dir und deiner Schwester arrangieren könnte.

Es dauerte ein wenig, bis die Antwort kam. *Das ist süß von dir, Aarav, aber es ist schon zu lange her. Ich liebe mein Leben und will eigentlich nicht wieder in die Vergangenheit eintauchen. Ich habe mich weiterentwickelt.*

Von deiner Familie wegentwickelt?

In meiner Familie herrschte immer eine merkwürdige Dynamik. Es ist besser so. So tun wir uns gegenseitig wenigstens nicht mehr weh.

Ich starrte auf den Bildschirm. *Diana vermisst dich sehr. Sie hat beinahe geweint, als sie mit mir über dich sprach. Was auch immer sie getan hat, es tut ihr sehr leid.*

Wieder musste ich lange auf eine Erwiderung warten. *Ich habe ihr vertraut, und sie hat mein Vertrauen enttäuscht. Das kannst du nicht mehr geradebiegen.*

Hast du deswegen ihre Rosen zerstört?

Das war vielleicht unreif, aber damals war ich auch unreif. Ich sah sie, als ich gerade aufbrechen wollte, und riss sie einfach aus der Erde. Habe mir die Hände von den Dornen zerstechen lassen, aber das war mir egal. Ich hoffe, ihre Rosen gedeihen jetzt.

Das tun sie. Sarah, können wir bald wieder miteinander reden?

Du kannst mir jederzeit eine Mail schicken. Ich muss jetzt los. Tschüs, Aarav.

Ich saß noch lange da und starrte auf den Bildschirm. Als mein Magen grummelte, aß ich eine halbe Tüte von den Toffees in meiner Schreibtischschublade und dachte über Sarahs Worte nach. Hatte sie recht? Sollte ich ihren Rat befolgen und nicht mehr in der Vergangenheit herumwühlen? Sollte ich keine schlafenden Hunde wecken?

Die Antwort war ganz einfach: nein, nicht, solange der Mörder meiner Mutter noch frei herumlief.

Aber es lag auf der Hand, dass das, was zwischen Sarah und Diana zerbrochen war – ob es nun das war, was Alice annahm, oder etwas anderes –, nicht mehr gekittet werden konnte. Ich war außerdem traurig, dass Dianas Leben nicht so perfekt war, wie alle glaubten.

Aber … war Calvins Untreue vor langer Zeit überhaupt noch wichtig, wenn Diana nie etwas davon erfahren hatte? Nach außen wirkte es, als behandelte er sie mit derselben Liebe und Fürsorge wie immer, und sie wirkte glücklich.

Vielleicht war das genug.

Ich verzog das Gesicht, weil in meinem Hinterkopf der Schmerz zu pochen begann, und beschloss, eine Pause einzulegen, um etwas zu lesen. Wahrscheinlich war das nur ein Spannungskopfschmerz. Aber er wurde schlimmer, bis ich mich ins Bett legen musste. Doch das brachte nichts – ich konnte nicht schlafen. Ich gab auf, setzte mich aufrecht hin und nahm ein paar von den verschriebenen Schmerzmitteln.

Es hatte ja keinen Sinn, sie nicht zu nehmen, wenn ich sonst ein Aneurysma bekommen würde.

Die Medikamente breiteten sich in meinem Körper aus, und mir fiel etwas ein: Jener Tag, an dem Sarah das Haus der Familie verlassen hatte, war derselbe, an dem ich meine Mutter neben Diana auf den Knien gesehen hatte. Damals, als sie ihr half, den Rosengarten wieder herzurichten.

Sarah hatte die Pflanzen mit den Wurzeln ausgerissen.

Aber jetzt, in der schmerzlosen Klarheit meines Hirns, begriff ich, dass Diana diese Rosen mindestens drei Jahre früher gepflanzt hatte. Ich hatte sie damals schon einige Male blühen sehen. Es war unmöglich, sie einfach so in einem Wutanfall auszureißen – schon erst recht als Frau mit bloßen Händen.

Meine Erinnerung an diesen Augenblick war glasklar. Ich erinnerte mich, dass eine Rosenpflanze schon abgestorben war, zu heftig abgebrochen, als dass man sie hätte retten können. Aber nur *einige*. Die Mehrzahl hatten sie wieder vorsichtig in die Erde gesetzt, ihre Wurzeln waren noch recht gut intakt.

Die einzige Methode, die Wurzeln auszugraben, ohne sie zu beschädigen, war, indem man eine Schaufel nahm.

Warum hätte Sarah die Rosen ihrer Schwester so vorsichtig ausgraben sollen, wenn sie darauf aus gewesen war, das zu zerstören, was Diana liebte?

Dieselbe Sarah, die ein Geist war.

Ich stand auf und starrte zum Haus gegenüber hinüber, hinter dessen Fenstern Licht brannte. Ich wusste, was ich zu tun hatte. Es war jetzt alles so klar. Ich konnte kaum glauben, dass ich es vorher nicht gesehen hatte.

60

Es war kalt, ein dunstiger Regen hatte gerade aufgehört, und der Sneaker an meinem gesunden Fuß war nass und schmutzig. Der große Müllbeutel, den ich um meinen Gehverband gewickelt hatte, drohte mich ausrutschen zu lassen. Die Bäume des Urwalds bebten im Zwielicht. Ich wusste nicht, wie lange ich schon gearbeitet hatte, aber es musste mindestens schon eine Stunde gewesen sein. Ich hatte es geschafft, die Rosen auszugraben, aber es war anstrengend, weil die Erde so schwer war.

Mein T-Shirt klebte mir trotz der Kälte am Körper, und mein Rücken schmerzte, aber ich rammte den Spaten in die Erde und grub. Ich hatte nach meiner Erleuchtung weder schlafen noch mich entspannen können. Ich hatte wach gelegen, Toffees und Schokolade gegessen und Cola getrunken, während ich Dianas und Calvins Haus angestarrt und darauf gewartet hatte, dass die Lichter ausgingen. Um halb zwölf wurde das Haus endlich dunkel.

Dann hatte ich darauf warten müssen, dass alle anderen in der Cul-de-Sac schliefen.

Isaac war natürlich noch wach gewesen, und ich hatte durch die Bäume ein Licht gesehen, das mir sagte, dass Anastasias Familie ebenfalls noch wach war, aber auch die ging kurz vor zwei endlich schlafen. Dann hatte ich noch eine weitere halbe Stunde gewartet, bis alles still war, bis nicht einmal mehr Autos auf der Straße vorbeifuhren, und den Spaten mitgenommen, den ich auf meinem Weg in Shantis Gemüsebeet gesehen hatte.

Als ich im Mondlicht die Cul-de-Sac überquerte, in der aus irgendeinem Grund die Straßenlaternen nicht leuchteten, sagte irgendeine Stimme in mir, dass das hier eine sehr schlechte Idee sei, aber sie verstummte vor der überwältigenden Welle an Sicherheit in meinem Blut.

Die Rosen. Wie hingebungsvoll sie Diana pflegte, wie sie niemanden in ihre Nähe ließ.

»Es passt alles zusammen«, murmelte ich. »Es passt alles zusammen.«

Ich grub und grub, bis ich ein so großes Loch geschaufelt hatte, dass ich mich hineinstellen musste, um weitergraben zu können.

»Sarah ist tot. Diana hat sie hier begraben.« In meinem Kopf fühlte sich alles ganz breiig an, meine Zunge war wie ein Stück Filz in meinem Mund.

Ich hielt mitten in der Bewegung inne, weil ich nicht ganz sicher war, was ich hier in der Dunkelheit eigentlich tat, aber dann kam meine Sicherheit so schnell wieder, wie sie plötzlich verschwunden war, und ich begann erneut zu graben. Es war alles ganz logisch, die Teilchen passten alle zusammen und ergaben ein großes Ganzes.

Diana hatte Sarah getötet, weil Sarah eine Affäre mit Dianas perfektem Calvin gehabt hatte. Dann hatte meine Mutter Diana dabei geholfen, die Leiche zu verbergen – weil meine Mutter so etwas immer für ihre beste Freundin getan hätte. Aber die beiden zerstritten sich aus irgendeinem Grund, sodass Diana ihr nicht mehr traute und argwöhnte, sie könnte das Geheimnis verraten, daher brachte sie sie um.

Ich hielt erneut inne. Nein, irgendetwas daran stimmte nicht.

Dieses Bild von meiner Mutter, wie sie Diana im Morgenlicht half. Da war kein Loch gewesen, nur ausgegrabene Pflanzen und ein ruiniertes und zertrampeltes Gartenbeet. Vielleicht hatte Sarah wirklich einen Spaten benutzt, um die Pflanzen auszugraben, bevor sie ging, aus Gründen, die ich noch nicht verstand.

Ich schüttelte den Kopf.

Nein, Sarah war tot.

Meine Mutter und Diana mussten sie in der Nacht davor vergraben und den Garten am nächsten Tag wieder in Ordnung gebracht haben.

Ja, das war's. Das war vollkommen einleuchtend.

Mein Hirn pochte von innen gegen meinen Schädel, der Widerhall hämmerte durch meine Knochen.

Die Bewegung auf dem nassen Gras war nur ganz sanft, aber sie dröhnte in meinen überempfindlichen Ohren. Ich drehte mich in meinem Loch um und schaute gerade noch rechtzeitig hoch, um zu sehen, wie der Spaten auf mich niedersauste. Für den Bruchteil einer Sekunde verstand ich nicht – hielt ich nicht gerade den Spaten in der Hand? –, aber dann warf ich mich instinktiv zur Seite.

Ich hatte kein besonders tiefes Loch gegraben. Es war nur groß genug, um hineinzuspringen und weiterzugraben. Aber es genügte, um dem ersten Schlag auszuweichen.

Derjenige, der das Gartengerät schwang, stöhnte, als er es wieder herauszog. In diesem Moment stieß ich mit meinem eigenen Spaten nach der Gestalt. Aber ich hatte kaum Halt, und mein geschundenes Bein drohte einzuknicken.

Mein Angreifer – eine formlose Silhouette, schwarz gegen das Mondlicht – atmete zischend aus, taumelte, aber fiel nicht, und dann ging er wieder auf mich los. Und ich wusste es plötzlich. Ich hatte Diana die Arbeit abgenommen. Ich hatte mein eigenes Grab geschaufelt. Sie würde mich töten, die Erde über mich häufen und die Rosen erneut eingepflanzt haben, bevor der Morgen anbrach.

Warum auch sollte mich irgendjemand im Rosengarten der Nachbarin suchen wollen?

Ich konnte nirgends hin. Ich konnte nicht aus dem Loch klettern, ohne mich ihr auszuliefern. In der letzten Sekunde ging mir auf, dass wir schweigend gekämpft hatten, und ich öffnete den Mund, um zu schreien, in der Hoffnung, die anderen Nachbarn aufzuwecken … als ich plötzlich eine Stimme hörte.

»Calvin? Was machst du da?« Diana klang verwirrt.

Über mir wirbelte Calvin auf dem Absatz herum. »Ein Einbrecher. Ich bin rausgegangen, um nachzusehen.«

»Was? Wovon redest du?« Ein vertrautes Gesicht schaute ins Loch hinab. »Aarav, oh mein Gott, was machst du da unten?«

»Dreh ihm nicht den Rücken zu!« Panik kreischte in meinem Hirn. »Er hat Sarah umgebracht und sie hier vergraben!« Ich hatte es missverstanden. So verdammt danebengelegen. Es war immer Calvin gewesen, nicht Diana.

»Hör nicht auf ihn, Diana.« Calvin senkte den Spaten, mit dem er mich hatte erschlagen wollen. »Ishaan hat mir gesagt, dass der Junge zum Neurologen und zum Psychotherapeuten geht. Ernsthafte psychische und mentale Probleme. Herrgott, Aarav, ich hätte dich beinahe geköpft.«

Meine Augen hatten sich an das Mondlicht gewöhnt, und jetzt sah ich, wie Diana sich ihrem Ehemann zuwandte und dann mich ansah. »Calvin?« Ihre Stimme zitterte. »Warum hast du ihn angegriffen, obwohl er doch nur im Garten gräbt?« Ihr seidenes Nachthemd flatterte im Wind, der dazu passende Morgenmantel wirkte wie flüssiges Silber im Mondlicht. »Das ist vielleicht seltsam, aber doch nicht gefährlich.«

»Ich habe nicht nachgedacht, Di. Ich wollte ein wenig Luft schnappen, weil ich nicht schlafen konnte, und dann bekam ich Angst, als ich hier unten jemanden hörte.« Er fuhr sich mit der Hand durchs Haar. »Wir sollten einen

Krankenwagen rufen und ihn einweisen lassen, zu seiner eigenen Sicherheit.« Er streckte die Hände nach ihr aus.

Diana stolperte einen Schritt zurück. »Du bist Chirurg, Calvin. Du passt die ganze Zeit auf deine Hände auf. Gartenarbeit ist das Einzige, wobei du mir *niemals* hilfst. Warum gehst du nach unten in meinen Gartenschuppen, holst einen Spaten heraus und kommst hierher, obwohl du doch einfach nur Ishaan oder die Polizei hättest *rufen* können?«

»Diana.« Calvins Stimme war jetzt eisig und ganz ruhig, der Tonfall eines Chirurgen, der mit einem durchgedrehten Patienten spricht.

Aber Diana ließ sich nicht beirren. »Und was sagt er da über Sarah?«

»Er redet wirr und wütet herum, das ist eine Auswirkung der ganzen Drogen. Ich habe nie etwas gesagt, weil ich weiß, wie sehr du ihn magst, aber Ishaan sagt, sein Drogenkonsum gerate außer Kontrolle.«

Ich öffnete den Mund, um etwas zu sagen, wandte mich dann ab und grub weiter.

»Aarav.« Calvins Stimme. *»Hör auf.«*

»Warum?«, fragte Diana. »Lass ihn doch. Er tut doch nichts Schlimmes – er kann doch noch nicht einmal ohne Hilfe da raus. Lass ihn – wir holen Ishaan.«

»Er ruiniert deinen Rosengarten.« Calvins Stimme war jetzt näher gekommen. »Ich habe gesagt: *Hör auf!*«

Ich wirbelte herum, bereit, einem weiteren Schlag auszuweichen, aber Dianas Stimme schnitt durch die Nacht wie eine scharfe Klinge. »Warum darf Aarav nicht graben, Cal?« Spröde Worte. »Was hast du Sarah angetan?«

Meine Augen, die inzwischen ans Mondlicht über meinem Kopf gewöhnt waren, sahen den exakten Moment, als Calvin sich entschloss. Er verlegte das Gewicht ein wenig, tat einen Schritt nach vorn und hob den Spaten, um ihn diesmal auf Diana niedersausen zu lassen. Die beiden schienen vollkommen vergessen zu haben, dass ich da war. Ich schrie wortlos und stieß mit dem Spaten nach Calvins Knien.

Er traf ihn nicht sehr hart. Aber es reichte aus.

Er fiel hart auf den Boden, und im selben Augenblick gab mein Fuß nach, sandte einen scharfen Schmerz durch mein Bein, der mein Hirn in Qualen versetzte und mich im Dreck winden ließ, hilflos und ungeschützt. Das Letzte, was ich sah, bevor es schwarz wurde, war etwas Silbriges, was auf Calvins liegende Gestalt niedersauste. Der Schrei einer Frau schallte durch die Nacht.

61

Blaues und rotes Licht blinkte vor meinen Augen, trüb durch den Nebel meines Gesichtsfelds. Ich starrte verständnislos das weiße Zelt an, das einige weiß gekleidete Leute in Dianas Rosengarten aufstellten.

Geister in einem Geisterzelt.

»Lass das nicht runterrutschen, Schätzchen. Du musst dich warm halten.« Feste braune Hände zogen eine silberne Decke über mich. Das Material erinnerte mich an …

»Diana.« Es klang rau. »Geht es Diana gut?«

Die Stimme, die antwortete, kam nicht von der molligen Frau, die mir die Decke hochgezogen hatte. Sie war härter, fester. Mein Hirn lieferte einen Namen dazu: Constable Sefina Neri. »Mrs. Liu hat ein paar Schrammen, aber sonst geht es ihr gut. Körperlich zumindest.«

Ich schaute nach links, in Richtung ihrer Stimme. Ihre Gestalt war in die Lichter der Polizeifahrzeuge hinter ihr getaucht. Sie trug eine schwere Signalweste und hatte sich das Haar zu einem unordentlichen Knoten hochgesteckt.

»Haben wir Sie geweckt?«, fragte Neri.

»Was?« Ich konnte die Teilchen immer noch nicht ganz zusammensetzen. Bilder und Gedanken schwebten an mir vorbei wie Schneewehen. »Diana? Verletzt?«

Ihr Blick war durchdringend. »Nein.« Sie sprach das Wort ganz besonders deutlich aus. »Beau und Mia Liu und Ariki Henare sind alle aufgewacht und ihr zu Hilfe gekommen. Diana hat keine größeren Verletzungen.«

»Pinkfarbene Rosen«, murmelte ich.

»Ich weiß nicht recht, ob Sie einen Schock haben oder unter Drogen stehen.« Sie warf einen Blick über meinen

Kopf hinweg. »Ist er high, oder hat er einen Schlag auf den Kopf bekommen?«

»Kein Schlag, den ich gesehen hätte.« Eine sanftere, wärmere, ältere Stimme. »Aber er ist geistig nicht ganz da. Du verstehst dein Geschäft, Sei, aber ich glaube nicht, dass du jetzt mit ihm sprechen solltest, wenn du irgendetwas aus ihm herausbekommen willst, das du vor Gericht verwenden kannst.«

Ich erkannte Menschen hinter dem schmerzhaft hellen Licht. Isaac, das war Isaac. Warum trug Mellie eine hellgrüne Decke? »Wo ist Phil?«

»Phil?« Neri klang verwirrt. »Sie meinen Isaac Brennans Vater? Er ist in einem Altenheim. Glauben Sie, er weiß etwas hierüber?«

Ihre Worte hatten keine Bedeutung für mich, ich starrte das Geisterzelt an. »Sarah ist da unten«, brachte ich mit meiner dicken Zunge hervor. »Er hat sie hier vergraben. Geist Sarah in ihrem Geisterhaus. Geistergeschenke.«

»Mist. Bringt ihn ins Krankenhaus.« Neri wandte sich bereits ab. »Ich sage Regan, dass er noch nicht in der Lage ist, befragt zu werden.«

Ich wollte sie etwas fragen, ihr etwas sagen, aber meine Zunge war viel zu dick, und in meinem Kopf war nur Schwärze.

62

Piep. Piep. Piep.

Ich öffnete meine schweren Lider. Meine Lippen waren so trocken und rissig, dass sie sich ganz fremd anfühlten.

»Hier.« Etwas Eiskaltes an meinen Lippen, Wassertröpfchen, die in meinen Mund drangen. Ich saugte verzweifelt am ersten Stückchen, dann am nächsten, bis ich endlich schlucken, mich konzentrieren, wieder sehen konnte.

Lilys dunkle Augen sahen auf mich herab. Ihr seidig schwarzes Haar umrahmte ihr Gesicht.

»Was?«

Irgendwie verstand sie mich. »Der Krankenwagen hat dich vor zwei Tagen ins Krankenhaus gebracht«, berichtete sie. Bei jeder Bewegung verströmte sie den tröstlichen Duft nach Zucker und Kaffee. »An wie viel erinnerst du dich?«

Spaten, ein Kampf, eine Frau, die aus flüssigem Silber bestand. »Calvin«, krächzte ich.

»Genau. Das hat wirklich niemand kommen sehen – außer dir, offenbar.« Sie strich mir das Haar aus der Stirn. »Er ist jetzt in Polizeigewahrsam.«

Die Vorhänge öffneten sich, bevor ich ihr noch weitere Fragen stellen konnte, und ich erkannte Neri und Regan. Lily sah sie böse an. »Er ist gerade erst aufgewacht. Gehen Sie wieder.«

»Nein.« Ich hustete. »Ich will mit Ihnen reden.«

»Eine Viertelstunde«, befahl Lily mit stahlharter Autorität. »Ich sage es den Pflegern, damit sie Sie rechtzeitig wieder rauswerfen.«

»Haben Sie Sarah gefunden?«, fragte ich, als sie gegangen war und der Vorhang hinter ihr hin und her schwang.

»Ja.« Detective Regan setzte sich auf den Stuhl, den Lily gerade frei gemacht hatte. Neri hatte sich einen zweiten Stuhl geholt, sodass ich sie beide ansehen konnte.

»Wir müssen Ihre Aussage aufnehmen«, fuhr Regan fort. Er hatte violette Schatten unter den Augen. Seine Haut war noch blasser als sonst. »Danach können Sie uns Fragen stellen, und wir sagen Ihnen, was wir wissen.«

Ich hatte jetzt keinen Grund mehr, mit meinen Gedanken hinterm Berg zu halten. Ich erzählte ihnen alles, was ich wusste. Alles, woran ich mich erinnern konnte.

»Mit meinem Kopf ist etwas nicht in Ordnung«, gab ich hinterher zu. »Meine Erinnerungen sind lückenhaft, und ich habe das Gefühl, dass über allem eine Art Nebel liegt. Mein Neurochirurg hatte recht mit seiner Besorgnis.«

Die beiden Polizisten wechselten einen Blick, dann nickte Regan knapp. Neri wandte sich mir zu. »Es gibt Hinweise darauf, dass jemand Ihr Essen mit Substanzen versetzt hat. Das Labor versucht noch herauszufinden, was genau dazu benutzt wurde, aber es ist sicher, dass es etwas war, das Sie auf keinen Fall zusammen mit Ihren verschriebenen Schmerzmitteln und anderen Medikamenten hätten nehmen dürfen.«

Die Übelkeit in mir kämpfte mit einer gewissen Erleichterung. »Wer? Shanti? Nein, sie kann es nicht gewesen sein.«

»Das Zeug war in den Toffees. Vermutlich auch noch in den anderen Süßigkeiten.«

Ich starrte sie an und wartete auf die Pointe. Aber keiner von beiden lachte. »Diana macht die Toffees.«

»Ja, und da sie Ihre Lieblingssüßigkeiten sind, macht sie Mrs. Liu extra nur für Sie. Ihrer Aussage nach habe sich Calvin nicht nur bereit erklärt, die Tütchen vorbeizubringen, sondern auch noch Schokopralinen hinzugefügt, weil« – sie schaute auf ihre Notizen und zitierte dann – »›er sich so hilflos fühle und etwas für Aarav tun wolle, und Aarav doch immer so eine Vorliebe für Süßes gehabt habe‹.«

Sie schaute hoch. »Wir haben eine manipulierte Tüte mit Toffees in seinem Büro entdeckt. Wir glauben, dass er frische genommen hat, sie mit Medikamenten versetzt hat und sie dann mit denen vertauscht hat, die Diana für Sie vorbereitet hatte.«

Ich hatte gewusst, dass Calvin einige Tütchen vorbeigebracht hatte, aber das hatte ich kaum beachtet. Calvin tat ständig solche Dinge für Diana. »Dr. Binchy glaubte, dass ich Drogen nehme. Warum haben Sie die Süßigkeiten überhaupt überprüft?«

»Weil Dr. Binchy ein ganz hervorragender Arzt ist«, erwiderte Neri. »Er hatte nach der Festnahme von Calvin noch einmal Ihre Ergebnisse überprüft und die Blutproben im Krankenhaus noch einmal untersuchen lassen. Dabei kam er zu dem Ergebnis, dass die Mischung der Substanzen in Ihrem Blut einfach vollkommen chaotisch war.«

Ein kleines Lächeln von Regan. »Im Ernst? Wir beide hatten immer noch geglaubt, dass Sie irgendwelche Designerdrogen nehmen, aber dann befragten wir Ihre Schwester – keine Sorge, wir waren sehr feinfühlig, und Ihre Mutter war die ganze Zeit dabei.«

Ich runzelte die Stirn und hob meinen Kopf ein wenig. »Warum wollten Sie sie denn überhaupt befragen?«

»Weil Kinder manchmal Dinge mitbekommen und sich an mehr erinnern können, als die Erwachsenen glauben«, erläuterte Neri.

»Wir haben sie gefragt, ob sie gesehen habe, dass Sie irgendetwas Merkwürdiges essen«, fing Regan an, und dann verstand ich – sie hatten wissen wollen, ob Pari gesehen hatte, dass ich Drogen nahm. »Wissen Sie, was sie sagte? Dass Sie hauptsächlich Süßigkeiten äßen und Cola trinken. Dass sie einmal ein paar Toffees von Ihnen mit in die Schule genommen habe, aber davon sei ihr übel geworden, und sie wisse überhaupt nicht, warum Sie die so gern mögen.«

Ich sog scharf den Atem ein, weil ich mich an den Tag erinnerte, an dem sie sich in der Schule krankgemeldet hatte. »Ich habe ihr immer gesagt, dass sie sich jederzeit an meiner Süßigkeitenschublade bedienen könne.« Alles zog sich in mir zusammen. »Ist sie …«

»Keine ernsten Folgen«, beruhigte mich Regan. »Sie hatte nur ganz wenig davon.«

»Mein Arzt hat mir immer gesagt, ich solle nicht so viel Zucker zu mir nehmen«, sagte ich und atmete wieder aus. »Darauf hätte ich wohl hören sollen.«

Ohne auch nur den Anflug eines Lächelns erwiderte Neri: »Wir haben außerdem Ihr Notizbuch gefunden. Auf einer Seite ist die Schrift auffällig anders als Ihre. Darin wird die Sekretärin Ihres Vaters erwähnt – kann es sein, dass Dr. Liu Zugang dazu hatte?«

Schmerz durchfuhr meinen Kopf. »Ich weiß es nicht. Meine Erinnerung ist so lückenhaft.« Bilder von einem Handschuhfach, von einem Krankenhaus, von Dianas besorgtem Gesicht. »Warum hatte es Calvin überhaupt auf mich abgesehen?«

»Er will nichts sagen, daher wissen wir das nicht.«

Regan beugte sich vor. »Wie kam es denn, dass Sie ihn verdächtigten?«

»Ich habe ihn nicht verdächtigt. Ich dachte, es sei Diana.« Ich erzählte ihnen, wie ich versucht hatte, Sarah aufzuspüren, und davon, wie mir plötzlich die entscheidende Erinnerung kam: meine Mutter in Dianas Rosengarten. »Meine Mutter hätte nicht dabei geholfen, Sarah zu vergraben. Nicht, wenn Calvin sie ermordet hätte. Deshalb ist Mum nicht gestorben.«

»Wir haben im Moment noch keinen Hinweis darauf, dass Calvin etwas mit dem Mord an Ihrer Mutter zu tun hat, obwohl wir natürlich …«

Ich dachte schon wieder an etwas anderes, ich konnte mich einfach nicht auf die Gegenwart konzentrieren. »Eine Ärztin, mit der er eine Affäre hatte, starb an einem plötzlichen Herzanfall. Das sollten Sie überprüfen. Sie hatte kleine Kinder, sie muss also noch jung gewesen sein.«

Beide Polizisten erstarrten.

»Alice kennt vermutlich ihren Namen.« Plötzlich musste ich lachen. »Sie müssen dafür noch nicht einmal weit laufen – sie ist auf einer anderen Station in diesem Krankenhaus.« Ich hatte den Namen des Krankenhauses auf der Bettdecke gesehen.

In diesem Moment trat die Pflegerin ein, um Neri und Regan hinauszuscheuchen.

»Ist Lily noch hier?«, fragte ich, nachdem sie gegangen waren. Die beiden hatten mich nicht gerade geschont, aber im Moment fühlte ich mich seltsam losgelöst von allem.

»Wer, Schätzchen?« Die dünne Brünette schüttelte mein Kissen auf.

Mein Herz begann zu pochen. »Meine Freundin. Sie ist zierlich, halb Thai, mit schwarzem Haar.«

»So jemanden habe ich nicht gesehen.« Sie lächelte mich noch einmal an, bevor sie das Zimmer verließ, und zog die Vorhänge hinter sich zu.

Ich packte die Decke mit den Fäusten. In mir baute sich ein Schrei auf.

Der Vorhang bewegte sich. »Hey. Ich habe dir einen Schokoriegel besorgt.« Lily wedelte damit in der Luft herum. »Dein Süßhunger muss ja riesig sein.«

Ich drückte auf den Notknopf und hielt ihn fest.

Lily neigte den Kopf zur Seite. »Was ist denn los?«

Die Pflegerin rannte ins Zimmer. »Was ist das Problem? Haben Sie Schmerzen?« Sie drängte sich an Lily vorbei. »Entschuldigen Sie bitte, junge Dame.« Sie hielt inne. »Oh, Sie sind diejenige, nach der er gefragt hat.« Dann warf sie mir einen Blick unter zusammengezogenen Brauen zu. »Was ist so dringend, dass Sie den Notknopf drücken mussten?«

Lily machte ihr »Oh, jetzt kriegst du aber Ärger«-Gesicht.

Ich grinste und fragte: »Darf ich spazieren gehen?«

»Ich wüsste nicht, warum nicht – solange Sie Ihre Krücken benutzen«, sagte die Pflegerin und lächelte zögerlich. »Ihr Fuß hat sich ja nach der Nummer mit dem Erdloch ein wenig erholt. Ein Loch zu buddeln! So heilen Brüche aber nicht, junger Mann.«

Sie sah Lily scharf an und befahl: »Passen Sie auf ihn auf.«

»Ja, Ma'am.«

Als die Pflegerin fort war und wir in den Flur gingen, erkundigte sich Lily: »Was sollte das denn?«

»Ich dachte, ich halluziniere dich. Aber zu meiner Verteidigung: Ich wurde von einem Mörder vergiftet.«

Ich bog nach links ab und begann, den langen, breiten Korridor entlangzugehen, in den durch eine Reihe von Fenstern das Tageslicht drang. Sie fragte: »Wohin gehen wir?«

»Wir besuchen Alice.« Ich wollte sehen, ob die Polizisten ihr etwas gesagt hatten, was sie mir nicht erzählt hatten.

Ein muskelbepackter Kerl mit hellbraunem Haar und goldener Haut lungerte vor ihrem Zimmer herum, die Hände in die Hosentaschen gesteckt. »Aarav, hey, Mann.« Er hielt mir die Faust hin, damit ich mit meiner dagegenstoßen konnte. »Irrer Scheiß, was?«

»Hey, Adrian.« Ich begrüßte ihn mit einem Fistbump. »Sind Polizisten da drin?«

»Ja. Ich habe ihnen gesagt, sie sollten Alice in Ruhe lassen, aber sie meinte, das sei schon in Ordnung.« Er wippte auf den Fußballen vor und zurück. »Ich hätte nie gedacht, dass es Calvin war, ausgerechnet. Eine Leiche in Dianas Rosengarten zu vergraben. Eiskalt, echt eiskalt.«

»Was machst du denn hier?«

Seine Wangen röteten sich ein wenig. »Wollte nur Alice besuchen.«

Ich entschied, dass ich keine Lust mehr hatte, um den heißen Brei herumzureden, und bat: »Adrian, bitte stille meine Neugier. Woher hast du das Geld für dein Fitnesscenter?«

Ich dachte schon, er würde mir sagen, ich solle mich verpissen, aber er zuckte nur die Achseln und erklärte: »Meine Oma ist gestorben und hat mir ihr Haus hinterlassen. Sie wohnte in diesem beschissenen Holzhaus, das ständig um sie herum auseinanderfiel – ich tat, was ich konnte, um es immer wieder zu reparieren, aber das Haus war echt ein Müllhaufen, und sie lehnte es strikt ab, dort wegzuziehen.«

»Und doch konntest du dir davon ein eigenes Fitnesscenter aufbauen?«

»Es lag in der verdammten Grey Lynn.«

Lily sog scharf die Luft ein, als er das ausgesprochen beliebte Stadtviertel erwähnte, in dem Finanzleute und Manager und andere reiche Leute wohnten, die die Nähe der Geschäftsviertel schätzten, ohne direkt in der Innenstadt leben zu wollen. Niemand hätte sich dort um den Zustand des Hauses gekümmert; erschlossene Grundstücke in diesem Viertel waren nicht mit Gold aufzuwiegen.

»Wie viel hast du dafür denn bekommen?«

»Zwei Millionen Dollar. Ich würde alles sofort zurückgeben, wenn es meine Oma wieder lebendig machen würde. Sie war die Einzige, die sich je wirklich um mich gekümmert hat.«

»Ja, das verstehe ich.«

Wir wechselten einen Blick, und er nickte stumm.

63

Zwei Tage später wurde ich aus dem Krankenhaus entlassen.

Als Erstes gab ich Riki jedes einzelne Fotonegativ und Video, mit dem ich ihn hätte erpressen können.

Ich entschuldigte mich außerdem bei ihm und sagte, dass ich alle digitalen Kopien vernichtet habe.

Er fragte: »Würdest du es wieder tun?«

»Ja. Jemand hat meine Mutter umgebracht.«

»Weißt du was? Du bist ein Arschloch, aber ja, ich hätte es auch getan, für meine Mum.«

Und ich wusste, dass wir darüber nie wieder ein Wort verlieren würden.

»Glaubst du, du warst es?«, fragte Riki seltsam lässig.

Denn ich kannte sein Geheimnis. Weil er es bei mir nicht verbergen musste.

»Was?«

»Derjenige, der die Polizei wegen Ana und Leo gerufen hat, glaubst du, dass du das warst? Zumal du ja nicht ganz zurechnungsfähig warst?«

»Ich weiß es gar nicht. Was ist denn passiert?«

»Offenbar hat sie jemand anonym angezeigt, wegen Beihilfe bei der Entführung einer jungen Frau. Hat sich herausgestellt, dass Leos Cousine auf einen Ausflug mit ihren Freunden von der Uni wollte. Sie sind extra spät in der Nacht aufgebrochen, um nicht in Staus zu geraten.«

»Na ja, wenn ich das war, dann hat das vermutlich reichlich schräg gewirkt.«

Riki lachte, aber es klang ein wenig bitter. »Was ist mit dem Hund von Brett und Veda?«

»Ich tue Tieren nicht weh.« Eine andere Antwort hatte ich nicht, und es war die einzige Antwort, die ich akzeptieren konnte.

Ich überließ Riki seiner Aufgabe, alles zu zerstören, was ich ihm gegeben hatte, und ging zum Haus meines Vaters, um meine Sachen zu packen. Er saß in seinem Arbeitszimmer, schon halb betrunken, ein Foto meiner Mutter auf seinem Schreibtisch. »Ein Teil von mir hoffte immer, dass sie irgendwie wieder angekrochen kommen würde.« Tränen rannen ihm die Wangen herunter. »Ich habe sie geliebt, diese Schlampe. Sie ist immer noch die unglaublichste Frau, die ich je gekannt habe.«

Ich ging fort, ohne etwas dazu zu sagen, und schloss die Tür zur Vergangenheit.

Epilog

Vier Monate später

Ich saß auf einem großen Felsen in Udaipur und verstreute die Asche meiner Mutter im Wind. Neben mir saß die Frau, die meine Freundin geworden war. Uns beide verband all das Zerbrochene in uns.

»Hast du heute Morgen den Artikel gelesen?«, fragte Lily. »Über Calvin?«

»Ja.« In all den Jahren hatte ich geglaubt, seine Familie sei bei einem Autounfall ums Leben gekommen – ich hatte es nie nachgeprüft. Wer hätte das auch getan? Wie viele Autounfälle wurden von einem selbstmordgefährdeten Vater verursacht, der mit seiner Familie von einer Brücke und in eine massive Staumauer fuhr?

Calvin hätte in dem Auto sitzen sollen, aber er war zu spät gekommen.

Also hatte man ihn zu Hause gelassen.

Aber Lily interessierte vor allem eins daran: »Er hätte bestimmt nie gedacht, dass jemand seine ehemalige Geliebte wieder ausgraben würde. Oder dass die Überreste der Substanzen noch in Dr. Mehrs Leber nachzuweisen wären. Ein Hoch auf die zufällige Mumifizierung.«

»Ja.« Ich hatte mir insgeheim schon vorgenommen, die Sache mit der Mumifizierung in einem meiner künftigen Bücher zu benutzen. Ansonsten hatte ich nur das Gefühl stiller Befriedigung empfunden, dass einer Frau, die ich nie gekannt hatte, endlich doch Gerechtigkeit widerfahren war.

So wie meiner Mutter.

Es hatte sich herausgestellt, dass die Polizei zwei weitere Beweismittel besaß, die sie nie gezeigt hatte – die Spitze einer Messerklinge, die in der Rippe meiner Mutter feststeckte, und, entscheidend, fremde DNA auf einem zerrissenen Uhrenarmband, das offenbar im Blut meiner Mutter gelegen hatte.

Ich hatte gelernt, dass DNA unter den richtigen Bedingungen leicht ein Jahrzehnt überleben konnte. Sie hatten in Höhlen uralte DNA gefunden, die Tausende von Jahren alt war, und das Auto meiner Mutter war praktisch zu einer Höhle geworden. Das Armband hatte unter einem Sitz gelegen, sodass die Elemente es trotz der zerbrochenen Fensterscheiben nicht erreichen konnten.

Es hatte dort kühl und geschützt gelegen, während sich draußen die Jahreszeiten abgewechselt hatten und die Jahre vergangen waren.

Es war ein so merkwürdiger Fundort, dass ich wusste, meine Mutter hatte das Armband mit Absicht dorthin gelegt. In den letzten Augenblicken ihres Lebens hatte sie noch den Willen aufgebracht, auf ihren Mörder hinzuweisen.

Aber all das hatte nichts bedeutet, bis die Polizei endlich einen Verdächtigen gefunden hatte.

Calvin war niemals auf ihrem Radar gewesen.

»Constable Neri hat mich heute Morgen angerufen«, sagte ich zu Lily. »Als du unter der Dusche warst.«

Wir hatten meiner Großmutter gesagt, dass wir spazieren gehen und bald wieder zurück sein würden. Sie würde sich keine Sorgen machen, wenn es etwas länger dauern würde. Sie würde uns sofort wieder vergessen haben. Die grausame Krankheit, die ihr Hirn befallen hatte, hatte ihr dieses eine Geschenk gemacht – sie freute sich jedes Mal zu hören, dass Nina auf dem Weg ins Dorf war, dass sie bald kommen würde.

»Was hat sie denn gesagt?« Lily beugte sich vor. Ich erschreckte mich jedes Mal ein wenig vor ihrem kurzen, strengen Haarschnitt.

Ich hatte geglaubt, dass er mich an Paige erinnerte, aber das stimmte nicht. Sie waren zwei unterschiedliche Frauen mit einzigartiger Präsenz.

»Calvin hat vor ein paar Stunden alles zugegeben, nachdem Diana es ihm auf den Kopf zugesagt hatte. Er behauptete, er habe sie nur beschützen wollen. Er hatte sich tatsächlich an Sarah herangemacht, aber sie hatte das schrecklich gefunden und vorgehabt, Diana davon zu erzählen.«

»Hat er zugegeben, Dr. Mehr ermordet zu haben?«

»Ja. Sie hatte ihren Ehemann um die Scheidung gebeten, weil sie geglaubt hatte, Calvin würde sich ebenfalls von Diana scheiden lassen.«

»Lass mich raten – und als Calvin sie nicht wollte, hat sie ihm damit gedroht, Diana alles zu erzählen. Also … deine Mum. Er hatte also herausgefunden, dass sie von der Affäre mit Dr. Mehr wusste?«

»Am schlimmsten daran ist, dass meine Mutter es Diana eigentlich gar nicht erzählen wollte. Aber Calvin konnte nichts riskieren.« Meine Mutter hatte unter vier Augen mit Calvin gesprochen, von ihm gefordert, sich besser zu benehmen, der Mann zu sein, den Diana verdient hatte.

»Das ist doch eigentlich die reine Kontrollsucht«, murmelte Lily. »Zu morden, nur um an einer Frau festhalten zu können, die man eigentlich gar nicht respektiert. Es muss doch noch andere Affären gegeben haben.«

Ich hatte darüber nachgedacht, seit ich den Artikel gelesen hatte. »Calvin hat als kleiner Junge alle verloren, die er geliebt hatte. Ich glaube nicht, dass er die emotionale Fähigkeit hat, auch nur die geringste Bedrohung für seine Familie zu ertragen – es ist beinahe, als versuchte er, das exakte Gegenteil von seinem Vater zu sein. Zu beschützen, wo sein Vater zerstörte.«

»Klingt für mich wie eine faule Ausrede. Klingt wie ›Wasch mir den Pelz und mach mich nicht nass‹.«

Ich erwiderte nichts. Lily und ich wussten beide, dass die Verletzungen der Kindheit tiefe Krater in die Seele rissen, dass sie Lebenswege veränderten und verwirrten. Für Calvin war das Trauma zum krankhaften Wunsch geworden, die perfekte Familie zu erschaffen, die niemand gefährden durfte.

Zu sagen, dass Diana am Boden zerstört war, wäre eine starke Untertreibung gewesen. Sie hatte Calvin stets auf einen Sockel gestellt und ihn geradezu verehrt. Aber das, was Calvin immer noch nicht verstand, war, dass Sarah eher ein Kind als eine Schwester für Diana gewesen war. Und was Diana sogar noch mehr als Calvin liebte, waren ihre Kinder. Sie würde ihm niemals vergeben, was er getan hatte.

Ich hatte hinterher mehrfach mit ihr gesprochen, und jedes Mal sah ich die Gewissensbisse, die sie von innen zerfraßen wie eine Säure.

»Sarah ist zu mir gekommen, weil es ihr unangenehm war, wie Calvin sie anschaute«, hatte sie mir gesagt, als wir an der Stelle zusammensaßen, an der meine Mutter gestorben war. »Sie sagte, sie glaube, dass er sie beobachte, wenn sie duschte. Ich werde mir niemals verzeihen können, wie ich reagierte. Ich widersprach ihr, erklärte, er sei ein guter Mann, und sie solle derlei Anschuldigungen niemals mehr machen. Ich dachte, sie wolle nur Ärger machen, weil Calvin immer so auf Disziplin pochte und ihr gesagt hatte, sie könne ihren Freund nicht nach Hause einladen.« Sie schluchzte zwischen den Worten. »Das war die letzte richtige Unterhaltung, die ich mit meiner Schwester geführt hatte. Sie war *so* wütend und verletzt, dass ich ihr nicht glaubte, und als sie verschwand, dachte ich, sie sei weggelaufen, würde aber bald wiederkommen. Sie wusste, dass ich sie lieb hatte, dass ich sie *immer* lieb haben würde. Aber sie kam nicht wieder.«

Stattdessen hatte Calvin sie durch seine E-Mails und Geschenke für Mia und Beau am Leben erhalten. »Sarah« hatte nur eine einzige Nachricht an Diana geschickt: *Ich hasse dich. Ich will dich nie wieder sehen.*

Die Grausamkeit darin war unbegreiflich.

»Was ist denn mit dir?«, fragte Lily. »Hat Calvin endlich erklärt, warum er damit begann, deine Erinnerung zu manipulieren?«

»Das lag an einem Kommentar, den ich machte, kurz nachdem sie meine Mutter gefunden hatten – irgendeine Bemerkung über den Rosengarten. Offenbar hatte ich Calvin dabei angesehen.« Ich zuckte die Achseln. »Ich kann mich nicht erinnern, aber er schien mich seitdem als Bedrohung anzusehen. Aber was für ihn das Fass überlaufen ließ, war, dass Mia irgendwann einmal erwähnte, dass ich nach Sarah gefragt hatte. Seitdem erhöhte er die Dosis.«

Calvins Schuldgefühle hatten dann für den Rest gesorgt.

Calvin Liu brauchte keine großen Auslöser. Er tötete jeden, der seine Vorstellung von der perfekten Familie zerstören konnte. Was meine Mutter anging, so war es genauso gewesen, wie ich es mir seit seiner Festnahme zusammengereimt hatte: Calvin war nach einer langen Schicht gerade nach Hause zurückgekommen, als er sie zu ihrem Auto wanken sah. An jedem anderen Abend hätte Diana gehört, dass er nach Hause kam – aber sie war so erschöpft, weil ihr den ganzen Tag übel gewesen war, dass sie geschlafen hatte.

Er hatte meine Mutter auf den Beifahrersitz gelockt, indem er sagte, er wolle sie ins Krankenhaus fahren, damit man ihre Kopfwunde untersuchte. Das Werk meines Vaters.

Die Glasscherbe, die sie getroffen hatte, hatte weit mehr Schaden angerichtet, als er hatte zugeben wollen. Dann hatte Calvin sie zu der einsamen Stelle gefahren und das Springmesser benutzt, das er zu seinem Schutz bei seinen nächtlichen Joggingrunden immer bei sich trug, um sie zu erstechen.

Meine Mutter, die bereits verletzt und ziemlich betrunken war, war ein leichtes Opfer gewesen.

Nachdem er das Auto den Abhang hinuntergestürzt hatte, war Calvin zurückgerannt. Mit seiner Marathonläuferkondition hatte er die Strecke schnell zurücklegen können. Er hatte sich im Gebüsch versteckt, weil er gehört hatte, dass sich ein Motorrad näherte; seiner Aussage nach schien der Fahrer keine sichere Kontrolle über die Maschine gehabt zu haben und war im Schneckentempo gefahren.

Ich. Der die Frau hatte finden wollen, die Calvin bereits ermordet hatte.

Es passte alles zusammen, aber ich konnte es nicht bestätigen – meine eigenen Erinnerungen an jene Nacht bestanden nur aus einzelnen Bildern. »Die Polizisten haben das Messer in Calvins Büro gefunden, das er benutzte, um meine Mutter umzubringen«, berichtete ich Lily, »außerdem eine Kette, die Dr. Mehr gehört hatte, und das Namensarmband, das Diana Sarah zu ihrem sechzehnten Geburtstag geschenkt hatte.«

Hässliche Trophäen des Bösen.

»Ich wette, dass da noch mehr war.«

»Ein Ring, der keiner von den dreien gehörte, dazu noch ein Schal.«

Neri und Regan wühlten in Calvins Vergangenheit auf der Suche nach anderen merkwürdigen Todes- oder Vermisstenfällen.

»Ich habe Diana gesagt, dass ich vermutet hatte, dass sie

es sei. Dass sie es auf Frauen abgesehen habe, die Interesse an ihrem Mann zeigten. Weißt du, was sie darauf gesagt hat?« Als Lily den Kopf schüttelte, wiederholte ich Dianas Worte: »›Ich habe Sarah so sehr geliebt, dass ich es ihr sogar verziehen hätte, wenn sie eine Affäre mit Calvin gehabt hätte.‹«

Ihr Gesicht war viel zu schmal, und sie hatte dunkle Ringe unter den Augen. Sie schlang fest die Arme um ihren Oberkörper und fügte hinzu: »Ich würde alles dafür tun, sie zurückzubekommen, aber immerhin konnte ich sie endlich ordentlich begraben. Und ich bin froh, dass ich die ganze Zeit mit meinen Rosen gesprochen habe. Ich habe immer über Sarah gesprochen, wie sehr ich sie vermisse und liebe.«

Diana hatte keine neuen Rosen gepflanzt, nachdem sie die Überreste ihrer Schwester geborgen hatten. Stattdessen hatte sie ein Zu-verkaufen-Schild aufgestellt.

»Vermutlich tut er immer noch so, als ob er das Geld anonym an Organisationen gespendet hätte, die sich gegen häusliche Gewalt engagieren.«

»In kleinen Summen.« Ein Teil von mir glaubte ihm sogar. Der Rest fragte sich, ob die Viertelmillion, die er zufällig gefunden hatte, als er den falschen Knopf gedrückt hatte und die Hecktür aufgesprungen war, nicht vielleicht seine Affären freier gemacht hatte – so musste er seine Ausgaben nicht mehr verstecken, keine Kontoauszüge fälschen.

»Jetzt ist es getan.« Lily schaute hinaus auf das atemberaubende Gebirgspanorama, das die Stadt umgab, die einst die Residenz von Königen gewesen war.

Ein passender Ort für die letzte Ruhe einer Frau, die so umwerfend wie eine Königin gewesen war.

Aber als ich in diese Landschaft schaute, fragte ich mich doch, ob der Geist meiner Mutter an dem kalten grünen

Ort geblieben war, der ein Jahrzehnt lang ihr Grab gewesen war.

Oh, Ari. Gelächter lag in der Luft, wie der Kuss eines Geistes auf meiner Wange. *Ich war nie gefangen, mere dil ka tukda. Das warst nur du.*

Dank

Ich danke meinen Eltern Usha und Vijay dafür, dass sie mein Hindi korrigiert haben. Jeder Fehler geht voll auf mein eigenes Konto. (Eine Bemerkung zur Transliteration: Da Hindi sein eigenes Alphabet hat, gibt es unterschiedliche Schreibweisen auf Englisch. Ich habe versucht, die üblichste Schreibweise auszuwählen, wo ich konnte. In den anderen Fällen habe ich einfach eine ausgewählt und mich daran gehalten.)

Das Te Reo Māori in diesem Buch stammt von mir – die meisten Worte sind in Neuseeland in den alltäglichen Gebrauch übergegangen.

Ein riesiges Dankeschön an das unglaubliche Team, das an diesem Buch mitgearbeitet hat – und an die ebenso unglaublichen Menschen, die dabei geholfen haben, es bekannt zu machen. Ich kann euch nicht alle aufzählen, aber ich hoffe, ihr wisst, wie sehr ich euch schätze.

Danke an Ashwini dafür, dass du immer mein Resonanzboden bist, selbst wenn ich dich auf die Palme bringe. Und danke an Rene dafür, dass du mich auf der Suche nach Orten für ausgedachte finstere Taten all die langen und gewundenen Straßen entlanggefahren hast.

Und zu guter Letzt danke ich Ihnen dafür, dass Sie dieses Buch in die Hand genommen haben.

Nalini
Auckland, Neuseeland

FLIEH, SO WEIT DU KANNST –
DEINER VERGANGENHEIT ENTKOMMST DU NICHT!

NALINI SINGH

IM GRAUSAMEN LICHT DER SONNE

THRILLER

Als Ana nach acht Jahren am anderen Ende der Welt nach Golden Cove zurückkehrt, scheint sich dort kaum etwas verändert zu haben. Beinahe könnte sie glauben, dass die Zeit stehen geblieben ist – wäre da nicht Will, der neue und einzige Cop im Ort, der seltsam unnahbar wirkt.
Wie sehr die Dinge tatsächlich beim Alten geblieben sind, wird Ana allerdings erst bewusst, als erneut ein schönes junges Mädchen verschwindet, so wie es auch schon früher geschehen ist. Nach und nach holt die dunkle Vergangenheit die kleine Stadt ein und zwingt die Bewohner, ihre gefährlichsten Geheimnisse preiszugeben. Denn eins steht fest: Wer auch immer für das Verschwinden des Mädchens verantwortlich ist, muss aus Golden Cove stammen!

Nalini Singhs fesselnder Thriller mit eine Prise Romantik vor der atemberaubenden Kulisse Neuseelands

KNAUR

VERGESSEN SIE ALLES, WAS SIE ÜBER EINE GUTE EHE ZU WISSEN GLAUBEN!

KIMBERLY MCCREIGHT

EINE PERFEKTE EHE

THRILLER

Der Hilferuf ihres alten Studienfreundes Zach kommt der New Yorker Anwältin Lizzie Kitsakis denkbar ungelegen: Eigentlich wollte sie wieder mehr Zeit mit ihrem Mann verbringen, um die Risse zu kitten, die sich inzwischen unübersehbar in ihrer Ehe auftun. Doch Zach wird verdächtigt, seine Frau ermordet zu haben, und sitzt bereits in der berüchtigten Haftanstalt Rikers Island. Eher widerwillig übernimmt Lizzie den Fall. Je mehr sie über die Ehe ihres Mandanten herausfindet, desto mehr häufen sich die Ungereimtheiten. Was verschweigen Zach und seine Freunde in dem elitären Brooklyner Wohnviertel? Als ein neues Beweismittel auftaucht, wird Lizzies Welt auf den Kopf gestellt: Kann es sein, dass ihr eigener Ehemann Sam in den Fall verwickelt ist?

»Meisterhafte Kombination aus Domestic Drama und packend erzähltem Thriller – gespickt mit großartigen Plot Twists und plastischen Charakteren.«
Publishers Weekly, Starred review

KNAUR

EINE PSYCHOLOGISCH DICHTE THRILLER-REIHE MIT UNGEWÖHNLICHER HELDIN UND GÄNSEHAUT-GARANTIE!

URSULA POZNANSKI

VANITAS

SCHWARZ WIE ERDE

Manchmal ist ein Friedhof der sicherste Ort für die Lebenden. Auf dem Wiener Zentralfriedhof jedenfalls ist die Blumenhändlerin Carolin ein so gewohnter Anblick, dass sie beinahe unsichtbar ist.
Noch vor einem Jahr war Carolins Name ein anderer; damals war sie als Polizeispitzel einer der brutalsten Banden des organisierten Verbrechens auf der Spur. Kaum jemand weiß, dass sie ihren letzten Einsatz überlebt hat. Doch dann erhält sie einen Blumengruß, der sie fürchten lässt, dass sie ihren eigenen Tod bald ein zweites Mal erleben könnte …

KNAUR

ENTDECKEN SIE AUCH DIE WEITEREN BÄNDE DER REIHE:

VANITAS

GRAU WIE ASCHE

BAND 2

ROT WIE FEUER

BAND 3

»Beim Lesen hat man das Gefühl, genauso unter Dauerbeobachtung zu sein und in Lebensgefahr zu schweben wie Poznanskis Heldin.«

Freundin

»Rund um ihre ungewöhnliche Heldin hat Ursula Poznanski eine großartige Thriller-Welt erschaffen.«

Für Sie